R & L

Guido Dieckmann

Der Bader von St. Denis

Roman

Rütten & Loening
Berlin

ISBN 3-352-00705-5

1. Auflage 2004

Einbandgestaltung Wolfram Söll, München
Druck und Binden GGP Media, Pößneck
Printed in Germany

www.ruetten-und-loening.de

1. BUCH

Piemont, im Sommer 1537

1. KAPITEL

Die Sonne versank bereits mit einem majestätischen Farbenspiel hinter den sanften Hügeln, als der junge Sefferino Calabriani an einem Nachmittag im Spätsommer den einsamen Pfad einschlug, der hinauf in das Bergland von Turin führte. Der Himmel war strahlend blau; die Wolken hingen an ihm fast reglos, satt und schwer wie ein paar übermäßig große Trauben.

Sefferino schirmte seine Augen vor der gleißenden Helligkeit ab, um nicht vom Weg abzukommen und einen Steilhang hinabzustürzen. Die Gebirgspfade waren tückisch. In seinem Rücken ertönten plötzlich zaghafte Glockenschläge. Sie stammten vom höchsten Turm des Domes und wurden durch den Wind bis weit über die Stadtgrenzen hinaus getragen.

Der Junge verharrte einen Atemzug lang, um den gemächlich verhallenden Schlägen zu lauschen. Es war spät geworden; er mußte sich beeilen, wenn er sein Ziel noch vor Sonnenuntergang erreichen wollte.

Es war ein heißer, drückender Tag, der nur in der Nähe des Flusses oder im Gebirge erträglich war. Die Luft war erfüllt von schweren Düften; es roch nach heißem Harz, Pinien, Oliven und vergorenen Weintrauben. Auf seinem beschwerlichen Weg fielen Sefferino Scharen von Vögeln auf, die ermattet auf den Zweigen der spärlichen Bäume am Rand des Pfades saßen.

Sefferino stieß einen Seufzer aus. Beinahe beneidete er die Tiere, die sich ausruhen durften, ohne über die drohende

Gefahr durch plündernde Landsknechte nachdenken zu müssen, während er nicht einmal wagte, stehenzubleiben, um zu verschnaufen. Dabei rann ihm der Schweiß die Schläfen hinunter. Sein weiter Leinenkittel, der von einem schmalen Lederband zusammengehalten wurde, war bereits völlig durchnäßt, das grobe Tuch rieb unangenehm über die feuchte, erhitzte Haut.

Mißtrauisch mied Sefferino die breiten Wege entlang der Flußbiegung, welche die gut bewässerten Reben des Signor Butacci wie ein Netz aus Adern umschlossen. Hier war noch alles ruhig; nichts deutete auf den Einmarsch fremder Truppen hin. Und doch wußte Sefferino, daß es nur noch eine Frage von Stunden sein konnte. Er schlug einige Haken, bis er endlich den steilen Hügel erklommen hatte und wieder festen Grund unter seinen Fußsohlen spürte. Der Sand lag im Schatten und war deshalb nicht so heiß. Der Junge streifte seine Sandalen ab und setzte seinen Weg barfüßig fort. Der kühle Boden entspannte ihn, die Bewegungen taten ihm gut und vermochten wenigstens für einige Augenblicke die starke Anspannung zu mindern, welche sein Auftrag ihm abverlangte.

Sefferino war für seine nicht einmal vierzehn Jahre groß und kräftig. Durch die Arbeit auf dem Hof seines Onkels waren seine Arme und Beine muskulös geworden. Manche seiner Kameraden machten sich lustig über seine plumpe Statur, aber dieser Spott störte Sefferino nicht im geringsten, denn die bewundernden Blicke, die viele Mädchen der Stadt ihm hinterhersandten, wenn er an der Seite seines Onkels im Dom zu Turin die Messe besuchte oder über den Campo schlenderte, straften die neidischen Bemerkungen seiner Mitschüler Lügen. In der Tat besaßen Sefferinos tiefschwarze Augen einen lebhaften Glanz, den viele Menschen reizvoll und faszinierend fanden. Manche behaupteten, daß sich winzige Goldkörnchen in seinen Pupillen bewegten. Dazu kamen seine langen dunklen Locken, die sich nur mit Mühe bändigen ließen. Um die dünnen Lippen des Jungen lag ein

Zug, der von Entschlossenheit kündete und ihm eine melancholische Ausstrahlung verlieh. Dieses Merkmal schien in der Familie zu liegen. Sein Onkel, der Senfmüller, war bereits vor Jahren ergraut, seine Mundwinkel wurden von tiefen Furchen umrahmt, doch noch immer verriet sein Gesicht Intelligenz, Temperament sowie jede Stimmung, die ihn gerade überfiel – was ihn jedesmal ärgerte, wenn er mit Kaufleuten oder Handelsknechten verhandelte.

An Sticheleien hatten sich die Calabrianis gewöhnen müssen; vor allem auf Sefferino sahen die Bürger Turins herab, weil er ein Fremder war, der sich niemals besondere Mühe gegeben hatte, die Sitten und Gebräuche seiner Nachbarn zu verstehen. Seine Eltern waren gestorben, als er noch ein kleines Kind gewesen war, und sein Onkel, der ohne Zögern die Vormundschaft übernommen hatte, tat alles, um ihm den Vater zu ersetzen. Gemeinsam mit seiner Magd Gelina sorgte er dafür, daß es Sefferino an nichts fehlte. Der Umstand, daß er fast nur mit Erwachsenen Umgang pflegte, hatte den Jungen indessen scheu und zurückhaltend werden lassen. Er sprach ungern über seine Empfindungen und lehnte es beharrlich ab, neue Bekanntschaften mit den Söhnen der Geschäftsfreunde seines Onkels zu schließen. Zuweilen war er mürrisch und in sich gekehrt. Die Gesellschaft von Calabriani, der Magd und einigen Arbeitern in der Mühle schien ihm völlig zu genügen, eine Entwicklung, die den Senfmüller mit Sorgen erfüllte. Folgerichtig hatte Calabriani nicht lange gezögert, als der Franziskanermönch Eugenio, ein Freund des Hauses, ihm vorgeschlagen hatte, Sefferino bis zu seiner Mündigkeit in die Obhut der Domschule zu geben. Sefferino gefiel es nicht in den engen, finsteren Mauern der Schule. Abgesehen davon, daß der Unterricht der Mönche ihn langweilte, sah er sich bald auch noch einer Reihe von fortgesetzten Schikanen und Demütigungen ausgesetzt, die im Grunde nicht nur ihn, sondern auch seinen Onkel treffen sollten. Ein besonders hartnäckiger Verfolger erwuchs ihm in dem mißgünstigen Sohn des städtischen Steuereinnehmers Mucio Sblinetta, der keine Gelegenheit ausließ, die verwöhnten Patriziersöhne gegen den Neffen des Senfmüllers aufzuhetzen. Sblinettas Vater war Steuereinnehmer und versah zudem einige Dienste im Auftrag der städtischen Behörden. Großer Beliebtheit erfreute er sich nicht, aber immerhin war es ihm gelungen, einen Kreis von Parteigängern um sich zu scharen, die ihm einen gewissen Abglanz von Macht und Einfluß bescherten. Wer ihm offenen Widerstand entgegenbrachte, dem konnte es passieren, daß er auf dem Heimweg einen Unfall erlitt und mit zerschlagenen Knochen vor der Türschwelle abgelegt wurde. Vorausgesetzt, er fand noch eine Türschwelle vor. Der Leiter des Turiner *ufficio* galt als überaus erfinderisch, wenn es darum ging, säumige Schuldner von ihren Höfen zu vertreiben. Der einzige, der es sich erlauben konnte, seinen Mißmut über die Behandlung der Bauern durch Sblinettas Zinsknechte auszudrücken, war Calabriani, der außerhalb der Stadtmauern wohnte. So sehr Sblinetta sich auch bemühte, die Bürgerschaft gegen die Calabrianis aufzubringen: Er fand keine Möglichkeit, um gegen sie vorzugehen. Der Senfmüller überließ es einem Turiner Notar, seine Geschäftsbücher zu verwalten. Die Protokolle wiesen keine Unregelmäßigkeiten auf. Sefferino hegte den Verdacht, daß Mucio ihn im Auftrag seinen Vaters ausspionierte, doch beweisen konnte er es nicht. Der Sohn des Steuereinnehmers tauchte zuweilen wie zufällig in seiner Nähe auf, und dann schien es Sefferino, als prägte er sich jede seiner Gewohnheiten ein. Dabei gingen die Sblinettas kein Risiko ein. Der Steuereinnehmer hatte seinem Sohn sogar eine tönerne Pfeife in Form eines Adlers geschenkt, mit der er jederzeit auf sich aufmerksam machen und einen Knecht oder Parteigänger herbeirufen konnte. Wann immer man Mucio in der Stadt begegnete, trug er die Pfeife wie eine Trophäe um den Hals.

Prüfend tastete der Junge seinen Gürtel ab, an welchem er neben einem kleinen Dolch auch den Lederbeutel mit dem

Geld seines Onkels befestigt hatte. Erleichtert stieß er den Atem aus. Der Beutel war noch da, er hatte ihn während der Kletterei nicht verloren. Nun mußte er nur noch ein geeignetes Versteck für ihn finden, dann konnte er sich auf den Rückweg machen.

Während er sich auf dem Plateau umschaute, ging ihm auf, daß sein Onkel die Entfernungen offensichtlich ein wenig durcheinandergebracht hatte. Obgleich Calabriani die Hügel und Berge seiner Heimat liebte, war er doch seit Jahren nicht mehr hier oben gewesen. Seine Gicht ließ Unternehmungen dieser Art nicht mehr zu.

Ratlos schüttelte der Junge den Kopf. Sosehr er sich nun auch beeilte, er würde den Weg zurück zur Senfmühle kaum vor Einbruch der Dunkelheit bewältigen. Womöglich mußte er sogar irgendwo in den Bergen übernachten. Der Gedanke jagte ihm einen gehörigen Schrecken ein. Nicht, weil er die Einsamkeit oder wilde Tiere fürchtete, sondern weil seine Familie den Hof noch am selben Abend verlassen mußte, um innerhalb der Mauern Turins Schutz zu suchen.

Ein lauer Abendwind wehte über die Wiesen und Weingärten des Tales und vertrieb die Hitze. Sefferino setzte sich auf einen Stein, streckte die Beine aus und ließ seine Blicke über die sanft abfallenden Hänge gleiten. Die letzten Strahlen der Nachmittagssonne überzogen das buschige Gras, die Rebstöcke und den wilden Mohn entlang der Pfade mit goldenen Tupfen. Pralle Wolken schwebten über die Hügelkette hinweg. Nie zuvor hatte Sefferino eine derartige Farbenpracht gesehen. Für ein paar Momente vergaß er, warum er überhaupt in die Berge gestiegen war. Sein Onkel hatte ihn beauftragt, seine Ersparnisse vor einer drohenden Plünderung durch die heranrückenden Truppen des französischen Königs in Sicherheit zu bringen. Seit ihn Gicht und Rheumatismus plagten, war der Senfmüller auf einen Stock angewiesen und verließ sein Anwesen nur noch selten. Sefferino dachte daran, wie oft er seinen Onkel in den letzten Monaten beschworen hatte, die Gefahr, in der sie sich befanden, ernster zu nehmen. Aber der starrköpfige Alte hatte nicht hören wollen. Nun aber war das Herzogtum Savoyen gefallen; die lombardischen Städte wurden belagert, und der Kriegszug bewegte sich wie ein schuppiger Drache weiter auf sie zu. Die Habsburger hielten im Auftrag des Kaisers zwar noch immer die wichtigsten Burgen des Landes, doch es war nur eine Frage der Zeit, wann es zur Entscheidungsschlacht zwischen Karl V. und Franz von Valois kommen würde.

Sefferino war zu jung, um sich an den Ursprung der Auseinandersetzungen zu erinnern, die zu der erbitterten Feindschaft zwischen den Häusern Habsburg und Valois geführt hatten. Doch er wußte, daß der Papst sich in der Streitfrage wankelmütig zeigte. Einmal schenkte er dem Kaiser seine Huld, dann aber gab er dem jüngeren Sohn des französischen Königs seine Nichte, eine junge Edeldame aus dem Geschlecht der Medici, zur Gemahlin. Der Heilige Vater wollte sich einfach nicht festlegen, und seine Bischöfe folgten diesem Beispiel. Zuletzt waren die Spannungen eskaliert, denn nach dem Tod des letzten Herzogs von Mailand, einem Sforza, hatte Karl V. nicht lange gezögert und seine Ansprüche auf die reichen Landstriche der Lombardei und des Piemont angemeldet. Franz von Valois, der diese Beleidigung nicht hinnehmen wollte, hatte Truppen in Bewegung gesetzt, um die Habsburger zu vertreiben und sich Mailand anzueignen.

Von düsteren Empfindungen aufgewühlt, lauschte Sefferino dem Gesang der Zugvögel. Er beobachtete das Spiel der Zypressen, wie sie sich von einer Seite auf die andere neigten, als erwiesen sie einem Edelmann ihre Reverenz. Im Tal, seinen Blicken schon fast entzogen, schien sich der Fluß in einem zarten Nebel aus violetten Fäden aufzulösen. Auf Sefferino machte die Umgebung einen so friedlichen Eindruck, daß er versucht war, seinem Onkel recht zu geben. Vielleicht malte er doch zu schwarz, und der Krieg würde doch nicht ihr Land verheeren. Nach all dem Ärger mit Sblinetta und den Mönchen taten ihm diese Momente der Ruhe gut. Letzten Endes konnte er sich gar nicht mehr vorstellen, daß irgendeine Bedrohung jemals so mächtig sein konnte, diese Idylle zu zerstören.

Die Blicke des Jungen wanderten gen Osten, doch von dem Rundbau der Senfmühle war nichts zu sehen. Der dumpfe Klang einer Kirchenglocke hallte über die Hänge hinweg. Sefferino bekam plötzlich eine Gänsehaut. Die Töne klangen schrill und klagend zugleich, als stimmten sämtliche Glocken des Dombezirks zur selben Zeit ein Bittgebet an. Zögernd stand er auf. Das beruhigende Gefühl, das er noch Augenblicke zuvor genossen hatte, verschwand und hinterließ ein Gefühl der Leere. Der Junge wollte sich schon abwenden, als er schwarze und graue Rauchsäulen bemerkte, die sich, scharfen Lanzen gleich, am Horizont erhoben. Mit offenem Mund verfolgte er die sich immer schneller drehenden Wirbel. Die schwarzen Windhosen waren kein Schauspiel der Natur. Sie entsprangen gewaltigen Feuersbrünsten im Tal, wo sich die Dörfer der Waldenser befanden. Die Häuser brannten lichterloh.

Die Augen des Jungen weiteten sich vor Schreck. Seit dem letzten Schachspiel mit seinem Onkel wußte er, daß Turin über weniger starke Befestigungsanlagen verfügte als etwa Mailand, dessen weiträumige Mauern die Sforzas einst um zehn Zoll hatten verstärken lassen. Die Turiner waren mit dem Hinweis auf das gute Einvernehmen, das angeblich zwischen Franz I. und dem Erzbischof herrschte, vertröstet worden.

Die gespenstischen schwarzen Rauchsäulen stiegen unaufhaltsam gen Himmel. Ob die Waldenser sich den feindlichen Truppen widersetzten? Sefferino wußte nicht viel von den Nachbarn und ihrer Art zu leben. Sie galten als eigenbrötlerisch und störrisch, da sie sich lieber verfolgen und ausräuchern ließen, als die Messe zu hören oder dem Priester zu beichten. Früher waren ihre Prediger durch die Dörfer gezogen, aber der Junge erinnerte sich nicht daran, jemals einen von ihnen gesehen zu haben. Ihm war allerdings bekannt, daß sein Onkel die Männer und Frauen, die sich selbst als die Armen Christi bezeichneten, wegen ihrer Aufrichtigkeit und der Bereitschaft zum Martyrium achtete. Der Senfmüller versteckte ein Bündel Schriften der Waldenser in seinem Wirtschaftsgebäude und sandte Gelina regelmäßig mit einem Faß Pökelfleisch in die abgelegenen Dörfer.

Voller Unruhe blickte Sefferino sich um. Geräusche drangen aus dem Unterholz. Mit dem Einbrechen der Dunkelheit wirkte die Landschaft um ihn gar nicht mehr so idyllisch. Hastig löste er den Stein, auf dem er gesessen war, aus dem Sand, mußte jedoch enttäuscht feststellen, daß das Loch nicht tief genug war, um einen Beutel in ihm zu verbergen. Nun blieb ihm keine andere Wahl. Er mußte in die Grotte hineingehen, die vor ihm lag. Zuvor jedoch malte er mit der Zehenspitze ein Kreuz mit ungleich großen Querbalken und daneben eine magere Gestalt in Mönchskutte, die sich vor ihm niederbeugte. Die Linien und Striche riefen ihm in Erinnerung, daß sein Onkel sich stets beharrlich geweigert hatte, mit ihm über den Sinn ihres Daseins, über Glauben und Unglauben zu sprechen. Calabriani hatte es den Mönchen wie Pater Eugenio überlassen, seinen Neffen in der christlichen Lehre zu unterweisen. Klosterbrüder, die Arme und Kranke pflegen, so erklärte er, seien für gewöhnlich verständnisvoller als diejenigen, die ihr Leben damit zubrachten, über die Reinhaltung der päpstlichen Lehre zu wachen. Der Senfmüller bemühte sich, mit seinen Bediensteten ehrlich umzugehen. Wer harte Arbeit nicht scheute, fand in ihm einen großherzigen Dienstherren und Freund. Woran sein Herz hing, wenn er sich des Abends in seine Stube über der Halle zurückzog, war Sefferino dagegen nie recht klargeworden.

In der Grotte war es angenehm kühl und so dunkel, daß Sefferino beide Hände vor sein Gesicht halten mußte, um sich nicht an dem rauhen Stein die Ellbogen zu verletzten. Mit einem leichten Schauder erinnerte er sich an den Tag, als sein Onkel ihn zum ersten Mal mit in die Grotte genommen hatte. Er war etwa sieben Jahre alt gewesen und hatte sich vor den bizarren Zapfen, die von der Decke wuchsen, entsetzlich gegrault. In seiner Phantasie waren die steinernen Dornen zu blutdürstigen Dämonen geworden, die mit ihren Klauen nach ihm greifen wollten. Sein Onkel hatte damals nur gelacht und die Höhle mit seiner Lampe ausgeleuchtet, um ihm zu beweisen, daß der Ort wahrhaftig nichts Dämonisches an sich hatte. Das unangenehme Gefühl, das Sefferino überfiel, sooft er das geheime Versteck in den Bergen aufsuchte, war indessen niemals ganz verschwunden.

Der ausgehöhlte Schädel, nach dem er gesucht hatte, lag zwischen zwei wuchtigen Säulen, die sich nach oben öffneten und wie Trichter aussahen. Langsam gewöhnten sich die Augen des Jungen an die Dunkelheit. Sein Herz begann schneller zu schlagen, als er nach dem Schädel griff und ihn prüfend zu der schmalen Felsspalte hinübertrug, durch die er sich auf dem Weg ins Innere der Grotte gezwängt hatte. Das ausgebleichte Gebein stammte von einem verendeten Tier. Nicht von einem Bären oder Berglöwen, sondern vermutlich von einem Maulesel, der seinem Herrn entlaufen war und in der Grotte Schutz vor einem Unwetter gesucht hatte. Ob sich das Gestein noch zu Lebzeiten des Tieres, etwa durch ein Erdbeben, verschoben und somit dessen Flucht verhindert hatte, wußte Sefferino nicht zu erklären. Seltsamerweise hatten weder er noch sein Onkel in der kleinen Höhle Spuren eines Skeletts gefunden. Der ausgebleichte Schädel mit dem grinsenden Gebiß und den toten Augenhöhlen war alles, was von dem Maultier übriggeblieben war. Vielleicht hatten Raubtiere sich über den Rest hergemacht.

»Du solltest Pater Eugenio nichts von unserer Entdeckung erzählen, mein Junge«, hatte der Senfmüller damals lachend gemahnt, nachdem er den Schädel wieder zwischen die Säulen zurückgeschoben hatte. »Eine einzige neue Reliquie im Dom wird die hohe Geistlichkeit gewiß nicht auf Dauer zufriedenstellen, schon gar nicht in Zeiten, in denen der Handel mit wundertätigen Dingen so manchen Mann reich gemacht hat. Am Ende sehen die Turiner in dem Knochen ohne Skelett noch das Füllen, auf dem unser Herr einst in Jerusalem einzog, und wir werden das Nachsehen haben.«

Sefferino streifte sich das Band, an dem er den Beutel mit den Notgroschen seines Onkels befestigt hatte, über seine braunen Locken und zwängte ihn anschließend durch das Gebiß des Schädels. Hier, in der Grotte, war das Geld sicher vor Plünderern, gleichgültig, welchen Truppen sie angehörten. Der Onkel mußte sich in der Tat keine Sorgen mehr um seine Habe machen.

Ohne sich weiter aufzuhalten, suchte der Junge eine Mulde im hintersten Winkel der Höhle und grub das bleiche Gebein so tief ein, daß schließlich nur noch die erstarrten Augenöffnungen aus dem Sand ragten. Danach machte er sich auf den Heimweg.

Zufrieden lief er die Hügelkette zum Fluß hinab, auf dessen zart glitzernden Wogen einige Barken zu sehen waren. Sefferino hob die Hand, um den Flußschiffern zuzuwinken, doch plötzlich hielt er inne. Die Männer trugen Helme, Armschienen und Brustharnische. Funkelnde Lanzen und Hellebarden ragten über den Bootsrand hinaus.

Im nächsten Augenblick erschütterten Pferdehufe den Wildpfad. Reiter näherten sich der Wegkreuzung, von welcher ein Weg nach Turin, der andere auf die alte Römerstraße nach Alba und in die Hügellandschaft des Langhe führte. Unwillkürlich warf sich Sefferino in den staubigen Straßengraben und betete, daß die Bewaffneten in den Barken ihn nicht entdeckt hatten und an die Reiter verrieten. Sein Herz hämmerte hart gegen seine Rippen. Das Dröhnen der Hufe kam näher. Sefferino wagte nicht, über den Rand des Grabens zu spähen, aber er ahnte, daß es viele Reiter waren, die auf Turin zuhielten. Dann flatterte einen Herzschlag lang eine Fahne direkt über seinem Kopf. Sefferino erkannte das blaue Symbol auf der Standarte der Ritter sofort, denn seine Lehrer hatten ihm das Feldzeichen des französischen Heeres vor einiger Zeit aufgezeichnet.

Die Fremden waren offenkundig Späher, aber bis an die Zähne bewaffnet und bestens gerüstet, um die Mauern Turins zu bezwingen.

Soweit Sefferino wußte, rechneten sowohl der Stadtrat als auch der Bischof bereits seit Wochen mit einer Belagerung, allerdings war man überzeugt gewesen, daß der Herzog von Montejan zunächst seine Unterhändler nach Turin entsenden würde, um Verhandlungen zu führen. Für gewöhnlich zogen sich solche Verhandlungen oft über Wochen dahin. Der drohende Angriff auf die Schanzwerke vor den Mauern mußte die Bewohner des Umlandes ebenso überrumpeln wie die Wächter der Türme, die auf den Hängen wie Zuckerstangen aufragten. Keine Signalfeuer waren am Himmel zu sehen, nicht einmal Hörner kündigten die Ankunft der fremden Soldaten an. Dafür ertönte, kaum daß die Männer in ihren glänzenden Rüstungen und den Federhelmen hinter der nächsten Biegung verschwunden waren, ein jämmerliches Ächzen und Stöhnen auf dem schmalen Pfad. Ein Wagen, gezogen von zwei schäbigen, schwerfälligen Stuten, rumpelte gefährlich nahe am Abhang entlang. Als Sefferino einen Blick über den Rand der Straße wagte, sah er einen Mann auf dem Kutschbock, der sich nach Kräften bemühte, die beiden Gäule an der Kandare zu halten.

Der Franzose mochte nicht mehr als fünfundzwanzig Jahre zählen. Er trug einen ordentlich gestutzten Kinnbart, der trotz des schwachen Lichts in kräftigen rostroten Tönen aufleuchtete. Sefferino fiel auf, daß der Mann weder Waffenrock noch Harnisch trug wie die Reiter vor ihm, sondern ein abgestepptes Wams aus grünem Wildleder, auf dessen Brustseite ein Emblem aufgenäht war. Das Zeichen ähnelte einem Rasierpinsel. Sein Barett aus billigem blauem Samt saß schräg auf der Stirn und verdeckte sein linkes Ohr. Schwert oder Lanze vermochte Sefferino bei dem Fremden indes nicht auszumachen. In seinem breiten Ledergürtel steckte lediglich ein schmaler Dolch, wie Sefferinos Onkel ihn zuweilen trug, wenn er Senflieferungen zur Piazza Castello oder den Handelshöfen der Kaufleute am Campo überwachte. Was der Junge jedoch keineswegs übersah, war der geheimnisvoll schwermütige Zug, der in den wasserblauen Augen des jungen Franzosen lag.

Im Unterschied zu den Offizieren zu Pferde schien sich der Franzose in seiner Haut nicht besonders wohl zu fühlen. Er gehörte offensichtlich zu dem Troß des Herzogs, der das Piemont überfiel, und doch machte er nicht den Eindruck, als ob ihn mit den Söldnern und ihren Rittern auch nur das geringste verband. Seine durchdringenden Blicke zogen eine Art von Flammenkreis um sein Gefährt, den zu durchbrechen keiner seiner Begleiter zu wagen schien. Sefferino duckte sich verwirrt unter das Laub. Wer konnte dieser Fremde sein? Was hatte ihn zu den feindlichen Truppen geführt, und was beförderte er in seinem Wagen?

Surrende Peitschenhiebe und unflätiges Geschrei schreckten Sefferino erneut auf. Ein zweiter Wagen bog um die Kurve des Steilhanges. Er war kleiner und schäbiger als der erste, die Räder bestanden lediglich aus dicken Holzscheiben ohne Speichen. Anstelle eines Verdecks gab es eine schmutzige Plane, die nachlässig über eine Anzahl von Bretterkisten gezogen worden war. Auf dem Bock schwang ein fetter Kerl mit kahl rasiertem Schädel und dick angeschwollener Nase die Peitsche. Das Fleisch hing an seinen Wangen bis zum Kinn schlaff herab. Wann immer der Karren über ein Schlagloch fuhr, schoß der Kahlkopf mit derben Flüchen in die Höhe, die über die Ebene bis hinauf zu den Ausläufern des Monferrato zu hören sein mußten.

Sefferino kämpfte sich auf Händen und Füßen näher an den Pfad heran und spähte durch das Binsengeflecht vor ihm. Verstört biß er sich auf die Lippen, als er plötzlich entdeckte, woher die gequälten Jammerlaute rührten, die das

Knirschen der Räder seit geraumer Zeit begleiteten: Hinter dem Wagen zappelte ein Dutzend Menschen an straff gespannten Stricken. Es mochten etwa zehn Personen sein, Bauern, Knechte und Händler aus den Dörfern unterhalb des Collina, jedoch waren keine Soldaten unter ihnen. Die Unglücklichen waren mit Schlingen um die Hälse aneinandergefesselt und taumelten den Pfad entlang wie Viehzeug, das auf den Markt getrieben wurde. Der älteste, ein Greis mit schlohweißem Bart, trug eine verwaschene Kutte aus Wolle, die ihm bis zu den Knöcheln reichte. Bei jedem zweiten Schritt stolperte er über den Saum seines unförmigen Kleidungsstücks, weil er sich vergeblich bemühte, den Rädern nicht zu nahe zu kommen. Sooft der Alte strauchelte, stürzten auch die anderen zu Boden und wurden, während sie sich verzweifelt bemühten, wieder auf die Beine zu kommen, vom Karren erbarmungslos mitgeschleift. In Windeseile zeichnete eine Blutspur ihren Weg. Zwei Männer versuchten vergeblich, den weißhaarigen Alten hinter den Rädern zu stützen. Doch bereits wenige Schritte vor der nächsten Serpentine erlahmten die Kräfte des Gefangenen.

»Willst du wohl aufstehen, du dreckiger Spion«, brüllte der kahlköpfige Fuhrknecht und knallte wieder mit seiner Peitsche. Seine Stimme klang verwaschen, als hätte er zu viel getrunken. »Fehlte noch, daß wir wegen euch Gesindel kein Quartier mehr im Lager finden!« Der Mann zog die Zügel an, blickte sich kurz nach den Wachen um und sprang mit einem wütenden Gesicht vom Wagen. »Habt ihr nicht gehört, was ich gesagt habe? Wenn ihr unbedingt ruhen müßt, gebe ich euch Gelegenheit, dies für immer zu tun!«

Im nächsten Moment war ein gellender Schrei zu hören. Sefferino riß entsetzt die Augen auf und ließ die Binsen zurückschnellen. Hatte man ihn etwa bemerkt?

Aus den Augenwinkeln beobachtete er, wie der junge Franzose mit dem Kinnbart seinen Wagen nun ebenfalls zum Stehen brachte, den unruhig gewordenen Pferden in seinem Gespann den Nacken tätschelte und sich dann langsam umwandte. Sein Gesicht leuchtete in der Dämmerung wie Alabaster, als er eilig hinter dem Karren des rüden Fuhrknechts verschwand.

Sefferino hatte genug gesehen. Der Himmel mochte ihm vergeben, doch er hatte keine Möglichkeit, den gefangenen Bauern und Händlern beizustehen. Die beiden Männer würden sie töten, vielleicht stürzten sie die vermeintlichen Spione einfach gefesselt den Abhang hinunter. Er selber würde ohne Zweifel ein ähnliches Schicksal erleiden, sofern sie ihn im Graben zwischen den Binsen entdeckten. Ruhig bleiben, befahl er sich. Er mußte auf dem schnellsten Wege nach Hause zur Senfmühle, ehe die feindlichen Soldaten das Anwesen seines Onkels ausmachten und plünderten.

»Heiliger Sebastian«, flehte er den Schutzpatron seines Onkels um Hilfe an, während er sich einen Pfad durch das Dickicht schlug, »laß mich bitte vor den Franzosen in der Mühle sein! Und hilf, daß wir noch rechtzeitig die Stadttore erreichen.«

Wie von Furien gehetzt, schlug er sich durch das Gestrüpp auf die Straße, blind darauf vertrauend, daß die Geräusche des Dickichts ihn nicht verrieten. Die Dunkelheit, die ihre Schwingen über dem Tal ausbreitete, stand ihm bei. Er eilte die Serpentinen entlang, bis er die Reisfelder bei Vercelli erreichte. Dort angekommen blickte er unsicher über seine Schultern, fürchtete vor jeder Biegung, der er sich näherte, den französischen Soldaten in die Arme zu laufen. Die Reiter waren vor ihm, wirbelte es durch seinen Kopf, ihre Wagen hinter ihm. Der Weg zurück in die Berge war ihm somit versperrt. Sie würden ihn töten. Ihn und seine Angehörigen, wenn er sich nicht beeilte.

Ohne zu zögern, verließ er den Weg und sprang in ein sumpfiges Feld. Der Schlamm spritzte auf und benetzte Arme, Beine und sein Gesicht. Verzweiflung erfüllte Sefferino, als er daran dachte, wie er sich hin und wieder ein paar Scudi verdient und den Nachbarn bei der Ernte geholfen hatte. Sein Onkel war wütend geworden, weil Sefferino mit nassen Kleidern ins Haus gelaufen war.

»Wenn du wirklich helfen willst, so konzentriere dich auf deinen Latein- und Griechischunterricht«, hatte der Senfmüller ihm geraten. »Ich möchte nicht, daß der kleine Sblinetta dich im Lernen überflügelt, weil du für fremde Leute arbeitest!«

Sefferino hatte das Verbot mit jugendlichem Trotz aufgenommen, es jedoch nicht gewagt, dem Onkel zu widersprechen. Daß Calabriani sich Sorgen um Sefferinos Gesundheit machte und an einen Zusammenhang zwischen der hohen Feuchtigkeit der Luft, den tückischen Stechmücken und dem Faulfieber glaubte, hatte er erst viel später von Gelina erfahren. Lateinstunden und Faulfieber. Wie nebensächlich die Probleme des Alltags plötzlich geworden waren.

Der Junge watete, so schnell er konnte, durch das Wasser. Inzwischen war es dunkel geworden. Die Luft war feucht und drückend wie eine zu schwere Decke mit Gänsefedern. Zischend und summend wirbelten Stechfliegen um seinen Kopf. Beim Gehen gerieten sie ihm in Mund und Nase und nahmen ihm so beinahe den Atem. Weit und breit war keine Menschenseele zu sehen. Lediglich die Rauchfahnen und Feuerblitze hinter den Hügeln konnte er erkennen.

Die Gehöfte der Weinbauern brannten noch immer. Sefferino erkannte im Dämmerlicht winzige schattenhafte Gestalten, die in wilder Hast auseinanderstoben, und mutmaßte, daß es die Ziegen der Nachbarn waren, die von drei oder vier Reitern vor sich her getrieben wurden. Der fette Fuhrknecht hatte von einem Feldlager gesprochen, in dem die Soldaten Quartier zu nehmen beabsichtigten. Soviel hatte Sefferino immerhin verstanden. Doch wo befand sich das Heerlager? Er befürchtete, daß es ganz in seiner Nähe war.

Stöhnend wischte sich der Junge den Schweiß von der Stirn. Er stellte sich vor, wie der Onkel und seine Bediensteten die Hänge nach ihm absuchten, statt sich in Sicherheit zu bringen. Falls sie den Wildpfad nahmen, würden sie dem Feind unweigerlich in die Hände fallen. Vermutlich schafften sie es nun auch nicht mehr rechtzeitig hinter die schützenden Mauern der Stadt, was Sefferino indessen weniger bedauerte, weil er den feuchten Keller an der Via Arsenale, den sein Onkel als Lagerraum gemietet hatte, ebensosehr haßte wie den Schankwirt Paolo, der sich nun gewiß an ihren eingelagerten Vorräten schadlos halten würde. Doch womöglich war die Straße zum Castello di Rivoli noch frei.

Die kleine Hausburg Turins erhob sich auf einem Hügel zur Linken des Jungen. Hinter ihren Toren schloß sich bereits der Dombezirk San Giovanni Battista an. Beim Anblick der hohen Mauern aus rotem Sandstein atmete Sefferino erleichtert auf. Sie erschienen ihm uneinnehmbar zu sein. Dort konnten die Calabrianis eine Zeitlang ausharren. Zumindest so lange, bis die Truppen des Kaisers die Berge bezwungen hatten, um zu ihnen zu stoßen. Nach all den Geldgeschenken, mit welchen die reichen Städte des Kaisers Kassen gefüllt hatten, durfte Karl V. die Lombardei und das Piemont nicht preisgeben.

Sefferino liebte das Land um Turin. Die Vorstellung, als mittelloser Flüchtling in der Fremde leben zu müssen und die Hoffnungslosigkeit in den Augen seines Onkels zu sehen, jagte ihm beinahe größere Angst ein, als die Aussicht mit Stricken an den Wagen eines französischen Folterknechts gefesselt zu werden.

Vollkommen durchnäßt erreichte der Junge schließlich das Anwesen der Familie Calabriani. Beide Flügel des Tores standen weit offen. Für gewöhnlich schloß der Senfmüller das Tor nur dann nicht, wenn er Besucher erwartete. In den Fenstern des Rundbaus, in dem das Gesinde lebte, brannte kein Licht. Nicht eine einzige Kerze. Auch das Haupthaus lag in völliger Dunkelheit. Das Rauschen des Baches, der von der Adda, einem Nebenfluß des Po, gespeist wurde und die gewaltigen Räder der Senfmühle antrieb, untermalte die gespenstische Stille.

Sefferino schlich sich an den von Weinranken umgebenen Torbogen heran. Er war noch immer barfuß, die Sandalen hatte er auf den Feldern verloren, doch er spürte die spitzen Kieselsteine gar nicht, auf die er auf seinem Weg zum Haupthaus trat. Verwirrt suchten seine Augen den Hof sowie dessen nähere Umgebung nach Soldaten ab, aber es war nichts auszumachen, was auf einen Angriff oder gar Brandschatzung hindeutete. Mitten im Hof stand der kostbare Reisewagen des Onkels bereit. Seine roten Vorhänge waren heruntergelassen; pralle Rollen feinen Tuches lagen auf dem Dach. Die fremden Reiter hatten die Senfmühle auf ihrem Weg nach Turin offenbar noch nicht erspäht. Dennoch beschlich Sefferino das schreckliche Gefühl, daß im Hause seines Onkels etwas nicht stimmte. Warum hatte der Onkel noch nicht anschirren lassen? Und wo steckte Gelina, deren Geklapper mit Töpfen und Schüsseln sonst bis spät in die Nacht zu hören war?

Als Sefferino die Spuren fremder Hufe und Stiefel im Sand erblickte, befiel ihn ein Schwindel, der so heftig wurde, daß er sich in den Sand sinken lassen mußte, um ein paar Momente nach Atem zu ringen.

Schließlich erhob er sich und spähte zu dem steinernen Antlitz hinauf, das den Torbogen zierte. Die grinsende Fratze inmitten des wilden Weins stellte den römischen Gott Janus dar, dessen beide Gesichter in verschiedene Richtungen wiesen, eines nach vorn, das andere rückwärts, den freundlichen Gast willkommen heißend, den unangenehmen hinter dessen Rücken verfluchend. Sefferino hatte sich zuweilen gefragt, warum der Onkel darauf bestanden hatte, den häßlichen Faun am Tor zu behalten. Er ahnte jedoch dunkel, daß die Figur Calabrianis Lebensart entsprach, sich niemals festzulegen, in allem den Gegensatz zu sehen. Außerdem war der Onkel stolz auf seine Herkunft und die Geschichte seines Landes.

Die starren Augen des Januskopfs verfolgten Sefferino auf seinem Weg durch den Vorhof der Mühle.

»Onkel, wo seid Ihr?« rief der Junge verhalten, als er die kühle Halle betrat. Niemand antwortete ihm, allein sein Echo hallte gespenstisch von den hohen, schmucklosen Wänden wider. Der längliche Raum mit seinen geschmackvollen Mosaikfußböden, Wandbehängen und Blumenkübeln wirkte auf einmal wie eine Gruft. Auf einem zierlichen runden Tisch aus Akazienholz standen eine Schale mit gezuckerten Trauben und das Schachbrett seines Onkels. Hatte er etwa vor, sein Lieblingsspiel zurückzulassen?

Unweit einer Wand aus Akazienholz erhob sich ein kleiner Springbrunnen aus weißem Marmor; jedoch klang das sanfte Plätschern plötzlich alles andere als ermutigend. Auch das Geräusch zirpender Grillen, das aus den Gärten hinter der Mühle in die Halle drang, wirkte scharf und schneidend.

Sefferino rief ein weiteres Mal nach seinem Onkel, nach Gelina und den beiden Knechten. Als er aus dem rückwärtig gelegenen Fenster blickte, bemerkte er, daß die Tore der Stallungen ebenfalls offen standen. Irgend jemand hatte die Kühe, den Maulesel und die Handvoll Ziegen vom Hof getrieben. Hatte der Onkel sich mitsamt den Bediensteten und seinen Tieren aus dem Staub gemacht, um die Senfmühle dem anrückenden Feind auszuliefern? Der Junge hoffte es beinahe, doch angesichts der verlassen daliegenden Gebäude überkam ihn eine so tiefe Niedergeschlagenheit, daß er sich am liebsten wie ein kleines Kind unter das Schilfdach gekauert hätte, um in dessen Schutz auf das Ende dieses Alptraums zu warten.

Der Onkel war also fort – mit ihm die Knechte, Gelina …

Sefferino fühlte, wie ihm vor Angst Tränen in die Augen traten. Was, um alles in der Welt, sollte er tun, wenn die Späher der französischen Truppen seinen Vormund verschleppt hatten? Die Reiter konnten jeden Augenblick die Hügelkette hinunterstürmen, und was sie mit ihm anstellten, wenn sie ihn fanden, mochte Sefferino sich lieber nicht ausmalen.

Als er die wenigen Stufen zu dem Gewölbe hinunterstieg, wo sich Gelinas Küche befand, rutschte er beinahe auf einer zähen, klebrigen Flüssigkeit aus. Sie breitete sich über die Stufen aus wie Honig und gerann am Treppenabsatz zu einer gelblichen Lache. Mit einer düsteren Vorahnung ging Sefferino in die Hocke, tauchte einen Finger in die zähe Masse und schnupperte vorsichtig. Es war Rübensirup, der ausgelaufen war. Nur wenige Schritte hinter dem Abgang verteilten sich die Scherben eines Tonkrugs, der offensichtlich an einer der wuchtigen Steinsäulen des Gewölbes zerschellt war. Ein Stück weiter erkannte er den Schatten einer menschlichen Gestalt.

»Gelina, bist du hier unten? Warum hast du nicht ...« Der Junge verstummte abrupt und schlug beide Hände vor das Gesicht, um das gräßliche Bild vor seinen Augen zu vertreiben.

Die Geliebte des Senfmüllers lag bäuchlings, mit bis zu den Hüften hochgeschobenem Rock auf dem langen Eichentisch gegenüber der Feuerstelle. Arme und Beine hingen leblos abgewinkelt nach unten. Die Leinenbluse der Frau war am Rücken zerfetzt, und durch den blutverschmierten Stoff waren aufgeplatzte Haut und rote Striemen zu erkennen, die nur von einer Peitsche herrühren konnten.

Wie in einem Fiebertraum taumelte Sefferino auf die leblose Gestalt zu und schreckte sogleich wieder zurück. Gelinas Kopf steckte in einem kupfernen Kessel, der bis zum Rand mit Wasser und gequollenen Erbsen gefüllt war. Blutige Kratzspuren hatten sich in das Holz gegraben. Gelina mußte sich gegen ihre Angreifer verzweifelt gewehrt haben. Verstreut um den Tisch und die groben Holzbänke, vereinten sich in einem bizarren Durcheinander Kupferkannen, zerbrochenes Tongeschirr, Ketten von aufgefädelten Knoblauchzehen und aufgeschlitzte Säcke, aus denen Gerste, getrocknete Erbsen, Bohnen und Rosinen auf die Steinplatten gerieselt waren.

Gelina war geschändet und in ihrem eigenen Kessel ertränkt worden.

Sefferino spürte, wie sein Magen sich zusamenzog. Um zum Spülstein zu gelangen, mußte er an der Toten vorbei, doch er schaffte es nicht, seine Füße zu bewegen. Rückwärts taumelte er aus dem Gewölbe, wie in einem Fieberschlaf mit Händen und Schultern den Weg ertastend. Auf der Treppe tappte er ein zweites Mal in den klebrigen Sirup, den Gelina auf den Eindringling geschleudert haben mochte. Bei dem Gedanken, wie ein grober Kerl der Magd Gewalt angetan hatte, wie er sie im Genick gepackt und in den Kessel gestoßen hatte, war es um den letzten Rest seiner Beherrschung geschehen, und Sefferino erbrach sich auf den Stufen.

Gelina war tot – aber wo war sein Onkel? War der Senfmüller wirklich aus dem Haus verschwunden, oder versteckte er sich womöglich irgendwo in der Nähe? Die leise Hoffnung, daß sein Vormund geflohen war oder ein Versteck auf dem Gelände der Mühle gefunden hatte, trieb Sefferino schließlich weiter, mit Tränen in den Augen zu den Wohnräumen des Senfmüllers hinauf.

Doch nur wenige Augenblicke später entdeckte er den alten Mann in seinem *camerino*, einem kleinen Raum neben den Schlafstuben, der durch einen Balkon und zwei steile Holzstiegen mit dem Turmraum der Mühle verbunden wurde. Das *camerino* besaß einen eigenen Kamin, eine Holztäfelung und Silberlampen, die an allen vier Wänden befestigt waren. Hier pflegte der Hausherr seine Geschäftsbücher aufzubewahren: fünf dicke Pergamentrollen, die sich neben einer Handvoll dicker Wachskerzen und einem Stundenglas auf den Regalen über dem Stehpult stapelten. In einer wuchtigen Truhe unter der Fensteröffnung befand sich außerdem die schwere Cassa, ein hölzerner Geldkasten mit eisernen Beschlägen.

Calabriani hockte zusammengesunken auf einem purpurrot gepolsterten Stuhl mit hoher, geschnitzter Lehne. Er trug sein bestes seidengefüttertes Wams, Reitstiefel aus Ziegenleder und eine knielange Schaube aus safrangelb gefärbter Wolle. Also hatte er sich wahrhaftig vorbereitet, sein Haus aufzugeben, doch dann war er aus irgendeinem Grund in seiner Kammer zurückgeblieben.

Als Sefferino sich bebend über den Stuhl beugte, bemerkte er, daß der Kopf seines Onkels nach hinten gesunken war. Beide Hände waren über den Gelenken mit Tüchern an die Armlehnen gefesselt worden. Aus seinem rechten Mundwinkel sickerte ein dünner Faden dunklen Blutes, der in den Falten des steifen weißen Rundkragens verschwand und völlig harmlos aussah – als hätte sich der Onkel mit Gelee bekleckert. Sefferino öffnete den Mund, versuchte, ein Wort zu sagen, um den Onkel anzusprechen, doch alles, was seine Lippen zuwege brachten, war ein tonloses Schluchzen.

Die Augen seines Onkels waren weit geöffnet. Glanzlos und bar jeglicher Empfindung starrten sie auf den sperrigen Deckel der Eichentruhe, gleich so, als ob sie nicht glauben mochten, daß jene leer war. Dabei hatte der Senfmüller sie am frühen Morgen eigenhändig ausgeräumt und ihren Inhalt seinem Neffen anvertraut.

Sefferino sank neben dem Lehnstuhl auf die Knie, dann legte er seinen Kopf in den Schoß des geliebten Onkels. Es durfte einfach nicht sein; wenn er sich weigerte, das Unvermeidliche anzuerkennen, mußte es entschwinden wie ein böser Traum. Der Onkel würde gleich aufstehen und Sefferino schelten, weil das Gewicht des Jungen seinem gichtkranken Bein weh tat. Er ist zurückgeblieben, um auf mich zu warten, hämmerte er sich so lange ein, bis er an nichts anderes mehr denken konnte.

Unter seiner Berührung bewegte sich der Körper des Senfmüllers, der Kopf sank nach vorn, als gehöre er zu einem Kegelspiel. Den Dolch sah der Junge nicht sofort. Aber er konnte ihn spüren. Er war seinem Onkel tief ins Herz gedrungen.

»Wacht doch auf«, flüsterte der Junge in einem letzten verzweifelten Versuch, seinen Vormund ins Leben zurückzuholen, während er über den Griff der Waffe und das blutbesudelte Wams strich und an den Binden um die Handgelenke zerrte. »Es wird schon dunkel, hört Ihr nicht? Ich bin wieder hier, und nun müssen wir Gelina packen helfen und zum Castello laufen. Noch haben wir Zeit, um uns zu retten.«

Sefferino hatte keine Ahnung, wie lange er, ohne sich zu rühren, neben der Leiche seines Onkels gekniet hatte. Er mußte vor Erschöpfung eingeschlafen sein, doch es war ein eher lähmender, betäubender Schlaf gewesen. Als er schließlich wieder zu sich kam, fühlten sich seine Beine taub an. Wie in Trance massierte er seine nackten Waden. Dann, als das taube Gefühl in ein heftiges Stechen überging, schleppte er sich zum Fenster und schnappte wie ein Erstickender nach Luft.

Im Innenhof wimmelte es plötzlich von Pferden und Menschen, welche die Nacht zum Tage machten. Gerüstete Soldaten mit brennenden Pechfackeln liefen umeinander, stießen mit zugespitzten Hellebarden Türen auf und brüllten sich Befehle in jener singenden, melodiösen Sprache zu, die dem Italienischen so ähnlich war, dem Jungen jedoch niemals fremder in den Ohren geklungen hatte. Blind vor Tränen taumelte er aus der Kammer, ohne die Leiche seines Onkels anzublicken, und schaffte es gerade noch, die Tür zu seiner eigenen Schlafkammer zu öffnen. Wenig später wurde ihm schwarz vor Augen.

Er erwachte von leichten Schlägen gegen die Fußsohlen. Zwei bärtige Soldaten hatten ihn bei der Erkundung der oberen Gemächer entdeckt. Sie packten ihn unter den Achseln und stemmten ihn, obwohl er wild um sich trat, in die Höhe. Mit Todesverachtung ließ Sefferino es über sich ergehen, daß sie ihn in die Wangen kniffen und ihm sein Hemd über den Kopf zogen. Als sie sich daran machten, ihm mit ihren rauhen, schwieligen Händen über die Brust zu fahren, stieg Übelkeit in ihm auf. Er gab jedoch keinen Ton von sich. Nichts würden sie von ihm zu hören bekommen, nicht das leiseste Winseln um Gnade.

Aus der Wohnhalle drangen rauhes Gelächter sowie Geräusche von splitterndem Holz und Glas ins Obergeschoß hinauf.

Die Männer zerrten Sefferino die Treppen hinunter, durchquerten die Halle und führten ihn schließlich am Reisewagen vorüber in den Kräutergarten. Dort stand die Kelter. Ein dürrer Kerl stampfte Trauben und zischte, als hätte er Skorpione unter den Fußsohlen, während seine Kameraden sich an den Weinvorräten des Senfmüllers schadlos hielten und den Mann mit derben Worten anfeuerten, schneller zu treten.

»Laßt den Kleinen weitermachen«, ertönte plötzlich eine unangenehme, hohe Stimme. »Wir wollen den Jungen tanzen sehen. Na los, helft ihm schon in die verdammte Kelter!«

Sefferino wehrte sich nicht, als man ihn in den Bottich hob. Steif watete er durch eine klebrige rote Masse. Die Holzbohlen fühlten sich glitschig an und waren nur noch etwa eine Handbreit mit Weintrauben bedeckt. Die zerquetschten Früchte hatten die pralle Mittagshitze abbekommen und gärten bereits. Bienen und Wespen surrten um sie herum, angelockt von einem widerlichen, süßen Duft.

»Schneller, Bursche, schneller!« lallte eine schwere, heisere Zunge in Sefferinos Rücken. Ein Mann schlug mit einem Ochsenziemer nach ihm und traf ihn zwischen den Schulterblättern. »Tempo, habe ich gesagt! Oder willst du, daß Ramus dich mit in sein Zelt nimmt? Er hat ein eigenes Zelt ... ganz für sich allein!«

Sefferino schloß die Augen. Mörder seid ihr, dachte er, elende Mörder. Vorsichtig hob er die Knie und bewegte seine Füße. Langsam zuerst, furchtsam darauf bedacht, nicht auszugleiten, dann jedoch immer schneller. Während er stampfte, war ihm, als liefe er auf einem von Gelinas wackeligen Bodinos, die sie für gewöhnlich an Namenstagen zubereitete und die so herrlich nach Mandeln und Rosenöl dufteten. Er hörte, wie die lärmenden Soldaten auf Trommeln den Takt angaben. Rhythmisch klatschten sie in die Hände und feuerten ihn brüllend an. Er mußte schneller treten, immer schneller, aber er konnte nicht. Sein Herz raste und drohte, jeden Augenblick auszusetzen. Er spürte einen heftigen Druck an beiden Fußknöcheln und verlor den Boden unter den Füßen. Unter johlendem Geschrei stürzte er in die zerstampften Trauben. Todesangst überfiel ihn. Seine Hände glitten kraftlos über den glatten Boden der Kelter. Er konnte sich nicht mehr regen, bekam keine Luft. Winzige Funken, die wie rote Weintrauben aussahen, zerplatzten vor seinen Augen. Ein sirrender Schmerz folgte.

Dies war sein Tod. Er war verloren und konnte sich, umgeben von tiefer Schwärze, nicht einmal mehr darüber wundern, daß das Ertrinken sich offensichtlich ganz anders anfühlte, als er es sich als Kind beim Spielen am Ufer des Flusses zuweilen vorgestellt hatte.

Im nächsten Moment spürte er zwei kräftige Hände, die ihn überraschend vorsichtig aus dem Bottich hievten. Sefferinos erster Impuls war es, Widerstand zu leisten und sich zurück in die Kelter zu werfen. Wenn er schon sterben sollte, dann hier und jetzt. Er würgte und hustete, und schließlich riß er panisch die Augen auf.

Der Fremde, dessen Gesicht Sefferino nicht sehen konnte, hielt ihn immer noch so behutsam, als wolle er ihm nicht weh tun. Er bahnte sich mit ihm einen Weg durch die Menge der gaffenden und murrenden Soldaten, die sich um ihr Vergnügen betrogen sahen.

»Was hast du dich hier einzumischen, Bader?« rief plötzlich einer der beiden bärtigen Plünderer, die Sefferino aus seiner Kammer gezerrt hatten. »Seine Exzellenz, der Sieur de Vassy, hat uns dieses Pestloch für eine Nacht überlassen, während er selbst und seine Offiziere ihr Quartier in der roten Burg aufgeschlagen haben!« Auf schwankenden Füßen stellte er sich dem Fremden in den Weg und zog sein Schwert zur Hälfte aus der Scheide.

»Überlassen?« Der junge Mann im Lederwams bedachte den Soldaten mit einem spöttischen Lächeln. »Man möchte nicht glauben, wozu du fähig bist, wenn du einmal keine Huren findest, denen du dein trauriges Söldnerschicksal ins Ohr flüstern kannst!«

»Schleich dich zu deinen Scheren und Knochensägen zurück, du verflixter Pockenstecher«, höhnte der Bärtige und spuckte vor dem Mann aus. »In Pavia hat einer deiner Freunde meinem Kameraden Anquelle das Bein abgetrennt, weil es angeblich brandig war.« Nach einem dunklen Blick auf Sefferino wandte er sich an die Umstehenden. »Brandig? Daß ich nicht lache. Wie wäre es, Männer, wenn wir den Bader und das Bürschchen einmal fühlen ließen, wie es ist, wenn scharfer Stahl den Knochen eines Mannes durchfährt?«

Sefferino blinzelte erschöpft nach dem Fremden an seiner Seite. Er erkannte die schwermütig glimmenden Augen sogleich. Sie gehörten dem jungen Franzosen, den er oben auf dem Wildpfad beobachtet hatte. Aber warum hatte er ihn aus der Kelter gezogen und stritt nun seinetwegen mit den Soldaten? Sefferino hatte beileibe nicht alles verstanden, was der Soldat gesagt hatte, doch der gehässige Ton des Mannes überzeugte ihn, daß er Übles mit ihm und dem Unbekannten im Schilde führte.

»Du warst schon immer ein jämmerlicher Aufschneider, Ramus«, antwortete der Mann im Lederwams nach einem Moment des Schweigens. Obwohl er nicht den Eindruck eines erfahrenen Kriegers erweckte, schien er vor dem bulligen Mann keine Angst zu haben. »Aber bitte, wenn du es austragen möchtest, stehe ich jederzeit zu deiner Verfügung.«

»Laß die Finger von dem Kerl, Ramus«, rief einer der Männer. »Du bist doch viel zu besoffen, um dich mit dem

Bader zu prügeln. Nachher mußt du dir noch von dem Kerl die Knochen einrenken oder dich verbinden lassen.« Verächtlich wies er mit der Spitze seiner Lanze auf Sefferino, dem der Traubensaft aus dem Haar über die Stirn troff. »An dem Burschen ist ohnehin nicht viel dran.«

»Halt's Maul«, erwiderte der Bärtige, »darum geht es nicht!« Ehe seine Kameraden ihn zurückhalten konnten, zog er sein Schwert und drang auf den Bader ein. In Windeseile bildete sich ein Kreis um die beiden Kontrahenten. Der Bader gab Sefferino einen Stoß gegen die Schulter, so daß er strauchelte und neben der Kelter liegenblieb. Ein durchdringender Blick des Fremden gemahnte ihn, sich unter keinen Umständen von der Stelle zu rühren.

Blitzschnell zog der Mann, der von den Soldaten Bader genannt wurde, einen Dolch aus dem Gürtel, der jedoch nur halb so lang war wie das Schwert des Soldaten. Es war Wahnsinn, sich mit dieser jämmerlichen Waffe einem Duell zu stellen. Mit einem wütenden Schrei drang der Bärtige auf seinen Gegner ein. Surrend glitt sein Schwert durch die schwüle Abendluft. Der Bader wich geschickt zurück. Es gelang ihm, den tödlichen Streichen aus dem Weg zu gehen und nun seinerseits vorsichtige Ausfälle mit dem Dolch zu wagen. Mit tänzelnden Fußbewegungen kam er dem um sich schlagenden Soldaten immer näher. Schließlich versuchte er mit der linken Hand nach dem Arm seines Kontrahenten zu greifen. Haßerfüllt funkelte der Bärtige ihn an und versetzte ihm mit seinem Schädel einen harten Schlag gegen das Kinn. Der Bader knickte in den Knien ein. Ein hellroter Blutstrahl spritzte auf sein Wams.

Sefferino hielt vor Angst den Atem an. Sollte der Plünderer seinen Beschützer erschlagen, war auch sein eigenes Schicksal besiegelt.

Mit einer geschickten Bewegung schoß der Bader plötzlich in die Höhe, drehte dem verblüfften Ramus den Arm zur Seite und versetzte ihm einen gezielten Stich ins Gelenk seiner Schwerthand. Der Söldner heulte auf wie ein getretener Hund. Schmerzerfüllt und überrascht zugleich. Sein Schwert baumelte locker zwischen seinen Fingern. Offensichtlich konnte er sich nicht entschließen, es fallen zu lassen, um das verletzte Handgelenk zu umgreifen. Bevor er wußte, wie ihm geschah, hatte der Bader ihm einen Stoß in den Rücken versetzt. Das Schwert fiel in den Staub. Unter dem beifälligen Gemurmel der Soldaten richtete der Bader schließlich seinen Dolch auf die Brust seines Gegners. »Dein Freund hat richtig prophezeit«, keuchte er, »an mir wird es später hängenbleiben, deine Wunde zu versorgen, ehe du verblutest wie ein Mastschwein. Schafft ihn hinter die Stallungen zu meinem Proviantwagen!«

Starr vor Staunen setzten sich die Männer in Bewegung. Keiner wagte zu widersprechen, dabei hatte der Bader eher wie ein Gaukler und nicht wie ein Ritter gekämpft. Im nächsten Augenblick erleuchtete ein ganzes Meer von Fackeln den Hof. Erstaunt wandte sich Sefferino um und sah, wie eine Schar Reiter durch den Hof preschte. Angeführt wurde die Gruppe von einem hochgewachsenen, sonnengebräunten Offizier mittleren Alters. Sein Pferd trug kostbares Zaumzeug mit Perlenstickereien, und unter dem prächtigen blauen Samtmantel des Reiters blinkte ein goldener Brustpanzer hervor, den spiralförmige Verzierungen schmückten. Trotz seiner straff geschnürten ledernen Beinschienen sprang der Mann mit einem Satz aus dem Sattel und näherte sich den Soldaten mit schnellen Schritten. Sein wallender Umhang war aus teurer, mit Silberfäden durchwirkter Wolle und blähte sich wie ein Segel über einem Mastbaum. Sefferino beobachtete, wie der Offizier das Szenario mit mißtrauischen Blicken maß. Er strahlte Selbstvertrauen aus und schien an große Auftritte gewöhnt zu sein; die tiefen Furchen über den Augenbrauen wiesen indessen darauf hin, daß Sorgen und Entbehrungen ebenfalls zu seinen täglichen Begleitern zählten. Seine abrupten Armbewegungen verrieten außerdem, daß er ein aufbrausendes Wesen besaß und leicht zu reizen war. Ohne auf einen Befehl zu warten, begannen seine Ritter in geordneter Formation an den Ein- und Ausgängen des Anwesens Aufstellung zu nehmen.

Vor dem Bader, der noch immer mit gezücktem Dolch vor der Kelter stand, blieb der hochgewachsene Offizier stehen. Er musterte ihn von Kopf bis Fuß und schüttelte nachdenklich den Kopf.

»Ambroise Paré?« fragte er. »Was, in drei Teufels Namen, hat dieser nächtliche Aufruhr zu bedeuten? Meines Wissens begleitet Ihr das Heer unseres Herzogs als Bader und Gehilfe des Wundchirurgen. Es ist gewiß nicht Eure Aufgabe, Zweikämpfe auszufechten und meine Männer zu verstümmeln. Was soll ich mit dem Kerl im Sturm auf die Schanzen anfangen, wenn er kein Schwert mehr führen und keine Kanone mehr bedienen kann? Ihr wißt, daß ich Euch dafür am nächsten Baum ... aufknüpfen könnte?«

»Aber Hauptmann Danderac, ich ...« Der Bader machte einen Versuch, sich zu verteidigen, wurde jedoch durch einen scharfen Blick des Offiziers zum Verstummen gebracht. Aus dem Spundloch der Kelter sickerte ein Strom von Traubensaft wie eine zähe Blutspur über den Sand, bis er die Stiefel der Männer benetzte. Der Offizier schaute angewidert zu Boden, machte jedoch keine Anstalten, dem Saft auszuweichen.

»Gewiß habe ich Verständnis dafür, wenn ein Mann, der angegriffen wird, sich seiner Haut wehrt«, fuhr der Hauptmann fort. »Auch wenn es sich nur um einen Bader handelt, der mit ... nun ja, den Waffen eines Weibes kämpft. Ich werde den Fall zu gegebener Zeit untersuchen lassen und die Schuldigen bestrafen!«

Der Offizier wandte sich ab und winkte einem seiner Ritter, das Tor erneut zu öffnen. Ein Schildknecht, der auf der Brustseite seines Waffenrocks eine violette Lilie und ein Ginsterblatt im Wappen trug, führte das Pferd des Hauptmanns herbei. Mürrisch nahm Danderac ihm die Zügel aus der Hand und öffnete die Satteltasche. Es wurde Zeit, daß er ins Lager zurückkehrte, ehe der Herzog von dem verbotenen Zweikampf in der Senfmühle erfuhr. Spione gab es unter den Soldaten wie Disteln unter Rosen, und die Gerüchte, die sie ins Feldlager trugen, verbreiteten sich meist so rasch wie die schwarzen Pocken in einem Pariser Hurenhaus.

Seit der Bader zu den Truppen des Herzogs gestoßen war, hatte Danderac bereits mehrere Streitereien um dessen ungewöhnliche Behandlungsmethoden schlichten müssen. Niemand wußte genau, welche Bücher Ambroise Paré nachts heimlich studierte und welchen medizinischen Theorien er der gängigen Wundbehandlung der Feldschere den Vorzug gab. Zum Leidwesen des Hauptmanns hielt ausgerechnet der Kommandant des Heeres, Maréchal de Montejan, seine Hand schützend über den vorlauten Besserwisser. Sogar ein eigenes Zelt hatte der Herzog seinem Bader zugestanden und damit den ersten Wundarzt des Feldzuges, der sein Zelt mit zwei Waffenknechten zu teilen hatte, tödlich beleidigt. Möglicherweise besaß de Montejan jedoch ein Gespür für Notwendigkeiten. Die Schlacht um Turin stand unmittelbar bevor, und der alte Feldchirurg konnte nicht an zwei Orten gleichzeitig sein, um Stichverletzungen zu reinigen und seinen Männern Bleikugeln aus dem Leib zu schneiden. Außerdem stolperte der greisenhafte Medicus Bertrandel, dessen Haut bereits so durchsichtig wie Pergament war, in letzter Zeit verdächtig oft über seine eigenen Stiefel oder ließ sich mit billigem Wein vollaufen. Wenn Danderac also noch einmal Nachsicht mit dem Bader übte, so gewiß nicht, weil der Herzog Gefallen an dem Burschen gefunden hatte. Danderac gab sich damit zufrieden, daß Paré Nadel und Beinsäge einfach sicherer führte als der königliche Wundarzt.

Während die Schar der Männer sich von der Kelter entfernte, plagte sich Sefferino auf die Beine und schlich zaghaft an den Fackelträgern vorbei, auf die beiden diskutierenden Männer zu.

»Wer ist dieser Bursche, und was hat er hier noch verloren?«

fragte der Hauptmann, als sein Blick auf den Jungen fiel. Er schien unangenehm berührt zu sein; vermutlich hatte er nicht damit gerechnet, auf dem eroberten Hof ein verstörtes Kind anzutreffen. »Gehört er etwa zu Euch, Paré?«

Nachdenklich fuhr der Bader sich über den gestutzten Kinnbart und überlegte, welche Antwort der Offizier hören wollte und welche er ihm statt dessen geben würde. Schließlich sagte er: »Wahrscheinlich der Sohn des Müllers, der hier lebte, *mon capitaine*. Eure Männer waren gerade dabei, ihn in der Kelter zu ersäufen, als ich ihr Vergnügen stören mußte.«

»Vorsicht, Bader!« knurrte der Offizier und schlug mit finsterer Miene seinen Umhang über dem Brustpanzer zurück. »Ich hoffe, Ihr besitzt nicht die Unverfrorenheit, mir einen Vorwurf zu machen?«

Sefferino verstand nur wenig von dem Gespräch der beiden Männer, doch die schroffen Worte des Offiziers trafen ihn wie die Zweige einer Weidenrute. Er konnte sich nicht länger zurückhalten und rief voller Empörung: »Ihr feigen Mörder habt meinen Onkel und Gelina umgebracht. Sie waren friedliche Leute und hatten niemandem von euch gemeinen Totschlägern etwas getan. Woher nehmt Ihr und Euer prächtiger König Francesco eigentlich das Recht, das Piemont zu verwüsten und unseren Besitz zu plündern?« Die Stimme des Jungen wurde mit jedem Wort, das er ausstieß, schriller. Erst als er einige Momente schwieg, um Atem zu holen, begriff er, daß das sprachliche Unvermögen der Soldaten ihm womöglich ein weiteres Mal das Leben gerettet hatte. Die umstehenden Ritter lachten halb verlegen, halb amüsiert. Sie hatten nicht verstanden, daß der Junge sie soeben beschimpft hatte.

Zu Sefferinos Verwunderung ging der Bader vor ihm in die Hocke, berührte ihn behutsam an der Schulter und erwiderte in einem Durcheinander aus Italienisch und Französisch: »Beruhige dich, mein Junge. Du brauchst keine Angst mehr zu haben. Niemand wird dir ein Haar krümmen, dafür werde ich schon sorgen. Mein Name ist Ambroise Paré, und dieser Mann ist Hauptmann Gilles Danderac, der Sieur de Vassy. Er gehört zu den ersten Offizieren des Herzogs von Montejan und ist zudem ein Vertrauter unseres Königs.«

Sefferino rang nach Luft. Eingeschüchtert bedeutete er dem Bader, ihn loszulassen, und wies auf das offene Fenster, hinter dem er die Leiche seines Onkels gefunden hatte.

Wenig später stand Sefferino in Begleitung von Ambroise Paré, Danderac und zwei schwer bewaffneten Soldaten in der Kammer seines Onkels. Der Bader beugte sich mit ausdrucksloser Miene über den leblosen Mann im Lehnstuhl, löste dessen Handfesseln und begann daraufhin, ihn gewissenhaft und eingehend zu untersuchen.

»Es wäre besser, wenn das Kind den Raum verließe«, sagte er. »Der Tote hat eine Menge Blut verloren. Ich muß sein Wams aufschneiden, um den Stichkanal zu verfolgen und ihn auf äußere Todeszeichen untersuchen.«

»Ich bin kein Kind mehr«, zischte Sefferino, der die Worte des Baders verstanden hatte, ihn giftig an. Ohne sich an dem strengen Blick des französischen Hauptmanns zu stören, schlug er den Deckel der Eichentruhe zu und ließ sich mit vor dem Bauch verschränkten Armen darauf nieder. »Eure Soldaten haben unser Haus überfallen, es ausgeplündert und meinen Onkel erschlagen!« stieß er feindselig hervor. »Dabei bleibe ich!«

Der Bader wies auf Calabriani. »Dieser Mann wurde durch einen Stich in die Brust getötet und nicht erschlagen.« Mit geübtem Griff entfernte Paré die Klinge und wog sie in der Hand. Der Dolch war nicht besonders lang und steckte in einem Griff aus verkrustetem Hirschhorn. Sefferino reckte den Hals und kniff die Augen zusammen. Sosehr es ihm widerstrebte, von seiner Meinung abzurücken, glaubte er doch, dieses Messer schon einmal gesehen zu haben. Allerdings nicht in der Hand eines Landsknechts.

»Was sind äußere und innere Todeszeichen?« wollte Hauptmann Danderac wissen.

»Farbe und Zustand des geronnenen Blutes auf dem

Kragen weisen darauf hin, daß der Tod bereits vor etlichen Stunden eingetreten ist.« Ambroise richtete sich auf und blickte seinen Offizier an. »Die Pupillen des Mannes sind geweitet. Offenbar hat ihn der tödliche Streich unvorbereitet getroffen. Der Tod setzte vermutlich infolge einer inneren Verblutung ein, da sich das Blut in den meisten Fällen in der unteren Leistengegend staut.« Der Bader trat ans Fenster, wobei er sich Mühe gab, seine blutigen Finger vor Sefferinos Blicken zu verbergen. Mit rauher Stimme rief er dem ungeduldig wartenden Offizier zu: »Ihr könnt beruhigt sein, *mon capitaine*. Eure Männer können noch gar nicht in diesem Tal gewesen sein, als der Müller verblutete! Abgesehen davon, glaube ich nicht, daß ein Söldner seinen Dolch im Korpus seines Opfers zurücklassen würde.«

»Und wenn schon«, erwiderte der Hauptmann lakonisch. »Ein Feldzug ist kein Possenspiel. Je eher diese kaisertreuen Sturköpfe in Turin und der Lombardei das begreifen und uns ihre Städte und Festungen ausliefern, desto besser für sie. Euch, Bader, empfehle ich jedenfalls, auf schnellstem Wege zu Eurem Verbandsplatz zurückzukehren und keine Partei zu ergreifen, solange uns Turin und Mailand noch Widerstand leisten. Und haltet Euch in Zukunft von meinen Soldaten fern. Sonst findet Ihr Euch eines Tages ebenfalls mit einem Messer im Leib wieder. Lombardisch oder französisch, glaubt mir, Euren Rippen ist's egal, aus welcher Schmiede der Stahl stammt, der Euch durchbohrt!«

Der Hauptmann machte auf dem Absatz kehrt. Sein Blick wanderte von dem Leichnam des Müllers über die umgeworfenen Möbelstücke und die überall verstreut liegenden Papiere hinweg, zur Truhe an der Wand. Er sah, daß der Junge mit den schwarzen Locken ihn aus den Augenwinkeln heraus beobachtete. Trotz eines geringfügigen Zitterns hielt er sich aufrecht wie eine Palisade. Seine glänzenden, dunklen Augen funkelten vor Verzweiflung, Wildheit und Haß, doch sie zeigten nicht mehr die geringste Spur von Furcht vor den Kriegsknechten und ihren Waffen. Gilles Danderac räusperte sich. Auch wenn er es sich nicht eingestehen mochte, so weckte die Tapferkeit des Jungen doch Gefühle in ihm, die er während der Jahre der italienischen Kriege lange nicht mehr empfunden hatte. Er besaß selber zwei Söhne. Der ältere begleitete den Feldzug gegen das Herzogtum Mailand als Fahnenträger, und einen Herzschlag lang fragte sich der Offizier, ob sein eigener Sohn sich im Angesicht von Tod und Verderben wohl ebenso würdevoll verhalten würde wie der junge Piemonteser dort auf der Truhe. Gilles Danderac vermochte es beim besten Willen nicht zu sagen.

»Wir verschwenden nur unsere Zeit«, erklärte er schließlich barsch und winkte den beiden Wachen, die ihn ins *camerino* begleitet hatten, ihm hinaus auf die Stiege zu folgen. »Was hier geschehen ist, hat nichts mit uns zu tun. Laßt den Bader noch einen Blick auf das tote Weib im Gewölbe werfen, danach …« Danderac hielt inne. Er war mit dem Stiefel an einem Stoffstreifen hängengeblieben, der sich zwischen die Dielenbretter geklemmt hatte. Der Hauptmann schüttelte den Streifen ab. An der goldfarbenen Kordel hing ein länglicher Gegenstand aus gebranntem Ton. Eine Pfeife.

»Solch ein Tand gehört gewiß dir, mein Junge!« Gönnerhaft versuchte der Hauptmann Sefferino die Pfeife aus Keramik zuzuwerfen, doch er zielte zu kurz. Klirrend zerbrach das kleine Kunstwerk zu seinen Füßen. Sefferino starrte ungläubig auf die Dielenbretter. Die Flöte gehörte ihm nicht, aber er kannte sie genau und wußte auch, wer sie verloren hatte.

»Mucio Sblinetta«, flüsterte er. Die Pfeife gehörte dem Sohn des Steuereinnehmers. Sie war sein größter Schatz und baumelte für gewöhnlich um seinen Hals. Sblinetta mußte im Haus gewesen sein. Wahrscheinlich gemeinsam mit seinem Vater, der die Mühle auf den Kopf gestellt hatte, um sich vor der drohenden Plünderung durch den Feind selber noch einmal die Taschen zu füllen. Sefferino stellte sich das Gesicht des Steuereinnehmers vor, die runden Augen, in denen sich amtliche Geschäftigkeit mit gefährlicher Hinterlist paarten. Der Mann mußte vor Wut geschäumt haben, als er Calabrianis Kassette und die Vorratsräume hinter Gelinas Küche leer vorgefunden hatte.

Sefferino bückte sich, um die Tonscherben von den Holzdielen aufzuklauben.

Die ehrenwerten Sblinettas! Sie hatten in der Senfmühle nach Geld gesucht, soviel schien festzustehen. Dabei waren sie auf den Onkel und dessen Magd gestoßen und hatten sie …

Er weigerte sich, den unheilvollen Gedanken zu Ende zu führen. Er wollte überhaupt nicht mehr denken müssen. Wie in einem bösen Traum schritt er an dem Bader vorüber ans Fenster, stieß es auf und starrte in die Nacht hinaus. Der sanfte Wind trug den Duft der zerstoßenen Trauben herüber. Unwillig wandte Sefferino den Kopf in eine andere Richtung. Trotz der Finsternis war der Januskopf auf dem Torbogen zu erkennen. Die erstarrte Grimasse wich seinen Blicken wenigstens nicht aus, wie es die Erwachsenen taten, die ihn betrogen, mißhandelten und verließen. Nein, die steinernen Augen erwiderten seinen Blick verständnisvoll. Sie allein waren ihm in diesem Hof an Vertrautem geblieben und bestätigten nun mit unbestechlicher Offenheit, daß er seine Heimat verloren hatte. Von nun an war er auf sich allein gestellt.

Seine Kindheit war zu Ende.

2. KAPITEL

Im Morgengrauen erwachte Sefferino aus einem traumlosen Schlaf. Erschöpft schlug er die Augen auf. Er lag in seinem eigenen Bett, alles um ihn herum sah aus wie an jedem anderen Tag. Es dauerte einige Zeit, bis er begriff, was gestern mit ihm geschehen war. Langsam erhob er sich und knüllte das schmutzige Laken, auf dem er gelegen war, zu einem Bündel zusammen.

Wenig später klopfte es an der Tür. Der französische Bader brachte ihm etwas zu essen: Brot, Ziegenkäse und ein paar Weintrauben. Dann forderte er ihn auf, sich anzuziehen und ein paar Sachen zusammenzusuchen. Der Offizier, so erklärte er, habe ihm mitgeteilt, daß Sefferino nicht in der Senfmühle bleiben könnte.

»Mein Onkel ist tot«, zischte Sefferino, während er das Essen mit verächtlicher Miene von der Bettkante stieß. »Die Senfmühle gehört nun mir allein. Euch Franzosen werde ich meinen Besitz gewiß nicht in den Rachen werfen. Sobald die Truppen Seiner Majestät des Kaisers die Alpen bezwungen und das Piemont erreicht haben, wird er euch französisches Gesindel ...« Er biß sich auf die Zunge und zuckte zusammen, weil er befürchtete, der Bader könnte zum Schlag ausholen oder seine Kameraden rufen. Doch sein Gegenüber bedachte ihn lediglich mit einem langen Blick, der sowohl Trauer und Anteilnahme als auch Resignation bedeuten konnte. Wortlos reichte er Sefferino einen Kittel aus weißer Wolle von dem Messinghaken in seiner Kammer, dazu zwei Wämser, eines aus aprikosenfarbener, das andere aus blauer Wolle mit Perlmuttschnallen. Sefferino haßte beide, weil seine Schulkameraden sich über ihn lustig gemacht und ihn als Gecken bezeichnet hatten, sooft er die feinen Tuche bei der Messe im Dom von San Giovanni getragen hatte. Zum Glück war dies nur zu Feiertagen der Fall gewesen. Verwundert stellte der Junge fest, daß der Bader den Geschmack seines Onkels zu teilen schien. Der Senfmüller hatte stets Wert auf gute Tuche gelegt. Rasch stopfte Sefferino die Wämser, Hosen und Umhänge in einen Sack, legte noch einen goldenen Ring dazu, den seine Mutter einst getragen hatte, und schnürte das Bündel dann mit einem Strick zusammen. Die Pfeife des Mucio Sblinetta hängte er sich nach kurzem Überlegen um den Hals. Er kam sich schmutzig dabei vor, gedemütigt, denn das Stück Keramik schien sich in seine Haut zu brennen wie ein Brandmal. Dennoch wollte er die Pfeife auf keinen Fall in der Mühle zurücklassen, handelte es sich doch um den einzigen Gegenstand, der bewies, daß zumindest der Sohn des Steuereinnehmers vor der Ermordung seines Onkels im Hause gewesen war.

»Das sollst du mir büßen, Sblinetta«, murmelte Sefferino mit rauher Stimme, obschon er ahnte, daß die Franzosen die Tür zu seiner Kammer im Auge behielten. »Und wenn ich dich bis in die unterste Hölle verfolgen muß, du sollst es büßen. Du und dein Vater!« Er holte tief Luft. Rache gehörte zu den sieben Todsünden. Sefferino hatte lange genug die Domschule besucht, um solche Dinge zu wissen. Doch es war ihm gleichgültig. Der Junge holte sich eine Decke von seinem Lager, wickelte sich trotz der drückenden Hitze hinein und setzte sich auf den Fußboden.

Der Bader behelligte ihn an diesem Morgen nicht mehr, sondern ließ, begleitet von Kommandorufen der Soldaten, die sich anschickten, ihr Nachtlager zu räumen, nützliche Gegenstände wie Krüge, Messer, Seile und Werkzeug ins Freie schaffen. Als Sefferino durch das winzige Fenster seiner Kammer sah, bemerkte er, wie sich einige Männer mit langen weißen Leintüchern, Brettern und Spaten um die Hausecke drückten. Wenig später drangen schleifende Geräusche von Stiefeln an sein Ohr. Sefferino warf sich auf sein Lager und hielt sich die Ohren zu. Er wußte nur zu gut, was da draußen vor sich ging.

Die Soldaten holten seinen Onkel aus dessen *camerino*, um ihn hinter seiner Mühle zu verscharren. Der Bader begleitete sie mit mahnenden Worten. Er mußte den Hauptmann überredet haben, die Leichen anständig zu begraben.

Wahrscheinlich hat er Angst, es könnte eine Seuche ausbrechen, solange die Franzosen im Tal sind, mutmaßte Sefferino und zog sich grimmig die Decke über den Kopf.

Als der Bader wenig später seinen Kopf zur Tür hereinsteckte und den Jungen fragte, ob er bei der Beerdigung seines Onkels dabeisein wollte, tat Sefferino so, als hörte er ihn nicht. Der Senfmüller war ein stolzer Mann gewesen, der sich niemals im Leben etwas hatte diktieren lassen. Er würde verstehen, daß sein Neffe nicht unter den Augen des Feindes an sein Grab treten mochte. Der Junge schwor sich, nicht nur seinen Tod zu rächen, sondern eines Tages auch ein Grabmal aus Marmor über den Gebeinen der Ermordeten zu errichten.

»Es wird Zeit, mein Junge«, verkündete Ambroise Paré, als die Sonne hoch am Himmel stand, und warf Sefferinos Bündel auf seinen Wagen mit den Kisten und den sonderbaren Instrumenten. »Hauptmann Danderac scheint es doch nicht gleichgültig zu sein, was aus dir wird. Er hat mich beauftragt, dich von hier fortzubringen. Hast du Verwandte in Turin? Würde dich jemand aufnehmen, wenn ich dich bis nahe an die Stadtmauern brächte?«

Sefferino dachte angestrengt nach. Sein Lehrer, Pater Eugenio, fiel ihm ein. Gewiß hatte der Mönch seine Klause bei San Federico rechtzeitig verlassen können, um innerhalb des Dombezirks Unterschlupf zu suchen. Er war sich indessen nicht sicher, ob der alte Franziskaner erfreut sein würde, ausgerechnet ihn zu sehen. Schließlich gehörte der Pater zu den Bettelmönchen und lebte nun erst recht von der Hand in den Mund. Freunde in der Stadt, an die er sich hätte wenden können, gab es auch nicht. In der Domschule war Sefferino nicht sonderlich beliebt gewesen, Freunde hatte er unter seinen Kameraden nie gefunden. Für viele Altersgenossen, die entweder den reichen Kaufmannsfamilien am Campo oder dem lombardo-piemontesischen Adel entstammten, war er immer ein Außenseiter geblieben. Abgesehen davon hielt Sefferino die meisten seiner Schulkameraden für unreife Halbwüchsige, die sich auf der Piazza Castello auf die Lauer legten, um Maultiere und Gänse mit Steinen zu bewerfen oder jungen Mädchen im Trubel des Carnevale mit obszönen Masken nachzustellen.

Schließlich schüttelte Sefferino auf die Frage des Baders

nur mürrisch den Kopf. In Turin gab es wahrhaftig niemanden, den er um Aufnahme bitten konnte.

»Nun, das macht nichts, Sefferino«, entgegnete Ambroise Paré. »So heißt du doch, nicht wahr? Es wäre ohnehin nicht vernünftig, ausgerechnet jetzt in eine belagerte Stadt zu ziehen. Die Truppen des Herzogs haben die Burg im Norden Turins bereits erobert und vor den Stadttoren Aufstellung genommen. Kanonen und Sturmleitern stehen bereit, die Wälle niederzureißen, und ist Turin erst einmal niedergezwungen, kann nicht einmal der Herzog de Montejan seine Söldner am Plündern hindern.«

»Das ist mir egal«, erwiderte Sefferino mißmutig. »Hauptsache, Ihr verschont mich endlich mit Eurem besorgten Getue. Ihr gehört wahrhaftig nicht zu den vier barmherzigen Erzengeln!«

Der Bader lächelte nachsichtig. »Erzengel sind nur Boten, die einen Auftrag ausführen, genau wie ich. Es gehört nicht zu ihren Pflichten, barmherzig zu sein. Wenn sie es dennoch sind, sollten wir dies niemals in Frage stellen.« Dann schnalzte er mit der Zunge, um die beiden Pferde anzutreiben. Er würde zur Burg fahren und danach versuchen, den kleinen Piemonteser in einem der umliegenden Dörfer unterzubringen. Plötzlich spürte er, wie sich die Hand des Jungen auf seinen Arm legte.

»Ich habe etwas vergessen. Wartet auf mich!« Ehe der Bader ihn zurückhalten konnte, sprang Sefferino vom Wagen und lief an den überraschten Soldaten vorbei, auf die Tür des Wirtschaftsgebäudes zu. Keiner hielt ihn auf. Im Lagerraum mit den kleineren Handmühlen und den hohen Standgefäßen zog er die Schriften der Waldenser hinter einem Regal hervor, wo sein Vormund sie einst verborgen hatte. Er würde nicht zulassen, daß die Papiere eines Tages von neugierigen Leuten aus der Stadt aufgefunden wurden und die Bewohner der Senfmühle in ein schlechtes Licht rückten. Diesen letzten Dienst durfte er seinem Onkel nicht versagen. Ohne zu zögern, stopfte der Junge die zerknitterten Bögen unter sein Wams. Dann eilte er auf den Hof zurück.

»Hast du gefunden, wonach du suchtest?« fragte Ambroise brüsk. Er schien unruhig zu werden. Irgend etwas drängte ihn, die Mühle nun so rasch wie möglich zu verlassen. »Je weniger wir mit uns herumschleppen, desto schneller werden wir vorankommen!«

»Dann laßt doch ein paar Eurer Kisten zurück! Im Gegensatz zu Euch brauche ich kein schlechtes Gewissen zu haben, weil ich mich nicht am Besitz anderer vergreife!«

»Wovon redest du nur, Junge?«

»Tut doch nicht so scheinheilig, Bader! Ich habe genau gesehen, wie Eure Soldaten die Sachen meines Onkels aus dem Haus getragen haben. Geld haben sie wohl keines gefunden, nicht wahr?«

»Soviel ich weiß, nicht«, gab Ambroise freimütig zu. Dann ließ er die Pferde in einen gemütlichen Trab verfallen.

Wie hätten sie auch Geld finden sollen? dachte Sefferino. Wäre er nicht mit den Ersparnissen seines Onkels in die Berge geeilt, hätten die Sblinettas gewiß niemals gewagt, die Senfmühle zu überfallen. Ich bin schuld, schoß es Sefferino durch den Kopf. Ich war nicht zu Hause, als es passierte. Es war nicht angebracht, ausgerechnet dem Bader, der ihm immerhin geholfen hatte, die Schuld für das Unheil zu geben.

Ambroise lenkte den Wagen vorsichtig zwischen den Pfeilern des Torbogens hindurch. Weder er noch Sefferino bemerkten, wie drei der zurückbleibenden Soldaten auf einen Wink ihres Vorgesetzten eine Reihe von Holzknüppeln mit Lumpen umwickelten, sie mit Pech bestrichen und schließlich damit auf die Schilfdächer am Vorbau der Senfmühle zuliefen.

»Euer edler Hauptmann und die Soldaten reden Euch immerzu mit Bader an«, brach Sefferino nach einer Weile das Schweigen. »Was bedeutet das? Ich kann kaum glauben, daß man auf einem Feldzug einen Bader braucht. Wascht Ihr etwa anderen Männern während der Schlacht den Rücken?«

Ambroise verzog das Gesicht zu einer spöttischen Grimasse. Er wirkte jünger, wenn er lächelte, und beinahe ein wenig verwegen. Einen Herzschlag lang blickte er den Jungen abschätzend an. Dann legte er plötzlich den Kopf zurück und lachte schallend. Sefferino runzelte die Stirn und überlegte, was an seiner Frage so erheiternd gewesen war. Er haßte es, wenn Erwachsene sich auf seine Kosten amüsierten. Betroffen schaute er sich um. Ihm fiel auf, daß der Bader einen recht steilen Weg einschlug, der an einem alten Friedhof und zwei, drei ausgebrannten Hütten vorbeiführte.

»Deine Frage ist berechtigt, mein Junge«, erklärte Ambroise, nachdem er wieder ernst geworden war. »Ich weiß, daß ihr in Italien Badehäuser habt, die so groß sind wie Kirchen. Bäder gehören zu eurer Kultur wie der Turban zum Mauren. Jenseits der Alpen sieht die Sache jedoch anders aus. In Frankreich ist es durchaus noch ein Luxus, eine Badestube zu besuchen, und der Betreiber nimmt weitaus wichtigere Aufgaben wahr, als sein Name es vermuten läßt.«

»Welche Aufgaben sind denn so wichtig?« erkundigte sich Sefferino.

»Nun, in erster Linie Aufgaben der Heilkunde! Wer als Bader der Ansicht ist, daß es seinen Fähigkeiten entspricht, sich um kranke oder verletzte Menschen zu kümmern, hat die Möglichkeit, sich in einem Hospital zum Wundarzt ausbilden zu lassen. Oder er begleitet erfahrenere Chirurgen auf einen Feldzug. Seit sich der Kaiser und unser König um die italienischen Fürstentümer streiten, gibt es für junge Feldärzte mehr als nur eine Gelegenheit, etwas über Verletzungen und ihre Behandlung zu lernen.«

»Verstehe«, sagte Sefferino, obgleich ihm immer noch nicht klar war, in welcher Eigenschaft der Bader sich bei der französischen Armee herumdrückte. In Turin gab es eine Handvoll Ärzte, die alle an Universitäten studiert hatten. Sie trugen Talare aus weinrotem Taft und rote Mützen mit Biberpelzbesatz und langen Ohrenklappen. Für gewöhnlich verkehrten sie in den feinsten Palazzi der Stadt und behandelten nur diejenigen, die ihre Dienste teuer bezahlen konnten. Sefferino erinnerte sich lediglich an einen einzigen Besuch eines Medicus in der Senfmühle. Damals war er beim Spielen in die Adda gestürzt und mit hohem Fieber nach Hause zurückgekehrt. Der Arzt hatte ihn daraufhin untersucht und ein bedenkliches Gesicht gemacht. Er hatte dem Onkel eine Liste verschiedener Heilkräuter diktiert, aus denen der Apotheker einen Trank zubereiten sollte. Tagelang hatte das Fieber in seinem Körper gewütet, aber dann war es plötzlich verschwunden. Sefferino fühlte sich gedrängt, mehr über den Bader und dessen Herkunft herauszufinden. Also fragte er ihn, ob er denn schon immer vorgehabt habe, Medicus zu werden.

»In meiner Kindheit kannte ich einen alten Mann, der in einem schiefen Turm an der Stadtmauer meiner Heimatstadt hauste«, antwortete Ambroise. »Er war kahl und so rund wie ein Heringsfaß. In seiner Stube war es zumeist finster, weil der Alte seine Fenster mit Brettern oder Schweinsblasen verdunkelte. Die meisten Kinder fürchteten sich vor ihm, aber ich versäumte keine Gelegenheit, um mich vor meiner Hausarbeit zu drücken und zu ihm zu schleichen. Im Laufe der Zeit wurde er ein Freund für mich, vor allem, weil er wunderbare Geschichten kannte und wie kein zweiter erzählen konnte. Er berichtete mir aber nicht nur von Seeungeheuern und den Geistern der keltischen Priester, die in meiner Heimat vor Urzeiten lebten, sondern auch von heilenden Kräutern und Steinen und von den Lehren der berühmten Ärzte von Padua und Bologna.«

»Ein vielseitiger Mann«, warf Sefferino ein. Er fragte sich, ob der Bader ihm die Wahrheit sagte oder dabei war, ihn zum Narren zu halten.

»Oh, das war längst nicht alles! Der Alte verstand es auch, aus einer Hühnerleber die Zukunft herauslesen. Eines Tages prophezeite er mir, ich würde nach Italien ziehen und an einer berühmten Universität studieren.«

»Nun, in Italien seid Ihr jedenfalls angekommen«, bemerkte Sefferino voller Spott. »Alles weitere ...«

»Keine Bange, an die Prophezeiung glaubte ich nicht mehr als drei Tage lang. Der Alte ließ die Hühnerleber dann in seinen Magen wandern. Dafür gab es in der Nachbarschaft des Turmes bald keine einzige Katze mehr.«

Sefferino schaute den Bader erstaunt an. Dann mußte er sich auf die Lippen beißen, um nicht laut zu lachen. Der Fremde wollte ihn gewiß nicht ärgern. Er besaß vielmehr einen feinen Sinn für Humor, mit dem er seine Art zu reden ebenso vorsichtig und angemessen würzte wie eine gute Küchenmagd die Suppe.

»Leider war mein Vater zu arm, um mich auf eine Latein- oder Klosterschule zu schicken«, fuhr der Franzose fort. »Er arbeitete als Kistenmacher und hatte eine große Familie zu versorgen. Meine Mutter und meine Schwestern sammelten Pilze und Beeren in den Wäldern um Bourg-Hersent, dem Dorf, in dem ich geboren wurde! Ich selbst diente als Küchenjunge in der Burg einer adeligen Dame. Das war nicht gerade reizvoll für einen Knaben, aber wenigstens habe ich im Haus der Gräfin lesen und schreiben gelernt. Ihr Beichtvater brachte es mir bei.«

Sefferino reckte das Kinn, was ihm einen etwas überheblichen Ausdruck verlieh. Er hatte gewiß nicht damit gerechnet, daß ein Angehöriger der feindlichen Truppen sein Herz so offen auf der Zunge trug. »Aber wenn Ihr schon keine Möglichkeit fandet, Medicus zu werden, warum wähltet Ihr ausgerechnet den Beruf eines Baders?«

»Ein Freund meines Vaters war der Barbier des Bischofs von Laval«, erwiderte Ambroise. »Anscheinend machte er seine Sache so gut, daß er sogar im Bischofspalast leben und an der Tafel des hohen Herren speisen durfte. Dieser Freund verstand aber nicht nur Bärte zu scheren oder Haare zu schneiden. Er wußte auch über heilende Kräuter und schmerzlindernde Mittel Bescheid, weil er viele Jahre bei den Mauren zugebracht hatte, ehe die Spanier sie aus ihrem

Kalifat in Cordoba vertrieben. Die Mauren führten einst die umfangreichsten Bibliotheken und Archive des Abendlandes. Dort war alles zu finden: medizinisches Wissen, welches die Jahrhunderte überdauerte, außerdem die bedeutendsten Erkenntnisse der Geometrie, Astronomie sowie der Musik und Dichtkunst. Nachdem die Mauren Granada verlassen mußten, gelangten einige dieser Schätze auf abenteuerlichem Wege nach Frankreich. In Paris erzählt man sich, daß die Bibliothek der Mediziner einst aus einem einzigen Werk eines Arabers bestand. Es umfaßte das gesamte Wissen der Heilkunst seit den frühen Griechen und wurde so sorgsam gehütet, daß selbst der alte König Louis XI. zwölf Mark in Silber und hundert Taler in Gold hinterlegen mußte, um es für seinen Leibmedicus zu entleihen.«

»Hatte Euer Barbier denn auch von den Ungläubigen medizinisches Wissen erworben?« fragte Sefferino. Allmählich gewöhnte er sich an das holprige Italienisch, das der Bader sprach. Er gab sich große Mühe, nicht zu interessiert zu klingen, konnte jedoch nicht verhehlen, daß die Geschichte ihn mehr und mehr in ihren Bann zog.

»Als mein Vater mir eines Tages mitteilte, daß der Barbier beabsichtige, mich nach Paris mitzunehmen, war ich außer mir vor Freude. Schließlich bot sich einem Jungen aus der Provinz nicht allzuoft die Gelegenheit, sein Dorf zu verlassen. Während der nächsten Jahre unterrichtete mich mein Lehrherr, der Barbier, so gut er konnte. Schließlich übertraf ich selbst die älteren Gesellen im Rasieren und Haarschneiden, im Zahnziehen und dem Säubern von Wunden. Ich bin mir sicher, daß etliche seiner Behandlungsmethoden auf arabischen Kenntnissen basierten, aber natürlich hätte er dies niemals zugeben dürfen. Die Inquisition ist inzwischen auch in unserem Land recht mißtrauisch gegen alles geworden, was den Anschein des Fremdartigen trägt. Vermutlich wegen der ketzerischen Ansichten dieses Mönches aus Deutschland und seiner Anhänger.«

»Aber warum begeben sich Eure Landsleute dann nicht

lieber in die Behandlung von studierten Ärzten? Ich dachte immer, Eure hohen Schulen hätten einen so guten Ruf?«

Unwillkürlich legte Ambroise seine Stirn in Falten. Seine übliche Heiterkeit verschwand. Ein wenig bitter antwortete er: »Die gelehrten Ärzte und Magister der Sorbonne, so heißt die größte Pariser Universität, sind zufrieden, wenn wir Bader ihnen das blutige Handwerk vom Halse halten. Damit machen sie sich nicht gerne die Hände schmutzig. Daher wird es uns Barbieren und Badern übertragen, einem Verwundeten Pfeilspitzen und Bleikugeln aus dem Leib zu schneiden, ohne daß er verblutet oder am Fieber krepiert. Außerdem ist es wesentlich billiger, in die Badestube zu gehen, um sich einen gebrochenen Knochen schienen zu lassen. Einen Medicus können sich nur ganz Reiche leisten. Vermutlich ist dies in Mailand oder Turin nicht anders.«

Sefferino betrachtete den blonden Franzosen. Ambroise Paré war also kein gewöhnlicher Soldat, sondern durchaus fähig, anderen Menschen Anteilnahme und Interesse entgegenzubringen. Der Junge ertappte sich bei dem Gedanken, daß er erste Sympathien für ihn empfand. Schließlich sagte er im Brustton der Überzeugung: »Ich finde, Ihr hättet in Eurer Heimat bleiben sollen, um kranken Menschen dort beizustehen, anstatt mit diesem Hauptmann unser Land zu verwüsten.«

Ambroise schenkte ihm einen langen, nachdenklichen Blick, schien jedoch nicht beleidigt zu sein. Überhaupt verlor er wohl nur selten die Fassung, obschon er Temperament genug besaß, um selbst Offizieren und Edelleuten zu sagen, was er dachte. Ein merkwürdiger Mensch, fand Sefferino. Er wandte seine Aufmerksamkeit wieder der Straße zu. Der Weg zum Paß beim Castello di Rivoli wurde zunehmend steiler, und die Pferde mußten sich gehörig plagen, um vorwärts zu kommen.

Der Himmel hatte inzwischen eine graue Farbe angenommen. Zwischen den Hügeln sammelte sich der Wind und pfiff ihnen heulend wie ein Wolfsrudel hinterher. Als der

Karren des Baders ein Hochplateau erreichte, von welchem aus man über die Täler blicken konnte, stieg plötzlich schwarzer Rauch über den Wipfeln der Bäume auf. Vögel suchten kreischend das Weite. Ambroise spähte argwöhnisch zu dem Jungen hinüber. Im Tal loderte ein gewaltiges Feuer; das Knistern der Flammen war bis zu ihnen herauf zu hören. Sefferino schwang sich von seinem Sitz und trat auf den steilen, felsigen Abhang zu. Mit einer Hand schirmte er seine Augen ab, um nicht, vom Sonnenlicht geblendet, über Steine oder dürres Gestrüpp zu stolpern.

»Heiliger Sebastian«, schrie er voll Entsetzen in den Wind, »das ist die Senfmühle! Unser Haus brennt! Das Mühlrad und die Scheune ... alles steht in Flammen.« Fassungslos wandte er sich zu dem Bader um. »Ihr habt es gewußt, nicht wahr? Ihr habt genau gewußt, daß Eure Soldaten die Mühle in Brand setzen würden. Bringt mich auf der Stelle zurück ins Tal!«

Der Bader stieg weder von seinem Wagen, noch blickte er in das Tal hinab. Aus seinem Gesicht war jede Farbe gewichen, dennoch nickte er auf Sefferinos Vorwurf und erklärte ohne Umschweife: »Glaub mir, Junge, es war nicht meine Idee, das Haus anzuzünden. Hauptmann Danderac hat die Pflicht, dafür zu sorgen, daß die Truppen des Kaisers keine Quartiere im Tal vorfinden, in denen sie auf Nachschub warten können. Aus diesem Grund war er gezwungen, euer Haus ...«

»Gezwungen?« Die Stimme des Jungen zitterte vor Wut. »Ihr tut mir von Herzen leid, Monsieur«, preßte er dann hervor. »Seit gestern scheine ich Euer Gewissen fortwährend zu strapazieren. Und ich Einfaltspinsel dachte tatsächlich, ich könnte einem Mann wie Euch vertrauen!«

»Gestern früh haben Soldaten ein Dorf ganz in der Nähe der Burg überfallen und einige Bauern gefangengenommen«, sagte Ambroise unvermittelt, ohne auf Sefferinos letzte Worte einzugehen.

»Wenn Ihr die Männer meint, die auf dem Collina-Paß an

Stricken hinter euren Wagen her geschleift wurden, weiß ich, von wem die Rede ist!«

»Dann hat mich mein Gefühl also nicht getäuscht! Mir schien gleich, als ob jemand im Gebüsch gesessen und uns beobachtet hätte. Aber das spielt nun keine Rolle mehr: Ich konnte Hauptmann Danderac überzeugen, die Gefangenen freizulassen. Sie werden noch heute abend in ihr Dorf zurückkehren. Mit etwas Glück findest du bei ihnen eine Bleibe!«

»Warum sollte ich Euch noch ein einziges Wort glauben?« Sefferino stieg wieder auf den Wagen und verschränkte trotzig die Arme vor der Brust. »Die Männer von dem Wildpfad sind längst tot. Ich war Zeuge, wie dieser fette Kerl auf sie einschlug!«

Ambroise seufzte und schnalzte mit der Zunge, um seine Pferde anzutreiben. Der Junge zeigte sich überaus eigensinnig und störrisch, doch insbesondere dieser Wesenszug kam ihm vertraut vor. Schließlich wurden sowohl Hauptmann Danderac als auch der Wundarzt, ja selbst der Herzog niemals müde, ihm, Ambroise Paré, Sturheit, Unbelehrbarkeit und mangelnden Gehorsam vorzuwerfen. Zwei große Kisten in seinem Wagen enthielten verschiedene Geräte aus der Barbierstube seines verstorbenen Lehrherrn. Instrumente, die er persönlich erdacht und konstruiert hatte. Wochenlang waren sie unterwegs gewesen, kreuz und quer durch die feindlichen Linien, bis er sie endlich in Empfang hatte nehmen können. Seine Vorgesetzten hatten Unrecht, fand Ambroise. Er war nicht unbelehrbar, im Gegenteil: Als Baderchirurg lebte er davon, mehr über den Menschen zu lernen. Allein aus diesem Grund zog er, der den Krieg leidenschaftlich verabscheute, überhaupt noch mit ihnen.

Unvermittelt spürte Ambroise einen stechenden Schmerz in der Leiste. Diese Schlaglöcher waren ein Fluch. Von den Stechmücken, die überall darauf lauerten, Reisenden das Blut auszusaugen, ganz zu schweigen. Aus dem Unterholz neben ihm drangen plötzlich seltsame Geräusche. Die Hand des Baders glitt zu seinem Dolch. Er spürte selbst, wie er den Atem anhielt und die Beklemmung in ihm wuchs. Mißtrauisch nahm er die Zügel straffer und lauschte. Auf dem Weg entlang der Schlucht blieb indes alles ruhig. Offensichtlich waren es nur wilde Tiere gewesen, die durch das Dickicht gestreift waren, Wildschweine vielleicht.

Ambroise atmete auf und warf Sefferino einen Blick zu. Der Junge starrte wie unbeteiligt vor sich hin. Er sprach auch kein Wort mehr, bis sich ein paar Stunden später vor ihren Augen die roten Zinnen der Burg von Rivoli abzeichneten.

Unweit der Mauern, auf deren Wehrgängen Bewaffnete patrouillierten, erstreckte sich eine Wiese. Sefferino blickte sich neugierig um, während der Bader einem grimmig aussehenden Wachsoldaten ein Losungswort ins Ohr raunte. Er sah eine stattliche Anzahl von Zelten aus rot und grün gefärbtem Leinen. Vor nahezu jedem Zelt glomm eine Feuerstelle; Soldaten stocherten mit Stöcken in der Glut oder schleppten Holz herbei, um das Feuer nicht ausgehen zu lassen. Sefferino bemerkte, wie sie ihn anstarrten. Er fühlte sich unbehaglich und eindeutig fehl am Platz. Als der Wagen des Baders um das Castello rumpelte, schlug ihm unvermittelt Gelächter entgegen. Eine Gruppe von Männern in Waffenröcken war damit beschäftigt, sich um die Pferde und Ochsen zu kümmern, die Gespanne mit Proviant oder Kanonen ziehen sollten. Zwei ältere glatzköpfige Knechte trieben Pflöcke in die Erde und befestigten eiserne Ringe an ihnen. Die beiden glichen einander wie ein Ei dem anderen, aber das hinderte sie nicht, lautstark miteinander zu streiten. Schließlich rissen sie sich gegenseitig die Pflöcke aus der Erde. Ein Kreis von Männern bildete sich um die beiden Streithähne, und im nächsten Augenblick waren sie auch schon Sefferinos Blicken entzogen.

Ein Stück weiter lungerten Soldaten um einen mit Planen bedeckten Wagen herum. Dann und wann öffnete sich die

Plane, und zwei junge Mädchen mit verfilzten Haaren und blitzenden Ohrringen blickten heraus und klapperten mit Tongeschirr. Ihre Brüste waren nackt und glänzten im Sonnenlicht.

Aus einem anderen Winkel des Lagers erklang plötzlich eine Sackpfeife. Jemand spielte eine traurige Melodie mit zahlreichen hohen Kadenzen, die Sefferino fremd und unheimlich vorkamen, weil sie so gar nichts mit den fröhlichen Weisen der Musikanten gemein hatten, denen er so gerne auf den Piazzi von Turin gelauscht hatte.

Die beiden Mädchen auf dem Wagen hatten Sefferino bemerkt und stießen sich kichernd mit den Ellbogen an. Eine andere, stark geschminkte Frau, die ihr Haar mit Spangen wie ein Vogelnest aufgesteckt hatte, schob sich brüsk neben die Mädchen, um auszumachen, aus welcher Richtung die Musik erklang. Ihre dunkelbraunen Augen wurden von einem feinen Netz aus Falten umrahmt. Die Frau schien oft und gerne zu lachen. Sie warf Sefferino eine Kußhand zu und blinzelte anzüglich. Der Junge errötete bis unter die Haarspitzen. Eilig blickte er auf den Beutel mit seinen Habseligkeiten, der in seinem Schoß lag.

Ambroise Paré lenkte seinen Karren um die Zelte der Söldner herum, bis er wieder auf den Mauerring der Burg stieß. Das Gestein war an einigen Stellen schwarz von Ruß und Schießpulver. Aus den schartigen Hohlräumen des Mauerwerks wucherte Unkraut.

Schließlich brachte der Bader seinen Wagen vor einer Pforte zum Stehen, die nicht auf den eigentlichen Burghof, sondern zu einigen hölzernen Verschlägen mit Strohdächern führte. Allem Anschein nach hatte hier einst der Hufschmied des Castellos gearbeitet, ehe die Franzosen die Burg eingenommen und ihre Besatzung vertrieben hatten. Auf den Stufen eines rechteckigen Ziehbrunnens erblickte Sefferino Zangen, Hufeisen, sogar Ambosse in unterschiedlichen Größen. Ganz in der Nähe standen zwei Soldaten, die träge in die Sonne blinzelten. Sie bewachten den Eingang zur Hufschmiede, schienen ihrer Aufgabe jedoch keinen besonderen Wert beizumessen. Wenige Schritte vor ihnen brachte Ambroise seinen Wagen zum Stehen und schwang sich vom Kutschbock.

»Darf ich fragen, was Ihr vorhabt?« knurrte Sefferino. »Ich bleibe bestimmt nicht in Eurem Feldlager. Lieber gehe ich zu Fuß nach Turin zurück!«

»Du hättest weglaufen können, wann immer du wolltest, Sefferino«, antwortete der Bader, ohne eine Miene zu verziehen. »Ich hätte dich gewiß nicht aufgehalten. Aber nun bist du einmal hier und wirst tun, was ich dir sage. Warte am besten beim Wagen und rede nicht mit den Soldaten. Ich bin bald zurück.«

Ambroise trat auf die Wachtposten zu und sprach den älteren von beiden an: »Wie geht es deinem Bein, Philippe Grand? Schmerzt es noch immer, wenn du mit Wasser in Berührung kommst?«

Der Mann grinste gutmütig und schob sich mit der Spitze seiner Hellebarde den schweren Helm aus der Stirn. Sein Gesicht wies deutliche Spuren eines Sonnenbrandes auf. Am Kinn schälte sich die Haut in breiten Streifen. »Warum sollte ich mit Wasser in Berührung kommen? In diesem verfluchten Nest regnet es doch kaum. Badehäuser gibt es hier auch weit und breit keine. Also bleibt mir nur der Branntwein, und der tut meinem Bein nichts zuleide. Leider kriegen wir aber nicht genug zu trinken. Erst wenn der Paß in unserer Hand ist und der Weg nach Turin frei, werden wir wieder einen Grund zu feiern haben!«

»Vorausgesetzt, wir landen nicht vorher in der Hölle«, erwiderte Ambroise. »Wird denn im Umland noch gekämpft?«

»Heute früh haben wir in den Bergen ein paar feindliche Schützen aufgerieben, seitdem ist alles verdächtig ruhig. Aber es wird nicht lange so bleiben. Die Turiner rüsten sich zur Schlacht, sie warten nur noch auf die kaiserlichen Hilfstruppen.« Plötzlich hielt der Wachsoldat inne. »Was, zum Teufel, suchst du eigentlich hier, Bader? Solltest du dich nicht um deinen Verbandsplatz kümmern? Der alte Bertrandel hat bereits zweimal nach dir gefragt. Anscheinend gibt es Schwierigkeiten mit ein paar Verwundeten. Den Hauptmann soll's auch erwischt haben!«

»Ich gehe gleich hinüber, aber vorher muß ich noch einen Auftrag ausführen.« Ambroise deutete auf die schmale Tür, die in einen Nebenraum der ehemaligen Burgschmiede führte. »Haltet ihr die Männer aus dem Bergdorf noch da gefangen?«

Der Soldat nickte mürrisch. »Wenn es nach mir gegangen wäre, hätte ich mit den Spionen kurzen Prozeß gemacht.« Er bewegte sich einen Schritt auf die Seite, um Ambroise den Weg freizugeben, und wies seinen Kameraden, der unbeteiligt zugehört hatte, an, es ihm gleichzutun. »Seid vorsichtig, Bader! Ramus ist wieder im Lager. Der alte Bertrandel hat seine Wunde mit Eisenklammern gerichtet. Ramus hat gebrüllt wie ein Ochse unterm Schlachtbeil. Du hättest ihm seinen Spaß gönnen sollen. Dem Bengel wäre schon nichts geschehen. Außerdem erzählt man sich im Lager, die italienischen Knaben würden ihre Hintern bei jeder Gelegenheit an reiche Kerle verkaufen.«

»Soldaten erzählen eine Menge Unsinn, wenn sie sich langweilen.« Ambroise lächelte matt.

»Ich rate dir jedenfalls, Ramus in Zukunft aus dem Weg zu gehen, damit nicht noch ein Unglück geschieht, ehe der Marschall den Paß de Suze genommen hat!«

Das Innere der verlassenen Burgschmiede bestand aus einem einzigen großen Raum, der sich in einem spitzen Winkel zum Burghof hin verjüngte. Zahlreiche Bretter und Planken lagen in unordentlich aufgeschichteten Stapeln auf dem Lehmboden, der nur an manchen Stellen mit Stroh bedeckt war. Licht drang nur höchst sparsam durch das trockene Strohgeflecht des Daches und einige Ritzen in der Südwand.

Nachdem Ambroise sich an das Dämmerlicht gewöhnt

hatte, bemerkte er eine Handvoll Menschen, die, trotz der Hitze in grobe Wolldecken gehüllt, auf dem Boden kauerten. Der furchtsame Ausdruck auf den Gesichtern der Männer ließ erahnen, daß sie noch immer mit der Möglichkeit rechneten, als Verräter gehenkt zu werden. Ihre Kleidung war zerrissen und schäbig, und sie wirkten unter ihren groben Decken ohne Ausnahme wie Greise. Für einen Moment hielt Ambroise nach dem bärtigen Alten Ausschau, den tags zuvor auf dem Wildpfad die Kräfte verlassen hatten, konnte ihn jedoch unter den schattenhaften Gestalten nicht ausmachen.

»Ihr habt mich bereits gestern gesehen, als unsere Leute euch gefangengenommen haben«, rief er dann. Argwöhnisches Schweigen schlug ihm entgegen. »Ich bin Bader und stehe im Dienste des Maréchal de Montejan. Gibt es vielleicht jemanden unter euch, der für mich übersetzen kann?«

Eine Weile geschah gar nichts, bis plötzlich eine zierliche Gestalt in dem Zwielicht schüchtern die Hand hob. »Ich werde es tun, Monsieur!«

Zwischen all den Männern hockte eine junge, auffallend zierliche Frau. Ihr Gesicht wurde von großen runden Augen und markanten Wangenknochen beherrscht. Vorsichtig bahnte sie sich einen Weg an den anderen Gefangenen vorbei, die ihr unter mißbilligenden Blicken und verhaltenen Unmutsbekundungen nur widerwillig Platz machten.

»Du sprichst Französisch?« fragte Ambroise freundlich, als sie schließlich an seiner Seite stand. Neugierig wanderten seine Augen über ihren schlanken Körper, dessen Rundungen sogar unter der Decke zu erahnen waren, die sie um sich geschlungen hatte.

»Mein Vater stammte aus einem Teil Flanderns, in dem Eure Sprache von vielen gelernt wird«, antwortete das Mädchen höflich. »Ehe er meine Mutter zur Frau nahm, stand er in Diensten des französischen Königs.« Sie lächelte. »Genau wie Ihr, Monsieur!« Die letzten Worte hatte die junge Frau leiser gesprochen, doch Ambroise überhörte nicht den feinen Spott, der in ihnen mitschwang. Das Mädchen begann ihn zu interessieren. Nicht allein ihre Fähigkeit, sich mühelos im Französischen wie im Italienischen auszudrücken, auch ihre gewandten Gesten und die Art, wie sie ihre Augen niederschlug, erinnerten den Bader an die harte Schule, welche die jungen Edeldamen seiner Heimat am Hof der Dame de Laval hatten durchlaufen müssen, ehe sie mit den Sprößlingen der umliegenden Ritter- und Adelsfamilien verheiratet wurden. Ambroise kam nicht umhin, sich zu fragen, an welchem Ort dieses ärmlich wirkende Mädchen seine Kenntnisse erworben hatte. Die wortkargen Bauern, deren Gefangenschaft sie während der letzten Stunden geteilt hatte, schieden als Vermittler höfischer Manieren zweifelsohne aus. Hatte die Frau vielleicht in Turin gelebt? In Mailand oder gar in Venedig? Doch wenn, wie sie behauptete, ihr Vater im Dienste des Königs gestanden hatte, was um alles in der Welt hatte sein Kind dann zu den piemontesischen Bergbauern geführt?

Ein heftiges Pochen an der Tür riß den Bader aus seinen Überlegungen. Ambroise seufzte und erklärte mit fester Stimme: »Seine Hoheit, der Herzog, und der Sieur de Vassy haben entschieden, die Vorwürfe gegen Euer Dorf fallenzulassen. Ihr seid frei und dürft gehen!« Er hielt inne, damit das Mädchen seine Worte übersetzen konnte.

»Allerdings ist eure Freilassung an eine Bedingung geknüpft. Ihr werdet die Senfmühle im Tal kennen, sie liegt an der Straße nach Alba. Die Mühle wurde gestern in den Abendstunden eingenommen. Der Junge, der mit seinem Onkel dort lebte, ist somit heimatlos geworden. Falls unter euch einer ist, der ihn zu sich nehmen kann, soll er sich nun melden. Er wird für seine Mühen einen Handkarren voll Wein, Öl und getrocknetem Fleisch aus unseren Vorräten erhalten.«

Abwartend blickte der Bader über den Kopf seiner Dolmetscherin hinweg in die Runde, während sie sprach. Ein paar der Männer hatten ihre Pferdedecken abgestreift und schüttelten abwägend den Kopf, doch plötzlich sprang ein Mann auf sie zu, fuchtelte aufgeregt mit den Armen und überschüttete sie mit einem heftigen Wortschwall. Peinlich berührt verzog die junge Frau das Gesicht und hob abwehrend die Hand. Sie zischte dem Mann etwas zu, worauf er ihr mit einer schnellen Bewegung die Decke vom Kopf riß und voller Hohn vor die Füße warf. Mit einem Ausruf des Entsetzens beugte sie sich vor und hob die Decke wieder auf. Ambroise verstand nicht, was zwischen den beiden vorgefallen war. Sein Blick fiel auf das Gesicht des Mädchens. Ihr Haar war strohblond und kurz geschoren.

Als die junge Frau bemerkte, daß Ambroise sie anstarrte, warf sie die Decke über ihren Kopf und verknotete die Zipfel unter ihrem Kinn. Eisig erwiderte sie Ambroises Blick und sagte: »Verzeiht diesen Ausbruch, Monsieur. Die Schuld lag ganz allein bei mir, da ich meinem Herrn nicht den nötigen Respekt gezollt und ihm abgeraten habe, Euren Wunsch in Erwägung zu ziehen. Sein Name ist Ruffo Nardine. Er stammt aus einem Bergdorf hinter den Sümpfen von Biacelli und hat sich soeben bereit erklärt, den Jungen aus der Mühle in seiner Familie aufzunehmen.«

Mißtrauisch betrachtete Ambroise den Mann. Der Gefangene war dunkelhaarig und von untersetzter Statur. Eine Narbe, die wie ein kleiner Halbmond aussah und offensichtlich von einem schlecht verheilten Schwerthieb stammte, erstreckte sich leuchtend rot von der linken Wange bis knapp unter das Augenlid und zeichnete das ansonsten sonnengebräunte Gesicht des Mannes in unvorteilhafter Weise. Er wirkte nicht wie ein Bauer oder Winzer, eher wie ein Händler, der Schwierigkeiten anzog wie grelles Licht die Motten. Die Art und Weise, wie er sich, seine wunden Handgelenke reibend, vor Ambroise verneigte, dessen Dolmetscherin jedoch mit Herablassung behandelte, machte auf den Bader einen hinterhältigen Eindruck. Unwillkürlich drängte sich ihm die Vermutung auf, daß Ruffo auch etwas mit dem kahl geschorenen Schädel des Mädchens zu tun hatte.

»Du hast mir deinen Namen noch nicht verraten«, sagte Ambroise zu der jungen Frau..

»Im Dorf nennt man mich Fioricia, Monsieur. Fioricia de Cavelaar.« Das Französisch des Mädchens klang auf einmal hart und kehlig. »Seit dem Tod meiner Mutter lebe ich auf Ruffos Hof. Sie war alles, was ich hatte. Aber nun ... nun habe ich eine neue Aufgabe gefunden. Ich sorge für die Kinder in Ruffos Haus.«

»Ruffos Kinder?«

Fioricia senkte den Blick. »Nun ja, Euer Schützling wäre nicht der erste, den Ruffo Nardine bei sich aufgenommen hätte. Zur Zeit kümmert er sich um fast zehn Jungen. Alles Waisenkinder aus dem Pellice und dem Germananca. Pico, der jüngste, ist gerade einmal vier Jahre alt.«

»Zehn Jungen?« wiederholte Ambroise verblüfft. »Du willst mir doch nicht weismachen, daß dieser schroffe Kerl die Nächstenliebe in Person ist.«

»Ich verstehe nicht, worauf Ihr anspielt, Monsieur«, entgegnete Fioricia. Der Sarkasmus in der Stimme des Baders war ihr nicht entgangen. »Ihr seid es doch, der einen Platz für Euren Waisenknaben sucht.«

»Komm bitte mit, ich will dir etwas zeigen.« Ambroise griff Fioricia am Handgelenk und führte sie an den Wachsoldaten vorbei aus dem Schuppen.

Sefferino war inzwischen vom Wagen gestiegen und zu dem Brunnen hinübergeschlendert. Als er Ambroise und das Mädchen aus der Tür treten sah, blieb er unschlüssig stehen. Zwischen seinen Fingerkuppen drehte er Sblinettas Tonpfeife.

»Dort drüben wartet der Knabe, den ich in eure Obhut geben möchte«, raunte der Bader Fioricia zu und deutete in Richtung des Ziehbrunnens. »Vor weniger als achtundvierzig Stunden fand er seinen Verwandten ermordet in dessen Kammer auf. Sein Onkel war alles, was der Junge hatte!«

»Ermordet, sagt Ihr?« Fioricia schnappte nach Luft. »Aber ich dachte ...« Auf einmal wirkte sie verstört.

»Vielleicht sollte ich meine Entscheidung bezüglich deines ehrenwerten Signor Ruffos noch einmal überdenken und mich statt dessen an ein Kloster wenden«, fiel Ambroise ihr gereizt ins Wort. »Was denkst du, Mädchen?«

Fioricia befeuchtete ihre Lippen. Innerhalb weniger Herzschläge hatte sie sich wieder gefangen und ihre Schultern gestrafft. Bedächtig nahm sie ihr Kopftuch ab und strich sich mit gespreizten Fingern durch die kurzen blonden Haare, als würde sie dem französischen Bader dadurch einen Beweis ihres Vertrauens schenken. »Wir sind hier nicht in Frankreich, Monsieur«, sagte sie schließlich. »In diesen Tälern leben die Menschen seit Jahrhunderten nach ihren eigenen Bräuchen und Gesetzen. Die meisten davon sind so alt, daß sich kaum einer daran erinnert, wie sie eigentlich entstanden sind. Und doch wissen die Menschen, daß sie ihre Regeln befolgen müssen. Wer glaubt, es nicht tun zu müssen, dem ergeht es wie dem Onkel dieses Jungen!« Sie schwieg, um ihren Worten noch mehr Nachdruck zu verleihen. »Das einzige Kloster in der näheren Umgebung ist Santa Barbara a Cruce. Ein Nonnenkloster, das keine Knaben aufnimmt. Vertraut den Jungen mir an, Monsieur, und nicht Ruffo Nardine. Ich habe mir immer Geschwister gewünscht und werde mich um Euren Schützling kümmern, so gut ich es vermag.«

Ambroise zuckte mit den Schultern. Ihm war nicht wohl dabei, Sefferino mit Ruffo und dem undurchsichtigen Mädchen gehen zu lassen, aber blieb ihm eine andere Wahl? Bis zum Abend, wenn Hauptmann Danderac ins Feldlager zurückgekehrt war, mußten der Junge und die gefangenen Bauern verschwunden sein.

»Nun gut, dann nehmt ihn zu euch«, willigte er nach einigem Zögern ein. Er rief einen der beiden Wächter herbei und trug ihm auf, einen Karren mit Lebensmitteln beladen zu lassen und die Gefangenen freizusetzen. Anschließend erklärte er Sefferino, daß er sich dem Zug der Bauern anschließen durfte und stellte ihm Fioricia de Cavelaar und

Ruffo Nardine vor. Der untersetzte Mann lächelte Sefferino in plumper Vertraulichkeit an, überschüttete ihn mit einem Redeschwall und klopfte ihm schließlich mehrmals auf den Rücken.

»Was hat er zu dir gesagt?« erkundigte sich Ambroise, während Ruffo und Fioricia dem Tor entgegeneilten, um ihren Karren in Empfang zu nehmen.

Sefferino blickte überrascht auf. »Ist es nicht gleichgültig, was er gesagt hat? Ich werde nur so lange bei diesen Leuten bleiben, bis Eure Truppen wieder verschwunden sind und ich mein Erbe in Besitz nehmen kann.« Mit diesen Worten drehte er sich auf dem Absatz herum und schlüpfte ohne ein Wort des Abschieds durch die Pforte.

Ambroise Paré betrachtete nachdenklich den Wehrturm. Grelle Sonnenstrahlen strichen über seine Zinnen. Dann schaute er wieder zu der Gruppe dunkler Gestalten hinüber, die den Weg hinunterliefen und dem Wald entgegenstrebten.

»Danke Gott, daß du diesen kleinen Piemonteser nicht mehr am Halse hast, Bader«, hörte Ambroise einen der Wachsoldaten rufen. »Hast du vergessen, wozu wir hier sind? Ich wette, daß eine Entscheidungsschlacht nicht mehr lange auf sich warten läßt. Du wirst bald alle Hände voll zu tun bekommen!« Gähnend ergriff er seine Lanze und ging zum Tor zurück.

Ambroise blickte ihm einen Augenblick lang nach, dann machte er sich auf den Weg zu seinem Wagen. Die Kisten mit seinen Instrumenten mußten abgeladen werden. Versonnen tätschelte er den beiden Pferden den Hals und blickte sich nach einem Eimer um. Während er die Tiere tränkte, fragte er sich, warum er dem Jungen nicht erklärt hatte, was ihn wirklich aus Paris fortgetrieben und zu den Soldaten verschlagen hatte. Hätte er dem fremden Burschen vom Tod seines Meisters erzählen sollen? Vom Hospital? Den vielen Toten? Im Grunde war es gleichgültig, ob er redete oder schwieg. Tatsache blieb, daß er Kriege ebenso verabscheute wie die blutigen Greuel, die ihnen folgten. Doch aus genau diesem Grund durfte er den Menschen, die sie erlitten, seine Hilfe nicht versagen.

»Paré! Wo zum Teufel steckst du denn?« Einer der Wundknechte, ein rothaariger Jüngling, der seit einigen Wochen in Monsieur Bertrandels Verbandszelt Dienst tat, hatte ihn entdeckt und kam im Laufschritt auf ihn zugeeilt. »Du sollst dich sofort im Quartier des Wundarztes melden!«

»Geht es um Hauptmann Danderac?« fragte Ambroise.

Der Rotschopf hielt es nicht für nötig, die Frage zu beantworten. Er warf Ambroise nur einen geringschätzigen Blick zu und trat an den Brunnen, um sich einen Eimer Wasser über Kopf und Brust zu schütten. Ambroise bemerkte, daß der Oberkörper des jungen Mannes blutverschmiert war. Auf einem Verbandsplatz war Blut kein ungewöhnlicher Anblick, doch hatte es, wie Ambroise wußte, seit Tagen keine Verletzten mit offenen Wunden mehr im Lager gegeben.

Ohne sich weiter um den Wundknecht zu kümmern, lief der Bader über den Hof.

3. KAPITEL

Als Ambroise die geräumige Kammer im Erdgeschoß der Burg betrat, welche ihm und dem Wundarzt für die Behandlung kranker und verletzter Soldaten zur Verfügung stand, war er erstaunt, nicht nur Monsieur Bertrandel und zwei seiner Knechte dort anzutreffen, sondern auch Hauptmann Danderac und den Marschall des Heeres, Herzog de Montejan.

Gilles Danderac lag mit schmerzverzerrtem Gesicht und gespreizten Beinen auf einem breiten Eichentisch inmitten von Messingschalen, Arzneikrügen und ärztlichen Instrumenten. Kalter Schweiß stand auf seiner zerfurchten Stirn, ein Zittern glitt durch seine Arme, mit denen er sich von der Tischplatte abstieß. Beim Näherkommen bemerkte Ambroise, daß der Hauptmann aus einer nur notdürftig verbundenen Wunde im Unterleib blutete. Binnen Augenblicken färbte sich das Stroh, mit welchem das Holz bedeckt war, dunkelrot.

Während Montejan und der Wundarzt sich mit besorgter Miene über den Verletzten beugten, kniete ein hoch aufgeschossener Bursche vor dem Hauptmann und kämpfte verzweifelt mit den Schnüren seiner ledernen Beinschiene. Das schmale Gesicht des jungen Soldaten, aus dem unruhige grüne Augen hervorstachen, war vor Erregung bleich wie die gekalkte Wand der Kammer. Ambroise hatte den Jungen nie zuvor im Lager gesehen, ahnte aber, daß er Gompard Danderac, den Sohn des Hauptmanns, vor sich hatte.

Als der Herzog den Bader bemerkte, zog er ihn an den Behandlungstisch und sagte lakonisch: »Ein Schuß aus einer Hakenbüchse. Der Hauptmann befand sich auf dem Marsch zum Paß und hatte mit seinen Männern auf einem Hügel Posten bezogen, als ihn das feindliche Geschoß traf.«

»Die Kaiserlichen haben sich in eine Palisadenfestung im Norden zurückgezogen«, rief der Sohn des Hauptmanns. Mit einer Geste der Verachtung warf er die blutige Beinschiene, die er seinem Vater abgenommen hatte, in einen Winkel der Kammer. »Mein Vater konnte einen Teil der äußeren Anlagen mit Sturmgeschützen nehmen, aber unsere Kanoniere schafften es nicht, unter dem Beschuß dieser Verräter den Hügel zu stürmen.« In der Stimme des jungen Fahnenträgers schwangen Haß und Entrüstung, ein mißbilligender Blick seines Vaters ließ ihn jedoch jäh verstummen.

Ambroise betrachtete die glasigen Augen des verwundeten Offiziers. Die Anwesenheit seines Sohnes Gompard und dessen aufgebrachte Äußerungen machten Danderac nicht weniger zu schaffen als das Geschoß in seinem Leib. »Wir haben uns nicht vorgesehen«, murmelte der Hauptmann, an Gompard gewandt, »sonst hätten wir dem Feind mühelos den Weg abschneiden können. Mach niemals den Fehler, deinen Gegner mit Herablassung zu behandeln, mein Sohn. Du mußt ihm Respekt zollen, selbst wenn du nachher gezwungen bist, seinen Kopf auf einen Spieß zu stecken!«

»Hier geht es nicht um Köpfe und Spieße, *mon capitaine*«, ließ sich die Stimme des Feldarztes Bertrandel vernehmen. Er schnupperte an der versengten Haut des Verwundeten wie ein Hund an einem Knochen. »Ich muß das Geschoß auf der Stelle entfernen, ehe Ihr zu viel Blut verliert und das verschmorte Schießpulver Euren Körper vergiftet.« Er blinzelte Ambroise zu. »Du wirst mir dabei zur Hand gehen, Paré. Darf ich die Herren Offiziere einstweilen bitten zurückzutreten?«

Geschäftig befahl der Arzt seinem Wundknecht, einen Ballen Leinen auf dem Tisch auszubreiten, während ein weiterer Gehilfe ein Futteral aus eingefettetem Leder herbeiholte, aus dessen Öffnung die Spitzen verschiedener Haken, Sonden und scharf geschliffener Messer hervorschauten. Ambroise verzog angewidert sein Gesicht, als er Bertrandels sauren Atem roch. Der Alte hat wieder einmal sich selbst betäubt, anstatt den Weinbrand für seine Verwundeten aufzusparen, dachte er bestürzt. Er konnte nur beten, daß der Herzog noch nicht bemerkt hatte, wie sehr die Hände des Alten zitterten.

Mit klopfendem Herzen stellte er sich Bertrandels Gehilfen in den Weg. Er nahm ihm das Futteral aus der Hand und trug dem verdutzten Mann auf, Holz in der Feuerstelle nachzulegen und darüber einen Kessel mit Öl zu erhitzen. Die Wunde mußte mit dem siedendem Öl kauterisiert werden, sobald die Kugel aus dem Leib geschnitten worden war. Bertrandel war gewiß nicht in der Verfassung, den Eingriff eigenhändig vorzunehmen. Ambroise mußte Danderac allein operieren. Der Wundarzt konnte ihm nicht helfen, aber wie sollte er dem Herzog erklären, daß er, ein einfacher Bader, seinem Vorgesetzten das Skalpell aus der Hand nahm?

Ambroise sog scharf die Luft ein. Dann beugte er sich über den Hauptmann und begann mit einem in Essig und Spitzwegerich getränkten Tuch, die Wundränder auszuwaschen. »Hauptmann Danderac«, flüsterte er dabei so lautlos, daß sich seine Lippen kaum bewegten, »in wenigen Augenblicken werde ich Euch ein Mittel gegen Eure Schmerzen verabreichen. Ihr werdet schlafen und kaum spüren, wie wir das Schrapnell entfernen. Zuvor müßt Ihr jedoch den Herzog und Euren Sohn bitten, die Kammer zu verlassen. Es wäre hinderlich, wenn sie hierblieben!«

»Warum ... zur Hölle?« hauchte der Hauptmann schwach. »Montejan weiß nur zu gut, welche Farbe mein Blut hat, und falls Gompard glaubt, die Adern eines Mannes seien mit Wasser und Wein gefüllt, so soll ihn Bertrandels Messer eines Besseren belehren!«

»Darum geht es mir nicht. Der Chirurg ... nun, er ist momentan nicht in der Lage, Eure Wunde zu behandeln.«

»Und was geschieht nun? Wer wird mich aufschneiden, wenn nicht er. Ihr etwa, Bader?«

Ambroise sah zu, wie die Wundknechte ein dünnes Seil aus Pferdehaar über die hölzerne Winde spannten. Entlang einer kleinen Kurbel sollte das kochende Öl in gleichmäßigen Schüben in Danderacs Wunde geträufelt werden. In wenigen Augenblicken würde Bertrandel mit der schmerzhaften Prozedur beginnen.

»Ihr vermutet richtig, Monsieur«, bestätigte Ambroise »Ein Bader wird Euch verarzten, doch nur Gott allein kann Euch heilen.«

Die Stimme des Hauptmanns war nur noch ein Hauch, doch als er den Herzog bat, seinen Sohn auf den Burghof zu begleiten und die Ärzte allein zu lassen, gab es niemanden, der seinem Wunsch widersprach. Erleichtert sah Ambroise, wie sich die Tür der Lazarettkammer hinter den Männern schloß. Anschließend schickte er selbst die beiden Wundknechte hinaus, die das siedende Öl im Kessel mit einem Stecken umrührten. Die Männer starrten ihn mit unverhohlener Abneigung an, wagten jedoch im Beisein ihres Herrn nicht zu widersprechen. Bertrandel kümmerte sich nicht um seine Gehilfen. Trotz des hellen Tageslichts, das durch zwei gotische Fenster in die Kammer fiel, zündete er Talglichter an und plazierte sie in kleinen Tonschalen an Kopf- und Fußseite des Behandlungstisches.

»Warum hast du die Burschen aus der Kammer geschickt, Paré?« wollte er schließlich wissen. »Ich habe schon unter ungünstigeren Bedingungen Kugeln entfernt. Hier, nimm die Sonde und versuche den Wundkanal aufzuspüren.« Er reichte Ambroise ein längliches Instrument mit Bogen aus dem eingefetteten Futteral. Der Bader nahm es entgegen und sagte: »Ihr wißt doch selbst, warum ich darauf drang, daß wir allein bleiben, Meister Bertrandel. Ihr werdet den Hauptmann nicht operieren. Nicht in Eurem Zustand!«

»Was erlaubst du dir eigentlich?« kreischte der alte Mann entrüstet auf. Sein schwarzes Gewand schlotterte um den knochigen Körper und verlieh ihm das Aussehen eines riesenhaften Engels, wie sie zuweilen bei Mysterienspielen auftraten. »Ich bin der Feldarzt des Königs, und du bist nur ein schmutziger kleiner Bader aus dem Hôtel-Dieu. Hast du dort etwa gelernt, dich deinem Herrn zu widersetzen?«

»Nein, aber ich habe im Hôtel-Dieu Menschen zu Hunderten sterben sehen, weil sie zusammengepfercht auf einer einzigen Strohschütte lagen und keiner der Ärzte sich um sie kümmerte«, entgegnete Ambroise mit wachsender Erregung. Er legte es nicht darauf an, sich mit dem Wundarzt zu streiten, doch der Alte sollte wissen, daß er sich nicht vor ihm beugen würde. »Ich sah Pestkranke, die von den Ärzten in die Gänge gelegt wurden«, fuhr er fort, »Männer mit Knochenbrüchen bekamen genau wie Schwindsüchtige keinerlei Medizin verabreicht. Das Stroh faulte unter ihren Körpern. Ratten und anderes Ungeziefer liefen um die Kranken herum. Gingen im Hospital die Vorräte an mildtätigen Gaben aus, wurde einfach das große Fasten ausgerufen, obwohl weder Fast- noch Märtyrergedenken herrschte. Doch sobald die Pariser glaubten, ihr Gewissen einmal wieder erleichtern zu müssen, stapelten sich plötzlich über Nacht halbe Schweine in unseren Kammern. Die Ausgehungerten machten sich darüber her und krepierten, weil sie keine Nahrung mehr gewöhnt waren.«

»Du hast noch nicht genug erlebt, junger Freund«, höhnte der Wundarzt. Seine Hand hatte wieder zu zittern begonnen. Ungläubig starrte Bertrandel auf seine Finger. Die blauen Adern waren hervorgetreten und zuckten wie im Fieber. »Ich brauche nur meine Gehilfen zu verständigen, und du wirst am höchsten Galgen des Lagers aufgehängt!«

»Wollt Ihr mir Eure Macht demonstrieren, während der Hauptmann stirbt? Ich kann nicht glauben, daß sie Euch mehr bedeutet als das Leben eines Menschen. Wenn Ihr wirklich der Überzeugung seid, Danderac retten zu können, so fangt schon an. Wenn nicht, tretet zur Seite.«

»Zur Seite?« brummte Bertrandel. »Für einen Bader? Gott wird uns beide strafen, Ambroise Paré; mich für meine Unmäßigkeit und dich für deinen maßlosen Stolz!«

Ein Lächeln stahl sich auf Ambroises bleiches Gesicht. »Ich werde der Jungfrau eine zwei Pfund schwere Wachskerze stiften, sobald der Eingriff vollzogen ist. Doch nun laßt uns keine Zeit mehr verschwenden.«

Bertrandel nahm einen Schwamm und tränkte ihn unter mürrischem Gemurmel mit einer Flüssigkeit, die er für gewöhnlich in einem kleinen Fläschchen an seinem Gürtel mit sich trug. Als Ambroise ihn einmal darauf angesprochen hatte, hatte der Alte nur abgewinkt und erklärt, er solle seine eigenen Heilmittel erproben. Der Bader ahnte jedoch, daß es sich bei dem Gebräu um narkotisierende Kräuter handelte, die Bertrandel während seiner zahlreichen Reisen gesammelt hatte. Möglicherweise verwendet er Alraune oder Mohnsamen, dachte Ambroise. Außerdem Wicken und Bilsenkraut. Das Rauschmittel war allem Anschein nach so kostbar, daß es nur zur Anwendung kam, wenn Bertrandel sich um höhere Offiziere zu kümmern hatte.

Vorsichtig drückte der Wundarzt nun den Schwamm unter die Nase des Hauptmanns. Wenige Augenblicke später gab er Ambroise durch ein Kopfnicken das Zeichen, daß Danderac in einen Zustand tiefer Bewußtlosigkeit gesunken war.

»Nehmt sein Handgelenk, während ich schneide«, sagte Ambroise, »und laßt mich wissen, sobald sich der Pulsschlag verändert!«

»Und wer hält die Haut über dem Wundrand zurück? Du Dummkopf von einem Bader hast meine Knechte hinausgeschickt. Die beiden Faulenzer sind gewiß schon auf halbem Weg ins Hurenzelt. So bald sehen wir die nicht wieder. Und ich kann unmöglich den Puls beobachten und gleichzeitig die Haken bedienen!«

Ambroise spürte eine rauschende Flut, die von seinem Kopf aus durch seinen Körper brandete. War sein Ansinnen, den Hauptmann zu operieren nicht doch ein Fehler? Gotteslästerung gar, wie Bertrandel behauptete? Unterhalb des Burgfensters marschierte eine Abteilung Soldaten vorbei. Von fern drangen dumpfe Schläge an sein Ohr. Womöglich wurden im Feldlager Bäume für Palisaden gefällt. Oder ein Söldner wurde wegen irgendeines Verstoßes gegen das Reglement des Marschalls gestäupt. Nun bildete Ambroise sich sogar ein, verhaltene Schmerzensschreie wahrzunehmen.

Der Bader breitete das Futteral vor sich auf den Tisch und nahm eines der schärfsten Messer heraus. Es war ein Klappmesser und besaß neben einer leicht gekrümmten Schneide eine wunderschöne Verzierung am Griff: den Leib einer jungen Frau aus Bronze, gerüstet wie ein Ritter. Ihre lediglich angedeuteten Arme glichen Engelsflügeln. Undurchdringlich starrten die winzigen Bronzeaugen ihn an.

»Nehmt Euch zwei dünne Haken aus dem Kasten, Meister Bertrandel«, sagte Ambroise schließlich mit so fester Stimme, daß er selber überrascht war. »Ihr werdet die Haut zurückhalten, damit ich sehe, wo ich ansetzen muß.«

»Und der Pulsschlag? Du bist wohl von Sinnen, Bader. Wir werden ihn verlieren, ohne es zu bemerken!«

»Es geht nicht anders«, erwiderte Ambroise und beugte sich über den bewußtlosen Hauptmann. Mit glühenden Wangen ortete er den Winkel, in dem das Geschoß der Arkebuse in den Bauch eingedrungen war. Dies war alles andere als einfach, denn Danderac hätte stehen müssen, um dem Chirurgen seine Arbeit zu erleichtern. Schließlich stieß die Sonde auf verhärtetes Gewebe.

»Das Geschoß war großkalibrig«, jammerte Bertrandel, der mit zitternden Fingern die feinen Haken ins Fleisch des Verwundeten zog. »Nicht weniger als zwanzig Millimeter im Durchmesser, schätze ich. Kannst du Grünschnabel überhaupt ermessen, welche gräßlichen Verletzungen eine solche Kugel anrichten kann? Aber schlimmer als das Geschoß wütet das Schießpulver im Leib des Unglücklichen.« Fahrig tupfte der alte Mann die Stirn des Hauptmanns mit dem Ärmel seines weiten Mantels ab. »Ich sage dir, Bader: Diesen Mönch, der uns einst das schwarze Pulver bescherte, hätte man mit seiner eigenen Kukulle erdrosseln sollen!«

»Das Schießpulver?« fragte Ambroise verwirrt nach. Er wußte wohl, worauf der alte Feldarzt anspielte, doch konnte er sich des Eindrucks nicht erwehren, daß die Entzündungen, die sich rasch herausgebildet hatten, eher dem zertrümmerten Gewebe zuzuschreiben waren als vergiftetem Pulver.

Während Bertrandel von den Erfahrungen des päpstlichen Leibchirurgen Giovanni Vigo mit Schießpulver, Glüheisen und siedendem Öl berichtete, führte Ambroise behutsam seine ersten Schnitte aus. Er beobachtete, wie sich der breite Oberkörper des Hauptmanns hob und senkte. Seine Augenlider zuckten, und er knirschte mit den Zähnen, aber zu seinem Glück schien er noch immer ohnmächtig zu sein.

Der Bader seufzte. Der Eingriff war schwerer, als er ihn sich vorgestellt hatte, und das Geschwätz des Wundarztes, der nun dazu übergegangen war, die nachlässigen Pariser Rüstmeister zu beschimpfen, deren Panzer einfach keinen Stoß mehr vertrugen, machte es ihm beinahe unmöglich, seine Gedanken unter Kontrolle zu halten. Dennoch gelang es ihm mit äußerster Vorsicht, den eingedrungenen Fremdkörper vom umgebenden Gewebe zu lösen, ohne ein Gefäß zu verletzen oder einen Nerv zu durchtrennen. Schweißperlen rannen ihm von der Stirn in die Augen, und er wünschte sich einen Menschen herbei, der ihm Mut zusprach, statt ihm mit seinem Gerede auf die Nerven zu fallen. Wenig später war alles vorbei. Er hatte es geschafft. Das Geschoß fiel leise klirrend auf eine Zinnplatte.

»Du mußt deinen Finger in die Wunde legen«, erklärte Bertrandel ein wenig von oben herab. »Wie der heilige Thomas in die Seite des Herrn.« Allem Anschein nach konnte er nicht glauben, daß der Bader den blutigen Handgriff in so kurzer Zeit ausgeführt hatte.

»Warum sollte ich das tun?«

Ungnädig verdrehte der Wundarzt die Augen. »Um zu fühlen, ob noch Reste zurückgeblieben sind. Ich werde in der Zwischenzeit die Winde über dem Tisch anbringen.«

Ambroise erschauerte, als er das dünne Haarseil gewahrte. Er selber hatte sich bislang damit begnügt, anderen Chirurgen bei ihrer Wundversorgung zu beobachten. Auf das geflochtene Pferdehaar schien keiner von ihnen verzichten zu wollen. Manchmal zogen die Gehilfen der Ärzte ihren Patienten die Seile sogar unter die Haut, um die heilende Eiterbildung zu unterstützen. Schwer atmend beobachtete der Bader, wie Bertrandel den kochenden Kessel mit Öl von der Feuerstelle nahm und ihn ächzend hinüber zur Winde schleppte.

»Meint Ihr nicht, daß ein einfacher Verband mit frischem Leintuch genügt? Ihr kennt gewiß mehr heilende Kräuter als jeder andere Mann im Lager. Wir haben Ambra in unserer Arzneitruhe. Kampfer, Senna und Tamarinde. Wenn wir ein Tuch mit kühlem Wein tränken und …«

»Geh mir endlich aus dem Weg«, fauchte Bertrandel den Bader an, »du hast deine Arbeit nicht schlecht gemacht. Ja, unter den gegebenen Umständen bin ich recht zufrieden mit deiner Fertigkeit, auch wenn einige deiner Handgriffe alles andere als geübt wirkten. Ich werde vergessen, daß du mich beleidigt hast, weil der Hauptmann unter deinem Messer nicht gestorben ist. Nun aber übernehme ich wieder das Kommando über die Wundkammer, und ich sage dir, die Verletzung muß mit siedendem Öl ausgegossen werden.«

»Weil Euer päpstlicher Leibchirurg dies behauptet?« Ambroise kniff die Augen zusammen und blickte abschätzend auf seine blutigen Hände. Er hatte vergessen, den Bottich, in dem sich die Wundknechte für gewöhnlich wuschen, mit frischem Wasser zu füllen.

Bertrandel machte einen Schritt auf Ambroise zu. »Nein, junger Mann, weil ich es so haben will«, zischte er wütend.

Entschlossen nahm der Wundarzt die Schöpfkelle aus dem Kessel, schleuderte sie jedoch, als er die Hitze des Metalls fühlte, mit einem ärgerlichen Aufschrei von sich. Ambroise hätte am liebsten die Kammer verlassen und die Tür hinter sich zugeschlagen, doch er schaffte es nicht, seine Augen von Danderac auf dem Tisch abzuwenden. Er empfand grenzenloses Mitleid mit ihm. Zum Schluß schlang er sich einen Fetzen Stoff um die Hand, nahm die Kelle und benetzte das Seil, welches über der offenen Wunde des Hauptmanns hing, mit einem dünnen Strom kochenden Öls. Voller Abscheu, doch auf sonderbare Weise fasziniert, verfolgte der Bader, wie sich die Flüssigkeit an dem glatten Haar zielstrebig abwärts bewegte, bis sie schließlich, einem klebrigen Honigfaden gleich, auf die rosige Haut tropfte.

Gilles Danderac schlug die Augen auf, als erwachte er aus einem Alptraum. Sein hageres Gesicht, das bis dahin keinerlei Regung gezeigt hatte, verkrampfte sich vor Qual; sämtliche Muskeln und Nerven schienen auf den Schmerz zu reagieren. Der Hauptmann röchelte, während seine Finger hilflos nach einem Halt auf der hölzernen Tischplatte suchten.

»Wo ist Euer Schwamm mit dem betäubenden Mittel?« schrie Ambroise den Wundarzt an, während dieser gleichmütig dafür sorgte, daß auch kein Tropfen des heißen Öles danebenging. »Der Hauptmann ist zu geschwächt, um dieser Tortur standzuhalten!«

Bertrandel schüttelte gleichmütig den Kopf. »Ich habe keine Betäubungsmittel mehr. Außerdem hat der Hauptmann das Bewußtsein bereits wieder verloren. Eine natürliche Ohnmacht ist in jedem Fall einer anderen Betäubung vorzuziehen.« Mit starrem Blick wartete er ab, bis das Ausbrennen der Wunde vollendet war und sich um die Ränder kleine wäßrige Bläschen gebildet hatten.

»Du kannst ihn jetzt verbinden«, sagte der Wundarzt schroff und wies Ambroise zu einer Truhe, in welcher Verbandsstoffe aus Leinen aufbewahrt wurden. »Ich werde die Naht erst morgen früh anlegen. Dabei brauche ich dich nicht.«

Der Bader gehorchte widerstrebend. Bertrandel schien sich wieder völlig gefangen zu haben, denn seine Hände bebten nicht mehr, und auch die fahrigen Gesten, welche Ambroise dem Genuß von Branntwein zugeschrieben hatte, waren verschwunden. Wenn Ambroise ehrlich war, konnte er keinen Grund nennen, der dagegen sprach, sich den Anweisungen des Alten länger zu widersetzen. Dennoch war er davon überzeugt, daß Bertrandel gelogen hatte. Gewiß verwahrte er mehr Betäubungsmittel unter seinen persönlichen Sachen, als er zugab. Mit durchdringendem Blick starrte der Bader auf den Sieur de Vassy herab. Ob er die Nacht überstehen würde? Er konnte es nicht sagen, und Bertrandel hüllte sich in Schweigen. Ambroise beschloß, zum Fluß zu laufen, um sich dort nach Heilkräutern umzusehen. Der Wundarzt sollte ruhig merken, daß er bei der Pflege des Hauptmanns nicht allein auf seine Weisheiten angewiesen war. Mißmutig fiel ihm ein, daß es während seiner Lehrzeit bei dem Barbier nicht unbedingt zu seinen Lieblingsbeschäftigungen gehört hatte, Gewächse auf ihre Heilkraft zu untersuchen. Sein alter Lehrherr hatte sich zwar redliche Mühe gegeben, doch für Ambroise sahen die Blätter und Blüten einer jeden Pflanze nahezu gleich aus.

»Ich werde jetzt Eure Gehilfen suchen und sie zur Burg zurückschicken, Meister«, murmelte er schließlich und wandte sich zur Tür. Einen Herzschlag lang rang er mit seinem Stolz, doch dann sagte er leise: »Wenn ich Euch vorhin beleidigt habe, Monsieur Bertrandel, bitte ich um Nachsicht. Ich weiß, daß ich manchmal über mein Ziel hinausschieße, aber ändern kann ich es nicht. Es ist wie ein Zwang, der mich überfällt, wenn ich einen Verwundeten vor mir sehe. Ich möchte einfach nicht, daß ... sie leiden müssen!«

Der Wundarzt hatte sich mit einem Buch über Anatomie auf einem Schemel niedergelassen. Seine langen grauen Haare fielen ihm wie Vogelfedern über die ausgemergelten Schultern. Er hob den Kopf und bedachte den Bader mit einem zweifelnden Blick.

»Warum mag mich deine Reue nicht so recht überzeugen, mein Junge?« Anspannung und Ärger hatten sich tief in seine Wangen gegraben, doch aus seinen Augen sprach auch eine gewisse Milde, die Ambroise während seiner Lehrzeit in Paris des öfteren bei älteren Männern bemerkt hatte, die sich nach einem ausgestandenen Schrecken ihrer Erschöpfung anheimgaben.

»Aber ich ...«

»Ich vermute, deine Entschuldigung verfolgt allein den Zweck, mich zum Eingeständnis meiner eigenen Fehler zu bewegen!« Bertrandel begann wie ein übermütiger Junge zu kichern.

Ambroise strich sich nachdenklich über seinen Bart. Die Haltung des Arztes empörte ihn, aber er zuckte nur verständnislos mit den Schultern und schickte sich an, die Tür zu öffnen.

»Du bist gewiß nicht der einzige Mann im Lager, der ein Geheimnis mit sich herumträgt, Bader. Es steht dir nicht gut zu Gesicht, nach einer gelungenen Operation beleidigt zu sein. Sobald der Hauptmann aufwacht und sein Fieber gesunken ist, werde ich ihm von deiner Geschicklichkeit berichten.«

»Ist das alles, Meister?« fragte Ambroise erleichtert.

Bertrandel hörte auf zu lächeln. Besorgt musterte er seinen Gehilfen. Er war zu widerspenstig für die Armee, fand er. Manche seiner Einfälle mochten hilfreich sein, und unter anderen Umständen hätte er gerne mit ihm darüber diskutiert, ob ein Weinverband dem Glüheisen nicht vielleicht doch vorzuziehen war. Aber wo endete ein Feldzug, wenn die Ärzte, deren Auftrag es war, verwundete Soldaten zusammenzuflicken, sich während der Schlacht an die Gurgel gingen? Wo endete es, wenn Ärzte die Grenzen nicht mehr erkannten, welche Gott und die Natur ihnen setzten?

»Du solltest dir gut überlegen, ob das Heer des Königs wirklich der richtige Platz für dich ist. Männer wie du sind nicht zum Soldaten geboren, weil sie Befehlen erst gehorchen, nachdem sie Pro und Kontra gegeneinander abgewogen haben. Du sagtest vorhin, Gott werde den Verletzten heilen, wenn es seinem Ratschluß entspricht. Dies ist vollkommen richtig und einer der ersten Grundsätze, die ein Wundarzt zu lernen hat. Du aber wirst deine eigenen Gedanken immer über die Weisungen von erfahreneren und älteren Männern setzen.«

Als der Bader durch das Lager ging, wichen die Menschen angewidert vor ihm zurück. Einige der Fußsoldaten steckten die Köpfe zusammen und kreuzten ihre Finger. Ambroise errötete, als er begriff, daß seine Hände und seine Kleidung noch immer blutverschmiert waren. Er mußte den Menschen wie der wandelnde Tod erscheinen. Doch im Grunde war ihm ohnehin gleichgültig, was die Soldaten von ihm dachten. Wichtiger erschien ihm die Frage, ob er es länger ertragen konnte, Anweisungen zu gehorchen, die anderen Menschen Schmerzen zufügten. Es mußte doch möglich sein, chirurgische Handgriffe schonender anzuwenden als Bertrandel und die anderen Wundärzte es taten. Neuartige Methoden wurden aus Einsicht und Erfahrung geboren, dies hatte zumindest sein alter Lehrmeister stets betont. Wo waren diese Methoden zu finden? Konnte Ambroise darauf hoffen, eines Tages als selbständiger Wundarzt oder gar Medicus operieren zu dürfen, ohne Angst haben zu müssen, daß ein vorgesetzter Arzt ihn davonjagte oder ihm im schlimmsten Falle mit Schafott und Galgen drohte?

Ambroise verschränkte seine Arme auf dem Rücken. Plötzlich wollte er seine blutigen Hände vor sich selbst verstecken, denn sie erinnerten ihn an all die Demütigungen, die Männer seines Standes zu ertragen hatten. In vielen Städten stieß man die Bader an den Rand der Gesellschaft. Königliche und städtische Reglements zwangen die Zünfte, ihnen das offene Waffentragen zu verbieten. Männer, die ihre Badestuben in belebten Straßen eröffneten, mußten mit empfindlichen Strafen rechnen. Was Ambroise jedoch am empfindlichsten schmerzte, waren die mißtrauischen Blicke der Menschen, sobald sie ihm oder einem wandernden Barbier- und Badergesellen auf der Gasse oder in einer Schenke begegneten. Die Verachtung, mit der Edelleute, die sich am Vortag in der Badestube entspannten oder Wunden verbinden ließen, am folgenden Morgen auf die andere Straßenseite wechselten. Blut galt als schmutzig. Anerkennung fand ein Bader selten, seine Entlohnung blieb kärglich. Warum hing er also noch immer an seinem Handwerk? Ambroise tadelte sich dafür, daß er nach wie vor davon träumte, Medicus zu werden. Hatte er wirklich geglaubt, durch die Teilnahme am Feldzug des Königs gegen die rebellischen italienischen Städte, seine eigenen Probleme lösen zu können?

Zielstrebig hielt er auf den Wald zu, in dem ein kleiner See lag. Lustlos ließ er sich an dessen Ufer nieder, öffnete das Wams und starrte auf das Wasser. Die Sonne spiegelte sich auf der Oberfläche und sah aus wie ein Nest kleiner, blitzender Schlangen. Irgendwo am Rande des Lagers erklangen lachende Mädchenstimmen, und Vögel erhoben sich, durch die Stimmen aufgeschreckt, über die Baumkronen.

Bedächtig tauchte Ambroise seine Arme in das trübe Wasser, formte die Hände zum Schöpfen und benetzte seine heiße Stirn. Welch ein Genuß das Wasser eines Sees bringen kann, dachte er müde. Nach der erdrückenden Hitze in der Wundkammer empfand er hier, im Schatten der Bäume, endlich ein wenig Ruhe und Ablenkung. Das Blut des Hauptmanns ließ sich nur mühsam abwaschen, als wollte es ihn an den Erfolg seiner ersten Operation erinnern. Noch ist Danderac nicht außer Gefahr, sagte der Bader zu sich selbst. Als Chirurg mußte man realistisch bleiben, auf keinen Fall durfte man zu früh triumphieren. Ambroise hatte im Pariser Hospital mehr als einmal erlebt, wie das Wundfieber gewütet hatte. Vielleicht hatte Bertrandel ja recht, und er sollte nach Frankreich zurückkehren, statt in der Fremde seine Zeit zu vergeuden. In wenigen Tagen sollten die Kanonen vor den Mauern Turins in Aufstellung gebracht werden.

Nachdenklich vertiefte sich Ambroise Paré in sein Spiegelbild, bis ein Windstoß über das Wasser fuhr und seine Konturen in größer werdenden Kreisen vor seinen Augen verschwammen.

4. KAPITEL

Das kleine Bergdorf, eigentlich nur eine Ansammlung schäbiger Hütten, lag hoch über einem Tal, einen Tagesmarsch westlich von Turin. Bis zum Überfall durch die Truppen des französischen Königs hatte es ebenso wie die anderen Dörfer und Städte des Pellice zum Herzogtum Savoyen gehört. Doch Franz I. hatte den alten Herzog im Bündnis mit den Bernern vertrieben und kontrollierte seitdem von Stützpunkten in der Provence aus ganz Savoyen.

Für die Bewohner der Täler hatte sich dadurch bisher wenig geändert. Die Bauern und Viehzüchter waren daran gewöhnt, daß fremde Truppen durch ihre Heimat zogen und sich in den unwirtlichen Bergregionen heillos verirrten. Dieser Umstand machte die Bauern gelegentlich sogar so mutig, Ausfälle gegen Soldaten zu riskieren.

Es gab nur eine Gruppe in den zerklüfteten Tälern, die es in all den Jahren der italienischen Kriege immer wieder abgelehnt hatte, sich gegen den Feind zu erheben. Sie führten ihr eigenes Leben, blieben zumeist unter sich und bauten ihre Häuser in kaum zugängliche Gebiete, um mit den übrigen Dorfbewohnern möglichst wenig zu tun zu haben. All das sorgte für böses Blut. Hin und wieder wurden Pläne geschmiedet, um die verhaßten Außenseiter loszuwerden, doch waren die Dorfältesten sich darüber im klaren, daß die Siedlung es sich nicht leisten konnte, auf deren Arbeitskraft zu verzichten. Manche Bewohner Monteras erinnerten sich noch gut an die kargen Zeiten, bevor sich die Fremden bei ihnen niedergelassen hatten. Die fremden Siedler hatten Granit aus den Steinbrüchen geschlagen und auf Ochsenkarren die steilen Hänge hinaufgezogen. Seit dieser Zeit gab es in Montera Steinhäuser mit roten Schindeln. Die Gärten waren von aufgeschichteten Steinmauern umgeben und blühten bis in den Herbst hinein in allen Farben. Allem Anschein nach sorgten diese Fremden sich um Blumen und Gräser mehr als um eine ertragreiche Ernte. Sie behandelten ihre Hunde und selbst ihr Vieh wie Vertraute. Um ihren Glauben machten sie indessen ein großes Geheimnis. Hin und wieder tauchten Prediger in den Alpentälern auf, die Schriften verbreiteten, die jedoch von den meisten Bewohnern des kleinen Dorfes nicht gelesen werden konnten und deshalb letzten Endes alle im Feuer endeten.

Sefferino hockte auf einem Schemel in einem abgedunkelten Raum und beobachtete durch eine Ritze in einem Fensterladen, wie sich auf der Gasse zwei Katzen um ein Stück Fleisch zankten. Ihr Geschrei klang beinahe wie das hysterische Jammern einer Frau und ging ihm gehörig auf die Nerven. Zwei Jungen klopften mit Stöcken auf den Boden des hölzernen Vorbaus, um die Katzen zu verjagen. Doch den Tieren war ihre Beute so wichtig, daß sie darüber sogar ihre Scheu vor den Menschen vergaßen. Schließlich verschwanden die Katzen kreischend hinter ein paar Holzfässern.

Angewidert wandte Sefferino sich vom Fenster ab und trat zu Fioricia, um ihr bei der Arbeit zuzusehen. Das Mädchen rieb eine ausgebreitete Ziegenhaut mit einer dicken Schicht Salz aus einem Tonkrug ein. Zu diesem Zweck hatte sie sich die weiten Ärmel ihrer bestickten Bluse bis über die Ellbogen aufgerollt. Ihr Gesicht unter dem steifen Leinenschleier war vor Anstrengung gerötet. Ihre schlanken Arme, die sich gleichmäßig rollend über das Leder bewegten, als kneteten sie einen Kuchenteig, bebten wie Grashalme im Wind. Der Junge mußte daran denken, wie oft er Gelina in ähnlicher Pose gesehen hatte. Die Geliebte seines Onkels war jedoch zäh und robust gewesen, während Fioricia einen beinahe zerbrechlichen Eindruck machte. Die Arbeit schien ihr nicht besonders leicht von der Hand zu gehen. Sie sah müde aus, und Sefferino schämte sich plötzlich dafür, daß er sich nach der langen Wanderung vom Feldlager der Franzosen in die Täler ausgeruht hatte, während Fioricia sogleich in dem verwilderten Garten verschwunden war. Nun aber war es zu spät, ihr seine Hilfe anzubieten. »Was treibst du da eigentlich?« fragte er statt dessen und gähnte.

Fioricia hob den Kopf. »Das Salz macht das Leder geschmeidiger.« Sie ließ einen Moment von der Ziegenhaut ab und massierte ihre Fingerspitzen. Grobe Salzkörner hatten sich unter ihre Nägel geschoben. »Unter keinen Umständen darf die Haut innen zu trocken werden, sonst läßt Ruffo uns heute abend darauf kauen, bis sie wieder weich ist!«

Sefferino hob ungläubig eine Augenbraue und starrte auf die Holzschüssel mit Speiseresten, die zu seinen Füßen stand. Er konnte nur hoffen, daß Fioricia sich einen Scherz erlaubte. Allerdings war das, was er seit seiner Ankunft im Haus Ruffo Nardines gesehen und gehört hatte, nicht dazu angetan, an einen Scherz zu glauben. Der Bauernhof bestand aus zwei Gebäuden, die sich beide im rechten Winkel zu Füßen einer spröden Felswand erhoben. Das größere der beiden Häuser war in Form eines Kreuzes aus Granitquadern erbaut worden und hatte ein Dach aus Stroh und Binsen.

Hinter dem Haus gab es einen Ziehbrunnen und gleich daneben einen merkwürdiger Erdhügel, der von einem Feigenbaum sowie von gelblich blühendem Unkraut überwuchert wurde. Der Hügel wirkte auf das Auge eines Betrachters beinahe wie eine Grabstätte, und in der Tat fand man beim näheren Hinsehen einige Treppenstufen, die in den Lehm gestampft worden waren und steil abwärts ins Innere des Hügels führten.

Warum Ruffo Nardine so großen Wert auf weiches Ziegenleder legte, war Sefferino klargeworden, als er sich während seines Rundgangs das Kreuzhaus näher angesehen hatte. Die Fenster des Bauwerks waren bis ins Obergeschoß, wo sich die kleineren Kammern befanden, samt und sonders mit großflächig geschnittenen Lederstücken verhängt. Die Eingangstür bestand aus massivem Eichenholz und war mit schweren Eisenbeschlägen versehen. Einen Klopfer gab es nicht. Sefferino kam nicht umhin, sich zu fragen, welche Reichtümer Ruffo wohl hier horten mochte.

Um das zweite Haus seines Hofes, in dem Fioricia und die heimatlosen Kinder von Montera auf Strohschütten schliefen, schien sich Ruffo indessen weniger zu kümmern. Hier gab es weder Türen, die man abschließen konnte, noch Fenster, denn das Gebäude war einmal eine Scheune gewesen. Sefferino hörte fröstelnd, wie der Wind gegen das knarrende Gebälk schlug. Die drückende Hitze der vergangenen Tage war während der Nacht von Regenschauern und kühlen Temperaturen abgelöst worden. Der Junge erhob sich von seinem Schemel und lief um den Tisch herum zur Tür. Auf den ehemaligen Heuboden, wo die Kinder zwischen Säcken mit getrockneter Gerste, Erbsen und Linsen lagen, führte eine Leiter, der fast jede zweite Sprosse fehlte. Den Kindern schien dies nicht viel auszumachen. Sie hatten sich daran ebenso gewöhnt, wie an das strenge Verbot, die Schnüre der Vorratssäcke zu lösen, damit sie sich nachts nicht heimlich an ihnen bedienen konnten. Darüber hinaus hatte Ruffo sämtlichen Bewohnern der Scheune eingeschärft, die Leiter zum Boden niemals stehenzulassen, sondern sogleich nach dem Gebrauch hinaufzuziehen.

»Ruffo Nardine hat jede Menge Feinde«, erklärte Fioricia und bestätigte damit Sefferinos Verdacht. »Nicht nur die Franzosen würden ihm am liebsten den Hals umdrehen. Das halbe Dorf hat aufgeatmet, als die Soldaten ihn auf dem Weg zum Castello schnappten.«

»Und vermutlich hat dasselbe Dorf geflucht, als sie ihn wieder laufenließen«, ergänzte Sefferino mürrisch. »Ruffo ist einfach ... ich weiß nicht, wie ich ihn beschreiben soll!«

»Er war doch nicht etwa unfreundlich zu dir? Hat er dich angerührt?«

»Er hat mir nichts getan«, gab Sefferino zögerlich zu. »Er wollte ja nicht einmal, daß ich ihn und die Jungen heute zur Arbeit begleite. Ausschlafen soll ich, hat er gesagt. Aber dieses Lächeln, das er immer aufsetzt, wenn er mir Fragen über meine Familie und deren Besitz stellt, kann ich einfach nicht ausstehen. Es wirkt hinterlistig und irgendwie bedrohlich. Außerdem sind die alten Decken auf den Strohlagern voller Wanzen.«

Sefferino blickte erschrocken zu dem Mädchen am Tisch hinüber. War es Einbildung, oder hatte es soeben warnend einen Finger auf den Mund gelegt? Auf der Veranda droschen die beiden Jungen noch immer mit ihren Stecken auf das Holz ein. Sie waren die kleinsten von Ruffos Zöglingen und daher bislang noch von schwerer Arbeit befreit. Eigentlich hätten sie Fioricia zur Hand gehen sollen, aber sie hatte die beiden nach einigen Ermahnungen, sich nicht zu weit vom Haus zu entfernen, gehen lassen. Es schien ihr sogar lieb zu sein, daß die Kinder ihr Gespräch nicht hören konnten. Sefferino begriff, daß es Regeln in diesem Haus gab, die er lernen mußte, wollte er Schwierigkeiten aus dem Weg gehen. Daher beschloß er, seinen Argwohn gegen Ruffo vorerst für sich zu behalten. Fioricia de Cavelaar hatte ihm Hilfe und Unterstützung angeboten. Er mochte ihr stilles, bescheidenes Wesen und war sich fast sicher, in ihr eine

Verbündete gefunden zu haben. Sie zeigte, anders als die jungen Burschen, die sich am Morgen mit zerzausten Haaren an ihm vorbeigedrückt hatten, nicht die geringste Furcht vor Ruffo Nardine. Daß sie den Hofbesitzer nicht besonders ins Herz geschlossen hatte, lag indes auf der Hand. Schließlich brüllte Ruffo sie bei jeder Gelegenheit an. Aber Fioricia beschwerte sich auch nicht. Ruffos Beschimpfungen und Demütigungen schienen an ihr abzuprallen wie Pfeile an einer Rüstung. Nachdenklich starrte Sefferino auf seine abgetragenen Sandalen. Sandalen, überlegte er verdrießlich. Belanglose Dinge werden zu Kostbarkeiten, wenn man sie sich nicht mehr leisten kann.

Und wer trug daran die Schuld? Wer hatte ihn in diese Lage gebracht?

Würde sein Leben in Zukunft nur noch unter dem Vorzeichen stehen, Rache an denen zu üben, die ihm alles genommen hatten? Der Wunsch zu vergessen war groß. Vergessen bedeutet Betäubung des Schmerzes, überlegte Sefferino. Ob Fioricia ihre Gefühle ebenfalls betäubte? Wenn Sefferino hingegen ehrlich war, so beneidete er Fioricia um ihre Fähigkeit, Haltung zu bewahren. Er hatte ihr nur wenig darüber erzählt, was am Tag des Überfalls durch die französischen Soldaten in der Senfmühle geschehen war. Die Sblinettas hatte er erst gar nicht erwähnt, weil er der Ansicht war, daß ihm allein die Entscheidung oblag, ob er die Mörder in Turin verfolgen wollte oder nicht. Ein einziger Blick in das hübsche Gesicht des Mädchens, die grünlich glänzenden Augen genügte ihm, um zu erkennen, daß sie ihm dieses Vorhaben ausreden würde. Also war es besser, wenn sie nicht zu viel davon wußte.

Fioricia spannte eine Kordel zwischen die beiden Stützbalken, die das Dach der Stube trugen, und hängte die schwarzweiße Ziegenhaut darüber. Anschließend wandte sie sich der Herdstelle zu und begann mit Töpfen und Schüsseln zu hantieren.

Draußen war es dunkel geworden. Die Holzscheite knackten, als Fioricia die Glut im Herd mit einem Balg von neuem entfachte. Ruffo und die Kinder, die für ihn arbeiteten, würden bald zurückkehren. Dann mußte das Essen auf dem Tisch stehen. Der Reisbrei für die Jungen köchelte bereits seit Stunden über dem Feuer, doch Sefferino wußte, daß Fioricia wegen der Ziegen noch nicht dazu gekommen war, etwas für ihren Herrn zuzubereiten. Ruffo aß niemals gemeinsam mit den anderen Bewohnern des Hofes. Das Mädchen mußte ihm seine Mahlzeiten über den Hof ins Steinhaus bringen.

Seufzend stellte Fioricia sich auf die Zehenspitzen, um die Öllampe anzuzünden, die an einer Kette vom Deckenbalken herabhing. Es war spät geworden, stellte sie fest, als der schwache Schein des Lichtes durch die kärglich eingerichtete Stube wanderte. Zu spät, um noch ein Hühnchen auszunehmen. Die Vorräte, welche Ruffo von den Franzosen erhalten hatte, damit er Sefferino unter seinem Dach aufnahm, waren schneller in seine privaten Gemächer im Steinhaus gewandert, als eine Maus brauchte, um in ihrem Loch zu verschwinden. Den Wein würde ohnehin keiner von ihnen außer Ruffo jemals wieder zu Gesicht bekommen.

Fioricia schien zaubern zu können. Binnen weniger Momente war die lange Tafel gedeckt. Pico und Salvatore, die beiden Jungen, die auf der Veranda gespielt hatten, klopften die Asche aus dem Ofenloch, und in einer verbeulten Pfanne voll spritzendem Olivenöl brieten runde Agnolotti, duftende Taschen aus Eiern und Mehl, die von Fioricia mit Tomaten, Reis, Kräutern und goldgelbem Käse gefüllt worden waren. Diesmal ließ Sefferino es sich nicht nehmen, ihr zu helfen. Gewissenhaft verteilte er den Reisbrei in Tonschüsseln.

»Zieh dem Jungen doch gleich eine deiner Schürzen über«, knurrte Ruffo, als er wenig später mit seiner Horde ausgehungerter Burschen in die Stube stürmte. Seine schlechte Laune war nicht zu übersehen. Die Narbe in seinem Gesicht leuchtete wie ein Signalfeuer. Mißmutig trat er zu dem Kessel, der noch immer über der Herdstelle schaukelte, und stocherte mit einem Löffel in dem Eintopf herum. Der Anblick des Essens schien seine Stimmung kaum zu heben. Draußen hatte es augenscheinlich zu regnen begonnen, denn Ruffos Stirn glänzte und aus seinen Haaren tropfte Wasser.

»Seit die verdammten Franzosen Turin belagern, ist kein Paß mehr unbewacht«, schimpfte er und riß Fioricia das Tuch, das sie ihm reichen wollte, grob aus der Hand, um sich das Haar zu trocknen.

»Schlecht für deine Geschäfte«, meinte Fioricia achselzuckend und wandte sich dem Herd zu. »Vielleicht solltest du dich endlich überwinden und bei den Waldensern nach Arbeit fragen. Signor Bartolini sagte erst kürzlich, sie seien die einzigen, die momentan ...« Weiter kam sie nicht. Ein mörderischer Schmerz in der Schulter trieb ihr die Tränen in die Augen. Als sie sich umdrehte, sah sie, daß Ruffo mit einer Reitpeitsche in der Hand vor ihr stand und sie mit halb geöffnetem Mund anstarrte. »Ich habe dich gewarnt, du kleine Dirne. Sag mir nie wieder, was ich zu tun habe! Niemand erwähnt in meinem Haus ungestraft dieses Ketzerpack.«

Sefferino schoß das Blut in den Kopf. Sein Herz begann wie wild zu hämmern. Was, um alles in der Welt, hatte Fioricia gesagt, das Ruffo Nardine derart gereizt haben konnte? Ohnmächtig vor Wut sah er zu, wie Ruffo das Mädchen am Handgelenk hinter sich her, ins Licht der Öllampe zerrte. Zunächst schien es, als ließe Fioricia sich diese Behandlung gefallen, doch plötzlich riß sie sich los. Sie taumelte einige Schritte und wich dann geschickt hinter das gespannte Seil mit der gesalzenen Ziegenhaut zurück.

»Habe ich dir nicht gesagt, daß du mich ... nie wieder anrühren sollst?« schluchzte sie auf.

»Ich entsinne mich, mein Schatz.« Ruffo eilte ihr nach und hob die Hand zum Schlag. Als er sah, wie das Mädchen vor Angst zusammenzuckte, schlich sich ein zufriedenes

Grinsen auf sein Gesicht. »Mehrmals täglich, und wenn ich mich recht entsinne, sogar nachts in meiner Schlafkammer.« Unwillkürlich ließ er seine Faust sinken und stapfte schwerfällig zum Tisch, an dem die meisten der zehn Jungen bereits Platz genommen hatten und still vor sich hin starrten. Polternd setzte er sich auf einen freien Schemel. Keiner der Versammelten wagte auch nur die leiseste Bewegung. Sie schienen Ruffos Blicke wie harte, grobe Berührungen am Leib zu spüren.

Sefferino beobachtete, wie der älteste, ein kräftiger Bursche in einem zerlumpten roten Wollkittel, den Kopf gesenkt hielt. Er versuchte, seine Angst nicht zu zeigen.

»Giovanni, würdest du wohl den Kessel aufheben und ihn zu Fioricia bringen?« Ruffo legte die kurze Reitpeitsche vor sich auf den Tisch, während er sich an den Jungen wandte.

»Ich ... aber, Signore ...« Der Junge wurde bleich. Er stand auf, beugte sich über den Tisch und ergriff den dampfenden Kessel mit Reisbrei. Sein Gesicht verzog sich vor Schmerz, als er ihn aufnahm und vor den Leib drückte.

»Sei vorsichtig! Die Griffe müssen noch immer sehr heiß sein«, erklärte Ruffo in geheuchelter Anteilnahme, während Giovanni mit dem schweren Topf schwankend auf Fioricia zuschritt.

Fioricia kam mit weit aufgerissenen Augen hinter dem Seil hervor. Langsam, einen Fuß vor den anderen setzend, ging sie auf Giovanni zu. Lange konnte er die heißen Henkel nicht mehr halten. In seinen Augen standen Tränen.

»Keine Angst, Giovanni«, redete sie beruhigend auf den Jungen ein. »Gib mir den Kessel. Ganz vorsichtig.«

»Ich ... habe keine Angst!«

»Seid Ihr wahnsinnig geworden, Signore?« rief Sefferino plötzlich aus. »Ihr solltet Euch schämen!« Ohne Fioricias erschrockenen Blick wahrzunehmen, sprang er von seinem Stuhl auf und riß Giovanni den Henkel des kochendheißen Kessels aus der Hand. Giovanni schluchzte auf, versuchte verzweifelt, Sefferino abzuwehren. Im nächsten Augenblick schlug der gefüllte Topf auf die morschen Dielenbretter und drehte sich wie ein Kreisel beim Flaschenspiel. Erstarrt verfolgte Sefferino, wie der zähe Reis aus dem Bauch des Gefäßes schwappte und sich dampfend über den Fußboden verteilte.

»Eine schöne Bescherung, die Fioricia und der kleine Besserwisser da angerichtet haben, nicht wahr, Kinder?« Ruffo machte ein bedauerndes Gesicht und nahm seine Reitpeitsche vom Tisch. »Allein *ihrem* Ungehorsam habt ihr es zu verdanken, daß ihr nun hungrig zu Bett gehen müßt.«

»Das ist nicht wahr!« Sefferino starrte den Mann entrüstet an. »Ihr habt es selber darauf angelegt, Signor Ruffo. Wäre ich nicht dazwischengegangen, hättet ihr Giovanni gezwungen, den Kessel über Fioricias Kopf auszuschütten.«

Ruffo starrte ihn ein paar Momente düster an. Dann legte er den Kopf in den Nacken und lachte schallend los. Er besaß ein helles, klares Lachen, das unter anderen Bedingungen gewiß ansteckend gewirkt hätte. So jedoch klang es nur grausam und angsteinflößend.

»Du hast eine blühende Phantasie, mein Kleiner. Vermutlich hast du bis jetzt nicht viel mehr vom Leben gehabt, als dreimal am Tag die Messe zu besuchen und gelehrte Bücher zu studieren.« Ruffos Narbe kräuselte sich wie ein Regenwurm, als er Sefferino musterte. »Eines kann ich dir versprechen. Ruffo Nardine steht einem gottesfürchtigen Haus vor. Wer etwas anderes behauptet, ist entweder ein Lügner oder ein Ketzer, was hier in den Tälern so ziemlich dasselbe ist!«

»Daran hat nie jemand gezweifelt«, flüsterte Fioricia beschwichtigend. Sie stand immer noch reglos vor dem umgestürzten Kessel.

»Schick sofort die Kinder zu Bett und bring mir anschließend mein Abendbrot hinüber in die Kammer«, befahl Ruffo ihr kurz und bündig. »Der Kleine hier«, er deutete auf Sefferino, »gefällt mir übrigens. Gut, daß du ihn dem französischen Quacksalber abgeschwatzt hast. Er hat allerdings ein verdammt loses Mundwerk und scheint noch nicht begriffen zu haben, daß er nicht mehr auf der Klosterschule ist. Ich werde ihn morgen früh mitnehmen, wenn wir nach Prali ziehen. In den Kaminen der Steinhäuser kann er zeigen, wieviel Mumm wirklich in seinen Knochen steckt!«

In der Nacht fand Sefferino keinen Schlaf. Unruhig wälzte er sich zwischen den anderen Kindern auf dem Stroh hin und her. Giovanni neben ihm schluchzte leise. Vermutlich brannten seine Hände wie Feuer, obgleich Fioricia sie lange in kaltes Wasser getaucht hatte. Als Sefferino die Augen schloß, mußte er an seinen Onkel und die heiteren, unbeschwerten Tage der Vergangenheit denken.

Im Morgengrauen erhob er sich und stieg die Leiter vom Heuboden hinab. Auf der Veranda vor dem Haus traf er auf Fioricia. Bis auf ihre Haube war sie vollständig bekleidet. Einen Augenblick lang beobachtete Sefferino, wie das Mädchen sich mit gespreizten Fingern durch das kurze Haar fuhr. Er fand, daß sie ohne Schleier kaum älter aussah als er selber. Unvermittelt, ohne ihn anzuschauen oder ihm zu zeigen, daß sie ihn bemerkt hatte, sagte sie: »Ich liebe den ersten Windhauch eines neuen Tages, Sefferino. Du auch?«

Vorsichtig setzte er sich neben das Mädchen. »Keine Ahnung«, gab er zu. »Nicht besonders, glaube ich. Meistens ist er mir zu kühl … ich meine … im Sommer natürlich nicht!« Sefferino errötete, als Fioricia ihn anlächelte. Aus tiefstem Herzen hoffte er, daß sie sein Gestammel lediglich für Nervosität hielt, weil er in ein paar Stunden mit Ruffo und den anderen Kindern das Dorf verlassen sollte.

»Ich finde, daß jeder Tag für sich gesehen, ein ganzes Leben ist«, sagte Fioricia. »Im Morgengrauen wird er geboren, und der sanfte Wind, der die Morgenröte begleitet, kündigt sein Erscheinen an. Er ist rein, irgendwie unverbraucht. Ganz anders als in den Abendstunden, wenn der Tag das Leid der vergangenen Stunden mit sich trägt. Ich stehe jeden Morgen auf, ehe die Sonne aufgeht, um eine Spur dieser Reinheit in mich aufzunehmen. Sie entschädigt mich für …«

Mitten im Satz brach sie ab und blinzelte Sefferino verwundert an. »Du solltest wirklich noch ein, zwei Stunden schlafen. Ruffo hat von den Kaminen gesprochen, das heißt, daß dir eine harte Zeit bevorsteht.«

Der Junge legte die Stirn in Falten. »Die Kamine? Wovon redest du?«

»Nun, Ruffo war schon immer erfinderisch, wenn es darum ging, die Arbeitskraft der Jungen gewinnbringend zu verkaufen. Da die Weinbauern wegen der Plünderungen im Tal keine Erntekräfte mehr brauchen, vermietet er die Jüngeren als Schlotfeger. Nur Kinder sind schmal genug, um sich über ein Dach in eine enge, dunkle Röhre zu quetschen. Sie entfernen Vogelnester und lose Schindeln und kehren den Schlot mit langen Besen aus.«

Sefferino sprang auf. »Ich krieche unter keinen Umständen in einen Kaminschlot. Ruffo wird nicht wagen, mich dazu zu zwingen!«

»Er wird«, prophezeite Fioricia, als hege sie daran nicht den geringsten Zweifel. »Ich verstehe nicht, daß ausgerechnet du glaubst, dich gegen ihn zur Wehr setzen zu können.«

»Und ich verstehe nicht, warum du im Haus eines Mannes lebst, der mit dir und den anderen umspringt, als wärt ihr sein Eigentum und er ein Sklavenhändler von San Marco. Warum wurde er gestern abend so zornig, nur weil du die Waldenser erwähnt hast? Haßt er die Protestanten wirklich so sehr?«

Fioricia dachte einige Momente lang nach, bevor sie antwortete: »Ruffo haßt alle Menschen, die sich nicht vor ihm fürchten. Eigentlich hat er Angst vor ihnen. Er braucht die Kontrolle über jedes Lebewesen, das sich in seiner Umgebung regt. Was glaubst du, weshalb er dich derart hartnäckig ausgehorcht hat? Über deinen Onkel, dessen Vermögen und dein Leben in der Turiner Domschule? Du bist auf dem besten Wege, für ihn zum offenen Buch zu werden. Die Waldenser, vor allem die, die in den Städten Handel treiben, sind unabhängig und frei wie Bergziegen. Sie leben hinter verschlossenen Türen nach Werten, die Ruffo erschrecken wie den Teufel ein Heiligenbild. Außerdem gibt es da noch eine Frau, eine Waldenserin, die Ruffo vor einigen Jahren bis zum Wahnsinn begehrte. Ich kenne sie nicht, aber ich weiß, daß sie Ceres heißt und in der Nähe von San Dominiano lebt. Diese Signora scheint eine kluge Frau zu sein, denn sie zeigte Ruffo unmißverständlich die kalte Schulter. Nun ja, seit dieser Zeit gehört es für ihn zu den Zehn Geboten, den Waldensern aus dem Weg zu gehen.«

»Ein Gebot, das du offensichtlich gebrochen hast«, sagte Sefferino.

Als der Himmel sich rot färbte, faßte der Junge Mut und rückte näher an Fioricia heran. Ihre Arme berührten sich sanft. So saßen sie eine Weile schweigend nebeneinander, bis ihm plötzlich ein Gedanke kam. »Du beherrschst doch die französische Sprache, nicht wahr?« fragte er vorsichtig.

Fioricia lachte. »Noch etwas, das unserem guten Ruffo sauer aufstößt.«

»Wenn du mir Französisch beibringst, könnten wir von hier fortgehen. Im Lager der Söldner habe ich auch Mädchen gesehen. Vielleicht kann uns dieser Bader helfen, einen Weg über die Alpen zu finden.« Sefferino sah zu, wie zwei Eidechsen schnell wie Pfeile über den Hof jagten und in der Mauer am Tor verschwanden. »Und dann schlagen wir uns gemeinsam bis nach Paris durch!«

»Ich dachte immer, du verabscheust die Franzosen? Immerhin haben sie eure Mühle in Brand gesteckt.«

»Nun, der Bader Ambroise ist ganz in Ordnung«, verteidigte sich der Junge. »Ich meine ... dafür, daß er mit den Soldaten umherzieht. Verflixt, ich war einfach ... wütend, weil er mich belogen hat. Er hätte mir sagen müssen, was die Franzosen mit unserer Mühle vorhatten. Er hätte ...«

»... dir helfen können? Und dann? Denkst du etwa, du hättest ganz allein dein Haus retten können? Wie stellt man so etwas wohl an? Indem man die Soldaten höflich bittet, ihre Fackeln und Brandpfeile in einer Tonne Regenwasser zu ertränken?«

Auf dem Heuboden waren plötzlich Geräusche zu hören. Einer der Jungen schien gegen die Leiter oder einen Schemel zu treten. Vielleicht der kleine Pico, der, seitdem er unter Ruffos Dach lebte, einfach auf alles einschlug, was auch nur annähernd nach Holz aussah. Fioricia vermutete, daß der Kleine auf diese hilflose Weise versuchte, seine Furcht vor dem Hausherrn zu besänftigen. Wenig später erklang auch schon eine verschlafene Stimme, die sich zischend über Pico beschwerte und ihm Ohrfeigen androhte.

»Ambroise Paré hat früher in Paris gelebt«, flüsterte Sefferino gedankenverloren. »Er hat mir anvertraut, daß er gerne Medicus werden möchte. Bader haben es in Frankreich schwer. Es ist ihnen untersagt, an den Pariser Universitäten zu studieren, weil sie ihr Brot mit blutigem Handwerk verdienen. Es sei denn, sie haben …«

»… ein besonderes Talent, reiche Kunden anzulocken?« schlug Fioricia spöttisch vor.

»Nein. Genügend Geld in der Kasse, um habgierige Beamten und Magister zufriedenzustellen!«

Für einen Moment leuchteten die Augen des Mädchens auf. Paris, Frankreich – die Worte klangen für sie süß und verlockend. Wie oft hatte sie davon geträumt, eines Tages das Tal zu verlassen, um nach Frankreich oder Flandern, die Heimat ihres Vaters, zu gehen? Gewiß wußte sie, daß das Leben für ein mittelloses Mädchen auch jenseits der Alpen kein Zuckerlecken war. Aber spielte das eine Rolle? Paris mit seinen Palästen, Brücken, Kathedralen und wunderschönen Gärten war für sie immer nur ein Traum gewesen, und hatte nicht auch der Ärmste das Recht, wenigstens in seinen Träumen reich und mächtig zu sein?

Was, wenn sie sich dafür entschied, die Worte des Jungen ernst zu nehmen? Wenn das Verlangen nach Freiheit stärker wurde? Vielleicht war es das, was sie und den fremden Jungen verband: das Verhängnis, sich in aussichtslosen Wunschträumen zu verfangen.

Nachdenklich blickte das Mädchen über den Hof und

lauschte, ob sich in Ruffos Wohnhaus schon etwas rührte. Zum Glück war noch nichts zu hören. Fioricia plagte sich auf die Füße. Sie mußte nach den Kindern sehen, Giovannis verbrannte Fingerkuppen mit kühler Kräutersalbe bestreichen, ein paar sanfte Worte für den kleinen Pico finden, die Ziegen melken ...

Als Sefferino schüchtern nach ihrer Hand griff, sagte sie ein wenig schroffer als beabsichtigt: »Mir wäre es angenehmer, dein Bader wüßte ein Tränklein gegen männliche Geschwätzigkeit. Davon würde ich liebend gern einen Krug kaufen. Leider habe ich kein Geld, um die Täler zu verlassen. Und du hast keine Zeit, eine neue Sprache zu lernen. Hilf mir lieber, ein paar Klafter Holz für das Herdfeuer zu spalten.«

Widerstrebend folgte Sefferino dem Mädchen ins Haus. Fioricia wurde indessen das Gefühl nicht los, daß er einen Plan ausbrütete. Einen waghalsigen Plan, der ihm und womöglich auch ihr nur Ärger einhandeln würde.

Plötzlich verspürte sie Angst vor dem neuen Tag.

5. KAPITEL

Der Herzog de Montejan lehnte sich müde gegen den schmalen Fensterschlitz des Pulverturms und beobachtete, wie die Geschütze und Belagerungsmaschinen seines Bataillons über das grobe Pflaster des Burghofs gezogen wurden.

Aufgepflanzte Fahnen, Wimpel und farbenfrohe Standarten an goldenen Stangen flatterten im Wind und begleiteten den Zug, als handelte es sich bei ihm um eine heilige Prozession. Zwischen den Kanonen sprangen Geschützmeister mit speckigen Lederschürzen und Kanoniere hin und her und brüllten einander Befehle zu. Ihre Aufgabe war es, die Zündungsmechanismen der Rohre sowie die Tauglichkeit des Pulvers zu überprüfen, bevor die Geschütze zum Einsatz kamen. Von einem Moment auf den nächsten traten sich im Innenhof neugierige Ritter auf die Füße. Pagen und Knappen eilten hin und her. Überall standen Wagen, Sänften und Karren herum, um die sich niemand kümmerte. Allein den Pferden und Packtieren der Offiziere wurde genügend Aufmerksamkeit zuteil. Sie wurden sogleich von Stallknechten in Empfang genommen und behutsam zur Tränke geführt. Die schönsten Tiere gehörten keinem Geringeren als dem König von Frankreich.

Montejan seufzte, als sein Blick auf einige Ritter fiel, die mit gefüllten Zinnbechern in der Hand abfällige Kommentare über die Geschütze abgaben. Im Grunde seines Herzens verstand er sie und ihren Groll. Die Zeiten, in denen sich tapfere Männer Zweikämpfe geliefert und für Ruhm und Ehre gefochten hatten, schienen unaufhaltsam im Pulverdampf der Schußwaffen unterzugehen. Nichts war mehr so, wie er es aus den Erzählungen seines Großvaters kannte, der einst mit geholfen hatte, Frankreich vom Joch der Engländer zu befreien und die Herzöge von Burgund in ihre Schranken zu verweisen.

Doch wie sah es mittlerweile auf den Schlachtfeldern aus? Kein Waffengang, der nicht vom höllischen Gepolter der Kanonen begleitet wurde. Dafür wurden die Schwerter immer leichter, ihre Klingen zusehends schmaler. Waffen für halbwüchsige Kinder. Der Herzog mußte unwillkürlich an Danderac denken, seinen getreuen Waffengefährten, der seit Tagen mit dem Wundfieber rang. Zum Teufel mit den Bleikugeln, schimpfte Montejan und war froh, daß zumindest seine Gedanken ihm alleine gehörten. Der König mußte schließlich nicht alles wissen, was seine Edelleute dachten und empfanden, auch wenn er sie aus diesem Grund an seinen Hof gezogen hatte. Bis hinunter zum kleinen Landjunker hatten sich alle in den Reigen der Höflinge einzureihen, nicht einmal zu Kriegszeiten wurden diese Regeln gelockert. Nicht wenige Angehörige des niederen Adels, zu denen auch Danderac gehörte, waren auf Ämter bei Hofe oder in der Armee angewiesen. Sie kämpften um Vergünstigungen wie Hunde um einen Knochen, weil sie sich den standesgemäßen Lebensstil, den der König erwartete, anders nicht mehr leisten konnten. Der König unterhielt seinen Adel, doch er kontrollierte ihn auch, wo er nur konnte. Was den Fortschritt seines Landes anging, so war Franz von Valois gewiß ein Mann, dem Wissensdurst und Forscherdrang auch in Fragen der Kriegskunst eine Herzensangelegenheit waren. Nicht umsonst hatte er einst den alten Italiener, diesen Leonardo, an seinen Hof geholt und den Greis nach jeder seiner Erfindungen mit Ehren überschüttet, mochten sie auch noch so verrückt und unverständlich sein. Montejan und seine Familie waren dem König seit langer Zeit treu ergeben. Mehr noch, der Herzog verehrte ihn wie einen Vater, auch wenn ihm seine Ziele oft ebenso unklar waren wie die Apparaturen und Skizzen des längst verstorbenen Gelehrten aus Vinci. Dennoch empfand Montejan es insgeheim als Zumutung, daß der König es sich in den Kopf gesetzt hatte, das Feldlager vor Turin aufzusuchen, um sich mit ihm und dem Lieutenant-General der Armee zu beraten. Beratungen dieser Art, so war Montejans Überzeugung, führte man nicht an einer gedeckten Tafel bei gebratenen Hühnchen und Wein.

Mißmutig beobachtete der Herzog, wie von einem prächtigen Kastenwagen wertvolle Decken aus besticktem Brokat, eine Tapisserie aus chinesischer Seide und etliche Truhen mit zierlichen Handfeuerwaffen, Pokalen und Tellern aus Silber geladen und in die Halle geschleppt wurden. Also lag er mit seiner Vermutung von einem Bankett in der Burg gar nicht so falsch. Franz I. war unbestritten ein großartiger Soldat, der dafür bekannt war, in vorderster Reihe sein Schwert zu schwingen. Doch mit zunehmendem Alter mochte er auch auf Feldzügen nicht mehr auf die Annehmlichkeiten verzichten, denen er sich in seinen prachtvollen Schlössern an der Loire so gerne hingab. Ging der König in Friedenszeiten auf Reisen, so folgte ihm in der Regel ein gewaltiger Troß aus Bäckern, Köchen, Mundschenken,

Laufburschen, Medizinern, Stallmeistern, Hundeführern, Armbrustschützen und Vertretern der Geistlichkeit. Montejan konnte nur darauf hoffen, daß der König nicht vergessen hatte, wie ein Kriegszug in feindlicher Umgebung zu führen war. Selbst wenn der König sich nach der Annäherung des Papstes an den Kaiser im Recht fühlte, lag auf der Hand, daß die italienischen Fürstentümer seine Auffassung nicht teilten. Die Turiner hielten nun auch noch die Brücken besetzt oder lieferten sich mit französischen Söldnern Gefechte um die Paßwege. Die Zahl der Verwundeten wuchs von Tag zu Tag. Montejan hatte erst am Vormittag eine Botschaft an seine Wundärzte gesandt, in welcher er einen medizinischen Bericht für den König einforderte.

Der Herzog verließ seinen Beobachtungsposten über einen schmalen Wandelgang. Er mußte in die Halle zurückkehren, bevor jemandem seine Abwesenheit auffiel, denn der König hatte darauf bestanden, daß er mit den anderen Offizieren an den Lagegesprächen teilzunehmen hatte. Einen Herzschlag lang überlegte Montejan, sein Quartier aufzusuchen, um seinen Waffenrock gegen ein sauberes Wams zu tauschen oder wenigstens den schweren goldenen Siegelring mit dem herzoglichen Wappen seiner Familie überzustreifen. Aber er entschied sich dagegen. Ein Lächeln glitt über seine zerfurchten Wangen, als er daran dachte, wie oft ihm seine Gattin vorwarf, er benehme sich eher wie ein Kesselflicker denn als Sproß einer der ältesten Familien des Reiches. Zum Teufel mit Brokat und Duftwasser! Mochte der König auch die Nase rümpfen, sie befanden sich nun einmal vor den Mauern der belagerten Stadt Turin und nicht im Zeremoniensaal des königlichen Palasts von Chambord, Blois oder Amboise.

Eine schmucklose Wendeltreppe führte ihn vom Pulverturm über mehrere Gänge in den Burgsaal. Der König saß mit seinen engsten Vertrauten an einem einfachen Tisch aus Eichenholz. Als sich die breite Flügeltür öffnete, hob er den Kopf. Franz von Valois war ein auffallend großer, breitschultriger Mann, dessen muskulöse Arme und Beine in ständiger Bewegung zu sein schienen. Sein längliches, von einem rötlichen Kinnbart umrahmtes Gesicht wurde von einer scharf geschnittenen Nase und einem Paar stechender, dunkler Augen beherrscht, denen ein gewisser Hang zu Spott und Zynismus abzulesen war. Als er den Herzog von Montejan erblickte, winkte er ihn herbei und deutete auf die Bank an seiner Seite. Montejan zögerte, denn der angebotene Platz war bereits von zwei dicklichen Herren eingenommen worden, die in ihren Pelzumhängen wie Braunbären aussahen. Doch die Geste des Königs kam einem Befehl gleich. Widerwillig plagten sich die beiden auf und sahen sich mit gekränkter Miene nach Stühlen oder Schemeln am unteren Ende der Tafel um. Es war gefährlich, einer Aufforderung des Königs nicht sogleich nachzukommen.

»Habt Dank, daß Ihr trotz Eurer zahlreichen Pflichten so rasch zu uns gekommen seid, lieber Vetter«, rief der König heiter und wies einen seiner Pagen an, dem Herzog einen Becher mit Wein zu füllen. »Ich muß Euch um Nachsicht bitten.« Franz von Valois blinzelte seinen Offizieren vielsagend zu. »Dieser Wein schmeckt einfach schauderhaft. Er ist bitter wie das Lächeln einer verlassenen Ehefrau. Aber genug davon. Schließlich haben wir Wichtigeres zu besprechen als die Qualität lombardischer Reben.«

Montejan verneigte sich, trank einen Schluck Wein und stellte den Zinnbecher auf den Tisch zurück. Er kannte keinen Mann, der so unberechenbar auftrat wie Franz von Valois. Für gewöhnlich trug der König prachtvolle, mit Edelsteinen besetzte Gewänder; an diesem Tag jedoch hatte er lediglich ein Wams aus violettem Samt über einem Hemd aus weißem Leinen gewählt, das über den gebauschten Ärmeln mit goldenen Kreuzen besetzt war. Von dem Brokat, den silbernen Gefäßen und den Wandteppichen hatte zu Montejans Verblüffung kein einziges Stück seinen Weg in die Halle gefunden. Die hohen Wände der Burg waren offensichtlich auf königlichen Befehl hin ebenso unberührt geblieben wie das Holz der Tafel. Lediglich der breite Stuhl mit hoher Lehne und geschnitztem Dach, den der König nach seiner Gewohnheit auf Reisen mit sich führte, war mit einer voluminösen blauen Seidendecke ausgeschlagen worden, auf welcher die Lilie, das Wappen des französischen Herrscherhauses, zu sehen war.

Während der Prinz Condé, ein ältlicher, weißhaariger Mann, dessen Gesicht mehr Furchen aufwies als die Tafel Messerkerben, seinen Herrn anhand einer Karte über den Ring der Befestigungsanlagen Turins aufklärte und sich dabei in Mutmaßungen über die Anzahl und Stärke der Sturmgeschütze verlor, fiel dem Herzog auf, daß Franz von Valois jede Geste der Männer an der Tafel, jeden Augenaufschlag und jeden Blick sorgfältig registrierte. Montejan lehnte sich abwartend zurück. Der alte Fuchs hatte es wahrhaftig nicht verlernt, auf der Hut zu sein. Nach jahrzehntelangen Kämpfen gegen den Kaiser, nach Gefangenschaft und Niederlagen hatte der Monarch erfahren müssen, daß eine gute Beobachtungsgabe sowie eine schnelle Reaktion auch unter dem Dach vorgeblicher Freunde über Leben oder Tod entscheiden konnten. In dieser Hinsicht war er selbst altgedienten Kämpfern wie dem Prinzen Condé weit überlegen.

»Vor wenigen Stunden sind die Kundschafter, die ich nach Turin gesandt habe, um mit dem Rat der Stadt zu verhandeln, ins Lager zurückgekehrt«, sagte der alte Prinz. Unverhohlen schwang Groll in seiner Stimme mit. »Die Ratsherren sind dem Savoyer treu geblieben. Sie lehnen es ab, Frankreich die Tore zu öffnen. Ich sage: Wir greifen im Morgengrauen an, damit …«

»Vergebt mir, wenn ich Euch unterbreche, verehrter Condé«, fiel der König dem Alten ins Wort, »aber wie ich auf Eurer Karte sehe, ist diese Burg hier, die Montejans Truppen kampflos in die Hände fiel, nicht der einzige Vorposten Turins. Was ist mit all den anderen Festungen im Umland? Könnten diese uns nicht Schwierigkeiten bereiten, wenn wir darangehen, die Stadt zu belagern?«

Der Prinz hielt inne. Ohne den Zeigefinger von der Karte zu nehmen, starrte er den König verblüfft an.

»Der Einwand Seiner Majestät ist berechtigt.« Montejan stand nun ebenfalls auf und schob seinen Weinbecher auf eine ungenau eingezeichnete Hügelkette, die sich im Norden gegen Turin hin ausbreitete. »Zwischen den Hängen gibt es in der Tat eine stattliche Anzahl von Burgen und Festungen, deren Besatzungen Ausfälle gegen uns unternehmen, sobald wir den Toren der Stadt näher kommen. Es wäre Wahnsinn, sie in unserem Rücken zu wissen. Allein nach Villano hat der Kaiser zweihundert spanische Söldner gesandt, die Straßensperren errichten und Brücken kontrollieren. Nahezu jeden Tag verlieren wir Soldaten und Kundschafter, die von den Spaniern beim Überqueren der Pässe in einen Hinterhalt gelockt und niedergestreckt werden.«

Der König beugte sich nachdenklich über die Karte. Mit seinem schwarzen, federgeschmückten Barett, das er nach alter Gewohnheit tief in die Stirn gezogen hatte, überragte er den Herzog genau wie die meisten seiner Feldherren um Haupteslänge. »Ihr Herren solltet nicht vergessen, was in diesen Tagen für Frankreich auf dem Spiel steht«, erklärte er ohne Umschweife. »Turin ist lediglich ein Meilenstein auf unserem Weg nach Mailand. Wenn Karl V. es wagt, mich herauszufordern, werde ich seine Herausforderung auch annehmen.« Mit einer raschen Bewegung streifte Franz von Valois sich den Handschuh von der Rechten, zog die Decke mit der französischen Lilie von seinem Lehnstuhl und warf beides schwungvoll über die Tafel.

Als der Herzog von Montejan das Gesicht des Königs musterte, ahnte er, was seinen Herrn in diesem Moment bewegte. Zwölf Jahre war es nun her, seit Franz nach der Niederlage vor Pavia in die Hände des Feindes gefallen war. Zunächst hatte es so ausgesehen, als sei den Franzosen das Glück in der Schlacht beschieden. An der Spitze seines Heeres hatte sich der König ins Getümmel gestürzt, doch wiederum waren es die Geschütze – diesmal die eigenen – gewesen, die das Unheil heraufbeschworen hatten. Der König hatte sich ahnungslos vor die Mündung der Kanonen begeben und diese Waffen damit zur hilflosen Untätigkeit verurteilt. Die Kaiserlichen jubelten über ihren unerwarteten Vorteil. Und sie siegten. Als Gefangener war Franz I., der Prächtige, nach Spanien geschleppt worden, wo der Kaiser ihm einen schmachvollen Vertrag diktiert und beide Söhne als Geiseln gefordert hatte. Die Demütigungen, die er während seiner Haft im Turmverlies zu Madrid erlitten hatte, hatten Franz von Valois indes nur noch entschlossener gemacht, die Herrschaft der Habsburger in den italienischen Gebieten zu beenden. Er sprach niemals darüber und erwähnte Karl V. nur, wenn es sich nicht vermeiden ließ. Montejan war jedoch davon überzeugt, daß die harte Lehrzeit des Königs nicht umsonst gewesen war. Franz mochte eitel sein und einen Hang zur Verschwendungssucht haben, doch aus seinen Schwächen und Fehlern hatte er zweifellos gelernt.

Mit bemerkenswerter Geduld und Höflichkeit ließ sich Franz von Valois von verschiedenen Offizieren über die bisherigen Kriegserfolge der Armee und den Vorstoß auf die lombardischen Handelsstädte berichten. Dabei war der König in höchster Eile. Die Drohungen der Habsburger sowie Wirren im eigenen Reich zwangen ihn, so rasch wie möglich die Alpen zu überqueren, um die Truppen der Kaiserlichen in der Provence aufzuhalten. Seine engsten Vertrauten schwitzten aus allen Poren und machten Gesichter, als säßen sie auf glühenden Kohlen.

Montejan, den die endlosen Debatten rasch langweilten, wünschte sich sehnsuchtsvoll die erlösenden Worte herbei, mit denen der König die Ratsversammlung aufhob. Seinen Becher hatte er längst geleert, doch unter den spöttischen Blicken des Königs wagte er es nicht, den Pagen mit der Zinnkanne noch einmal zu sich zu befehlen. Montejan spürte, wie seine Kehle zunehmend rauher wurde. Kein Wunder, wenn ich mich erkälte, dachte er übelgelaunt. Immerhin hatten er und seine Hauptleute eine durchwachte

Nacht hinter sich. Gesunder Schlaf oder eine ruhige Stunde in der Kapelle waren längst zum Luxus geworden, den nur wenige im Lager sich gönnten.

Plötzlich wurde die Tür aufgestoßen, und ein unrasierter Priester drängte sich an den Wachen vorüber in die Halle. Zielstrebig und ohne den Versammelten den nötigen Respekt zu erweisen, hielt er auf den Lehnstuhl des Königs zu, als besuchte er einen alten Bekannten. Erst als ihn nur noch wenige Schritte von König Franz trennten, zog er die Hände unter den weiten Ärmeln seiner Kutte hervor und deutete eine knappe Verbeugung an. Der König sah ihm aufmerksam, doch ohne jegliche Verwunderung entgegen. »Vater Albin, unser Hauskaplan«, stellte er den ungepflegten Mann vor. »Sucht Euch einen Platz an der Seite. Ich vermute doch, Euch liegt etwas auf dem Herzen?« Seine dunklen Augen funkelten vor Belustigung. Die Offiziere und Edelleute an der Tafel verstummten. Irritiert blickten sie abwechselnd von ihrem König zu dem Fremden. »Sprecht nur ohne Scheu, Vater Albin.«

Der Priester wirkte abgespannt und nicht weniger übernächtigt als Montejan. Gewiß hatte er den Troß des Königs nicht in einer gepolsterten Kutsche, sondern auf dem Rücken eines Pferdes begleitet. In der Art, wie er seine knochigen Schultern auf und ab bewegte, war abzulesen, daß er alles andere als ein geübter Reiter war.

Einen Herzschlag lang ruhte der Blick des Priesters auf den Weinbechern der Offiziere, doch als keiner der Pagen Anstalten machte, ihn zu bedienen, räusperte er sich geräuschvoll. Dann ermahnte er die Offiziere, ihren Soldaten beim Besuch der Messe sowie der Ohrenbeichte mit gutem Beispiel voranzugehen, und prophezeite dem Feldlager alle zehn ägyptischen Plagen, falls es ihnen nicht gelänge, dem Treiben der Dirnen in den Zigeunerwagen am Fluß Einhalt zu gebieten. Nein, angesprochen hatten die Weiber ihn nicht. Vermutlich habe sein strenges geistliches Gewand sie davon abgehalten.

Die Litanei der Ermahnungen machte Montejan schläfrig. Erst als er merkte, daß der König ihn vorwurfsvoll anstarrte, merkte er auf. Worüber sprach der Priester, zum Donnerwetter? Wie ein Racheengel breitete Vater Albin seine Arme aus. Er sprach von Ketzern. Von Verrätern. Montejan empfand die Kühle des Saales plötzlich nicht mehr als angenehm. Der Wind, der durch die hohen Fensterschlitze hereinwehte, glitt über seine Arme und Beine wie kalter Stahl. Nachdenklich hörte er zu, wie sich Vater Albin über die ketzerischen, vorgeblichen Reformbewegungen empörte, die seit geraumer Zeit in vielen Städten und Provinzen Frankreichs offenen Aufruhr verursachten. Er sprach von verbotenen Versammlungen der Ketzer in Paris, dem Herzen des Reiches, die zu den schwersten Befürchtungen Anlaß böten.

Der Herzog atmete scharf aus. Eine Predigt über die wachsenden Gegensätze zwischen Altgläubigen und Reformierten war das letzte, was er sich zu dieser Stunde wünschte. Zumal kein direkter Anlaß hierfür gegeben schien. Franz von Valois galt in Fragen der Religion als nachgiebig und persönlich interessiert, selbst wenn es sich um die Ansichten von Abweichlern handelte. Es entsprach einfach seiner Neugier, sich insgeheim auf die Seite derer zu schlagen, die in der Kirche Reformen anstrebten. Die Grundfeste seiner Herrschaft wollte er indessen nicht in Frage gestellt wissen. Montejan folgte ihm auch in diesem Punkt bedingungslos.

Es mußte daher etwas vorgefallen sein, was die Einstellung des Königs geändert hatte und seine geistlichen Berater somit in höchste Alarmbereitschaft versetzte.

»Erinnert Euch an die verruchte *action des placards*, Ihr Herren«, vernahm der Herzog die aufgebrachte Stimme des Geistlichen. »Diese vorgeblich reformierten Kreaturen, die sich bei Nacht und Nebel auf Friedhöfen und in Katakomben versammeln, beleidigen die Majestät nun schon im Herzen Frankreichs. Die Ketzer sind schon dreist genug, Schmähschriften gegen das Zeremoniell unserer heiligen Kirche an die Wände wichtiger Gebäude zu hängen. Ja, selbst an den Türen der königlichen Schlafgemächer zu Amboise fanden sich …«

»Genug davon!« Franz von Valois unterbrach den Redefluß seines Kaplans mit einem kräftigen Faustschlag, der die Zinnbecher auf der Tafel vibrieren ließ. »Wir befinden uns im Krieg gegen die Habsburger, also lassen wir die Geschichten über Schlafgemächer, ehe mir daraus noch ein Galgenstrick gedreht wird.« Ein paar der jüngeren Offiziere lachten verhalten. Spöttische Kommentare des Königs waren immer noch unterhaltsamer als die langweiligen Predigten eines Priesters. »Was diese Protestanten, wie sie sich neuerdings im Deutschen Reich nennen, angeht, so haben wir verfügt, daß fortan alle Druckschriften theologischen Inhalts von einer Parlamentskammer begutachtet, gesiegelt und genehmigt werden müssen.«

Das Gelächter der Offiziere und Beamten an der Tafel verstummte. Montejan fiel auf, daß einigen der hohen Herren die Farbe aus den Gesichtern gewichen war.

»Mir ist zu Ohren gekommen, daß selbst in der Armee verbotene Schriften kursieren sollen«, fuhr der König fort. »Es handelt sich dabei um Pamphlete eines Mannes, der Frankreich mittlerweile verlassen hat, aber sein Gift weiterhin versprüht. Wie lautet doch gleich sein Name, Vater Albin?«

»Genaugenommen handelt es sich um drei Ketzer, Sire, welche die Duldung Eurer Majestät ausgenutzt haben«, rief der Priester und hob drei Finger in die Höhe. »Lefevre, ein ehemaliger Professor der Sorbonne, dem wir viel früher die Lehrbefugnis hätten entziehen müssen, ist ihr Rädelsführer. Ihm ist es gelungen, sogar den ehrenwerten Abt von Meaux für seine finsteren, verräterischen Zwecke einzuspannen.«

»Wie soll ich das verstehen?« Prinz Condé schüttelte den Kopf. Er war ein kluger, welterfahrener Mann, der erst gar nicht den Versuch unternahm, seine Erregung vor den alles durchdringenden Blicken des Königs zu verbergen. Montejan fragte sich indessen, ob ausgerechnet König Franz nicht von den großzügigen Zuwendungen gehört haben sollte, mit welchen die Condés seit Jahren das Kloster zu Meaux bedachten.

»Abt Briconnet ist ein treuer Anhänger der römischen Kirche«, erklärte der Prinz mit zitternder Stimme. »Trotz seines hohen Alters nahm er damals, nach dem Reichstag in Deutschland, den beschwerlichen Weg auf sich, um sich gemeinsam mit Papst Leo X. über dringend notwendig gewordene Reformen in seinem Sprengel zu beraten. Das war noch, bevor der Kaiser Rom plündern ließ und den Heiligen Vater gefangennahm.«

»Und was hatte dies zur Folge?« fragte der Geistliche ungehalten. »Ich kann's Euch sagen, Monseigneur: Briconnets überflüssige Reformfreudigkeit und seine Vertrautheit mit Ketzern schufen in Frankreich erst das Klima, in welchem faule Früchte wie Lefevre reifen konnten. Dabei ist der Professor bei weitem nicht der schlimmste Aufrührer. Gefährlicher ist ein Mann, der im vergangenen Jahr aus Frankreich geflohen ist, um von Genf aus gegen die Bischöfe und die heilige Messe zu streiten.«

»Erst kürzlich erzählte mir einer meiner Leutnants von einem jungen Gelehrten aus der Picardie, der in Genf an einer Bekenntnisschrift für die Protestanten arbeitet«, mischte sich Herzog de Montejan ein, obgleich ihm nicht wohl dabei war, dem Priester neuen Zündstoff zu liefern. .

»Der Verräter heißt Jean Calvin.« Aufdringlich schritt Vater Albin die Tafel ab, blieb bald hinter dem einen, dann hinter dem anderen Edelmann stehen. »Ich habe Seiner Majestät bereits ausführlich berichtet, was meine Späher über diesen Ketzer in Erfahrung brachten!« Behutsam beugte sich der Priester über die Schulter des Prinzen Condé. »Bestimmt wollt Ihr hören, was die Männer herausgefunden haben, Monseigneur, nicht wahr? Vielleicht erinnert Ihr Euch dann auch an den Ketzer Calvin und an die Namen der Männer, die ihn heimlich mit ihrem Vermögen unterstützen!«

Der weißhaarige Kopf des Prinzen verschwand unter dem

ausladenden Pelzkragen seiner Schaube wie der Kopf eines Raben im Federkleid. Seine Hände begannen zu beben. Im nächsten Augenblick erstarb jeder Laut im Saal. Lähmende Stille breitete sich aus. Niemand der Herren schien ein Wort zu finden, um den unverschämten Geistlichen in die Schranken zu weisen. Was hatte der Kaplan des Königs im Sinn? Konnte er tatsächlich so kühn sein, ausgerechnet den alten Condé, dessen Familie beinahe ebenso mächtig war wie das Haus Valois, der Ketzerei zu verdächtigen? Und wußte König Franz darüber Bescheid und ließ seinen Hauskaplan absichtlich gewähren?

Unwillkürlich tastete der Herzog nach seinem Schwert, doch dann besann er sich. Niemand, nicht einmal die hohen Offiziere, traten dem König bewaffnet unter die Augen, und niemals, unter keinen Umständen zog ein Edelmann sein Schwert in Gegenwart seines Herrn.

»In der Tat, Vater Albins Späher waren mehr als fleißig«, ergriff Franz von Valois endlich wieder das Wort. Jede Spur von heiterer Gelassenheit war aus seinem Gesicht verschwunden. »Allem Anschein nach empfinden nicht nur Bauern und Tagelöhner, sondern auch einige Herren des Hochadels Sympathien für die Irrlehren der Protestanten. Ihre Namen sind uns wohlbekannt.« Ein strenger Blick des Monarchen scheuchte den Kaplan, der noch immer hinter dem Stuhl des alten Condé verharrte, ans untere Ende der Tafel zurück.

»Sire, erlaubt Ihr mir, ein Wort darauf zu erwidern?« Le Rat, ein enger Vertrauter des Königs, der bislang kaum ein Wort gesprochen hatte, hob beschwörend die Hände. Er war ein untersetzter Mann, dessen Schnurrbart zitterte, sobald er die Lippen bewegte. Im Kreis der Edlen Frankreichs war er beliebt, denn er äußerte sich offen und ohne übertriebenes Pathos.

Der König schien interessiert. »Nur zu, Monsieur!«

»Wir alle hier legen unsere Schwerter in die Hände Eurer Majestät und versichern bei unserer Ehre, daß es unter uns keine Verräter gegen die Krone gibt!«

»Selbstverständlich gebe ich nichts auf eiferndes Geschwätz, solange es nicht in gedruckter Form vor mir auf dem Tisch liegt, mein lieber Le Rat«, entgegnete Franz von Valois schneidend. »Darum hört mir nun gut zu, meine Herren Offiziere: Es schmerzt mich, Menschen dem Feuertod oder dem Galgen zu überantworten, die auf der Suche nach Erlösung für ihre Seele vom Weg der heiligen römischen Kirche abgekommenm sind. Nun, ich bin kein Theologe, sondern habe Entscheidungen für Frankreichs Wohl und gegen seine Feinde zu treffen. Möglicherweise hat der Kaiser mit seinen strengen Maßnahmen gegen die Protestanten in seinem Reich einen empfindlichen Nerv getroffen. Vielleicht stellen sie wirklich unsere Welt auf den Kopf, sofern man sie gewähren läßt. Ich weiß es nicht, und im Grunde will ich es auch nicht wissen. Es widert mich an, mir vorzustellen, wie königliche Beamte durch die Gassen schnüffeln wie Straßenköter und selbst in Häuser, Werkstätten und Kirchen eindringen.« Ein wenig schwerfällig erhob sich der König von seinem Stuhl, seine beringten Finger schlossen sich um die geschwungenen Lehnen. »Aber offenbar kann ich nicht anders handeln. Ich verfüge daher, daß meine Herren Offiziere, die Weisung ausgeben, jedweden Besitz von verbotenen protestantischen Schriften unter den Soldaten augenblicklich zur Anzeige zu bringen. Wer mit den Pamphleten der Ketzer überrascht wird, soll den Wippergalgen zu spüren bekommen. Ob hoch oder niedrig, ob sie nun Jean Calvin, Luther oder den Waldensern folgen: Dieses Mal gestatte ich keine Unterschiede!«

Vater Albin faltete die Hände. »Wahrhaftig, eine salomonische Entscheidung, Sire«, sagte er zufrieden. »Ihr werdet es nicht bereuen. Gerade unsere braven Kriegsknechte sind allzuoft die erklärten Ziele der vergifteten Saat. Wie der heilige Johannes schon bemerkte: ›Der Herr wird seine Tenne fegen und den Weizen in die Scheune sammeln; aber die Spreu wird er verbrennen mit unauslöschlichem Feuer!‹«

»Ganz recht, Vater, und ich bin der Meinung, daß Ihr der

geeignete Mann seid, dem Herrn beim Fegen zur Hand zu gehen«, erklärte der König grimmig. »Aus diesem Grund wird der Prinz Condé mir das Vergnügen erweisen, mich nach Chambord zu begleiten, während Ihr hier im Feldlager bleibt. Ab sofort steht Ihr meinen Soldaten als geistlicher Seelsorger zur Verfügung. Es wäre doch eine Sünde, wenn wir Eure erstaunlichen Fähigkeiten irgendwo einsetzten, wo sie keine Früchte tragen?«

»Aber … Sire«, stammelte der Geistliche ernüchtert. Dann verstummte er. Die Entscheidung des Königs schien ihm buchstäblich die Zunge zu lähmen. Zweifellos hatte er niemals beabsichtigt, sein bequemes Amt am Hof zu Amboise hinter sich zu lassen und sich statt dessen unter das rauhe Soldatenvolk zu mischen. Er starrte den König fassungslos an, doch Franz von Valois rückte lediglich sein Barett zurecht und winkte die vier Männer seiner Leibgarde herbei, die ihn ohne Umschweife über das Treppengewirr in sein Quartier geleiteten. Der Prinz Condé und einige andere Herren schlossen sich ihm hoch erhobenen Hauptes an.

Ambroise sprang wie ein aufgescheuchtes Reh zur Seite, als er den König und seine Begleiter auf die Empore treten und aus dem Saal eilen sah.

»Aus dem Weg, Junge«, zischte ihm eine Stimme mit unverkennbar bretonischem Akzent zu. Verwirrt machte der junge Mann einen Kniefall und stieß dabei scheppernd gegen eine der tönernen Amphoren. Franz von Valois wandte den Kopf und lächelte. »Seid nicht zu streng mit dem Jungen, Le Rat«, bemerkte er im Gehen. »Hier im Lager hat jeder seine Aufgabe. Wir sind es, die im Weg herumstehen, nicht wahr, mein junger Freund?«

Der Bader wagte nicht, sich zu rühren, geschweige denn etwas zu entgegnen. Erst nachdem der König und seine Ritter seinen Blicken entschwunden waren und ihr Gelächter nicht mehr von den kargen Mauern widerhallte, stand er auf und trat an die Brüstung vor.

Montejan entdeckte ihn sofort, hob den Kopf und nickte. Die Listen des Wundarztes fielen ihm wieder ein. Er mußte sie dem König vorlegen, damit Franz begriff, wo die eigentlichen Probleme seines Feldzuges lagen. Zu wenig Ärzte; Verbandsstoffe und Arzneien gingen zur Neige, kaum daß die Entscheidungsschlacht begonnen hatte. Ambroise Paré lag ihm seit Tagen damit in den Ohren.

Und was tut unser König? dachte Montejan, während er den unschlüssig dastehenden Bader musterte. Er schickt mir einen heimtückischen Priester mit inquisitorischem Eifer ins Lager. Warum liefert er mir nicht gleich Brennholz und den Nachrichter dazu? Was, bei allen Heiligen, versprach sich Franz von Valois nur von diesem Pfaffen?

Wiederum fühlte Montejan Ärger in sich aufsteigen. Ärger über die Launenhaftigkeit des Königs, mehr aber noch über sich selbst, weil er nicht den Mut aufgebracht hatte, ihm während des Thronrats seine Meinung zu sagen. Mürrisch bedeutete er dem Bader, ihn auf dem Burghof zu erwarten.

Ambroise schirmte seine Augen gegen die untergehende Sonne ab. Er war noch immer ein wenig aufgeregt, weil er den König von Frankreich aus der Nähe gesehen hatte, und hoffte, keinen allzu unangenehmen Eindruck hinterlassen zu haben. Der König war schließlich für sein gutes Gedächtnis bekannt. In Paris hatte Ambroise dem prunkvollen Hochzeitszug beigewohnt, der die junge Prinzessin Katharina ihrem zukünftigen Gemahl, dem Sohn des Königs, zuführen sollte. Inmitten der gaffenden, jubelnden Menge hatte sich auf der Pont Neuf ein Beutelschneider an ihn herangemacht und ihn mit einem einzigen Schnitt um seinen Lohn für einen Monat Bartscheren und Brandschröpfen erleichtert. Der Kerl war anschließend im Gewirr der Menschen verschwunden, doch die zahlreichen Wachen, welche, mit Hellebarden und Armbrüsten bewaffnet, Straßen und Brücken absperrten, hatten für den jungen Baderlehrling nur Spott und Schadenfreude übriggehabt. Geholfen hatte ihm keiner von ihnen. Trotzdem dachte Ambroise gerne an den Hochzeitszug zurück, weil er zum ersten Mal Katharina von Medici gesehen hatte. Die unscheinbare Prinzessin aus Italien, so erinnerte er sich, hatte damals in die Gesichter ihrer künftigen Untertanen geschaut wie ein Schiffbrüchiger, der nach einer rettenden Planke Ausschau hielt. Verängstigt und dennoch würdevoll ritt sie an der Seite des kräftigen Prinzen Henri. Eine Hand am Zügel ihres Rappen, die andere zum freundlichen Gruß erhoben, hatte sie die Brücke überquert, als führte diese auf direktem Weg in die Verbannung und nicht in ein sorgloses Leben unter den Herren von Valois. Ambroise glaubte sich sogar an Tränen zu erinnern, die zwischen ihren dunklen Wimpern wie Brillanten ausgesehen hatten. Sie, die Fremde, die sich in der tosenden Menschenmenge ebenso unbehaglich fühlen mußte wie er selber, hatte das Herz des Baders im Sturm erobert.

Einige Augenblicke später trat der Herzog mit hinter dem Rücken verschränkten Armen aus der Pforte und holte Ambroise jäh aus seinen Gedanken. »Nun? Was hast du für mich, Bader?«

»Ich wollte Euch nicht stören, Monseigneur«, erwiderte Ambroise verlegen, »aber Monsieur Bertrandel schickt mich wegen der Listen für Seine Majestät zu Euch.«

Montejan nickte knapp und warf einen flüchtigen Blick auf die Aufzeichnungen. »Wie geht es dem Hauptmann?«

»Sein Sohn wacht bei ihm, wenn er keinen Dienst hat, Monseigneur. Gestern abend bestand er darauf, ihm ein Lied vorzutragen, und spielte dabei auf der Laute. Danach begann Hauptmann Danderac wieder zu phantasieren und wild um sich zu schlagen. Aber wenigstens ist das Wundfieber nicht gestiegen.«

Montejan konnte sich ein Lächeln nicht verkneifen. Er hielt nicht viel von Übermut und losen Reden, schon gar nicht wenn diese von Männern niederen Standes kamen. Aber er konnte nicht abstreiten, daß der junge Bader einen messerscharfen Verstand besaß und mitunter sogar recht unterhaltsam auf ihn wirkte. »Du beantragst einen Gehilfen für den Verbandsplatz?«

Ambroise hob resignierend die Hände und versuchte einen Blick auf das Pergament zu erhaschen. Bertrandel hatte die Berichte persönlich verfaßt, ihn selber aber nicht in jedes Detail eingeweiht. »Ein paar der Soldaten klagen über starke Leibschmerzen«, mutmaßte er deshalb auf gut Glück. »Ich ... das heißt, wir haben sie untersucht und festgestellt, daß sie Brüche in der Leistengegend aufweisen. Uns stehen in den nächsten Wochen zahlreiche Eingriffe bevor. Dazu kommen die leicht Verletzten, die ich verbinden oder schienen muß. Ganz zu schweigen von denen, die jeden Morgen vor der Wundkammer stehen, um sich den Bart scheren zu lassen.«

»Es wird schwierig sein, einen geeigneten Mann zu finden, aber ich werde es versuchen, Bader.«

»Ich danke Euch, Monseigneur. Allerdings wäre da noch etwas anderes.« Ambroise holte tief Luft, ehe er fortfuhr. Er war sich des Vorzugs bewußt, den Kommandanten persönlich wegen der Probleme der Wundärzte ansprechen zu dürfen, und wollte den Bogen auf keinen Fall überspannen. »Unser Vorrat an Scheren, Lanzetten und Knochensägen ist ausreichend. Auch Schienen und Tücher für Binden und Schenkelverbände haben wir in genügender Zahl.«

»Ihr werdet sie bald brauchen«, erwiderte Montejan düster.

»Gewiß, Herr, aber was mir Sorgen bereitet, ist der Mangel an Arzneien, an Heilkräutern und Betäubungsmitteln für den Schlafschwamm. Sogar das Öl, das Bertrandel zum Ausbrennen von vergifteten Schußwunden benötigt, geht langsam zur Neige.«

Hinter dem Rücken des Herzogs schwang geräuschvoll eine Pforte auf. Ambroise hielt irritiert inne und beobachtete, wie ein bleicher Priester in einer staubigen Kutte auf den Burghof trat. Der Mann machte ein finsteres Gesicht und sah arg mitgenommen aus. Einige Momente verharrte der Fremde vor der Burgmauer und starrte ihn an, dann setzte er sich unvermittelt in Bewegung und stolperte den Hügel hinab, geradewegs auf die Zelte der Soldaten zu.

»Du verdienst zweifellos Unterstützung, Bader«, stimmte Montejan nach einer flüchtigen Prüfung der Berichte zu und rollte die Pergamentbögen zusammen. »Um so mehr, weil ich weiß, daß du es warst, der meinem Freund Danderac die Kugel aus dem Bauch geschnitten hat. Nein, du brauchst es nicht zu leugnen. Der Hauptmann mag phantasiert haben, aber er ist nicht dumm.«

»Nein, das ist er nicht.« Ambroise verneigte sich erleichtert.

»Allerdings hab ich keinen Schimmer, wie ich an Arzneien für deine Wundkammer kommen könnte. Vielleicht solltest du erst einmal die Umgebung des Lagers nach Heilpflanzen absuchen. Ich könnte ein, zwei Bewaffnete zu deinem Schutz abkommandieren.«

Das Lächeln des Baders gefror. Die Unterredung nahm eine Wendung, die ihm nicht gefiel, denn der Herzog schien nicht zu begreifen, worauf er hinauswollte. »Ich habe schon versucht, hier geeignete Pflanzen zu finden, Monseigneur«, erklärte er. »Leider ohne jeden Erfolg. Vielleicht gibt es eine andere Möglichkeit, an Arzneien zu gelangen. Doch dafür brauche ich Eure Erlaubnis, das Lager für ein paar Tage verlassen zu dürfen.«

»Was hast du also vor?« Montejan hob argwöhnisch seine buschigen Augenbrauen.

Ambroise senkte seine Stimme. »Monsieur Bertrandel kennt die Täler im Norden von früheren Reisen. Er erzählte mir von einer Frau auf einem Gut bei San Dominiano, einer gewissen Ceres, die sich auf die Zubereitung verschiedener Heilmittel versteht. Ich möchte diese Dame gern aufsuchen, um ihr einige ihrer Kräuter abzukaufen.«

Der Herzog starrte Ambroise an, als hätte er keinen gewöhnlichen Bader, sondern einen dreisten Gaukler vor sich. »Bist du närrisch geworden, Bader? Du willst dich durch die

Linien der Kaiserlichen schlagen und von einer Piemontese-rin Arzneien kaufen, um damit französische Kriegsknechte zu behandeln? Woher willst du wissen, daß dieses Weib keine Giftmischerin ist, wie ...«

Bestürzt hielt Montejan inne. Er hatte an des Königs Schwiegertochter, Prinzessin Katharina, gedacht, seinen Gedanken jedoch zum Glück nicht ausgesprochen. In Paris hielt sich seit Monaten das Gerücht, die junge Gemahlin des Kronprinzen Henri, der nach dem plötzlichen Tod seines älteren Bruders im vergangenen Jahr in der Thronfolge aufgerückt war, hege eine heimliche Leidenschaft für Magie und tödliche Gifte aus ihrer toskanischen Heimat. Es hieß sogar, sie begebe sich des Nachts mit einem vertrauten Italiener auf heimliche Streifzüge durch die einsamen Straßen jenseits des Stadtschlosses von Paris, um die Gestirne zu beobachten und einem heidnischen Aberglauben zu frönen.

Montejan war gewiß nicht so töricht, dem Geschwätz des Pariser Gassenpöbels Vertrauen zu schenken, doch seitdem er die Truppen des Königs gegen Mailand führte, hatte er es sich zur Gewohnheit gemacht, bei öffentlichen Gelagen einen Vorkoster zu beschäftigen.

Der Bader hatte sehr wohl durchschaut, wen der Herzog gemeint hatte. Katharina von Medici galt im Volk als unbeliebte Fremde, doch Ambroise wußte, daß ihr Schwiegervater, der König, dem achtzehnjährigen Mädchen sehr zugetan war, ja, daß er sie sanftmütiger und liebevoller behandelte als ihr eigener Gemahl. Davon abgesehen war der König der einzige Mann am Hof, der die unglückselige Kinderlosigkeit der Prinzessin stillschweigend tolerierte und ihr nach Kräften half, den Hohn der Mätressen ihres Gatten zu ertragen.

»Monsieur Bertrandel beschreibt die Kräuterhändlerin aus Prali als ehrenwert und vertrauenswürdig, Monseigneur«, sagte Ambroise schließlich. »Sie gehört zu den Waldensern und würde ihre Kräfte niemals mißbrauchen, um anderen Menschen zu schaden. Nicht einmal uns Franzosen. Ich könnte sie in Verkleidung aufsuchen. Niemand würde in mir einen Feind erkennen.«

Montejan schüttelte den Kopf. »Paré, ich weiß über diese Leute Bescheid. Die Waldenser sind Unruhestifter. Sie haben sich mit den sogenannten Reformatoren verbündet und lenken mit ihren Predigten die Aufmerksamkeit der Krone auf sich. Es ziemt sich nicht, daß du Umgang mit ihnen pflegst.«

»Ich bin ein treuer Sohn der Kirche, Herr«, erwiderte Ambroise zutiefst enttäuscht. »Ich möchte doch nur, daß wir gerüstet sind, wenn die Habsburger …«

»Also gut, ich stelle dich für drei Tage frei, Bader.« Herzog Montejan steckte die Pergamentrolle in sein Wams und wandte sich zum Gehen. Dann jedoch hielt er abrupt inne. »Paré, ich werde dir den jungen Danderac als Begleiter mitschicken. Gompard mag ein Taugenichts sein, aber soweit ich weiß, versteht er genügend Italienisch, um dir wenigstens in diesen verfluchten Tälern helfen zu können!«

Der Bader verneigte sich, als wäre er über diese Begleitung wirklich dankbar. Doch während Montejan sich entfernte, beschloß er, einen Umweg über die Rüstkammer zu machen und einen der Waffenmeister um eine Pistole zu bitten. Der Soldat würde sie ihm gewiß nicht abschlagen, denn Ambroise hatte ihm erst wenige Tage zuvor einen vereiterten Zahn gezogen.

6. KAPITEL

Sefferino fand bald heraus, daß Ruffo Nardine ihn von den anderen Bewohnern seines Haushaltes fernhielt. Er begann ihn zu isolieren, und was das Schlimmste war: Sein Plan schien aufzugehen.

Die Kinder machten ausgerechnet Sefferino dafür verantwortlich, daß Ruffo sie mit seinen Launen traktierte. Ihn und Fioricia, an die man sich jedoch nicht heranwagte, weil sie immerhin den Herd und die Vorratskammer des Hauses überwachte. Der blinde Gehorsam gegenüber Ruffo, der sich jeden Tag neue Gemeinheiten ausdachte, um die älteren Kinder zu demütigen, brachte Sefferino zur Weißglut. Allmählich kam er jedoch dahinter, worin die Macht lag, mit der Ruffo sich der Ergebenheit seiner Schützlinge versicherte.

Wenn Ruffo den Jungen übel mitspielte, sie anbrüllte oder hungern ließ, tat er es stets mit trauriger Miene und versicherte anschließend mit Bedauern in der Stimme, daß er keine Freude dabei verspürte, sie zu bestrafen. Manchmal nahm er die jüngeren Kinder auf den Schoß, spielte mit ihnen und erklärte, daß draußen Menschen lauerten, die sich gegen seine Hausgemeinschaft verschworen hatten und die Absicht hegten, sie in eines jener üblen Häuser zu verschleppen, in denen Kinder gezwungen wurden, ihren Körper zu verkaufen.

Sefferino begriff auch, daß er mit Ausnahme von Fioricia unter den eingeschüchterten Hofbewohnern keine Verbündeten finden würde, und gab es schließlich auf, mit Giovanni und den anderen das Gespräch zu suchen. Wieder einmal war er in die Rolle des Außenseiters geraten. Eine Rolle, die ihm nicht weh tat, weil er bereits früh gelernt hatte, sie auf jeder Bühne zu spielen, die er betrat. Er ahnte nur, daß Ruffo dieser Umstand mit Genugtuung erfüllte.

Doch was konnte der Hausherr mit ihm im Sinne haben? Wenn er ihm die Gemeinschaft seines Hauses mißgönnte, warum war er dermaßen erpicht darauf, Sefferino überhaupt unter seinem Dach leben zu lassen? Auf seine Arbeitskraft konnte er doch gewiß verzichten. Nach einem kläglichen Versuch, den Kamin eines Gehöfts auszufegen, hatte sich herausgestellt, daß Sefferino zu stämmig war, um sich an einem Seil in den Schlot hinabzulassen. An seiner Stelle hatte das Los den schmächtigen Vittorio getroffen, der ihm daraufhin feindselig mit der Faust gedroht hatte.

Sefferino ahnte, daß er seinem Unglück nur auf eine Art entgehen konnte: Er mußte von Ruffos Hof verschwinden und sich nach Turin durchschlagen, sobald sich eine Gelegenheit bot.

»Sefferino und Salvatore werden mich heute zum *negozio* begleiten«, verkündete Ruffo eines Morgens. Er schien bester Laune zu sein. Vergnügt summend ließ er sich von Fioricia den Becher mit heißem Würzwein nachfüllen.

Sefferino, der dabei war, seine Sandalen anzuziehen, merkte verwundert auf. Er hatte bereits von dem berüchtigten Handelszentrum reden hören, an dem sich angeblich ganze Karawanen von Kaufleuten mit ihren Knechten und Tieren auf dem Weg nach Turin oder vor der Alpenüberquerung trafen, um müde gerittene Pferde gegen frische einzutauschen und überflüssige Waren abzustoßen. Sefferinos Onkel hatte das *negozio* jedoch stets gemieden, obwohl sein Senf dort gewiß reißenden Absatz gefunden hätte. Der Ort stand in keinem besonders guten Ruf. Die Tavernen zogen allerlei lichtscheues Gesindel an, Betrügereien und Schlägereien waren keine Seltenheit. Vor den Kornspeichern und Lagerhäusern lungerten unentwegt Bettler herum.

Trotzdem war die Neugier des Jungen erwacht. Was hatte der Hausherr ausgerechnet an diesem abgelegenen Ort in den Bergen zu suchen? Das Wetter wurde zunehmend schlechter. Seit Tagen schwebten milchige Nebelschleier über den zerklüfteten Hängen des Tales.

Fioricia gab vor, nichts von Ruffos Geschäften zu wissen, doch Sefferino glaubte ihr nicht. Im Gegenteil: Er konnte ihre Besorgnis förmlich riechen.

»Warum braucht Ruffo nur Salvatore und mich in den Bergen?« fragte er, während er mißtrauisch zu dem aufgeworfenen Erdhügel mit der verriegelten Tür hinüberblickte. Der Hofherr war kurz zuvor erst mit einem Schlüsselbund am Gürtel die schmale Treppe hinuntergestiegen und hinter der rätselhaften Tür verschwunden. In den letzten Tagen hatte er sich manchmal stundenlang im Innern des Hügels aufgehalten. »Giovanni hockt hinter dem Hühnerhaus und bewirft die Hennen mit Steinen. Er schmollt, weil er zu Hause bleiben soll. Ganz ehrlich, Fioricia, wenn ich einen ganzen Tag meine Ruhe hätte und Ruffos Gesicht nicht sehen müßte, würde ich Honigkuchen backen vor Freude!«

»Giovanni ist eifersüchtig auf dich«, erklärte das Mädchen mit unverhohlenem Tadel in der Stimme. Sie war seit Stunden damit beschäftigt, Fladenbrote zu schneiden und Ruffos Karren mit Werkzeugen, Hanfstricken und verschiedenen Bürsten an langen Stangen zu beladen. »Außerdem fürchtet er, daß Ruffo ihm seine Gunst entziehen könnte.«

»Du machst Witze!«

»Keineswegs. Früher nahm Ruffo nur mich oder Giovanni mit zum Handelshof. Der Junge kann gar nicht verstehen, warum ausgerechnet du ihm nun vorgezogen werden sollst.«

Sefferino verzog das Gesicht. »Habe ich mich vielleicht darum gerissen?«

»Nein, aber das ist es ja«, erklärte Fioricia. »Giovanni ist kein besonders intelligenter Junge. Er durchschaut nicht, daß Ruffo euch gegeneinander ausspielt, um Neid und Mißgunst zu säen. Wer sich aber mißtraut und beargwöhnt, wird sich mit seinen Rivalen niemals verbünden. Darauf baut Ruffo.«

Der Morgentau glitzerte noch zwischen den Grashalmen, als sie sich auf den Weg in den Wald machten. Die Sonne hatte noch nicht genug Kraft, die grauen Nebelbänke zu durchdringen, die wie gigantische Mauern beide Seiten des Flusses umgaben. Wasservögel kreischten aus dem Unterholz heraus, wo sie ihre Brutstätten angelegt hatten.

Ruffo, der wie gewöhnlich auf seiner alten Mähre voran zog, war in tiefes Schweigen versunken. Vermutlich dachte er an seine Geschäfte. Nur gelegentlich blickte er sich nach dem Karren um, der von Sefferino und dem schmächtigen Salvatore mit Mühe über die aufgeweichten Pfade gezogen wurde.

Salvatore stöhnte bei jedem Schlagloch auf, durch das der schwerbeladene Karren polterte. Er war ein magerer kleiner Kerl mit vorstehenden Zähnen. Sefferino erschien er ein wenig umgänglicher als seine Kameraden auf dem Hof, denn hin und wieder blickte er ihn von der Seite an und blinzelte ihm zu.

Sie folgten dem Fluß einige Stunden lang in östlicher Richtung, bis Ruffo sie an einem steinernen Wegkreuz auf eine Lücke im Dickicht aufmerksam machte. Salvatore nickte und drehte den Karren fast allein in die angegebene Richtung. Kurz darauf hatte der Wald sie verschluckt. Der Boden war rutschig und bemoost, dennoch verursachten die Hufe ihres Pferdes klappernde Geräusche. Als Sefferino sich zur Erde beugte und mit den Fingern über den feuchten Waldboden strich, stellte er erstaunt fest, daß sie Pflastersteine berührten.

»Ich wußte gar nicht, daß die Römer außer der Hauptstraße am Fluß auch noch Waldwege gepflastert haben«, sagte er zu Salvatore. »Ich meine, es kommt mir irgendwie unsinnig vor, in dieser Einöde eine Straße anzulegen.«

»Weiß ich denn, was die alten Heiden sich dabei gedacht haben?« Salvatore warf Sefferino einen mürrischen Blick zu.

»Unsere Vorfahren wußten schon, was sie taten, Sefferino«, erklärte Ruffo, der Sefferinos Worte auch gehört hatte. Er wandte sich zu den beiden Jungen um. »Der Weg, der am Fluß entlang führt, ist gewiß bequemer, aber nicht immer sicher. Was tust du während der Schneeschmelze? Wenn das Wasser über die Ufer tritt?« Er spuckte geräuschvoll aus und zog seinen wollenen Umhang über der Brust straffer. Für einen Moment sah Sefferino unter dem Mantel Stahl aufblitzen. Ruffo trug einen Degen. »Wenn du die Augen aufmachst, findest du hier überall Spuren einstiger Besiedlung«, fügte er hinzu. »Oben beim *negozio* sind sogar die Reste alter Tempel erhalten geblieben. Gewiß keine aus feinem Marmor, wie sie die früheren Kaiser bauten, aber doch stabil genug, um ihrem Zweck als Opferstätte zu genügen.« Ruffo stieß ein lautes Lachen aus. »Warte, bis wir oben angekommen sind, dann wirst du sehen, was ich meine!«

Hinter einer scharfen Biegung, einige Wagenlängen vor einer Lichtung, hörte plötzlich nicht nur der Wald auf, sondern mit ihm auch der Pfad. Die Römerstraße führte ins Nichts. Was mit den alten Pflastersteinen geschehen war, begriff Sefferino erst, als er den Karren mit Salvatores Hilfe über eine Sperre aus Baumstämmen und mit Pech verschmiertem Flechtwerk hievte. Hinter dem Wall erhob sich ein wahres Gewühl von Menschen. Männer mit Ackergeräten und Schubkarren, Frauen, die riesige Ballen von Tuch schleppten, Kinder, die nach Naschwerk riefen. Dazwischen tummelten sich Ochsen, Pferde, Gänse in Tragkäfigen und Hühner, die inmitten der Menschenmenge nach Körnern pickten. Es war ein Marktplatz mitten in der Wildnis, der Sefferino größer zu sein schien als die weiträumige Piazza Castello in Turin.

Staunend riß der Junge die Augen auf, nicht wissend, wohin er zuerst blicken sollte. Wo kamen diese Menschen her? Zu Hunderten schoben sie sich lachend und schreiend, feilschend und gestikulierend an Bretterbuden und Verkaufsständen entlang, begutachteten farbenprächtige Teppiche und Kupfergeschirr oder strömten einem ausladenden Steinhaus entgegen, dessen Hof von einem Zaun angespitzter Palisaden umschlossen wurde. Die groben Steine des unförmigen Bauwerks schimmerten braun und grünlich wie Moos. Gewiß hatte man sie aus der alten Römerstraße gerissen.

»Ich habe dringende Geschäfte zu erledigen, bei denen ich euch nicht gebrauchen kann«, eröffnete Ruffo den Jungen, als sie die Pferdeställe erreicht hatten. Er wuchtete seinen schweren Körper aus dem Sattel. Ein paar Burschen, nur wenig jünger als Salvatore, sprangen sogleich herbei und balgten sich darum, ihm die Zügel aus der Hand zu nehmen. Mit einem Schwall von Worten versprachen sie ihm, sein Pferd bis zum Abend wie das eines Fürsten zu behandeln, und verlangten dreist fünf kupferne Scudi.

»Ich bin kein Fürst, und mein Pferd haßt es, von schmierigen kleinen Kröten umlagert zu werden«, stieß Ruffo mit gerunzelter Stirn hervor. »Macht bloß, daß ihr verschwindet, sonst werdet ihr mich kennenlernen, ihr Halunken!« Beleidigt zogen sich die Pferdeburschen in ihren Verschlag neben dem Hafertrog zurück.

Ruffo wandte sich an Sefferino. »Ihr beide werdet euch um mein Pferd kümmern und den Karren verstecken, damit diese Rotznasen ihn mir nicht plündern. Verstanden? Anschließend kauft ihr auf dem Krämermarkt Vorräte für den Hof ein. Salvatore weiß schon Bescheid.«

Sefferino wartete, bis Ruffo in einem der bewachten Häuser verschwunden war. Dann verließ er, von Salvatores wütenden Protesten begleitet, den Pferdestall und tauchte in die lärmende Menge ein. Er hatte den anstrengenden Aufstieg gewiß nicht gemacht, um den ganzen Tag Salvatores Laufburschen zu spielen. Neugierig schlenderte er die Straße entlang, blieb bald vor diesem, bald vor jenem Stand stehen und steckte seine Nase in Körbe mit frischen Weintrauben, mit gefärbter Wolle und mit verlockendem Mandelgebäck. Er hatte das Gefühl, zum ersten Mal seit langer Zeit wieder frei atmen zu können. Dieses Vergnügen würde er sich gewiß nicht nehmen lassen, nicht einmal von Ruffo Nardine.

Der kleine Marktflecken mitten im Wald schien tatsächlich auf römischen Fundamenten errichtet worden zu sein. Die meisten Lehmhäuser und Buden, an denen Sefferino vorbeikam, schlossen sich wie ein Reif um einen höhergelegenen, viereckigen Platz, der von allen Seiten über fünf abgenutzte, windschiefe Stufen zu erreichen war. Zwischen den Steinen krochen wild wuchernde Pflanzen hervor. Sie rankten sich um einen verlassenen Quader, der den Römern vor mehr als tausend Jahren als Altar oder Opferstein gedient haben mochte. Der Stein war beinahe schwarz von Ruß und Schmutz, doch auf der Vorderseite ließen sich noch Andeutungen eines antiken Reliefs erkennen, auf dem römische Knaben miteinander rangen. Also kein Altar, von dem der Rauch blutiger Brandopfer zum Himmel gestiegen war. Eher ein Gedenkstein. Sefferino beschloß, sich einen Moment auf den römischen Quader zu setzen, um sich auszuruhen.

»He, Junge«, brüllte plötzlich eine Frau mit einem Korb voller Pfirsiche zu ihm herauf und drohte mit dem Zeigefinger. »Ist verboten, sich da oben herumzudrücken. Für jedermann!«

»Aber warum?« fragte Sefferino verstört. »Es kann doch niemanden stören.«

»Ist verboten«, wiederholte die Frau mit dem Pfirsichkorb.

Da Sefferino kein Aufsehen erregen wollte, entschied er, daß ihr Gezeter Grund genug war, um von dem Stein herunterzusteigen. Mit einem sehnsüchtigem Blick auf die Früchte im Korb des Marktweibes kramte er in seinen Taschen nach einer Münze, aber die wenigen Scudi, die er aus der Senfmühle hatte retten können, waren Ruffo in die Hände gefallen. Am Morgen nach seiner Ankunft hatte Sefferino sein Bündel Habseligkeiten durchwühlt vorgefunden. Heißer Zorn durchfuhr ihn, wenn er nur daran dachte. Zum Glück hatte er einer leisen Ahnung folgend den Ring seiner Mutter, Sblinettas Tonpfeife und das Bündel Schriften aus dem Besitz seines Onkels unter einem losen Dielenbrett vor Fioricias Kammer versteckt. Den Goldreif trug er seit diesem Zwischenfall an einem Stück festem Garn um den Hals, das er Fioricia abgebettelt hatte.

Seufzend stieg Sefferino über ein Rinnsal, an dem eine Handvoll schmutziger Kinder mit Booten aus Birkenrinde spielten. Einen merkwürdigeren Ort hatte er bisher noch nie gesehen. Die Männer waren ohne Ausnahme bewaffnet. Sogar aus den breiten Schärpen, welche sich die Viehhändler in Ermangelung fester Ledergürtel um die Hüften geschlungen hatten, lugten spitze Dolche heraus. Als er seine Blicke über die Buden und Hütten gleiten ließ, fiel Sefferino eine stattliche Anzahl von Wächtern auf, die in ihren glänzenden Brustpanzern die Straße bis zum Tal im Auge behielten.

Fürchtete man hier oben, die Soldaten des französischen Königs könnten den Weg zum *negozio* entdecken?

Nein, einen Angriff hielt Sefferino für unwahrscheinlich. Die Truppen des Herzogs von Montejan sammelten sich seines Wissens weiter im Westen. Sie schlossen Turin ein, um freie Bahn nach Mailand zu haben, während der Vorstoß der Kaiserlichen in die Provence zum Erliegen gekommen war. Widerwillig mußte Sefferino an den französischen Bader denken. Inzwischen glaubte er fest daran, daß er mit dem Feldlager des Feindes die bessere Wahl getroffen hätte. Aber dann fiel ihm Fioricia ein. Er verstand selbst nicht, was ihn an dem Mädchen so faszinierte. Sie war oft wortkarg und unfreundlich und lachte ihn aus, wenn er ihr von seinen Träumen erzählte. Und doch kannte er keinen Menschen, für den er lieber ein Opfer gebracht hätte als für sie. Wenn es ihm gelingen sollte, die Täler zu verlassen, dann nur mit ihr.

»Was denkst du dir eigentlich, einfach zu verschwinden und mich mit dem Karren allein stehenzulassen?«

Salvatores Gezeter ging Sefferino gehörig auf die Nerven. Er fluchte still in sich hinein, daß er Ruffos Laufburschen bei den Gürtelschneidern in die Arme gelaufen war. Um den Jungen abzulenken, wies er ihn auf die Auslage eines Mannes hin, der mit einer glühenden Nadel Augen und kleine Burgzinnen in Kürbisse schnitzte. »Rote Lampions, junge Herren«, pries der Alte seine Früchte an, »Lampions für jedes Fenster. Die Fratzen halten böse Dämonen ab!« Dann kicherte er und entblößte einen beinahe zahnlosen Mund.

»Und deine Fratze hält uns ab, Alter«, rief Salvatore überheblich. Er zerrte Sefferino mit festem Griff weiter. »Wir müssen zum Handelshaus und dem *padrone* berichten, daß alles erledigt ist. Ich habe alles erledigt!«

Sefferino zog es vor, dem aufgebrachten Jungen nicht zu widersprechen. Salvatore war wie die meisten von Ruffos Schützlingen unberechenbar und leicht zu reizen. Wenn er seinem Herrn nun verriet, daß Sefferino sich das *negozio* ohne ihn angesehen hatte, würde Ruffo zweifellos mißtrauisch werden und künftig an ihm kleben wie Pferdemist an der Stiefelsohle. Andererseits war Ruffo schlau genug, um aus jedem Fehltritt eines Untergebenen seinen eigenen Vorteil zu ziehen. Möglicherweise würde er sogar Salvatore bestrafen, weil er seinen Kameraden nicht besser beaufsichtigt hatte. Salvatore schien der Gedanke mit einiger Verspätung auch gekommen zu sein. Fluchend ließ er Sefferino los und trieb ihn noch einmal zur Eile an.

Im Innenbezirk des Handelshofes führte eine Brücke von Holzbrettern über den schlammigen Grund. Entlang der Palisadenzäune stand eine Anzahl von Tischen und langen Bänken, auf denen sich vier oder fünf junge Frauen mit Handmühlen abmühten. Sefferino hielt verwundert inne, als er ihre klappernden Geräusche vernahm. Die Hälfte der kleinen Mahlsteine knirschte, daß es in den Ohren weh tat; außerdem waren sie schwarz und fleckig, als hätten sie über längere Zeit in einem Feuer gelegen. Als er eine der jungen Frauen ansprach und fragte, woher die Mühlen stammten, hob sie kaum den Kopf. »Heilige Madonna, wie soll ich wissen, woher die Dinger stammen? Ein Handelsknecht hat sie erst vor ein paar Tagen hergebracht.«

Benommen nahm Sefferino ihr die Mühle aus der Hand. Ein Hohlzylinder bildete das Unterteil. Auf ihm war der untere Stein befestigt, während der obere lose darüber kreiste, damit man ihn bewegen konnte. In einem tiefen Loch am äußeren Rand des Mahlsteines saß ein angesengter Stab, auf welchem die eingebrannte Initiale C noch deutlich durch die feine Rußschicht zu sehen war. Sefferino kannte den Stab. Wie oft hatte er ihn in der Hand gehalten, um Senfkörner zu zerkleinern!.

Die Handmühlen hatten seinem Onkel gehört.

»Sieh her«, sagte er leise und stellte den Stein vor das verblüffte Mädchen auf den Tisch zurück. »Du hast das Korn ins falsche Loch gefüllt. Deshalb knirscht der Stein. Fülle es in die mittlere Öffnung, die ganz durch die Scheibe hindurchgeht, dann müßte es gehen!« Ohne die Magd noch einmal anzusehen, wandte er sich zum Eingang des Handelshauses um.

Salvatore drängte sich an einer Gruppe von Männern vorbei, die von einer Frau mittleren Alters auf die Treppe begleitet wurde. Lauthals schimpften die Leute ihm hinterher, aber Salvatore würdigte die Gruppe keines Blickes. Er wollte auf schnellstem Wege zu Ruffo.

Die Männer waren teuer gekleidet, ihre ärmellosen, mit weichem Kaninchenpelz gefütterten Überröcke aus festem schwarzem Tuch paßten nicht zu der Umgebung, in der sie sich bewegten. Noch weniger schien jedoch die einzige Frau der kleinen Gruppe auf den Hof des *negozio* zu gehören. Sie war hochgewachsen und von schlanker Statur. Ihr Haar steckte unter einem wallenden Schleier aus sauberem, aber nicht übertrieben kostbarem blauem Tuch. Offenbar ritt sie ein Pferd, denn sie trug schwere Lederstiefel.

Sefferino machte ein paar Schritte auf die Fremde zu. Etwas an den Gesichtszügen der Frau hatte seine Aufmerksamkeit erregt. Dann blieb er unschlüssig neben der Viehtränke stehen. Bei den Männern handelte es sich vermutlich um Kaufleute, die mit der Frau ein Geschäft abgeschlossen hatten. Sie verbeugten sich galant wie vor einer lombardischen Patrizierin und hauchten ihr der Reihe nach einen Kuß auf die Finger ihrer rechten Hand. Im Gegenzug umarmte die Frau den ältesten der Kaufleute, der ihr ein kleines poliertes Kästchen überreichte. Zum Schluß hob sie ihre Hand zu einem kurzen Abschiedsgruß und lief zu einer von wildem Wein bewachsenen Arkade. Dort wartete ein Maulesel geduldig auf sie. Als das Tier seine Herrin erkannte, öffnete es das Maul und wippte fröhlich mit dem Kopf auf und ab. Sie tätschelte ihm liebevoll den Nacken, rückte die rotblau bestickte Satteldecke gerade und schob ihre Kassette in eines der Binsenkörbchen, die von jeder Seite des Esels herabhingen. Im nächsten Augenblick bemerkte sie Sefferino. »Kann ich dir helfen, Junge?« fragte sie mit einem Lächeln.

Sefferino stand da wie vom Donner gerührt. Es gelang ihm einfach nicht, seine Augen vom Gesicht der Frau abzuwenden. Ihr Anblick betäubte ihn weit mehr als die Erkenntnis, daß die Handmühlen seinem Onkel gehört hatten. Die unbekannte Händlerin war Fioricia de Cavelaar wie aus dem Gesicht geschnitten.

»Willst du mir nicht verraten, wer du bist?« fragte sie freundlich.

»Ich ... ja, mein Name ist Sefferino Calabriani.« Er atmete tief durch und meinte einen zarten Duft von Rosen wahrzunehmen. Nie zuvor war er einer Frau begegnet, die so betörend gerochen hatte. Offensichtlich reiste sie allein, ohne Dienerschaft, was für eine Dame ihres Standes ungewöhnlich war. »Verzeiht mir, Signora«, murmelte er und errötete vor Verlegenheit. »Ich wollte Euch nicht erschrecken.«

»Du hast mich keineswegs erschreckt!« Ihre Stimme klang tiefer als Fioricias; in ihren schwarzen Augen, die von feinen Lachfalten umrahmt wurden, lag indessen derselbe entschlossene Zug, der auch Ruffos Hausmagd kennzeichnete. »Ich reise einmal im Monat zum Handelshof, um Salben und Heilkräuter zu verkaufen und mich nach meinen Kranken zu erkundigen. Doch ich fürchte, dieses Mal habe ich den Weg in die Berge umsonst auf mich genommen. Zwei Flaschen Rosenöl und einige Bündel Perlkraut sind alles, was ich verkauft habe. Und der Händler, der die Mädchen sein Korn mahlen läßt, wollte, daß ich seiner Kuh einen Verband am Vorderlauf anlege. Aber warum sollte ich sein Tier nicht behandeln? Ihm macht es nichts aus, daß ich ...« Sie brach mitten im Satz ab. Ihr Gesicht verdüsterte sich.

»Guten Tag, Ceres. Schön, dich nach so langer Zeit wiederzusehen!« erklang eine Männerstimme.

Sefferino wandte sich um. Hinter ihm stand Ruffo und lächelte die Frau boshaft an. Ihn bedachte er nicht einmal mit einem Seitenblick. »Du wolltest doch nicht nach Prali aufbrechen, ohne mich vorher zu begrüßen?« Ruffo breitete spöttisch die Arme aus und musterte die Händlerin wie ein Jagdhund, der einen Fuchs in die Ecke getrieben hatte und nur noch das Signal zum Angriff abwartete. »Das wäre kein netter Zug von dir, wo wir doch soviel gemeinsam haben!«

»Darauf möchte ich nicht wetten, Ruffo Nardine«, bemerkte die Frau kalt. Mit fahrigen Bewegungen zog sie den Sattelriemen am Bauch ihres Maultiers enger. »Ich verstehe überhaupt nicht, wie du es noch wagen kannst, mir unter die Augen zu treten. Seit Jahren versuchst du, die Menschen im Tal gegen mich aufzubringen. Ceres, die Waldenserin. Ceres, die Hexe.« Verbittert preßte sie die Lippen aufeinander und schwang sich auf den Rücken ihres Reittieres.

Ruffo strich sich über die geschwungene Narbe in seinem Gesicht. »Für mich warst du immer Ceres, die Heilige. Die Göttin des Piemont. Auch wenn du diesem Irrglauben anhängst, habe ich dich stets bewundert.«

Sefferino fühlte sich zunehmend unbehaglich zwischen den beiden Streitenden. Doch immerhin wußte er nun, wer die Frau auf dem Maultier war. Fioricia hatte ihm von ihr erzählt. Allerdings hatte sie ihm nicht gesagt, daß die Waldenserin, der Ruffo so offenkundig nachstellte, aussah, als sei sie ihre ältere Schwester.

»Du allein bist einem Irrglauben verfallen, wenn du meinst, daß mich dein Geschwätz interessieren könnte«, hörte er Ceres rufen. Mühsam unterdrückte Wut schwang in ihrer Stimme. »Die Zeiten, in denen du meine Familie bedrohen konntest, sind vorbei, Ruffo Nardine.«

»Bedrohung ist solch ein häßliches Wort.« Ruffo lachte und spuckte aus.

»Wenn du mich nun entschuldigen würdest, ich habe eine Verabredung mit einem Reisenden, der sich für meine Arzneien und Heilkräuter interessiert. Er hat einen weiten Weg zurückgelegt, um mich zu sehen, und wegen dir werde ich ihn gewiß nicht warten lassen.«

Ceres hatte das breite Tor zur Gasse beinahe erreicht, als Ruffo ihr dröhnend hinterherrief: »Hast du mit den Leuten aus Padua auch Geschäfte gemacht, Teuerste? Du schienst dich vorhin glänzend mit ihnen zu unterhalten.«

Die Frau brachte ihr Tier zum Stehen. Mit versteinerter Miene griff sie in eines der geflochtenen Binsenkörbchen, nahm ein Tuch heraus und tupfte sich damit die Lippen ab. Sie wartete, bis Ruffo wieder neben ihr stand. »Worauf willst du hinaus?«

Mit einem süffisanten Lächeln legte Ruffo seine Hand auf den Rücken des Esels. »Deine feinen Kaufleute aus Padua haben dem Handelshaus Waffen angeboten, Ceres«, sagte er schmeichelnd. »Venezianische Chiavonas mit schmaler Schneide und Gittergriffen. Säbel, Hauschwerter, sogar ein paar Piken. Hervorragende Klingen aus italienischem und spanischem Stahl, wie man hört. Wenn die französischen Soldaten sie aufstöbern, kann das *negozio* den Handel abschreiben. Dabei würden die Kaiserlichen sie gewiß mit Gold aufwiegen!«

»Und was habe ich damit zu tun?« fragte Ceres unwillig. Eine gewisse Unruhe konnte sie nicht verbergen. »Kriegswaffen sind Gottes Fluch. Egal, ob sie Pulverdampf und Blei speien oder den Leib aufschlitzen. Ich möchte den Menschen mit meiner Heilkunst beistehen und sie nicht in die Auseinandersetzung verfeindeter Truppen hetzen. Genau das habe ich den Herren auch erklärt. Sie sind keine Waffenhändler, sondern nur durch Wechselgeschäfte an die Chiavonas gekommen.«

»Aber du bist die einzige Person, die dem Handelshof das Geld vorstrecken könnte, um sie von dieser Last zu befreien!« Ruffos Lippen berührten beinahe das Ohr der Waldenserin. Diesmal zuckte sie nicht zurück. »Du müßtest nichts weiter tun, als eine Schuldverschreibung auf eines deiner Häuser in San Dominiano auszustellen ...«

Plötzlich versetzte ihm Ceres einen kraftvollen Stoß mit dem Fuß. Ruffo taumelte zurück und geriet ins Stolpern. Mit einem schmatzenden Geräusch fiel er in den Schlamm.

Ein paar der Hofknechte kicherten hinter vorgehaltener

Hand und warfen schadenfrohe Blicke auf den verdutzten Ruffo, der sich nicht von der Stelle rührte. Die Mädchen unterbrachen ihre Arbeit an den Mühlen. Doch schon im nächsten Moment eilten zwei Männer die Treppe des Hauses hinunter, überquerten im Laufschritt den Hof und halfen Ruffo auf die Beine. Sie mußten die Auseinandersetzung vom Balkon aus beobachtet haben. Ruffo dankte ihnen für ihre Hilfe auf seine Weise – indem er sie mit derben Flüchen verjagte.

»Schlag dir deine Waffengeschäfte aus dem Kopf, Ruffo Nardine«, schnaubte Ceres erbost. »Mein Besitz ist ein Zufluchtsort und gehört ebenso meiner Gemeinde wie mir. Ich würde ihn nicht im Traum verpfänden. Niemals, hörst du?«

»Nicht einmal, wenn dies bedeutet, daß die Herren ihre Waffen den verdammten Franzosen anbieten werden?« brüllte Ruffo. Sein Gesicht war vor Zorn weiß geworden, die zackige Narbe stach bedrohlich daraus hervor. »Vielleicht nehmen sie ihre Ware wieder mit zurück nach Padua oder verschachern sie an die Genueser!«

Die Waldenserin schlug die Augen nieder. »Ich bete dafür, daß sie es tun mögen. Übermorgen führe ich die Händler selbst aus dem Tal. In ihrer Heimat können sie die Chiavonas gegen Korn oder andere Dinge eintauschen, die unser Volk dringender benötigt. Wer weiß, wie lange das Piemont noch besetzt bleibt!«

Ruffo blickte ihr unbewegt nach. Er schien nur Ceres wahrzunehmen, niemanden sonst, und es dauerte eine ganze Zeit, bis er sich aus seiner Erstarrung löste.

»Dein Einfluß auf die Weiber scheint ja nicht mehr besonders groß zu sein, Nardine«, sagte einer der beiden Männer, die Ruffo aufgeholfen hatten, wenig später in einer Schenke. Er spuckte verächtlich auf ein Bündel Stroh, das den Fußboden bedeckte. »Du läßt dich vor aller Augen von diesem ketzerischen Miststück in den Dreck stoßen. Hast du vielleicht den Verstand verloren?«

»Halt dein Maul, Carlo«, sagte Ruffo verdächtig ruhig. Ceres würde es bereuen, ihn der Lächerlichkeit preisgegeben zu haben. Zum letzten Mal hatte er auf sie und ihre verdammte Sippe Rücksicht genommen. Wer brauchte schon ihr Geld, wenn es auch andere Möglichkeiten gab, an die ersehnten Waren zu kommen?

Hastig blickte sich Ruffo nach seinen beiden Zöglingen um. Salvatore konnte er im Gedränge der Wirtsstube nicht entdecken, dafür aber Sefferino. Der Junge hatte auf einem Schemel hinter dem Kamin Platz genommen und war offensichtlich in tiefe Gedanken versunken.

»Sefferino, bring uns eine Kanne Wein«, befahl Ruffo. »Danach kannst du Salvatore suchen und beim Karren auf mich warten.«

»Aber, Signore ...«

»Tu gefälligst, was ich dir auftrage, sonst setzt es Prügel!«

Augenblicklich sprang Sefferino auf die Füße. Er spürte, daß Ruffo in einer Laune war, in welcher ihm besser niemand widersprach. Zudem schienen die Männer etwas auszuhecken, das er nicht hören sollte.

»Hast du nicht damit geprahlt, wie leicht du an die Chiavonas herankämest, Ruffo?« rief der zweite Mann empört. »Daß die Waldenser uns unterstützen würden, weil sie den französischen König hassen, dessen Söldner den guten alten Charles von Savoyen verjagt haben? Alles Unfug! Herzog Charles hat die Bande in den Tälern nicht weniger verabscheut als Franz von Valois. Was willst du uns denn als nächstes weismachen?«

Ruffo bedachte den Mann mit einem dunklen Blick. Aus den Augenwinkeln nahm er einen Musikanten wahr, der im vorderen Schankraum aufgespielt hatte, und nun beabsichtigte, es sich mit seiner Leier auf einer der Bänke am Fenster bequem zu machen. Langsam zog er sich an der Tischkante hoch. »He, du gescheckter Taugenichts, mach daß du wegkommst. Wir mögen keine Lauscher!«

Der Mann zuckte erschrocken zusammen. Als er Ruffo

erkannte, erhob er sich und räumte widerspruchslos das Feld. Ruffos Miene hellte sich merklich auf. Zufrieden lächelnd blickte er dem vertriebenen Musikanten nach. Dann dämpfte er unvermittelt seine Stimme und begann auf seine Tischgenossen einzureden. Sefferino, der sich vorsichtig mit einer Kanne Wein dem Tisch näherte, spitzte die Ohren. Er verstand aber kaum etwas.

»Du hast recht, es könnte klappen ...« Carlo warf einen kleinen Lederbeutel auf die schmutzige Tischplatte. »Aber nur, wenn die Ketzerin ihr Haus nicht mehr lebend erreicht. Ruffo darf sich keinen Fehler mehr erlauben, ansonsten ...«

»Ich mache niemals Fehler«, fiel ihm Ruffo ins Wort. »Außerdem kennt niemand die Schluchten besser als ich. Ihre sogenannte Zuflucht wird dem Weib nichts mehr nützen!«

Erschüttert blieb Sefferino stehen. Der rote Wein schwappte über seine Hand. Ruffo Nardine und seine Freunde saßen hier in aller Offenheit zusammen und planten einen Mord. Ceres, die Kräuterhändlerin, sollte sterben.

Vorsichtig stellte Sefferino die Kanne auf dem Tisch ab und hoffte inständig, daß keiner der Verschwörer bemerkte, wie sehr seine Hände zitterten. Aber die Männer beachteten ihn kaum. Er verließ die Schenke über die Treppe und stürzte zum Tor hinaus. Seine Augen glänzten wie im Fieber, als er sich nach allen Seiten umsah. Doch gewiß hatte Ceres das *negozio* längst verlassen.

Ziellos irrte Sefferino umher. Wie nur konnte er Ceres warnen? Fioricia hatte behauptet, die Waldenserin nicht zu kennen. War seine Begegnung mit Ceres nur ein Zufall? Ebenso wie die Tatsache, daß er ausgerechnet hier die Mühlen seines Onkels wiedergefunden hatte?

»Nun, junger Signore, habt Ihr's Euch anders überlegt?« Die Stimme in seinem Rücken klang schrill wie ein Hahnenschrei. Verblüfft blickte sich Sefferino um. Ohne es zu bemerken, war er an den Stand des Kürbisschnitzers getreten.

»Ich habe noch ein paar schöne Stücke für Euch und Euren

Freund zurückbehalten.« Das Gelächter des Mannes wurde von trockenem Husten unterbrochen. »Wollt Ihr es sehen? Rund wie die Brüste einer Jungfrau.«

»Laß mich in Frieden …« Sefferino zögerte. »Kennst du Ceres, die Kräuterhändlerin?«

»Ceres? Gewiß kenne ich sie. Der alte Angelo kennt jeden hier. Er beobachtet sie genau, sieht ihren Hochmut, ihre Süchte, ihre Gier und die Angst, nicht genug vom fetten Braten abzubekommen.« Seine mageren Finger glitten über seinen hauchdünnen, weißen Bart, als wollten sie ein paar silberne Spinnfäden entfernen. »Die edle Ceres ist anders, mein junger Herr«, flüsterte er in verschwörerischem Ton. »Sie würde mich zurechtweisen, wenn sie's hörte, aber der alte Angelo hat lange genug in den Bergen gelebt, um zu wissen, wann er eine Heilige vor sich hat.«

»Signora Ceres ist in Gefahr«, erwiderte Sefferino voller Ungeduld. »Sie darf auf keinen Fall heute nacht die Schlucht durchqueren. Gibt es denn keinen anderen Weg nach Prali?«

Der alte Mann runzelte voller Argwohn die Stirn. Langsam wich er hinter die morschen Schragen zurück, auf denen er seine Kürbisköpfe drapiert hatte, und zog ein abgenutztes Schnitzmesser aus dem Holz. »Wer will das wissen?«

Sefferino hatte keine Zeit mehr für lange Erklärungen. Womöglich suchte Salvatore bereits nach ihm, und jeden Moment konnte Ruffo aus der Schenke treten. Plötzlich kam ihm ein Gedanke. Hastig öffnete er den Hemdkragen unter seinem Wams und nestelte ein Stück Schnur hervor, an dem ein kleiner, goldener Fingerring aufblitzte.

»Du bekommst diesen Ring, wenn du Ceres folgst und sie davor warnst, durch die Schlucht zu reiten«, sagte er mit tonloser Stimme. Das Metall wog schwer zwischen seinen Fingern. Es war das letzte Erinnerungsstück, das ihn mit seiner ausgelöschten Familie verband.

»Ich kenne tatsächlich noch einen weiteren Weg nach Prali«, murmelte der alte Kürbisschnitzer nach einer Weile. Er schien endlich begriffen zu haben, daß Sefferino ihn nicht zum Narren hielt, sondern ehrlich besorgt war. »Der Pfad führt an einigen heidnischen Tempelruinen vorbei und bedeutet einen beträchtlichen Umweg. Aber ich werde versuchen, sie einzuholen!« Dann nahm der Alte Sefferino den Ring aus der Hand und hielt ihn prüfend ins Licht der langsam untergehenden Sonne.

7. KAPITEL

Auf dem staubigen Dorfplatz hatte sich seit den ersten Sonnenstrahlen eine Schlange von geduldig wartenden Menschen gebildet, die trotz der Hitze immer länger wurde. Für die Bewohner des kleinen Fleckens war es jedes Jahr von neuem ein besonderes Ereignis, wenn die alte Presse feierlich aus dem Wirtschaftsgebäude der Allmende getragen wurde, um aus erntefrischen Oliven Öl herzustellen. Bäuerinnen, Handwerker und Händler aus der gesamten Umgebung trugen geflochtene Körbe zur Presse, die bis an den Rand mit den kleinen, kostbaren Früchten gefüllt waren, und leerten sie unter den prüfenden Blicken des Scribano, eines Zehntschreibers, in einen großen hölzernen Behälter. Zwei Männer legten Hand an den Mühlstein und führten ihn an langen Stangen so lange im Kreise herum, bis aus zwei Löchern des Bottichs ein dunkler Brei hervorquoll.

Fioricia trug nur einen kleinen irdenen Krug mit schmalem Hals bei sich, denn sie zweifelte daran, daß der Schreiber, ein schmächtiger Mann mit stechenden Augen, dessen rötlich blondes Haar ihm in langen dünnen Strähnen über die Schultern fiel, ausgerechnet Ruffo Nardines Hof eine größere Menge an Öl würde zuteilen lassen. Der Zehntschreiber war kein Einheimischer, er diente einem Kloster im Tal, folglich kümmerten ihn Ruffos angestammte Rechte im Dorf nicht sonderlich. Abgesehen davon kehrte kein Schreiber ein zweites Mal in den Ort zurück, in den ihn seine Tätigkeit im Vorjahr geführt hatte. Fioricia wußte nicht, was ihn daran hinderte, Einzelheiten hatte man ihr nie erklärt, aber allem Anschein nach verlangte der Brauch jedes Jahr einen neuen, unbefangenen Beamten, der die Namen der Dorfbewohner aufrief und die Zuteilung berechnete.

Nachdenklich starrte das Mädchen zu den Männern hinüber, die nun darangingen, den Olivenbrei in hohe Gefäße umzufüllen. Die Luft roch plötzlich unangenehm nach Erde und verfaulten Blättern. In früheren Zeiten war die Arbeit an der Ölpresse von Lachen und Gesängen begleitet worden. Musikanten waren aufgetreten; Frauen und Mädchen hatten Tische aufgestellt und ihren Nachbarn fette Würste mit Brot und Wein angeboten. Fioricia erinnerte sich noch gut an das Bild spielender Kinder, die in Feiertagskleidung am Bach des Dorfes gespielt hatten, ohne daß sie von ihren Müttern zur Ordnung gerufen worden waren.

Seit der Krieg seinen Einzug in die Täler gehalten hatte, schwiegen die Mandolinen, Flöten und Pfeifen. In die Gesichter der Bauern hatten sich die Sorgen ums Überleben gegraben. Viele der älteren Männer, die dem Galgen des feindlichen Söldnerheeres im letzten Augenblick entronnen waren, lagen noch immer krank und geschwächt in ihren Häusern. Sie hatten ihre Frauen zur Presse geschickt, eine Handvoll in schwarze Tücher gehüllte Gestalten, die peinlich darauf bedacht waren, Fioricia an der Ölpresse nicht zu nahe zu kommen.

Erst als zwischen den ausgehöhlten Balken, auf die zwei weitere junge Männer gesprungen waren, der kostbare Saft herauslief und in rasch bereitgestellte Kannen tropfte, erhob sich hier und da aus der Menge ein schwacher Jubelruf.

Sie gönnen mir keinen Tropfen Öl zuviel, dachte Fioricia, als sie schließlich aufgerückt war und unter den argwöhnischen Blicken einer Geflügelhändlerin ihren Krug an das kleine Spundloch ansetzte. Sie war tatsächlich die letzte Frau an der Ölpresse, selbst die beiden Männer am Rad waren nach Hause gegangen, ohne sich weiterhin um sie zu kümmern. Der hölzerne Aufbau würde nach alter Sitte erst drei Tage nach der ersten Pressung abgeschlagen und in einer der Stallungen am Campo untergestellt werden.

Fioricia nahm den Korken vom Verschluß und wartete mit wachsendem Unbehagen. Vorsichtig blickte sie sich über die Schulter um. Warum lehnten die Nachbarn sie nach all den Jahren noch immer ab? Nur weil sie unter Ruffos Dach lebte? Sie vermutete, daß Ruffo bei seinen Besuchen in den umliegenden Tavernen Geschichten über sie zum besten gab, schmutziges, widerliches Zeug, das darauf abzielen sollte, ihr den Umgang mit den Nachbarn zu erschweren. Gewiß glaubten die Bauern, er und sie würden … Sie verbot sich, den Gedanken zu Ende zu bringen.

»Beeile dich, Mädchen«, rief der Schreiber und rollte ungeduldig sein Pergament zusammen. »Der Rest des Öles steht dem Kloster zu. Ich habe keine Lust, auf dem Heimweg einer Patrouille in die Arme zu laufen, weil du hier trödelst!«

Fioricia drückte die Öffnung ihrer Kanne fester gegen den Balken. War es ihre Schuld, daß das Öl so langsam rann? Es war ungerecht, daß keiner der Dorfbewohner ihr half oder auch nur mit ihr sprach, schließlich hatten sie es nicht zuletzt ihrer Vermittlung zu verdanken, daß die Franzosen ihre Geiseln aus dem Ort freigelassen hatten. Doch vielleicht, so überlegte sie, war es weniger Abneigung als vielmehr Unbehagen und Furcht vor der Fremden, die vor vielen Jahren ins Dorf gekommen war, sich jedoch niemals die Mühe gemacht hatte, in die Gedankenwelt ihrer Nachbarn einzudringen. Fioricia hatte immer gespürt, daß sie nichts mit den Familien der Weinbauern, der Drechsler, Hufschmiede und Korbflechter gemein hatte. Was also erwartete sie?

Mit sicherem Griff hielt sie ihren Krug und schüttelte die Flüssigkeit ein wenig. Sie lächelte erleichtert. Der Wasseranteil setzte sich am Boden ab, das Öl schwamm an der Oberfläche.

»Du mußt es rasch umfüllen«, belehrte sie die Geflügelhändlerin mit einem schiefen Lächeln. »Sonst kann das Öl nicht ablaufen.«

Fioricia bedankte sich mit knappen Worten für den Rat und wandte sich zum Gehen. Vorsichtigen Schrittes schlug sie den Weg vom Campo auf die Dorfstraße ein. Hoch über ihrem Kopf wurden geräuschvoll ein paar Fensterläden zugeschlagen. Eine wütende Männerstimme erklang, der ein aufgebrachter Protest folgte. Fioricia beeilte sich, den Dorfplatz hinter sich zu lassen. Zügig stieg sie den Hügel hinauf, der zum Kirchhof und den wenigen Gehöften führte, die fern vom Campo lagen. Als sie sich der verfallenen Kapelle von San Bartolomeo näherte, blieb sie einen Moment stehen und überlegte, ob sie ihren Krug absetzen und sich in dem kühlen Gebetshaus ein wenig ausruhen sollte. Sie liebte die Stille der Kapelle und kam oft hierher, wenn sie allein sein wollte. Zu dieser Stunde konnte sie beinahe sicher sein, daß niemand sie stören würde. Sie könnte sich auf den hohen mit Schnitzereien versehenen Kirchstuhl des Gemeindevorstehers setzen und für ihre unsterbliche Seele beten. Oder Ruffo die Pest an den Hals wünschen. Ein verlockender, wenngleich auch wenig frommer Gedanke.

Doch dann entschied sie sich, nicht in San Bartolomeo haltzumachen, sondern den Heimweg anzutreten.

Ruffo und die beiden Jungen waren spät in der Nacht auf den Hof zurückgekehrt. Sie schlichen seitdem im Haus herum wie drei gereizte Raubkatzen, während Giovanni griesgrämig auf dem Heuboden hockte und mit ihrem einzigen Küchenmesser Kerben in einen geschnitzten Torso im Holzbalken stieß. Eines Tages würde das Gebälk noch über ihren Köpfen zusammenbrechen.

In ihrem Rücken begann die Glocke von San Bartolomeo zu schlagen. Siebenmal, obgleich die Mittagsstunde längst vergangen war. Fioricia seufzte. Nichts schien mehr in Ordnung zu sein, seit dieser Junge ins Dorf gekommen war. Warum, um alles in der Welt, hatte er in der Morgendämmerung nach ihrer Familie gefragt. Woher sie komme, wann und woran ihre Mutter gestorben und wohin ihr Vater, der flämische Kriegsknecht, verschwunden sei.

Sie stieß das Tor zum Innenhof mit einer Hand auf und sah sich hastig um. Die Küchentür stand offen, weder auf der Veranda noch vor dem Haus war jemand zu sehen. Anscheinend hatte sich Ruffo mit den Kindern wieder zu seinen Kaminen aufgemacht, oder er saß in einer Taverne und feierte den Abschluß eines Geschäfts.

Irgend etwas muß im *negozio* vorgefallen sein, überlegte Fioricia, während sie das frisch gepreßte Öl behutsam in eine tiefe Tonschale rinnen ließ, aber Sefferino hatte sich hartnäckig geweigert, ihr davon zu erzählen. Er hatte sie lediglich gefragt, ob sie Verwandte in Prali habe.

Verwandte in der Stadt? Leute, die mit Heilkräutern oder Spezereien handelten?

Sie tauchte ihren Zeigefinger in die samtweiche Flüssigkeit und zerrieb die winzigen Tropfen dann auf ihrer Haut. Das Öl duftete süß und glänzte golden, als tropfe es aus einer frischen Honigwabe. Es war gewiß zu kostbar, um es auszulassen oder damit die Lampen zu füllen. Ruffo wird es ohnehin für sich allein beanspruchen, dachte sie traurig und stellte die Schale auf das Regal neben die kleinen Töpfe mit Kümmel, Anis und Wacholder.

Fioricia betrat den engen, finsteren Hausflur, kniete sich vor einem Eichenschrank auf die Dielenbretter und versuchte, die Türen zu öffnen. Der Schlüssel war bereits angerostet und so lange nicht benutzt worden, daß er klemmte. Sie mußte ihre ganze Kraft aufwenden, um ihn im Schloß herumzudrehen. Als es ihr endlich gelungen war, schlug ihr ein Geruch von Wolle, getrockneten Blüten und Staub entgegen.

Vorsichtig hielt sie sich an der Schranktür fest und schob ihren Kopf in den finsteren Kasten. Sie rümpfte die Nase. Wie es aussah, hatte sie den Schrank zu lange unter Verschluß gehalten. Ruffo interessierte sein Inhalt nicht, und den Jungen hatte sie verboten, ihn anzurühren. Dabei verstand sie selbst nicht genau, warum der Schrank ihr soviel bedeutete. Er enthielt nichts weiter als verschmutztes, wertloses Zeug: ein paar Wämser, Brusttücher und Filzhüte von fragwürdiger Qualität, ein einzelner Stulpenstiefel aus abgetragenem Leder, einen zerbrochenen Degen, verrostete Spiegel ohne Glas, ein schmutziges Samtkissen mit drei aufgenähten Perlen, die ihren Glanz verloren hatten.

Fioricia holte tief Luft. Eine Spinne brachte sich in der ausgebeulten Tasche eines Wamses in Sicherheit. Das Mädchen runzelte die Stirn. Sie hatte sich stets bemüht, nicht an ihre Mutter und deren Schicksal zu denken, obgleich sie spürte, daß die Gegenstände im Schrank zu ihrer eigenen Vergangenheit gehörten. Mit Ruffo hatten sie gewiß nichts zu tun, allerdings duldete er stillschweigend, daß Fioricia sie in seinem Haus aufbewahrte. In seinem Wesen hatten weder Vergangenheit noch Zukunft Platz. Es war schlichtweg unmöglich, sich Ruffo als Kind oder nur als jungen Mann vorzustellen. Kinder vermittelten Fioricia ein Bild der Reinheit, der Unschuld, dem Ruffo Nardine gewiß nicht entsprach. Daß er seine Schützlinge dennoch regelmäßig zu dem Priester von San Bartolomeo schickte, war vor allem seiner Empörung über die waldensischen Nachbarn zuzuschreiben, die es zu bekämpfen galt.

Tief unten im Schrankkasten, zwischen zwei vergilbten Ballen Leinen, stieß Fioricia auf ein verschnürtes Bündel. Viele Jahre hatte sie es nicht mehr angerührt, nun aber zog sie es hervor und löste die beiden Kordeln, die es zusammenhielten.

Das Päckchen bestand aus einem scharlachroten Tuch mit eingewirkten Goldfäden, in dem ein Apfel aus stumpfem Elfenbein, ein paar verbogene Haarklammern und ein kleines Ölgemälde lagen.

Vorsichtig nahm Fioricia das Bild aus dem Tuch, klopfte sich den Staub von ihrem Rock und stand auf. Dann lief sie in die Küche zurück und rückte eine Holzkiste ans Herdfeuer. Wenn sie Glück hatte, blieben Ruffo und die Jungen noch einige Zeit außer Haus, und sie fände ein wenig Zeit, um nachzudenken.

Verwandte in Prali hatte Sefferino erwähnt. Verwandte, auf deren Spur ausgerechnet der Junge gekommen sein wollte? Gewiß, ihre Mutter hatte nicht immer auf dem Land gelebt, sie selbst konnte ebensogut in einer Stadt geboren worden sein. Und ihre Familie war allem Anschein nach wohlhabend gewesen. Nur reiche Leute, Adelige oder Kaufleute, ließen sich und ihre Familien in Ölfarbe porträtieren, und einfache Bergbauern hüllten ihre neugeborenen Kinder nicht in feine bunte Tücher mit goldenen Stickereien am Saum.

Fioricia starrte das Gemälde mit dem verwitterten Goldrahmen eine Weile lang an. Auf der Leinwand waren zwei Frauen und ein Kind in prächtigen Roben inmitten einer Gartenlandschaft abgebildet. Die ältere von beiden trug anstelle einer Haube einen steifen lombardischen Kopfputz, der mit grünen und himmelblauen Edelsteinen besetzt war und in einem wallenden Schleier auslief. Der unbekannte Maler hatte sich redlich bemüht, das duftige Tuch über dem Dekolleté in weite Falten zu legen, so daß es den Anschein erweckte, als würden Kleid und Schleier vom Wind emporgehoben. Diese reichlich kokette Anspielung stand hingegen in krassem Widerspruch zu dem strengen Gesichtsausdruck der Frau, den starren, beinahe harten Falkenaugen, die keinen Funken von Wärme erkennen ließen, und dem markanten Kinn, über dem die Lippen so dünn wie ein Tintenstrich aussahen.

Die jüngere Frau an ihrer Seite wirkte dagegen zerbrechlich und verspielt. Sie war in eine mit blauen Perlen besetzte Robe gehüllt, die für den zierlichen Körper viel zu schwer ausgefallen war. Langes braunes Haar fiel ihr offen über beide Schultern. Während die vollen Lippen der Frau zu einem sanften Lächeln geformt waren, lag ein sehnsuchtsvoller Zug auf ihrem bleichen Gesicht. Auf ihrem ausgestrecktem Zeigefinger saß ein gelber Kanarienvogel.

Fioricia hatte das Gemälde schon oft in den Händen gehalten, doch zum ersten Mal empfand sie so etwas wie Sympathie und Mitleid für das zierliche Mädchen auf dem Bild, das von der strengen älteren Frau aus den Augenwinkeln heraus beobachtet wurde. Noch auffallender als die beiden Frauen wirkte indessen das kleine Kind, mit dessen Darstellung der Maler keinen besonderen Ehrgeiz an den Tag gelegt hatte. Leblos wie eine Puppe saß es auf dem Schoß der Patrizierin.

Nachdenklich ließ Fioricia das Gemälde sinken. Sollte das junge Mädchen auf dem Bild etwa ihre Mutter darstellen? Doch wer war das Kind? Wenn sie selber damit gemeint war, warum lag sie nicht in den Armen der jungen Frau mit dem Vogel?

Das Licht an der Herdstelle wurde langsam schwächer. Fioricia hatte gar nicht mehr an das Feuerholz gedacht. Ohne Eile erhob sie sich, um einige Scheite nachzulegen und danach die bronzene Lampe auf der Truhe anzuzünden. Ein Geräusch an der Tür ließ sie plötzlich zusammenfahren. Rasch verbarg sie das Bild unter ihrer Schürze.

»Ach, du bist es«, rief sie erleichtert aus, als sie Sefferino erkannte. Der Junge war lautlos über die verstreuten Kleider und Gegenstände im Korridor gestiegen. Er atmete in harten Stößen.

»Du sollst dich doch nicht immer so anschleichen«, beschwerte sich Fioricia verlegen. »Sind Signor Nardine und die Jungen auch schon auf dem Hof? Heilige Madonna, ich habe völlig die Zeit vergessen.« Sie sprang auf und blickte sich in der Küche um. »Lauf rasch in die Kammer hinter dem Stall und schneide etwas von dem Rauchfleisch am Haken herunter. Ich muß ...«

»Es ist etwas geschehen, Fioricia!«

Sie verstand nicht gleich. »Ach was, nichts ist geschehen. Möglicherweise wird etwas geschehen, wenn der *padrone* von seinen Geschäften zurückkehrt und sein Abendmahl nicht fertig ist!«

Sefferino blickte sie einen Moment unschlüssig an, dann lief er um den Tisch herum. Unmittelbar neben der Tür zu der winzigen Kammer, in der Fioricia auf einem Strohsack schlief, kniete er sich nieder und machte sich an den Dielenbrettern zu schaffen.

»Die Jungen ... nun, sie werden nicht wieder zurückkommen«, flüsterte er so leise, daß Fioricia ihn kaum hören konnte. »Ruffo hat sie ... Verflucht!« Mit schmerzverzerrtem Gesicht zog er seine Finger unter einem der losen Bretter hervor. Ein Holzsplitter hatte ihn am Daumen verletzt. Zwei dicke Tropfen Blut fielen auf den Boden.

»Was sagst du da? Was hat Ruffo wieder angerichtet?« Fioricia lief auf den Jungen zu, packte ihn unsanft an beiden Schultern und schüttelte ihn.

»Es geht ihnen gut, keine Sorge«, keuchte Sefferino. »Ruffo hat sie im Kornspeicher eines seiner Freunde eingesperrt, einem Mann, den ich im Handelshof gesehen habe. Giovanni war der einzige, den er mitgenommen hat.«

»Giovanni? Da wird er sich aber freuen!« Für einen Augenblick hatte Fioricia einen furchtbaren Verdacht gehegt, aber es war töricht, sich wirren Phantasien hinzugeben. Warum sollte Ruffo sich ausgerechnet der Kinder, die er jeden Tag für seine Zwecke benutzte, entledigen wollen? Er konnte bei seinen Unternehmungen gar nicht auf sie verzichten. Es sei denn, er hatte sich etwas Ernsthaftes zuschulden kommen lassen und mußte nun aus dem Tal verschwinden.

Wortlos trat sie an das winzige Küchenfenster. Auf dem Hof strich ein milder Wind durch die Wipfel der beiden hochgewachsenen Bäume, die den Pfad zum Gattertor kreuzten. Ansonsten war es still. Nicht einmal die beiden Katzen, die sich für gewöhnlich in unmittelbarer Nähe von Ruffos Kellerhügel aufhielten und um Abfälle balgten, waren zu sehen. Fioricia biß sich auf die Lippe. Sie hatte versagt. Bis zuletzt hatte sie geglaubt, die Kinder in ihrer Obhut beschützen zu können, doch sie hatte ihre Kräfte überschätzt. Mit ihren vierzehn Jahren war sie selber kaum mehr als ein Kind, das Sicherheit und Geborgenheit suchte. Sie fühlte sich machtlos und schrecklich müde.

»Ich weiß, was Ruffo im Schilde führt«, sagte Sefferino. »Ich hab's herausgefunden!« Er stand plötzlich direkt hinter ihr, so nah, daß sie die Wärme seines Körpers spüren konnte. In den letzten Wochen waren seine Arme und Beine kräftiger und muskulöser geworden. »Aber da ist noch etwas. Seit gestern weicht Ruffo meinen Blicken aus. Er verstummt, sobald ich in seine oder Giovannis Nähe komme.«

Fioricia nickte. Sie hatte es ebenfalls bemerkt. Noch immer starrte sie auf das blasser werdende Pflaster des Hofes. »Dann weiß er, daß du ihm auf die Schliche gekommen bist. Was genau hast du herausgefunden?«

Sefferino sog scharf die Luft ein. »Das erkläre ich dir, sobald wir uns auf den Weg gemacht haben!«

»Auf den Weg? Du willst ...«

»Ganz recht«, sagte Sefferino und schulterte sein Bündel mit Habseligkeiten, das er unter den Dielenbrettern hervorgezogen hatte. »Ich bin Ruffo und Giovanni an der Flußfähre entwischt und habe mich quer durch die Weingärten geschlagen. Uns bleibt nur noch wenig Zeit!«

8. KAPITEL

Die Frau kniete auf einer knorrigen Eichenwurzel mitten im Wald und betete. Ihre Augen waren geschlossen, der Kopf andächtig geneigt, die Lippen bewegten sich rhythmisch und schnell. Sie schien alles um sich herum vergessen zu haben: den kalten Waldboden, die Pferde und Maultiere, ja, selbst die zwei Männer, die in ihrer Nähe standen und das Ende ihrer Andacht abwarteten. Wenn sie Zwiesprache mit dem Allmächtigen hielt, vergaß Ceres, die Waldenserin, die Welt um sich herum. Sie spürte dann, wie ihr Geist den Körper verließ und durch die Luft über die Baumwipfel stieg.

Nach einer Weile schlug Ceres die Augen auf, blinzelte ins

Licht und brachte mit geschickten Griffen ihre Kleidung in Ordnung.

Ambroise, der die Rast dazu genutzt hatte, sich nach dem langen Ritt die Beine zu vertreten, knüpfte den Sack am Sattel seines Pferdes auf, nahm einen gefüllten Wasserschlauch sowie ein Stück Brot mit getrocknetem Schweinespeck heraus und reichte es der Frau mit einem Lächeln. Sie dankte ihm mit einem warmherzigen Blick, nahm jedoch nur das Brot entgegen. Danach winkte er Gompard Danderac heran und lud ihn ein, sich ebenfalls aus der Satteltasche zu bedienen. Mit mürrischer Miene kam der junge Mann der Aufforderung nach. Er war nicht sonderlich begeistert, in Gesellschaft eines gemeinen Baders und einer italienischen Krämerin zu essen. Den Auftrag des Herzogs, Ambroise Paré als Dolmetscher zu Diensten zu sein, empfand er als Beleidigung. Immerhin war er der Sohn des Hauptmanns Danderac und durfte als Angehöriger einer alten Adelsfamilie und Fahnenträger der königlichen Truppen verlangen, nicht wie ein Laufbursche behandelt zu werden.

Den Bader schienen Gompards Launen nicht im geringsten zu interessieren. Seit zwei Tagen hetzte er ihn mit einer Gemütsruhe, die den Jungen in Rage brachte, durch finstere Täler, in denen weder Gras noch Blumen wuchsen. Dabei konnte Gompard noch von Glück reden, daß sie die Frau, mit welcher der Bader Geschäfte machen wollte, in einer Kapelle auf halbem Wege getroffen hatten und nicht den ganzen Weg bis San Dominiano reiten mußten.

Lustlos kaute er auf einem Stück Speck herum und beobachtete den Bader und die seltsame Frau. Er mußte zugeben, daß sie eine recht gute Figur machte. Ihre Haut war wie bei Edeldamen üblich nur wenig gebräunt. Außerdem sprach sie ein gepflegtes Französisch, was Gompard mit Erleichterung zur Kenntnis nahm. Im Lager des Herzogs hatte er zuweilen vor seinen Kameraden damit geprahlt, wie gut er die Sprache der Lombardei und des Piemont beherrschte, doch in Wahrheit reichten die italienischen Brocken, an die er sich noch erinnerte, gerade einmal aus, um in einer Taverne einen Krug Bier zu bestellen. Der Bader schien Gompards Schwäche bereits am ersten Tag ihrer Reise erkannt zu haben. Er hatte spröde gelächelt, jedoch darauf verzichtet, ihn bloßzustellen. Für Gompard Danderac war dieses Verhalten ein weiteres Beispiel für den Hochmut des Baders. Er zog es vor, sein Lager in einiger Entfernung von Ambroise und der Italienerin aufzuschlagen.

»Wollt Ihr so gut sein und mir verraten, was Euch hindert, mein Geld anzunehmen, Madame?« Ambroise breitete ein paar Decken aus und lud seine Reisegefährtin ein, sich auf dem Lager niederzulassen. Es war kein allzu bequemer Ort, um die Nacht zu verbringen. Wenige Stunden zuvor hatte er auf einem Hügel ein Kloster entdeckt und beabsichtigt, sich nach einer Unterkunft zu erkundigen, aber die Kräuterhändlerin hatte den Kopf geschüttelt und den beiden Männern unmißverständlich erklärt, sie habe ihren Fuß niemals über die Schwelle eines Klosters gesetzt und werde es auch in Zukunft nicht tun.

»Ich verstehe nichts von Euren waldensischen Bräuchen,« fuhr der Bader fort, nachdem Ceres nicht auf seine Frage geantwortet hatte, »aber Ihr dürft mir glauben, daß ich nicht vorhabe, Euch in irgendeiner Weise zu übervorteilen. An meinem Geld klebt kein Blut, und was Eure Kräuter betrifft, so brauche ich sie für unsere Wundkammer.«

»Das mag sein, Monsieur Paré. Doch als ich Eure Nachricht erhielt, wußte ich nicht, daß Ihr Soldat des Maréchal de Montejan seid«, erwiderte die Frau leise und leerte ihren Becher. Dabei schaute sie Ambroise durchdringend an. »Verzeiht meinen Argwohn, aber eine Händlerin kann in diesen Zeiten nicht vorsichtig genug sein.«

»Ich verstehe, daß Ihr beunruhigt seid. Meine Tarnung muß Euch mehr als lächerlich vorgekommen sein. Doch ich kann Euch ebenso versichern, daß es mir nicht darum geht, Euch auszuspionieren.«

»Daran zweifelt niemand! Ihr seid gewiß ein Ehrenmann, Monsieur Paré. Wäret Ihr es nicht, so hättet Ihr längst eine Abteilung bewaffneter Soldaten nach Prali oder San Dominiano geschickt. Beide Städte haben vor der Übermacht des Feindes ihre Waffen gestreckt und die Tore geöffnet, folglich wäre es für Euch ein leichtes Spiel gewesen, meine Speicher zu besetzen und sich mit Gewalt zu nehmen, was Ihr benötigt!«

Ambroise hob in gespielter Verzweiflung die Schultern, was ihm einen verächtlichen Blick Gompards eintrug. »Ich bin alles andere als ein Soldat aus Leidenschaft, Madame. Im Vertrauen gesagt, möchte ich so bald wie möglich nach Frankreich zurückkehren, um mich in Paris zum Medicus oder wenigstens zum Wundarzt ausbilden zu lassen!«

Milde lächelnd lehnte Ceres ihren Kopf gegen den Stamm einer Eiche und blickte zum Himmel. Das Abendrot war einem dunklen Blau gewichen, die ersten Sterne waren bereits zu sehen. Es versprach, eine klare Nacht zu werden.

»Ich habe in aller Offenheit mit Euch gesprochen, doch ich hoffe, Ihr habt noch etwas anderes als Spott für mich übrig«, sagte Ambroise nach einigen Momenten des Schweigens. Er befürchtete, daß die Waldenserin sich insgeheim über ihn lustig machte. Mit ernster Miene ging er daran, ein paar trockene Zweige zu zerbrechen. Sie mußten ein Feuer entfachen, wenn sie die Nacht im Freien verbringen wollten.

»Ich lache keineswegs über Euch, lieber Paré«, erwiderte Ceres. »Ich stelle mir lediglich vor, was die Ältesten meiner *societas* in Prali wohl sagen würden, wenn sie mich hier sehen könnten. Mitten im Wald und in Gesellschaft eines französischen Baders, der überlegt, wie er die Wunden heilen kann, die seine Landsleute vorher geschlagen haben. Ich fürchte, sie würden die Situation für unschicklich und mich für reichlich verrucht halten.«

»Madame, ich …«

»Sagt nichts mehr, Paré!« Sie streckte die Hand aus dem weiten Ärmel ihres Umhanges, als beabsichtigte sie, ihm mit ihren Fingern die Lippen zu verschließen. Als ihr die Intimität ihrer Geste bewußt wurde, wich sie ein Stück zur Seite. »Ich werde Euch Arzneikräuter beschaffen, soviel Ihr braucht, Bader. Und ich werde Euch auch erklären, wie Ihr sie anwenden müßt, um von Euren Kranken Wundfieber und Entzündungen abzuwenden. Allerdings müßt Ihr mir zwei Dinge versprechen. Falls Eure Truppen Turin bezwingen, wird es auf beiden Seiten Tote und Verwundete geben. Tut, was Ihr könnt, um all denen beizustehen, die Eure Hilfe brauchen.«

»Das wird nicht einfach sein«, erwiderte Ambroise, während er sich daranmachte, ein Feuer zu entfachen. »Ein Wundarzt im Heer unterliegt immer der Befehlsgewalt seiner Offiziere, aber ich werde versuchen, mich Eures Vertrauens würdig zu erweisen ...«

»Mehr verlange ich auch nicht von Euch, Bader.« Ceres lächelte ihn verständnisvoll an. »Als zweites müßt Ihr mir versprechen, daß Ihr mit keinem Menschen über unseren Handel sprecht. Es ist noch nicht lange her, da habe ich mich geweigert, meinen Einfluß geltend zu machen, um eine verbotene Waffenlieferung an die spanischen Habsburger zu unterstützen. Nun, es ging dabei weniger um Einfluß als vielmehr um das Geld meiner *societas.* Was, glaubt Ihr, werden meine Leute sagen, wenn ihnen nun zu Ohren kommt, daß ich statt dessen Heilkräuter ins Lager des Feindes liefere?«

»Ich schwöre Euch, daß kein Wort darüber über meine Lippen kommen wird«, erklärte er feierlich und reichte der Kräuterhändlerin seine Hand. Sie schien ihm zu vertrauen, weil er kein Kaufmann, sondern ein Bader war, den das Los der Menschen interessierte.

»Schwört nicht, Bader! Nicht beim Himmel, denn er ist Gottes Thron. Nicht bei der Erde, denn sie ist der Schemel, auf dem die Füße des Allmächtigen ruhen!« Ceres zögerte einen Herzschlag lang. »Es tut mir leid, ich strapaziere Eure Nerven mit meinem Gerede, aber wir Waldenser dürfen keinen Eid ablegen, nicht einmal vor dem hohen Gericht. Wir nötigen auch keinen anderen Menschen, die Gebote zu brechen, die uns heilig sind.«

»Was verlangt Ihr statt dessen für Eure Mühen?«

Ceres rückte näher an das Feuer heran, das der Bader entzündet hatte. Im Schein der Flammen funkelte die silberne Spange, die ihren Mantel zusammenhielt. Einen Augenblick lang schien sie zu überlegen, ehe sie mit sanfter Stimme antwortete: »Sobald wir in Prali sind, werde ich der *societas* einen Vorschlag unterbreiten und es ihr anschließend überlassen, einen Preis festzusetzen. Geht von zwei Scudi pro lombardisches oder provencalisches Arzneikraut aus. Sechs Scudi, wenn es sich um arabische Salben aus Sizilien handelt. Aber ich warne Euch: Die *societas* fühlt sich schon lange nicht mehr an euer kirchliches Zinsverbot gebunden! Solltet Ihr Eure Schuld also nicht pünktlich begleichen …«

»Wollt Ihr damit etwa andeuten, daß Ihr niemals auf eigene Rechnung arbeitet?« Ambroise konnte seine Überraschung nicht verbergen.

Ceres verzog spöttisch den Mund. »Der Gründer unserer *societas*, wie die Waldenser ihre Gemeinden nennen, war ein reicher Tuchhändler aus Lyon. Eines Tages verkaufte er seinen Besitz und verteilte den Erlös unter seiner Familie und den Armen, um fortan in apostolischer Armut zu leben und das Reich Gottes zu verkünden. Seitdem versuchen die Waldenser seinem Beispiel zu folgen.«

»Wenn Euer kostbares Gewand ein Teil apostolischer Armut ist, teile ich sie gerne mit Euch«, ließ sich plötzlich Gompards Stimme vernehmen. Er war ans Feuer getreten und hatte die letzten Worte der Waldenserin gehört.

»Danderac …«, rief Ambroise vorwurfsvoll. Der Junge benahm sich wahrhaftig wie die Axt im Walde. War es denn nötig, die Händlerin gegen sich aufzubringen, bevor sie ihren Handel mit ihr gemacht hatten? Doch entgegen seiner Befürchtung hatte Gompard nicht im Sinn, einen Streit vom Zaun zu brechen. Glaubenseifer, so hatte er den Jungen unlängst reden hören, sei ohnehin etwas für alte Weiber und nichts für einen angehenden Ritter. Als Ritter ging man pflichtgemäß zur Messe, atmete brav den Weihrauch ein und träumte von kühnen Taten und schönen Frauen.

Der Bader beobachtete, wie der Sohn des Hauptmanns sich eine Decke aus der Satteltasche seines Pferdes nahm und damit in der Dunkelheit verschwand.

»Macht dem jungen Mann keine Vorwürfe, Monsieur Paré.« Ceres griff nach dem Lederschlauch und füllte sich ihren Becher ein weiteres Mal. »Er hat ja recht. Wir lombardischen Waldenser haben uns früh gegen ein Leben als asketische Wanderprediger entschieden. Im Unterschied zu unseren französischen Glaubensbrüdern lehnen wir es nicht ab, unsere Güter sinnvoll zu vermehren. Wir arbeiten in den Tälern als Leinweber, Tuchhändler und Handwerker und sehen ebensowenig Anstößiges darin wie die Männer, die sich in Eurer Heimat oder dem Deutschen Reich für eine Reinigung des Glaubens einsetzen. Was wir hingegen in unseren Werkstätten und Kaufmannshöfen erwirtschaften, gehört nicht dem einzelnen Gläubigen, sondern der gesamten Gemeinde. Sie teilt einer jeden Familie zu, was sie zum Leben braucht. Als Händlerin für Öle, Spezereien und Kräuter besuche ich zuweilen die Palazzi der Patrizier in Mailand und Turin, deswegen hält die *societas* es für angebracht, daß ich mich ein wenig aufwendiger kleide, als es unserer Gemeinde für gewöhnlich entspricht.«

Ambroise rang sich ein Lächeln ab. Auf eine eigenartige Weise fühlte er sich in Gegenwart der Händlerin befangen. Er verstand selbst nicht genau, warum, denn Ceres gab sich durchaus leutselig. Andererseits hatte Ambroise lange genug am Hof einer Edeldame zugebracht, um zu wissen, daß es Frauen gab, für die es ein Spiel war, ihre wahren Gefühle vor Männern zu verbergen und sie statt dessen mit unverfänglichen Plaudereien vom wesentlichen abzulenken. Die Warnung des Herzogs Montejan, sich nicht mit den Waldensern abzugeben, bekam für ihn mit einemmal eine völlig neue Bedeutung. Der Bader verharrte einige Atemzüge lang vor dem Feuer, dann warf er neue Zweige hinein.

»Ihr seid plötzlich so schweigsam, Monsieur Paré«, sagte Ceres. »Ich habe Euch doch nicht etwa beleidigt?«

»Keine Sorge, Madame. Ich mußte gerade an ein Mädchen denken, das ich vor ein paar Wochen getroffen habe. Lacht mich nicht aus, aber Ihr erinnert mich sie. Mit ein paar anderen Leuten war sie uns bei einem Erkundungszug in die Hände gefallen. Ich glaube nicht, daß sie zu den Waldensern gehört, denn sie lebt bei einem ziemlich finsteren Burschen in Montera ...«

»Ein ... junges Mädchen, sagt Ihr?« Ceres legte die Stirn in Falten und funkelte Ambroise besorgt an. Wenige Schritte hinter der Feuerstelle teilte sich raschelnd das Dickicht, und eine schattenhafte Gestalt, in der die Händlerin den wortkargen Begleiter des Baders vermutete, schlug sich in die Büsche. Die beiden Pferde der Männer stampften unruhig mit den Hufen auf und schüttelten die Mähne.

»Wie sah das Kind aus?« drängte die Kräuterhändlerin mit verhaltener Stimme. »Habt Ihr etwa mit ihm gesprochen?«

Noch bevor Ambroise ihr auf diese Frage antworten konnte, erklang plötzlich ein markerschütternder Schrei aus dem Unterholz. Erschrocken ließ Ceres den dünnen Schlauch aus Ziegenleder zu Boden fallen. Sie sprang auf und schob mit den Füßen geistesgegenwärtig Sand auf die Flammen, um das Feuer zu ersticken. Der Bader tastete mit bebenden Händen nach seiner Pistole, der Pulverflasche und dem Säckchen mit den Kugeln.

Auf den ersten Schrei folgte ein weiterer, der in ein kurzes Wimmern überging und dann jäh erstarb.

»Das war Danderac! Ich muß nachsehen, ob ihm etwas zugestoßen ist, aber Ihr rührt Euch besser nicht von der Stelle!«

Mit wachsender Unruhe betrachtete Ceres das Gesicht des Baders. Sie öffnete die Lippen, um ihm mitzuteilen, daß sie an einen Hinterhalt glaubte, der ihr galt, und daß er keinesfalls allein gehen sollte. Doch im fahlen Mondlicht wirkten die Züge des jungen Mannes so finster und kriegerisch, daß sie nicht wagte, ihm zu widersprechen. Statt dessen nickte sie und versprach, bei den Packpferden zu bleiben.

»Könnt Ihr mit einer Handfeuerwaffe umgehen?« Ambroise löste den Ledergurt von seiner Hüfte.

Die Waldenserin schüttelte verwirrt den Kopf. »Wofür haltet Ihr mich? Ich werde keine Waffen anrühren. Nun geht schon, ich passe auf unsere Sachen auf.«

Vorsichtig nach allen Seiten spähend, wandte sich Ambroise in Richtung der hohen Bäume, hinter denen Gompard verschwunden war. Ihm war nicht wohl dabei, Ceres in der Finsternis zurückzulassen, andererseits durfte er auch dem Sohn seines Hauptmanns die Hilfe nicht verweigern. Der Junge hielt sich für einen geübten Schwertkämpfer. In der Tat hatte er im Feldlager ein, zwei Waffengänge für sich entschieden, doch Ambroise wußte auch, daß Gompard allzu rasch die Nerven verlor. Falls er in einen Hinterhalt geraten war, halfen ihm weder Arroganz noch Wagemut.

Ambroise schlich auf die Stelle zu, von welcher der Schrei erklungen war. »Gompard?« rief er und ärgerte sich, daß seine Stimme derart furchtsam klang. »Verdammt, wo steckt Ihr nur?« Er überlegte kurz, ob er zu Ceres zurückkehren und eine Fackel entzünden sollte, doch er verwarf den Gedanken. Es blieb keine Zeit mehr. Er steckte die Pistole in den Gürtel zurück und zog statt dessen seinen Dolch, mit dem er besser umgehen konnte als mit einer Schußwaffe.

Plötzlich zuckte er zusammen. Das Blut schoß ihm ins Gesicht, und sein Herz drohte stehenzubleiben, als sich eine Hand auf seine Schulter legte. Entsetzt wirbelte er herum und starrte ungläubig in die Augen der Kräuterhändlerin. Ceres war ihm gefolgt.

»Wollt Ihr mich vielleicht zu Tode erschrecken?« zischte er sie an. »Ich hatte Euch doch gebeten, bei den Pferden auf mich zu warten!«

»Gewiß, aber geschworen habe ich es Euch nicht, wie Ihr

Euch erinnern könnt. Ich glaube, ich weiß, wo Euer Begleiter abgeblieben ist!«

Ohne eine Antwort abzuwarten, huschte sie einen schmalen, sich gen Süden windenden Pfad hinab, der von wilden Himbeersträuchern und duftenden Rosengewächsen überwuchert wurde. Die Dornen rissen am Stoff ihres langen Gewandes. Ambroise bemerkte, daß sie ihren Umhang mit dem schneeweißen Pelzbesatz abgelegt hatte, um schneller voranzukommen.

Ein Stück hinter einer Biegung des Pfades brach der Wald plötzlich auf. Eine Lichtung lag vor ihnen, hinter der eine verfallene Steinbrücke über einen ausgetrockneten, von Unkraut überwucherten Flußlauf führte. Die Erde des Flußbettes war offensichtlich kupfer- und eisenhaltig, denn sie funkelte im Mondlicht wie das glühende Kohlenbecken eines Kettenschmieds.

»Seht, Paré«, flüsterte Ceres tonlos, »dort drüben ist Euer Freund!«

»Ich sehe ihn, aber, was um alles in der Welt ...«

Ambroise sprach nicht weiter. Voller Staunen sog er die kühle Abendluft ein. Seine Sinne schienen ihm einen Streich zu spielen, denn er glaubte, das Unheil, welches von diesem Ort ausging, zu riechen, wie ein Stück verbranntes Fleisch. Zögernd bewegte er sich auf den jungen Danderac zu.

Gompard schmiegte sich reglos an eine der beiden verwitterten Brückenfiguren. Sein kostbares Schwert, ein Geschenk des Hauptmanns, stak bis zum Heft in der roten, verkrusteten Erde zu seinen Füßen. Als Ambroise und Ceres ihn sanft am Arm berührten, fauchte er sie an, wie ein in die Enge getriebener Kater, aber er machte keine Anstalten, ihnen eine Erklärung zu geben. Ratlos wich Ambroise zurück und betrachtete den Jungen. Gompard war ein Schwätzer, der sich gern auf Kosten anderer amüsierte. Doch nun schien er sich keinen dummen Scherz zu erlauben. Er war leichenblaß und zitterte vor Entsetzen.

»Danderac, wollt Ihr uns nicht endlich verraten ...«

»Nein«, schrie Ceres auf und preßte sich die flache Hand vor den Mund. »Mein Gott Paré, seht doch …«

Der Blick des Baders folgte dem ausgestreckten Zeigefinger der Händlerin, welcher auf die Bäume jenseits des Grabens wies. Gefolgt von Ceres betrat er den schmalen Brückensteg, während Gompard zu Boden sank und mit beiden Händen den Knauf seines Schwertes umklammerte. Würgende Geräusche verrieten, daß er sich erbrach.

Ambroise hatte während seines Soldatenlebens schon so manche Scheußlichkeit mit angesehen. Als Bader oblag es ihm nicht nur, gebrochene Knochen zu schienen und Verbände anzulegen, er war auch für die Leichenbeschau verantwortlich und mußte sichere von unsicheren Todeszeichen unterscheiden können. Doch auf das gräßliche Bild, das sich hier vor ihm und Ceres auftat, war er nicht vorbereitet.

Am stärksten Ast einer ausladenden Eiche schaukelte der übel zugerichtete Körper eines Menschen im Wind. Der Unglückliche, ein älterer Mann mit wirrem Haar und einem weißgrauen Bart, war tot. Er hing mit dem Kopf nach unten etwa zwei Fuß über dem Erdboden. Hand- und Fußgelenke waren mit rußgeschwärzten, eisernen Ketten aneinandergeschmiedet worden. Als Ambroise sich den entblößten Oberkörper des Toten genauer ansah, bemerkte er schaudernd, daß er von Einstichen und Brandwunden übersät war. »Der arme Teufel muß mit einer Pechfackel oder mit einem glühenden Brenneisen malträtiert worden sein«, sagte er an Ceres gewandt.

Die Kräuterhändlerin antwortete nicht, doch wenige Augenblicke später fand sie verkohlte Holzscheite und Überreste verbrannter Kürbisse in unmittelbarer Nähe des Gefolterten.

Vorsichtig besah Ambroise sich den Alten. Die Augen des Toten waren weit geöffnet, als begriffen sie noch immer nicht, daß jedes Leben aus ihnen gewichen war. Kalt und gebrochen starrten sie in Richtung der Brückenpfeiler. An der rechten Hand des Mannes fehlte der Ringfinger.

»Es wird nicht leicht werden, ihn abzunehmen«, bemerkte die Waldenserin so kühl und geschäftsmäßig, als handelte es sich bei dem Leichnam um eine Lieferung Bohnen für ihren Handelsspeicher. »Aber wenn es Euch gelingt, die Ketten zu entfernen, können wir ihn begraben.«

Ambroise bekreuzigte sich und murmelte ein Gebet für den Ermordeten, in das er die Seele der Kräuterhändlerin vorsichtshalber mit einschloß. »Habt Ihr den Mann schon einmal gesehen?« fragte er sie dann. »Wer, bei allen Heiligen, kann ihm das angetan haben?«

Ceres blickte ihn einen Moment lang an, dann nickte sie. »Ich kannte den Alten. Er hieß Angelo und verkaufte Kürbisse in einem Weiler in den Bergen. Vor ein paar Tagen beschwor er mich, nicht durch die Schlucht nach Hause zu reiten. Vermutlich sprach er damit sein eigenes Todesurteil.« Sie verzog das Gesicht. »Nun weiß ich auch, weshalb dieser Junge um meine Sicherheit fürchtete.«

»Welcher Junge?« Verwirrt blickte sich Ambroise nach Gompard um. Doch der Sohn des Hauptmanns kniete noch immer vor der Brücke. »Ihr wollt mir doch nicht weismachen, daß Gompard ...«

»Ich rede nicht von Eurem Begleiter, sondern von einem Jungen, der mich neulich vor unserem Handelshaus angesprochen hat. Er kam mit einem meiner schlimmsten Feinde auf den Hof, einem Mann mit Namen Ruffo Nardine.«

Ambroise horchte auf. »Ruffo Nardine? Meint Ihr einen vierschrötigen Kerl mit einer gezackten Narbe im Gesicht?«

»Ein durch und durch übler Mensch, der für seine Heimtücke bekannt ist«, bestätigte Ceres. »Er haust mit einer kleinen Privatarmee, die er aus heimatlosen jungen Burschen rekrutiert, in einem Gehöft jenseits der Handelsstraße. Es würde mich nicht wundern, wenn Ruffo ...«

Ambroise winkte bestürzt ab. Er hatte genug gehört. Der Mann, den die Händlerin beschrieb, war derselbe Ruffo, dem er die Freiheit geschenkt und den Jungen Sefferino anvertraut hatte. Ihn und eine halbe Wagenladung bester französischer

Truppenvorräte. Ohne es zu wissen, hatte er den Jungen in das Haus eines Mörders geschickt. Doch was war mit dem Mädchen? Mit Fioricia? Möglicherweise war sie Ruffos Helfershelferin. Seine Geliebte …

»Dieser … Ruffo wollte Waffen von Euch kaufen, nicht wahr?« fragte er Ceres. »Was hat er damit vor? Will er sie etwa in die belagerten Zitadellen vor Turin schleusen?«

Die Waldenserin seufzte. »Von mir verlangte er lediglich das Geld, um die Händler zu bezahlen. Ich lehnte ab und machte mich auf den Heimweg. Ich verkaufe keine Waffen. Kurz darauf holte mich Angelo ein und berichtete mir, es gäbe ein Mordkomplott gegen mich, das ein Junge belauscht habe …«

»Sefferino«, murmelte der Bader. »Er schwebt in Lebensgefahr, denn wie es aussieht, wurde der Krämer vor seinem Tod gefoltert, um den Namen dessen preiszugeben, der den geplanten Anschlag auf Euch verhindern wollte.«

»Und … das Mädchen?« Ceres' Stimme sank zu einem Flüstern herab. »Vorhin am Feuer habt Ihr ein Mädchen erwähnt, an das ich Euch erinnere …«

»Ihr Name ist Fioricia de Cavelaar. Sie hat mit gesagt, sie sei eine Waise und betreue die Kinder auf Nardines Hof. Angeblich stammt ihr Vater aus der Wallonie, deshalb spricht sie auch recht gut Französisch. Was habt Ihr, Madame?«

Ceres verschränkte die Arme vor der Brust und blickte sich hilfesuchend um. Ohne daß sie es verhindern konnte, füllten sich ihre Augen mit Tränen.

»Ihr irrt Euch nicht, Bader«, sagte sie mit erstickter Stimme. »Ich weiß, wer das Mädchen ist und warum sie in Ruffos Haus lebt. Aber ich bitte Euch, laßt es mich später erklären, denn … wenn es mir nicht heute nacht noch gelingt, sie von dort wegzuholen, lade ich zum zweiten Mal Schuld auf mich.«

9. KAPITEL

Fioricia lief ein letztes Mal durch die Räume, in denen sie so viele Jahre gelebt hatte. Obgleich sie Ruffo verabscheute, war die baufällige Scheune ihr Heim gewesen. Ein Heim, dachte sie, keine Heimat. Nun, nachdem Ruffo die Kinder aus dem Haus geschafft hatte, machte es ihr nichts mehr aus, das Dorf zu verlassen, in dem sie über all die Jahre bestenfalls geduldete Außenseiterin gewesen war. Dennoch haßte sie den Gedanken, von nun an auf der Flucht zu sein. Er jagte ihr Angst ein, denn sie verband mit dem Begriff eine Schuld, die man nicht bezahlen wollte. Rechtschaffene Menschen mußten in der Regel nicht fliehen, sie hatten es nicht nötig, sich in aller Heimlichkeit davonzustehlen. Fioricia mochte auch nicht daran denken, daß sie als kleines Kind, gemeinsam mit ihrer Mutter, schon einmal auf der Flucht gewesen war.

Fahrig löschte sie die kleine Lampe in ihrer Hand und blickte sich nach Sefferino um, der sie mit ungeduldiger Miene auf der Veranda erwartete. Es war unschwer zu erkennen, daß der Junge ihre Empfindungen nicht teilen konnte. Immerhin hatte er lange vor ihr von seinem Heim Abschied nehmen müssen.

Sie bückte sich, um das Stoffbündel aufzuheben, das sie in äußerster Hast aus einem vergilbten Stück Linnen zusammengeschnürt hatte. Außer dem kleinen Gemälde hatte sie noch eine Haube zum Wechseln, ein paar Schnürleiber und das rote Samtkästchen mit den aufgezogenen Perlen eingepackt. Als sie die finstere Küche durchquerte, fiel ihr Blick auf den Krug mit Ruffos Olivenöl. Ohne Reue ließ sie ihn in ihren Beutel gleiten und zog die Tür hinter sich ins Schloß.

Als sie die Treppe hinunterlief, war von Sefferino weit und breit nichts mehr zu sehen. Fioricia spürte, wie sich ein mulmiges Gefühl in ihrem Magen ausbreitete. Sefferino war bestimmt nicht ohne sie geflohen, niemals würde er ihr das antun. Doch wo steckte er nur?

Mit wachsender Sorge spähte Fioricia zu Ruffos Haus hinüber. An einem Gürtel um ihre Hüfte baumelte der schwere Schlüssel zur Vordertür, den Ruffo ihr eines Tages anvertraut hatte, nicht ohne sie jedoch eindringlich davor zu warnen, dieses besondere Privileg seines Vertrauens zu mißbrauchen. Bisher hatte sie wahrhaftig nie daran gedacht, sein Haus ohne besonderen Grund zu betreten. Nervös tastete sie nach dem länglichen Stück Eisen. Doch im nächsten Moment erklang hinter den Stallungen ein kurzer Pfiff, der sich wie der Ruf einer Eule anhörte. Fioricia folgte ihm mit klopfendem Herzen.

Und dann entdeckte sie ihn: Sefferino stand auf der untersten Stufe der schmalen Treppe, die zu Ruffos Erdhügel hinabführte. In seiner Hand hielt er ein Stück gebogenen Draht und machte sich damit am Schloß der wuchtigen Eichentür zu schaffen.

Fioricia kannte Ruffos Wohnung, den kargen Raum mit dem eingelassenen Kamin, der Truhe mit Kleidern und der monströsen Bettstatt aus schwarzen Balken, für die sie eigenhändig Vorhänge aus weinrotem Damast mit Weintrauben auf dem Goldrand hatte nähen müssen. Das Gewölbe unter der Erde hatte sie indessen nie betreten. Sie fand, daß es aussah wie der Eingang zur Hölle, und hätte sich nicht gewundert, wenn plötzlich ein schwarzer Hund mit zwei Köpfen erschienen wäre, um ihn gegen Sefferino zu verteidigen.

»Was, um Himmels willen, machst du da?« hörte sie sich selber rufen, aber ihre Stimme klang merkwürdig gedämpft. »Du hast doch selber gesagt, daß Ruffo und Giovanni jeden Moment zurück sein können.«

»Bevor wir den Hof verlassen, möchte ich wissen, was Ruffo hier unten versteckt«, entgegnete Sefferino, ohne mit der Wimper zu zucken. »Es muß etwas Wichtiges sein, sonst hätte er sich bestimmt nicht die Mühe gemacht, diese merkwürdige Katakombe anzulegen und vor uns verschlossen zu halten.« Fioricia hielt es für töricht, in das Kellergelaß einzubrechen, töricht und … irgendwie besessen. Wütend dachte sie daran, den Jungen auf der Treppe stehenzulassen und bis zum Tagesanbruch Zuflucht in der Kapelle des Dorfes zu suchen. Doch da sprang das Schloß plötzlich auf, und die Tür schleifte über den Boden.

»Wir brauchen eine Lampe«, flüsterte Fioricia und starrte wie gebannt an Sefferino vorbei in den Raum. »Im Haus habe ich alle Lichter gelöscht, aber vielleicht ist noch ein wenig Glut in der Herdstelle ...«

Sefferino schüttelte heftig den Kopf. Er gab sich Mühe, Fioricia nicht merken zu lassen, wie beklommen ihm auf einmal zumute war. Er wollte nicht zulassen, daß das Mädchen allein zum Haus zurückkehrte. »Dafür bleibt uns keine Zeit mehr. Ich lasse die Tür offenstehen. Wenn wir Glück haben, reicht das Mondlicht aus.«

Wenn wir Pech haben, wird diese Katakombe bald unser eigenes Grabmal sein, fügte Fioricia in Gedanken hinzu. Mit einemmal fiel ihr ein, daß an einem Haken neben der Pforte, die zu den Verschlägen der Hühner und Ziegen führte, meist eine brennende Lampe hing, welche Füchse und andere Raubtiere fernhalten sollte. Rasch sprang Fioricia die wenigen Stufen hinauf, hastete über den einsamen Hof und kehrte wenige Augenblicke später mit der Laterne in der Hand zurück. Vorsichtig schirmte sie die Flamme gegen den Wind ab, der um die zerklüfteten Felsen tobte, die das Dorf umgaben. Sefferino zwang sich zu einem Lächeln. Fioricia war zweifellos praktischer veranlagt als er selbst.

Jenseits der Tür empfing die beiden ein bedrückender Geruch nach Staub, Moder und Rattendreck. Dazu gesellten sich drückende Enge und das beklemmende Gefühl, die Ruhe eines Toten zu stören. Fioricia mußte unwillkürlich schlucken. Es herrschte eine beinahe unwirkliche Stille in dem Schacht, der sich immer tiefer ins Erdreich grub. Gebückt tastete sie sich an der rauhen Wand entlang und stellte fest, daß sie von schweren Holzbalken getragen wurde. In regelmäßigen Abständen stieß sie gegen Fässer, Lumpen und Gerätschaften, die achtlos liegengelassen worden waren.

War der Erdhügel womöglich der Eingang zu einer vor langer Zeit stillgelegten Mine?

Nach einigen Schritten gab ihr Sefferino ein Zeichen stehenzubleiben. Er nahm ihr die Laterne aus der Hand. Als der Schein sein Gesicht streifte, sah sie, daß es vor Schweiß glänzte und vor Anstrengung gerötet war.

Fioricia stellte sich unmittelbar hinter den Jungen und hob staunend eine Augenbraue. Sie spürte einen sanften Lufthauch auf ihren Wangen. Irgendwo am Ende des schmalen Ganges drang ein wenig Licht durch die kahle Wand. Gerade noch rechtzeitig fiel ihr Blick auf ein paar Stufen, die in den lehmigen Boden gestampft und danach mit Stroh festgetreten worden waren. Sie führten in einen runden Vorraum, von dem zwei weitere winzige Schächte abzweigten. Sefferino mußte ein wenig den Kopf einziehen, um sich nicht an der gewölbten Decke zu stoßen, Fioricia konnte hingegen aufrecht stehen.

Mit klopfendem Herzen folgte sie dem Schein von Sefferinos Laterne. Sauberes Stroh bedeckte auch hier den Boden. Ein paar Ratten raschelten verräterisch zwischen den Büscheln, aber sie dachten gar nicht daran, sich aus dem Staub zu machen. Fioricia verzog angewidert das Gesicht. Sie verabscheute Ratten und war stets froh gewesen, daß ihre beiden Katzen sie vom Haus ferngehalten hatten. Hier, unter der Erde, hatten sich die lästigen Nagetiere ihr eigenes Reich geschaffen. Die Schatten der Tiere wirkten an den Wänden riesenhaft und bedrohlich.

Vorsichtig schritten Sefferino und Fioricia weiter. In der größeren der beiden Kammern entdeckten sie einen Tisch mit einer Kerze sowie einen abgenutzten Korbsessel. Die Wände waren braun wie das Erdreich, nur an einzelnen Stellen schimmerten dunkelgrüne Stellen durch, die vermutlich auf Moos und irgendwelche Gewächse zurückzuführen waren. Sefferino fuhr prüfend mit dem Handrücken über den Lehm. Die Kammer erinnerte ihn an die Studierstube seines ehemaligen Lehrers, Pater Eugenio. Der Mönch hatte in einer ähnlich armseligen Behausung gelebt, die sich allerdings nicht unter der Erde befunden hatte. Vermutlich hätte der Pater dieses Bauwerk für die Wohnung des Teufels gehalten.

»Was auch immer Ruffo dazu bewogen hat, dieses verrückte Gewirr von Kammern und Schächten unter der Erde anzulegen, eins muß man ihm lassen: Er hat einen guten Baumeister beschäftigt«, sagte er nach einer Weile. »Dort oben wurden mindestens fünf schmale Röhren eingebaut, die das Gewölbe mit frischer Luft versorgen. Und siehst du diesen Querbalken? Er stützt nicht nur die gesamte Decke über uns, sondern verbindet auch gleich zwei der abzweigenden Schächte miteinander. Nur wenn er zusammenbricht ...«

»... werden wir unter einem Berg aus Lehm und Stein lebendig begraben«, ergänzte Fioricia mit düsterer Stimme. »Ich hoffe, du erwartest hier unten keine verborgenen Reichtümer zu finden. Ruffo hat niemals viel Geld besessen. Du hast mir doch selbst erzählt, daß er im *negozio* ein Darlehen aufnehmen wollte.«

»Vermutlich sehnt er sich einfach schon zu Lebzeiten nach einem Platz, der seiner liebsten Vorstellung von der Hölle am nächsten kommt«, flüsterte Sefferino. Er lief zu dem schweren Damastvorhang, der die beiden Kammern voneinander abteilte, und schob ihn behutsam zur Seite.

»Ruffos Haus hat keine Keller! Nicht einmal einen kleinen für Wein und Käse! Darum ließ er dieses Gewölbe errichten. Ich durfte den Hof damals wochenlang nicht betreten.« Fioricias Stimme bebte plötzlich vor Angst. »Ich finde, wir sind schon viel zu lange in diesem ... diesem Mausoleum. Laß uns endlich von hier verschwinden!«

Doch Sefferino rührte sich nicht von der Stelle. »Komm her«, sagte er, »sonst wirst du mir nicht glauben, was ich gefunden habe.«

Fioricia zwängte sich an dem Jungen vorbei und steckte den Kopf durch die Falte des Vorhangs. Die Kammer, die vor ihr lag, war großzügiger geschnitten als der kleine Vorraum. Er enthielt keine Möbel, nicht einmal einen Stuhl oder eine Bank. Dafür war er bis zur Decke vollgestopft mit Streitwaffen, Brustpanzern und Schienen in allen nur erdenklichen Größen und Formen.

In ihrem ganzen Leben hatte Fioricia noch nie ein so stattliches Waffenarsenal gesehen. Da gab es Arkebusen, die ordentlich aufgereiht an den rauhen Wänden standen. Leichtere Büchsen waren in bunte Teppiche eingerollt, so daß nur noch der Stutzen hervorschaute, davor lag ein Haufen zierlicher Handfeuerwaffen mitsamt Pulverhörnern aus Zinn und stabilen Kugelbeuteln. In einem dunklen Winkel des Raumes entdeckte sie eine Reihe Fässer, in denen nicht weniger als vierzig Streitkolben Platz fanden. Wie bedrohliche Kriegsknechte wirkten indessen die hölzernen Stellagen, die mit fein geknüpften Kettenhemden, Arm- und Beinschienen aus gegerbtem Leder und birnenförmigen Helmen überzogen waren.

»Da haben wir also Ruffos großes Geheimnis.« Fioricia nahm einen leichten Degen zur Hand. »Er hortet Waffen in seinem Kellergewölbe wie andere Männer Wein oder Speckseiten. Würde mich gar nicht wundern, wenn wir in einem der Schächte auch noch eine Kanone finden würden.«

»Das ist noch längst nicht alles!« Sefferino leuchtete mit der Laterne die Mauern ab. Eine Seitenwand wölbte sich wie die Apsis einer Kirche. Sie war mit starken Holzgittern versperrt, hinter welchen, in flachen Vertiefungen, eine Anzahl dicker Folianten und zusammengerollter Schriftstücke zu erkennen waren. An manchen Urkunden hingen breite Siegel aus scharlachrotem und bläulichem Wachs. Sefferino versuchte mit zusammengekniffenen Augen, die verschiedenen Wappen zu identifizieren, doch das Licht seiner Lampe reichte nicht aus.

»Ich wüßte zu gerne, was es mit diesen Papieren auf sich hat. Ich habe nicht einmal angenommen, daß Ruffo überhaupt lesen kann. Doch nun ...«

»Der Mann kann lesen wie ein verdammter Zehntschreiber«, erklang im selben Augenblick eine dumpfe Stimme hinter dem Vorhang. Fioricia entwich ein kurzer, spitzer Schrei. Ihr wurde schwindelig vor Schreck. Was sie befürchtet hatte, war eingetreten: Sie saßen in der Falle.

Der Vorhang wurde zur Seite geschoben, aber zu Fioricias Staunen war es nicht Ruffo, der sich in den Raum schob. Verständnislos blickte Fioricia in das grelle Licht einer Öllampe, dahinter zeichneten sich ein paar nachtschwarze, glitzernde Augen ab, die von einem dichten Schleier eingerahmt wurden.

Die Frau sieht mir zum Verwechseln ähnlich, rauschte es dem Mädchen wie eine Sturmböe durch ihren Kopf, ehe sie den Degen zu Boden fallen ließ und ohnmächtig auf den festgestampften Lehmboden des Gewölbes sank.

Als Fioricia wieder zu sich kam, lag sie auf dem Rücken und starrte in die Nacht. Aus dem nahen Wald sandte eine Eule ihren melancholischen Ruf zu ihr herüber. Die Töne wirkten vertraut auf sie, beinahe beruhigend. Der Mond schien grell leuchtend wie ein Ball aus purem Gold. Sie befand sich also im Freien, nicht mehr in dem finsteren Gewölbe. Mit einem Seufzer drehte sie sich auf die Seite und stellte fest, daß das blendende Licht nicht der Mond, sondern eine Laterne war.

»Sie wacht auf«, hörte sie eine männliche Stimme neben ihrem Ohr. Sie stützte sich mit beiden Ellbogen vom Boden ab, um die Gesichter, die sich im Schatten der Lampe mit besorgten Mienen über sie beugten, besser sehen zu können.

»Ihr seid das?« flüsterte sie matt. »Der Bader aus dem Feldlager der Franzosen. Wie … angenehm, Euch wiederzusehen.«

Ambroise, der neben Sefferino kniete und den Kopf des Mädchens stützte, öffnete überrascht den Mund. Er hatte gewiß nicht damit gerechnet, daß Fioricia bei ihrem Wiedersehen in Jubelschreie ausbrechen würde, doch ihre Worte klangen beinahe so, als habe sie ihn erwartet. »Kannst du aufstehen?« erkundigte er sich fürsorglich. Ehe Fioricia aber antworten konnte, hatte er sie auch schon mit einem festen Ruck auf die Füße gezogen.

»Es wird Zeit, endlich aufzubrechen«, mahnte Ambroise. »Ich fürchte, Euer Freund Ruffo hat den Braten gerochen und sich aus dem Staub gemacht. Allerdings traue ich dem Frieden nicht recht. Nach allem, was ich in diesem Schacht gesehen habe, glaube ich nicht, daß Nardine seine Schmugglerware aufgeben wird.«

»Gewiß nicht«, stimmte Sefferino mit eifrigem Nicken zu.

»Wir sollten die Mönche des Klosters unten im Tal für diese Nacht um Asyl bitten. Auch wenn das der Signora Ceres nicht behagt!«

»Signora Ceres ...« Fioricia brauchte einige Momente, bis sie begriff, was vor sich ging. Die Frau, die wie ein Phantom in Ruffos Waffenkammer gestanden hatte, war demnach die berühmte Ceres, der Engel des Piemont. Sie hatte die Waldenserin noch nie getroffen, sondern lediglich Gerüchte über sie und ihre Verbindung zu Ruffo gehört. Mit leicht zitternden Händen klopfte sich das Mädchen über ihr staubiges Kleid und brachte ihre Haube wieder in Ordnung.

»Wo ist denn die Krämerin?« wollte Sefferino wissen. »Sie sollte bei uns bleiben und nicht allein durch die Nacht streifen.«

Der Bader gab dem Jungen einen freundschaftlichen Klaps auf die Schulter und lächelte. Seine Erleichterung darüber, Ruffo Nardines Gehöft rechtzeitig erreicht und Sefferino und Fioricia wohlbehalten vorgefunden zu haben, war ihm vom Gesicht abzulesen. Gemeinsam mit Ceres und Gompard hatte er den steilen Gebirgspfad nach Montera in einem halsbrecherischen Ritt erklommen.

»Keine Bange«, antwortete er auf Sefferinos Frage, »Signora Ceres hat sich erboten, zum Tor zu laufen, um dort auf den jungen Danderac zu warten. Er ist Fahnenträger im

Heer des Königs und mein Dolmetscher. Ich habe ihn beauftragt, im Dorf einen Wagen und ein paar leere Kisten oder Säcke für einen Transport zu beschaffen.« Er zupfte nervös an seinem kurzen Kinnbart. »Hoffentlich schafft der Junge es auch, ohne diesem Verbrecher in die Arme zu laufen.«

»Ein Transport?« Fioricia blickte interessiert von Sefferino zu Ambroise hinüber. »Wollt Ihr Ruffos Waffenlager ausräumen?«

Ambroise schüttelte den Kopf. »Das überlasse ich den Soldaten des Herzogs. Ich habe von der Kräuterhändlerin einige Heilmittel für meine Wundkammer gekauft, und dafür brauche ich genau zwei Kisten.«

Fioricia versagte sich, etwas zu erwidern. Sie konnte sich schon vorstellen, was der Bader im Schilde führte.

»Ich habe Euch doch schon heute nachmittag gesagt, daß ich die Nacht unter keinen Umständen in einem Kloster verbringen werde, Monsieur Paré!«

Trotzig bemühte sich Ceres, mit dem Pferd des Baders Schritt zu halten, doch ihr kleiner, struppiger Esel fiel, trotz heftigster Anstrengung, immer wieder hinter den Reitern zurück. Seit einigen Meilen keuchte das Tier schwer. Sie überlegte, ob sie Gompard Danderac bitten sollte, ihr auf den Kutschbock des Karrens zu helfen, den er aufgetan hatte. Platz war dort oben mehr als genug, doch die abweisenden Blicke des jungen Franzosen hatten sie eingeschüchtert. Danderac hatte sich während der vergangenen Stunden wieder leidlich gefangen, allerdings war er noch immer bleich und zerfahren. Ceres vermutete zudem, daß er sich vor ihr schämte, weil er beim Anblick des Ermordeten an der Steinbrücke sein Entsetzen nicht hatte verbergen können. Verstohlen musterte die Waldenserin den jungen Mann und stellte fest, daß sie ihn nicht mochte. Kurz vor ihrem Aufbruch hatte er dem Bader mitgeteilt, daß er den Karren und die beiden Kisten im Schuppen eines Bauern gefunden und ohne lange Verhandlungen beschlagnahmt hatte. Das

Geld, das Ceres ihm zuvor aus ihrem eigenen Beutel vorgestreckt hatte, hatte er demonstrativ einbehalten. Vermutlich betrachtete er die Münzen als Entschädigung für die Unannehmlichkeiten, die er als Dolmetscher eines Baderchirurgen und Begleiter einer Waldenserin hatte erdulden müssen.

»Seid doch vernünftig, Madame«, rief Ambroise ihr zu. »Mir wäre es auch lieber, wenn wir Prali vor Einbruch der Nacht erreicht hätten, aber Ihr kennt die Gefahren dieser Täler besser als ich. Hinter jedem Felsen, an jeder Weggabelung könnte ein Hinterhalt lauern. Habt Ihr vergessen, wozu Ruffo und seine Helfershelfer fähig sind?«

Widerstrebend mußte Ceres zugeben, daß die Argumente des Baders vernünftig klangen. Sie war einfach zu dickköpfig und sturer als ihr Maultier. Ihr Eigensinn hatte schon einmal fast ein Leben zerstört. Und der alte Kürbishändler? Er war auf grauenvolle Weise gefoltert und getötet worden, weil sie es abgelehnt hatte, mit Ruffo Nardine Geschäfte zu machen. Ihr starres Festhalten an Überzeugungen und Traditionen brachte anderen Menschen den Tod. Unsicher warf sie einen Blick zum Wagen zurück. Von Fioricia und dem fremden Jungen war keine Spur zu entdecken. Der Plan des Baders schien besser zu sein, als sie zunächst angenommen hatte. Für das Auge eines außenstehenden Betrachters bildeten sie einen harmlosen kleinen Handelszug, der sich auf dem Weg zur nächsten Herberge befand.

Ceres atmete auf und zog ihre Kapuze tiefer in die Stirn. Wie oft kam es schon vor, daß man für ein und denselben Fehler mehrmals bestraft wurde? An dem Mädchen würde sie wiedergutmachen, was sie und die Ihren einst verbrochen hatten. Sie würde sie in ihrem Haus aufnehmen und ihr die Erziehung einer *principessa* zukommen lassen. Wenn der Herr ihr nur vergab, würde sie ihre Schuld bezahlen …

Das Kloster Santa Barbara a Cruce erhob sich über einem wuchtigen, von zwei hohen Mauern umschlossenen Felsbau, dessen winzige Fensteröffnungen von weitem wie Schießscharten in die Landschaft starrten. Zwei runde Türme mit einer zierlichen Außenkanzel thronten wie steinerne Wachtposten auf dem äußeren Rand eines abschüssigen Felsplateaus. Ihre Dächer waren mit roten Schindeln bedeckt und bildeten einen schillernden Kontrast zu den tristen Nebengebäuden, die durch schmale Treppen, hölzerne Balustraden und überdachte Mauergänge miteinander verbunden waren. Aus einigen wenigen Fensterschlitzen, hinter denen Ambroise die Zellen der Mönche vermutete, flackerte hier und da das einsame Licht einer Kerze in die Nacht hinaus.

Ambroise trieb sein Pferd an und gab Gompard ein Zeichen, auszuscheren und den Weg zur Klosterpforte einzuschlagen. Eigentlich war es bereits zu spät, um sich nach einem Schlafplatz zu erkundigen, aber vielleicht ließ sich der Pförtner mit Hilfe einer mildtätigen Gabe aus dem Beutel der Waldenserin überreden, ihnen ein Quartier im Klosterhof oder in einer der Stallungen zuzuweisen. In der Hoffnung auf einige Stunden geruhsamen Schlafs fielen Ambroise wie von selbst die Augen zu. Sein Kopf fühlte sich schwer wie Blei an, außerdem knurrte sein Magen. Mühsam unterdrückte er ein wehmütiges Seufzen.

Ceres war kaum weniger erschöpft als der Bader, doch Dutzende quälender Gedanken ließen sie nicht zur Ruhe kommen. Nach einer Weile nahm sie zwischen den Bäumen ein Leuchten wahr, das ihre Beklommenheit steigerte. Das Licht, eher ein Glimmen, schien nicht aus den Fenstern des Dormitoriums herab. Zweifelnd rieb sich die Kräuterhändlerin über die Augen. »Wir müssen anhalten, Monsieur Paré«, sagte sie und deutete auf das Ende des Hochplateaus. »Seht Ihr das? Es gibt offensichtlich noch einen zweiten Weg, der hinauf zum Kloster führt.«

Der Bader schwang sich aus dem Sattel und lief ein Stück voraus. Ceres hatte recht. In die Felsen, die sich vor ihm auftürmten, waren Treppenstufen geschlagen worden, schmale Tritte, die aber dennoch gut zu erkennen waren und zwischen zwei großen Gesteinsblöcken den Hügel hinaufführten.

Argwöhnisch legte er seine Hand auf den rauhen Stein. Er konnte die Stufen etwa dreihundert Schritt weit überblicken. Plötzlich bemerkte auch er das Licht. Drei grelle Flecken, die sich durch den Wald auf ihn und die anderen zu bewegten wie Irrlichter. Es waren Pechfackeln, keine Kerzen. Soviel konnte Ambroise erkennen.

»Mönche«, rief Gompard Danderac vom Wagen herunter. »Drei armselige Mönchlein, die uns zum Tor geleiten wollen. Wahrscheinlich haben sie den Wagen von einem der Turmfenster aus gesehen. Sagt, Bader: Ihr fürchtet Euch doch nicht etwa vor ein paar Kuttenträgern?«

Ambroise bedachte Danderac mit einem wütenden Blick, aber weitaus mehr irritierte ihn der verstörte Gesichtsausdruck der Waldenserin. Sie starrte mit Sorgen zerfurchter Stirn vor sich hin. Irgend etwas schien mit den Klosterbrüdern nicht zu stimmen.

»Wir müssen umkehren!« rief sie plötzlich. »Ich bitte Euch, Bader!«

»Wovon, zum Teufel ...«

»Versteht Ihr denn nicht? Das Kloster Santa Barbara gehört den Clarissenschwestern. Ihre Äbtissin, Anna di Gabriele, ist mit den Mailänder Sforzas verschwägert und lebt in ständigem Streit mit den Äbten der umliegenden Klöster, weil die sich an König Franz halten. Es gibt hier gar keine Mönche, die uns in Empfang nehmen könnten. Das sind Ruffo Nardines Männer!«

Ambroise zuckte zusammen. Er begriff, daß sie in eine Falle geraten waren. Während Ceres auf das Plateau zuhielt, eilte er zum Wagen hinüber, um sich zu bewaffnen. Doch es war bereits zu spät, um den Rückzug anzutreten. Ihr Karren mit den beiden Kisten ließ sich auf dem schmalen Weg zum Klosterhof nicht schnell genug wenden.

Schon wenige Augenblicke später hatten die tanzenden Pechfackeln einen Kreis um die kleine Gruppe gezogen. Die vermeintlichen Mönche, zwei gedrungen wirkende Männer und ein schmächtiger Bursche, versperrten ihnen den Weg.

Sie waren mit Schwertern bewaffnet, die sie blitzschnell aus den Falten ihrer Kutten zogen. Ihr Anführer trug keine Pechfackel, dafür aber einen leichten Degen, den er sofort auf den Bader richtete. Trotz der Kapuze erkannte Ambroise die gezackte rote Narbe des Mannes sofort.

»Sieh an«, tönte Ruffo Nardines rauchige Stimme durch das Dunkel, »wenn das nicht der junge Franzose ist, der so freundlich war, mir unseren guten Sefferino anzuvertrauen!« Gemächlich näherte er sich dem Wagen.

»Ich hätte damals schon wissen müssen, daß man einem Scheusal wie Euch keine Kinder anvertraut!« Ambroise zog seine Pistole, schob eine Kugel in den Lauf und entkorkte die Zinnflasche mit dem Pulver. Seine Finger zitterten so sehr, daß mehr als die Hälfte daneben ging und zu Boden rieselte. »Gebt uns augenblicklich den Weg frei, sonst ...« Der Rest seiner Warnung erstarb Ambroise in der Kehle. Mit einem wilden Schrei drang einer von Ruffos Begleitern auf ihn ein, holte mit seiner inzwischen erloschenen Fackel aus und schlug ihm die Waffe aus der Hand. Einen Moment überlegte Ambroise, ob er sein Schwert ziehen sollte, als er Gompard plötzlich aufschreien hörte.

Unwillkürlich wandte er den Kopf und hob abwehrend die Hand, als ihn auch schon ein zweiter Schlag an der Schulter traf. Ruffos schmächtiger Gehilfe war um den Karren herum geschlichen und hatte Ambroise hinterrücks mit einem Knüppel angegriffen. Der Bader verdrehte die Augen und sank stöhnend in die Knie. Die Schreie der Waldenserin, das Scharren der Pferde und den Schuß, den Gompard auf den jungen Burschen in der Kutte abfeuerte, nahm er nur noch wie durch einen undurchdringlichen Nebel wahr.

Und dann hörte er die leisen Schritte. Jemand packte ihn mit hartem Griff am Kragen seines Wamses und schleifte ihn über den felsigen Boden. Das häßliche Geräusch von zerreißendem Stoff grub sich tief in seine Sinne.

Als Ambroise wieder bei Bewußtsein war, schienen Stunden vergangen zu sein. Er konnte sich nicht bewegen. Seine Hände waren über dem Kopf mit einem Stück Kordel gefesselt, das bei jeder Bewegung in sein Fleisch schnitt. Die Schürfwunden an seinem Rücken brannten teuflisch.

Wenige Schritte vor ihm stand Ruffo und stieß ihn mit dem Schuh an. Er hatte seine Kleidung gewechselt und trug nun ein violettes Wams über einem fleckigen Kittel aus weißem Leinen und eine Lederhose, die ihm bis zu den Knien reichte.

»Der Mistkerl dort auf Eurem Wagen hat meinem Giovanni ein drittes Auge verpaßt«, begrüßte er Ambroise heiser. »Das werdet Ihr mir büßen! Ihr und diese Hure von einer Waldenserin.«

»Giovanni ...?« Ambroise versuchte seinen Kopf zu bewegen, aber die Schmerzen in seiner Brust ließen ihn innehalten. Von seiner Stirn rann Blut aus einer Platzwunde. Er blinzelte heftig und nahm plötzlich Ceres wahr. Die Waldenserin war nicht geflohen, sondern kauerte mit gesenktem Kopf unter einem Baum, wo ein rothaariger Kerl ihr sein Schwert an die Kehle hielt. Seine brennende Fackel hatte er dicht neben ihr in den Boden gerammt, so nah, daß die Flammen sich wie ein Heiligenschein um ihren Kopf bewegten. Den dritten Angreifer entdeckte Ambroise erst, als Ruffo ihn mit einem brutalen Griff an seinen Handfesseln in die Höhe zog und vor sich her trieb.

Giovanni lag ein wenig abseits des Weges. Über sein Gesicht zogen sich dunkle Blutspuren wie die Fäden eines Spinnennetzes. Ambroise mußte ihn nur flüchtig ansehen, um zu wissen, daß ein Bleigeschoß ihm den Schädel zerschmettert hatte.

»Jawohl, schau ihn dir genau an!« zischte Ruffo und stieß ihm seine Faust gegen die Brust. »Er war mir seit Jahren treu ergeben. Der einzige der ganzen verdammten Brut, der mir wirklich nützlich war, und nun ist er tot. Findest du nicht, daß ich einen Ersatz für den Jungen verdient habe. Also, heraus mit der Sprache: Wo stecken Sefferino und das Mädchen?«

Ambroise schüttelte keuchend den Kopf. »Du glaubst doch wohl nicht, daß du von mir auch nur ein einziges Wort erfährst.«

»Das ist bedauerlich, mein Freund«, erwiderte Ruffo gefährlich leise. »Weißt du noch, wie deine Soldaten mich wie ein Stück Vieh hinter ihrem Wagen herzogen?« Er schob den Bader zurück zu den Pferden und benutzte ihn wie ein Schild, als sie sich dem Karren näherten.

Gompard Danderac lebte. Von einigen Schrammen abgesehen, schien er unverletzt zu sein. Er hatte sich mit einer geladenen Arkebuse hinter einer der Kisten verschanzt, bereit, auf alles zu feuern, was sich vor ihm regte. Trotz seiner Benommenheit mußte der Bader lächeln. Der Sohn des Hauptmanns war unberechenbar. Hatte er vor kurzem noch am Rande eines Nervenzusammenbruchs gestanden, so schien er nun entschlossen, einen Kampf auf Leben und Tod auszufechten.

»Sag diesem Bastard, er soll vom Wagen steigen und seine lächerliche Waffe niederlegen«, zischte ihm Ruffo zu.

»Wen nennst du einen Bastard, du lombardischer Straßenräuber?« schrie Gompard. In seiner Stimme schwang mehr Ärger über Ruffos Beleidigung als über den Angriff auf seine Gefährten. »Du weißt wohl nicht, wen du vor dir hast. Ich bin der Sohn des Grafen Gilles Danderac, Sieur de Vassy und Hauptmann im Heer Seiner Majestät des Königs. Ich rate dir, den Mann und diese Frau dort freizugeben, ehe ich dir den Garaus mache.«

»Ach wirklich?« Ruffo holte aus und verpaßte Ambroise einen Hieb ins Genick. »Vielleicht triffst du aber zuerst deinen Freund, Junge. Ich würde es nicht riskieren, denn du hast nur einen einzigen Schuß. Solltest du ihn abfeuern, schneidet mein guter Carlo eurer Waldenserhexe den Hals durch.«

»Was willst du nur von … Sefferino?« Der Bader konnte

sich kaum noch auf den Beinen halten. »Geht es um deinen Kontrakt mit dem Marquis de Guast?«

Ruffo blickte ihn erstaunt an. »Ihr wart also in meinen Lagerräumen. Ich hätte es mir eigentlich denken können.«

»Die anderen wissen von nichts«, stöhnte Ambroise. »Ich habe eine Abschrift deines Vertrags mit dem Befehlshaber der kaiserlichen Truppen gefunden. Du mußt bis Monatsende ein vierstelliges Kontingent an Waffen über die Alpen in die Provence liefern, damit Kaiser Karl unserem König den Weg abschneiden und gegen Paris ziehen kann.«

»Halt dein Maul«, sagte Ruffo drohend und warf einen haßerfüllten Blick in Ceres' Richtung. Der Waffenhändler schien plötzlich unsicher zu werden, doch er hatte nicht vergessen, wem er das geplatzte Geschäft mit den venezianischen Chiavonas zu verdanken hatte.

»Wenn du die Signora töten läßt, wirst du das restliche Geld für deine Geschäfte niemals auftreiben. Ganz bestimmt nicht im Piemont. Vermutlich kennst du ihre *societas* nicht.« Die Schultern des Baders strafften sich. Noch immer spürte er Ruffos schweren Arm wie eine Garotte um seine Kehle, doch er bildete sich ein, daß der Druck bereits ein wenig nachgelassen hatte. »Die kaiserlichen Landsknechte gehen gewiß nicht zimperlich mit einem Piemonteser um, der sie um den ihnen versprochenen Nachschub betrügt!«

»Wer braucht schon die Waldenserin, wenn ein viel fetterer Fisch an seiner Angel zappelt?« erwiderte Ruffo und spähte an Ambroise und Gompard vorbei. Als sein Blick auf die beiden Holzkisten fiel, glätteten sich seine Gesichtszüge. »Der kleine Sefferino muß irgendwo in den Bergen zwischen Turin und den Feldern von Vercelli ein kleines Vermögen versteckt haben. Genug, um meine bescheidene Waffenkammer aufzufüllen. Giovanni hat es eines Nachts herausgefunden und mir berichtet.« Unvermittelt gab er seinem Helfer einen Wink, Ceres aufzuhelfen und sie zu ihm zu bringen.

»Fioricia, mein Engel, du kannst dich nicht vor mir verstecken«, rief er mit lauter Stimme zum Wagen hinüber. »Willst du nicht endlich herauskommen und deine Tante begrüßen, wie es sich gehört?«

»Schweig, Ruffo Nardine!« Die Waldenserin versuchte verzweifelt, sich dem Griff ihres Bewachers zu entziehen, doch ihre Kräfte reichten nicht aus. Ihr Bewacher hatte seine brennende Pechfackel aus dem Boden gezogen und fuchtelte damit vor ihrem Gesicht herum.

Ungläubig starrte Ambroise auf die Ladefläche des Wagens, wo sich unvermittelt der Deckel der kleineren Kiste bewegte und Fioricias bleiches Gesicht zum Vorschein kam. Wenig später folgte ihr Sefferino nach. Entschlossen kletterte der Junge aus dem Bretterkasten und postierte sich neben Gompard, der ihn begriffsstutzig anglotzte.

»Ich nehme nicht an, daß ihr euch schon bekannt gemacht habt«, rief Ruffo. Seine Stimme triefte vor Ironie. »Unsere italienischen Waldenser ziehen es gerne vor, zu schweigen, wenn sie statt dessen lügen müßten, nicht wahr, Ceres? Willst du meiner süßen, kleinen Fioricia nicht sagen, daß du die Schwester ihrer im Elend gestorbenen Mutter bist?«

»Du hast dich ... lange genug in mein Leben eingemischt ...«

»Vermutlich nicht lange genug, mein Täubchen!« Ruffo versetzte Ambroise einen Tritt, so daß er stolperte und zu Boden fiel. Dann wandte er sich dem Wagen zu. Anscheinend hatte er keine Angst mehr, daß Danderac feuern könnte. »Deine Tante und ihre Mutter sind reiche Kaufmannsfrauen aus Prali, mein Engel. Laß dir von der feinen Signora erzählen, was sie mit deiner Mutter gemacht haben, als die sich von ihrem ketzerischen Waldenserglauben lossagen wollte. Wie sie euch aus ihrem Haus gejagt haben!«

Fioricia verharrte reglos, die Hände so fest in ihr wollenes Schultertuch gekrallt, daß der Stoff zu reißen drohte. Unwillkürlich mußte sie an das kleine Ölbild in dem verwitterten Goldrahmen denken; die mürrisch aussehende Patrizierin, die verträumt wirkende junge Dame und das Kind schienen unerwartet rasch einen Namen bekommen zu haben.

»Das ist gelogen«, schrie Ceres außer sich vor Empörung. »Ich war ein kleines Mädchen, als meine Schwester Prali verließ. Und sie ist freiwillig gegangen, weil …«

»Freiwillig?« Ruffo schnappte nach Luft. »So freiwillig, wie mein Gaul dem Schinderknecht folgen würde! Aber das ist ohnehin nicht mehr von Bedeutung.« Lauernd blickte er zu Sefferino hinüber. »Du steigst sofort vom Wagen, Junge. Dann spannst du das Pferd aus und schwingst dich in den verdammten Sattel. Ich gebe dir auch mein Wort, daß deine Freunde nicht lange leiden müssen!«

Mit einer schnellen Handbewegung zog Ruffo einen schmutzigen Lederbeutel aus seinem Wams und schleuderte ihn in hohem Bogen auf den Wagen, wo er zu Sefferinos Füßen niederfiel. »Hier, nimm! Damit du weißt, wovon ich spreche …«

Sefferino entfuhr ein keuchender Laut. Ohne Ruffo und den Bader aus den Augen zu lassen, ging er in die Hocke, nahm den Beutel an sich und zerrte an dessen Schnur. Plötzlich weiteten sich seine Augen. Entsetzt machte er einen Schritt zurück, während der Waffenhändler in Gelächter ausbrach.

In dem Säckchen lagen der abgetrennte Finger eines Menschen und der blutbeschmierte Goldring seiner verstorbenen Mutter.

»Was bist du nur für ein Scheusal«, murmelte Ambroise, während er sich vergeblich abmühte, trotz seiner gefesselten Hände auf die Beine zu kommen. Sein Kittel war zerrissen und schmutzig. Es wäre vernünftig gewesen, sich nach einer Abteilung französischer Ritter zu sehnen, doch in diesem Moment wünschte sich Ambroise nichts weiter als eine Schüssel mit warmem Wasser und ein paar saubere Laken und Binden, um seine Wunden zu verarzten.

»Meine Geduld geht langsam zu Ende«, sagte Ruffo mit Bedacht, beinahe freundlich. »Paßt gut auf, denn ich wiederhole mich nicht gern. Ich werde meine Hand genau dreimal erheben. Beim vierten Mal stirbt Ceres, beim fünften Mal …«

Verdutzt hielt er inne. In der Ferne waren plötzlich Frauenstimmen zu vernehmen, helle wie dunkle, ein ganzer Chor, und sie sangen eine Melodie, die so geheimnisvoll klang, daß nicht nur Ruffo irritiert innehielt. Die Nonnen, schoß es Ambroise durch den Kopf, im Kloster über ihnen war es Zeit für die Mette geworden.

Ceres nutzte die Verwirrung. Mit einem Schrei rammte sie ihrem Bewacher ihren Reitstiefel in den Unterleib und entwand ihm, während er noch vor Schmerz um Atem rang, seine Fackel. Mit wehendem Umhang eilte sie dem Treppenweg zum Kloster entgegen.

»Worauf wartest du noch, du Tölpel?« rief Ruffo seinem Gehilfen zu. Er schien zu begreifen, daß er Gompard gegenüber nun nicht länger über ein Druckmittel verfügte. »Fang sie wieder ein!« Ihm blieb nicht einmal mehr Zeit, sich auf den Bader zu stürzen. Stöhnend hob Ruffos Helfer sein Schwert und setzte der Waldenserin nach.

Ceres blieb jäh stehen und wandte sich angriffslustig um. Ihre hohen Wangenknochen glänzten im fahlen Licht des Mondes wie weißer Marmorstein. Sie schien geradezu darauf zu warten, daß Ruffos Mann sie packte.

Der Bader hielt den Atem an. Kalter Schweiß rann ihm über die Schläfen. Was hat sie vor, warum läuft sie nicht weiter? dachte er verzweifelt. Der Kerl humpelte, aber er würde Ceres zweifellos einholen. Kaum hatte er den Gedanken zu Ende geführt, als die Händlerin ihre Fackel erhob, sie ein-, zweimal über ihrem Kopf schwenkte und dann in die Richtung von Ruffos Komplizen schleuderte.

Ein ohrenbetäubender Knall zerriß die Stille der Nacht; eine Explosion, die wie ein Kanonenschlag klang. Dem Donner folgten ein greller roter Feuerblitz, dichte Wolken aus schwarzem Qualm und ein paar gellende Schreie, die das Blut des Baders zum Stocken brachten. Er sah, wie Ruffos Gehilfe wie eine brennende Strohpuppe durch die Luft gewirbelt wurde. Mit zuckenden Gliedern schlug er gegen die Felswand und blieb reglos liegen. Seine Haare waren verkohlt, das Gesicht bis zur Unkenntlichkeit entstellt.

Das Pulver, ging es Ambroise auf, während er sich mit letzter Kraft hinter einem großen Stein in Sicherheit brachte. Ceres hatte ihre Fackel kaltblütig auf die Stelle geworfen, an der er bei dem vergeblichen Versuch seine Büchse zu laden, das Schießpulver verschüttet hatte.

Als der Rauch sich verflüchtigte, feuerte Gompard Danderac seinen einzigen Schuß auf Ruffo Nardine ab.

10. KAPITEL

Fioricia saß auf einer Steinbank im offenen Kreuzgang des Klosters und blickte auf einen länglichen, von dichten Fliederhecken umgebenen Flecken Rasen hinab. Sie beobachtete zwei Nonnen, die damit beschäftigt waren, eine Vogeltränke mit Wasser zu füllen. Die Luft schien im Morgendunst sanft zu zittern. Gleißendes Licht schwebte über einem Pinienhain. Hinter dem Gärtchen des Klosters ging die steinige Landschaft aus schroffen Anhöhen gleichmäßig in eine Weite aus bewaldeten Hügeln und Feldern über.

Die zwei jungen Ordensfrauen, offenbar Novizinnen, waren mit sichtlichem Vergnügen bei ihrer Arbeit, denn sie spritzten sich gegenseitig mit Wasser naß, steckten die Köpfe zusammen und scherzten. Ihr übermütiges Lachen schallte durch den Garten, bis eine ältere Nonne ihren Kopf aus einem der Turmfenster steckte und die beiden Mädchen mit strengen Worten zur Ordnung rief.

Wenige Augenblicke später erschien dieselbe Frau im Kreuzgang, eine dampfende Schale in den Händen, aus der es nach Knoblauch, Olivenöl und gekochten Tomaten roch. Mit mürrischer Miene stellte die Nonne das Essen neben Fioricia auf einer Stele ab. Dankbar griff das Mädchen nach der Schale. Die Nonne hatte keinen Löffel beigelegt, doch Fioricia traute sich nicht, sie darauf aufmerksam zu machen. Der Geistlichen war anzumerken, daß sie nicht nur Fioricias unbedeckten blonden Haarschopf mißbilligte, sondern sich auch über die mangelnde Disziplin ihrer Mitschwestern aufregte. Fremde waren in Santa Barbara a Cruce nicht allzugern gesehen. Aber die Priorin, Mutter Anna di Gabriele, hatte es ja noch nie für nötig befunden, auf die Warnungen ihrer älteren Nonnen zu hören. Ohne Umschweife hatte sie die Pförtnerin beauftragt, den sonderbaren Fremden das Tor zu öffnen, obwohl zwei von ihnen auch noch Franzosen waren.

Die Nonne blieb eine ganze Weile neben Fioricia stehen und beobachtete, wie das Mädchen seine heiße Suppenschüssel unbeholfen zwischen beiden Handflächen balancierte. Fioricia hoffte inständig, daß die Alte sich zurückziehen möge, doch sie rührte sich nicht vom Fleck.

»Die andere Signora wünscht dich zu sprechen, meine Tochter«, erklärte sie schließlich, als ob es ihr eben erst eingefallen wäre. Sie empfand es offensichtlich als Zumutung, für Botendienste mißbraucht zu werden.

Abrupt setzte Fioricia die Schüssel auf ihren Knien ab. »Bitte richtet der Signora aus …«

»Der Mann mit der häßlichen Beule am Kopf hat sich ebenfalls nach dir erkundigt«, fiel ihr die Nonne ins Wort. »Ein Franzose, nicht wahr? Selbstverständlich habe ich ihm gesagt, daß wir keine Männer im Kloster dulden. Unsere Pförtnerin hat ihm und den beiden halbwüchsigen Burschen ein Strohlager in der Herberge am Tor zugewiesen. Dort können sie von mir aus bleiben und die Vesper beten, bis der Franzose wieder auf einem Pferd sitzen kann.«

Ehe Fioricia etwas darauf erwidern konnte, bemerkte sie, wie Ceres mit wehenden Gewändern den Kreuzgang hinuntereilte. Die Kräuterhändlerin war bleich wie eine gekalkte Wand, aber ihr Kleid war ausgebürstet, der Schleier saß ordentlich. Um ihre Hüften hatte sie einen schmalen, gemusterten Ledergürtel gebunden, an dessen Ende eine Kette mit einem Krüglein aus Ton, zwei längliche Eisenschlüssel und ein Geldbeutel aneinanderschlugen. In der Hand hielt sie eine Pflanze mit langem Stengel und leuchtenden violetten Blütenkelchen.

Fioricia empfing die Waldenserin, die sich eher widerstrebend als ihre letzte lebende Verwandte zu erkennen gegeben hatte, mit kühlen Blicken. Sie fragte sich, warum Ceres auf einmal so eifrig das Gespräch mit ihr suchte. Mit entschlossener Miene drückte sie der Nonne, die noch immer neben ihrer Steinbank verharrte, die dampfende Schüssel in die Hand. Sie hatte keinen Hunger mehr.

»Ich danke Euch sehr, Schwester. Wenn Ihr nun so freundlich wäret, uns allein zu lassen?«

»Tut so, als ob das Kloster ihr gehört, dieses geschorene Schaf«, gab die alte Frau beleidigt zurück und entfernte sich. Die Absätze ihrer Sandalen klapperten über die blanken Steinplatten, bis sie hinter einer Pforte verschwunden war.

Ceres wirkte kleinlaut, beinahe eingeschüchtert. Nervös fingerte sie am Knoten ihres Hüftgürtels herum. Sie wagte kaum, den Kopf zu heben.

Das Kloster scheint ihr Angst einzujagen, dachte Fioricia und verzog ein wenig hämisch das Gesicht. Gewiß, ein einziges Wort genügte, und Ceres konnte als notorische Ketzerin entlarvt und vor die Tür gesetzt werden. Die alte Nonne schien ohnehin schon etwas zu ahnen.

»Wie geht es dem Bader?« fragte das Mädchen schließlich leise. »Habt Ihr ihn und Sefferino heute morgen schon gesehen?«

Ceres raffte ihren ausladenden blauen Schleier zusammen und setzte sich neben Fioricia auf die Steinbank. Gedankenverloren beobachtete sie eine kleine Schar von Sperlingen, die mit sichtlichem Genuß in der Vogeltränke badeten. Vergnügt spreizten die Tiere ihr Gefieder. Von den beiden Novizinnen war nichts mehr zu sehen. Vermutlich empfingen sie gerade ihre Strafpredigt im Inneren des Refektoriums.

»Ich habe Monsieur Parés Kopfverletzung mit etwas Ringelblumensalbe behandelt«, erklärte Ceres leise. »Zuerst war er ein wenig wehleidig, wie Männer nun einmal sind. Ich kenne den Knecht eines Wundarztes in Torre, der sich nach einer Operation so heftig übergeben mußte, daß er aus dem offenen Fenster stürzte. Doch Paré ist ein zäher Bursche und möchte am liebsten noch heute das Kloster verlassen, um in sein Feldlazarett zurückzukehren. Sein Befehlshaber hat ihn mit einem Auftrag durch die Täler geschickt; er soll Heilkräuter und Arzneien aufkaufen. Allem Anschein nach steht eine verheerende Schlacht bevor.«

»Wie wahr«, murmelte Fioricia. Behutsam öffnete sie ihren Beutel mit Habseligkeiten, der neben ihr auf der Bank lag, und entnahm ihm das kleine Ölbild. Anklagend hielt sie es Ceres hin. »Wenn Ihr wirklich meine Tante seid, so werdet Ihr mir gewiß einiges zu den Personen auf diesem Gemälde sagen können.« Sie bemühte sich, ihrer Stimme einen barschen Unterton zu verleihen, was ihr jedoch unter den ruhigen, glänzenden Augen der Kräuterhändlerin mißglückte.

»Sie hat es wahrhaftig aufbewahrt«, flüsterte Ceres und schüttelte den Kopf. Mit einer Falte ihres Ärmels entfernte sie ein Stäubchen von der Ölschicht. Dann vertiefte sie sich in die starren Gesichter. »Das kleine Kind auf dem Schoß der alten Frau …«

»Das bin ich«, versetzte Fioricia trotzig. »Ihr habt meine Mutter und mich aus dem Haus geworfen, weil …«

»Irrtum, meine Liebe! Du hast unser Haus niemals betreten. Das Kind auf dem Bild stellt mich dar, etwa ein Jahr nach meiner Geburt. Meine Mutter, das ist die alte Signora links, war sehr verärgert, daß sie in ihrem fortgeschrittenen Alter noch einmal gebären sollte. Schlimmer fand sie allerdings, daß nach all der Mühe eine zweite Tochter dabei herauskam. Wie du siehst, hat sich der Maler mit meiner Person nicht lange aufgehalten. Die junge Frau, die den Kanarienvogel auf dem Finger trägt, ist meine ältere Schwester Micaela. Deine Mutter!«

»Dann habt Ihr zumindest in einem Punkt die Wahrheit gesagt. Ihr wart also wirklich noch ein kleines Kind, als meine Mutter Prali verlassen mußte?«

»Micaela war anders als die Frauen der Waldenser im Piemont und der Lombardei«, bestätigte Ceres gleichmütig. »Ich habe meinen Frieden mit unserer *societas* gemacht und den Handel deiner Großmutter übernommen. Manche behaupten, ich hätte meinen eigenen Kopf und würde die Gesetze unserer Gemeinde auslegen, wie es mir gefällt. Aber diese Leute haben deine Mutter nicht gekannt. Sie war nicht geboren für ein Leben in den Tälern. Sie hätte an einen Fürstenhof gepaßt. Zu den Visconti nach Mailand oder nach Venedig. Sie selbst träumte davon, zu reisen und fremde Länder kennenzulernen. Sie musizierte auf der Laute, schrieb Verse und beherrschte mehrere Sprachen, die sie sich selbst beigebracht hatte, indem sie die Kaufleute auf den Märkten beobachtete. Und dann trat eines Tages dein Vater in ihr Leben ...«

»Habt Ihr meinen Vater denn gekannt?« wollte Fioricia wissen.

»Aber gewiß doch, meine Liebe.« Ceres lehnte sich mit einem Seufzer zurück. »Der Herr de Cavelaar kam vor etwa achtzehn Jahren mit den Truppen des Kaisers in unsere Stadt und eroberte das Herz deiner Mutter im Sturm. Er war kultivierter als die rohen Kriegsknechte und hatte einen unvergleichlichen Charme. Aber er gehörte nicht unserem Glauben an; er hatte kein Verständnis für unsere Sorgen. Im Grunde kümmerte er sich nur um seine Karriere und die ehrgeizigen Pläne seines Kaisers.«

»Meine Mutter hat immer voller Achtung von ihm gesprochen«, begehrte Fioricia auf. Es ärgerte sie, daß die Fremde so unverblümt über ihren Vater sprach. Doch gleichzeitig wußte sie auch, daß die Tatsachen ein wenig anders lagen. Ihre Mutter hatte so gut wie nichts von dem Offizier erzählt, den sie Hals über Kopf geheiratet und der sie kurz nach ihrer Geburt verlassen hatte. Fioricias Kenntnisse der französischen und flämischen Sprache, die von der Mutter auf sie überkommen waren, schienen das einzige Vermächtnis des Herrn de Cavelaar an seine Tochter zu sein.

»Ich war damals noch zu jung, um die Zusammenhänge zu verstehen«, erklärte Ceres. »Meine Mutter war sehr aufgebracht über Micaelas Wahl. Sie befahl ihr, den Wallonen zu verlassen und nach Hause zurückzukehren. Es gab da wohl einen Garnhändler aus unserer *societas*, der um ihre Hand angehalten hatte. Aber deine Mutter zog es vor, ihrem Geliebten und dessen Truppen nach Mailand zu folgen. Irgendwann erfuhren wir, daß de Cavelaar bei der Schlacht von Pavia 1525 in vorderster Linie gefochten und zwei Jahre später sogar den Palast des Papstes in Rom gestürmt haben sollte. Wir hörten auch, daß Micaela eine Tochter zur Welt gebracht hatte, doch dann verlor sich eure Spur.«

Fioricia faltete nervös die Hände. »Wir sind damals von Ort zu Ort gezogen«, gab sie leise zu. »Unsere Behausung wurde immer schäbiger, das Essen immer schlechter. Zuletzt lebte ich mit Mutter und ein paar anderen Leuten in einem verfallenen Turm, in dem es vor Ratten nur so wimmelte. Wir hatten kein Geld mehr, nicht einen einzigen Scudi. Mein Vater besuchte uns nur noch selten, und wenn, dann höchstens nach Einbruch der Dunkelheit. Er brachte uns zwar nichts zu essen mit, verlangte aber, daß meine Mutter ihren ehelichen Pflichten nachkam. Bis er eines Tages gar nicht mehr auftauchte. Wahrscheinlich ist er in einem der vielen Scharmützel zwischen Kaiser Karl und dem König von Frankreich gefallen. Mutter hat es bis zu ihrem Tod nicht herausgefunden. Irgendwann klopfte Ruffo an unsere Tür und lud Mutter ein, seinen Hof zu bewirtschaften. Ich hatte den Eindruck, daß er sie von früher her kannte. So kamen wir schließlich in sein Haus.«

Ceres erhob sich schwerfällig von der Bank und trat an das Geländer des Kreuzgangs. Ihre Nichte ließ sie nicht aus den Augen. »Micaela konnte nicht wissen, was für ein Mensch Ruffo Nardine wirklich ist. Ich hingegen mache mir schwere Vorwürfe, daß ich nicht den Mut aufbrachte, nach eurem Schicksal zu forschen. Ruffo war mir so widerwärtig, daß ich alles, was mit seinem Hof zu tun hatte, beiseite schob. Meine Mutter hätte auch nicht geduldet, daß ich gegen ihre Wünsche handele. Für sie ist Micaela vor langer Zeit gestorben. Gott helfe ihr ... und mir!«

»Ich weiß nicht, was Ihr nun von mir erwartet, Signora«, entgegnete Fioricia. »Jedenfalls habt Ihr mir gegenüber keine Schuld abzubüßen, falls Ihr das denkt. Ich bin bis heute ganz gut allein zurechtgekommen!«

Ceres lächelte erleichtert. Sie hatte sich ihre Nichte unversöhnlicher vorgestellt. Eine ungeheure Last schien von ihren Schultern zu fallen. Ermutigt tastete sie nach Fioricias Hand.

Vom Klosterhof jenseits des Gärtchens dröhnten Geräusche zu ihnen hinauf. Wagen wurden beladen, Pferde aus ihren Stallungen geführt. Knechte und Mägde eilten geschäftig über den Hof. Irgend jemand spaltete mit lauten Axthieben Holzscheite. Offensichtlich gab es im Kloster Santa Barbara doch einige wenige männliche Wesen, die für die Nonnen arbeiteten. Leibeigene Bauern aus den umliegenden Dörfern vermutlich.

»Micaela wäre gewiß stolz, wenn sie wüßte, wie stark und selbständig ihr Kind geworden ist«, sagte Ceres. »Aber von heute an werde ich mich um dich kümmern. Ich möchte, daß du mich nach Prali begleitest. Du sollst das Haus kennenlernen, in dem deine Mutter aufgewachsen ist. Eigentlich steht es dir viel mehr zu als mir, denn immerhin war Micaela die ältere Tochter, und ...«

»Schlagt Euch das aus dem Kopf, Tante!« Fioricia zog ihre Hand so heftig zurück, daß das Ölbild von ihrem Schoß zu Boden fiel. Rasch bückte sie sich und hob es wieder auf. »Ich mag die Tochter eines wallonischen Glücksritters sein, der den Kirchenstaat geplündert und den Heiligen Vater beleidigt hat. Ich habe auch stets versucht, mich aus Ruffos schmutzigen Geschäften herauszuhalten. Aber dies allein macht aus mir noch keine Waldenserin!«

»Wenn das deine Befürchtung ist ...« Ceres atmete auf. »Ich werde mit der *societas* schon eine Einigung finden. Unsere Barben, das sind die Gemeindeältesten, haben momentan ohnehin ganz andere Sorgen.« Die Waldenserin schob eine widerspenstige Haarsträhne unter ihren Schleier. »Vor ein paar Jahren sah die Zukunft für unser Volk in den Tälern noch recht vielversprechend aus. Es gelang uns sogar, mehr als eintausend Scudi zurückzulegen, damit die Bibel aus dem Lateinischen in unsere Sprache übersetzt und gedruckt werden konnte. Viele meiner Nachbarn sahen in der wundersamen Entstehung dieses Werkes einen Wink des Himmels. Doch dann flammten die italienischen Kriege wieder auf, und unsere Gelehrten wurden vom Einmarsch der französischen Truppen ebenso überrollt wie die Lombarden und Savoyer jenseits des Gebirges. Im Augenblick befinden wir uns in einem offenen Zwiespalt.«

»Und wie sieht dieser Zwiespalt aus?« fragte Fioricia verwirrt.

»Nun, die jungen Mitglieder der *societas* setzen auf eine Annäherung unserer Gemeinschaft an die Lehren der Reformatoren Calvin und Farel in Genf. Die Älteren dagegen fürchten, daß unsere Köpfe die ersten sein werden, die rollen, sobald der deutsche Kaiser Franz von Valois aus dem Piemont zurückgedrängt hat. Aber mach dir bitte keine Sorgen, mein Kind: Die Habsburger Herren werden alle Hände voll zu tun haben, um ihre Burgen um Turin und Mailand zu halten. Abgesehen davon hat mein Kaufmannshof recht hohe Mauern.«

»Sehr beruhigend«, bemerkte Fioricia spöttisch, »aber ich werde auf keinen Fall mit Euch nach Prali gehen. Ich ... habe bereits andere Pläne gefaßt.«

Im nächsten Moment wurde die Pforte am Ende des Ganges aufgestoßen. Zwei Nonnen traten über die Schwelle, doch Ceres beachtete die beiden nicht.

»Wirst du mir auch verraten, was du zu tun gedenkst?« fragte sie. »Ich vermute, deine Pläne haben etwas mit dem gutaussehenden jungen Mann zu tun, der dich gestern kaum aus den Augen gelassen hat!«

Trotz der wärmenden Sonnenstrahlen, die durch die Rundbögen des Kreuzgangs fielen, fühlte Fioricia, wie ihre Hände kalt wurden. Ihre Tante verfügte in der Tat über eine erschreckend scharfe Beobachtungsgabe. Unsicher hob sie die Schultern und schenkte Ceres ein schiefes Lächeln. »Wie kommt Ihr denn nur …«

»Oh, das war nicht schwer zu erraten. Du brauchst deine Gefühle mir gegenüber nicht zu verbergen. Für Sefferino habe ich selbstverständlich immer ein offenes Haus. Schließlich hat er auch mein Leben gerettet. Ohne seine Warnung wäre ich auf dem Weg nach San Dominiano von Ruffos Galgenvögeln überfallen und getötet worden. Allerdings habe ich heute morgen gehört, daß der Junge wohl vorhat, bei dem Bader zu bleiben. Die beiden schienen recht vertraut miteinander. Was … hast du denn mein Kind? Ist dir nicht wohl?«

Fioricia errötete. Verlegen zupfte sie einen Faden aus dem Saum ihres Kleides. Sefferino? Nein, diesmal hatte die Tante anscheinend etwas mißverstanden. Sie glaubte, daß Fioricia sich in Sefferino Calabriani verliebt hatte. Gewiß, Sefferino war der beste Freund, den man sich wünschen konnte. Fioricia mochte auch gerne zugeben, daß ihr seine Aufmerksamkeit schmeichelte. Doch bis zu dieser Stunde hatte sie für ihn eher schwesterliche Gefühle gehegt, denn er war ja noch ein Junge und längst kein Mann wie …. Liebe? Nein, das war es nicht, was sie miteinander verband. Glücklicherweise enthob die Ankunft der beiden Nonnen Fioricia einer Antwort. Sie räusperte sich. »Schaut, Tante. Die Schwestern scheinen etwas von Euch zu wollen!«

Verärgert über die Störung wandte sich Ceres um und blickte in das rundliche Gesicht einer Ordensfrau mittleren Alters.

»Verzeiht, Signora, ich wollte nicht neugierig sein«, sagte die Nonne und gab ihrer Begleiterin mit einem Wink zu verstehen, daß sie sich entfernen durfte.

»Ein löblicher Vorsatz für ein Haus, in dem es vom Keller bis zur Turmspitze von Frauenzimmern nur so wimmelt.« Ceres deutete eine knappe Verbeugung an. »Ich nehme an, Ihr seid Mutter Anna di Gabriele, die Priorin von Santa Barbara a Cruce? Leider kam ich noch nicht dazu, mich für Eure Gastlichkeit zu bedanken.«

Fioricia hielt erschrocken die Luft an. Ihre Tante ließ es an Ehrerbietung fehlen. Sie schien keine Ahnung zu haben, wie man sich kirchlichen Würdenträgern gegenüber verhielt. Vielleicht wollte sie es auch gar nicht wissen. Kein Wunder, daß die Waldenser überall in Schwierigkeiten geraten, dachte sie und seufzte leise.

Die Priorin schien indessen keineswegs verärgert zu sein. Freundlich entgegnete sie: »Ihr braucht mir nicht zu danken, Signora. Unser Haus ist eine Zuflucht für alle, die es in Notzeiten brauchen. Und was die Untugenden unserer Schwestern angeht, so bekämpfen wir sie, indem wir uns zuweilen im Schweigen üben.«

Irritiert hob Ceres eine Augenbraue. Die Priorin war nicht auf den Mund gefallen; sie verstand, mit gleicher Münze heimzuzahlen. Mit einem entwaffneten Blick nahm die Händlerin die Hand ihrer Nichte und stellte sie der Priorin förmlich als ihre lange verschollene Verwandte vor. Fioricia sank auf die Knie und küßte den Ring der Ordensfrau, weil sie ahnte, daß sich ihre Tante über diese Geste ärgern mußte. Doch Ceres zeigte sich gelassen.

»Ich muß Euch nun bitten, mich zum Kirchhof zu begleiten, Signora«, sagte die Priorin schließlich ernst. Ihr Lächeln nahm einen maskenhaften Zug an. »Eure Nichte kommt besser auch gleich mit.«

»Ist etwas geschehen?«

Die Priorin machte eine unwirsche Handbewegung. »Unser Advokat, der im Auftrag des Bischofs von Turin die Klöster im Umland besucht, ist heute früh angekommen. Er möchte ein paar Fragen an Euch richten.«

Diese Ankündigung klang selbst aus dem Mund der

gutmütigen Nonne nicht besonders vertrauenerweckend. Fioricia warf ihrer Verwandten einen besorgten Blick zu. Die Aussicht, von einem bischöflichen Gesandten verhört zu werden, jagte ihr einen Schauer über den Rücken. Was geschah wohl, wenn man den Bader als feindlichen Spion verdächtigte? Würden die Knechte des Klosters davor zurückschrecken, ihn gleich an Ort und Stelle, unter den Augen der Priorin, zu erschlagen?

Unwillkürlich sah sich das Mädchen nach einer Möglichkeit zur Flucht um. Doch dafür war es natürlich zu spät. Außerdem schien Ceres ihre düsteren Ahnungen keineswegs zu teilen. Die Waldenserin trug eine unbewegte Miene zur Schau und beeilte sich, mit der rundlichen Priorin Schritt zu halten.

Ambroise erwartete die Frauen bereits mit wachsender Ungeduld. Gemeinsam mit Sefferino und einem asketisch aussehenden Mann stand er auf den Stufen einer breiten Steintreppe, die zum Portal der Klosterkirche führte, und ließ seine Blicke unruhig über die mächtige Fassade des rötlichen Bauwerks schweifen.

An die hohen Mauern des Kirchhofes drängten sich eine Schmiede, mehrere Stallungen und winzige Lehmhäuschen mit Strohdächern, in denen vermutlich die wichtigsten Bediensteten des Klosters mit ihren Frauen und Kindern lebten. Die Behausungen wirkten eng und hatten wahrhaftig bessere Zeiten gesehen. Die Wände waren schief, das Holz des Fachwerks moderte, und an einigen Stellen schien das blanke Mauerwerk hinter dem Putz hervor. Aus einer Türöffnung, die von zwei farbenfrohen Wollteppichen verhüllt wurde, war eine Frauenstimme zu hören, die ein heiteres Lied summte. Ein Geruch von Hammelfett, Asche und feuchtem Linnen hing in der Luft.

Zusammen mit Fioricia und Ceres erklomm auch der Fahnenträger Gompard die Treppe zum Kirchenportal. Die Finger des jungen Mannes glänzten von Fett, und er kaute gierig wie ein Pferd. Trotz der gespannten Situation stieß Ceres ihre Nichte an und lächelte verstohlen. »Sein Magen scheint sich wieder beruhigt zu haben.«

Für einen Moment ließ sich Fioricia von der Heiterkeit ihrer Tante anstecken, doch ihr Lächeln erlosch fast schlagartig, als sie feststellte, daß Gompard ihr anzüglich zuzwinkerte. Sie fühlte, wie seine Blicke über ihren Körper wanderten. Als er an ihr vorüberschritt, streifte sein Ellbogen wie zufällig ihre Brust.

Fioricia errötete. Sie raffte ihr langes Kleid zusammen und beeilte sich, dem Franzosen aus dem Weg zu gehen.

»Dies ist Signor Rinaldo, der Abgesandte Seiner Eminenz des Bischofs«, stellte Mutter Anna di Gabriele nun den hageren Mann vor, der Ambroise und seine Gefährten schweigend und mit einer Mischung aus Befremden und Argwohn inspizierte.

Der Mann sah nicht aus wie ein gefürchteter Inquisitor. Er war fast kahlköpfig; ein Mangel, den er augenscheinlich mit einem besonders struppigen Vollbart auszugleichen suchte. Sein Gesicht war von Pockennarben und Kratzspuren verunstaltet. Seine Kleidung wirkte schäbig und abgetragen. Signor Rinaldo trug einen ausgebleichten spanischen Spitzkragen, einen knielangen Mantel aus safrangelbem Tuch und schwarze Beinlinge, durch die an einigen Stellen bereits die bloße Haut schien. Offenkundig zahlte es sich in diesen Tagen nicht mehr besonders aus, in den Diensten des Bischofs zu stehen.

»Ich habe den Advokaten heute früh gebeten, ein paar Knechte auszuwählen und den Abhang abzusuchen. Er sollte sich selbst ein Bild davon machen, was Euch auf dem Weg zu unserem Tor widerfahren ist«, sagte die Priorin und schenkte dem wortkargen Rinaldo ein erhabenes Lächeln.

»Ich hoffe, Ihr zweifelt nicht an unserem Bericht«, erwiderte Ambroise höflich auf Latein. Er hatte nicht alle Worte der Oberin verstanden, wohl aber deren Sinn. »Ich bin weder Kriegsknecht noch Kaufmann, sondern Baderchirurg und befinde mich auf dem Weg nach Prali, um Arzneien zur Wundbehandlung zu kaufen.«

Rinaldo schnalzte verächtlich mit der Zunge. »Wer auch immer Ihr seid, Signore, aus dem Piemont stammt Ihr jedenfalls nicht! Aber dazu komme ich später noch. Zunächst möchte ich, daß Ihr mich ein Stück des Wegs begleitet. Ich muß Euch etwas zeigen. *Andiamo*!«

»Schweigend hat er mir besser gefallen«, brummte Ceres, wohlweislich so leise, daß nur Fioricia und Sefferino sie verstehen konnten.

Der Beamte des Bischofs geleitete Ambroise und die anderen an der Westfront der Kirche vorbei, deren Mauern mit verwitterten Statuen von Heiligen und Aposteln geschmückt waren. Sie durchquerten einen der Außenhöfe und folgten anschließend einem staubigen Treppenweg, der gefährlich steil in die Tiefe zu führen schien. Außer einem straff gespannten Tau gab es keinerlei Möglichkeit, sich festzuhalten. Ambroise blickte sich argwöhnisch um. Sefferino folgte ihm dichtauf. Der Junge atmete schwer und wischte sich mit der flachen Hand den Schweiß von der Stirn. Gompard kaute noch immer, doch er hatte bereits vorsichtshalber eine Hand an seinen Waffengürtel gelegt.

Schließlich stieß die Gruppe auf eine Tür, um die sich eine Vielzahl wilder Weinreben rankte. Der obere Teil der stabilen Eichentür besaß ein vergittertes Fenster sowie massive Beschläge. Sefferino schluckte unwillkürlich. Die Reben erinnerten ihn an sein zerstörtes Zuhause im Tal, die Kelter im Garten der Mühle und den weißen, im Sonnenlicht glitzernden Torbogen.

»Hier rechts, gleich hinter der Mauer bestatten wir unsere Schwestern, die im Herrn heimgegangen sind«, flüsterte die Priorin und schlug flüchtig ein Kreuz.

Ambroise sog scharf die Luft ein. Ein paar junge Männer mit entblößtem Oberkörper kamen ihm entgegen. Sie trugen Schaufeln und Hacken über der Schulter. Als sie die Priorin und den Boten des Bischofs erkannten, machten sie mit verschämten Blicken kehrt und schlugen den Weg über eine mit wilden Blumen und dürrem Gestrüpp bewachsene Böschung ein. Von fern glaubte Fioricia die Stimme der zänkischen alten Nonne wiederzuerkennen.

»Bitte, tretet vor!« Der bärtige Signor Rinaldo deutete voller Ungeduld auf ein freies Fleckchen Erde, das sich unter ihnen auftat und nicht mehr als sechs Fuß lang war. Ganz am Rand erkannte Ambroise die Umrisse von zwei frisch ausgehobenen Gräbern.

»Die Knechte von Mutter Anna haben die Überreste Eurer Wegelagerer hierher geschafft und in aller Stille begraben«, erklärte Rinaldo. »Wie Ihr sagtet, starben die beiden in Sünde und ohne die Sakramente der Buße zu empfangen. Folglich konnten wir sie auch nicht auf dem Gesindefriedhof beisetzen.«

Fioricia biß sich auf die Lippen. Fröstelnd fragte sie sich, welcher der Erdhügel wohl Giovannis sterbliche Überreste aufgenommen hatte. Der Junge war kein wirklich schlechter Mensch gewesen. Wie sie alle hatte auch er sich nach Zuwendung und Anerkennung gesehnt, statt dessen war er von Ruffo ausgenutzt und bis ins Mark verdorben worden. Es war ungerecht, daß die beiden nun auch noch im Tode so nah beisammen sein sollten.

»Was faselt Ihr da?« hörte sie plötzlich Ceres rufen. Sie drehte sich um und sah, wie ihre Tante gereizt den Kopf schüttelte. »Wieso sprecht Ihr von den beiden Begrabenen? Könnt Ihr nicht zählen? Es waren drei Männer ...«

»Das hat Euer Freund, der Baderchirurg, schon gestern behauptet«, entgegnete Signor Rinaldo abweisend, »aber Ihr müßt Euch irren, Frau!«

Einen lähmenden Augenblick lang schwiegen alle, bis Fioricia sich an Ceres und Sefferino vorbeischob und benommen auf einen Felsen sinken ließ. Nur die neuerliche Röte auf ihren Wangen verriet, wie schwer es ihr fiel, das auszusprechen, was der bischöfliche Beamte andeutete. Es war einfach ungeheuerlich. »Eure Knechte haben Ruffos

Leichnam auf dem Waldpfad nicht gefunden«, sagte sie tonlos. »Habe ich recht?«

Signor Rinaldo zuckte die Achseln. »Wir haben die ganze Gegend durchkämmt, Signorina. Doch leider ohne Erfolg. Ihr müßt euch geirrt haben!«

»Das ist völlig unmöglich«, rief Gompard Danderac entgeistert. »Ich habe diesen Schweinehund mit einem einzigen Schuß aus meiner Büchse niedergestreckt. Ihr habt es doch gesehen, er war tot!« Er blickte sich unsicher nach Ambroise um, doch der Bader starrte wie abwesend auf einen fernen Punkt am Horizont. »Wollt Ihr nicht endlich auch etwas sagen, Paré?«

Ambroise fuhr sich mit Daumen über seinen stoppeligen Kinnbart, statt dem jungen Danderac zu antworten. Auf einmal fühlte er sich alt und unendlich müde.

11. KAPITEL

Die Soldaten des Kaisers waren in den langen Wochen der Belagerung Turins nicht untätig gewesen. In mühevoller Arbeit hatten sie auf dem schmalen Paß von Suze, der nach Turin führte, Barrikaden und Forts errichtet: Wohin man blickte, ragten angespitzte Pfähle und breite Schanzen aus dem Boden. Regelrechte Wälle mit Fallgattern und Schießscharten sollten den Truppen des Herzogs Montejan den Weg versperren.

Montejan preschte mit einer Abteilung von zwölf seiner kühnsten Ritter vorwärts und hielt erst an, als der Fahnenträger das wehende Banner des französischen Königs herbeibrachte und siegesgewiß über die Köpfe der Offiziere hielt.

Der Herzog, in eine silbern funkelnde Rüstung mit aufgeprägter französischer Lilie gehüllt, ließ seine Blicke abwartend über die Köpfe der Männer schweifen, als wollte er sich ein letztes Mal von deren Ergebenheit überzeugen. Schließlich nickte er mit ernster Miene. Aus seinen Augen schienen Funken zu sprühen. Ohne zu zögern, schwang er seinen reich verzierten Kommandostab und erteilte seinen Kanonenmeistern den Befehl, die ersten Holzwälle zu zerstören.

Langsam setzte sich der bewaffnete Zug in Bewegung. Den Kanonen folgten die Bogenschützen des Marschalls, danach kamen die Soldaten mit den Brandgeschossen und Katapulten. Die Schützen nahmen auf einem der umliegenden Hügel Aufstellung. Sie rammten ihre eisernen Gabeln in die Erde und ließen sich von ihren Waffenknechten die Pulverflaschen reichen. Innerhalb weniger Augenblicke verwandelten sie den stillen Gebirgspaß in ein tosendes Schlachtfeld. Die Palisaden zerbarsten unter den Geschossen der Angreifer in tausend Stücke. Holzsplitter regneten wie Pfeile auf die Verteidiger herab, kaum daß diese ihre Arkebusen in Anschlag gebracht hatten. Glühende Funken stoben auf, Schmerzensschreie waren zu hören, die Luft stank nach Qualm und Pulverdampf.

»Was, zum Teufel, hast du hier zu suchen, Bader?« brüllte Hauptmann Danderac, der die Fußsoldaten befehligte und die linke Flanke des Passes sicherte, als er plötzlich Ambroise Paré unter seinen Männern entdeckte. Der Bader trug wie gewöhnlich weder Waffenrüstung noch Helm, lediglich einen Brustpanzer aus gegerbtem Leder und einen breiten Gürtel, an dem ein Dolch sowie einige Fläschchen hingen.

»Hast du etwa keine Anweisungen erhalten? Mann Gottes, du folgst der dritten Mannschaft mit den Wagen, sobald wir den Paß zurückerobert haben! Heute nacht werden wir in Turin schlafen!«

Ambroise salutierte. »Gewiß doch, *mon capitaine*, aber Seine Gnaden, Herzog de Montejan, hat mir zu verstehen gegeben, daß er mich in seiner Nähe haben möchte. Der alte Monsieur Bertrandel …«

»Ich habe es gehört«, knurrte der Hauptmann und gab der

vordersten Linie seiner Soldaten mit einer fahrigen Geste das Zeichen, die zerschlagenen Palisaden einzukreisen.

Auf der Höhe des Passes waren plötzlich Schüsse zu hören. Fanfaren heulten auf, französische und habsburgische in einem unheilvollen Mißklang vereint. Sie verrieten Ambroise, daß die Schlacht um Turin bereits in vollem Gange war.

»Kein Mensch kann ewig leben«, sagte Danderac. »Der alte Wundarzt hat unserem König treu gedient, aber nun trägst du die Verantwortung für unsere Verwundeten. Maréchal de Montejan hat befohlen, in Turin ein Lazarett einzurichten, sobald wir die Stadtburg genommen haben ...«

»Aber Sieur de Vassy, es wäre doch für die Männer besser, wenn ich gleich auf dem Schlachtfeld bliebe, um die schwersten Wunden zu verbinden ...«, wagte Ambroise einen letzten Versuch, den Hauptmann umzustimmen. Doch Danderac ließ keinen weiteren Widerspruch gelten. Mit grimmiger Miene winkte er einen seiner Soldaten herbei, einen muskulösen Mann mit einer Steinschleuder am Wams, und befahl ihm, den Baderchirurgen bis zu den Proviantwagen am Ende des Zuges zu begleiten. Unwillig hob Ambroise die Schultern und setzte sich in Bewegung.

»So sieht man sich also wieder«, brummte der ältere Mann nach einigen Schritten. Ambroise erkannte ihn plötzlich. Es war Ramus, der Soldat, gegen den er damals im Hof der Senfmühle einen Zweikampf ausgefochten hatte.

Derb packte der Soldat den Bader am Arm und stieß ihn durch das Getümmel der vorüberhastenden Soldaten.

»Wenn dir hier auf dem Paß ein Schwert durch die Kehle fährt oder ein Stein deinen verdammten Schädel zerschmettert, würde doch kein Mensch auf die Idee kommen, mich zu verdächtigen«, zischte Ramus. »Ein wahrhaft verlockender Gedanke, findest du nicht auch, Freund Knochenhauer?« Ein häßliches Lächeln legte sich über sein Gesicht.

»Mag sein, aber seit jenem Tag auf dem Hof der Senfmühle weißt du auch, daß ich mich meiner Haut zu wehren weiß!« Ambroise schüttelte den Arm des Soldaten ab und warf ihm einen wütenden Blick zu. »Du kannst zu deinem Herrn zurückkehren, Ramus. Ich finde den Weg auch ohne deinen ... Begleitschutz. Der Hauptmann braucht auf dem Paß jeden Mann!«

»Ganz recht, Bader«, schnaubte der Soldat und zog sein Katapult aus dem Gürtel. »Er braucht jeden Mann!«

Höhnisch lachend machte er kehrt und schloß sich einer Abteilung Fußsoldaten an, die einen gewaltigen, rußgeschwärzten Rammbock den Paß hinaufzog. Im nächsten Augenblick war Ramus auch schon in der Menge verschwunden.

Ambroise ballte die Fäuste; seine Lippen zitterten vor Empörung. Obgleich er wußte, daß er dem Heer des Königs als Wundarzt bessere Dienste leisten konnte als auf dem Schlachtfeld, hatte er doch inzwischen gelernt, eine Waffe zu führen. Die entsetzlichen Stunden, die er hilflos in Ruffo Nardines Gewalt zugebracht hatte, waren nicht spurlos an ihm vorübergegangen.

Noch am Tage seiner Rückkehr ins Feldlager hatte Ambroise deshalb einen alten Waffenmeister aufgesucht und ihn gebeten, ihn im Schwertgang und dem Gebrauch von Arkebusen, leichteren Büchsen und Degen zu unterrichten. Seine Technik war gewiß weder brillant noch ausgefeilt, dafür hatte die Zeit auch nicht ausgereicht, dennoch hatte Ambroise an Fertigkeit gewonnen und fühlte sich durchaus in der Lage, als einfacher Soldat seinen Dienst für den König zu leisten.

Während seine Kameraden nun aber im Kampf gegen die Truppen Karls V. von Habsburg dem Tod ins Auge sahen, zwang man ihn, bei den Proviantmeistern und deren Knechten auszuharren, um die Scherben aufzukehren, welche die hohen Herren im Piemont schlugen.

Düstere Gedanken wirbelten dem Bader durch seinen Kopf. Was mochte Sefferino von ihm denken, wenn er erfuhr, daß er die Schlacht um Turin nur als unbeteiligter

Zaungast miterlebt hatte? Der Junge hatte sich während der letzten Wochen leidlich im Lager eingelebt und sogar genug Französisch gelernt, um ihm in der Wundkammer bei kleineren Behandlungen, Bädern und Rasuren behilflich zu sein. Seine Anwesenheit schien niemanden im Lager besonders zu stören. Nicht einmal Hauptmann Danderac oder Herzog Montejan hatten Einwände gegen den jungen Mann aus dem Piemont vorgebracht, den ihr eigenwilliger Baderchirurg nun als Valet und Gehilfe beschäftigte.

Gilles Danderac selbst erschien Ambroise ohnehin viel umgänglicher, seit er seinen Sohn Gompard wieder in seiner Nähe wußte. Der junge Fahnenträger hatte es selbstverständlich nicht versäumt, sich überall im Feldlager mit seinen angeblichen Heldentaten interessant zu machen. Lediglich den verhängnisvollen Schuß auf den Waffenhändler Ruffo und dessen rätselhaftes Verschwinden hatte er seinen staunenden Zuhörern unterschlagen. Der Hauptmann, der Gompards leichtfertige Reden stets verabscheut hatte, zeigte sich dieses Mal erstaunlich nachsichtig. Er nahm den Geltungsdrang des jungen Mannes zwar nicht ernst, doch Ambroise wurde den Verdacht nicht los, daß Danderac seinen Sohn wie so oft falsch einschätzte.

Im Unterschied zu Gompard war Ambroise wenig daran gelegen, in den Augen anderer als Held zu glänzen. Für einen Feigling wollte er jedoch auch nicht gehalten werden. Am allerwenigsten von Sefferino, der allmählich anfing, ihm Vertrauen und Zuneigung entgegenzubringen.

Ambroise blieb stehen. Seine Blicke folgten einigen Sonnenstrahlen, die durch die Wolken drangen. In ihrem Licht verwandelten sich die leuchtenden herbstlichen Farben der Hänge in ein schemenhaftes, metallisch schimmerndes Kupferrot. Einige Momente lang ließ Ambroise die vermeintliche Idylle auf sich wirken, doch er mußte bald feststellen, daß sie sein Herz nur noch schwermütiger machte. Wem nutzten auch Bilder einer friedlichen Natur, wenn Menschen sich wenige Meilen von hier gegenseitig Tod und Verderben brachten? Wenn wenigstens Fioricia bei mir wäre, dachte Ambroise wehmütig und tadelte sich sogleich für diesen Gedanken. Wie gut war es, daß Fioricia die Schlacht um Turin nicht miterleben mußte. Nach ihrer schrecklichen Entdeckung im Klostergarten von Santa Barbara hatte sich das Mädchen gemeinsam mit Ceres auf den Weg nach Prali gemacht, um Arzneikräuter für ihn zusammenzustellen. Seitdem hatte er keine Nachricht von ihr oder der Waldenserin erhalten. Ihr Abschied war kurz und recht kühl verlaufen. Fioricia hatte es strikt vermieden, ihm in die Augen zu sehen und nur Sefferino eine kurze Umarmung geschenkt.

Der Bader beschloß, vorerst nicht zu seinem Wagen zurückzukehren, sondern den Paß weiträumig zu umschreiten. Vielleicht konnte er auf diesem Wege einen Blick auf die belagerte Stadt erhaschen.

Wenige Stunden nach Herzog Montejans Angriff befand sich der ganze Paß vollständig in französischer Hand. Die Habsburger hatten sich tapfer gewehrt und schwere Verluste hinnehmen müssen. Wer nicht von Schüssen oder Schwerthieben niedergestreckt worden war, hatte sich in die befestigte Stadtburg zurückgezogen. Doch den Verteidigern blieb wenig Zeit, um sich gegen einen erneuten Angriff des überlegenen Heeres zu wappnen. Montejan hatte einen seiner fähigsten Offiziere, den Hauptmann Le Rat, mit seinen Schützen auf einem der Hügel postiert und ihnen aufgetragen, die Verbindungswege zwischen Burg, Domplatz und äußerem Ring unter ständigem Feuer zu halten.

Unentwegt prasselten die Geschütze gegen das Mauerwerk der Burg. Binnen weniger Augenblicke standen sowohl Turm als auch Brustwehr in Flammen.

Zur selben Zeit gelang es Ambroise, einen abgelegenen kleinen Hügel zu erklimmen, von dessen höchstem Punkt aus er die Brücke, die über den Stadtgraben führte, sowie einen Teil des mächtigen Tores erkennen konnte. Im Schutz von riesigen Bäumen beobachtete er, wie die Soldaten des

Kaisers auf den Mauern lange Ketten bildeten, um die tobende Feuersbrunst zu löschen. Doch es war bereits abzusehen, daß sich die Flammen unaufhaltsam ausbreiten würden. Die Silhouette des Doms, Türme und Dächer schienen plötzlich hinter einem glühenden Vorhang aus roten Funken zu verschwinden. Dichter Qualm waberte über die kahlen Wiesen und Felder vor der Stadt; trotz der vorgerückten Stunde war es hell wie am Tage. Wenig später ließ ein gewaltiger Laut, gefolgt von Jubelschreien, die Luft erbeben. Die Kanonen hatten die Schanzen am Stadttor getroffen. Ein Schwarm von Fußvolk, flankiert von Rittern zu Pferde, drang in die Vorstadt ein. Die Männer hieben, schlugen und stachen auf alles ein, was sich ihnen in den Weg stellte.

Als Ambroise sich schließlich schaudernd abwandte, fingen in der Stadt die ersten Kirchenglocken zu läuten an.

Hauptmann Danderac hatte recht behalten, schoß es dem Bader durch den Kopf. Die Truppen des Königs würden noch in dieser Nacht ganz Turin besetzt haben.

Der Bader atmete tief ein. Es war Zeit geworden, zum Wagen zurückzukehren und gemeinsam mit Sefferino die Behandlung der Verwundeten vorzubereiten.

12. KAPITEL

»Ein paar Soldaten haben diese Kisten ins Haus gebracht, während Ihr die Verbände gewechselt habt, Meister Paré. Man sagte mir, sie stammen noch von der Burg. Wollt Ihr, daß ich Euch beim Ausräumen helfe?«

Neugierig schaute sich Sefferino in der Kammer um, von der eine Verbindungstür hinaus in den Hospitalsaal führte. Er fand, daß der Bader mit diesem Haus einen guten Griff getan hatte. Es gehörte einem reichen Kaufmann, der, wie sich Sefferino erinnerte, Geschäfte mit dem Domkapitel gemacht und seine alte Klosterschule zuweilen mit großzügigen Stiftungen bedacht hatte. Das Gebäude stand an einem der einst belebtesten Plätze Turins und verfügte über zwei Geschosse, Terrassen und sogar einen mit roten Ziegeln bedeckten Aussichtsturm. Im Erdgeschoß, das nur durch ein einziges Tor betreten werden konnte, breitete sich eine verwirrende Flut von Kammern und Hallen aus, die weiträumig und unbeschädigt genug waren, um Kranke und Verwundete in großer Zahl aufzunehmen. Die Küche verfügte zudem über einen Schatz besonderer Art: eine eigene Zisterne aus Ziegelsteinen, die den Gang zu den öffentlichen Brunnen überflüssig machte. Der Bader brauchte jede Menge Wasser, um kühlende Umschläge zu bereiten, die das Fieber der Verwundeten lindern sollten. Die Brunnen der Stadt hingegen wurden noch immer streng bewacht, um sie vor Giftanschlägen zu schützen. In Turin wurde zwar kaum noch gekämpft, seit die Habsburger abgerückt waren und sich in eine benachbarte Festung zurückgezogen hatten, doch unter den Soldaten des Herzogs Montejan ging bereits das Gerücht um, die Geschlagenen hätten Turin eher aus taktischen Erwägungen preisgegeben und warteten nur auf ein spanisches Heer, das die Franzosen in der Stadt einschließen sollte.

»Gewiß brauche ich deine Hilfe«, sagte Ambroise nach einer kleinen Pause und wischte sich die Hände an seiner Leinenschürze ab. Er wirkte blaß und so erschöpft, daß Sefferino befürchtete, er könne jeden Moment zusammenbrechen. Sein ansonsten so gepflegter Kinnbart schimmerte im Licht der Kerzen beinahe grau, wie der eines alten Mannes.

Seit dem Morgengrauen hatte sich der Bader keinen Augenblick der Ruhe mehr gegönnt. Er hatte Wunden ausgewaschen, kühlende Branntweinverbände angelegt, gebrochene Arme und Beine geschient, doch die schwersten Fälle warteten noch auf ihn. Auf der anderen Seite des Korridors lagen Dutzende von Verwundeten. Sie hatten Schußverletzungen erlitten, Bleikugeln mußten herausgeschnitten, die klaffenden Wunden kauterisiert und genäht werden.

»Unser Vorrat an Öl geht allmählich zur Neige.« Ambroise nahm eine Papierrolle vom Tisch, breitete sie aus und starrte auf die Liste mit dringend benötigtem Material für das Lazarett. »Wenn Ceres sich nicht endlich bequemt, unseren Vertrag zu erfüllen, sehe ich schwarz!«

»Für das Hospital?« Sefferino machte sich am Deckel einer schweren Kiste zu schaffen, welche die Knechte mitten in der Kammer abgestellt hatten.

»Für das Hospital, für meine Verwundeten und für sie und ihre spitzfindige ...« Ambroise sprach nicht weiter. Mit äußerster Mühe unterdrückte er den Ärger, der in seiner Kehle aufstieg. Womöglich war es ja gar nicht die Schuld der Waldenserin, daß er vergeblich auf die Arzneien wartete. Vielleicht gab es unerwartete Schwierigkeiten, mit den begehrten Heilmitteln die feindlichen Linien zu durchbrechen. Ambroise hatte der Händlerin zwar eine Beglaubigung ausgestellt, doch wie viel ein solches Schreiben mitten im Krieg wert war, blieb seit dem Rückzug der Armee des Kaisers ungewiß.

»Fioricia würde uns niemals im Stich lassen«, wandte Sefferino eher beiläufig ein. Er zog ein sonderbares Instrument aus dem Stroh, mit dem die Kiste ausgelegt worden war. Es war aus Eisen geformt und besaß mehrere scharfe Kanten und Klingen. »Sie hat mir versprochen, den Transport der Medikamente persönlich zu überwachen. Außerdem habt Ihr, soweit ich weiß, mit ihrer Tante niemals Verhandlungen über Öl geführt. Ceres vertreibt nur Arzneikräuter und ein paar Heilmittel, die sie von den Mauren bezieht!«

Ambroise runzelte die Stirn. Was Sefferino sagte, klang schrecklich vernünftig, doch insbesondere darum ärgerte es ihn. Ein Küken sollte nicht klüger sein als die Henne. Abgesehen davon reichten die Verbindungen der Waldenserin gewiß über die Lombardei hinaus bis Süditalien. Wenn sie wollte, könnte sie ihm auch Öl und Branntwein liefern.

»Was du da in der Hand hältst, ist ein Aderlaßapparat und keine Hammelkeule, Junge!« Mißmutig wies er Sefferino an, auch die übrigen Kisten aus seiner ehemaligen Wundkammer in der Burg zu öffnen und vorsichtig auszuräumen. Neben dem Werkzeug für den Aderlaß kamen noch viele weitere Dinge zum Vorschein, die Sefferino zum Staunen brachten. Ambroise legte offenbar großen Wert darauf, das Baderhandwerk von der Wundmedizin abzugrenzen. In einem gesonderten Winkel der Kammer bewahrte er, durch einen Holzverschlag vom restlichen Raum getrennt, ein Scherbecken aus Messing auf, welches er zu ruhigeren Zeiten benötigte, um die Männer zu rasieren. Daneben gab es kleine und größere Waschschwämme von unterschiedlicher Qualität, Ruten aus feinem Birkenholz mit Laubblättern zur Förderung des Blutflusses im Körper und bauchige Gläser mit flüssiger Seife und einem Sud aus Aschenlauge.

Weitaus interessanter fand Sefferino indessen die Sammlung medizinischer Gerätschaften. Der Bader verfügte zwar nur über eine geringfügige Menge an Arzneien, die er in einem Kasten aus goldgelbem Bienenwachs mit winzigen, wabenähnlichen Vertiefungen trocken verwahrte, doch seine Instrumente waren sorgsam gepflegt. Stolz erklärte er Sefferino den Gebrauch der Kugelzange, einer gebogenen Schere, mit der er im Körper eines Verwundeten Bleikugeln suchen und entfernen konnte. Außerdem machte er ihn mit geraden Hohlsonden, Brustsonden und Lanzetten vertraut.

»Mit diesem dünnen Stab ist es einem Wundarzt möglich, Geschwüre zu öffnen«, erklärte Ambroise. »Wenn du bereit bist, zeige ich dir morgen im Lazarett, wie man damit umgeht.«

Sefferino betrachtete das Instrument mit gemischten Gefühlen. Es besaß einen leicht geschwungenen Hals.

»Weißt du noch, was ich dir gestern über das Verbinden offener Wunden beigebracht habe?«

Der Junge seufzte. Obwohl ihn die Heilkunde von Tag zu Tag mehr interessierte, zweifelte er daran, jemals chirurgische Eingriffe vornehmen zu können, und Bader wollte er gleich gar nicht werden. Immerhin entstammte er einer wohlhabenden Familie, während die Bader, wie er von Ambroise selber wußte, allenfalls geduldet wurden.

»Für Schenkelverbände schneide ich den Stoff vier Finger breit«, antwortete er schließlich, »für den Unterschenkel messe ich nur drei Finger ab, ebenso für den Arm. Für kleine Verletzungen am Finger und den Zehen darf der Verband ein Finger breit sein.«

»Welche Art von Tuch verwendest du zum Verbinden?«

Sefferino dachte einen Augenblick lang nach. Der Bader ging ihm auf die Nerven, aber er hatte schon eine Idee, wie er wenigstens für ein paar Stunden der Enge der Wundkammer entkommen konnte. Er wollte dringend in die Stadt.

»Ihr sagtet, Leinwandfasern seien am stabilsten. Außerdem helfen sie, die Blutung zu stillen. Fast ebensogut wie Eisenvitriol oder dieser merkwürdige Pilz ... *Fungus* ... ach, ich weiß nicht mehr.« Er holte tief Luft und blickte Ambroise treuherzig in die Augen. »Meister Paré, die Wachsoldaten am Stadttor wissen doch noch gar nicht, daß wir dringend eine Lieferung aus Prali erwarten. Wenn ihnen niemand aufträgt, uns sofort zu benachrichtigen, wird man die Heilmittel womöglich zuerst ins Quartier Eures Hauptmanns an der Piazza Vincente bringen, und wir verlieren kostbare Zeit.«

Ambroise schüttelte lächelnd den Kopf. »Warum habe ich das Gefühl, daß du dich vor der Arbeit im Krankensaal drücken willst? Schlag es dir aus dem Kopf. Ich kann dich nicht fortlassen! Du weißt doch, wie es auf den Gassen und Plätzen in der Nähe des Campo aussieht. Mein Pferd mußte noch gestern Bergen von Toten ausweichen, die in den Vierteln an der zerstörten Stadtfestung herumliegen. Die Mönche von San Giovanni Battista kommen kaum nach, die Straßen zu räumen und auszuräuchern. Außerdem könnten dir die Turiner übelnehmen, daß du bei mir, einem Franzosen, lebst. Nein, es ist wirklich besser ...«

»Ihr behandelt mich schon wieder wie ein Kind«, beschwerte sich Sefferino, »dabei habe ich in den vergangenen Wochen mehr als einen Leichnam gesehen, angefangen bei meinem Onkel und Gelina. Habt Ihr das etwa vergessen?« Wütend schleuderte er ein Etui mit Spateln und Löffeln auf den Eichentisch. »Außerdem schert es mich nicht, was die Turiner von mir halten. Ich gehöre weder zu ihnen noch zu Euch!« Damit stürzte er, ohne Ambroises Erlaubnis abzuwarten, aus der Wundkammer.

»Wenn du dich weiterhin wie ein ungezogener Knabe aufführst, braucht dich meine Behandlung nicht zu wundern!« rief Ambroise ihm nach. Der Junge würde in der Stadt gewiß Dummheiten anstellen. Im nächsten Moment lenkte ein markerschütternder Schrei seine Aufmerksamkeit auf die Halle. Ambroise durchquerte eilig den schmalen Korridor zur Verbindungstür. Beruhigendes Gemurmel, ohnmächtiges Schluchzen und der erstickende Geruch nach verbranntem Fleisch drangen ihm entgegen.

Einer seiner Wundknechte, ein älterer Mann mit grauem gewelltem Haar, stand vor einem großen Kastenbett, in dem vier angeschossene Soldaten lagen. In seiner Hand erkannte Ambroise das rauchende Brenneisen, neben ihm ein glühendes Kohlenbecken, aus dem die Funken stoben wie winzige rote Teufelchen.

»Seine Wunde wollte nicht aufhören zu bluten, Herr«, teilte ihm der Knecht mit, als er Ambroise in der Tür stehen sah. Der Bader trat an das Bett. Der nackte Körper eines jungen Soldaten bäumte sich kurz auf und zuckte, seine Augen waren durch den Schock weit aufgerissen, die Pupillen glasig. Rasch ergriff Ambroise seine Hand und tastete das Gelenk ab. Der Puls des Mannes ging unregelmäßig und flatterte.

»Habe ich einen Fehler gemacht, Herr?« wollte der Wundknecht wissen. »Monsieur Bertrandel pflegte in ähnlichen Fällen …«

»Schon gut«, beschwichtigte ihn Ambroise müde. »Sieh zu, daß der Mann ein paar Tropfen Alraunensud bekommt. Mische etwas Mohnpulver aus meinem Wachskasten darunter, aber nicht mehr als eine Pfeilspitze. Wir sind sehr knapp mit betäubenden Mitteln. Danach legst du ihm saubere Binden an, Sefferino hat bereits welche zurechtgeschnitten.«

Unter den verängstigten Blicken der Verwundeten eilte der Mann der Tür entgegen, um Ambroises Befehl auszuführen. Die Männer wagten kaum zu atmen. Noch immer befand sich das glühende Kohlenbecken in gefährlicher Nähe.

»Der Kauterisierte bekommt ein eigenes Lager«, verkündete Ambroise mit fester Stimme, aber er war nicht sicher, ob sein Knecht ihn noch gehört hatte.

Erschöpft schritt er an den langen Reihen der Kastenbetten und Strohlager vorüber. Die Blicke der Kranken bohrten sich wie Pfeile in seinen Rücken. Für sie war er nun der Wundarzt. Sie verließen sich auf seine Kenntnisse der Heilkunst, auf seine Fähigkeit, Schmerzen zu lindern.

Geistesabwesend betrat er einen der Lagerräume, der sich hinter dem Garten des ehemaligen Kaufmannshauses befand. Von Zerstörung und Tod war hier noch nicht viel zu spüren. Eine Schar Amseln sprang mit munterem Gezwitscher über verspielte Marmorbänke und Töpfe aus glasiertem Ton. Ein schwacher Hauch von Rosenduft lag über den weißen Säulen und Spalieren einer Laube, und ein munter plätschernder Springbrunnen mit blauen arabischen Fliesen und Mosaiken befeuchtete die Luft. Wenige Schritte vor ihm hatten Ambroises Knechte die beiden letzten Tonnen mit Öl abgestellt.

Besorgt hob Ambroise den Deckel und griff nach einer der im Gras liegenden bronzefarbenen Schöpfkellen. Ein plötzlicher Einfall begann in seinem Kopf Gestalt anzunehmen.

Vor dem Hospital traf Sefferino auf Gompard Danderac. Der Sohn des Hauptmanns schien auf ihn gewartet zu haben, denn seine Miene hellte sich merklich auf, als er den Gehilfen des Baders erkannte. Über seinem Lederwams trug er einen kostbaren grünen Mantel, der mit goldenen Glokkenblumen bestickt war und ihm wie eine Ratsherrenschaube bis zu den Knien reichte. Sefferino hatte das Kleidungsstück noch nie zuvor an dem jungen Fahnenträger gesehen und vermutete, daß es sich um ein Beutestück handelte. Nahezu jedes Haus der Stadt war in den letzten Stunden geplündert worden.

Schüchtern neigte er den Kopf zu einem kurzen Gruß und versuchte, an Gompard vorbei auf die enge Gasse hinauszutreten.

Jenseits des großzügigen Turiner Kaufmannshofes waren die Hauswände der umliegenden Gebäude so hoch und schmal, daß kaum ein Sonnenstrahl auf das grobe Steinpflaster fiel. Der Morgen war frostig kalt, die Luft nebelverhangen. Lediglich zwischen den beiden roten Ziegeldächern eines benachbarten Kohlenmarktes war ein winziges Stück graublauer Himmel zu sehen.

Drei in wollene Umhänge gehüllte Soldaten mit armlangen Hakenbüchsen hielten vor dem Tor des Hospitals Wache. Dies war ungewöhnlich, da der Hauptmann Ambroise nur zwei seiner Männer bewilligt hatte, solange die Auseinandersetzung um die Burg noch nicht entschieden war. Den dritten Soldaten mußte Danderac zu seinem eigenen Schutz mitgebracht haben.

Mit Unbehagen bemerkte Sefferino, daß Gompard und der Soldat sich in Bewegung setzten. Sie folgten ihm. Der junge Franzose hatte sich während der letzten Tage reichlich oft im Hospital aufgehalten, öfter als es dem Bader und seinen Wundknechten lieb war, denn Gompard rührte keinen Finger, um den Verwundeten zu helfen. Statt dessen suchte er eifrig Sefferinos Nähe. Er unterhielt sich mit ihm über seine Wünsche und Träume und brachte ihm wie ein fürsorglicher großer Bruder Äpfel, Nüsse und Gebäck mit.

»Guten Morgen, Sefferino«, sagte Gompard mit einem breiten Grinsen, »du hast doch nicht die Absicht, das Hospital heute allein zu verlassen?«

Sefferino kniff die Augen zusammen. »Ich wüßte nicht,

was mir passieren sollte. Aber falls du dich um mich sorgst, so empfehle ich dir, in die Wundkammer zu Monsieur Paré zu gehen. Dort könnt ihr gemeinsam über meinen Starrsinn klagen!«

Gompard klopfte Sefferino auf die Schulter. »Der Bader versteht dich nicht, weil er keiner von uns ist. Ich meine … er ist von niedrigstem Stand und zittert bei jedem Kanonenschuß wie ein altes Waschweib!«

»Ambroise möchte keinen unnötigen Fehler machen«, gab Sefferino zögernd zurück. Sein Ärger über den Bader wurde allmählich von einem Gefühl des Argwohns Gompard gegenüber abgelöst. Was führte der Sohn des Hauptmanns im Schilde? Warum war er so freundlich zu ihm? Während er mit Ambroise, Fioricia und der Waldenserin kreuz und quer durch die Berge geritten war, hatte Gompard ihn wie einen Knecht behandelt, nun aber schien er förmlich um seine Freundschaft zu buhlen.

»Ich weiß genau, wen du hier in Turin suchst«, erklärte Gompard mit einemmal wichtig und warf dem stummen Soldaten hinter ihm einen vielsagenden Blick zu. »Mein Vater hat mir erzählt, was draußen vor den Toren der Stadt mit dem Besitz deiner Familie geschehen ist.«

»Seine Männer haben die Mühle meines Onkels verwüstet und in Brand gesetzt, falls du das meinst!«

»Aber doch erst, nachdem ein oder mehrere Turiner deinen Verwandten heimtückisch ermordet hatten. Es ging doch um einen Raubmord?«

Ein eisiger Windzug jagte durch die enge Gasse. Er wirbelte dürres Laub und Unrat auf. Über einem steinernen Gesims begann eine Laterne zu schaukeln, gelber Staub rieselte die Hauswand hinab.

Sefferino fror. Ohne zu antworten, lief er die Gasse hinunter, den breiten Treppen der Piazza entgegen. Dort, bei den Brunnen des Palazzo Bargherini, hatte er früher auf seinem Schulweg zuweilen gern ein wenig getrödelt, um seine Hände in den kühlen Strahl der löwenköpfigen Wasserspeier zu halten. Nun war ihm nicht danach zumute. Ein Gefühl tiefster Verlassenheit überfiel ihn so unerwartet, daß er sich nicht dagegen wehren konnte. Die Bilder seiner unbeschwerten Kindheit holten ihn ein, wo auch immer er sich befand.

»Ich könnte dir bei der Suche nach dem Mörder helfen«, hörte er plötzlich Gompard ihm hinterherrufen. »Drüben, in San Matteo gibt es etwas, das du dir einmal ansehen solltest. Aber wenn dich die Angelegenheit nicht mehr kümmert …«

Widerstrebend blieb Sefferino stehen und wartete, bis Gompard und dessen Leibwache ihn eingeholt hatten.

Auf dem großen Platz vor der Kathedrale, der gleich einem Schachbrett mit schwarzen und weißen Granitplatten versehen war, eröffnete sich vor Sefferino und Gompard Danderac ein unbeschreibliches Durcheinander: verkohlteHolzbalken, zerschlagene Möbel, die achtlos auf einen Haufen geworfen und angezündet worden waren, Blutlachen, über denen Raben kreisten, dazwischen Pfeilspitzen, Messer und Kolben. Eine Gruppe von Männern hatte sich zum Schutz vor dem Leichengeruch Tücher vor Mund und Nase gebunden und warf unter Bewachung Tote an Armen und Beinen auf Karren, um sie jenseits der *porta di montone* zu verscharren.

Die Umgebung sah genau so wüst und trostlos aus, wie Ambroise sie dem Jungen geschildert hatte. Die Männer des Herzogs hatten alle Tore, die beim Angriff auf die Stadt nicht durch Kanonenkugeln oder Rammböcke zerstört worden waren, verriegeln lassen. Ohne Passierschein kam niemand herein. Die stark dezimierte Turiner Bevölkerung vermied es, aus Angst vor Mißhandlungen und Vergewaltigungen, die Piazza zu überqueren, selbst die zahlreichen Kirchen und Kapellen der Universität standen seit Tagen leer. Dafür sah man allerorts mehr oder weniger nüchterne Soldaten. Sie patrouillierten über die breiten Treppenwege und durch die engen Gassen am Pferdemarkt, um bald dieses, bald jenes Haus zu stürmen. Verängstigte Menschen drängten sich in zerlumpter Kleidung vor den Mauern der zerstörten Burg aneinander und warteten, bis die Kommandanten sich die Zeit nahmen, sie zu verhören.

»Warum sind eure Männer noch immer in Alarmbereitschaft?« fragte Sefferino, während er mit Gompard an der Grabeskirche der Herzöge von Savoyen vorbeihastete. Bedrückt blickte er einem Karren mit zwei Schindmähren hinterher, der seinen Weg gemächlich zum Richtplatz einschlug. »Der Habsburger scheint doch inzwischen eingesehen zu haben, daß euer König einen Anspruch auf die Städte und Burgen des Piemont hat. Sein Widerstand war nicht allzu groß.«

Gompard blickte sich nach ein paar fremden Söldnern um, die sich an einer Feuerstelle vor der Kirche die Hände wärmten und sie eingehend musterten. Sefferino hatte die strohblonden Männer noch nie gesehen und überlegte, ob sie zu den berüchtigten Schweizer Hilfstruppen gehörten, die überall im Piemont Angst und Schrecken verbreiteten. Der düstere Ausdruck auf den Gesichtern der Soldaten stand in krassem Gegensatz zu der Farbenpracht ihrer Kleidung: den rot und gelb karierten Pluderhosen und den geschlitzten Ärmeln ihrer Wämser.

»Kaiser Karl gibt sich niemals zu früh geschlagen«, erwiderte Gompard, nachdem sie aus dem Blickfeld der Soldaten gelaufen waren. »Er ist ein gefährlicher Gegner, der meist noch einen Trumpf aus dem Ärmel zieht, wenn andere ihn schon längst für bezwungen halten. Die beiden letzten italienischen Kriege haben uns gelehrt, Vorsicht walten zu lassen. Vielleicht erinnerst du dich an den Sieg der Habsburger über den Herrscher von Algier?«

»Du meinst den osmanischen Piratenkapitän, der mit seinen Schiffen die italienischen Küstenstädte überfallen hat?«

Gompard nickte. »Der Kaiser hat damals kaum Gefangene, dafür jedoch reiche Beute gemacht, und Al Dain mußte sich nach Afrika zurückziehen, um seine Wunden zu lecken. Für unsere Sache ist das ziemlich schlecht, denn der Osmane hat sich über einen langen Zeitraum als einer der engsten Verbündeten Seiner Majestät des Königs erwiesen. Auf den Papst ist ja diesbezüglich kein Verlaß. Es ist allgemein bekannt, daß der Florentiner aus einer verdammten Krämersippe stammt und sich jede Partei warmhält, solange es seinen eigenen Plänen dienlich ist.«

Sefferino fiel keine Entgegnung ein, da ihn die Auseinandersetzungen zwischen Kaiser, König und Papst bisher wenig interessiert hatten. Doch wie um Gompards Vorwurf zu entkräften, schwirrte plötzlich eine Schar Franziskaner wie ein wild gewordener Bienenschwarm um die beiden jungen Männer herum. Die Mönche trugen Holzeimer, Säcke und Reisigbesen. Ihr Anführer, ein älterer Mann mit krummem Rücken, dem der Schweiß in Strömen von der Stirn rann, bedachte Gompard mit einem vernichtenden Blick. Seine grauen Augen verschwanden fast unter den buschigen Brauen. Als der Mönch Sefferino bemerkte, hielt er inne. Im nächsten Moment stieß er einen Schrei aus, ließ seinen Eimer fallen und stürzte auf den Jungen zu.

»Beim Stab des heiligen San Christophero, du bist es wirklich!« Der Mönch kicherte erfreut, seine langen, schmutzigen Finger zerwühlten Sefferinos dunkle Locken. »Ich habe geglaubt, du wärest tot. Erschlagen von diesen …«

»Pater Eugenio«, fiel Sefferino dem Alten mit rauher Stimme ins Wort. Er hatte seinen ehemaligen Lehrer auf der Stelle wiedererkannt. Mit sanfter Gewalt drängte er ihn unter die mit dichtem Weinlaub bewachsene Arkade einer Taverne. Es war absolut unnötig, auf offener Straße, unter den argwöhnischen Augen der Besatzer, ein derartiges Geschrei zu veranstalten. Offiziell galt Sefferino wie alle Turiner als kaisertreuer Rebell, denn bislang hatte keiner der französischen Offiziere es für nötig befunden, ihm ein Ausweispapier auszustellen. Die Anwesenheit von Danderacs schweigsamem Leibwächter wirkte sich plötzlich ungemein beruhigend auf die Nerven des Jungen aus.

»Mir fehlt nichts, Pater«, sagte er schließlich, als er mit Gompard und dem Mönch unbeobachtet in dem hellen Bogengang stand. »Der Bader des Marschalls hat mich aufgenommen. Ich bleibe bei ihm und lerne, bis ich die Mörder meines Onkels zur Rechenschaft gezogen habe.«

Pater Eugenio riß erstaunt die Augen auf. »Die ... Mörder deines Onkels? Was, um alles in der Welt, redest du da? Du weißt doch genau, wer diese abscheuliche Tat begannen hat. Französische Soldaten waren es; sie haben eure Mühle und sämtliche Gehöfte im Umland angezündet. Wir konnten die Flammen von den Mauern aus sehen.«

»Glaubt von mir aus, was Ihr wollt Pater«, erwiderte der Junge mürrisch. »Sagt mir nur, wo ich Signor Sblinetta finde.«

»Den Steuereinnehmer von San Matteo?« Der Mönch blickte sich gehetzt nach seinen Ordensbrüdern um, doch die Franziskaner hatten mit ihren Kehrbesen längst das Weite gesucht. »Willst du damit etwa andeuten, der *consultore* habe etwas mit dem Überfall auf euer Gut zu tun? Sblinetta mag bei den Wucherern und Arbeitsscheuen unbeliebt sein, doch er ist ein Bürger dieser Stadt und besucht regelmäßig die Messe. Sein Sohn paktiert gewiß nicht mit unseren Feinden.«

»Laß uns endlich weitergehen«, ließ sich Gompard ungeduldig vernehmen. Die Begegnung mit Sefferinos einstigem Lehrer schien ihn unangenehm zu berühren. Vielleicht ärgerte es ihn auch, daß er die Sprache des Mönches nicht richtig verstehen konnte. »Von dem Alten erfährst du ohnehin nichts!«

Der Junge ließ jedoch nicht locker. »Ihr kennt doch in Turin jeden Stein, Pater. Ich bitte Euch, wo könnten die Sblinettas sich versteckt haben? Sind sie noch in ihrem Haus?«

Mit einer hoheitsvollen Geste faltete der Mönch seine Hände vor der Brust und verdeckte somit das Kreuz, das er um den Hals trug. »Nun, ich habe keine Ahnung. Man trifft in diesen Tagen nur noch wenige Überlebende außerhalb ihrer Häuser an. Allein wir Mönche dürfen San Matteo verlassen, um Tote wegzuschaffen, Brände zu löschen und die breiteren Gassen zu räumen, damit sich die Pferde des edlen Maréchal de Montejan nicht die Fersen brechen!« Er brach in ein bitteres Gelächter aus. Dann schob er sich unter dem Rundbogen hindurch und spähte auf die Gasse hinaus. Für ihn war das Gespräch zu Ende.

»Warum wollt Ihr mir nicht helfen?« rief Sefferino ihm hinterher. »Ihr habt mir doch beigebracht, Gerechtigkeit über alles zu stellen.«

»Nicht über den Frieden deiner Seele, mein Sohn«, gab der Alte barsch zurück. »Nicht über die Gottesfurcht. Weißt du eigentlich, daß du einer meiner besten Schüler warst? Deine Kenntnisse der Algebra und der Dialektik sind ebenso vorzüglich wie dein Latein. Du hast zweifellos das Zeug zu einem gelehrten Advokaten oder einem ehrbaren Kaufmann. Willst du dies alles aufs Spiel setzen, nur um in der Badestube eines gottlosen, französischen Hurenwirts zu enden? Sefferino, ich beschwöre dich, komm mit mir ins Kloster und ...«

»Ihr solltet jetzt gehen, Pater Eugenio«, unterbrach ihn Sefferino mit eisiger Stimme, »sonst verliert Ihr noch Eure Ordensbrüder aus den Augen!«

Wenig später hatten Sefferino und Gompard Danderac das Viertel San Matteo erreicht und standen vor dem Wohnhaus des Steuereinnehmers Sblinetta. Das schmale Gebäude machte auf die beiden jungen Männer einen verwahrlosten Eindruck, was gewiß nicht auf die kurze Zeit der Belagerung, sondern vielmehr auf anhaltende Mißwirtschaft zurückzuführen war. Es besaß ein hohes, geschnitztes Eichentor mit vergittertem Fenster. Die schmale, gelb verputzte Front des Gebäudes, in die ein steinernes Kreuzwappen eingelassen war, neigte sich in östlicher Richtung in einem unnatürlichen Winkel zur Piazza, während der hintere Teil mit den zahlreichen kleineren und ebenso verschachtelten Nachbargebäuden des Geldwechslerviertels zu verschmelzen schien. Zwischen den Häusern breitete sich ein Gewirr von Wäscheleinen aus, die von den jeweiligen Fenstern bequem bestückt werden konnten. Unter der größten Dachgaube thronte eine von runden Säulen getragene Loggia mit dickbäuchigen Amphoren aus Terrakotta. Zweifellos hatte sich der Baumeister von den großzügigen Palästen am Campo inspirieren lassen, allerdings bewies sein Werk keinen allzu großen Sinn für harmonische Formen.

»Dein *consultore* scheint sehr auf seine Sicherheit bedacht zu sein«, bemerkte Gompard spöttisch. »Nutzen wird es ihm jedoch nichts!«

Sefferino ließ seine Blicke über die Mauern gleiten. Sämtliche Fenster und Seitenpforten waren mit Brettern vernagelt worden. In einer Wasserlache, rechts neben dem Treppenaufgang, schwammen zwei Ballen vergilbten Linnens. Ein sanfter Windhauch bewegte den Stoff, als gehörte er zum Ärmel einer tanzenden Edeldame.

Verwundert zog der Junge einen Zipfel des aufgeweichten Tuches aus der Lache. Auf dem Stoff zeichneten sich die Absätze schwerer Stiefel ab. Irgend jemand war achtlos darüber hinweggelaufen. Sblinetta? Sefferinos Herz begann vor Erregung zu rasen. In den vergangenen Wochen hatte er sich so manches Mal ausgemalt, wie es wohl sein würde, den Mördern seines Onkels gegenüberzutreten. Auf die hohen Gerichte konnte er momentan ebensowenig zählen wie auf den Bischof oder den auseinandergerissenen Rat. Ob die französischen Besatzer aber Interesse an einer Strafverfolgung hatten, die den Streit zweier Turiner Familien betraf? Die Vorwürfe eines unbedeutenden Jungen gegen einen geachteten Beamten? Schließlich war nicht einmal Pater Eugenio bereit gewesen, seinen Beteuerungen Glauben zu schenken. Ratlos blickte Sefferino auf das gezückte Schwert in Gompards Hand.

»Die Stallungen und Schuppen jenseits des Hofes sehen genauso verkommen aus wie die Straßenfront«, verkündete Gompard und verzog angewidert das Gesicht. »Dreck, wohin man blickt! Und dann dieser Gestank!«

Sefferino erkannte, daß zahlreiche Steine im Mauerwerk fehlten. Aus der Finsternis eines Schuppens funkelten ihm zwei grünlich glitzernde Augenpaare entgegen. Er atmete geräuschvoll aus. Katzen, Ratten und Ungeziefer schienen die letzten Bewohner des Anwesens zu sein.

»Wir haben wertvolle Zeit verloren«, schimpfte Gompard und stieg leise die Treppe zur Eingangstür hinauf. »Heute früh trieb sich hier ein Mann herum. Er trug eine Augenbinde, und sein Wams war blutverschmiert. Warum mußtest du dich auch so lange mit dem kindischen alten Pfaffen aufhalten? Der Mönch ist genauso besessen wie diese verrückte, waldensische Schleiereule, die Fioricia beschwatzt hat, ihr nach Prali zu folgen.«

»Ich wäre dir sehr dankbar, wenn du Signora Ceres und ihre Nichte aus dem Spiel lassen würdest«, rief Sefferino aufgebracht. Er wrang den durchweichten Stoffetzen aus und steckte ihn in die Innentasche seines Wamses. Dann wandte er sich zur Treppe um.

»Warum bist du nur so gereizt, Sefferino?« Gompards Stimme nahm einen schmeichelnden Tonfall an. »Du bist keiner von diesen halbwilden Ziegenhirten, das habe ich sofort erkannt, als ich dich und die schöne Fioricia vom Hof dieses Ruffo gerettet habe. Ganz im Gegenteil, du bist etwas Besonderes, hast eine ordentliche Erziehung genossen ...«

»Jawohl, und meine *maestri* waren ein Senfmüller und ein besessener alter Mönch«, knurrte Sefferino. »Können wir endlich das Haus durchsuchen?« Wütend kehrte er Gompard den Rücken zu. Allmählich begriff er, warum sich der Sohn des Hauptmanns in den letzten Tagen so häufig, scheinbar gleichmütig, nach Fioricias Befinden erkundigt hatte. Wie es aussah, hatte er Gefallen an ihr gefunden und sehnte sich nun nach einem Abenteuer mit der Piemontesein. Es lag ihm gar nichts an seiner Freundschaft, nein, vielmehr war er darauf aus, über den Bader und sein Hospital an Nachrichten aus Prali zu gelangen.

Sefferino ärgerte sich insgeheim darüber, daß er dem Sohn

des Hauptmanns so vertrauensselig Rede und Antwort gestanden hatte. Für einen kurzen Augenblick hatte er tatsächlich geglaubt, in dem Adeligen einen Freund gefunden zu haben. Er nahm sich vor, in Zukunft vor Gompard und seiner überschwenglichen Hilfsbereitschaft auf der Hut zu sein. Sollte der junge Soldat noch einmal versuchen, ihn auszuhorchen, würde er das Blaue vom Himmel herab lügen, um den Franzosen von Fioricia fernzuhalten.

»Du hast mir noch nicht gesagt, warum du ausgerechnet das Haus des *consultore* beobachtet hast«, bemerkte er plötzlich. »Immerhin kennst du den Steuereinnehmer und seinen Sohn doch gar nicht und ...«

»*Silence*!« Gompards Augen verengten sich. Aus dem Innern des Hauses erklangen plötzlich dumpfe Geräusche. Sie hörten sich an wie das Schlagen einer Tür oder eines Truhendeckels. Der Fahnenträger zog sein Schwert und trat mit Gewalt so lange gegen die Tür, bis das Schloß aufsprang. »Ich habe mich also doch nicht getäuscht«, murmelte er und schob Sefferino in den finsteren Korridor. »Der Kerl muß noch immer in der Nähe sein!«

Am rechten Flügel der zerschlagenen Tür entdeckte Sefferino die Reste einiger kleiner Eisenstifte sowie einen verbeulten Riegel. Die Eingangstür war demnach nicht von außen abgeschlossen, sondern von innen verriegelt worden. Argwöhnisch folgte er Gompard über ein paar Steinstufen durch einen engen Flur, welcher unversehens in einem mittelgroßen Zimmer mit bunten Bleiglasfenstern mündete.

Der Raum war zwar nur spärlich möbliert, doch Sefferino fand, daß dennoch die Arroganz des bischöflichen Beamtenstandes zu spüren war. Unter einem Aktenschrank stand ein mächtiger venezianischer Rechentisch mit Dutzenden von bunt bemalten Laden und vergoldeten Ziehfächern. Einige der größeren Fächer besaßen kunstvoll gearbeitete Messinggriffe. Sie waren halb oder vollständig geöffnet, doch nur die wenigsten schienen ausgeräumt worden zu sein. Eine wahre Flut von Aktendeckeln und Urkunden mit

Siegeln türmte sich indessen auf der staubigen Tischplatte, selbst der schwarze Lehnstuhl und die Steinfliesen waren mit Papieren bedeckt.

Gompard legte sein Schwert auf einer Truhenbank mit geschnitzter Rückenlehne ab, lief zu einem der hohen Bogenfenster und entfernte mit bloßen Händen einige der notdürftig angebrachten Bretter. Durch das milchig schimmernde Glas der Butzenscheiben konnte man auf ein winziges, mit Feldsteinen umfriedetes Gärtchen blicken, das mit seinen verkrüppelten Mandelbäumen und verdorrten Gewächsen nicht minder heruntergekommen aussah als das übrige Anwesen.

Sefferino blickte sich beklommen um. Seitdem er mit Fioricia in Ruffo Nardines Waffenkammer eingedrungen war, fühlte er sich in verlassenen Gebäuden ausgesprochen unwohl. Er fragte sich, warum der Steuereinnehmer alle diese Akten bei sich zu Hause und nicht in seinem Amtsgebäude beim bischöflichen Palast aufbewahrt hatte. Gewiß waren die verschiedenen Dokumente bis in die Zeit der Belagerung streng vertraulich gewesen, und so wie sich die Dinge entwickelten, würden sie es wohl eines Tages auch wieder sein. Es sah einem Beamten nicht ähnlich, wichtige Papiere einfach im Stich zu lassen. Nicht einmal, wenn es sich um einen Schuft wie den alten Sblinetta handelte.

Das Unbehagen wuchs unaufhörlich. Fahrig lief er von Ecke zu Ecke, begutachtete den Schrank und blätterte geistesabwesend in einigen der aufgeschlagenen Akten. Als er seinen Blick wieder hob, wußte er, was ihn irritierte: Das Haus des Steuereinnehmers Sblinetta war, obgleich in unmittelbarer Nachbarschaft zu den wohlhabenden Palazzi der Seidenhändler gelegen, weder geplündert noch gebrandschatzt worden. Sefferino legte die Stirn in Falten und stellte eines der losen Schubfächer auf den Tisch. Dabei berührte er versehentlich eine der Kerzen im Kandelaber. Das Wachs war noch warm und flüssig.

Das Anwesen war Hals über Kopf verlassen worden, doch

merkwürdigerweise hatte kein Soldat des Herzogs es gewagt, auf der Suche nach Frauen und Beute seinen Fuß auch nur über die Schwelle des Hauses zu setzen. Die Unordnung in der Schreibstube konnte folgerichtig nicht von einer militärischen Durchsuchung herrühren. Die Sblinettas mußten sie selbst verursacht haben.

Sefferino ließ Gompard am Fenster zurück, um sich in den übrigen Räumen des Untergeschosses nach Spuren der Hausbewohner umzusehen. Im Dämmerlicht erblickte er eine mit abgetretenen Teppichen belegte Holzstiege, die über eine Falltür zu den höher gelegenen Räumen führte. Auf leisen Sohlen erklomm der Junge die Stufen und stemmte sich mit den Schultern kräftig gegen die Luke. Zu seiner Verwunderung ließ sie sich mühelos aus ihrer Verankerung heben.

Plötzlich hörte er ein Geräusch in seinem Rücken und spürte, wie sich ein weiches, haariges Etwas um seine Beine wand. Sein Herz machte vor Aufregung einen Satz.

Eine der beiden Katzen aus dem Schuppen? Wie, zum Teufel, war das Tier ins Haus gelangt?

Noch ehe sich Sefferino nach der Katze umdrehen konnte, erhielt er auch schon einen derart heftigen Schlag gegen den Kopf, daß er gegen die gekalkte Wand schlug. Aus der Öffnung der Luke schob sich ein schattenhafter Umriß, mächtig wie eine Rüstung. Für einen winzigen Moment starrte eine in heißem Zorn erstarrte Fratze auf den Jungen herab. Der Kerl trug sein langes Haar offen. Eine rote Augenbinde verbarg fast die Hälfte seines Gesichts. Sblinettas Knecht.

Sefferino schrie vor Schreck laut auf, ein heftiger Schmerz raste durch seinen Körper. In Panik versuchte er, sich am Geländer festzuklammern, doch seine Hände griffen ins Leere. Er verlor den Halt und stürzte, begleitet von einem wilden Gepolter und wütenden Fauchen, rücklings die Stiege hinunter.

Augenblicke später hievte der Knecht seinen massigen

Leib durch die Luke und hastete auf Sefferino zu. Die ausgetretenen Stufen ächzten unter dem Gewicht seiner Schritte. Im Vorbeigehen stieß er Sefferino brutal seinen Stiefel in die Seite, dann schnaubte er triumphierend, polterte den Korridor entlang und floh auf den Hof.

Sefferino wußte nicht zu sagen, wie lange er am Fuß der Treppe gelegen hatte, als er plötzlich Gompards Stimme vernahm. Der Fahnenträger schien sich noch immer in der Schreibstube oder dem angrenzenden Badetrakt aufzuhalten.

»Pack den Kerl«, rief Sefferino schwach. Mit zitternden Gliedern plagte er sich auf. Sein Kopf dröhnte, und er blutete aus mehreren Wunden von der Stirn bis zu den Händen. Doch wenigstens schienen seine Knochen heil und alle am rechten Fleck geblieben zu sein.

Sefferino schleppte sich am Treppenaufgang vorbei, umrundete eine ausladende Kommode, auf der eine häßliche Marmorbüste des Hausherrn thronte, und schwang sich mühevoll auf das Gesims eines der Fenster, die zweifellos auf den Innenhof des Hauses führten und durch einen glücklichen Umstand weder verbarrikadiert noch vergittert worden waren. Er entriegelte das Fenster, prüfte die Höhe und kletterte hinaus auf die Loggia. Zum Glück lag der kleine Wandelgang nicht allzu hoch über dem Pflaster.

Zu seiner Überraschung wimmelte es unter ihm im Hof und vor dem Schuppen auf einmal von Soldaten. An ihrer bunten Kleidung erkannte Sefferino die Schweizer vom Campo wieder. Die meisten der Männer hatten ihre Schwerter und Hellebarden blankgezogen und sperrten sämtliche Eingänge weiträumig ab. Es sah ganz so aus, als hätten sie den Flüchtenden gestellt.

Sefferino hielt den Atem an. Ob die Franzosen den Knecht des Einnehmers schon länger suchten? Anders ließ sich ein solches Aufgebot kaum erklären. Lautlos verharrte er zwischen den Säulen und beobachtete, wie Gompard

Danderac mit einem düsteren Lächeln auf den Lippen die Treppe herunterstieg. Der Fahnenträger machte er einen zufriedenen Eindruck. Der Aufruhr im Hof schien ihm geradezu willkommen. Unter seinen Achseln klemmte eine Ledermappe, aus der ein paar der zerknitterten Urkunden hervorschauten, die in Sblinettas Schreibstube herumgelegen hatten.

Kurz darauf trat ein weiterer Mann aus dem Schatten des Eingangs. Sefferino erkannte die hochgewachsene, schlanke Gestalt von Gilles Danderac, Gompards Vater. Sein Gesicht war aschfahl, die Augen waren blutunterlaufen und lagen tief in ihren Höhlen. Seine für gewöhnlich streng über den Scheitel gekämmten Haare hingen ihm wirr ins Gesicht. Nicht einmal das kostbare, mit Pelz gefütterte Wams war ordentlich zugeknöpft.

»He, Bursche, komm her!« Mit steifen Gesten winkte Danderac einen seiner Soldaten, dessen Bart noch kaum zu sprießen begonnen hatte, herbei und flüsterte ihm etwas ins Ohr. Als der Mann verwundert die Brauen hob, fuhr er ihn an: »Du hast meine Befehle auszuführen, sonst jage ich dich zurück ins Kanonenfeuer, verstanden?«

Ohne ein weiteres Wort machte der Soldat einen Schritt zurück und salutierte. Anschließend gab er dem ihm am nächsten stehenden Kameraden ein Zeichen und verschwand im Haus des Steuereinnehmers. Wenig später vernahm Sefferino aus dem unteren Geschoß, wo sich die Schreibstube befand, ein lautes Geräusch von berstenden Möbeln und klirrendem Glas. Der Soldat schlug alles kurz und klein. Zugleich näherten sich auf dem Hof zwei Männer mit brennenden Fackeln dem Schuppen, in den sich Sblinettas Knecht allem Anschein nach geflüchtet hatte.

Die Augen des Jungen weiteten sich ungläubig, als der Hauptmann ihnen ohne jede Gemütsregung den Befehl gab, das Gebäude in Brand zu stecken. Nicht nur die Scheune, auch das Wohnhaus des Beamten sollte in Flammen aufgehen.

Entsetzt stieß sich Sefferino von den Säulen ab und wandte sich in Richtung der Fenster um. Er sah, daß dichter Qualm bereits die Stiege erreicht hatte. Das trockene Holz brannte wie Zunder; die Balken knarrten unheilvoll. Der Junge riß die Nähte seines Kittels auf und preßte sich den Stoff gegen Mund und Nase. Der Rückweg über die Treppe war ihm demnach versperrt. Tränen traten ihm in die Augen, ein Hustenreiz schüttelte ihn.

Gompard weiß, daß ich noch im Haus bin, dachte er verzweifelt, während er sich durch den Korridor zurück zur Loggia kämpfte. Er muß doch seinem Vater gesagt haben, daß er nicht allein in Sblinettas Schreibstube gewesen ist. Warum, bei allen Heiligen, ließ er dann zu, daß die Soldaten seines Vaters Feuer legten?

Im nächsten Moment tönte ein langgezogener, schriller Schrei, der offensichtlich aus dem Schuppen kam, dessen Strohdach inzwischen lichterloh brannte. Für Sefferino sah es beinahe so aus, als rüttelten die Flammen am Tor, um es aufzubrechen. Doch plötzlich wurde die Tür tatsächlich aufgerissen, und Sblinettas Knecht stolperte ins Freie hinaus, geradewegs auf die Soldaten zu. In seiner Hand schwang er eine Forke, die er aber nach wenigen Schritten verlor.

Gompard flüsterte dem Hauptmann etwas ins Ohr und wich dann einen Schritt zurück. Es sah aus, als wolle er sich hinter seinem Vater verstecken. Hauptmann Danderac rührte sich hingegen nicht von der Stelle. Er mustere den Knecht, ließ ihn auf zehn Schritte Entfernung näher kommen und hob dann plötzlich seine Hand, um den Schützen ein Signal zu geben.

Sefferino hielt es nicht mehr aus. »Nicht schießen, Hauptmann«, rief er, so laut er nur konnte. »Ich bitte Euch, *mon capitaine*, haltet den Mann auf, aber tötet ihn nicht.« Er beobachtete, wie der Hauptmann erschrocken zusammenfuhr. Danderac hob seinen Kopf, um der Stimme zu folgen, und erkannte Sefferino auf dem Vorsprung der Loggia. Ein Hauch von Verwunderung glitt über das Gesicht des Offiziers. Dann begannen seine Lippen vor Entrüstung zu zittern, doch erwiderte er kein Wort auf Sefferinos Ruf.

Ohne nachzudenken, stieg Sefferino über die Brüstung und ließ sich fallen. Noch bevor er auf dem Pflaster aufkam, gab Danderac den Befehl, auf den Mann vor dem Schuppen zu feuern. Von mehreren Schüssen getroffen, brach der Knecht zusammen.

»Warum habt ihr das getan?« Sefferino stellte die Frage zum wiederholten Male. »Ich begreife es nicht!«

Die beiden Schweizer, die ihm unsanft beim Aufstehen geholfen hatten, senkten den Kopf. Die Befehle ihres Kommandanten gingen sie nichts an, sie waren dafür da, sie auszuführen, und nicht, um sich vor einem störrischen Jungen zu rechtfertigen. Mit eisernem Griff schleppten sie ihn vom Hof des brennenden Hauses bis zum Springbrunnen an der Piazza, wo die Garde des Hauptmanns ihre Pferde zurückgelassen hatte. Gilles Danderac empfing den Jungen mit einem bitterbösen Blick.

»Hast du den Verstand verloren, Kerl?« knurrte der Hauptmann. »Du glaubst wohl, die verhängte Ausgangssperre gilt nicht für dich, nur weil unser Bader, dieser Bastard, sich für dich verbürgt hat? Ich frage mich wirklich, ob es nicht besser für uns alle wäre, dich in Ketten zu legen!«

Sefferino war viel zu empört, um sich einschüchtern zu lassen. »Ihr habt nicht weniger als fünfzehn Söldner aufmarschieren lassen, um einen einzigen Mann einzufangen und ein Haus anzuzünden«, rief er voller Wut aus. »Dabei wußte Gompard genau, daß ich mit Sblinettas Knecht reden wollte. Er selbst hat mich hierher begleitet!«

»Gompard tat *was*?« Der Hauptmann hob eine Augenbraue. »Du mußt dich irren, Junge. Mein Sohn ließ mir durch seinen Leibwächter bestellen, daß er zufällig das Versteck eines Hochverräters und Saboteurs entdeckt hat. Der Kurier bat mich um Verstärkung.« Danderac funkelte seinen Sohn eindringlich an und riß ihm mit einer groben Geste den Aktendeckel, den Gompard noch immer an sich drückte, aus der Hand. »Er hat nur eine winzige Kleinigkeit ausgelassen. Ich hatte keine Ahnung, daß ausgerechnet *du* dich hier auf dem Hof herumtreibst und meinen Männern in die Quere kommst.«

Sefferino schüttelte verwirrt den Kopf. Die Worte des Hauptmanns klangen zwar unfreundlich, aber aufrichtig. Möglicherweise hatte er tatsächlich nicht gewußt, daß außer seinem Sohn noch jemand in Sblinettas Räumen gewesen war. Daß Gompard ihn aus purer Unachtsamkeit vergessen hatte, glaubte er indessen keinen Moment. Der Fahnenträger hatte ihn mit Absicht zurückgelassen und dabei zugesehen, wie die Männer seines Vaters ihre Brandfackeln ins Haus geworfen hatten. Aber aus welchem Grund?

»Demnach müssen wir also dem Zufall danken, daß Ihr in der Nähe wart, Hauptmann«, murmelte er. »Wegen des gefährlichen, einäugigen Saboteurs, meine ich.«

»Kümmere dich gefälligst um deine eigenen Angelegenheiten!« Behende drängte sich Gompard an seinem Vater vorbei und postierte sich vor Sefferino. »Die Entscheidungen eines französischen Offiziers dienen der Sicherheit unserer Truppen und gehen dich gar nichts an.«

»Sehr richtig, Gompard«, pflichtete ihm sein Vater bei, »und ein altes Waschweib wie dich ebensowenig. Verschwinde jetzt, und laß dir nicht noch einmal einfallen, deine Fahne unbewacht zurückzulassen, ansonsten sorge ich dafür, daß du noch diesen Monat nach Frankreich zurückgeschickt wirst!«

Ohne seinem Sohn eines weiteren Blickes zu würdigen, rief er den Burschen mit seinem Pferd herbei und schwang sich in den Sattel. Sein Gesicht verzerrte sich. Offenbar war seine Wunde noch nicht ganz verheilt und bereitete ihm Schmerzen. »Und nun beeilt euch und löscht das Feuer, ehe das ganze Stadtviertel eingeäschert wird. Ich höre die Geldwechsler schon bis hierher jammern!« Er ließ sich von seinem Burschen Sblinettas Ledermappe mit den Papieren hinaufreichen und rief seinem Sohn zu: »Gompard, steh nicht so dumm herum. Unsere Mission ist beendet.«

Sefferino blickte den Männern hinterher, bis sie hinter einer Ecke verschwunden waren. Er wurde den Verdacht nicht los, daß sowohl der Hauptmann als auch dessen Sohn Sblinettas Knecht gekannt haben mußten. Sein Tod war weder ein Zufall noch eine Vergeltungstat wegen irgendwelcher dubiosen Sabotageakte gewesen. Danderac hatte den Einäugigen erschießen lassen, ohne auch nur den leisesten Versuch zu unternehmen, seiner habhaft zu werden. Tatsächlich hatte der Hauptmann das Feuer in dem Moment eröffnen lassen, nachdem Sefferino ihm zugerufen hatte, daß er den Mann befragen wollte.

Nachdenklich eilte der Junge über die inzwischen menschenleere Piazza und bog in die Via Arsenale mit ihren schmucken kleinen Kirchen aus weißem Marmor ein. Das Fresko eines Heiligen aus bunten Mosaiksteinen starrte ihm entgegen. Trotz der Kälte des Morgens war ihm plötzlich warm geworden. Und das lag gewiß nicht an dem Feuer, das noch immer in Sblinettas Haus wütete.

13. KAPITEL

Vater Albin blickte aus dem winzigen Fenster, auf dessen Gesims eine Vielzahl von Büchern und angespitzten Schreibfedern lag. Er kniete auf den Steinfliesen der Zelle, welche ihm die italienischen Franziskanermönche im *dormitorium* zur Verfügung gestellt hatten, und bewegte seine Lippen im Rhythmus der Stundengebete. Seine schmalen Fingerspitzen glitten dabei geschäftig über den kühlen Bernstein seines Rosenkranzes.

In dieser Stellung verharrte er nun bereits seit den frühen Morgenstunden. In seiner Hingabe schien der ehemalige Kaplan des Königs weder Kälte noch Hunger zu verspüren.

Die anderen Mönche wunderten sich über das Gehabe des Franzosen, ihre Regel sah nicht vor, den ganzen Tag auf den Knien zu verbringen. Doch sie ließen ihn in Ruhe, sprachen ihn nur an, um das Nötigste zu reden, und teilten ihre kärgliche Habe mit ihm, indem sie einen Novizen damit beauftragten, dem wunderlichen Asketen einmal am Tag eine Schüssel Gemüsebrei, etwas Brot und einen Krug Wein in die Zelle zu bringen. Offensichtlich verspürten die meisten Mönche Erleichterung darüber, daß der Fremde nicht an den Lesungen teilnahm und auch bei den gemeinsamen Mahlzeiten im Refektorium keinen Ehrenplatz beanspruchte. Man erzählte sich, der Fremde bete unablässig für das Seelenheil seines Königs, des Franzosen Franz von Valois, dem, falls die Zeichen sich erfüllten, großes Unheil bevorstehe. Keiner der Franziskaner ahnte indessen, daß die Gebete des Eiferers nur vorgetäuscht waren, daß sein feines Lächeln, das einen so anrührend weltabgewandten Eindruck machte, lediglich Spott und Verachtung enthielt.

Im Grunde hatte Vater Albin bereits an dem Tag aufgehört, für das Wohl des Königshauses zu beten, als sein Herr ihn in der Fremde zurückgelassen und ihm aufgetragen hatte, den Truppen des Herzogs von Montejan als Beichtvater zur Verfügung zu stehen. Diesen Befehl hatte er als ungeheuerlichen Verrat an ihm empfunden. Er hatte sich doch vorgenommen gehabt, den Hof von der Sünde der Ketzerei zu reinigen und damit auch die Kirche, der Franz von Valois vorgab mit ganzer Seele zu dienen. In den ersten Monaten war Vater Albin zu verunsichert gewesen, um die Keule seines gerechten Zorns zu schwingen. Wie ein geprügelter Hund war er sich vorgekommen. Doch dieses Gefühl der Ohnmacht gehörte längst der Vergangenheit an. Der Geistliche hatte sich verändert. Er las die Messe, nahm den Soldaten die Beichte ab und predigte wie ein gewöhnlicher Seelsorger. Doch gleichgültig, welche Worte Vater Albin wählte, sie kamen ihm ohne jede Leidenschaft über die Lippen, seelenlos und düster. Allein wenn er das Übel der

Ketzerei anprangerte, begannen seine Augen fiebrig zu glitzern und unstet die Reihen abzuwandern, als suchten sie jemanden. In diesen Augenblicken überfiel ihn nicht selten eine Regung, die er sich selber nicht erklären konnte. Sie strömte durch seine Adern wie ein schleichendes Gift und war zuweilen so heftig, daß seine Hände erbebten und er fürchtete, sein Herz müsse zerspringen. An ein religiöses Empfinden, das ihn heimsuchte wie die alten Mystiker, wagte der Kaplan in seinem Fall nicht zu hoffen. In seiner Jugend war ihm einmal die Übersetzung einer persischen Schrift in die Hände gefallen, welche erklärte, daß es im Geist des Menschen Ströme gäbe, die von den Sternen regiert würden. Sie nährten sich von menschlichen Gelüsten wie Wut, Zorn, Haß oder Liebe und waren am stärksten, wenn der Betreffende ein Ziel vor Augen hatte, das größer war als seine Macht, es zu erreichen.

Dieser Gedanke war reinste Ketzerei, und doch fand Albin ihn bemerkenswert. Er dachte an seine Pflichten im Feldlager. Die Soldaten des Sieurs de Vassy wagten schon lange nicht mehr, ihn zu verspotten, ja selbst der Herzog ging ihm aus dem Weg.

Als die letzten Sonnenstrahlen des Tages allmählich hinter dem Dach der Klosterkirche verschwanden, erhob sich Vater Albin schwerfällig und verließ die Zelle. Er fühlte sich stark und für sein Vorhaben gerüstet.

Über mehrere Gänge und Treppen gelangte er in die Bibliothek des Klosters, wo er sich einen Augenblick lang neugierig zwischen den hohen Bücherregalen umsah. Die wenigen Folianten, die dort aufbewahrt wurden, trugen eine dicke Staubschicht. Ihr Inhalt interessierte Albin auch gar nicht. Ein wenig enttäuscht folgte er einem schmalen Gang, der ihn schließlich über vier ausgetretene Stufen zur Schreibstube der Franziskaner hinabführte.

Das *scriptorium* war ein spärlich eingerichteter Raum, der es nicht mit der Pracht französischer Schreibstätten aufnehmen konnte. Es besaß drei oder vier Tische, an denen die

Mönche Kopierarbeiten verrichteten und ein mit weinrotem Samt ausgeschlagenes Lesepult, auf dem eine Öllampe und ein Wasserkrug standen. Die Ostwand des Saales lag zur Hälfte im Schatten, dennoch erkannte Vater Albin etwa fünf Fuß über dem Boden die Konturen verschiedener Fresken, die offenkundig Szenen aus dem Leben des heiligen Franz von Assisi darstellten. Der Kaplan versuchte dem Zyklus der Bilder zu folgen. Die Stelle, an welcher der Heilige einem Jüngling seine Kleider schenkte, war trotz der verblichenen Farben recht gelungen. Von der berühmten Vogelpredigt konnte Albin dies jedoch beim besten Willen nicht behaupten. Die verblichenen, grauweißen Vögel erinnerten verdächtig an Brathühner. Sie pickten stumpfsinnig auf dem Boden herum und schienen völlig desinteressiert an der Botschaft des gesegneten Mannes zu sein.

Schließlich wandte sich Albin den beiden Schreibtischen in der Mitte des *scriptoriums* zu. Dort herrschte an diesem Nachmittag eher schläfrige Stille statt besonderer Betriebsamkeit. Zwei Mönche waren erschienen, um ihrer regelmäßigen Schreibarbeit nachzugehen. Der Rest streifte allem Anschein nach noch immer durch die Stadt, um die Schäden des Angriffs zu beseitigen oder die französischen Soldaten um Almosen anzubetteln. Der Geistliche verzog verächtlich das Gesicht. Im Unterschied zu dem reichen Orden der Benediktiner, denen seine ganze Sympathie gehörte, führten die Bettelorden ein Schattendasein. Ihre ärmlichen Klöster galten wahrhaftig nicht als Stätten der Gelehrsamkeit. Ihr *scriptorium* schien davon in geradezu erschreckender Weise Zeugnis abzulegen. Trotzdem hatte der Kaplan keinen Moment gezögert, sein Quartier im Franziskanerkloster an der Via Venetia aufzuschlagen.

Eine Weile beobachtete Albin die beiden Schreiber an der Tafel, die damit beschäftigt waren, ellenlange Texte unter die Seiten einer farbenfrohen Heiligenvita zu setzen. Er entschied sich dafür, den älteren Kopisten, einen dicklichen Mönch, anzusprechen. Mit einem Lächeln bat er den Mann, für ihn einen Brief an den König von Frankreich abzuschreiben. »Keine Bange, es sind nur wenige Zeilen, Bruder«, flüsterte er in vertraulichem Ton und zog anschließend einen zerknitterten Zettel aus seiner Soutane, den er dem überraschten Mann in die Hand drückte.

Der dicke Kopist starrte Vater Albin irritiert an, während er das eng beschriebene Blatt Papier wie ein glühendes Stück Kohle zwischen Daumen und Zeigefinger hielt. Er schien zu überlegen, ob er den Auftrag brüsk zurückweisen durfte. Hilfesuchend blickte er sich nach seinem Ordensbruder um, mußte jedoch feststellen, daß er von diesem keinen Beistand erhalten würde. Der grauhaarige Mann hob nicht einmal den Kopf, um herauszufinden, was der fremde Geistliche im *scriptorium* zu suchen hatte.

»Ich hoffe, meine Bitte kommt Euch nicht allzu ungelegen«, fügte Vater Albin mit sanfter Stimme hinzu. Er hob entschuldigend die Schultern. »Aber mein König wünscht über jede Stunde, die wir in Turin verbringen, unterrichtet zu werden. Wie Ihr vielleicht gehört habt, gehöre ich zu seinen engsten Vertrauten.«

Der Franziskaner schlug devot die Augen nieder. Nein, davon hatte er gewiß nichts gehört. Doch die Andeutung klang gefährlich genug, um seinen Pulsschlag zu beschleunigen. Daß Albin ihm ins Gesicht log, konnte der alte Mann schließlich nicht ahnen. Woher hätte der Turiner auch wissen sollen, daß der König von Frankreich seinem Kaplan schon lange seine Gunst entzogen hatte.

Während Albin vor der Schreibtafel stand, verspürte er eine beinahe wilde Freude dabei, die aufkeimende Angst in den Augen des Kopisten zu sehen. Es störte ihn allerdings, daß sich dessen Ordensbruder noch immer nicht herabließ, seine Schreibfeder aus der Hand zu legen und ihm seine Aufmerksamkeit zu schenken.

»Ich … werde Eure Botschaft kopieren, wie Ihr es wünscht, Vater«, erwiderte der Kopist endlich. Er zog eine Lade auf und kramte zwischen Klammern, Wachsgriffeln und schmalen

Pergamentstreifen herum. »Bevor die Glocke zur None läutet, wird die Abschrift fertig sein.«

»Deo gratias, Pater«, sagte Albin liebenswürdig. »Mein König wird gewiß erfahren, wie bereitwillig die Brüder vom Orden des heiligen Franziskus unsere Arbeit im Piemont unterstützen. Noch heute abend wird ein Bote an die Pforte des Klosters klopfen, um den Brief in Empfang zu nehmen. Sein Name ist Ramus, ein ziemlich grobschlächtiger Kerl. Ich weiß, daß ihr ihn zu dieser Stunde nicht mehr einlassen könnt. Ihr müßt nur dafür Sorge tragen, daß er meine Botschaft an Seine Majestät erhält, ehe er sich zum Hof nach Amboise aufmacht.«

Mit diesen Worten beugte sich Albin über die Schulter des zweiten Mönches und betrachtete dessen Arbeit. Was er sah, beeindruckte ihn zutiefst. Der Mann besaß eine gestochen scharfe Schrift, und trotz seines Alters hatte er eine überaus ruhige Hand. Fasziniert begriff Albin, über welche Macht der Mönch vor ihm verfügte. Die Buchstaben unter den farbenprächtigen Illustrationen, die aus seiner Hand flossen, waren nicht stumm und leblos, wie in den Druckschriften, die er selber zuweilen las. Im Gegenteil, die hier unter seinen Blicken entstehenden Silben gewannen ein Eigenleben, sobald sie sich über das Papier verbreiteten. In Albins Vorstellung erhielten die Minuskeln winzige schwarze Hände, während ihre großen Brüder, die Majuskeln, mit Beinen, Füßen und schlagenden Herzen ausgestattet wurden. Einen Herzschlag lang glaubte er sogar, Gesichter auf dem Bogen wiederzuerkennen.

Albin trat einen Schritt zurück und räusperte sich verlegen. Niemals zuvor hatte ein bloßer Schreibakt ihn so sehr verwirrt. Der Franziskaner war wahrhaftig ein Künstler des Wortes. Nicht einmal die Anwesenheit eines Fremden schien ihn in seiner Entrückung zu stören.

»Dominus vobiscum«, sprach er den Mönch nach einer Weile in lateinischer Sprache an. »Der Herr sei mit Euch, Bruder. Ihr könnt wahrhaftig mit der Feder umgehen. Ich

habe selbst in meiner Heimat noch keinen Schreiber erlebt, dessen Buchstaben so weich gerundet und gleichzeitig so stark und lebendig waren wie die Euren!«

Zu Vater Albins Erstaunen legte der Alte auf der Stelle seine Feder nieder, schüttete ein wenig Sand aus einem Zinnbehältnis auf die Seite und blickte den fremden Besucher mit unverkennbarem Trotz an.

»Wenn Ihr es sagt, wird es wohl stimmen«, murmelte der Mönch. »Schließlich unterstelle ich dem Beichtvater des Königs von Frankreich nicht, einen armen Diener des Herrn anzulügen!«

Vater Albin lächelte gequält, wie so oft, wenn ihm die passenden Worte fehlten. Der grauhaarige Mönch war also keineswegs so in sich gekehrt, wie es zunächst den Anschein erweckt hatte. Er wußte zweifellos, mit wem er es zu tun hatte; gewiß war dem alten Fuchs nicht ein einziges seiner Worte entgangen. Nun, dies machte die Sache womöglich einfacher.

»Ich wollte Euch keineswegs kränken oder Eure Arbeit unterbrechen, Bruder«, erklärte er schließlich. »Darf ich Euren Namen wissen und erfahren, welche Aufgaben Ihr hier im Kloster wahrnehmt?«

»Warum nicht?« Der Alte ergriff einen mit einer öligen Substanz getränkten Lappen und wischte sich damit die schwarzen Fingerkuppen sauber. »Man nennt mich Pater Eugenio. Im Kloster kümmere ich mich um die Verbrüderungsbücher und das Nekrolog. Jedenfalls seit dem Tag, an dem Eure Landsleute die Stadt einkesselten und ich gezwungen wurde, in den Mauern dieses Klosters Zuflucht zu suchen.«

»Darf ich aus Euren Worten schließen, daß Ihr Euch in der Klausur nicht besonders wohl fühlt, Pater Eugenio?« fragte Albin in mildem Ton nach. »Fehlt Euch der Ausgang in die Stadt?«

Der Mönch lachte auf. »Ihr scheint, mit Verlaub, keine Ahnung davon zu haben, womit sich der Orden des Heiligen Franziskus beschäftigt. Meine Brüder und ich haben seit den frühen Morgenstunden in der Stadt gearbeitet. Wir halfen, wo wir nur konnten, um die Schäden zu beseitigen. Zumindest die, welche sich beseitigen lassen. Doch kaum durchschritten wir die Klosterpforte, um ein wenig zu ruhen und unsere Gebete zu sprechen, meldete uns ein Knecht, daß im Viertel der Geldwechsler ein weiteres Haus in Flammen aufgegangen sei. Eure Soldaten haben es geplündert und in Brand gesteckt, weil sie keine Beute machen konnten.« Aus Pater Eugenios Worten sprach leidenschaftliche Entrüstung, auch wenn er klug genug war, keine offene Anklage auszusprechen.

»Ich kann durchaus verstehen, daß Ihr und Eure Landsleute verbittert seid«, entgegnete Vater Albin freundlich, »aber wir sind Männer der Kirche, und wie Ihr wißt, wünscht der Heilige Vater nicht, daß wir uns in die Auseinandersetzung zwischen Kaiser und König einmischen.«

Pater Eugenio widersprach nicht, sondern neigte devot den Kopf. Überzeugt hatte ihn der Einwurf des Franzosen indessen nicht. Die Päpste standen schließlich in vorderster Reihe, wenn es darum galt, Einfluß auf die Politik im Heiligen Römischen Reich auszuüben.

»Ihr würdet mir wirklich einen großen Gefallen tun, wenn Ihr mich heute abend in die Stadt begleiten könntet, Pater«, drängte Albin. »Ich brauche einen Mann Eurer Erfahrung und denke, daß Ihr mir bei einem delikaten Auftrag helfen könnt.«

»Das ist unmöglich, *padre!«* Eugenios Tischnachbar hatte die letzten Worte des Kaplans mit angehört. »Wir dürfen doch nach Einbruch der Dunkelheit nicht mehr vor die Tore hinaus. Außerdem müssen wir das Komplet nachher in der Kapelle gemeinsam beten. Ihr habt in dieser Woche bereits zweimal Dispens erhalten …«

»Ich muß Euch wohl daran erinnern, daß Euer Abt mir seine bedingungslose Unterstützung zugesagt hat!« Vater Albins eben noch so freundliche Stimme nahm einen drohenden Unterton an. Er ärgerte sich, daß dieser armselige

Mönch, dessen Buchstaben neben Eugenios aussahen wie Krähenfüße, es überhaupt wagte, ihn zu unterbrechen. »Der ehrwürdige Vater wird es nicht gerne hören, daß einer seiner Mönche sich weigert, dem Kaplan des Königs von Frankreich zu Diensten zu sein!«

»Spart Eure Kräfte, Vater Albin.« Eugenio erhob sich mit einem Ächzen von seinem Schemel. Der Rücken tat ihm weh, und seine geschwollenen Füße bedurften dringend eines kühlenden Wasserbottichs in der Klosterküche. Gewiß gab es angenehmere Pflichten, als nach einem anstrengenden Tag an der Seite eines streitbaren französischen Feldpredigers durch die Straßen Turins zu laufen. Hatte er nicht vor wenigen Stunden erst seinem ehemaligen Schüler Sefferino vorgeworfen, sich mit den verhaßten Besatzern verbrüdert zu haben?

»Darf ich denn wenigstens erfahren, was Ihr vorhabt?« erkundigte sich Pater Eugenio nach einigem Zögern. »Oder brauche ich dafür einen weiteren Dispens?«

»Aber keineswegs!« Albin winkte ab. »Mein König ist ein ebenso frommer Mann wie Euer Abt. Er hat mir den Auftrag erteilt, dafür zu sorgen, daß die Flamme des wahren Glaubens in jeder Provinz seines Reiches reichlich Nahrung findet – trotz der schwierigen Zeiten, in denen wir leben. In diesem Punkt stimmt Ihr mit mir doch gewiß überein!«

»Und Ihr glaubt, daß Eure Flamme hier in unserer Stadt nicht hell genug lodert?« wollte Pater Eugenio wissen. Plötzlich fühlte er sich unbehaglich.

»Euer geschätztes Turin besitzt zwar wunderbare Kirchen und stolze Abteien, aber die Stadt beherbergt in ihren Mauern auch allerhand lichtscheues Gesindel.« Albin lachte bitter auf. »Ich nehme an, ein kluger Kopf wie Ihr versteht, worauf ich anspiele. Der üble Hauch der Ketzerei braucht weder Krieg noch Verwüstung, um sich in den Seelen der Menschen fortzupflanzen. Er dringt durch jede Mauerritze, durch jeden Fensterspalt und vergiftet die Gedanken derer, die sich nicht gegen ihn zur Wehr setzen. Hier, schaut her!«

Er deutete auf Pater Eugenios Buch. »Solltet Ihr so blind sein, anzunehmen, daß alles, was Ihr in Eurer Schreibstube kopiert, unserem Herrn und Meister wohlgefällig ist? Für die verdammten Katharer war der Bericht der *Genesis* ein Beweis für ihre Irrlehre, unsere Welt sei ein Schöpfungsakt Luzifers, während sich die Waldenser ihr Recht auf Laienpredigt aus einigen Stellen der Apostelgeschichte des Lukas ableiten.«

Ungestüm hob Vater Albin den Deckel des Buches, an dem der Mönch gearbeitet hatte, und ließ ihn mit einer schwungvollen Bewegung auf die Seiten fallen. Ein dumpfes Geräusch hallte wie das Echo eines Schusses aus einer Hakenbüchse durch den Saal. Pater Eugenio zuckte verstört zusammen, wagte aber keinen Widerspruch. Mit großen Augen starrte er Albin an. Bis zu diesem Moment hatte er ihn für einen harmlosen Wichtigtuer gehalten, einen Sonderling, der mit kindischer Freude an seiner Bekanntschaft zum französischen Königshaus festhielt. Doch nun mußte er feststellen, daß der Kaplan nicht nur leeres Gerede von sich gab. Er schien zu den glühenden Eiferern zu gehören, die in Frankreich dafür stritten, die verirrten Protestanten wieder der römischen Kirche zuzuführen. Offenbar war es klüger, ihn nicht durch weitere Fragen zu reizen. Pater Eugenio kannte persönlich keine Anhänger der neuen Lehre. Mit den Waldensern, die regelmäßig aus ihren Dörfern nach Turin zogen, um die Märkte auf dem *campo* zu besuchen, kam er hingegen gut zurecht. Sie waren stets gute Nachbarn und ehrliche Geschäftsleute gewesen.

»Wenn Ihr nun die Güte hättet, mir zu folgen, Pater Eugenio«, erklärte Vater Albin mit triumphierender Stimme. »Ich muß dem Spital und seinem Wundarzt einen lange überfälligen Besuch abstatten! Es kann nicht schaden, wenn die Kirche dem jungen Mann, der sich dort um die Verwundeten kümmert, ein wenig auf die Finger sieht.«

Pater Eugenio rümpfte die Nase. Nicht einmal für Spitzeldienste und Denunzianten war sich der Kaplan des Königs zu schade. Der Mönch war bereits an der Tür zur Bibliothek angelangt, als er plötzlich innehielt.

»Was habt Ihr denn?« erkundigte sich Vater Albin. »Fehlt Euch etwas?« Er war bereits vorgegangen und wandte sich ungeduldig um.

»Sagt, ist dieser Mann, der Wundarzt, von dem Ihr gesprochen habt, vielleicht ein Landsmann von Euch, ein ... Bader?«

Vater Albin nickte. »Sein Name lautet Ambroise Paré. Ein sonderbarer Bursche, der sich tagelang in den Tälern herumtrieb. Angeblich, um frische Arzneien für das Heer zu kaufen. Ich habe seinem verstorbenen Meister, einem Wundchirurgen namens Bertrandel die Beichte abgenommen und die Sterbesakramente gespendet. Der arme Mann hatte sich eine Lungenentzündung geholt und war bereits reichlich wirr im Kopf, als man mich zu seinem Lager führte. So behauptete er von dem seltsamen Bader ...«

»Vater Albin!« Eugenio hob empört die Hand und bekreuzigte sich. »Denkt an das Beichtgeheimnis!«

»Ach was, Mönch«, wies Vater Albin ihn grob zurecht. »Versteht Ihr denn nicht, daß ich mir Sorgen um die Soldaten Seiner Majestät mache? Der Bader erwartet eine Sendung von Heilmitteln, die er augenscheinlich bei einer Ketzerin, einer reichen Waldenserin aus Prali, bestellt hat.«

Pater Eugenio klebte plötzlich die Zunge am Gaumen, so trocken war sein Mund. Ketzerei war ein schwerwiegender Vorwurf. Ob Sefferino ahnte, in welcher Gesellschaft er sich bewegte?

»Wie ich vom Befehlshaber der Stadt erfuhr«, fügte Albin hinzu. »soll dieser Bader auch noch einen dahergelaufenen jungen Italiener in seinem Krankensaal beschäftigen, dem er sein Handwerk beibringt. Ich habe keine Ahnung, aus welchem Ei der Bengel geschlüpft ist und ob er ebenfalls zu den Ketzern gehört, doch ich finde, wir sollten das sorgfältig überprüfen!«

Omne malum nascens facile opprimitur, erinnerte Eugenio sich eines alten Sinnspruches. Ein Geschwür beseitigte man, solange es klein war, und ein Besuch im französischen Spital bot ihm zumindest die Gelegenheit, noch einmal mit Seffe-rino zu reden. Das Kind hatte niemanden mehr auf der Welt, allein den Schutz der Mutter Kirche. Also beeilte Pater Eugenio sich, dem Kaplan durch die verschachtelten Gänge des Klosters zu folgen.

Sein Ordensbruder blieb im *scriptorium* zurück. Einen Herzschlag lang starrte er den beiden Männern nach. Dann streckte er seine Beine aus und begann lustlos, die Botschaft für den König von Frankreich zu kopieren.

14. KAPITEL

Ambroise stützte den Kopf des verwundeten Soldaten, während er die Stelle an dessen Bein, die es zu behandeln galt, mit einem schwarzen Kohlestift umrandete. Eine Wunde, die von einem Schwert stammte, stellte er erleichtert fest, nicht von einer Schußwaffe. Er mußte also lediglich die Wundränder säubern und eine Naht anlegen. Danach konnte ein Wundknecht das Bein verbinden und den Soldaten aus der Wundkammer führen. Nein, dieser Soldat bereitete ihm kein Kopfzerbrechen. Schwerwiegender waren die Fälle im Nebenraum. Dort hatten er und seine Gehilfen während des Nachmittags dreimal zur Knochensäge greifen müssen, um brandige Gliedmaßen zu amputieren und danach auszubrennen. Die Schreie der auf diese Weise gemarterten verfolgten ihn noch immer, auch wenn die meisten der Männer inzwischen in einen fiebrigen Schlaf gefallen waren. Der berühmte Vigo nannte diesen Schlaf heilsam, doch Ambroise bezweifelte diese Theorie. Gewiß gab es unterschiedliche Phasen der Ruhe. Die, welche er bei seinen Kranken beobachtete, war alles andere als natürlich. Sie führte die Männer geradewegs ins Delirium, aus dem es nur selten einen Weg zurück gab.

»Glaubt Ihr, daß ich bald wieder laufen kann, Monsieur?« wollte der Mann auf seiner Bahre wissen. Sein Dialekt kam Ambroise vertraut vor. Er mußte aus dem Süden stammen, aus dem Languedoc, möglicherweise auch aus der Gascogne. »Zu Hause habe ich einen kleinen Hof, Monsieur. Er liegt hinter den Grotten von Gaboulais, wo der beste Käse des Landes reift. Drei Morgen Land habe ich zu bestellen. Wißt Ihr, wieviel Arbeit anfällt, wenn das Geld zu knapp ist, um einen Knecht zu bezahlen? Meine Frau ...«

»Mach dir keine Sorgen!« Ambroise ließ den Kopf des Soldaten behutsam auf die zusammengerollte Decke sinken, die ihm als Kissen diente, und tupfte das gerötete Fleisch mit einem in Arnikasud getränkten Schwamm ab. Anschließend ging er zu seinem Kasten, den er auf einer unbenutzten Liege abgestellt hatte, und entnahm ihm eine Anzahl feiner Wundnadeln. »Du bist als Kind gewiß hin und wieder auf einen Obstbaum geklettert und auch heruntergefallen. Sind deine Schrammen damals gut verheilt?«

»Eigentlich schon«, gab der Soldat zurück. »Ein Bauernjunge hat doch immer irgendwelche Kratzer oder blaue Flecken.«

Ambroise hielt Nadel und Faden ins Licht der Öllampe, die am Pfosten des Lagers befestigt war. Der Faden bestand aus einer Katzensehne. Anderes Material, um Wunden zu vernähen, besaß er schon seit Tagen nicht mehr.

»Ihr habt begnadete Hände für einen Chirurgen, Monsieur«, stöhnte der verwundete Soldat auf. Schweißperlen glitzerten auf seiner Stirn. »Ja, das sagen die Kameraden auch. Ich bin froh, daß Ihr mich zusammenflickt und nicht dieser fette Schinder von einem Wundknecht!«

»Schließ bitte die Augen!« Ambroise prüfte den Rand der Wunde und setzte die Nadel an. »Denk an die Bäume auf deinen Feldern und an fröhliche Kinder, die auf ihnen herumklettern.«

Der Bader hatte die Behandlung kaum abgeschlossen, als plötzlich ein Mann den Vorhang zur Seite schob und in die

Wundkammer eintrat. Einen Herzschlag lang ließ der Fremde seine Blicke abschätzig über den Wundarzt und dessen Patienten gleiten. Erst als er das Blut auf den Dielen und Ambroises Instrumente gewahrte, sagte er. »Ich bin Kurier seiner Gnaden des Herzogs, und habe eine Botschaft an den Baderchirurgen Ambroise Paré. Ich nehme an, das seid Ihr?« Eine Antwort schien den Kurier nicht zu interessieren. Er zog eine Papierrolle aus seinem Wams und überreichte sie Ambroise. Dann grüßte er knapp und wandte sich zum Gehen.

»Wartet, Sergeant«, fuhr Ambroise den Boten an, noch ehe dieser den Raum verlassen hatte. Mit ungläubiger Miene überflog er die wenigen Zeilen über dem königlichen Siegel. »Ihr seid sicher, daß Euch der Herzog persönlich zu mir geschickt hat?«

Der Mann, ein dürrer Rotschopf mit Sommersprossen und einer Zahnlücke, die ihn wie einen Halbwüchsigen aussehen ließ, machte ein beleidigtes Gesicht. »Gewiß habt Ihr das Siegel von Frankreich erkannt. Daneben findet Ihr das Signum des Marschalls. Reicht Euch das als Legitimation?«

Grußlos verließ der Mann die Kammer. Ambroise starrte ihm einen Augenblick lang nach, dann warf er die Papierrolle auf seinen Studiertisch, der sich unter der Last zahlreicher Flaschen und Bücher bereits bog. Wütend stapfte er zu seinem Pult und nahm eine Phiole zur Hand, die er prüfend auf und ab bewegte. Auf dem Boden der Flasche hatte sich ein grüner Satz gebildet.

»Schlechte Nachrichten?« fragte eine Stimme hinter ihm.

Ambroise ließ die Phiole sinken und blickte zum Eingang der Wundkammer hinüber. Seine Gesichtszüge entspannten sich ein wenig, als er den Ankömmling erkannte. »Seffe-rino«, rief er erfreut. »Wann bist du denn zurückgekommen? Mein Gott, du siehst ja zum Fürchten aus, so bleich und schmutzig wie ein Abdecker aus der Rue de Gralles. Am besten gehst du gleich hinunter in die Küche und läßt dir einen Teller heiße Brühe geben. Wir können uns später noch unterhalten.« Damit wandte er sich wieder seiner Arbeit zu.

Sefferino rührte sich jedoch nicht von der Stelle. Seine Mundwinkel begannen zu zucken, ja, er mußte sich zusammennehmen, um nicht vor dem Bader und seinem Patienten in Tränen auszubrechen. Wenn es um einen seiner Kranken ging, besaß der Bader Einfühlungsvermögen und Menschenkenntnis. Wieso aber versagte er regelmäßig bei denen, die ihm am nächsten standen? Sefferino straffte die Schultern. Er brauchte keine heiße Brühe, er brauchte Ambroises Hilfe. »Ich war mit Gompard Danderac in San Matteo, Meister Paré«, sagte er nach einigem Zögern. »Sblinettas Haus wurde in Brand gesteckt. Euer Hauptmann Danderac gab persönlich den Befehl dazu!«

Einen Augenblick starrte Ambroise ihn an, als hätte sein Gehilfe den Verstand verloren. Dann polterte er los: »Ich hatte dir verboten, dorthin zu gehen«, schrie er. »Aber du nimmst ja auf niemanden Rücksicht, wenn es gilt, deinen sturen Bauernschädel durchzusetzen. Wenn dir etwas passiert wäre ...« Er nahm die Papierrolle und schlug sich damit ein paarmal in die offene Hand. »Was soll nur aus dir werden, Junge?«

Sefferino neigte den Kopf und beobachtete seinen Beschützer aus den Augenwinkeln. Dessen Zorn war so schnell verraucht, wie er gekommen war. Er gewann gar den Eindruck, daß der Bader ihm gar nicht wirklich böse war, sondern ihn durch seinen Wutanfall nur hatte erschrecken wollen, erschrecken und warnen.

»Was steht denn in dem Brief?« fragte er nach einer Weile zaghaft. »Eine Beschwerde Monsieur Danderacs?«

Ambroise schüttelte den Kopf und spähte mißtrauisch zu seinem Patienten hinüber. Der verwundete Soldat hatte die Augen geschlossen und schien tief und fest zu schlafen. Schließlich erwiderte er leise: »Keine Beschwerde. Seine Gnaden, der Herzog von Montejan, läßt mir mitteilen, daß die Kriegskasse der Infanterie seit der Einnahme Turins verdächtige Unregelmäßigkeiten aufweist. Im Augenblick, so schreibt er, sind ihm die Hände gebunden. Das bedeutet, er wird mir das versprochene Geld für Arzneien von Madame Ceres nicht vorstrecken können. Statt dessen soll ich auf Nachschub aus Frankreich warten.«

»Und dabei habt Ihr der Waldenserin Euer Wort gegeben«, fügte Sefferino empört hinzu. Vorsichtig glättete er die Schriftrolle und begann darin zu lesen. Es fiel ihm nicht leicht, den genauen Wortlaut des Briefes zu entschlüsseln, der in einer eigentümlich gestelzten Sprache abgefaßt worden war, die so gar nicht zu dem eher robusten Herzog von Montejan passen wollte, doch vermutlich redete man so am französischen Königshof. Allmählich begriff Sefferino, was den Bader mit so tiefer Sorge erfüllte.

»Wie konnte es nur zu solchen Unregelmäßigkeiten kommen?« fragte er nach einem Moment des Schweigens. »Eure Leute haben doch reichlich Beute gemacht. Außerdem ließ Hauptmann Danderac Ruffos Waffenkammer ausheben. Gompard hat mir erst neulich davon berichtet.«

»Mir gefällt das alles nicht.« Ambroises Miene verdüsterte sich. »In letzter Zeit scheinen sich die sonderbaren Zufälle in unserem Lager zu häufen. Auf den Herzog lasse ich nichts kommen, er ist ein wahrer Ritter. Bei einigen seiner Offiziere und deren Günstlingen bin ich mir da allerdings weniger sicher.«

»Was haltet Ihr von Danderac? Traut Ihr dem Hauptmann oder seinem Sohn eine Unterschlagung königlicher Gelder zu?«

Ambroise maß Sefferino mit einem forschenden Blick. Was der Junge da andeutete, erfüllte ihn mit Besorgnis. So mancher Soldat hatte bereits wegen unbedeutenderem Geschwätz seinen Hals in einer Schlinge wiederfinden müssen.

»Soweit mir bekannt ist, verwaltet Hauptmann Danderac selbst die Kriegskasse«, antwortete er ausweichend. »Er kontrolliert die Berichte und ist für das Handgeld der Schweizer verantwortlich.«

»Das Handgeld der Schweizer?« Sefferino wurde hellhörig. Es waren Schweizer gewesen, die Sblinettas Knecht getötet und ihn bedroht hatten. Wenn der Hauptmann die Männer aus eigener Tasche bezahlte, damit sie ihm für spezielle Aufträge zur Verfügung standen, brauchte er zweifellos mehr Geld, als ihm nach dem Reglement zur Verfügung stand.

Ambroise ergriff ein Stundenglas von seinem Schreibtisch, drehte es um und beobachtete, wie der feine, helle Sand in einem dünnen, jedoch unaufhaltsamen Strom durch das Glasröhrchen rieselte. Plötzlich sprang er von seinem Schemel auf und packte seinen Pflegesohn bei den Schultern. »Sefferino, du mußt mir versprechen, daß du kein Wort darüber verlierst, was du heute in San Matteo erlebt hast. Zu niemandem, verstanden?«

»Aber ... was soll ich denn Eurer Meinung nach statt dessen tun? Darauf warten, bis Danderac sich entschieden hat, ob ich für ihn gefährlich werden könnte?«

»Versuch dich zu erinnern, was der Hauptmann im Hof dieses Steuereinnehmers gesagt hat, und schreibe es auf.« Ambroise lief zu seinem Pult und kramte so lange zwischen Instrumenten, Büchern und Papieren, bis er ein Stück unbeschriebenes Papier fand, und reichte es Sefferino mit einem aufmunternden Nicken. »Keine Bange. Der Herzog wird dieses dumme Mißverständnis aufklären.«

»Wenn Ihr meint ...«

»Aber gewiß doch«, versicherte Ambroise. Er klopfte Sefferino freundschaftlich auf den Rücken, was der Junge mißmutig über sich ergehen ließ. Das Vertrauen des Baders zum Befehlshaber der königlichen Infanterie kam ihm ein wenig übertrieben vor. Ambroise schien in seiner grenzenlosen Hingabe an die Obrigkeit vergessen zu haben, daß Montejans Weigerung, die Rechnung der Waldenser zu begleichen, ihn in eine ziemlich mißliche Lage brachte.

»Laß uns ein paar Schritte gehen«, sagte Ambroise. »Ein wenig frische Luft wird uns guttun. Außerdem möchte ich dir im Garten etwas zeigen, was nicht jeder gleich zu sehen braucht!« Ein Lächeln stahl sich auf sein Gesicht. »Ich habe heute nachmittag ein paar Versuche durchgeführt. Du weißt schon, wegen der Vergiftungen, die angeblich durch Schießpulver entstehen.«

»Versuche?« Sefferino schürzte erstaunt die Lippen. Ambroise war ein praktischer Mensch, der seine chirurgischen Instrumente mit großem handwerklichem Geschick beherrschte. An Experimente mit Heilstoffen hatte er sich jedoch bisher noch nicht herangewagt. Aus gutem Grund, denn für die Erprobung neuer Wundarzneien waren schließlich die studierten Ärzte und Apotheker zuständig.

Sefferino beobachtete, wie der Bader die grünliche Flasche, die er während ihrer Unterhaltung kaum aus den Augen gelassen hatte, am Halse packte und vorsichtig zur Tür trug. »Not macht erfinderisch«, murmelte er dabei geistesabwesend. »Komm, wir sollten keine Zeit mehr verlieren.«

»Und Ihr seid wirklich der Meinung, daß dieses Gebräu das Ausgießen mit heißem Öl nach einer Operation ersetzen könnte?«

Skeptisch schnupperte Sefferino an der Flüssigkeit, die der Bader ihm im Garten aus seiner grünen Flasche in die offene Hand geträufelt hatte. Sie roch nach Rosen und Honig und fühlte sich samtig weich auf der Haut an. Außerdem verursachte sie eine seltsam angenehme Wärme. Ein Mädchen hätte darin baden wollen, dachte Sefferino und verteilte den Balsam auf seinen Handflächen. Woraus diese Substanz genau bestand, konnte er hingegen nur vermuten. Er war im Begriff, Ambroise danach zu fragen, als einer der Wundknechte seinen Kopf aus einem der Fenster im oberen Stockwerk steckte und mit dröhnender Stimme Besuch ankündigte.

»Wer ist es?« wollte Ambroise wissen und verbarg die Flasche rasch zwischen den Falten seines Umhangs. »Ein Offizier des Herzogs?«

Der Wundknecht grinste und legte beide Hände zusammen, als wollte er beten. »Zwei geistliche Herren wünschen den Wundarzt zu sprechen«, antwortete er dann, nachdem er erkannt hatte, daß Ambroise nicht zu Späßen aufgelegt war. »Der eine ist der finstere Kerl, den unser König den Truppen im letzten Jahr zurückgelassen hat!«

Sogleich eilten Ambroise und Sefferino in die Halle, wo Vater Albin bereits damit beschäftigt war, die Reihen der Strohlager abzuschreiten. Er betrachtete jeden einzelnen Verwundeten, sprach die Männer allerdings nicht an. Von Zeit zu Zeit lupfte er eine Decke oder berührte einen der blutdurchtränkten Verbände. Pater Eugenio hielt sich dezent im Hintergrund, doch seine umwölkte Stirn verriet, daß er mit dem Auftreten seines Begleiters nicht einverstanden war. Als er Sefferino erkannte, hellte sich seine Miene auf; seine Augen begannen erwartungsvoll zu funkeln. Dennoch machte er ein abwehrendes Zeichen und bedeutete seinem einstigen Schüler, in Gegenwart der beiden Franzosen nicht das Wort an ihn zu richten. Sefferino, der nicht damit gerechnet hatte, den Mönch so bald wiederzusehen, nickte verständnisvoll.

»Darf ich fragen, was die Herren zu dieser Stunde noch ins Lazarett führt?« fragte Ambroise. Der Priester mit der staubigen Soutane kam ihm bekannt vor. Er erinnerte sich dunkel, ihn schon einmal beim Hauptquartier des Herzogs gesehen zu haben. Ja, es war an dem Tag gewesen, als Franz von Valois die Truppen besucht hatte.

Eine halbe Ewigkeit schien zu vergehen, ehe Vater Albin sich bequemte, seine eigenmächtige Inspektion der Krankenbetten abzubrechen und Ambroise einen Blick zu gönnen. Als er es schließlich tat, begrüßte er den Wundarzt mit einem hoheitsvollen Lächeln und stellte sich als Beichtvater des Königs von Frankreich vor. Im Licht der zahlreichen Kerzen, die Ambroise hatte aufstellen lassen, glitzerten seine blassen Augen wie zwei kalte Sterne.

»Es ist mir ein Vergnügen, Euch endlich kennenzulernen, Bader Paré«, sagte Vater Albin leise. »Oh, verzeiht, ich hoffe, ich habe nicht die falsche Anrede gewählt.«

»Ich lege keinen besonderen Wert auf Titel, Vater. Mit Titeln heilt man weder zerschlagene Knochen, noch schneidet man ein eiterndes Geschwür aus dem Leib!«

»Ihr solltet nicht so ... vorwitzig sein, wenn der Beichtvater Eures Königs das Wort an Euch richtet«, ließ sich Pater Eugenios Stimme vernehmen. Der Mönch tupfte sich mit einer Falte seines weiten Ärmels die Stirn ab und trat dann zu Vater Albin an das Krankenlager. »Ein wenig mehr Demut stünde Euch gut zu Gesicht, junger Mann!«

Sefferino starrte seinen ehemaligen Lehrer fassungslos an. Einen Moment lang hatte er gehofft, Pater Eugenio sei gekommen, um sich trotz der gegenseitigen Vorwürfe vom Vormittag mit ihm zu versöhnen. Doch, was zum Teufel, hatte der alte Mann mit diesem französischen Priester zu schaffen? Zu spät bemerkte er, daß Vater Albin auf ihn aufmerksam geworden war.

»Du bist gewiß der Junge, der Monsieur Paré bei der Pflege unserer armen Soldaten zur Hand geht, nicht wahr? Wie lautet dein Name?« fragte der Geistliche, nachdem er Eugenio ein Stück beiseite geschoben hatte.

»Sein Name lautet Sefferino«, antwortete Ambroise hastig, ehe sein Schützling auch nur den Mund öffnen konnte. »Seine Familie fiel vor einigen Monaten einem Verbrechen zum Opfer, und die Pflegschaft, die ich im Auftrag des Hauptmanns Danderac de Vassy ausfindig machte, erwies sich als völlig ungeeignet. Darum nahm ich den Knaben zu mir.«

»Was Ihr nicht sagt, Bader!« Vater Albin musterte Sefferino mit einem durchdringenden Blick. Pater Eugenio gab indes zu bedenken, daß die Franziskaner sich auch um Waisenkinder kümmerten und daß ein Armeespital wohl kaum der geeignete Aufenthaltsort für einen Knaben sei, der einen schweren Verlust erlitten hatte. Aber der Kaplan winkte nur ungehalten ab.

»Sefferino hat hier alles, was er braucht«, erklärte Ambroise mit Bestimmtheit. »Er ist fleißig und interessiert sich sehr für die ärztliche Kunst. Darüber hinaus ist der Herzog von seinen Sprachkenntnissen beeindruckt. Sollte es in den nächsten Tagen zu Verhandlungen mit den Habsburgern kommen, könnte es sein, daß Maréchal de Montejan den Jungen als Dolmetscher beauftragt.« Der Bader holte tief Luft und gab Sefferino mit den Augen zu verstehen, daß er im Augenblick keinen Anlaß zur Besorgnis sah. Wenn die beiden Geistlichen sich auch vorgenommen haben mochten, ihn auszuhorchen, so taten sie dies gewiß nicht im Auftrag des Hauptmanns Danderac.

»Ich finde, der Junge gehört in ein Kloster«, ergriff Pater Eugenio erneut das Wort. »Den ganzen Tag unter fluchenden, nach Dirnen schreienden Soldaten ...«

»... *verwundeten* Soldaten, Bruder! Menschen, die nicht selten mit dem Tod ringen. Gerade Ihr als Franziskaner solltet eigentlich verstehen, daß ich jede helfende Hand im Krankensaal brauche!« Mit wachsendem Ärger funkelte Ambroise den Mönch an.

»Der Gehilfe des Baders interessiert mich nicht, Pater.« Vater Albin machte eine gleichmütige Handbewegung, als wolle er alle Einsprüche abtun. »Wenigstens nicht im Augenblick. Ich werde zu einem späteren Zeitpunkt darauf zurückkommen, ob Eure Sorge um das Wohl des Waisen berechtigt ist. Doch nun zu Euch, Monsieur Paré: Wärt Ihr so freundlich mir zu erklären, warum ich Euch noch nie bei der Messe im französischen Feldlager gesehen habe!«

Überrascht merkte Ambroise auf. Er hatte mit Fragen zur Pflege seiner Kranken gerechnet, zu den chirurgischen Eingriffen, die er seit Bertrandels Tod durchgeführt hatte. Mit rauher Stimme antwortete er: »Als Baderchirurg ist es mir nicht möglich, die Verwundeten zu verlassen, um im Lager die Messe zu hören. Ich hatte eigentlich vor, nach San Giovanni Battista hinaufzugehen, um die Beichte abzulegen. Der Dom ist ein herrliches Bauwerk, das ...«

»Darauf kommt es nicht an, Monsieur. Der Dom von Turin ist nicht anders als Notre Dame in Paris: ein Gebäude aus

Stein, Holz und Buntglas.« Entschlossen lief er zu einer der romanischen Bögen, welche den Krankensaal in Nischen unterteilten, und klopfte gegen das Mauerwerk. »Seht Ihr, Bader? Grober, behauener Stein. Fühlt doch einmal, wie kalt er ist.«

»Ich habe meine Knechte angewiesen, Decken und Vorhänge hinter die Strohlager zu spannen, um die Kranken vor allzu großer Kälte zu schützen«, erwiderte Ambroise, ohne zu verstehen, worauf die ganze Konversation hinauslief. »Allerdings halte ich nichts davon, frische Luft aus dem Krankensaal auszusperren. Deshalb die geöffneten Fenster.«

Vater Albin lachte. Es klang vorwurfsvoll und spöttisch zugleich. »Kommen wir zu Euren Behandlungsmethoden. Wo, sagtet Ihr, wurdet Ihr zum Wundarzt ausgebildet?«

Ambroise antwortete nicht sofort. Er bat die beiden Geistlichen in seine Wundkammer, wo einer der Knechte inzwischen ein behagliches Feuer gemacht hatte, und lud sie ein, auf zwei einigermaßen sauberen Schemeln in der Nähe des Kamins Platz zu nehmen. Sefferino blieb, zu Pater Eugenios Erleichterung, draußen bei den Wundknechten.

Ambroise füllte drei Zinnbecher, die der Hausbesitzer bei seiner überstürzten Flucht aus der Stadt zurückgelassen hatte, mit dünnem Bier aus einer Kanne. Anschließend berichtete er von seinen Lehrjahren in Paris, seiner Wanderschaft durch Frankreich und den Erfahrungen und Beobachtungen, die er als Gehilfe verschiedener Chirurgen, zuletzt des verstorbenen Wundarztes Bertrandel, gesammelt hatte. Obgleich Vater Albin vorgab, ihm aufmerksam zuzuhören, erkannte der Bader rasch, daß sein Werdegang den Kaplan nicht sonderlich interessierte. Offensichtlich ließ er ihn nur reden, um seine Wortwahl zu studieren.

Der alte Mönch gab sich unterdessen keine allzu große Mühe, seine Langeweile zu verbergen. Mürrisch nippte er an seinem Dünnbier, bis sein Blick wie zufällig auf einem geflochtenen Binsenkorb zu ruhen kam, in dem Sefferino seine wenigen Habseligkeiten aufbewahrte. Der Mönch runzelte die Stirn; er schien einige der Sachen zu erkennen. Ambroise begann unter seinem gefütterten Lederwams zu schwitzen. Insgeheim aber fluchte er. Er hatte Sefferino wenigstens dreimal aufgefordert, seine Habseligkeiten nicht offen in der Kammer herumliegen zu lassen, sondern sie in einem der leerstehenden Räume zu verstauen, in denen die Gehilfen des Baders nach ihrem Dienst schliefen. Einen Augenblick lang überlegte er, ob er aufstehen und den Korb unter einem Vorwand zur Seite räumen sollte, doch er entschied sich dagegen. Es lag auf der Hand, daß der Franziskaner keine großen Sympathien für ihn hegte. Warum, konnte er sich nicht erklären, aber es mußte mit Sefferino zusammenhängen. Der alte Mann schien wie besessen von der Idee zu sein, den Jungen in sein Kloster zu holen

»Könnt Ihr mich nun darüber aufklären, wie Ihr Eure Kranken behandelt, Bader?« fragte ihn Albin, nachdem er seinen Bericht über seinen Werdegang beendet hatte. »Was tut Ihr zum Beispiel bei Knochenbrüchen? Verwendet Ihr Schienen oder andere Hilfsmittel?«

Ambroise hob die Augenbrauen. Der Priester schien ihn also doch auf seine Befähigung prüfen zu wollen. »In jedem Fall muß der entsprechende Knochen behutsam auf Splitter untersucht und in eine Lage gebracht werden, in der er wieder richtig zusammenwachsen kann«, erklärte er. »Leider lassen manche Bader und Wundärzte die Schienen viel zu früh entfernen. Roger von Salerno empfiehlt daher, gebrochene Arme und Beine zur Ruhestellung in einen erhärtenden Verband aus Mehl und Eiweiß zu hüllen.«

»Eine sonderbare Vorstellung«, spottete Pater Eugenio. »Ich für meine Person könnte mir nicht vorstellen, einen Kuchenteig am Bein spazierenzuführen! Da ist mir eine stabile Holzschiene lieber.«

»Seht zu, daß Ihr sie nicht eines Tages braucht, Pater!« Vater Albin warf dem Mönch einen gereizten Blick zu.

Eugenio fragte sich, was der Beichtvater des Königs mit diesem sinnlosen Geplänkel beabsichtigte. Knochenbrüche –

Unfug. Nicht ein einziges Mal hatte er den Bader darauf angesprochen, daß er ihn der Ketzerei verdächtigte oder zumindest des Paktierens mit Protestanten.

»Ihr beruft Euch also auf den Arzt Roger von Salerno«, sagte Vater Albin leise. »Interessant!« Er erhob sich von seinem Schemel und trat ans Fenster. Mit verschränkten Armen starrte er in die Dunkelheit hinaus. Ein paar Soldaten kamen mit brennenden Pechfackeln die Gasse herauf. Im Gehen warfen sie einander wüste Beschimpfungen an den Kopf, und eine lallende Stimme forderte ein Duell vor den Mauern des Richtplatzes. Vermutlich hatten die Männer sich in einer Taverne vollaufen lassen und irrten nun auf der Suche nach ihrem Quartier durch die Stadt.

Angewidert kehrte Vater Albin an seinen Platz am Kamin zurück. »Ihr solltet Gitter vor Euren Fenstern anbringen lassen. Warum habt Ihr das Spital überhaupt in dieser abgeschiedenen Gasse eingerichtet, und nicht an der großen Piazza, wo die Offiziere ihr Quartier genommen haben?«

»Meine Gründe waren medizinischer Natur, Vater!«

»Ach ja? Dann bitte ich Euch, sie mir zu nennen!«

Ambroise stöhnte leise auf. Der Priester war aufdringlich wie ein Schwarm Fliegen. Schließlich erklärte er: »In den Abhandlungen des berühmten arabischen Arztes ar-Rasi wird beschrieben, wie der Heilkundige den günstigsten Ort für ein Hospital in Bagdad auswählte. Er ließ durch seine Diener in allen Teilen der Stadt die Schulterstücke, Bauchlappen, Rippchen und Filets soeben geschlachteter, gleichaltriger Hammel aufhängen.«

»Heilige Jungfrau Maria ...«, krächzte Pater Eugenio, »was für ein heidnischer Brauch!«

»Wo das Fleisch nach vierundzwanzig Stunden noch einigermaßen frisch und am wenigsten verwest war, ließ ar-Rasi das bedeutende Hospital von Bagdad errichten«, fuhr Ambroise ungerührt fort. »Versteht Ihr, meine Herren: Sauberes Wasser und reine Luft sind für den Heilungsprozeß eines Kranken unverzichtbar. Darum habe ich den Herzog gebeten, mir dieses Haus zu überlassen. Es hat einen großen Garten, eine Tränke und mehrere Brunnen.«

Vater Albin stellte seinen Becher auf dem Kaminrand ab und stand auf. »Wir haben Monsieur Parés Zeit nun lange genug in Anspruch genommen. Im Augenblick habe ich keine weiteren Fragen an ihn.« Er hob flüchtig die Hand und deutete einen Segen an. »Gott sei mit Euch, Bader!«

»Und mit Euch!« Ambroise begleitete den Geistlichen höflich zur Tür, während Pater Eugenio sich nur widerstrebend von seinem Platz am prasselnden Feuer zu trennen schien.

»Pater, wo bleibt Ihr denn?« rief Albin ungehalten.

»Nur keine Eile«, murmelte der Mönch, »ich bin sogleich bei Euch.« Mit gehetzten Blicken sah er sich in Ambroises Wundkammer um.

Am nächsten Morgen verließ Sefferino in aller Frühe das Hospital, um seinen ehemaligen Lehrer im Franziskanerkloster aufzusuchen. Ein junger Pförtner verriet ihm, daß der Mönch bereits nach der Frühmesse zur Domschule aufgebrochen war. Sefferino seufzte und machte sich auf den Weg. Als er durch das breite Tor lief, welches den Dom mit den stattlichen Palästen des Bischofs verband, spürte er, wie sein Herz heftig zu hämmern begann.

Im Hof herrschte schläfrige Stille, die Fenster der Studierstuben waren noch dunkel. Auf den Stufen eines Kellerabgangs saßen zwei blondgelockte Jungen mit blauweißen Samtkappen und klimperten auf einer Laute. Sie waren so sehr in ihre Arbeit vertieft, daß sie weder Sefferino noch die beiden verschleierten Frauen bemerkten, die, mit dampfenden Töpfen bewaffnet, die steile Treppe zur Wohnung des alten Domherrn erklommen. Ob der Domherr in Turin verblieben war? überlegte Sefferino.

Es war noch nicht lange her, daß er im Turm des großen, mit roten Ziegeln gedeckten Gebäudes, hinter den Wohnungen der Domherren, die Lateinschule besucht hatte. Eine

Weile blickte er sich suchend nach Pater Eugenio um, dann entdeckte er den alten Mann in einem von dichten Dornenhecken abgeteilten Winkel des Hofes, der über drei Stufen zu den Ställen der Nutztiere führte. Innerhalb eines Gatters stolzierte allerlei Federvieh über das holprige Pflaster. Hasenställe thronten auf einer Reihe von umgestürzten Marmorsockeln. Sefferino erinnerte sich, daß die Aufzucht von Gänsen und Stallhasen immer schon zu den heimlichen Leidenschaften des Mönches gehört hatte. In der Tat war Pater Eugenio zu dieser Stunde damit beschäftigt, frisches Stroh von einer hölzernen Karre durch die Stäbe der Käfige zu schieben. Dabei redete er begütigend auf die Tiere ein. Es war ein Wunder, daß die französischen Söldner die Ställe nicht längst geplündert hatten.

»Ich bin gekommen, weil ich wissen muß, warum Ihr und dieser fremde Priester uns gestern aufgesucht habt«, sprach Sefferino seinen Lehrer ohne Umschweife an. »Monsieur Paré meinte, Ihr hättet ihm viele Fragen gestellt. Über seine Befähigung als Arzt im Hospital und auch über mich.«

Pater Eugenio runzelte die Stirn und zupfte im Gehen einige Strohhalme aus seiner Kutte. An seinem Gürtel hing ein speckiger Beutel aus gelb gefärbtem Wildleder, der bei jeder Bewegung geräuschvoll auf und nieder hüpfte. Das Gesicht des Alten sah noch zerknitterter aus als gewöhnlich. »Ich habe dem Bader keine einzige Frage gestellt, Sefferino«, knurrte er, ohne dabei aufzublicken. Die Strohbündel in seiner Hand raschelten so laut, daß drei Hasen vorwitzig ihre Köpfe durch die breiten Gitterstäbe zwängten. »Das war auch gar nicht nötig.«

Endlich blieb Pater Eugenio stehen. Er ließ das Stroh fallen und starrte den Jungen mit großen Augen an. Vom höchsten Turm des Doms erklangen sieben getragene Glockenschläge. Sefferino drehte sich um. Die beiden blonden Knaben mit der Laute waren verschwunden.

»Dein Bader mag wissen, wie man Wunden säubert oder eine Schulter einrenkt, doch das allein macht aus ihm noch keinen Arzt. *Inhonestum magistrum in medicina manu operandi.* Na, wie steht es mit deinen Lateinkenntnissen?«

»Es ist eines Arztes unwürdig, mit den Händen zu behandeln«, übersetzte Sefferino ohne Mühe. »Ich weiß schon, daß die studierten Mediziner in Bologna, Padua und Paris nichts von den Chirurgen halten, die mit Blut oder Körpersäften in Berührung kommen, aber …«

Der Mönch schüttelte den Kopf. »Das ist ein Streit, den die Gelehrten untereinander austragen müssen. Uns in Turin beschäftigen ganz andere Probleme. Eigentlich dürfte ich gar nicht mit dir darüber reden, aber Vater Albin glaubt, daß dein Ambroise Paré sich der Ketzerei schuldig gemacht haben könnte.«

»Ambroise, ein Ketzer?« Sefferino lachte höhnisch. »Das kann unmöglich Euer Ernst sein!«

»Warum nicht? Parés Behandlungsmethoden entstammen eindeutig den Büchern arabischer und jüdischer Ärzte. Er hat es ja selber zugegeben.«

»Er hat schon vielen Verwundeten geholfen«, wandte Sefferino ein. »Zählt das denn überhaupt nicht?«

»Ich fürchte, Vater Albin hat recht: Du bist noch zu jung, um uns zu verstehen. Weißt du, was sich die Franzosen in ihren Quartieren erzählen?« Pater Eugenio blickte sich nach allen Seiten um, dann raunte er Sefferino ins Ohr: »*Wer sich von Paré verbinden läßt, den wird Gott schon heilen.* Die Soldaten schreiben ihm eine besondere Verbindung zum Himmel zu. Dies allein wäre schon ein Zeichen für Blasphemie, vielleicht sogar für Zauberei.«

Sefferino fröstelte. Ein Schauer lief ihm den Rücken hinunter. Der französische Kaplan hatte sich also wahrhaftig in den Kopf gesetzt, Ambroise nachzustellen. Sefferino dankte Gott, daß sein alter Lehrer kein Mann war, der ein Geheimnis lange für sich behalten konnte.

»Ihr müßt Euren Freund davon überzeugen, daß Monsieur Paré kein Ketzer ist«, bat er, während er dem Mönch gemeinsam mit einer Schar schnatternder Gänse über den Hof folgte. »Der Bader würde nie gegen die Befehle seines Herzogs verstoßen. Mich behandelt er wie einen Sohn und ...«

»Wie einen Sohn?« Pater Eugenio hob seine abgetragene Kutte und stieg über eine Wasserlache. »Was weißt du armer Junge denn schon von väterlichen Gefühlen? Dein Onkel hat dich zweifellos geliebt, doch darüber hinaus war er gewiß nicht das beste Vorbild für die kindliche Seele eines Heranwachsenden. Den Beweis dafür fand ich gestern, als ich mich in der Wundkammer deines Meisters umsah!« Unvermittelt blieb der Mönch stehen, öffnete seinen Beutel und entnahm ihm ein zusammengeschnürtes Bündel Pergament. Sefferino erkannte es sofort. Pater Eugenio hatte die religiösen Traktate seines Onkels gefunden und an sich genommen.

»Diese Schriften ... gehören nicht Euch«, stieß er mühevoll hervor, »Ihr hattet kein Recht ...«

»... sie an mich zu nehmen?« Pater Eugenio verzog tadelnd das Gesicht. »Weißt du denn nicht, daß Franz von Valois jeden grausam foltern läßt, der reformatorische Schriften in Umlauf bringt? Ob er nun von Waldensern oder Lutheranern, aus Genf oder der Lombardei stammt, spielt dabei keine Rolle. In Frankreich wurden bereits etliche arme Seelen auf den Scheiterhaufen gebracht, die gegen den Papst gepredigt haben. Dein Onkel war ein unverantwortlicher Narr, weil er diese Seiten in seinem Haus aufbewahrte.«

»Das dürft Ihr nicht sagen«, rief Sefferino bestürzt. Tränen schossen ihm in die Augen. »Mein Onkel interessierte sich für das Leben der Menschen in unserem Tal. Und Euch, Pater, betrachtete er immer als seinen Freund!«

Der Mönch errötete. Einen Herzschlag lang starrte er auf das Deckblatt des Waldensertraktates. Er hatte es gelesen, und, beim Heiligen Johannes, dem Schutzpatron des Domes, es war nicht alles falsch, was die Barben lehrten. Doch davon durfte er sich jetzt nicht beirren lassen. Vater Albin hatte ihm ja prophezeit, daß das Gift der Ketzer zunächst süß wie Blütenhonig schmeckte. Umständlich steckte er das

Bündel wieder in seinen Beutel und zog den Riemen straff zusammen. Dann sagte er: »Weil ich tatsächlich ein Freund deiner unglückseligen Familie war, werde ich Albin nichts von meiner Entdeckung sagen. Vorerst wenigstens, bis du eine Entscheidung getroffen hast.«

»Eine Entscheidung? Was soll das bedeuten?« fragte Sefferino bestürzt.

»Damals, als die Franzosen unsere Täler besetzten, wollte ich hinaus zur Senfmühle reiten, um nach euch zu sehen«, erklärte der Pater stockend. »Aber ich konnte nicht, verstehst du, ich war ... wie gelähmt.« Er rang nach Atem. »Lassen wir das, es tut nichts mehr zur Sache. Ich habe vor dem heiligen Tabernakel geschworen, daß ich mich um dich kümmern werde. Deshalb wirst du diesen Baderchirurgen verlassen und in die Domschule zurückkehren. Dort werden wir einander gegenseitig helfen, das Leid unseres Volkes zu vergessen.«

»Und wenn ich mich weigere? Wenn ich gar nicht vergessen will?«

»Wenn du dich weigerst, werde ich die verbotenen Schriften Vater Albin übergeben«, erklärte Pater Eugenio. »Ich werde ihm mitteilen, daß ich sie im Hospital von Ambroise Paré gefunden habe.«

Sefferino wich einen Schritt zurück. Verwirrt wanderten seine Blicke über die hagere Gestalt des alten Mannes. Er erkannte seinen Lehrer nicht wieder. Ohne ein weiteres Wort drehte er sich um und eilte dem Torbogen entgegen.

15. KAPITEL

Ambroise hatte nicht gut geschlafen. Für gewöhnlich träumte er zwar eher selten, und wenn, so erinnerte er sich am nächsten Tag nicht mehr an Einzelheiten. Doch an diesem Morgen hätte er die wirren Bilder, die ihn im Schlaf verfolgt hatten, ohne Mühe auf eine Leinwand malen können. Stöhnend riß er sich den verschwitzten Kittel vom Leib, knüllte ihn zusammen und warf ihn auf seinen Strohsack. Dann wankte er mit entblößtem Oberkörper zu der Kommode, in der er seine persönlichen Dinge verwahrte, und steckte seinen Kopf in die Waschschüssel mit kaltem Wasser, die er sich am Abend zuvor zurecht gestellt hatte. So verharrte er einige Herzschläge lang und lauschte benommen seinem Puls. Erst, als er erneut Luft holen mußte, hob er den Kopf wieder.

Als er seine Schlafkammer verließ, fühlte er sich ein wenig besser. Dennoch ärgerte es ihn, daß es bereits hell war. Er hatte seinen ersten Rundgang durch den Krankensaal versäumt.

Die Tür zur Halle war nur angelehnt. Ambroise atmete erleichtert auf, während er mit schnellen Schritten den Vorraum durchquerte. Er hoffte, daß die Wundknechte ihren Dienst bereits angetreten und den Verwundeten etwas zu essen gebracht hatten. Er selbst nahm sich vor, zunächst nach dem Soldaten mit dem Schwerthieb zu sehen. Die Männer mit den Schußverletzungen lagen vermutlich noch immer im Fieber. Sie würde er gleich im Anschluß besuchen, um, sofern noch nicht geschehen, kühle Wickel um ihre Waden zu binden. Dieses verdammte Öl, dachte er verdrießlich. Es war gewiß kein Schaden, daß es zur Neige ging. Wenn seine Ahnung sich bestätigte, so würde den Männern in Zukunft einiges an Schmerzen erspart bleiben. Vorausgesetzt, der Kaplan des Königs ließ ihn in Frieden und schnüffelte nicht länger in den Angelegenheiten des Spitals herum.

Als Ambroise durch die Tür trat, blickte er sich verwirrt um. Irgend jemand hatte ohne sein Wissen im Eingangsbereich, wo sich die Badezuber befanden, Reisekoffer, einige Kisten und drei Bündel aus karierter Wolle aufgestapelt.

»Verzeiht, Monsieur Paré«, hallte plötzlich eine sanfte, helle Stimme durch den Saal, »aber ich hörte, daß Ihr bereits seit geraumer Zeit verzweifelt auf eine Lieferung wartet.«

Vor ihm stand eine elegant gekleidete, junge Frau, die lächelnd in einer dezenten Verbeugung versank und ihm dann ihre Hand reichte.

»Fioricia ... ist es möglich ...« Ambroise war so überrascht, daß ihm die Worte fehlten. Er ergriff die grazile Hand des Mädchens und führte sie kurz an seine Lippen. Dabei verwünschte er den Blutstrom, der seine Wangen und Ohren feuerrot färbte, als wäre er ein Knabe, der seinem ersten Kuß entgegen fieberte.

Fioricia war zurückgekehrt, allein, ohne jedes Geleit. Und sie war schöner, als Ambroise sie in Erinnerung behalten hatte. Als er sie verstohlen betrachtete, fiel ihm sogleich auf, daß ihr dichtes, blondes Haar gewachsen war. Sie trug es jedoch nicht offen, sondern unter einem hauchdünnen Schleier aus himmelblauer Seide, unter der einige zierliche Kämme aus Elfenbein hervorschauten. Ihr Kleid war aus kostbarem Damast geschneidert. Ambroise war sicher, noch nie zuvor einen derartigen Stoff gesehen zu haben. Die Ärmel waren von den Schultern an gepolstert und am Saum reich mit Silberfäden und schwarzen Perlen bestickt. Das Dekolleté saß indessen recht hoch und wurde zudem noch von einem Tuch aus dunkelblauer Seide bedeckt. Die prächtige Robe stand Fioricia vortrefflich, doch es war nicht zu übersehen, wessen Handschrift sie trug. Ceres hatte ihre Nichte nach ihrem eigenen Geschmack ausgestattet. Die Waldenserin führte gewiß ein bescheidenes Leben; mit ihrer Garderobe und ihrem Schmuck war sie allerdings überaus eigen. Diese Dinge brauchte sie wie die Luft zum Atmen.

»Eurer Miene entnehme ich, daß ich mich verändert habe, Ambroise.« Fioricia wich einen Schritt zurück, damit er sie genau ansehen konnte. Sie setzte ein Lächeln auf, das einen Eisklotz hätte zum Schmelzen bringen können. »Meine Tante sendet Euch ihre Grüße. Sie bedauert sehr, Euch die bestellten Waren nicht selbst aushändigen zu können. Aber ihre Geschäfte halten sie momentan in Prali fest.«

Unvermittelt wurde Ambroise wieder ernst. »Sie soll, um

Himmels willen, bleiben, wo sie ist«, beeilte er sich zu sagen. »Turin ist doch längst kein sicherer Ort mehr für Waldenser und Protestanten.«

Fioricias Blick wurde plötzlich forschend. »Ist etwas geschehen?«

Ambroise seufzte verhalten, zwang sich aber, den Kopf zu schütteln. Das Mädchen konnte nicht ahnen, wie sehr er den Tag herbeigesehnt hatte, an dem er sie wiedersehen würde. Ihre sanfte und doch so entschlossen klingende Stimme, die Art und Weise, wie sie seinen Vornamen betonte, zeugte von einer Vertrautheit, die sein Herz schneller schlagen ließ. Wahrhaftig, er hatte sich verliebt. Doch nun, da Fioricia wie eine wohlhabende Patrizierin gekleidet vor ihm stand, verspürte er eine schleichende, beinahe lähmende Angst.

»Sefferino«, rief Fioricia plötzlich erfreut aus und hob die Hand zum Gruß. Sie hatte den jungen Mann an der Tür zum Krankensaal entdeckt und eilte ihm entgegen. »Wie schön, dich endlich wiederzusehen!«

Der Junge stieß einen lauten Ruf der Freude aus, und im nächsten Augenblick lagen sich die beiden in den Armen. Sefferino packte das Mädchen übermütig, hob sie hoch und drehte sie einige Male stürmisch im Kreis, ehe sie sich lachend zur Wehr setzte. Ambroise stand gutmütig lächelnd daneben, doch als er beobachtete, wie Sefferino dem Mädchen einen zarten Kuß auf die Lippen hauchte, wandte er sich jäh zu den Kisten um, die Fioricia von einigen Knechten hatte hereinbringen lassen.

Augenscheinlich hatte Ceres Wort gehalten und die versprochenen Heilmittel geschickt.

»Ich hoffe, unsere Arzneien kommen nicht zu spät!« Fioricia, der es nur unter Mühen gelungen war, sich aus Sefferinos Umarmung zu lösen, blickte ihm fragend über die Schulter. »Ihr hattet mir zwar ein Dokument zur Beglaubigung übergeben, doch die meisten Eurer Landsleute, denen ich es auf dem Weg nach Turin zeigte, konnten gar nicht lesen. Nicht einmal das Siegel von Maréchal de

Montejan machte auf die Grenzposten einen besonderen Eindruck.«

»Ein Wunder, daß du überhaupt nach Turin durchgekommen bist«, erklärte Sefferino. »Aber leichtsinnig war es doch, allein zu reisen. Deine Tante hätte dir wenigstens ein paar Bewaffnete mit auf den Weg geben können!«

Fioricia lachte ein wenig respektlos auf. »Bewaffnete Lombarden, welche die Sänfte einer Dame begleiten? So etwas kann auch nur einem Mann einfallen. Eure Soldaten hätten uns doch niemals geglaubt, daß wir harmlose Vertreter eines Handelshauses sind. Vermutlich hätten sie uns auf der Stelle niedergemacht. Nein, Ceres und ich hielten es für angebrachter, meine Garderobe um ein Paar handfeste Männerhosen, einen Schnürkittel und zwei Wämser zu erweitern. Kein Mensch kam auf den Gedanken, daß eine Frau in den Sachen steckte. Allerdings mußte ich meine Papiere in der Kommandantur vorlegen, um zu beweisen, daß ich keine Waffen in die Stadt schmuggle. Doch ihr werdet nicht glauben, wer mir in den Gängen der Festung über den Weg lief!«

»Wenn der Mann betrunken war und mit unserer Standarte herumwedelte wie eine Viehmagd mit ihrer Schürze, kann ich mir schon denken, wen du getroffen hast«, erwiderte Ambroise und warf Sefferino einen vielsagenden Blick zu. Der Junge sollte um Himmels willen den Mund halten und Ruhe bewahren.

»Es war der junge Monsieur Danderac«, gab Fioricia zu. »Betrunken war er aber nicht. Im Gegenteil, er hat mich sogleich wiedererkannt. Er stellte mir sogar das Quartier seines Vaters zur Verfügung, damit ich mich umkleiden konnte.«

»Na wunderbar«, brauste Sefferino auf, ohne auf Ambroises mahnenden Blick zu achten. »Der König von Babylon stellte Daniel ja auch seine Löwengrube nur zur Verfügung, damit der heilige Mann ein wenig ruhen konnte. Ich werde Gompard …«

»Nichts wirst du«, rief der Bader wütend. »Du weißt

selbst, daß der Hauptmann niemals zulassen würde, daß einer jungen Dame in seinem Quartier etwas geschieht. Außerdem haben die Offiziere im Augenblick ganz andere Sorgen, als hinter Weiberröcken herzulaufen.«

»Ich dachte, Turin sei fest in französischer Hand«, sagte Fioricia. Sefferinos hitziger Ausbruch hatte sie wenig beeindruckt, jedenfalls ließ sie sich ihre Verwirrung nicht anmerken. Die Andeutungen des Baders interessierten sie weitaus mehr.

»Wir dürfen uns nicht in Sicherheit wiegen!« Ambroise drehte sich nach seinem Gehilfen um und vergewisserte sich, daß er ihm auch zuhörte. »Die Habsburger, denen Monsieur de Montejan freien Abzug aus der Stadt versprochen hat, sollen sich bei Villano in einer Burg verschanzt haben, um dort auf spanische Truppen zu warten. Ich weiß es von einem Priester, der gestern abend hier war. Gewiß kann man Kaiser Karls Soldaten keinen Vorwurf machen, daß sie für ihren Herrn die Stellung halten. Aber Montejan wird niemals zulassen, daß sie die Festung halten und zu einem dauerhaften Stützpunkt ausbauen. Er wird versuchen, auch diese Burg noch vor dem ersten Schnee in seine Hand zu bekommen.«

»Dann bin ich wohl gerade noch rechtzeitig eingetroffen.« Fioricia fuhr sich fröstelnd mit der Hand unter den Schleier. Sie war zu taktvoll, um auszusprechen, was ihr durch den Kopf ging, aber die beiden Männer verstanden sie auch ohne Worte. Wenn es in der Nähe von Turin zu einer weiteren Schlacht kam, würde es viele Tote und Verwundete geben. Ambroise zuckte zusammen, als Fioricias Finger nach seiner Hand suchten, um sie kurz zu berühren. Er konnte das Parfüm riechen, mit dem sie ihre Schläfen und den Halsausschnitt benetzt hatte. Ein wunderbarer Duft von Veilchen und würzigen Kräutern begann sich im Raum auszubreiten. In den vorderen Betten stießen sich ein paar der Männer verstohlen an und deuteten grinsend in Fioricias Richtung.

Ambroise gab sich einen Ruck. Freundlich, aber bestimmt trug er Sefferino auf, Fioricias Gepäck in eine der leeren Kammern im Obergeschoß zu tragen. »Anschließend gehst du in die Küche und bittest die neue Magd, noch ein Frühstück zuzubereiten«, sagte er geschäftig. »Mich scheint das dumme Ding ja nicht zu verstehen. Fioricia muß erst einmal etwas essen und sich von den Strapazen ihrer Reise ausruhen. Außerdem garantiere ich für nichts, wenn die Kerle dort drüben sie noch länger mit offenem Mund anstarren.«

Lachend verließ Sefferino die Halle, um den Auftrag des Baders auszuführen. Über die unerfreuliche Begegnung mit Pater Eugenio und dessen aberwitzigen Vorwürfen hatte er kein Wort verloren. Warum sollte er Ambroise auch den Tag verderben und die Freude über Fioricias Ankunft in Turin trüben? Gemeinsam mit ihr sah alles nicht mehr so finster aus wie noch vor wenigen Stunden. Mit dem alten Mönch und Hauptmann Danderac nebst Sohn würde er schon fertig werden.

Fioricia hielt nichts davon, sich von Ambroise und Sefferino bedienen zu lassen. Sie war an harte Arbeit gewöhnt, und die Zeit, die sie im Haus ihrer Tante verbracht hatte, bestärkte sie nur in ihrer Entscheidung, die Hände nicht so bald wieder in den Schoß zu legen.

Ceres hatte darauf bestanden, mit ihr durch die Läden und über die Märkte ihrer Heimatstadt zu ziehen. Sie hatte kostbaren Schmuck anfertigen lassen, feine Tuche gekauft und mit ihren Launen ein Heer von Schneiderinnen, Haarflechterinnen und Salbenhändlerinnen an den Rand der Verzweiflung gebracht. Fioricia hatte alles fügsam über sich ergehen lassen, weil sie wußte, daß ihre Tante keine andere Möglichkeit sah, um sich von ihren Schuldgefühlen zu befreien. Über Religion wurde indessen selten gesprochen. Bei diesem Thema fürchtete Ceres, gegen ein Gebot ihrer Gemeinde zu verstoßen. Obwohl sie Fioricia vertraute, besuchte sie die Versammlungen ihrer *societas* allein, während ihre Nichte das große, von weißen Marmorsäulen getragene Kaufmannshaus durchstreifte, um etwas über ihre Herkunft zu erfahren.

Ein besonderes Anliegen, das ihr auch Ceres nicht hatte ausreden können, bestand darin, sich um die Kinder zu kümmern, die mit ihr gemeinsam in Ruffos Haus gelebt hatten. In diese Aufgabe hatte sie für einige Wochen ihre ganze Leidenschaft gesteckt. Für Giovanni, der auf dem Waldweg vor dem Kloster Santa Barbara den Tod gefunden hatte, ließ sie von einem alten, schwerhörigen Pater die Seelenmesse lesen. Ceres gab ihr Geld für ein kostbares Gedenkkreuz aus getriebenem Silber und ließ auch ihre guten Kontakte zu den Waldenserpredigern spielen, um den Kindern, die Ruffo in einem Getreidespeicher eingeschlossen hatte, ein neues Zuhause bei gottesfürchtigen Bauern zu verschaffen. Daß sie sogar Männer bezahlte, welche die Berge durchkämmten und Nachforschungen über Ruffos rätselhaftes Verschwinden anstellten, hatte Fioricia indessen nur durch einen Zufall erfahren. Sie nahm es eher gleichmütig zur Kenntnis, denn im Unterschied zu Ceres war sie von Ruffos Tod überzeugt.

Insgeheim hatte die Kräuterhändlerin wohl gehofft, Fioricia würde sich mit dem Gedanken anfreunden, für immer bei ihr in Prali zu bleiben, doch sie erkannte recht bald, daß sie das Mädchen nicht festhalten durfte. Sie verzögerte zwar die Zusammenstellung der Heilkräuter, um sie so lange wie möglich verwöhnen zu können, doch zum Schluß fand sie keine Ausrede mehr, um die Lieferung zu verhindern. Fioricia hatte ihre Wahl bereits an jenem Abend getroffen, als sie einander zum ersten Mal begegnet waren. Sie hatte es sich in den Kopf gesetzt, den Bader wiederzusehen und nach Frankreich zu ziehen.

Zwei Tage nach ihrer Ankunft in Turin legte Fioricia die elegante Robe ihrer Tante ab, schlüpfte in ein einfaches Hauskleid aus brauner Wolle und suchte Ambroise in dessen Wundkammer auf, um ihn über den Gebrauch und die Wirksamkeit der von Ceres zusammengestellten Wundheilmittel zu unterrichten. Ceres hatte ihre Waren in der Tat vorbildlich untergebracht. In Silberdosen, Glasbehältern und Tonkrügen lagerten feuchte Arzneien. Zinngefäße verwendete sie für destilliertes Wasser und Mark. Rosenöl, Säuren und Laugen waren in Phiolen aus kostbarem Florentiner Glas verwahrt. Darüber hinaus gab es noch eine stattliche Anzahl flacher Kästchen aus Span, die zur besseren Unterscheidung in verschiedenen Farben leuchteten.

»In diesen Behältnissen«, Fioricia deutete auf zwei rot angemalte Schachteln aus dünnem Holz, »findet Ihr Arzneistoffe aus dem fernen Indien. Meine Tante importiert sie über einen Venezianer namens Lacho. Ich habe ihn in Prali kennengelernt. Ein ziemliches Schlitzohr, aber dafür ist er der einzige Fernhändler, der keine unangenehmen Fragen stellt. Er liefert Ceres gepulverte Ziegenknochen und sogar Elefantenzahn. Ferner Zinn-, Blei- und Eisenverbindungen, Schwefel, und Arsenik gegen das Wundfieber. Ceres hat mir aufgeschrieben, wie man die Substanzen zerkleinert und mischt.«

»Deine Tante hat wahrhaftig an alles gedacht«, sagte Ambroise anerkennend. Er ließ Fioricia nicht aus den Augen. Ihre Wangen waren vor Eifer gerötet, und eine kleine, widerborstige Haarsträhne tanzte über ihre Schläfe. »Was befindet sich in den gelben Schachteln?«

»Diese Arzneien könnten für Euch besonders wichtig werden. Es sind blutstillende Mittel, Antidota: Eisenvitriol und Alaunerde. Dann haben wir noch die blauen Behältnisse. In ihnen findet ihr die nötigen Zutaten für Abkochungen, gekochte Öle, Einreibungen, Pflaster, Salbenverbände …«

»Fioricia …«

Sie blickte auf, ohne ihm in die Augen zu sehen. »Ja?«

»Gibt es einen Grund, warum du mir fortwährend ausweichst? Du hast dir die Mahlzeiten in deine Kammer bringen lassen, obwohl wir dich unten in der Halle erwartet haben. Fühlst du dich nicht wohl in meiner Gegenwart?«

Fioricia schraubte verzweifelt am Deckel einer Spanschachtel herum. »So ein verflixtes Ding, es muß doch irgendwie aufgehen. Ich wollte Euch doch noch zeigen, wie … spanische Fliegen aussehen.«

Der Bader stand auf, trat zu ihr und nahm ihr behutsam die Schachtel aus der Hand. »Du mußt den Deckel nur ganz leicht anheben. Fioricia?«

Sie wich zurück, als befürchtete sie, die spanischen Fliegen könnten dem Behältnis entweichen. In ihren Augenwinkeln glitzerten plötzlich Tränen. »Habt Ihr jemals bemerkt, wie Sefferino mich ansieht, Ambroise? Wie er meine Hand hält? Er liebt mich, und Ihr hattet nichts Besseres zu tun, als ihn zu Eurem Pflegesohn zu machen.«

»Er ist nicht … das heißt … verdammt, gewiß ist er mein …« Ambroise erbleichte. Mit düsteren Blicken musterte er das Mädchen. Seine Stimme zitterte leicht, als er ihr antwortete: »Sefferino und ich streiten manchmal so heftig, daß die Dielen unter uns knarren. Aber ich muß zugeben, daß er mir ans Herz gewachsen ist. Auch wenn ich nicht alt genug bin, um sein Vater zu sein. Liebst du ihn denn auch?«

Fioricia hob argwöhnisch den Kopf. Ceres hatte sie davor gewarnt, ihre Gefühle allzu schnell zu offenbaren. An ihrer Zuneigung zu Sefferino hatte sich nichts geändert. Sie mochte sein stürmisches Temperament, aber sie fühlte sich auch zu Ambroise wegen seiner ruhigen, besonnenen Art hingezogen. Es war eigenartig: War sie mit Sefferino allein, so erschien er ihr bereits wie ein heißblütiger Mann, der wußte, was eine Frau von ihm erwartete. In Gegenwart des Baders fielen diese Eigenschaften jedoch von ihm. Seine Züge wurden weicher, seine Bewegungen unbeholfen und starr. Was übrigblieb, war ein halbwüchsiger Junge, der seinen Standpunkt mit Trotz und Eigensinn verfocht. Sie erinnerte sich daran, daß sie noch vor Ambroise versprochen hatte, sich um ihn zu kümmern. Damals hatte er ihn ihr anvertraut. Sie durfte ihn nicht enttäuschen.

Ohne es zu wollen, blickte sie Ambroise in die Augen und

nickte. »Ja, ich liebe ihn auch.« Sie hielt inne. Hatte sie das tatsächlich gesagt? Sie haßte sich plötzlich für ihre Worte.

Ambroise schluckte, dann räusperte er sich und erwiderte freundlich: »Gut, ich werde dich nun nicht mehr mit meinen Fragen belästigen. Am besten machen wir uns wieder an die Arbeit. Zwei Soldaten klagen seit gestern abend über starke Schmerzen im Abdomen. Wahrscheinlich Blasensteine.«

»Ich wäre dankbar, wenn Ihr mir Eure Freundschaft und Euer Vertrauen schenken würdet, Ambroise«, sagte Fioricia, als sie sich wieder gefangen hatte. »Als Sefferino mir das Essen in die Kammer brachte, erzählte er mir, daß es Schwierigkeiten mit Gompard Danderac und dem Hauptmann gibt. Wie es aussieht, haben die beiden Dokumente an sich genommen, die Euren Herzog interessieren könnten. Wenn Ihr mögt, werde ich …«

»Du wirst dich gefälligst aus dieser Sache heraushalten«, wehrte Ambroise erschrocken ab. »Schlimm genug, daß Sefferino seinen Mund nicht halten konnte. Ich will nicht, daß du auch noch in diese üblen Machenschaften verwickelt wirst. Denk daran, woher du kommst und wer deine Verwandten sind. Seit neuestem treiben sich in meinem Spital ein verrückter Pfaffe und ein alter Mönch herum, die mir und meinen Knechten mit ihren Fragen nachstellen. Wenn die beiden herausfinden, daß ich Verbindungen zu den Waldensern unterhalte, kann ich in Zukunft wieder Nägel schneiden und Bärte scheren.«

Fioricia schwieg betroffen, doch sie hatte schon ihre Pläne gemacht. Sie kannte den Weg zum Quartier von Hauptmann Danderac. Sie hatte gesehen, wo der Offizier seine persönlichen Unterlagen verwahrte. Die Wachen am Tor würden zweifellos schmutzige Witze reißen, doch keiner von ihnen würde Verdacht schöpfen, wenn sie vorgab, den Fahnenträger Gompard besuchen zu wollen.

Während Ambroise die Zinnkrüge und Kräuterschachteln in seinen Schrank räumte, nahm Fioricia heimlich ein Tuch von einem der Korbsessel, band es sich straff um die Schultern und schlüpfte aus dem Raum.

Drei Tage vergingen, in denen die Stadt unter Frost und Kälte litt. Am Morgen des vierten Tages, als es wieder ein wenig wärmer geworden war, wurden die Bewohner des Spitals von Straßenlärm und derben Kommandorufen geweckt. Ambroise und Sefferino stürzten schlaftrunken ans Fenster und beobachteten, wie sich Hunderte von Soldaten, Reihe um Reihe, bewaffnet bis an die die Zähne, einen Weg durch die Gassen bahnten. Kanonen wurden an Ketten durch den Morast gezogen, Räder und Stiefel versanken im aufgeweichten Grund. Die Karren der Waffenmeister folgten den Söldnern mit Hakenbüchsen, eisernen Gabeln und Piken, an denen blaue und weiße Bänder im Wind flatterten.

»Der Zug scheint sich nach Süden, zur großen Piazza zu bewegen«, murmelte Ambroise und verschloß hastig die Ösen an seinem grünen Lederwams. Fahrig blickte er sich nach seinen Stiefeln um. Sefferino reichte sie ihm, ehe er selber zur Fensterluke zurücklief und sich so weit er konnte über die Brüstung beugte. Sein Oberkörper war nackt, er hatte sich lediglich in ein Laken gehüllt. Im nächsten Moment vernahmen die beiden Männer auch schon ein wildes Klopfen an der Tür.

Fioricia stürzte in die Kammer. Sie war noch im Nachthemd, einem fließenden Gewebe aus gelber Seide, und ihre Haare lockten sich wie ein goldener Heiligenschein um ihre Schläfen. »Vor der Tür warten drei Reiter, Ambroise«, rief sie atemlos. »Sie tragen Rüstungen und Helme und verlangen, daß Ihr ihnen folgt. Was, bei der heiligen Jungfrau, hat dies alles zu bedeuten?«

Ambroise strich sich über den Bart. »Ich schätze, daß die Verhandlungen mit den Habsburgern gescheitert sind. Der Herzog läßt seine Truppen gegen die Burg von Villano ziehen.« Mißmutig zog er Sefferino vom Fenster zurück. »Ich brauche den Kasten mit meinen chirurgischen Instrumenten aus der Wundkammer. Beeile dich!«

Im Süden der Stadt, unweit des Domes, erklangen Hörner und Fanfaren. Böllerschüsse, gefolgt von zögerlichen Jubelrufen.

»Was geschieht denn nun mit den Verwundeten hier im Haus, Ambroise?« Fioricia setzte zu einem Versuch an, den Bader zurückzuhalten. »Einige von ihnen sind sehr geschwächt. Außerdem wolltet Ihr Euch doch zur Mittagsstunde einen Steinschnitt vornehmen.«

»Das kann bis zu meiner Rückkehr warten«, antwortete Ambroise mürrisch, während er Fioricia aus der Kammer auf den finsteren Flur schob. »Ich muß gehen. Es gibt zu wenige Wundärzte bei den Truppen.«

Im Krankensaal waren die Knechte bereits auf den Beinen, sie schleppten Decken, Waffen und Verbandszeug hin und her. Einen Moment beobachtete Ambroise das geschäftige Treiben von der Tür aus, dann hielt er einen hochgewachsenen Bretonen, der für gewöhnlich zur Nachtwache an den Lagern der Fiebernden eingeteilt wurde, am Arm fest. Verblüfft starrte der Bretone seinen Herrn an. Er hatte eine Proviantstasche in der Hand.

»Sefferino wird die Aufsicht im Haus führen, solange ich weg bin«, sagte Ambroise in einem Ton, der keinen Widerspruch zuließ. »Sag es den anderen. Sie sollen die Verbände wechseln und den Verwundeten reichlich Brühe zu trinken geben.« Der Bretone nickte wortlos und reichte seinem Meister ein Stück Brot und einen Kanten Käse aus seinem Beutel. Gierig schlang der Bader die Speisen hinunter. Der Käse schmeckte wie Ziegenleder und war nicht weniger zäh, doch wenigstens hatte er etwas im Magen. Für ein ordentliches Frühstück blieb ohnehin keine Zeit mehr. Ambroise warf dem langen Knecht einen aufmunternden Blick zu und eilte dann weiter, um nachzusehen, wie weit Sefferino mit seinen chirurgischen Bestecken war.

Die drei Reiter, die Ambroise nach Villano begleiten sollten, hielten einen Rappen für ihn bereit, der wild mit den Hufen aufstampfte. Mißtrauisch betrachtete der Bader das

Tier. Ein einfacher Karren mit einem Gespann wäre ihm hundertmal lieber gewesen, aber er getraute sich nicht, die Kameraden, die ihn mit finsteren Blicken und wachsender Ungeduld musterten, darum zu bitten. Mit einem Seufzer befestigte er seinen Wundkasten am Zaumzeug. Als er in den Steigbügel treten wollte, fiel ihm die Flasche mit seiner Mixtur wieder ein. Er bat die Soldaten, einen Augenblick zu warten und verschwand im Haus.

»Ob wir es noch vor die Stadt schaffen, ehe der erste Schnee fällt, Monsieur Paré?« rief ihm einer der Männer spöttisch nach. Seine beiden Begleiter lachten gezwungen.

Die Burg von Villano lag auf einem Hügel, einige Meilen nördlich von Turin. Bereits von weitem waren die Feuer zu sehen, welche die spanischen Besatzungstruppen auf den Brustwehren und Zinnen der Festung entzündet hatten, um die anrückenden Truppen des Feindes auch durch den Nebel frühzeitig ausmachen zu können. Wie drohende Fäuste schoben sich die Habsburger Geschütze aus den rußgeschwärzten Schießscharten eines etwa achtzig Fuß hohen Donjons, dem ein von zwei Rundtürmen flankiertes Châtelet vorgebaut war.

Ambroise zog fröstelnd die Zügel seines Pferdes stramm, während seine Augen die Marschreihen der Söldner absuchten. An der Spitze des Zuges entdeckte er seinen Befehlshaber, den Herzog de Montejan, inmitten einer Gruppe von Offizieren. Die Reiter, die sich um die farbenprächtigen Feldzeichen drängten, bewegten sich Schulter an Schulter. Sie hatten silberne Brustharnische und Bein- und Armschienen angelegt, die im Morgenrot glänzten, als wollten sie mit dem Sonnenaufgang wetteifern. Hauptmann Danderac erkannte er an seinem wallenden, mit aufwendigen Goldstickereien umrandeten Mantel, doch von Gompard war weit und breit nichts zu sehen. Ein anderer junger Soldat trug an seiner Statt mit sichtlichem Stolz das Feldzeichen der Valois vor den Truppen her.

Der Bader beschloß, sich ein wenig aus der Reihe zu bewegen, um nach alter Gewohnheit die Umgebung der Burg zu erkunden. Niemand hielt ihn auf, als er sich an den Trommlern und Pfeifern vorbeistahl. Die Soldaten, die ihn nach Villano begleitet hatten, hatten offensichtlich nicht den Auftrag, sich weiter um ihn zu kümmern. Sie waren grußlos verschwunden, kaum daß sie im Wirrwarr der Flaggen ihr eigenes Fähnlein herausgefunden hatten. Ambroise hätte eigentlich die älteren Wundärzte aufsuchen müssen, um sich mit ihnen zu beraten, doch im Augenblick verspürte er nicht das geringste Bedürfnis, sich ihren Fragen und eifersüchtigen Blicken auszusetzen. Er würde noch früh genug mit den Chirurgen zusammenarbeiten müssen. Gemächlich schlug er den Weg zu den östlichen Ausläufern des Hügels ein und beobachtete, wie die Offiziere ihre Truppen zur Aufstellung brachten. Die Belagerten, so stellte er alsbald fest, verfügten über einen gehörigen Vorteil, da die Franzosen ihre Artillerie nicht unbemerkt den Hügel hinaufbefördern konnten. Der Bader stieg aus dem Sattel. Mit schweren Schritten kehrte er in die Reihen seiner Kameraden zurück.

Wenn ich heil aus dieser Schlacht herauskomme, werde ich den Herzog um meine Entlassung bitten, überlegte er. Langsam ging er auf die roten Zelte der Wundchirurgen zu. Es war das erste Mal, daß er daran dachte, seinen Posten zu verlassen. Zwar gab es kaum einen besseren Lehrsaal als das Schlachtfeld, um sich im Handwerk der Wundchirurgie weiterzubilden, aber seit Fioricia und Sefferino unter seinem Dach lebten, überkam ihn immer häufiger die Sehnsucht nach Geborgenheit, nach einer Heimat für sich und die beiden Italiener, die das Schicksal mit ihm zusammengeführt hatte. Fioricia hatte ihm zwar unmißverständlich klargemacht, daß sie sich für Sefferino interessierte, doch tief in seinem Innern spürte er, daß sie ihm nicht die Wahrheit gesagt hatte. Es paßte einfach nicht zu ihr, Gefühle wie Liebe, Haß oder Angst in Worte zu kleiden. Kein einziges Mal hatte er das Mädchen sagen hören, daß sie Ruffo Nardine für das, was er ihr angetan hatte, haßte. Sie sprach von Ceres mit Respekt, jedoch ohne Wärme. Warum also sollte er ihr glauben, daß sie nun ausgerechnet Sefferinos Gefühle erwiderte? Sobald der Winter vorüber war, würde er sie und den Jungen nach Frankreich mitnehmen und in Paris als ordentlicher Medicus ein neues Leben beginnen.

Im Laufe des Tages wurden ein letztes Mal Verhandlungen mit den Insassen der Burg aufgenommen. Herzog de Montejan schickte zwei junge Edelmänner aus dem Stab des Grafen von Montelion mit weißen Binden am Arm zur Festung hinauf, um den Habsburgern die Forderungen seines Königs zu überbringen. Wenig später kehrten die beiden Reiter wieder ins Lager zurück. Ihre Gesichter verrieten nichts Gutes. Es hieß, der Befehlshaber der Belagerten, ein spanischer Offizier, habe es abgelehnt, die Burg freiwillig aufzugeben. Er beharrte darauf, daß sie, ebenso wie die widerrechtlich besetzte Stadt Turin und die Handelsstraße nach Mailand, Eigentum Seiner Majestät des Kaisers bleibe und die Franzosen schon bald aus dem Piemont und aus ganz Savoyen vertrieben werden würden.

Maréchal de Montejan schäumte vor Wut. Wie ein gereizter Tiger lief er in seinem eilig aufgeschlagenen Feldquartier hin und her. Als zwei seiner Burschen nach Einbruch der Dämmerung Öllampen über den Eingang des Zeltes hängten und ihn fragten, ob sie nicht etwas zu essen auftragen sollten, wies er sie mit harschen Worten zurecht.

»Laßt mich mit Eurem verdammten Fraß in Ruhe«, hörte man ihn über die winterlichen Felder brüllen, »schafft mir lieber Hauptmann Danderac her, damit ich ihm meine Strategie erklären kann!« Finster blickte er den Burschen nach, die sogleich die Flucht ergriffen. Mit zitternden Fingern schenkte er sich einen Becher Wein ein. Es wurde bereits dunkel, doch wenn der verflixte Hauptmann sich endlich dazu herabließ, seine Befehle entgegenzunehmen, konnte er die Nacht vielleicht zu seiner Verbündeten machen.

Der nächtliche Angriff auf die Festung von Villano begann für die französischen Truppen mit einer Katastrophe. Im Schutze der Dunkelheit zogen die Schweizer Söldner des Hauptmanns Danderac gemeinsam mit einigen Waffenknechten zwei große Kanonen auf Holzplanken den Hügel empor und richteten ihre Rohre auf diejenigen Mauern, die ein ungehindertes Vordringen zum Burghof versprachen. Doch als die Kanonen in Position standen und der Geschützmeister das verabredete Zeichen gab, entglitt einem der Schweizer seine brennende Pechfackel. Er versuchte noch, sie aufzufangen, jedoch vergebens. Die Fackel landete in einem Faß mit Schießpulver. Innerhalb weniger Augenblicke begann das Inferno, das bis zum Morgengrauen nicht enden sollte. Die Explosion zerriß die Stille der Nacht, die Flammen schlugen gelb und rot um sich und verbrannten nicht nur den unvorsichtigen Kanonier, sondern auch zehn seiner Kameraden, einschließlich des Geschützmeisters, die sich nicht rechtzeitig in Sicherheit hatten bringen können. Abgetrennte Gliedmaßen, brennendes Leder und Hunderte von glühenden Eisenstücken fielen auf das Lager hernieder. Schreie brandeten auf. Nicht wenige hielten das Unglück für ein Gottesurteil.

Die Verteidiger von Villano reagierten ohne Umschweife und feuerten vom Donjon mit ihren Arkebusen auf die Männer des Herzogs, die in Panik auseinanderstoben und sich auch von ihren Offizieren nicht aufhalten lassen wollten. Viele von ihnen rannten kopflos auf das Mündungsfeuer zu und wurden auf der Stelle niedergemäht.

Ambroise, der von der Wucht der Detonation gegen einen Baum geschleudert worden war, beobachtete das grausige Spiel in einem hilflosen Dämmerzustand. In seiner Konfusion verwandelte sich der Hügel von Villano vor seinen Augen in den nächtlichen Bergpfad, der zum Kloster der Nonnen von Santa Barbara führte. Er erkannte seinen Karren, Ruffo Nardine, der drohend auf ihn zukam, und Gompard Danderac, der mit seiner Hakenbüchse auf ihn zielte.

Stöhnend schlug er die Augen auf und plagte sich auf die

Beine. Von seinem linken Ohr tropfte Blut auf seine Schulter, aber er hatte Glück gehabt, die Wunde war nicht mehr als ein Kratzer. In jener zurückliegenden Nacht hatte Ceres die Fackel geschwungen und sie gerettet, doch nun sah es so aus, als ob die leichtsinnige Tat eines Kanoniers sie alle ins Verderben riß.

Als der Morgen graute, sah Ambroise, wie Hauptmann Danderac seine Schweizer Hilfstruppen, nachdem das Feuer im Lager gelöscht war, zum Sturm auf die Festung sammeln ließ. Der Kampf um die Tore begann, Sturmleitern wurden herbeigeschleppt, die Kanonen nachgeladen. Nachdem die Franzosen mehrfach vergeblich gegen die Schanzen angerannt waren, gelang es einer Vorhut schließlich, eine Bresche in das Mauerstück neben dem Tor zu schlagen. Die Offiziere der Habsburger feuerten von den Türmen und den hölzernen Wehrgängen auf die Eindringlinge, während ihre Soldaten, denen offenkundig Pulver und Bleikugeln ausgegangen waren, Steine auf die Angreifer schleuderten. Doch es war längst zu spät. Die fünf französischen Kanonen, welche vom Feuer verschont geblieben waren, zertrümmerten die Tore, so daß deren Holz in tausend Stücke zersplitterte. Mit furchterregendem Kriegsgeschrei drangen die für gewöhnlich so schweigsamen Schweizer unter Führung Gilles Danderacs in den Burghof ein. Unter ihren Hieben wichen die bedrängten Spanier Zoll um Zoll vor der Übermacht des Feindes zurück.

Am Abend verkündeten drei schrille Hörner, daß sich die Festung von Villano in der Hand des Herzogs von Montejan befand. Die Schlacht war zu Ende. Auf dem Hauptturm des grauen Gemäuers wurde unter verhaltenem Jubel die französische Fahne gehißt.

Ambroise fand wenig Grund, sich über die Eroberung von Villano zu freuen. Die Ärmel seines weißen Kittels waren bis zu den Schultern blutgetränkt, als er sich auf dem Burgvorplatz über die Gefallenen beugte. Das Schreien der Verwundeten und das Stöhnen der Sterbenden waren kaum zu ertragen.

Doch der Bader zwang sich weiterzugehen. Manche Gesichter, auf die er traf, waren bis zur Unkenntlichkeit entstellt. Viele der Kameraden hatten Schußverletzungen davongetragen, andere waren verstümmelt. Nahe der Mauer fand er den alten Waffenmeister, der ihm vor dem Antritt seiner Reise in die Berge eine Pistole aus dem Arsenal gegeben hatte. Behutsam tastete er den unförmigen Körper des älteren Mannes ab. Seine Leiste war gebrochen, der Hüftknochen durch eine Bleikugel zersplittert.

Gemeinsam mit drei weiteren Wundärzten und deren Knechten trennte er die Verwundeten vor der Burg von den Toten, indem er ihnen ein Stück poliertes Metall vor den Mund hielt. Zeichneten sich schwache Atemspuren ab, überprüfte er Herz- und Pulsschlag und gab dann den Knechten Anweisungen, die Verwundeten auf Bahren in den Hof zu schaffen. Eilig wurde eine Halle der Festung mit Wacholderfeuer ausgeräuchert, Tische und Bänke wurden zur Seite geschoben, um Platz für die dringlichsten Operationen zu schaffen. Der Raum besaß keine besonderen Vorzüge, war aber vom Hof aus über wenige Treppenstufen zu erreichen und wirkte mit seinen rötlichen Sandsteinsäulen eine Spur wärmer als die übrigen, zumeist kahlen Mannschaftsstuben im Turm, in welchen die besiegten Habsburger gehaust hatten.

Die Wundärzte machten sich an ihre Arbeit. Viele der älteren begleiteten die Truppen des Königs bereits seit Jahren und hatten mehr Schlachten erlebt als behagliche Nächte in geheizten Stuben. Sie führten Sonden ein, entfernten mit Kugelzangen Bleigeschosse und Splitter und ließen über hastig errichtete Winden siedendes Öl, dem sie einige Tropfen Zuckersirup hinzugegeben hatten, in die Wunden rinnen. Andere schoben mit Pinzetten dünne Pferdehaare unter die gerötete Haut. Landsknechte eilten mit heißem Wasser und Wein durch die Reihen. Den Fiebernden, die Brandwunden erlitten hatten, legten sie kühlende Verbände an. Den Alkohol reichten sie den Wundschneidern.

»Ich wünschte, die Männer würden ihre Hände in dem Branntwein baden und nicht ihre Kehlen«, murmelte Ambroise und schüttelte den Kopf. Er hatte dem Waffenmeister mit der Leistenverletzung einen ruhigen Winkel vor dem Treppenaufgang zur Aussichtsplattform verschafft. Dort war es zwar kaum behaglicher als in der Halle, aber wenigstens fielen ein paar Sonnenstrahlen herein. Der alte Mann hatte die Augen geschlossen. Sein Atem flatterte unregelmäßig. Ambroise wußte nicht recht, wie er ihn behandeln sollte. Giovanni Vigo, der Leibarzt des Papstes, auf dessen Erkenntnisse sich die Bader und Chirurgen beriefen, empfahl in einem ähnlichen Fall das Glüheisen. Doch diese Tortur würde der Waffenmeister ohne Zweifel nicht überstehen. Nun blieb ihm wahrhaftig nur noch ein letzter Ausweg.

»Was hast du vor, Paré?« Etienne Cortaigne, ein Wundchirurg aus Poitiers, der wie Ambroise von Monsieur Bertrandel ausgebildet worden war, kam mit einer blutigen Beinsäge zwischen den Säulen hervor und beobachtete mit gerunzelter Stirn, wie sein Kollege den Körper des Waffenmeisters völlig entkleidete und danach mit einem Hohlspan einen nach welken Rosen riechenden Balsam in der Hüftgegend verteilte. Ambroise hatte ihn nicht kommen hören und hob wie ertappt den Kopf. Als er den Burschen erkannte, entspannte er sich wieder und führte seine Behandlung fort.

»Weißt du, wo ich Asche und ungelöschten Kalk finde?« fragte er den jungen Chirurgen. »Ich brauche auch ein paar Eier, ungesottenes Öl und Terpentin. Würdest du dich darum kümmern? Ich muß schleunigst einen Boten finden, der meinem Gehilfen in Turin eine Botschaft überbringt. Ohne mich stellen die Burschen im Spital vermutlich nur Unfug an.«

Etienne wich einen Schritt zurück und starrte Ambroise mißtrauisch an. Er war ein paar Jahre jünger als Ambroise, sah mit seinem rotwangigen, etwas fleischigen Gesicht jedoch wesentlich älter aus. Sein Haar lichtete sich bereits an mehreren Stellen, und sein Bauch wölbte sich über den breiten Ledergürtel wie bei einem Mann, der seine besten Jahre zu genießen wußte. »Rosenöl und Terpentin?« fragte er verständnislos nach. »Mischst du damit etwa dein merkwürdiges arabisches Zeug zusammen? Paß bloß auf, daß du keinen Fehler machst. Vom alten Bertrandel hast du dieses Mittel jedenfalls nicht, oder?«

»Nein, das habe ich mir bei einem ruhigen Humpen Bier ganz allein ausgedacht«, erwiderte Ambroise gereizt. »Zum Teufel mit Bertrandel. Verschwinde lieber und beschaffe mir den Kalk und die Eier. Es dürfte nicht schwer sein, in diesem Gemäuer welche aufzutreiben!«

Der Bader hatte seinen Satz kaum beendet, als zwei Wundknechte auch schon den nächsten Verwundeten heranschleppten. Kommentarlos legten sie ihn vor ihn hin. Mit einem Seufzer griff Ambroise nach seiner gewundenen Kugelzange. Etienne wandte sich zum Gehen, um die Eier und den Kalk zu besorgen. Er war ein leutseliger Bursche, aber seine Arbeit betrachtete er kaum anders als die meisten Feldchirurgen im Lager. Er verrichtete seinen Dienst und dachte nicht darüber nach, ob man die überlieferten Methoden nicht ändern oder verbessern konnte. Wahrscheinlich war er damit für den Posten eines herzoglichen Leibchirurgen viel besser geeignet als Ambroise selbst. Immerhin war er gehorsam und befolgte die Befehle seiner Vorgesetzten, ohne mit der Wimper zu zucken.

Mit größer Vorsicht entfernte Ambroise den Stoffetzen, der zur Blutstillung auf die Wunde seines neuen Patienten gelegt worden war, und erweiterte den Schußkanal mit einer Schere. Dabei besann er sich auf die Worte seines einstigen Lehrmeisters in Paris, der ihm aufgetragen hatte, dafür zu sorgen, daß sein Messer weder Muskelstränge zertrennte, noch sich in den feinen Verästelungen der Nerven verfing. Am besten war es, wenn er eine Zeichnung anfertigte. Doch er hatte hier weder Pergament noch Kohlestifte. Schließlich kam er auf die Idee, seinen Patienten zu befragen, in welcher

Stellung er sich in dem Moment befunden hatte, da das Geschoß ihn getroffen hatte. Der Soldat gab einen unverständlichen Laut von sich. Zwei Knechte mußten den Mann stützen, er war schweißgebadet und zuckte bei jeder Bewegung unter Schmerzen zusammen, doch er sträubte sich nicht, als Ambroise und ein Knecht ihn schließlich auf die Füße stellten und die Haltung rekonstruierten, die er im Augenblick der Verwundung innehatte.

»Das ist doch unmöglich«, sagte einer der Knechte zweifelnd. »Nach Eurer These müßte der Mann sich gedreht haben wie eine Hammelkeule am Bratspieß!«

Ambroise verfolgte den Schußkanal und fand die Bleikugel ohne Mühe. Der verwundete Soldat verlor schließlich doch das Bewußtsein Er sackte mit einem leisen Stöhnen in sich zusammen.

»Die Kugel habe ich entfernt«, verkündete Ambroise. »Tragt ein wenig von der Salbe aus meiner Flasche auf und verbindet euren Kameraden!«

Kurze Zeit später brachte Etienne den gewünschten Kalk. Mit besorgter Miene setzte er das Gefäß neben Ambroises Instrumente ab und schien abzuwarten, was der Bader damit anfangen wollte.

»Stimmt etwas nicht, Etienne?« fragte Ambroise. »Hat sich mein Gehilfe bei den Wachen gemeldet? Sein Name ist Sefferino ...«

Der Wundchirurg schüttelte den Kopf und deutete auf das Tor zur Halle. »Es wünscht dich jemand zu sprechen, Ambroise, aber ich glaube nicht, daß die beiden Priester gekommen sind, um uns bei unserer Arbeit zu unterstützen!«

»Sucht Ihr wieder nach dem geeigneten Ort, um Fleisch zum Trocknen aufzuhängen, Bader Paré?«

Vater Albin beugte sich mit einem höhnischen Lächeln über die verschrammte Eichentafel mit Ambroises chirurgischen Geräten und nahm eine schmale Eisenröhre in die Hand, die mit ihrer spiralförmigen Spitze wie ein

Schraubenzieher aussah. »Mir ist zu Ohren gekommen, daß Ihr aufgehört habt, das Gift der Bleikugeln mit siedendem Öl zu bekämpfen. Entspricht es der Wahrheit, daß Ihr statt dessen eine unbekannte Flüssigkeit verwendet?« Der Kaplan legte das Instrument auf die Tafel zurück und wischte sich die Hände an seiner Soutane ab, als müßte er sich reinigen. Er war bereits vor einigen Stunden gemeinsam mit Pater Eugenio in Villano eingetroffen, um den Sterbenden die Letzte Ölung zu spenden. Im Augenblick allerdings verrichtete allein Pater Eugenio diese heilige Pflicht.

Ambroise beobachtete aus den Augenwinkeln, wie der Mönch am Strohlager eines Reiters kniete. Dem Mann war nicht mehr zu helfen. Ein Stein hatte seinen Schädel gespalten. Das Kissen war voller Blut. Pater Eugenio hielt die Hand des Todgeweihten und sprach beruhigend auf ihn ein. Als er spürte, daß der Verletzte in eine tiefe Ohmacht sank, erhob er sich und ging weiter zum nächsten Lager.

»Ich weiß nicht, was Euch zu Ohren gekommen ist, Vater, aber wenn Ihr wieder auf ein Plauderstündchen aus seid, so muß ich Euch diesmal leider enttäuschen«, bemerkte Ambroise an Albin gewandt. »Ich habe keine Zeit für Euch!«

Er kehrte dem Kaplan den Rücken zu und entledigte sich seines verschmutzten Kittels. Ein Badehaus gab es in Villano nicht, aber Hauptmann Danderac hatte auf Weisung des Marschalls dafür gesorgt, daß der große Holzbottich inmitten des Burgsaals regelmäßig mit warmem Wasser gefüllt wurde. Ein paar Frauen, die bei der Besetzung der Burg geschont worden waren, sorgten dafür, daß das Feuer unter den schweren Kesseln nicht erlosch. Mit furchtsamen Blicken schleppten sie Eimer um Eimer herbei.

Der Bader nahm sich einen trockenen Schwamm und einen bronzenen Schaber von einem der Schemel. Zwölf Männer hatte er innerhalb der letzten Stunden behandelt. Zwei von ihnen waren gestorben, ohne daß er etwas dagegen tun konnte. Auf dem Südhof warteten noch weitere leichter Verletzte auf ihn. Daß ihm längst kein Öl mehr zur Verfügung stand, bedauerte er weitaus weniger, als es Vater Albin und seinen Kollegen lieb sein konnte, denn das Stöhnen derjenigen, die in den Morgenstunden unter der Seilwinde gelegen hatten, hallte noch immer von den kahlen Wänden wider. Die Nachtstunden würden ihr Urteil darüber fällen, ob der Balsam, den er selbst zusammengestellt hatte, seine Kranken vor Wundfieber und Entzündungen zu schützen vermochte. Vater Albin und diesem kindischen Mönch stand ein solches Urteil gewiß nicht zu.

Müde ging Ambroise vor dem hölzernen Becken in die Knie und ließ das lauwarme Wasser mit einer Schöpfkelle langsam über Kopf und Brust rinnen. Es tat gut, sich endlich vom Blut der Männer reinigen zu können. Trotz der beißenden Kälte, die auch durch das Feuer von drei gekachelten Öfen nicht vertrieben werden konnte, fühlte er, wie seine Lebensgeister allmählich zurückkehrten. Über sich hörte er plötzlich das Knarren von Dielen. Verwundert hob er den Kopf.

»Herzog von Montejan und seine Offiziere haben sich in die oberen Gemächer zurückgezogen, um ihre Urteile über die gefangenen Habsburger zu treffen«, hörte er Vater Albins heisere Stimme hinter sich. »Ich bin sicher, das königliche Strafgericht wird nicht lange auf sich warten lassen.«

»Ein ... Strafgericht?« fragte der Bader.

»Gewiß hat man den spanischen Kommandanten nicht in Ketten gelegt, um ihn damit zu schmücken wie ein junges Mädchen«, erklärte der Geistliche verächtlich. »Er ist schließlich für den Tod vieler Eurer Kameraden verantwortlich. Vergeßt das nicht!«

»Ich vergesse überhaupt nichts, Priester! Ich frage mich nur, warum Ihr Euch fortwährend in unsere Angelegenheiten einmischt?« Ambroise funkelte den Kaplan zornig an und griff hastig nach seinem Kittel. »Der Kommandant hat im Auftrag Kaiser Karls V. gehandelt und nur seine Pflicht getan. Außerdem war es einer von Danderacs Leuten, der den halben Hügel in Brand gesteckt hat. Mir ist nach wie vor unbegreiflich, wie das geschehen konnte.«

Vater Albin schnaubte. »Und mir ist unbegreiflich, warum Ihr als Günstling des Herzogs noch immer nicht gelernt habt, das Spiel der Mächtigen zu spielen, Bader.« Er stellte sich dicht neben Ambroise und flüsterte verschwörerisch: »Ihr habt noch nicht erfahren, wie es ist, wenn man von den hohen Herren verraten wird. Ihr kennt das Gefühl der Demütigung nicht, das Euch die Kehle zuschnürt und Euer Blut in den Adern stocken läßt. Ihr könnt Euch nicht dagegen wehren, aber Ihr wißt, daß Eure Zeit eines Tages kommen wird. Glaubt Ihr armseliger Bartstutzer denn, Seine Gnaden der Herzog würde seine Pläne für einen wie Euch gefährden?«

»Der König hat euch hierher strafversetzt«, entwich es Ambroise bestürzt. »Ja, so muß es sein. Ihr würdet alles dafür tun, um im Triumph nach Paris zurückkehren zu können, und weil Franz von Valois nicht daran denkt, Euch an den Hof zurückzubeordern, führt Euer Weg nun über den Herzog.«

»Warum nicht? Er ist längst nicht so stark, wie er vorgibt zu sein. Ich hasse Menschen, die nicht wissen, wo ihr Platz in der Welt ist. Sie versuchen, sich gegen die göttliche Vorsehung zu stellen und machen Versprechungen, die sie nicht halten können. Am schlimmsten sind berechenbare Feldherren und unbelehrbare Wundärzte. Sie tragen das Gift weiter, das unser Land verheert.«

»Ihr seid ja von Sinnen!« Bleich wie ein Leichentuch wankte Ambroise zu seinem Instrumentenkasten zurück. Er sandte ein Stoßgebet zum Himmel, daß Sefferino nicht ausgerechnet in diesem Augenblick hier aufkreuzen möge.

Der Kaplan ließ sich indessen nicht bremsen. »Wir werden noch sehen, wer von uns beiden von Sinnen ist, Bader Paré«, rief er. »Tatsache ist, daß Ihr Euren Patienten Hoffnung auf Heilung macht, auch wenn Ihr Euch selbst nicht sicher über den Ausgang des Leidens seid. Der Arzt, der den Kranken nicht auf seinen nahen Tod vorbereitet, verhindert, daß er sich rechtzeitig zu Gott und seinen Sünden bekennt.

Aber vermutlich ist genau das Eure Absicht. Ich weiß, daß Ihr mit den Waldensern in Verbindung steht. Ihr rührt Zaubersalben an, um damit ...«

»Und Ihr macht Euch lächerlich!« schrie Ambroise den Priester an. Er konnte nicht länger an sich halten. Ohne auf die entsetzten Blicke der Männer im Saal zu achten, ließ er die Kräuterdosen, die er im Begriff war aufzuschrauben, zu Boden fallen, stürzte auf Vater Albin zu und packte ihn am Kragen, um ihn zur Tür zu zerren.

Der Geistliche brüllte vor Überraschung laut auf. Dann entwand er sich dem Griff des Baders und versetzte ihm einen Schlag. Ambroise rang nach Luft. Der Kaplan war im Grunde kein ernst zu nehmender Gegner für ihn, doch die vielen Stunden am Chirurgentisch hatten an seinen Kräften gezehrt. Vater Albin wich einen Schritt zurück und erhob eine Faust, um erneut zuzuschlagen. Dabei stolperte er über eine der Holzdosen, die am Boden lag, taumelte und stürzte, wobei er gegen die Tafel mit den Töpfen, Tiegeln und schmutzigen Binden stieß.

»Bader Paré, wie könnt Ihr es wagen, einen Mann der Kirche zu Boden zu schlagen?« Erschreckt wandte Ambroise sich um und sah, wie Hauptmann Danderac in Begleitung von zwei bärtigen Schweizer Landsknechten auf ihn zukam. Der Offizier hatte seinen glänzenden Brustpanzer gegen ein weiches Wams aus blauen und grünen Karos getauscht, welches unterhalb der steifen Halskrause von einer goldenen Spange in Form eines Fuchses, dem Wappentier des Hauses Vassy, geschlossen wurde. Er trug schmutzige Reitstiefel, einen Kapuzenmantel aus grober Wolle und Beinlinge, die so eng anlagen, daß die Haare auf seinen stämmigen Waden durchschienen. »Das ist nun schon das zweite Mal, daß ich Euch dabei antreffe, wie Ihr auf jemanden losgeht!« rief er.

»Ich habe ihn nur gefragt, warum er die Schußverletzungen seiner Kranken nicht wie die anderen Wundchirurgen behandelt. Da hat er mich sogleich angesprungen und auf mich eingeprügelt«, jammerte Vater Albin. Stöhnend ließ er sich von einem der Landsknechte auf die Beine helfen. »Der Mann ist gemeingefährlich, *mon capitaine*. Ein Unruhestifter und Ketzer. Führt mich auf der Stelle zum Herzog! Es ist meine Pflicht als Diener des Königs, Monsieur de Montejan vom Benehmen seines Spitalleiters in Kenntnis zu setzen!«

Gilles Danderac betrachtete Vater Albin mit unverhohlenem Abscheu, doch diese offensichtliche Antipathie gereichte Ambroise nicht unbedingt zum Vorteil. Kaum versuchte er, den Hauptmann über die wahren Hintergründe der Auseinandersetzung aufzuklären, als ihn ein Landsknecht mit einem empfindlichen Hieb seiner Hellebarde zum Schweigen brachte.

»Ihr haltet den Mund, bis Ihr gefragt werdet, Bader«, zischte Danderac ihn in feindseligem Ton an, dann wandte er sich an den Geistlichen. »Der Herzog ist gleich nach den Beratungen nach Turin geritten, um die Verräter zu bestrafen. Heute abend, nach Einbruch der Dunkelheit, sollen die gefangenen Habsburger hingerichtet werden. Leider konnten einige wenige beim Sturm auf die Burg entkommen.«

»Aber, *mon capitaine*, es gibt einen Kontrakt zwischen Seiner Majestät und dem Kaiser …«, wagte der Bader einzuwerfen.

»Noch einmal warne ich Euch nicht, Paré!« Die Stimme des Hauptmanns klang gefährlich leise. »Ihr werdet in Villano bleiben, bis ich mit dem Herzog gesprochen habe. Wagt es nicht, Euch zu entfernen. Wo steckt Euer Gehilfe?«

Ambroise wurde bleich. Angst stieg in ihm auf. Sefferino und Fioricia befanden sich noch immer in der Stadt oder auf dem Weg zur Burg; er hatte nicht damit gerechnet, daß Danderac ihnen während des Kampfes um Villano zu nahe kommen würde. Er konnte nur hoffen, daß sein Kurier die beiden eher erreichte als die Landsknechte des Hautpmanns.

»Ich habe keine Ahnung, wo sich der Bursche herumtreibt«, log er. »Vermutlich hat er es in Turin nicht mehr ausgehalten und ist bereits weitergezogen!«

Der Offizier wandte sich nun mit wichtiger Miene an Vater Albin, der die Nachricht vom Arrest des Baders mit sichtlichem Wohlgefallen aufnahm. Er schien sich überhaupt recht schnell wieder von Ambroises vermeintlichem Angriff erholt zu haben. »Habt Ihr Beweise für die angebliche Ketzerei des Baders, Vater? Zeugen oder … Papiere?«

Vater Albin faltete demutsvoll die Hände vor der Brust und lächelte maliziös. »Wenn Euch mein eigenes Wort nicht genügt, Monsieur, so fragt Pater Eugenio, den Franziskaner, der mit mir gekommen ist, nach seiner Einschätzung. Noch geeigneter wäre es jedoch, die Taten dieses Mannes für sich sprechen zu lassen. Er verweigert seinen Patienten die Bleientgiftung mit kochendem Öl und behandelt sie statt dessen mit einer fremdartigen Arznei.«

Hauptmann Danderac lief mit langen Schritten zu der Strohschütte hinüber, auf welcher der frisch operierte Waffenmeister unter einem Berg aus Decken lag. »Ist es wahr, was der Priester sagt? Antworte!«

Der Waffenmeister gab einen grunzenden Laut von sich. Seine Finger strichen schwerfällig über einen Blutfleck, der sich durch den Verband abzeichnete.

»Nun, von Wundmedizin verstehe ich nicht viel«, brummte Danderac unbefriedigt. »Warten wir ab, wie es morgen früh um Parés Patienten bestellt ist.«

Vater Albin schwieg, aber ihm war anzusehen, daß er glaubte, schon beinahe am Ziel zu sein.

16. KAPITEL

Als Sefferino und Fioricia am Abend gemeinsam mit dem Kurier des Baders auf das Stadttor von Turin zuhielten, fanden sie sich plötzlich inmitten einer Menschenmenge wieder, die sie lautstark mit sich riß. Männer, Frauen und Kinder schoben sich in einem aufgebrachten Zug die Via Machelli entlang. Die verwinkelten Gassen der Altstadt, wo die Schlachter, Seilmacher und Bäcker ihrem Handwerk nachgingen, wurden vom Licht Hunderter von Fackeln und Öllampen erleuchtet. Französische Soldaten standen mit aufgerichteten Hellebarden, Schwertern und Hakenbüchsen an den Straßenecken und brüllten Befehle in die Menge, die niemand, nicht einmal Fioricia, verstand. Lautes Getrommel und Fanfarenstöße verkündeten indes, daß auf dem Platz vor dem Haupttor etwas geschehen sein mußte.

Sefferino hatte alle Mühe, sein Pferd zu beruhigen. Mit wachsender Besorgnis tastete er nach der Kassette mit Heilmitteln, die Fioricia ihm anvertraut hatte, kaum daß sie die Nachricht des Baders aus Villano erhalten hatten. Dann wandte er sich nach dem Boten um, der sie hierher geführt hatte, doch der Junge zuckte lediglich mit den Schultern und gab ihm und Fioricia zu verstehen, die Piazza zu verlassen und ihm in eine ruhigere Straße zu folgen. Sefferino nickte. Einige Augenblicke später schafften sie es, sich in eine Seitengasse zu drücken. Neugierig ließ Sefferino seine Blicke über die verwahrlosten Gebäude und Mauern gleiten. Er erinnerte sich nicht, jemals in diesem Viertel gewesen zu sein. Die Gasse war einmal gepflastert gewesen, doch ihre Bewohner hatten für die Steine offensichtlich eine andere Verwendung gefunden. Davon zeugten zumindest Dutzende zerbrochener Fensterscheiben, die nur notdürftig mit Brettern vernagelt worden waren. Es waren Mietshäuser, die durch eine Vielzahl von schmutzigen Höfen und Treppen miteinander verbunden zu sein schienen.

»Führt dieser Weg auch wirklich zur Porta Torino?« fragte Fioricia mit einem Beben in der Stimme. Auch sie hatte in dem Gewirr der Turiner Straßen und Plätze längst die Orientierung verloren. »Fast könnte man meinen, Dantes Unterwelt hätte uns verschluckt!«

Sefferino trieb sein Pferd an. »Besser, wir beeilen uns, ehe die Soldaten auf die Idee kommen, auch dieses Viertel abzusperren!«

Die Häuser in diesem Viertel machten einen noch trostloseren Eindruck als die, welche er in San Matteo gesehen hatte. Im Grunde seines Herzens war er froh, daß der Bader nach ihm geschickt hatte. So konnten Fioricia und er endlich aus Turin verschwinden. Sobald das Stadttor hinter ihnen lag, war Pater Eugenios Ultimatum nicht mehr wert als das Schwarze unter seinen Fingernägeln. Ein bestialischer Gestank von Fäkalien und verendeten Tieren schüttelte ihn so sehr, daß sein Magen zu rebellieren drohte. Sie ritten auf einen Garten zu, der zwischen zwei Türmen lag und zur Straße hin von einem eisernen Zaun begrenzt wurde.

Sefferino vermied es, Fioricia anzusehen, er spürte aber deutlich, daß sie diesen Weg aus der Stadt heraus aus vollem Herzen mißbilligte. Als sie sich den Türmen näherten, begann von fern eine Glocke zu läuten. Sefferino legte die Stirn in Falten. Das helle, klagende Geläut gehörte zur Kirche San Bernardino und erklang seines Wissens nach nur, wenn in Turin eine Hinrichtung vollzogen wurde. Seine Blicke wanderten das grobe Mauerwerk empor, auf der Suche nach einem Menschen. Eine einsame Lampe flackerte in der Scharte eines der Türme. Plötzlich erschien ihm selbst die lärmende Menge, die sich durch die breiteren Straßen des Domviertels bewegte, weniger bedrohlich als die Stille des Armenviertels.

»Hinter diesem Turm beginnen die alten römischen Wasserleitungen«, erklärte der Kurier und lenkte sein Pferd auf das Tor zu. Die Angeln schrien auf wie die armen Seelen, als er es mit einem kräftigen Tritt von seinem Pferde aus aufstieß.

»Wenn der Kerl glaubt, ich würde durch eine Kloake waten, hat er sich getäuscht«, erklärte Fioricia an Sefferino gewandt. »Dann kehre ich lieber um«

»Weißt du nicht, warum die Straßen, die zum Stadttor führen, gesperrt wurden?« Sefferino schien der Weg durch den Garten mit seinen üblen Gerüchen weniger auszumachen als Fioricia.

»Der Herzog ist wieder in der Stadt«, erklärte der Kurier

beflissen, als wäre die Frage an ihn gestellt gewesen. »Wenn ich mich nicht irre, hat er die gefangenen Spanier mitgebracht, um sie von den Zinnen zu stürzen!«

»Du meinst … er läßt sie von der Stadtmauer werfen?« Fioricia schüttelte verstört den Kopf.

»Wo denkt Ihr hin, Mademoiselle? Sie werden zuerst aufgeknüpft und am Tor zur Schau gestellt. Ihre Hinrichtung soll jedem Rebell in dieser Stadt eine Warnung sein, die Feinde des Königs nicht länger zu unterstützen! Sie können froh sein, daß man ihre Köpfe nicht …«

»Genug davon!«

»Was machst du da, Fioricia?« Sefferino traute seinen Augen nicht, als er seine Gefährtin aus dem Sattel steigen und mit gerafften Röcken dem Boten hinterher eilen sah. »Ich dachte, du willst …«

»Ich habe es mir eben anders überlegt«, fuhr sie ihn an. »Kein Grund, sich vor etwas Schlamm zu fürchten! Schließlich habe ich im Laufe der letzten Monate so viele Kleider ruiniert, daß es auf eines mehr oder weniger nicht mehr ankommt!«

Nein, um ihre Garderobe war Fioricia nicht bange. Beunruhigender fand sie es, sich unter den wachsamen Augen der Soldaten aus der Stadt zu schleichen. Die Soldaten des Hauptmanns, die sich zu dieser Stunde anschickten, ihren Gefangenen auf der Mauer die Schlinge um den Hals zu legen, jagten ihr einen größeren Schrecken ein, als sie sagen konnte. Langsam fuhr ihre Hand unter den schweren Mantel aus weinrotem Brokat, in dessen Innentasche sie eine versiegelte Aktenmappe mit wenigstens fünf Pergamentseiten verborgen hielt. Sie hatte Sefferino nichts von den Dokumenten gesagt und konnte nur hoffen, daß Gompard sie noch nicht vermißte.

Ambroise staunte nicht schlecht, als Sefferino und Fioricia Stunden später vor seinem Lager standen. Einer der Schweizer Wachtposten des Hauptmanns hatte sich schließlich überreden lassen, sie zu dem Bader in den Krankensaal zu führen, welchen dieser auf Anordnung des Offiziers nicht verlassen durfte.

Das ehemals kostbare Kleid hing Fioricia in Fetzen am Leib. Sefferino sah aus, als habe er in einem Schweinekoben eine Sau verfolgt. Ansonsten schienen die beiden jedoch wohlauf zu sein.

»Euer Hauptmann Danderac hat wahrhaftig eine dankbare Ader«, sagte Fioricia, nachdem sie sich mit Brot und einem Becher heißem Wein gestärkt und von Ambroise erfahren hatte, was sich während der letzten Stunden in der Burg zugetragen hatte. »Ich meine, wenn Ihr Eurem vergreisten Meister damals nicht das Skalpell aus der Hand genommen hättet, läge Danderac wahrscheinlich in einer Kiste drei Fuß tief in der Erde. Und was tut er?«

»Von einem Baderchirurgen erwartet man, daß er seine Arbeit nach bestem Gewissen verrichtet«, erwiderte Ambroise verhalten. »Dafür erhalte ich meinen Lohn. Was kann ich mir vom Dank der Herren kaufen?«

Mit spitzen Fingern zog Fioricia ein Tuch aus einer Messingschüssel, befeuchtete es mit etwas Wasser und rieb sich damit über ihr Gesicht. »Ihr redet schon wie meine Tante, Ambroise. Allerdings habe ich von ihr gelernt, daß es sehr wohl Waren gibt, die nicht in Säcken oder Kisten transportiert werden. Was würdet Ihr zum Beispiel davon halten, für einige Zeit nach Padua zu gehen, um dort Medizin zu studieren? Sefferino hat mir erzählt, dies sei Euer Wunsch?«

»So, wie die Dinge zur Zeit liegen, darf ich nicht einmal die Halle verlassen, ohne daß die Wachen des Hauptmanns mir in den Hintern treten«, murmelte Ambroise. »Wie soll ich es da bis nach Padua schaffen? Auf einem fliegenden Teppich etwa? Die Verwundeten, die ich mit meiner Salbe behandelt habe, werden morgen früh von drei Chirurgen begutachtet. Ihr Urteil soll darüber entscheiden, ob Vater Albins Vorwürfe gerechtfertigt sind oder nicht.«

»Albin? Was hat der denn mit der Sache zu tun?« wollte

Sefferino wissen. Im Unterschied zu Fioricia schaffte er es kaum noch, die Augen offenzuhalten. Mit letzter Kraft zog er sich die Stiefel aus und wärmte sich anschließend die Hände, indem er sie über einer Kerzenflamme hin und her bewegte. Das flackernde Licht warf einen gespenstischen Schatten auf die weiß gekalkte Wand.

Der Bader beugte sich vor und flüsterte ironisch: »Der Kaplan kam gestern zusammen mit dem Franziskaner nach Villano, um mir meine Sünden vorzuhalten.«

»Er beschuldigt Euch doch nicht etwa?« Sefferino sprang so abrupt auf, daß er den Kerzenhalter umstieß. Die brennende Kerze rollte über die Tischplatte auf Ambroises Papiere. Hastig ergriff der Junge Fioricias Gesichtstuch und schlug damit auf die Flamme ein.

»Na großartig«, seufzte Ambroise, »falls Vater Albin zu ungeschickt ist, um mich und meine Arbeit den Flammen zu übergeben, kannst du ihm ja verraten, wie man so etwas anstellt. Vielleicht nimmt er dich sogar mit an den Hof von Chambord!«

Fioricia warf Sefferino einen forschenden Blick zu. Irgend etwas quälte den Jungen. Vielleicht war es nun an der Zeit, ihm und dem Bader zu sagen, was sie in Turin über Danderac herausgefunden hatte. »Ihr solltet Euren … Pflegesohn in Ruhe lassen, Ambroise! Die Grube, in die Ihr Euch selbst gesetzt habt, ist so groß, daß der halbe französische Hofstaat darin Platz fände.«

»Was willst du damit sagen?«

»Damit will ich sagen, daß ich gegen Euren Wunsch Gompards Quartier aufgesucht habe. Es war kinderleicht, ich mußte mich nur unter das Heer der Dirnen mischen, die sich jeden Abend vor der Taverne in der Via della Aspera sammeln, um die Soldaten in der Festung zu besuchen.«

»Du hast … was getan?« krächzte Ambroise. »Bist du von allen guten Geistern verlassen? Sefferino, wußtest du davon?«

»Er wußte es nicht, und gute Geister, die vor mir fliehen

könnten, habe ich bislang noch wenige getroffen. Sie scheinen es niemals lange mit mir auszuhalten.« Fioricia lächelte den Bader an.

»Aus gutem Grund! Warum hast du dich in die Garnison geschlichen?«

Fioricia richtete ihre Blicke auf den Wasserbottich, der noch immer in der Mitte des Raumes stand. Ambroise war wütend auf sie, weil er sie liebte und es nicht ertragen konnte, daß sie sich in Gefahr brachte. Sefferino zog es diesmal vor, auf einen kindischen Wutausbruch zu verzichten, um statt dessen schweigend und mit verschränkten Armen auf weitere pikante Enthüllungen zu warten.

»Ich habe mich bestimmt nicht in die *fortezza* geschlichen, um den guten Gompard wiederzusehen«, sagte sie nach einer Weile. »Es ging mir nur um die Dokumente, von denen Ihr am Tag zuvor erzählt hattet. Wenn Danderac einen Mann erschießen und ein Haus in Brand setzen ließ, um sie an sich zu bringen, müssen sie Nachrichten enthalten, die Euch und Sefferino helfen können.«

»Warum hast du mir kein Wort gesagt?« Sefferino klang plötzlich bedrückt. »Du hättest nicht allein gehen müssen!«

Fioricia hob hilflos die Arme. Nun, gewiß hätte sie darauf bestehen können, daß Sefferino und Ambroise sie in die Garnison begleiteten. Doch was hätte sie dadurch gewonnen? Gompard wäre sofort mißtrauisch geworden. Daß der Fahnenträger an jenem Abend überhaupt nicht in seinem Quartier gewesen war und sie das Türschloß zur Kammer seines Vaters, nebst dessen Truhe, mit einer Haarnadel geöffnet hatte, behielt sie jedoch für sich.

»Ich nehme an, du hast die Dokumente noch nicht gelesen, sonst hättest du uns längst über ihren Inhalt aufgeklärt. Wenn du nun aber so freundlich wärst …« Ambroise machte einen Schritt auf Fioricia zu und öffnete fordernd die Hand. Seinem Ton war indessen anzumerken, daß die Neugier längst über seinen Ärger gesiegt hatte. »Du hast sie doch nicht in Turin gelassen, oder?«

Fioricia lächelte voller Nachsicht, als ihre Finger die silberne Spange öffneten, welche die Enden ihres Mantels über dem steifen, gefächelten Kragen umschlossen. »Die Papiere werden Euch nicht allzuviel nützen, Ambroise, denn sie sind in italienischer Sprache geschrieben. Die meisten jedenfalls. Sefferino mag sie Euch vorlesen!«

Ambroise nahm die Mappe entgegen, schlug sie auf und vertiefte sich einen Moment lang in die brüchigen Seiten, ehe er sie an Sefferino weitergab. »Fioricia hat ganz recht«, entschied er. »Wenn das die Dokumente sind, die Gompard aus dem Haus dieses Sblinetta geschafft hat, so gehen sie wohl in erster Linie dich etwas an!«

Sefferinos Hand zitterte leicht. Hastig blätterte er die Seiten um, bis er über einigen, unbeholfen zu Papier gebrachten Zeilen verharrte. »Das hier ist eine Rechnung, ausgestellt auf den Namen Gilles Vassy. Der Unterzeichnete verlangt die Summe von 20000 Livres und freien Abzug aus der Stadt für sich und seinen Sohn als Gegenleistung für sämtliche, dem Haus Valois geleisteten Dienste.«

»Hinter dem Namen Gilles Vassy verbirgt sich Danderac selbst!« erklärte Ambroise. »Seine Familie besitzt in Frankreich ein Landgut gleichen Namens.«

Er hielt inne. Von den Strohlagern jenseits des Vorhangs drangen verhaltene Geräusche an sein Ohr. Einige der verwundeten Soldaten waren erwacht, wälzten sich unruhig hin und her oder versuchten, mit ihren Kameraden ein Gespräch zu beginnen. Einer blies aus Leibeskräften in eine Flöte, worauf ein ärgerliches Zischen und Fluchen aus den Nischen der leichter Verletzten ertönte. In einem Winkel nahe der bewachten Pforte zum Korridor rief ein Soldat nach seinem Burschen und verlangte einen Becher Wein und ein Stück Rosinenbrot aus dem Proviantbeutel. Sein Bettnachbar, den das Geschrei aufgeschreckt hatte, fing an, beide, Herrn und Knecht, mit unflätigen Ausdrücken zu beschimpfen.

Warnend legte Fioricia einen Finger über die Lippen und

gab Sefferino ein Zeichen, sich mit den Papieren hinter den Säulengang zurückzuziehen. Ambroise nickte. Er ergriff einen brennenden Leuchter vom Behandlungstisch und wies dem Jungen damit den Weg. Danach lief er an seinem Behandlungstisch vorüber, zog den Vorhang auseinander und brüllte: »Ruhe, ihr Narren, sonst jage ich euch, wie ihr hier liegt, in den Regen hinaus!« Im selben Augenblick erstarb jedes Geräusch im Saal.

Zufrieden kehrte Ambroise zu seinen Schützlingen zurück.

»Ich habe noch ein weiteres Dokument gefunden, das Sblinettas Unterschrift trägt«, flüsterte Sefferino später. »Es ist ein Brief, datiert auf den 5. August 1537. Sblinetta schreibt, daß sein Gewährsmann außerhalb der Stadtmauern sich als unerwartet störrisch erwiesen habe. Er weigere sich, die gewünschten Pläne aus der Hand zu geben, obwohl er ihm bereits eine Anzahlung der ausgehandelten Summe überlassen habe. Sblinetta schwört seinerseits, daß die Verzögerung nicht seine Schuld sei und daß er seinen Diener damit beauftragt habe, die Pläne zu beschaffen.« Sefferino hielt inne und ließ den Brief sinken. »Hoffentlich bin ich nicht der einzige hier, dem dieses konfuse Zeug die Ohren klingen läßt. Das ergibt doch alles keinen Sinn. Was, um alles in der Welt, hätte der alte Sblinetta den Franzosen schon Wertvolles anbieten können?«

Ambroise legte die Stirn in Falten. »Nun, mit dem Herzog hat Sblinetta gewiß keine Verhandlungen aufgenommen. Nein, ich bin davon überzeugt, daß Montejan seine Geschäfte ganz allein, ohne königliche Rückendeckung in die Wege geleitet hat. Du erinnerst dich doch an das fehlende Geld aus der Kriegskasse der Infanterie, nicht wahr? Und dann die Schweizer Söldner, die Danderac seit der Einnahme Turins umschwärmen wie Fliegen den Misthaufen?«

»Gewiß erinnere ich mich, Monsieur Paré«, sagte Sefferino ernst. »Ihr meintet, die fehlenden Beträge seien schuld daran, daß Ihr Fioricias Tante die Arzneien nicht bezahlen könnt.«

Ambroise verzog das Gesicht. Die unbedachte Bemerkung seines Ziehsohnes hatte ihn an einer empfindlichen Stelle getroffen. Obgleich Fioricia ihm mehrere Male nachdrücklich versichert hatte, daß die *societas* bereit war, ihm ihre Waren um weitere drei Monate zu stunden, sah er sich in der Pflicht, baldmöglichst zu zahlen. Am liebsten hätte er die gesamte Lieferung auf einen Schlag nach San Dominiano zurückgeschickt. Andererseits war er sich auch seiner Verantwortung für das Spital bewußt. Stolz und Eigensinn heilten weder Schußwunden oder Verbrennungen noch ausgerenkte Schultern.

»Ist Euch nicht gut, Monsieur Paré?« Sefferino wirkte besorgt.

»Es ist nichts, Junge. Das heißt ...« Er dachte einen Augenblick nach. »Du bist doch mit diesem Mucio bei den Mönchen zur Schule gegangen? Könnte er vielleicht diesen Kontrakt verfaßt haben?«

»Mucio?« Sefferino lächelte. »Wenn der alte Sokrates sich mit einem Schüler wie Mucio Sblinetta hätte herumärgern müssen, hätte er den Schierlingsbecher freiwillig gelehrt, nur um seine Ruhe zu haben. Ach, was sage ich, er hätte sich dreimal nachschenken lassen ...«

Ambroise faltete die Pergamente zusammen und sah sich nach der braunen Ledermappe um. Die Antwort Sefferinos schien ihm nicht zu gefallen.

»Was denkt Ihr, Ambroise?« fragte Fioricia voller Ungeduld. »Es geht um Hochverrat, nicht wahr?« Sie bemerkte, wie die Augenlider des Baders nervös zu zucken begannen. Über den Bergen erhob sich allmählich ein fahles Licht. In wenigen Stunden würden die Chirurgen zusammentreten, um über Ambroises Befähigung zur Wundbehandlung zu beraten. Anscheinend hatte zumindest der Kaplan ihn bereits verurteilt. Wo steckten die beiden Priester eigentlich? Fioricia hatte sie weder im Saal mit den Verwundeten noch auf dem Weg dorthin gesehen. Ob es in der Burg eine Kapelle gab? Schwerfällig erhob sie sich und legte ihren

Schleier ab. Er war aus weißem Leinen und so steif, daß er stehen blieb, als sie ihn auf eine der Truhen legen wollte. Mit gespreizten Fingern fuhr sie sich durch ihr dichtes Haar. Ein düsterer Gedanke erfüllte sie, als sie an die hoffnungslosen Jahre zurückdachte, die sie an Ruffos Herdstelle verbracht hatte. Nie wieder würde sie ihre Haare abschneiden, um sich einen Mann vom Hals zu halten. Und sie würde auch nicht zulassen, daß der Haß auf ihre Angehörigen ihr noch einmal die Zukunft nahm, von der sie träumte. Das Tuch ihrer ausladenden Robe knisterte bei jeder Bewegung, als sie leise an die Decken trat, welche der Bader mit Schnüren zwischen die roten Stützpfeiler gebunden hatte, um sich zwischen seinen Behandlungen ein wenig Privatsphäre zu verschaffen. Vorsichtig spähte sie durch die schmalen Falten. Ein beißender Geruch von Erbrochenem und schalem Dünnbier trieb ihr ins Gesicht. Angewidert wich sie zurück.

»Die hohe Summe, die zwischen Sblinetta und dem Hauptmann geflossen ist, rechtfertigt eigentlich nur einen einzigen Gedanken«, sagte Ambroise nach einer Weile. »Sblinetta muß Danderac die Pläne der Turiner Befestigungsanlagen verkauft haben. Danderac gehörte mit seiner Infanterie einer Vorhut an, die für den Herzog die Lage sondieren sollte. Vermutlich nahm er jenseits der Stadtmauern Kontakt mit dem Steuereinnehmer auf, dessen Verbindungen ihm nützlich erschienen.«

»Eurer Meinung nach hat sich der Hauptmann also einer Kriegslist bedient, um die Wälle Turins so schnell wie möglich zu bezwingen und als großer Feldherr dazustehen. Aber was bedeutet das schon?« Sefferinos Müdigkeit war verflogen. »Andere haben trojanische Pferde gezimmert, um einen Belagerungsring zu durchbrechen. Danderac hat eben den Weg des Verrats gewählt, und er hatte Erfolg.«

»Danderac mag ein guter Soldat und ein *chevalier* des Königs sein, doch für einen guten Strategen halte ich ihn nicht«, erwiderte Ambroise. »Da gibt es weitaus bessere. Den Prinzen Condé, um nur einen zu nennen. Unglücklicherweise hat ihn der König abberufen und mit nach Frankreich genommen, um ihn vor den Nachstellungen Vater Albins zu schützen. Herzog de Montejan hat es mir selbst erzählt.«

»Ich beginne zu verstehen, worauf Ihr hinauswollt, Ambroise«, sagte Fioricia mit einem beschwörenden Seitenblick auf Sefferino. »Danderac brauchte Erfolge, um sich an der Seite des Marschalls verdient zu machen. Deshalb ließ er sich von dem Verräter Sblinetta Nachrichten über die Schwachstellen der habsburgischen Linien verkaufen und bezahlte sie mit dem Geld aus der Kriegskasse.«

Ambroise starrte wie abwesend vor sich hin. »Ich vermute, der größte Teil der Summe stammte aus seinem eigenen Beutel, denn soviel ich weiß, ist der Herzog ein Freund regelmäßiger Berichte. Der Verlust von 20000 Livres in Gold wäre ihm rasch aufgefallen. Hauptmann Danderac ist nicht so dumm, ein derartiges Risiko einzugehen. Ich bin mir sogar ziemlich sicher, daß wir die Anwesenheit unserer geschätzten Schweizer nur dem Streben des Hauptmanns zu verdanken haben, den beschädigten Inventarlisten zusätzliche Ausgaben aufzubürden. Schließlich erhalten Söldner Handgeld und müssen von den Truppen gesondert entlohnt werden. Damit schaffte Danderac zusätzliche Verwirrung, und dem Herzog fehlten Zeit und Unterstützung, um genaue Nachforschungen anzustellen.«

»Ja«, murmelte Sefferino, »der Herzog ist viel zu sehr damit beschäftigt, Habsburger an der *Porta Torino* aufzuhängen. Ein glänzendes Spektakel, übrigens. Halb Turin war auf den Beinen. Wir mußten leider darauf verzichten, weil wir zur selben Zeit wie die Wildschweine durchs Unterholz kriechen mußten, um unbemerkt aus der Stadt zu gelangen.«

»Ich finde auch, daß diese Hinrichtungen ungerecht sind, mein Junge.« Ambroise machte ein unglückliches Gesicht. »Ich habe versucht, mit Danderac darüber zu reden, aber wie zu erwarten war, stellte er sich taub. Angeblich darf in diesen Tagen niemand zum Herzog vorgelassen werden, nicht einmal Vater Albin in seiner Eigenschaft als Beichtvater. Das hat Hochwürden mächtig geärgert, denn schließlich wollte er Seine Gnaden doch ganz höflich darum bitten, an der Stadtmauer noch ein wenig Platz für einen weiteren Strick zu lassen.«

»Nur *einen* Strick?« zischte Fioricia empört. »Seid nicht so knauserig mit Dingen, die Euch nichts kosten, Ambroise. Ich sehe nämlich noch zwei weitere Galgen aufgerichtet. Einen für Sefferino, der bezeugen könnte, daß Danderac die ihn belastenden Papiere aus Sblinettas Haus schaffte, und einen weiteren für mich, die sie gestohlen hat. Sobald der alte Hauptmann den Verlust seiner Aktenmappe bemerkt, wird er zunächst Gompard ins Gebet nehmen und danach zwei und zwei zusammenzählen. Vielleicht finden sie auch heraus, daß meine Tante eine Waldenserin ist. Dann bekomme ich es auch noch mit Eurem Freund, dem Priester, zu tun. Nein, uns bleibt nur noch ein Ausweg: Wir müssen fort von hier! Nach Padua, wie Ceres es vorgeschlagen hat! Und zwar, bevor Danderac mit seinem Sohn aus Turin zurück ist.«

Umständlich klemmte Ambroise die verräterischen Pergamentseiten wieder zwischen die Lederdeckel. Er stimmte Fioricia ohne Einschränkung zu, es grenzte an Selbstmord, länger in Villano zu bleiben. Auf der anderen Seite fürchtete er sich davor, seine Verwundeten ihrem Schicksal zu überlassen. Was würde der Herzog von ihm denken, wenn er nun das Feld räumte? Danderac und Vater Albin würden gewiß keine Zeit verlieren, ihn als Ketzer und Verräter anzuklagen.

»Wollt Ihr nichts dazu sagen?« stieß Fioricia drängend hervor. »Wenn Ihr Euch nur entschließen könntet …«

»Wer sagt denn, daß ich das nicht bereits getan habe?« Ambroise holte tief Luft. »Ihr beide werdet allein nach Padua gehen. Ich bleibe hier und versuche, dem Herzog die Beweise für Danderacs Unterschlagungen zukommen zu lassen. Er hat mich immer gut behandelt. Warum sollte er den Lügen seines Offiziers und eines eifersüchtigen Kaplans glauben?«

Fioricia und Sefferino starrten einander fassungslos an. Dann begann der Junge zu stottern: »Vielleicht bekommt er ja noch andere ... ich meine ... es könnte ja sein, daß dieser Kaplan ...«

»Kannst du dich nicht zusammennehmen? Was soll das Gestammel?« fragte der Bader ungehalten.

Sefferino wandte sich ab. Es war gar nicht so einfach, seinem Pflegevater zu erklären, daß seine Feinde belastendes Material gegen ihn in Händen hielten, von dessen Existenz er nicht einmal wußte. Pater Eugenio besaß noch immer die Schriften aus der Senfmühle, und er hatte offensichtlich keine Skrupel, die Traktate als Eigentum des Baders auszugeben, um seinen ehemaligen Schüler wieder in den Schoß des Klosters zurückzuführen. Die Drohung des Geistlichen hatte aufgrund der Lage in Villano eine neue, ungleich gefährlichere Dimension angenommen. Falls Sefferino nun heimlich aus dem Piemont verschwand, würde sich Eugenio, ohne zu zögern, Vater Albin anvertrauen, und Ambroise war verloren. Was aber würde geschehen, wenn er blieb?

Pater Eugenio ist hier in Villano, schoß es dem Jungen plötzlich durch den Kopf. Vielleicht war dies seine letzte Chance. Der Mönch besaß nicht mehr, als er auf der Haut trug. Seinen Ordensbrüdern mißtraute er, sie waren für seinen Geschmack viel zu neugierig. Demnach war auch nicht damit zu rechnen, daß er ausgerechnet die verhängnisvollen Schriften der Waldenser im Kloster zurückgelassen hatte. Sefferino spannte die Schultern, als er in seine nassen Stiefel schlüpfte. Beinahe hätte er laut aufgelacht, so grotesk kam ihm ihre Lage vor: Zwei Parteien suchten aus verschiedenen Gründen auf unterschiedlichen Wegen nach gewissen Dokumenten, die ihnen unter Umständen zum Verhängnis werden konnten.

Er hörte noch, wie sich Fioricia und Ambroise mit gedämpfter Stimme ein Wortgefecht lieferten. Die Wangen des Mädchens glühten im Schein der Kerze. Ihre Augen hingen an den Lippen des Baders. Ihn beachtete sie nicht, und dieses eine Mal kam ihm dieser Umstand mehr als gelegen. Ohne einen Laut ergriff er sein samtenes Barett, zog es sich über die Ohren und hetzte dem Treppenschacht entgegen.

Fioricia hatte sich nicht getäuscht. Die Burg besaß tatsächlich eine Kapelle; sie befand sich wenige Schritte hinter dem Rittersaal, auf der anderen Seite des langen Korridors. Ein in die Mauer eingelassenes Kreuz sowie eine Statue der seligen Jungfrau, die auf einem Sockel über der Eichentür thronte, wiesen nachdrücklich darauf hin. Niemand kümmerte sich um Sefferino, als er in den fünfeckigen Raum hineinblickte, dessen Fenster mit schweren dunkelblauen Tüchern verhängt waren. Die wenigen Wachtposten, denen er über den Weg gelaufen war, waren offenbar auf die Sicherung des Haupttores und der Aufgänge bedacht, die zu den Waffenkammern und den Unterkünften der französischen Offiziere führten. Ihn selbst mußten die Männer mit einem der vielen Burschen verwechselt haben, die auch während der Nacht noch auf den Beinen waren, um ihre Herren zu bedienen.

Über dem Altar, einem finsteren Steinklotz, den man seiner Kerzen und Tücher beraubt hatte, brannte das Ewige Licht wie ein funkelnder kleiner Stern. Ein schwacher, aber noch immer wahrnehmbarer Duft von Weihrauch verriet, daß die Eroberer nach der Einnahme der Burg eine Messe gefeiert hatten. Sefferino hielt die Luft an, als er das Geräusch einer zuschlagenden Tür hörte. Es klang beinahe wie der Schuß aus einer Kanone. Von fern drang der Ruf eines Wachsoldaten an sein Ohr, dann kehrte wieder Stille ein.

Pater Eugenio hielt sich nicht in der Kapelle auf. Enttäuscht zog sich Sefferino zurück und schritt den Gang entlang. Nun blieb ihm nichts anderes übrig, als die Kammern am hinteren Ende des Korridors nach dem Mönch abzusuchen, in der Hoffnung, daß der Geistliche sein Nachtquartier nicht ausgerechnet mit Vater Albin teilen mußte.

Die erste Tür, die Sefferino aufstieß, war nur angelehnt,

quietschte aber zum Gotterbarmen. Erschrocken wich er zurück. Es war zu gefährlich, in die Soldatenquartiere einzudringen. Von Ambroise wußte er, daß die Männer auf ihren Waffen schliefen. Er drehte sich um und stieß gegen eine Gestalt, die sich hinter ihm postiert hatte. Das Herz schlug ihm bis zum Hals, als er in das von Falten zerfurchte Gesicht seines alten Lehrers blickte.

»Du wirst noch einen Frevel auf dein törichtes Haupt ziehen.« Pater Eugenio schüttelte mißbilligend den Kopf. Er mußte aus einem der Verschläge gekommen sein, die sich auf halber Höhe des Treppenaufgangs, direkt an der Burgmauer befanden und von den Bewohnern als Aborte genutzt wurden. Seine grobe Kutte war zerknittert, der Strick um die Hüften nicht verknotet. Rasch brachte der Mönch sein Habit in Ordnung.

»Monsieur Paré hat mir gesagt, daß Ihr in Villano seid, *padre*«, sagte Sefferino tapfer. »Ich habe Euch bereits in der Kapelle gesucht, weil ich Euch unbedingt sprechen muß.«

»Das trifft sich gut, denn ich habe dir ebenfalls etwas zu sagen!« Pater Eugenio verdrehte die Augen, als befürchte er, ein Lauscher könnte hinter der kahlen Mauer sitzen. »Aber nicht hier! Die Treppe hinter dem Standleuchter führt hinauf auf die Turmplattform. Dort sind wir ungestört!« Forschend sah er den Jungen an. »Oder fürchtest du dich, mit mir allein dort hinaufzusteigen?«

Einen Moment lang zögerte Sefferino, dann schüttelte er den Kopf. Wortlos breitete er den Arm aus, um dem Geistlichen auf dem Weg zur Treppe den Vortritt zu lassen.

»Der Aufstieg hat mich mehr angestrengt, als ich es erwartet habe«, sagte Pater Eugenio, nachdem sie aus der schmalen Pforte auf die Plattform des Turmes hinausgetreten waren. Er keuchte und stolperte auf die Zinnen zu. Mit beiden Armen stützte er sich von den wuchtigen Steinquadern ab.

»Es war Euer ausdrücklicher Wunsch, auf den Turm zu steigen«, wagte Sefferino einzuwenden. Hier oben war es bitterkalt. Ein heftiger Wind schlug ihnen entgegen. Unweit der Zinnen bemerkte Sefferino eine Falltür, die jedoch nicht mehr benutzt zu werden schien, da über ihr ein stabiles Gitter angebracht worden war. Dahinter lagen die Reste eines zerbrochenen Webrahmens, durch dessen Bespannung noch die verblichenen Farben eines Wollstreifens leuchteten, sowie verschiedene Platten und Schüsseln aus Messing und ein paar verrostete Pfeilspitzen.

»Es ist gewiß kein Zufall, daß wir uns hier in Villano noch einmal begegnen«, setzte Pater Eugenio an, nachdem er einige Male tief durchgeatmet hatte. »Ich habe eigentlich nie an Zufälle geglaubt. Was in den Büchern des Himmels geschrieben steht, können wir Menschen nicht ändern, auch wenn wir es versuchen. Darauf beruft sich übrigens auch dieser Jean Calvin in Genf!«

»Ich begreife nicht ...«

»Nun ja, gewiß können wir uns in die eine oder andere Richtung entwickeln. Ein tugendhafter Mann mag straucheln, und aus einem Saulus wird zuweilen ein Paulus. Aber die letzte Entscheidung darüber liegt in den Händen dessen, der alles weiß. Irgendwann, womöglich erst an der Schwelle zu einer anderen Welt, mögen wir erkennen, daß seine *letzte* Entscheidung zugleich auch die allererste war!«

Sefferino zog fröstelnd sein Barett über die Ohren. Er fragte sich, was plötzlich in seinen ehemaligen Lehrer gefahren war. Auf diese Weise hatte er ihn doch früher niemals reden hören. Doch selbst wenn der Alte den Verstand verloren hatte – er mußte ihm die Papiere zurückgeben.

»Ich war sehr wütend auf Euch, damals in Turin«, erklärte er. »Aber das war unrecht von mir. Ihr folgt Eurer Überzeugung, und ich folge der meinen. Im Grunde ehrt es mich ja, daß Ihr von meinem Verstand eine so hohe Meinung habt, und mich gerne wieder in Eurer Studierstube sehen möchtet. Wenn Ihr also unbedingt wollt, werde ich mich den Regeln der Domschule unterwerfen. Ich werde im Kloster leben und die Turiner Universität besuchen. Nur um eines bitte ich Euch: Gebt mir die Schriften zurück, die meinem Onkel gehört haben! Überlaßt sie nicht dem Kaplan! Ambroise Paré ist ein geschickter Wundchirurg. Er hat vielen Menschen auf dem Schlachtfeld das Leben gerettet, und an seinen Behandlungen ist nichts Fragwürdiges. Ihr werdet sehen, daß seine Arznei die Schmerzen der Verwundeten lindert, anstatt sie durch das Glüheisen oder heißes Öl zu vergrößern.«

Pater Eugenio stand reglos vor den Zinnen und starrte vor sich hin. Ein feiner Regen setzte ein, und der Wind wurde so stark, daß er an der Kutte des Mönchs zerrte, als wolle er sie ihm vom Leibe reißen. Ein falscher Schritt, durchfuhr es Sefferino heiß, und der Pater stürzt in die Tiefe.

»Weißt du, daß Mucio Sblinetta und sein Vater hier in der Burg waren?« fragte Pater Eugenio unvermittelt. »Seit dem Fall Turins hatten die beiden hier gehaust.«

Sefferino spürte, wie sich ihm die Kehle zuschnürte. Die Mörder seines Onkels? Hier in Villano? Unwillkürlich wandte er sich zu der Pforte um, durch die er und der Pater gekommen waren. Aber dahinter war nichts außer Dunkelheit, in welcher sich die Stufen der Treppe verloren. Auf dem Platz vor der Burg hatten sich inzwischen einige Krähen eingefunden, die das Schlachtfeld nach Beute absuchten. Ihr schauerliches Gekrächze war bis zum Turm hinauf zu hören.

»Wollt Ihr damit sagen, daß die Sblinettas es wagten, sich dem Zug der abrückenden Habsburger anzuschließen, obwohl sie diese erst kurz zuvor an die Franzosen verraten hatten?« entfuhr es Sefferino.

»Ach, du weißt davon?« Pater Eugenio riß erstaunt die Augen auf. Seine Hand glitt zu dem speckigen Beutel an seinem Gürtel, den er anscheinend nicht einmal zum Schlafen abnahm.

»Viel wichtiger erscheint mir, daß *Ihr* davon Kenntnis hattet!«

»Das hatte ich nicht, mein Junge. Zumindest nicht bis zu dem Tag, als ich deinen Onkel wegen der monatlichen

Spende für San Giovanni aufsuchte und den Steuereinnehmer bei ihm antraf.«

»Sblinetta war also wirklich bei meinem Onkel? Und Ihr könnt dies bezeugen?«

»Der *consultore* wirkte damals sehr aufgebracht. Er beschimpfte deinen Onkel und nannte ihn einen Betrüger. Soweit ich mich erinnere, drehte sich das Gespräch um Skizzen und irgendwelche Berechnungen über die Stärke der Mauern im Dombezirk. Mir kam das höchst seltsam vor. Schließlich beschäftigt der Bischof seine eigenen *architetti!*«

»Wann genau war das?« fragte Sefferino mit erstickter Stimme. Er war sich nicht einmal mehr sicher, ob er den Bericht des Paters überhaupt noch hören wollte. Mit schleppendem Schritt lief er zu den Burgzinnen hinüber.

»Zwei Tage vor seinem und Gelinas Tod«, erklärte Pater Eugenio. Seine Stimme klang rauh. Es hörte sich beinahe an, als spreche er zu dem Wind oder den Krähen. »Dem Senfmüller war anzusehen, daß er meinen Besuch vergessen hatte. Er schickte mich sogleich in das Küchengewölbe hinunter, wo Gelina mich bereits mit einem Paket erwartete. Wenig später hörte ich, wie die Tür zum Hof zuschlug. Da ich dem Steuereinnehmer nicht mehr begegnen wollte, verließ ich euer Haus über die Mühle und ging sofort zu den Stallungen, um meinen Esel zu beladen. Leider hatte ich kein Glück, denn vor der Stadt, dort, wo sich die Straße nach Alba gabelt, wartete Sblinetta auf mich. Ich hatte ihn nie zuvor so erregt gesehen.«

»Was geschah dann?«

»Nun, er bedrohte mich, dieser Widerling! Er verbot mir, irgendeiner Seele zu verraten, daß ich ihn in der Mühle gesehen hatte. Ansonsten wollte er seinen Knecht beauftragen, meiner Klause einen Besuch abzustatten. Ich nehme an, du hast diesen einäugigen Teufel gekannt?«

»Nein«, murmelte Sefferino. »Ich war lediglich bei seiner Erschießung dabei.«

Der Mönch machte ein düsteres Gesicht. »Gewiß sollte

ich so etwas nicht sagen, aber vermutlich hat er das auch verdient, weil ...«

»Sblinetta hat einem französischen Offizier die Pläne der Turiner Verteidigungsanlagen verkauft. Er brauchte einen sicheren Ort, um seine Geschäfte außerhalb der Stadtmauern abzuwickeln. Unsere Senfmühle kam ihm hierzu wie gerufen!«

»Das vermutete ich ja auch, aber ... verstehst du denn nicht, daß ich dich vor einer Enttäuschung bewahren wollte?« Unbeholfen hob der Mönch seine Hand. Sein ganzes Leben hatte er im Dienste Gottes zugebracht, und nun stellte er fest, daß sich seine Stimme eher kalt und nüchtern als mitfühlend anhörte. »Vergiß, was ich neulich im Domhof zu dir gesagt habe, Sefferino. Ich war töricht und beleidigt. Das Geld mag deinen Onkel vorübergehend in Versuchung geführt haben, aber er war gewiß ein Ehrenmann. Immerhin hat er sich zum Schluß geweigert, mit dem Steuereinnehmer gemeinsame Sache zu machen.«

Sefferino lachte freudlos. »Ja, nachdem Sblinetta ihn bereits bezahlt hatte. Er und sein Knecht haben unser ganzes Haus auf den Kopf gestellt. Die Pläne haben sie vermutlich entdeckt und dem Hauptmann später in die Hände gespielt, aber sie mußten sich auch noch ihrer Mitwisser entledigen.«

»Mag sein, daß es so war«, sagte Pater Eugenio gequält. »Der Steuereinnehmer ist schließlich für seine krummen Geschäfte bekannt. Selbst im Palast des Bischofs munkelte man davon, daß Sblinetta einen Waffenhändler aus den Bergen unterstützte. Aber was auch immer der Mann angerichtet haben mag, ich glaube nicht, daß sein Sohn von der Sache wußte.«

»Mucio war aber in der Senfmühle!« Hastig zog Sefferino die Kordel mit der zerbrochenen Tonpfeife unter seinem Kragen hervor. »Dies ist der Beweis!«

Pater Eugenio zuckte mit den Achseln. Er schien die Pfeife erkannt zu haben, denn er erwartete keine weitere Erklärung. Seine einzige Frage lautete: »Was hast du nun vor?«

»Das wißt Ihr doch«, murmelte Sefferino. Er verstand nicht, was der Pater mit dieser Frage bezweckte. »Ich habe eine neue Familie gefunden und möchte nicht, daß sie durch meine Unachtsamkeit in Gefahr gerät.«

Über das Gesicht des Paters huschte ein Lächeln. Mit steifen Bewegungen öffnete er seinen Beutel und entnahm ihm ein zusammengeschnürtes Bündel. Ohne Kommentar reichte er es Sefferino. »Hier, nimm die Schriften zurück. Sie gehören schließlich dir. Ich rate dir allerdings, sie nicht aufzubewahren. Am besten verbrennst du sie, sonst geraten sie am Ende doch noch in die falschen Hände!«

Wie ein Ertrinkender nach der rettenden Schiffsplanke griff Sefferino nach den Schriften. »Aber warum helft Ihr mir?« krächzte er benommen.

»Ich mag ein verbohrter Narr sein, aber selbst ein weltfremder Klosterbruder bemerkt irgendwann, wenn er ausgenutzt wird. Sblinetta und Vater Albin haben verzweifelt versucht, mich zum Werkzeug ihrer Machenschaften zu machen. Jeder auf seine eigene schändliche Weise. Eine Zeitlang habe ich tatsächlich geglaubt, ich handelte, um deiner Seele willen und um Gott zu gefallen. Aber das war ein Irrtum. Ich wollte mir selbst beweisen, daß ich mich damals durch mein Schweigen nicht schuldig gemacht hatte. Verzeihst du mir?«

Sefferino starrte den Mönch in freudiger Erregung an und dachte, daß es wohl doch noch so etwas wie Wunder gab. »Und was wird aus Ambroise Paré?«

Pater Eugenio atmete geräuschvoll aus. Er schien in dem kalten Wind schrecklich zu frieren. »Es gibt keine Beweise gegen den Bader«, sagte er leise. »Ich habe mich mit ein paar Soldaten unterhalten, während Vater Albin im Krankensaal herumtobte. Sie alle schilderten Paré als einen ehrlichen und begabten jungen Wundarzt, der sich niemals gegen die heilige Kirche ausgesprochen hat. Ihr Zeugnis würde selbst dem Heiligen Vater vor Rührung die Tränen in die Augen treiben. Sollte Vater Albin also seine lächerlichen Vorwürfe wegen Ketzerei aufrechterhalten, bin ich bereit, zu bezeugen, daß sie völlig aus der Luft gegriffen sind.«

Sefferino lächelte befreit, während er die waldensischen Schriften unter sein Wams schob. Der Pater war wie ein Wetterhahn, der sich nach dem Wind drehte, aber in seinem Herzen war er gutmütig. Stolz und Überheblichkeit lagen seinem Wesen fern, daher scheute er sich nicht, einen Fehler einzugestehen.

»Du und dieses junge Mädchen ...«, setzte Pater Eugenio unvermittelt an, wobei er mit keiner Regung verriet, ob er Fioricias Auftauchen in Turin billigte oder mit Sorge betrachtete.

»Die Nichte einer Händlerin, *padre*! Und darüber hinaus eine gute Freundin!«

»Ich verstehe! Habt ihr denn die Absicht, das Piemont zu verlassen?« Der Mönch deutete auf die kahlen Felder, von denen trotz des Nieselregens noch immer feine Rauchsäulen aufstiegen.

»Vielleicht gehen wir nach Padua«, sagte Sefferino vorsichtig. »Monsieur Paré könnte dort seine medizinischen Kenntnisse erweitern.« Seine und Fioricias Pläne, nach Paris zu ziehen, erwähnte er besser nicht.

Pater Eugenio nickte flüchtig und wandte sich dann wieder den Zinnen zu. »Du mußt jetzt gehen, mein Sohn. Aber wir sehen uns später im Lazarett. Ich werde dabeisein, wenn die Ärzte Parés Kranke begutachten. Allerdings befürchte ich, daß Vater Albins Freude an der Visitation sich dieses Mal in Grenzen halten wird!«

Während Sefferino den Rückweg über die Treppe einschlug, blieb Pater Eugenio auf der Plattform zurück. Er hatte vor, noch ein Gebet zu sprechen, um der seligen Jungfrau für die Versöhnung mit seinem einstigen Schüler zu danken und gleichzeitig Vergebung für seine eigene Schuld zu erflehen.

Während er sich auf die kalten Steinplatten niederkniete, dachte er an die warme Schreibstube hinter der Klosterbibliothek zurück, in der seine Arbeit auf ihn wartete. Er durfte den anderen Mönchen im *scriptorium* nicht zuviel davon aufhalsen, denn schließlich war er der einzige im Konvent, der genug Erfahrung in der Kunst der Kalligrahie besaß. Auch wenn von Tag zu Tag mehr Bücher gedruckt wurden, legte der Bischof doch nach wie vor großen Wert auf ihn als Kopisten.

Die Schritte auf der Treppe, die durch die offene Tür drangen, hörten sich leicht an. Sie hätten von einem Kind stammen können. Pater Eugenio nahm die Schritte sogleich wahr. Nie war er so sehr im Gebet versunken, daß er nicht mehr mitbekam, was um ihn herum geschah. Er bekreuzigte sich seufzend.

»Sefferino, hast du etwas vergessen?« fragte er leise, ohne sich zur Pforte hin umzudrehen.

Die Schritte klangen plötzlich wie trockenes Laub, das vom Wind über einen Steinboden geweht wird. Dann war für einen Atemzug alles still, doch in nächsten Augenblick näherten sich die Schritte wieder hart und schnell. Pater Eugenio wandte sich um. Seine Gesichtszüge verhärteten sich.

Den Knüppel, der auf ihn zuflog, sah er nur schemenhaft. Entsetzt schrie er auf, als er die Wucht des Schlages auf seinem Arm spürte. Er geriet ins Wanken und fiel zurück auf die Steinplatten, wobei die Schnur seines Rosenkranzes zerriß. Sakrileg, dachte er, als er bemerkte, wie die glänzenden braunen Perlen in alle Richtungen rollten. Ein weiterer furchtbarer Schlag traf ihn. Er versuchte davonzukriechen, fort von den Zinnen, doch er konnte sich nicht mehr bewegen, seine Arme und Beine fühlten sich völlig taub an.

Ein dritter schmerzhafter Schlag.

»Aufhören«, keuchte Eugenio mit letzter Kraft, »im Namen der Heiligen Dreifaltigkeit, ich ...« Weiter kam er nicht. Aus seinen Mundwinkeln sickerte ein zähes Rinnsal von Blut. Dann rissen ihn grobe Hände in die Höhe.

17. KAPITEL

Die Unruhe Sefferinos wuchs, als er in die Halle trat, um nach Ambroise und Fioricia Ausschau zu halten. Die Wundchirurgen, die auf Befehl des Hauptmanns Danderac die Patienten des Baders beurteilen sollten, waren bereits zusammengetreten und unterhielten sich mit leiser Stimme. Trotz der frühen Morgenstunde hatte sich eine ganze Menge Schaulustiger im Krankensaal eingefunden. Ein paar Soldaten umringten das Lager des Trunkenbolds, der Ambroise während der Nacht mit seinem Gegröle wach gehalten hatte. Sie lachten und scherzten, ohne auf die Fiebernden in ihrer Nachbarschaft Rücksicht zu nehmen. Ein Mann entkorkte mit den Zähnen eine Flasche Wein.

Ambroise und Fioricia standen ein wenig abseits von der tuschelnden Menge an eine Säule gelehnt. Der Bader trug sein bestes Wams und darüber eine ärmellose Schaube aus scharlachrotem Tuch mit Pelzstreifen, die er für gewöhnlich allein bei hochoffiziellen Anlässen trug.

Sefferino beobachtete, wie die Augen seines Pflegevaters jede Bewegung seiner Kameraden mit Besorgnis verfolgten. Auf seiner Stirn glitzerten perlenförmige Schweißtröpfchen, die allerdings auch von der schwelenden Hitze herrühren mochten, die in Schüben durch die Halle waberte. Als er seine Blicke an den hohen Steinmauern entlangwandern ließ, sah er, daß zu dem prasselnden Kaminfeuer eine Anzahl kleinerer Kupferpfannen entzündet worden waren. Die Pfannen standen auf dreibeinigen Gestellen und verströmten neben weißem Qualm einen derart aufdringlichen Geruch nach Wacholder, Brombeerblatt und Minze, daß es Sefferino beinahe den Magen umdrehte.

Vater Albin betrat die Halle durch die kleine Seitenpforte, die zum Treppenaufgang führte. Als er Sefferino erkannte, lächelte er verächtlich. Ohne ein Wort mischte er sich unter die Wachtposten, Soldaten, Barbiere und Wundschneider. Hinter einem Tisch in der Nähe des Verschlags, wo Ambroise seine Instrumente ausgebreitet hatte, hockte sein Gehilfe Etienne vor einem breiten Bogen Pergament und kratzte mit einer Feder darauf herum. Offensichtlich hatten die Feldärzte ihn mit der Führung des Protokolls beauftragt. Es war nicht zu übersehen, daß Etienne seinem Auftrag nur widerstrebend nachkam.

Sefferino postierte sich neben Fioricia und sagte: »Der Kaplan ist soeben angekommen! Wo, zum Teufel, bleibt Pater Eugenio?«

Fioricia machte ein gleichmütiges Gesicht. Ebenso wie der Bader hatte auch sie Sefferinos Abwesenheit genutzt, um sich zu waschen und die verschmutzten Kleider zu wechseln. Doch im Gegensatz zu Ambroise schien sie darauf bedacht, möglichst wenig Aufsehen bei den Schweizer Söldnern zu erregen. Die Männer des Hauptmanns bewachten sämtliche Zugänge und musterten die eintretenden Personen mit Blicken, die nichts als Ärger verhießen.

»Warum interessiert dich dieser Mönch?« erkundigte sie sich. »Ich glaube nicht, daß er uns eine große Hilfe sein wird!«

»Abwarten!« Mit dürren Worten erklärte er dem Mädchen, was sich auf der Plattform des Turmes zugetragen hatte. »Hat Monsieur Paré die Papiere des Hauptmanns in Sicherheit gebracht?«

Ehe Fioricia etwas erwidern konnte, winkte einer der älteren Ärzte, ein dunkel gekleideter Mann mit schneeweißem Bart, Ambroise zu sich. Das Gesicht des Baders war fahl, seine Augen schimmerten matt. Auf ein Kommando erstarb jegliches Gemurmel. Die Anwesenden traten zurück und bildeten eine Gasse; Ambroise durchschritt sie mit klopfendem Herzen, jedoch ohne die Menschen um ihn herum eines Blickes zu würdigen.

»Werter Ambroise«, erklärte der Arzt würdevoll, »wir haben Eure Patienten nach bestem Gewissen untersucht. Habt Ihr die Rezeptur mitgebracht, nach der Ihr die Schußwunden dieser Männer behandelt habt?«

Ambroise schüttelte bedauernd den Kopf. »Eine Rezeptur habe ich niemals erstellt, Monsieur. Ich besaß weder Öl noch Arzneien, als ich die Salbe zum ersten Mal mischte.«

Der Arzt schob verwundert die Unterlippe vor, dann neigte er so tief den Kopf, daß seine dünnen weißen Barthaare die Brust berührten. »Es wird Euch interessieren zu hören, daß Eure Kranken …« Er beendete seinen Satz nicht, denn das schrille Läuten einer Glocke zerschnitt seine Worte. Auf dem Korridor ertönte lautes Stimmengewirr, Männer keiften einander an oder hetzten die Treppenstufen hinauf und hinunter.

Sefferino und Fioricia beobachteten, wie sich Vater Albin an den vor ihm stehenden Chirurgen vorbeischob und ärgerlich auf den weißhaarigen Wundarzt einzureden begann. Obgleich der Alte sein Urteil noch gar nicht abgegeben hatte, schien der Kaplan es schon einmal vorbeugend anzufechten. Ambroise wich an seinen Behandlungstisch zurück. Seine Finger schlossen sich um den Griff einer blutbeschmierten Kugelzange.

Am Eingang zur Halle herrschte plötzlich Unruhe. Drei Soldaten des Herzogs versuchten, sich an ihren Schweizer Waffenbrüdern vorbeizudrängen, um den Grund für das Läuten der Sturmglocke in Erfahrung zu bringen. Aber die Schweizer versperrten den Männern den Weg zum Korridor, indem sie ihre Lanzen vor der Tür kreuzten. Ein wütender Schrei brandete auf, dem das schneidende Geräusch gezogener Klingen folgte. Im letzten Moment entschlossen sich zwei Offiziere, den Streit zu schlichten. Ambroise erinnerte sich, die beiden schon einmal im Zelt des Herzogs gesehen zu haben. Es waren die Kuriere, die dem spanischen Burgkommandanten am Tag vor dem Angriff die Aufforderung des Herzogs zur Übergabe überbracht hatten. Die jungen Männer traten zur Tür und befahlen ihren Untergebenen, sich schleunigst zurückzuziehen. Mißmutig kamen die drei der Aufforderung nach, jedoch nicht, ohne heimlich ihre Fäuste in Richtung der bärtigen Wachtposten auszuschütteln. Ambroise beobachtete, wie einer der Schweizer sich kurz mit einem Kameraden beriet. Anschließend ließ er sich dazu herab, den beiden Kurierreitern des Herzogs den Grund für das Läuten der Glocke mitzuteilen. Die Offiziere machten betroffene Gesichter und wandten sich ab.

»Die Wachen haben auf ihrem Rundgang einen Toten gefunden«, verkündete einer der beiden Kurierreiter einen Moment später. Er stemmte die Arme in die Hüften und funkelte die Männer im Saal herausfordernd an.

»Einen Toten?« entfuhr es dem alten Arzt an der Seite des Baders. »Zahlt mir eine Silbermünze für jeden Toten, dem ich in den letzten achtundvierzig Stunden die Augen geschlossen habe, und ich kaufe mir einen Herrensitz in Saint-Cloud.« Sein Blick verirrte sich zu Vater Albin. »Was Euch betrifft, so habt Ihr als Feldprediger hier nichts verloren. Wir halten hier kein Glaubenstribunal ab, sondern gehen einem medizinischen Problem nach.«

Der junge Offizier stieß verdrossen die Luft aus und sagte: »Es handelt sich aber nicht um einen Gefallenen, Monsieur, denn soviel ich weiß, kämpften weder unsere noch die Truppen der Habsburger in Priestergewändern!«

»In ... Priestergewändern?« Ambroise blickte sich nach Fioricia und Sefferino um. Der Junge schien einer Ohnmacht nahe zu sein. Er klammerte sich mühsam mit einer Hand an den Stützpfeiler. Fioricia packte ihn erschrocken am Arm, sonst wäre er gestrauchelt. »Wollt Ihr damit sagen, daß der Mann, den Eure Wachen fanden, ein Mönch ist, Leutnant?«

»In der Tat! Es ist der Franziskaner aus Turin. Der Beichtvater! Jemand hat ihn erschlagen und anschließend an den Zinnen der Burgmauer aufgehängt. Ganz oben, auf der Aussichtsplattform! Der Kerl am Tor meint, es könne noch gar nicht lange her sein, weil der Leichnam noch ganz warm ist!«

»Ein Mord also«, sagte der alte Arzt in die Gruppe der Wundchirurgen, als müsse er ihnen die Worte des Offiziers übersetzen. »Das ändert die Sachlage! Vielleicht sollten wir uns doch anhören, was der Kaplan über seinen Begleiter zu sagen hat!«

Der Offizier öffnete den Mund zu einer Entgegnung, wurde jedoch jäh zum Schweigen gebracht, als sich Vater Albin mit überheblichem Lächeln zwischen ihn und Ambroise drängte. Die Lippen des Kaplans zitterten erregt, als er mit seinem Zeigefinger anklagend auf seinen Widersacher zeigte. »Hört mich an, Ihr Herren: Der Bader wußte genau, daß Pater Eugenio und ich ihn heute der Ketzerei überführen würden! Schaut ihn Euch an, wie er dasteht, in seinem kostbaren Gewand. Er hat die Farbe der Sünde treffend gewählt!«

»Aber … Vater, weshalb sollte dieser Mann so etwas tun?« Der Offizier bemühte sich nach Kräften, Haltung zu bewahren. Die Angelegenheit überforderte ihn sichtlich, und sein Kamerad hatte sich wohlweislich aus dem Staube gemacht.

»Na, los! Fragt ihn doch, wo er sich heute nacht aufgehalten hat. Er wird es Euch nicht sagen können«, frohlockte der Geistliche.

Sefferino schreckte auf, wie aus einem bösen Traum. Die Pergamentseiten unter seinem Wams schienen durch den dicken Wollstoff auf ihn einzureden: »Der Pater ist tot«, knisterten sie erregt. »Er wird nicht kommen, um dir zu helfen. Nie wieder! Und das ist deine Schuld, einfältiger Kerl!« Ein bitterer Geschmack nach Galle breitete sich in seinem Mund aus. Wie betäubt preßte er beide Hände vor die Brust.

»Sefferino, was tust du?«

Er ignorierte Fioricias Ruf und stolperte blindlings auf die Männer in die Mitte der Halle zu. Irritiert machten die Umstehenden ihm Platz. Keiner schien darauf versessen, dem eifernden Priester zu nahe zu kommen.

»Ihr seid ein Lügner, Vater Albin«, rief Sefferino, ohne seine eigene Stimme wahrzunehmen. »Monsieur Paré stand unter Arrest und durfte die Halle nicht verlassen! Pater Eugenio hatte nichts gegen ihn. Ganz im Gegenteil, er … er war mein Lehrer und wollte uns helfen!«

»Und warum sagt der Bader uns das nicht selbst, Junge?« Der weißhaarige Wundchirurg fuhr auf, als hätte ihn ein Skorpion gestochen. »Ich war gerade dabei, Paré die Ergebnisse unserer Begutachtung mitzuteilen, als diese Totenglocke mir ins Wort fiel. Die zwölf Soldaten, deren Wunden Ambroise Paré versorgt hat, haben kaum Fieber und klagen über weitaus weniger Schmerzen als ihre Kameraden, die wir mit siedendem Öl behandelt haben. Vor allem aber sind keine Spuren einer Vergiftung durch Schießpulver im Körper zu erkennen. Sieben der Männer haben sogar kurz vor unserem Besuch Wein und Brot verlangt. Unser Freund Etienne wird das Protokoll anfertigen und es Seiner Gnaden, dem Herzog, vorlegen!«

Vater Albin bedachte den Wundarzt mit einem vernichtenden Blick. Dann wandte er sich an Sefferino. »Es mag sein, daß dein Meister die Macht besitzt, seine Kameraden zu täuschen, aber wie steht es mit dir? Du behauptest zwar, daß der Mönch dein Lehrer gewesen sei. Niemand in dieser Halle scheint mir dies bestätigen zu können. Vielleicht wolltest du einfach verhindern, daß Pater Eugenio *mir* beisteht. Kräftig genug bist du …«

»Das ist doch absurd«, fauchte Ambroise empört. »Der Junge hat mit Pater Eugenios Tod nichts zu tun, und das wißt Ihr genau!«

Der Offizier schüttelte mißmutig den Kopf und tastete nach dem Griff seines Degens. Seiner Mimik war deutlich anzusehen, daß er wenigstens einen hier im Saal für seine Unannehmlichkeiten bezahlen lassen würde. Und wer dies war, lag auf der Hand. Langsam drehte er sich nach seinen Waffenknechten um, die müßig neben einer der glühenden Kupferpfannen herumstanden. Er gab ihnen ein Zeichen: »Ergreift den jungen Burschen und durchsucht ihn!«

»*Nein!*«

Die Geistesgegenwart des Baders rettete Sefferino das

Leben. Ehe die Wachen auf den Befehl ihres Vorgesetzten reagieren konnten, schlüpfte er aus seiner Schaube und schleuderte dem überrumpelten Offizier seine Kugelzange vor die Brust. Der junge Kurier schnappte stöhnend nach Luft und taumelte zurück.

»Mach schon«, zischte Ambroise seinem Pflegesohn zu, der wie angewurzelt neben ihm verharrte, »verschwinde hinter die Säulen!«

Sefferino begriff. Die Tür zur Treppe, die er benutzt hatte, um sich auf die Suche nach Pater Eugenio zu begeben, lag unbewacht im hinteren Teil der Halle. Dort warteten nur noch Fioricia und der alte Waffenmeister, von dem jedoch gewiß keine Gefahr drohte. Gehetzt stolperte Sefferino an den Reihen der Strohbetten vorüber. Eine Axt schlug neben ihm auf die Holzbohlen. Aus den Augenwinkeln nahm er noch wahr, wie Ambroise einem verblüfften Soldaten die Lanze aus der Hand riß und sie einem der auf ihn zu stürmenden Schweizer geschickt zwischen die Füße schob. Einem weiteren Angreifer hieb er seine Faust in den Magen.

Fioricia hatte bereits den Vorhang zurückgeschlagen und die Pforte zum Treppenaufgang geöffnet, bevor Sefferino die Säulen erreichte. Gemeinsam zwängten sie sich auf den Korridor und erklommen die Treppe. Mit Erleichterung stellte Sefferino fest, daß Ambroise die Flucht ebenfalls geglückt war, denn er war ihnen dicht auf den Fersen.

»Nicht dort entlang«, keuchte Sefferino, als er bemerkte, wie Fioricia den Weg zum Turm einschlug. »Auf der Plattform sitzen wir in der Falle!« Sie blieb stehen, um Luft zu holen, dann ließ sie sich von Ambroise die Treppe hinab in einen Seitengang ziehen. Hier war es stockdunkel, nicht einmal eine Kerze warf ihr Licht auf die Holzdielen.

Der Gang, den sie gewählt hatten, erwies sich als Sackgasse. Ziegelsteine und Holzbalken versperrten ihnen den Weg. Offensichtlich stammten sie noch von den Habsburgern, die von den Brustwehren Steine auf ihre Angreifer geschleudert hatten, nachdem ihnen Blei und Pulver ausgegangen waren.

»Hier herein«, schrie Ambroise. Zwischen den Resten einer Rüstung und einigen Scheibenrädern hatte er den Zugang zu einer Kammer entdeckt. Die Tür war unverschlossen. Hastig schob er seine beiden Schützlinge durch den engen Spalt der Pforte. Erst da fiel Sefferino auf, daß der Bader einen Degen in der einen, seinen Instrumentenkasten in der anderen Hand trug.

Die Kammer war mit zwei einfachen Bettgestellen, auf denen sich mehrere abgewetzte Polsterkissen und heruntergerissene Vorhänge türmten, zwei Lehnstühlen und einer eisenbeschlagenen Truhe mehr als sparsam eingerichtet. Als einzigen Luxus verfügte sie über einen offenen Kamin aus rotem Ziegelstein, in dem sogar noch ein paar Funken über dem halb verkohlten Holz vor sich hin glommen. Das Feuer mußte erst vor wenigen Augenblicken erloschen sein.

Ambroise ließ die Trageschlaufe seines Kastens los und schob den schweren Riegel vor die Tür. Schwer atmend lehnte er sich gegen das kühle Holz. Sefferino schleppte derweil die Truhe herbei und errichtete eine zusätzliche Barrikade. Danach ging er daran, das Kaminfeuer von neuem zu entfachen.

»Das ist doch zwecklos, Ambroise«, widersprach Fioricia und schüttelte den Kopf. Sie hatte eine Hand unter die Brust gelegt, als wolle sie ihren Herzschlag kontrollieren. Aus ihrer Miene sprach Todesangst. Vom Korridor drangen bereits die ersten Männerstimmen und dumpfe Geräusche ins Innere der Kammer. Die Soldaten stießen auf ihrer Suche nach den Flüchtigen jede Tür auf. Wenige Augenblicke später schlugen die ersten Fäuste grob gegen das dumpfe Holz. Verängstigt wich Fioricia hinter die Bettgestelle zurück. Ihre Augen suchten die Kammer nach einer Waffe ab. Schließlich sank sie resigniert auf eines der Polster und vergrub ihr Gesicht in den Händen.

»Das Feuer brennt, Monsieur Paré«, sagte Sefferino mit einem gequälten Lächeln. Seine Finger waren schwarz vom Kohlenstaub. »Ich hatte noch etwas Pergament in der Tasche, um den Funken neue Nahrung zu geben.«

»Ich weiß!« Ambroise erwiderte seinen Blick und hob dabei eine Braue. »Und wenn man dich unten in der Halle durchsucht und es gefunden hätte, würdest du selbst nun den Flammen zum Opfer fallen!« Er gesellte sich zu Fioricia, ließ dabei aber die Tür nicht aus den Augen. Das Hämmern hatte nachgelassen, vermutlich zogen sich die Soldaten zurück, um Werkzeuge zu holen oder weitere Befehle abzuwarten.

»Gewiß hat dieser Leutnant Wachen im Gang postiert«, mutmaßte Fioricia und trat an das winzige Fenster. Es war vergittert. »Was sollen wir jetzt tun, Ambroise?« fragte sie leise über die Schulter. »Habt Ihr einen Plan?«

»Aber gewiß!« Der Bader prüfte mit stoischer Ruhe die Klinge seines Degens. Die Frage schien ihn zu überraschen. »Wir warten auf Hauptmann Danderac! Wenn ich mich nicht irre, müßte er bald in Villano eintreffen.«

Eine halbe Stunde verging, ehe sich auf dem Korridor wieder etwas regte. Ein polterndes Geräusch erklang, das sich anhörte, als würden Kanonen über die Bohlen gezogen. Stimmen wurden laut. Kurz darauf wurde kräftig dreimal gegen die Tür geschlagen.

»Ambroise Paré, Feldchirurg im Heer des Marschalls von Frankreich. Ich fordere dich im Namen des Königs auf, augenblicklich die Tür zu öffnen!«

Fioricia und Sefferino warfen einander verzweifelte Blicke zu. Sie hatten verloren. Jeden Moment konnte ein Geschütz die verriegelte Pforte in tausend Stücke sprengen. Ambroise selbst sprang von seinem Stuhl auf und stürzte zur Tür. Er hatte die Stimme als einziger erkannt. »Monseigneur, seid Ihr es?« rief er, so laut er konnte.

»Natürlich, zum Teufel. Hier ist Maréchal de Montejan. Und ich wünsche umgehend zu erfahren, was dies alles zu bedeuten hat!«

Der Mann vor der Tür pochte zweimal heftig gegen das Eichenholz, als beabsichtige er, seinen Worten durch die

Schläge Nachdruck zu verleihen. »Macht endlich die verdammte Tür auf, Bader Paré!«

Ambroise holte tief Luft. Sein Plan war so waghalsig, daß es einem Narrensprung gleichkam, doch es gab keinen anderen Ausweg aus der Misere. Er durfte den Herzog nicht in die Kammer einlassen. Noch nicht! Er gab Sefferino mit den Augen ein Zeichen, sich unter den voluminösen Kissen und Polstern des Bettkastens zu verstecken. Sefferino wußte zwar nicht, warum der Bader dies von ihm verlangte, spürte aber, daß nun nicht die Zeit war, um Fragen zu stellen. Fioricia half ihm, indem sie die Kissen über ihn legte, und lief dann zu Ambroise. Sie lächelte ihn an, auf alles gefaßt, was ihr in den nächsten Momenten widerfahren würde. Ihre Nähe ließ sein Herz schneller schlagen.

»Herzog, ich weiß, daß ich nicht das Recht habe, Forderungen zu stellen«, setzte Ambroise nach einem Moment des Schweigens an, »aber ich möchte Euch um die Gunst bitten, zunächst mit Hauptmann Danderac, dem Sieur de Vassy, sprechen zu dürfen. Er und sein Sohn sind doch gewiß bei Euch?«

»Ja, Bader, das sind sie. Aber was, bei allen ...«

»Gebt mir Euer Wort, daß Ihr den Hauptmann eintreten laßt, selbst aber zurückbleibt«, verlangte Ambroise. »Nur um ein paar Augenblicke bitte ich Euch. Danach mögt Ihr mit Euren Männern nachkommen und mich ... in Ketten legen!«

Eine Weile sagte niemand ein Wort. Dann drang vom Korridor aufgebrachtes Geflüster. Vermutlich stritten sich die Ritter des Herzogs über die Frage, ob der Bader betrunken, übergeschnappt oder einfach ein ketzerischer Verbrecher war, den man gleich mit seinen beiden Spießgesellen neben den dürren Mönch an die Burgmauer hängen sollte. Montejan selbst schien indessen anderer Ansicht zu sein, denn wenige Augenblicke später hörte Ambroise ihn durch die Tür rufen: »Der Hauptmann wird mit dir reden, Bader, aber ich warne dich: Solltest du ihn angreifen, lasse ich dein Rattenloch ausräuchern!«

Ambroise schlug den Bolzen zurück und trat wortlos zur Seite.

»Also, was wollt Ihr von mir, Paré?«

Das Erscheinen des Hauptmanns verbreitete eine eisige Kälte in der engen Kammer. Die Stimme des Offiziers klang noch schneidender als gewöhnlich. Sie drückte weder Verärgerung noch Mißbilligung aus, eher gespannte Neugier auf das, was der Bader ihm zu sagen hatte. Ambroise bemerkte, daß die Augen des Mannes unter den buschigen Brauen entzündet waren. Offenbar litt er an einer schweren Erkältung. Dabei trug er weder Helm noch Rüstung, sondern lediglich eine lederne Reithose, ein abgestepptes Wams aus schwarzer Wolle und einen mit Silbergarn bestickten Mantel. Ambroise bot dem Hauptmann einen Stuhl an, was dieser lediglich mit einem verächtlichen Schnauben und einer ablehnenden Handbewegung quittierte. Er blieb mit dem Rücken zur Tür stehen, griff jedoch nicht ein, als der Bader sie vorsorglich wieder verriegelte.

»Ich dachte, Ihr vertraut dem Herzog«, sagte er spöttisch. »Ist Euch sein Ehrenwort denn gar nichts wert?«

Ambroise hob die Schultern. »Ein Krieg ist kein Possenspiel, Hauptmann! Waren dies nicht Eure eigenen Worte, als wir vor ein paar Monaten bei der Turiner Senfmühle aufeinandertrafen? Gewiß habt Ihr nicht vergessen, daß ich damals einen jungen Burschen verteidigte, dessen Vormund kurz zuvor erschlagen worden war?«

»An diesen neunmalklugen Bengel erinnere ich mich gut«, knurrte Danderac ungehalten. Mit zusammengekniffenen Augen starrte er Fioricia an, die wortlos neben dem Kamin verharrte. Dann fiel sein Blick auf die Asche zwischen den brennenden Scheiten. Die Falten auf seiner Stirn begannen sich zu glätten. Er räusperte sich. »Ich hätte dem Soldaten erlauben sollen, dieses italienische Wiesel in der Weinkelter zu ersäufen! Wo, zum Teufel, steckt der Junge überhaupt?«

Der Bader lächelte. »Das tut hier nichts zur Sache, Hauptmann Danderac! Ich wollte Euch mitteilen, daß ich hinter Euer kleines Geheimnis gekommen bin.«

»Ich weiß nicht, wovon Ihr redet, Bader«, rief der hagere Mann voller Empörung. Er machte einen großen Schritt auf Ambroise zu, und für einen Moment sah es so aus, als wollte er den Bader mit einem Faustschlag niederstrecken. Fioricia entwich ein Laut des Entsetzens, doch sie rührte sich nicht von der Stelle. Danderac blieb stehen und schaute argwöhnisch zu ihr hinüber.

»Ist dies das Mädchen, dem mein Sohn während seiner Reise durch die Täler das Leben gerettet hat, Paré?« wollte der Hauptmann wissen.

»Ihr macht Witze!« Ambroise konnte ein spöttisches Lächeln nicht unterdrücken. »Gompard zittern schon vor Angst die Hände, wenn im Unterholz ein Kaninchen raschelt. Euer Sohn hat wenig dazu beigetragen, daß wir damals mit heiler Haut ins Feldlager zurückgekehrt sind. Auch wenn er sich große Mühe gab, noch die letzte Hure im Troß von seinen Heldentaten zu überzeugen!«

»Ich habe es ohnehin nie so recht glauben können«, bemerkte Gilles Danderac trocken.

Fioricia entging nicht, daß sich seine Fäuste unter dem Mantel unwillkürlich öffneten und schlossen.

»Möglich, *mon capitaine.* Dafür habt Ihr jedoch keinen Augenblick gezögert, ihm eine andere Geschichte abzunehmen, nicht wahr? Als Gompard in der Schreibstube eines Beamten namens Michele Sblinetta Dokumente und Rechnungen entdeckte, in denen Euer eigener Name auftauchte, ließ er Euch sogleich verständigen. Er konnte die Seiten nicht lesen, da sie in italienischer Sprache abgefaßt waren, dennoch maß Gompard ihnen eine gewisse Bedeutung zu. Und damit hatte er recht, nicht wahr?«

»Was wißt Ihr schon!« entgegnete der Hauptmann ungehalten.

»Ihr müßt sehr in Sorge gewesen sein, daß der Herzog von Euren Absprachen und Unterschlagungen Wind bekommt.

Ich nehme an, Ihr habt Villano gestern so eilig verlassen, um die verräterischen Papiere aus Eurer Truhe verschwinden zu lassen. Bedauerlicherweise kam Euch jemand zuvor!«

Danderac warf seinen Mantel ab und durchquerte mit schnellen Schritten die Kammer. Er ergriff einen der Schürhaken und stocherte aufgeregt in der Glut herum. »Ihr also, Bader! Wenn Ihr Eures erbärmlichen Lebens nicht müde seid, so habt Ihr die Dokumente längst im Kamin verbrannt. Was erwartet Ihr also noch von mir?«

Ambroise wechselte einen kurzen Blick mit Fioricia. Dem Glanz ihrer Augen entnahm er, daß sie seinem Plan folgen konnte. Und tatsächlich war sie es, die Danderacs Frage beantwortete. »Monsieur Paré hat sich nichts zuschulden kommen lassen, *mon capitaine*. Sefferino und ich ebensowenig. Er hat mir erzählt, daß der Mönch vorhatte, diesen widerwärtigen Kaplan bloßzustellen. Vielleicht solltet Ihr den einmal befragen ...«

»Vater Albin hat die Burg verlassen und ist nach Turin zurückgekehrt«, unterbrach Danderac sie scharf. »Herzog de Montejan wollte, daß der Pfaffe verschwindet, aber das ist nicht meine Angelegenheit!«

»Sehr richtig, *mon capitaine*!« Ambroise nahm dem Hauptmann mit einer raschen Geste den Schürhaken aus der Hand. »Eure Angelegenheit wird es sein, vor dem Herzog zu bezeugen, daß ich mich nur vor ungerechten Attacken in diese Kammer geflüchtet habe. Ferner werdet Ihr Euch dafür verwenden, daß Seine Gnaden mich ehrenhaft, mit Brief und Siegel aus seinen Diensten entläßt, damit ich das Piemont noch heute als freier Mann verlassen kann! Im Gegenzug dazu verspreche ich Euch, daß der Herzog niemals etwas von Euren Aktivitäten in Turin erfahren wird.«

Danderac starrte ihn entgeistert an. »Und wenn ich ... mich weigere?«

»Ihr seid Offizier des Königs.« Ambroise ließ den Schürhaken auf die Dielenbretter fallen. »Überlegt, was Euch Euer guter Name wert ist. Wie Ihr seht, sind wir zu dritt im

Raum. Die Männer des Herzogs warten vor der Tür. Könnt Ihr mit absoluter Sicherheit wissen, ob die Asche, hier in der Feuerstelle, von Sblinettas Dokumenten stammt? Vielleicht habe ich sie Sefferino anvertraut, der sie in ein sicheres Versteck bringt und Montejan aushändigt, falls uns etwas zustoßen sollte!«

Hauptmann Danderac richtete sich auf und seufzte. Dann nickte er und schritt schwerfällig zur Tür. »Nun gut, Paré, wie Ihr wollt! Es wird dem Herzog gewiß Magenschmerzen bereiten, Eurem Abschied zuzustimmen. Schließlich wissen wir ja jetzt, daß Ihr ein brillanter Wundchirurg seid. Aber es wird besser sein, wenn wir einander nicht mehr über den Weg laufen. Ihr könnt gehen, wohin Ihr wollt!«

»Dann laßt Ihr uns frei?«

»Sagen wir, Ihr erhaltet einen gebührenden Vorsprung«, antwortete der Offizier. »Den solltet Ihr nutzen!« Er schlug den Riegel zurück und öffnete die Tür. »Monseigneur?«

Im selben Moment, da der Herzog in Begleitung seiner engsten Vertrauten und des weißhaarigen Wundarztes über die Schwelle trat, tauchte Sefferino aus den Kissen auf. In seinen Händen hielt er die lederne Dokumentenmappe des Michele Sblinetta.

ZWEITES BUCH
Frankreich, 1541–1556

18. KAPITEL
Blois, Januar 1544

Jean-Pierre Fossa wurde von allen, die ihn kannten, nur »der kleine Lothringer« gerufen. In der Tat gab er mit seiner geringen Körpergröße, seinen früh ergrauten Locken und der schmächtigen Figur ein eher unauffälliges Erscheinungsbild ab. Groß waren an ihm lediglich seine Hände, sein Kapital, wie er selbst sie zu nennen pflegte. Um sie zu schützen, trug er im Winter stets eingefettete Handschuhe aus weichem Hirschleder, die ihm bis zur Armbeuge reichten.

Fossa war Kunstschlosser. Sein Talent wurde weithin gerühmt, auch wenn er längst nicht mehr selbst an der Esse oder im Funkenregen des Amboß stand, sondern stets wechselnde Gesellen in der Werkstatt beschäftigte, die nach seinen Skizzen arbeiteten. Er stand zudem in dem Ruf, die sichersten Schlösser Frankreichs anzufertigen. Wer sich ein Tür- oder Truhenschloß aus dem Hause Fossa bestellte, verfügte nicht nur über Sachverstand, sondern auch über gesellschaftlichen Rang und das nötige Kleingeld.

Fossas Vorliebe für kunstvoll geschmiedete Schlösser entsprang indessen nur bedingt seinem Wunsch, das ihm durch Gottes Gnade anvertraute Talent zur Perfektion zu treiben. Vielmehr trug sie seinem eigenen Bedürfnis nach Sicherheit Rechnung, einem Bedürfnis, das ihn während der letzten Jahre mehr als einmal genötigt hatte, seinen Wohnort überstürzt zu wechseln, um in der Fremde eine neue Werkstatt aufzubauen. Aus Gründen, die niemand kannte, hatte er sich jedoch immer dagegen entschieden, sich in Paris niederzulassen, obgleich die aufstrebende Hauptstadt nach ihrer

Befreiung von der Fremdherrschaft der Engländer, das wirtschaftliche und kulturelle Zentrum des Königreiches darstellte.

Als Jean-Pierre Fossa sich an einem kalten, düsteren Januarmorgen im verschneiten Hof des königlichen Schlosses Blois an der Loire einfand, um einen Auftrag entgegenzunehmen, ahnte er, daß er dieses Mal wohl oder übel von seinen Prinzipien würde abrücken müssen. Denn die Aufforderung, sich in der Residenz einzufinden, stammte von keiner Geringeren als der Schwiegertochter des Königs, der Prinzessin Katharina von Medici.

Mit einem leichten Schauder ließ sich der Kunstschlosser von einem Bediensteten über breite Gänge in einen Korridor führen, von dem eine weitere Anzahl kleinerer Gänge zu den Kabinetten Seiner Hoheit des Kronprinzen Henri abzweigten. Fossa hatte von diesem Flügel bereits gehört. Er war nach Ludwig XII. benannt und wurde von zwei eckigen Türmen flankiert, in denen enge Wendeltreppen zu einer auf einem Korbbogen ruhenden Galerie führten. An den Wänden, die aus verschiedenfarbigen Backsteinen bestanden, hingen ausladende Tapisserien, verspielte Gobelins und Ölbilder, die anmutige Edeldamen und stolze Herren in Rüstungen zum Gegenstand hatten.

Fossa verstand nicht viel von Kunst, sofern sie nichts mit Eisen, Kupfer und Zinn zu tun hatte, aber er mußte zugeben, daß ihm die verzierten Prunkstühle, die seidenen Vorhänge vor dem Kabinett der Prinzessin und das Muster der Wandbehänge gefielen. Versonnen strich er mit der Hand über den Deckel einer kleinen Kommode aus Tannenholz. Ein spanisches Schloß, dachte er mit leisem Triumph, als er den simplen Mechanismus erkannte. Als er einen Luftzug spürte, zog er seine Hand hastig zurück. Vermutlich hatte man ihn nicht gerufen, um die Möbel im Gang des Schlosses zu überprüfen.

Der Schlosser mußte lange warten, bis ein junger, dunkelhaariger Mann plötzlich den grünen Seidenvorhang zurückschlug und ihn mit einer einladenden Gebärde aufforderte, ihm in das Kabinett zu folgen.

Fossa quittierte die herablassende Haltung des Bediensteten mit einem mürrischen Nicken. Zeit war Geld, und er war nicht bereit, so mit sich umspringen zu lassen. Er nahm sein Barett vom Kopf und fuhr sich mit der gespreizten Hand durch die Locken.

Das Kabinett war großzügig geschnitten. Drei der hohen Wände waren mit Tapeten aus feinem Ziegenleder bespannt, das in zarten rosa Tönen eingefärbt und mit Blattgold bedruckt worden war. Die vierte, die von der Flügeltür zum Vorzimmer durchbrochen wurde, war mit kostbaren Hölzern getäfelt. Fossa legte den Kopf in den Nacken und blickte staunend zur Decke. Sie wurde von einer Anzahl gedrechselter Eichenbalken gestützt, an denen zwei goldene Leuchter mit Dutzenden von brennenden Wachskerzen hingen. Geschickte Hände hatten sie im italienischen Stil mit Girlanden aus Rosenblüten und zartgrünen Weinblättern bemalt.

Wie in einem Traum bewegte sich Fossa durch das Gemach. Ein süßer Duft nach Pfirsichen und Mandelgebäck stieg ihm in die Nase, als er vor dem gewaltigen Schreibtisch innehielt. Einen Herzschlag lang befürchtete er, der hochnäsige Diener könnte ihn ins falsche Kabinett geführt haben. Nie zuvor hatte er in den persönlichen Gemächern einer Dame einen Schreibtisch gesehen, der solchermaßen von Papieren und Folianten überquoll. Die Prinzessin mußte jeden Tag etliche Stunden an ihm zubringen, um Bücher zu studieren oder Briefe zu schreiben. Beinahe verschwindend wirkte im Kontrast dazu die Kaminecke: ein einfacher Lehnstuhl mit weinrotem Samtpolster und passendem Fußbänkchen, auf dem ein Saiteninstrument lag, daneben ein dreibeiniges Tischchen mit zwei unbenutzten Silberpokalen und einer blankpolierten Schatulle.

Fossa trat an den Kamintisch, widerstand jedoch dem Drang, das Kästchen in die Hand zu nehmen und den winzigen Schlüssel herumzudrehen.

»Ich hoffe, Ihr habt nicht zu lange warten müssen, Meister Fossa«, hörte der Schlosser im selben Augenblick eine leise Stimme in seinem Rücken. Sie klang ein wenig heiser, dafür aber um so ehrfurchtgebietender. Eine Frau mußte den Raum unbemerkt durch eine Seitentür betreten haben. Verwirrt blickte Fossa sich um. Er fand keine weitere Tür im Raum, und doch sah er sich einer jungen Frau gegenüber, die ihn mit hochgezogenen Brauen musterte.

»Königliche Hoheit, vergebt mir, meine Neugier, ich ...« Fossa versank in einer tiefen Verbeugung. Erschrocken bemerkte er, daß er vergessen hatte, sich rechtzeitig seiner Handschuhe zu entledigen. Was sollte er tun, wenn die hohe Dame nun ihre Hand ausstreckte?

Die Prinzessin tat nichts dergleichen. Ohne den Kunstschlosser aus seiner unbequemen Haltung zu erlösen, schritt sie um den Schreibtisch herum und ließ sich auf ihren hohen Lehnstuhl fallen. Erst als sie saß, richtete sie erneut das Wort an ihn: »Ihr tragt keinen französischen Namen, Meister. Seid Ihr italienischer Herkunft?«

Fossa richtete sich mühsam auf und blickte die Gemahlin des Prinzen von Frankreich unverwandt an. In den Tavernen und Badehäusern wurde gemunkelt, daß Katharina von Medici den Hofleuten von Blois und Amboise argwöhnisch gegenüberstehe und sich viel lieber mit einem Schwarm von Beratern aus ihrer italienischen Heimat umgebe. Daß sich unter diesen nicht nur Maler, Poeten, Architekten und Vertraute ihrer Familie, sondern auch Glücksritter, Schmarotzer und Spione befanden, schien sie nicht zu stören.

»Mein Großvater stammte aus dem südlichen Italien, Madame«, sagte Fossa. »Er ließ sich in Lothringen nieder, wo auch mein Vater und ich geboren wurden.« Der Schlosser verzog den Mund zu einem unbeholfenen Lächeln und hoffte inständig, daß die Prinzessin es mit dieser Aussage bewenden ließ. Genaugenommen hatte Fossa weder seinen Vater noch seinen Großvater jemals kennengelernt; von seiner eigenen Herkunft wußte er folgerichtig kaum mehr zu berichten als ein Höfling vom Leben in einer Köhlerhütte. Wie man ihm in seiner Jugend beigebracht hatte, gehörte er zu jenen unglücklichen Findelkindern, die man überall im Königreich an Wegkreuzungen oder auf den Stufen von Kirchen und Abteien fand. Ihn selbst hatte ein Priester wohl kurz nach seiner Geburt aus einem Straßengraben bei Nancy gezogen und in ein Benediktinerkloster gesteckt. Dort hatten die Mönche ihm den Namen Fossa verliehen, der übersetzt nichts anderes als »Graben« bedeutete. Seine Vorfahren zu Italienern zu machen, um die Gunst seiner Auftraggeberin zu erlangen, war daher mehr als leichtsinnig. Andererseits hatte Fossa es mit der Wahrheit niemals so genaugenommen, wenn es darum ging, im Spiel der Mächtigen zu überleben. Ein Mann seiner Herkunft mußte im Umgang mit dem Adel nicht nur Manieren und Taktgefühl, sondern auch Scharfsinn und einen geübten Blick für das Wesentliche an den Tag legen, um seine Interessen zu wahren.

Forschend blickte er zu der Prinzessin und fragte sich, ob seine Erklärung auf fruchtbaren Boden gefallen sein mochte. Doch Katharinas Züge blieben starr. In ihren Augen lag derselbe kalte Glanz, mit dem sie ihn empfangen hatte.

Es dauerte nur einen kurzen Moment, bis sie sich erhob. Zielstrebig lief sie zum Kamin und schenkte sich aus einer kleinen silbernen Kanne mit schneckenförmig gedrehtem Griff Wein in einen der Becher. Ihr prächtiges, mit Perlen und Smaragden besticktes Kleid, das entgegen der höfischen Mode keine tieferen Einblicke in das Dekolleté erlaubte, knisterte bei jedem ihrer Schritte.

Mit klopfendem Herzen wagte Fossa einen genaueren Blick auf die künftige Königin Frankreichs. Katharina von Medici war eine kleine, beinahe zierliche Frau, deren Arme zwar dünn, aber keineswegs zerbrechlich wirkten. Hätte man Jean-Pierre Fossa als Schlosser darüber befragt, so hätte er sie wohl mit feinem Kupferdraht verglichen. Ihr Gesicht empfand er als eine Spur zu lang, dafür bezauberten ihn ihre mandelförmigen, durchdringenden Augen, in denen er die

Quelle ihrer würdevollen Haltung vermutete. Im Unterschied zu ihrer zarten Haut, die nicht südländisch gebräunt, sondern eher milchig weiß wirkte, war ihr dunkles Haar glatt und glanzlos. Weder die goldenen und mit Perlen geschmückten Kämme noch ihre langen Ohrringe, der einzige Schmuck, den sie trug, vermochten diesen Mangel völlig auszugleichen.

Während Katharina den Becher in der linken hielt, legte sie die rechte Hand sanft auf ihren leicht gewölbten Leib. Die Prinzessin war offensichtlich schwanger und schien diesen Umstand mit Vergnügen zur Schau zu tragen.

»Ihr täuscht Euch nicht, Meister Fossa«, sagte sie, als habe sie Jean-Pierres Gedanken erraten. »Ich bin in guter Hoffnung! Mein Gemahl wünscht sich einen Erben, und den kann ihm keine andere Frau auf der Welt schenken, gleichgültig, wie viele Huren er sich in sein Bett holt!« Für einen winzigen Augenblick verschwamm das unnahbare Glitzern in ihren Augen. Jean-Pierre schlug den Blick nieder und hob hilflos die Schultern. Daß der Sohn des Königs seine junge italienische Ehefrau nicht sonderlich schätzte, war nicht lange ein Geheimnis geblieben. Schließlich sah man den Dauphin Henri in aller Öffentlichkeit mit seiner Favoritin, einer hübschen Gräfin aus Poitiers, ausreiten, tanzen oder in den Gärten von Chambord und Amboise spazieren. Fossa fand es nur verwunderlich, daß sich die Prinzessin noch über die Untreue ihres Gemahls aufregte. Zu welcher Zeit waren die Ehen der Mächtigen aus Zuneigung und nicht aus politischem Kalkül geschlossen worden? Fossa dankte dem Himmel, daß er kein Weibsbild am Hals hatte. Doch während Katharina von Medici schwieg und düsteren Gedanken anhing, begann er um seinen Auftrag zu bangen. Es war nicht ungefährlich, sich in höfische Auseinandersetzungen einzumischen oder Partei zu ergreifen.

»Madame, vergebt mir meine Kühnheit«, sagte er daher, »Ich bin ein einfacher Handwerker, und es kommt mir gewiß nicht zu, Euch den Trost zu spenden, den Ihr zweifellos verdient, aber …«

»Sprecht weiter!«

»Nun, ich bin davon überzeugt, daß Ihr das französische Volk liebt und eines Tages eine große Königin sein werdet!« Fossa holte tief Luft. Hatte er sich zu weit vorgewagt? Nein, ihrem Mienenspiel zufolge begann die Prinzessin, seine Schmeicheleien ernst zu nehmen. Dennoch fühlte er, wie sich Schweißtropfen in seinem Nacken bildeten.

»Seid Ihr mit Eurem Quartier zufrieden, Meister Fossa?« erkundigte sich Katharina unvermittelt. Sie schien über das für Fossa völlig unweibliche Talent zu verfügen, ihre Stimmungen der jeweiligen Situation anzupassen.

»Gewiß, Madame«, antwortete Jean-Pierre irritiert. »Eure Bediensteten waren so freundlich, mich in der Schenke *Aux Trois Marchands* unterzubringen …«

»Meine Bediensteten sind niemals freundlich, Fossa«, fiel ihm die Prinzessin ins Wort. »Sie tun, wofür ich sie aus meiner eigenen Schatulle bezahle. Tun sie es nicht, jage ich sie davon. So einfach ist das!« Sie schürzte herausfordernd die Lippen, was ihr das Aussehen eines unartigen Kindes gab. »Nein, Monsieur, ich sprach von Euren Werkstätten in Paris. Gab ich Euch nicht den Auftrag, Euch nach einer passenden Bleibe umzusehen? Ich wünsche nicht, daß die Handwerker, die in meinen Diensten stehen, zu nahe an der königlichen Residenz wohnen. Hier, in diesem Gemäuer, haben die Wände Ohren!«

Fossa blickte sich unwillkürlich über die Schulter. Am liebsten hätte er der Prinzessin ins Gesicht gesagt, daß er von den Heimlichkeiten genug hatte und auch nicht mehr die geringste Neigung verspürte, für den königlichen Hof zu arbeiten. Doch im letzten Moment besann er sich. Immerhin hatte er seine Verpflichtungen und durfte nicht leichtsinnig auf einen einträglichen Auftrag verzichten.

»Keine Sorge, Madame«, sagte er schließlich. »Ich habe einen Ort in der Nähe von Paris gefunden, an dem ich ungestört meiner Arbeit nachgehen kann. Es handelt sich dabei um ein altes Badehaus in Saint-Denis, unweit der großen

Kathedrale. Der Besitzer starb vor ein paar Jahren, und seine Witwe kann das Anwesen ohne Hilfe nicht mehr tragen. Es geht sogar das Gerücht um, daß sie sich mit dem Gedanken trägt, Haus und Hof zu verkaufen, falls bis Monatsende kein neuer Bader einzieht.«

»Saint-Denis?« Katharina von Medici machte ein nachdenkliches Gesicht. Sie hob ihr ausladendes Kleid ein wenig an und gab Jean-Pierre ein Zeichen, vor die getäfelte Seitenwand zu treten. Dort ergriff sie einen Kerzenhalter von einer Kommode. »Eine gute Wahl, Meister. Somit bleibt Euch wenigstens der Lärm des Pariser Gassenpöbels erspart.«

Fossa beobachtete gebannt, wie sie die Kerzenflamme entlang der Holztäfelung gleiten ließ. »Fällt Euch etwas an dieser Wand auf, Monsieur?« fragte sie leise.

»Die Abstände zwischen den furnierten Rahmen sind ein wenig zu groß geraten!«

Katharina von Medici ließ ein leises Lachen hören. Es klang ihm in den Ohren, als bewege sich irgendwo, in weiter Ferne, ein gläsernes Windspiel. Fossa zuckte nervös zusammen, dann sammelte er sich und klopfte mit den Fingerknöcheln vorsichtig gegen eine der Tafeln, die mit französischen Lilien und dem Kopf einer Eidechse geschmückt war. »Hinter dieser Platte klingt es recht hohl, Madame«, erklärte er. »Offensichtlich hat der Baumeister Holz abgezweigt und einen Freiraum gelassen!«

Katharina schnaubte spöttisch. Sie stellte ihren Kandelaber auf dem Parkettboden ab und blickte Fossa unverwandt in die Augen.

»Der Baumeister, Monsieur Fossa, handelte auf meinen Befehl, und Ihr dürft mir glauben, daß ich in meinem Leben noch nie etwas ohne Grund getan habe!« Sie holte aus und versetzte dem glotzenden Auge der hölzernen Eidechse einen unerwartet kräftigen Faustschlag. Im nächsten Augenblick sprang eine kleine Tür in der Täfelung auf. Hinter einer schmalen Wölbung tat sich ein Geheimfach auf. Jean-Pierre verharrte verblüfft, aber Katharina von Medici hielt sich nicht lange damit auf, sich am Staunen des Schlossermeisters zu ergötzen. Statt dessen wiederholte sie den Vorgang mehrere Male, indem sie scheinbar wahllos auf die Platten der Täfelung klopfte. Dumpf hallte das Echo von den Wänden ihres Kabinetts wider. Manche der Tafeln bewegten sich nicht, andere sprangen mit einem schnarrenden Geräusch auf.

»Die gesamte Wand besteht aus geheimen Fächern«, rief Jean-Pierre beeindruckt. Vorsichtig untersuchte er die Bolzen und Scharniere in den Angeln der kleinen Türen und ihrer Fächer. Er hatte bereits in verschiedenen Häusern den einen oder anderen Tresor entworfen, doch diese Konstruktion stellte alles in den Schatten, was er jemals geschmiedet hatte. Wenn die Gemahlin des Dauphins wahrhaftig die Urheberin dieser Wand war, so kam er nicht umhin, ihr auch als Kunstschlosser seine Bewunderung zu zollen.

»Eine solide Arbeit«, erklärte er schließlich. »Doch wie kann ich Euch nun von Diensten sein, Madame?«

Die Prinzessin antwortete nicht sogleich. Anmutig schritt sie die Wand ab und verschloß jedes einzelne Geheimfach sorgfältig, bevor sie sich zu Jean-Pierre umdrehte. »Mein Gemahl und seine Kurtisane, die Gräfin Diane, haben Blois verlassen, um sich nach Paris zu begeben«, sagte sie mit düsterer Miene. »Dort wollen sie den Frühling erwarten. Ich werde ihnen folgen, sobald der Schnee und mein Zustand es gestatten!«

»Ich fürchte ...«

»Mein Baumeister ist vor zwei Wochen gestorben, deshalb brauche ich Euch und Euer Geschick. Konstruiert mir eine zweite Wand, Meister Fossa! Mit Fächern und Kassetten aus Eisen, aber größer und stabiler als diese hier. Ich brauche auch ein unsichtbares Fenster, von dem aus ich das Kabinett neben meinem eigenen sehen kann. Geld spielt keine Rolle, aber ich muß mich darauf verlassen können, daß Ihr meinen Auftrag vertraulich behandelt!«

Die Stimme der Prinzessin nahm plötzlich einen drohenden Unterton an. Sie ergriff den Kerzenleuchter wieder und beugte sich dann zu dem Kunstschlosser vor, der unsicher von einem Fuß auf den anderen trat. Ihre schwarzen Augen blitzten verschwörerisch. »Ich muß Euch wohl nicht erklären, was mit Menschen geschieht, die versuchen, eine Medici zu hintergehen!«

»Aber nein, Madame ... ich meine, gewiß gehört Diskretion zu meinem Metier, ich würde niemals meine Berufsehre preisgeben und ...« Jean-Pierre Fossa verzichtete darauf, den Satz zu beenden. Er konnte sich nicht erinnern, den Begriff »Berufsehre« jemals in den Mund genommen zu haben. Doch in diesem Augenblick erschien er ihm bedeutungsvoll und angebracht. Die Prinzessin war offenbar derselben Ansicht, denn ein schwaches Lächeln wanderte über ihre dünnen Lippen. Beinahe vergnügt kehrte sie hinter ihren Schreibtisch zurück, stellte den Leuchter ab und ergriff ein goldenes Glöckchen.

»Das wäre zunächst alles, Meister Fossa«, sagte sie. »Mein Diener wird Euch aus dem Palast geleiten. Laßt Euch eine Anzahlung auf Euren ersten Entwurf geben, aber vergeßt nicht zu quittieren. Ich bin keine Verschwenderin!«

Jean-Pierre Fossa verbeugte sich ergeben, froh, daß es ihm vergönnt war, den Palast mit einem Auftrag verlassen zu dürfen – auch wenn es ein geheimer Auftrag war, über den er niemals würde reden dürfen. Aber wenn die Italienerin hielt, was sie versprochen hatte, so würde es ihm nicht schwerfallen, diesen Wermutstropfen in Kauf zu nehmen.

»Habt Ihr noch eine Frage, Monsieur?« Katharina von Medici hatte sein Zögern bemerkt, ohne von ihrem Schreibtisch aufzublicken, an dem sie mittlerweile saß. Mit einer spitzen Feder machte sie Eintragungen in ein kleines, in rotes Leder gebundenes Buch.

Fossa holte tief Luft. Auf dem Korridor näherten sich Schritte. Der Bedienstete mußte in der Nähe gewartet haben, um die Glocke hören zu können, doch es schien so, als sei er daran gewöhnt, erst einige Augenblicke verstreichen zu lassen, ehe er das Kabinett seiner Herrin betrat. »Mit Verlaub, Ihr habt mir noch nicht verraten, wo ich die gewünschte Wand einsetzen soll, Madame.«

Katharina runzelte die Stirn. »Habe ich tatsächlich vergessen, dies zu erwähnen? Wie nachlässig von mir.« Sie schwieg einen Moment, während dem sich ihre Blicke starr auf den grünen Marmor des Kamins hefteten. Einen Herzschlag lang erweckte ihr Mienenspiel gar den Eindruck, als fürchte sie sich davor, weiterzureden. Dann aber räusperte sie sich. »Ihr werdet im Louvre für mich arbeiten, Fossa. Im königlichen Stadtschloß von Paris. Und nun, da Ihr es wißt, ermahne ich Euch zur Vorsicht. Die Wände dieses Gemäuers sind alt und feucht. Sie wissen mehr über Tod und Verderben zu berichten als jeder Scharfrichter, der jemals auf der *place de greve* sein Schwert geschwungen hat. Euer Vorgänger hat mich verlassen. Sie sagen, er sei nach Florenz zurückgekehrt, weil er das Klima in Frankreich nicht länger ertrug. Begreift Ihr nun, warum ich eine neue Wand von Euch verlange, Meister? Eine eigene Wand mit Fächern, Fenstern und Schlössern?«

Mit einem Wink gab sie Fossa zu verstehen, daß er sich nun zurückziehen durfte. Erleichtert entfernte sich der Schlosser und überließ sich der Obhut des schwarzhaarigen Dieners, der ihn schweigend durch die hallenden Gänge bis zur Freitreppe geleitete. Während er durch den Schnee zum Tor stapfte und sich den kalten Wind um die Ohren wehen ließ, dachte er darüber nach, was die Prinzessin gesagt hatte. Er blieb stehen und drehte sich zu den hohen Fenstern um, hinter denen er die königlichen Räume vermutete. Katharina von Medici fürchtete sich, in den Louvre zurückzukehren. Sie hatte Angst, und auch ihn beschlich ein seltsames Gefühl. Doch es war zu spät, um den Auftrag abzulehnen. Fossa hatte sein Leben lang Werkzeuge in den Händen gehalten. Nun beschlich ihn zum ersten Mal das Gefühl, selbst zum Werkzeug geworden zu sein.

19. KAPITEL

In der Herberge des Monsieur Babeque wurden früh am Abend die ersten Lichter entzündet. Es waren Talglampen, welche die Mägde mit langen Kienspänen zum Glimmen brachten, keine Wachskerzen, denn der Wirt war ein sparsamer Mann, der keinen Wert auf überflüssige Ausgaben legte. Die wenigen Gäste, die in seinem Haus logierten, schienen seine Ansichten zu teilen, denn obwohl das Weihnachtsfest erst wenige Tage zurücklag, hatten sie sich an keiner der Feierlichkeiten in Saint-Denis beteiligt. Sie hatten die Messe in der Kathedrale besucht und waren dann gleich wieder nach Hause zurückgekehrt.

Monsieur Babeque begab sich in die Küche, um nachzusehen, ob das Feuerholz noch ausreichte. Auch dabei gingen ihm seine Gäste nicht aus dem Kopf. Wenn es überhaupt etwas gab, was die Fremden interessierte, so waren es die Bücher, in die sie fortwährend ihre Nasen steckten. Mit ihm redeten sie lediglich das Nötigste. Eine Ausnahme bildete die elegante junge Dame, die zuweilen seinen Hammeleintopf mit ein paar Kräutern aus ihrem Gepäck nachwürzte. Als er sie gefragt hatte, woher sie und ihre Begleiter denn nun eigentlich kämen, war sie ihm jedoch ausgewichen.

Ein tiefes Seufzen entwich Babeques Kehle, während er die fette Hühnersuppe über dem Feuer umrührte. Seine Frau lag krank zu Bett, wie jedes Jahr, pünktlich zu den Feiertagen, an denen in der Schenke und im Gastraum doch die meiste Arbeit anfiel. Wenigstens zahlten die drei Gäste pünktlich, und einmal war der ältere Fremde sogar ohne Aufforderung in der Wohnstube erschienen, um nach der fiebernden Madame Babeque zu sehen. Allem Anschein nach war er Arzt. Man durfte nur hoffen, daß er keiner von denen war, die sich vor den Spitzeln des Königs verstecken mußten. In den letzten Jahren hatten die Schergen der Inquisition so manches Wirtshaus in Flammen aufgehen lassen, weil sich in seinen Mauern Ketzer und Verräter versammelt hatten.

Geistesabwesend führte der Wirt seinen Holzlöffel zum Mund. Der Winter war streng, und er gehörte nicht zu den unbarmherzigen Zeitgenossen, die ihren Gästen die Tür wiesen, weil sie ihnen nicht vertrauten. Dennoch nahm er sich vor, gleich nach dem Feiertag nach Paris hineinzureiten und sich beim Sekretär des Stadtpräfekten zu erkundigen, ob nicht vielleicht doch irgend etwas gegen diesen Monsieur Paré und seine beiden Kinder vorlag.

Sefferino streckte genüßlich die Beine unter dem Schreibpult aus. Eine halbe Stunde wollte er noch arbeiten, Ambroise verließ sich darauf, daß seine Skizzen fertig wurden. Er drehte den Griffel zwischen Daumen und Zeigefinger und dachte nach. Immerhin war der dritte Tag des Monats ein Feiertag für die Bewohner der Häuser, die sich um den Mauerring der Abtei von Saint-Denis drängten. Den ganzen Vormittag hatte er medizinische Abhandlungen kopiert und anatomische Skizzen korrigiert, die ihm sein Pflegevater überlassen hatte. In den vergangenen Jahren hatte er sich als gelehriger Schüler erwiesen, der mit dem Skalpell beinahe ebenso geschickt umzugehen wußte wie sein Meister. Sefferino lächelte, als er einen abschließend bewertenden Blick über seine Zeichnungen wandern ließ. Der Bader konnte zufrieden sein, auch wenn er sich eher auf die Zunge beißen würde, als ein Lob auszusprechen. In all den Jahren, die sie nun schon zusammen waren, hatte Ambroise Paré ihn nur selten gelobt. Er erklärte stets, daß er es den Doktoren der Sorbonne überlasse, Menschen mit Worten zu heilen. Er selbst fühlte sich mehr für den praktischen Teil der Medizin zuständig.

Plötzlich wurde die Tür aufgestoßen, und eine Frau lief auf sein Pult zu. In ihren Händen trug sie Kleider, Bänder und gestärkte Hauben. Ihre Wangen waren leicht gerötet und glänzten, als sei sie soeben aus dem Waschhaus gekommen. Sefferino blickte erst auf, als das Mädchen ein mit groben Stichen ausgebessertes Wams schwungvoll vor ihn auf den Tisch warf.

»Wie oft habe ich dich gebeten, besser auf deine Kleidung aufzupassen?« sagte Fioricia vorwurfsvoll. Ihr Ärger machte sie noch hübscher. Das blonde Haar, das sie wie gewöhnlich offen über die schmalen Schultern fallen ließ, glänzte im dämmerigen Licht der Gaststube.

»Fioricia, nett, daß du nach mir schaust!« Sefferino sprang von seinem Stuhl auf und nahm sie in die Arme. Seine Lippen näherten sich ihrem Mund.

»Nein, kein Kuß«, entschied Fioricia streng. »Deine Bartstoppeln kratzen wie Schweinsborsten. Ich dachte, Ambroise hätte dir längst beigebracht, wie man ein Rasiermesser bedient? Und dann deine Finger!«

»Sie sehnen sich nach deiner Berührung!«

»Ich glaube, ihre Sehnsucht nach dem Tintenfaß war noch größer! Dabei hattest du mir versprochen, mich zum Mysterienspiel vor der Kathedrale zu begleiten!«

»Du weißt doch, daß ich mitkommen wollte, liebste Fioricia«, entgegnete Sefferino kleinlaut. »Aber wie du siehst, hat Vater Ambroise mir eine Menge Arbeit hinterlassen. Die Skizzen für Monsieur Vesalius sollen per Kurier nach Padua geschickt werden, sobald die Straßen wieder frei sind!« Er machte eine entschuldigende Geste, die es Fioricia endlich erlaubte, seine Arme abzuschütteln. Sie hauchte ihm einen flüchtigen Kuß auf die Stirn und schickte sich an, die Kammer zu verlassen.

Plötzlich hielt sie inne. »Ambroise hat dir seine Skizzen für die *tabula anatomicae* anvertraut? Kannst du mir verraten, wo der Bader schon wieder steckt? Ich hatte ihn ebenfalls gebeten, mit uns die Spiele zu besuchen. Seit Wochen sitzen wir hier auf einem Fleck, und ausgerechnet an einem Feiertag entschließt sich Ambroise auszugehen?«

Sefferino legte die Stirn in Falten. Es gefiel ihm nicht, daß Fioricia seinen Pflegevater immer noch mit Vornamen ansprach. Er fand es respektlos und zu vertraulich, aber Fioricia zog es auch hierbei vor, ihren eigenen Kopf durchzusetzen. Sefferino war stolz darauf, daß der Bader ihm angeboten hatte, ihn offiziell als Pflegesohn anzuerkennen, während Fioricia sich von diesem Arrangement niemals angesprochen gefühlt hatte. Wahrscheinlich fand sie seine Zutraulichkeit eher lächerlich, denn zwischen ihm und dem Bader lagen gerade einmal vierzehn Jahre. Aber Ambroise, dem nie etwas daran gelegen war, die Dinge zu komplizieren, hatte Sefferinos Bedenken rasch in den Wind geschlagen. Er brauchte weder Notar noch Urkunde, um zu beweisen, was Sefferino ihm bedeutete. Abgesehen davon machte es auf Reisen lange Erklärungen überflüssig, wenn der Bader und er als nahe Verwandte auftraten.

»Ambroise ist heute früh nach Paris geritten«, sagte er schließlich. »Er möchte dem Gildemeister der Wundchirurgen seine Arbeiten vorstellen, um in Erfahrung zu bringen, welche Aussichten er hat, noch in diesem Jahr ins Kollegium des heiligen Cosmas aufgenommen zu werden.«

»Zunächst wollte er in Padua studieren, obgleich er weder Latein noch Griechisch beherrscht, nun muß es die Gilde in Paris sein!« Fioricia warf in gespielter Verzweiflung die Arme in die Höhe. »Was kommt als nächstes? Wäre es nicht vernünftiger, erst einmal einen Ort zu suchen, wo Ambroise und du praktizieren könnt? Der Wirt fragt sich gewiß, wann wir sein Haus endlich wieder verlassen. Erst gestern habe ich ihn erwischt, wie er an meiner Tür gelauscht hat!«

Sefferino lachte auf. Er konnte allerdings nicht abstreiten, daß Fioricias Einwurf berechtigt war. Er selbst hatte den Bader wiederholt darauf hingewiesen, daß es nicht ratsam sei, länger als nötig in Saint-Denis zu bleiben. Er verstand nicht, warum Ambroise das Treiben in den Gassen und auf den Plätzen von Paris so scheute, daß er sich in einer heruntergekommenen Herberge im Norden der Stadt verkroch. Er selbst konnte von den Straßen, den vielen Menschen und den prächtigen Kirchen kaum genug bekommen. Gab es denn etwas Schöneres, als nach getaner Arbeit durch die Markthallen der Gürtler, Gold- und Waffenschmiede zu streifen oder es sich bei einem Krug Wein in einer der Schenken am rechten Ufer der Seine bequem zu machen? Gewiß, momentan war es zu kalt für Unternehmungen dieser Art. Innerhalb der Stadtmauern von Paris gefror selbst den hartgesottensten Kerlen der Atem zu Eis, aber Sefferino war es niemals schwergefallen, sich an neue Umstände zu gewöhnen. Paris, so fand er, lebte zu jeder Jahreszeit, auch wenn sein Pulsschlag zuweilen langsamer gehen mochte.

»Vielleicht ziehen wir bald in die Stadt«, sagte er schließlich, um Fioricia zu beschwichtigen. »In Saint-Denis gibt es zu wenig Arbeit für einen Wundchirurgen. Hier leben doch nur ein paar Bauern, Krämer und Mönche.«

Mit einem Lächeln deutete er auf Fioricias sorgfältig zusammengefaltetes Kleiderbündel. »Möchtest du eine dieser Roben anlegen, wenn wir später zur Kathedrale gehen? Mein Gott, du wirst aussehen wie eine Prinzessin. Wer weiß, vielleicht brauchst du die Hilfe eines tapferen Edelmanns, um das Mieder zu schnüren!«

Sie versetzte ihm einen liebevollen Klaps gegen die Brust. »Du meinst, die eines Badergesellen mit Tintenflecken an den Händen?« Spöttisch lächelnd verließ sie die Kammer, um sich für den Besuch des Mysterienspiels umzukleiden.

»Was habt Ihr denn nun so lange in Italien getrieben, Monsieur Paré?«

Louis de Beroncourt stand der Gilde der Pariser Wundärzte erst seit wenigen Monaten vor. Er war ein mittelgroßer, breitschultriger Mann in den besten Jahren, der es sich nicht nehmen ließ, durch auffallende lange Mäntel und ausladende Hüte zu demonstrieren, daß er sich den studierten Ärzten im *quartier latin* ebenbürtig fühlte. Trotz seiner stämmigen Figur und des strengen spanischen Spitzbartes machte der Wundarzt auf Ambroise einen gutmütigen Eindruck. Obgleich er wegen der anstehenden Gildeversammlung noch viele Dinge zu erledigen hatte, bestand er darauf, die behagliche Wärme des Wirtshauses gegen die Kälte des

Winterabends zu tauschen, um seinen jungen Kollegen durch die Gassen von Paris zu begleiten.

»Ich war Feldchirurg im Dienste Seiner Gnaden des Herzogs de Montejan während der letzten italienischen Feldzüge«, erwiderte Ambroise. Er freute sich über das Interesse des Gildemeisters. »Nach der Schlacht um Turin habe ich wertvolle Erkenntnisse in der Behandlung von Schuß- und Stichwunden gesammelt, die ich in den folgenden Jahren zu Papier gebracht habe.«

»Ganz Paris atmete erleichtert auf, als der König mit Kaiser Karl V. in Aigues Mortes einen zehnjährigen Waffenstillstand schloß«, bestätigte de Beroncourt. »Auch wenn ich mir nicht vorstellen kann, daß der Friede lange währt. Nun, im Moment brauchen die Streithähne einander, um eine gemeinsame Front gegen die Türken und die Protestanten zu errichten. Der König weiß ja selber nicht, wie er das Problem der Reformierten in den Griff bekommen soll. Er hält sie für gefährlich, und diese Einschätzung ist womöglich die einzige Gemeinsamkeit, die ihn noch mit dem Kaiser des Heiligen Römischen Reiches verbindet!«

»Tatsächlich?« Ambroise hob erstaunt den Kopf. Aus den Briefen, die Fioricia in unregelmäßigen Abständen aus dem Piemont erhielt, wußte er, daß sich die italienischen Waldenser inzwischen den Genfer Reformatoren angeschlossen hatten. Ein Grund mehr für ihn, sich aus dem Glaubensstreit herauszuhalten. Vater Albins Drohungen waren ihm noch gut in Erinnerung. Ambroise trat mit der Stiefelspitze gegen einen Stein. Erst einen Moment später bemerkte er, daß er ein Stück Katzenschädel getreten hatte. Angewidert zuckte er zusammen.

»Ihr wart lange nicht mehr hier, mein Freund«, sagte der Gildemeister ein wenig gönnerhaft, während er seine Blicke auf das Pflaster richtete. Der Schnee hatte sich unter den Rädern der Fuhrwerke und Kutschen in einen grauen Matsch verwandelt. »In den letzten Jahren haben zahlreiche Männer von Rang und Einfluß ihren Glauben gewechselt, was dem

König stark zusetzt. Dabei schwankt er selbst zwischen Hochachtung und Haß. Er wollte sogar diesen Melanchthon aus Deutschland zu Religionsgesprächen nach Paris einladen. Dagegen liefen jedoch die Professoren der Sorbonne Sturm. Sie nötigten dem König die Unterzeichnung eines Dekrets ab, das sämtliche Prediger auf den Heiligen Vater einschwor. Seitdem läßt der König die Ketzer mit Feuer und Schwert verfolgen, aber im Grunde ist er machtlos gegen diese Protestanten. Soweit ich weiß, treffen sie sich vornehmlich nachts, auf Friedhöfen, in verlassenen Kapellen und Katakomben. Sie vermehren sich wie Karnickel.« Er ließ ein dröhnendes Lachen hören. Vermutlich gefiel ihm der Vergleich. »Läßt die Obrigkeit eine ihrer Versammlungen sprengen, so entstehen an anderen Orten bald darauf zwei, drei neue dafür!«

Als die beiden Männer in die Rue des Boulangers einbogen, begegneten sie einer Schar Studenten. Die jungen Leute trugen Kapuzenmäntel und grölten aus vollem Halse Trinklieder. Offensichtlich hatten ihre Magister ihnen wegen des Feiertags den Ausgang in die Stadt erlaubt, was sich nun jedoch rächte, denn kaum einer der Scholaren war noch nüchtern genug, alleine zu gehen. Einer der Burschen versuchte, einen schwarzen Hahn unter seinem Cape zu verbergen, doch das Tier setzte sich heftig zappelnd gegen die grobe Behandlung zur Wehr.

»Einen gesegneten Feiertag, Monsieur de Beroncourt«, brüllte ein Student, als er den stämmigen Wundarzt erkannte. »Wie viele Patienten habt Ihr denn heute verstümmelt? Treiben ihre Kadaver schon in der Seine?«

»Unverschämtes Gesindel!«

»Fröhliches Fleischhacken, Monsieur de Beroncourt!« krähte ein anderer und erntete stürmisches Gelächter. Ehe Ambroise sich versah, war die lärmende Gruppe mit ihrem Hahn unter einem Torbogen verschwunden.

»Kommt weiter, lieber Freund, mit diesen vermaledeiten Burschen ist nicht gut Kirschen essen!« brummte de Beroncourt verdrossen. »Wo, sagtet Ihr, habt Ihr Euer Pferd zurückgelassen?«

»In einem Stall an der Porte St. Antoine«, gab Ambroise verwirrt Auskunft. »Aber wollt Ihr mir nicht verraten, warum diese Scholaren es wagen, einen ehrbaren Pariser Gildemeister zu beleidigen?«

Monsieur de Beroncourt blies seine Backen auf und seufzte. »Das ist eine alte Geschichte«, sagte er nach einer Weile. »Die Confrérie de St. Come besteht schon seit dem 13. Jahrhundert. Sie wurde als Vereinigung der Pariser Chirurgen gegründet und unter den Schutz der Heiligen Cosmas und Damian gestellt.«

»Wurde die Confrérie nicht auch vom Königshaus unterstützt?«

»Gewiß«, bestätigte der Gildemeister. »Aber damit fingen die Schwierigkeiten erst an. Die Wundärzte schafften es, ihre Position gegenüber der Universität zu stärken. Sie erhielten eigene Häuser und Privilegien, die sie im Grunde Männern wie Euch verdanken, lieber Ambroise.«

Der Bader legte verwundert die Stirn in Falten. »Männern wie ... mir? Wie meint Ihr das?«

»Nun, während der langen Kriege gegen die Engländer wurden ausgebildete Feldärzte nötiger gebraucht als steife Doktoren, die von den Kathedern der Sorbonne ihre Weisheit verkündeten. Viele junge Burschen eilten zu den Waffen, sofern sie sich nach dem Studium der freien Künste nicht der Theologie zuwandten. Seitdem stehen die Wundärzte in Paris in so hohem Ansehen, daß sie sogar vom Wachdienst an den Stadttoren, den jeder freie Bürger von Zeit zu Zeit ableisten muß, freigestellt wurden.«

»Wollt Ihr damit sagen, daß die Scholaren der Universität Euch um Eure alten Privilegien beneiden?« fragte Ambroise skeptisch.

Monsieur de Beroncourt zuckte die Achseln. Es war ihm sichtlich peinlich darüber zu sprechen. »Unstimmigkeiten treten in jeder Zunft auf, die darauf angewiesen ist, einander zuzuarbeiten. Die Scholaren der Sorbonne sind nicht wirklich gefährlich. Sie lieben es nun einmal, die ehrbaren Bürger mit derben Scherzen aufzuziehen. Jedes Jahr, wenn auf der Seineinsel das Fest der Narren gefeiert wird, holen sie und unsere Gesellen sich im Gerangel blutige Nasen. Nein, lacht nicht! Die jungen Burschen brauchen dieses Spiel! Es ist wie Medizin: höllisch bitter, aber hilfreich. Vor allem für die Bader und Barbiere, denen es zufällt, die Schreihälse später zu verbinden.« Ambroise pfiff verblüfft durch die Zähne, doch der Wundarzt fuhr unbeirrt fort. »So ist das bei uns, lieber Freund. Paris ist wie eine riesige Mühle, die von unzähligen Zahnrädern angetrieben wird. Jedes Rädchen greift in das nächste, auch wenn sie zuweilen ganz schön knirschen!« Er hielt kurz inne und zupfte mit Daumen und Zeigefinger an seinem Bart. »Ich möchte wetten, daß der schwarze Hahn, den der eine mit sich herumtrug, seinen Käfig nicht freiwillig verlassen hat. Dabei kann man den Burschen nicht einmal für den Diebstahl belangen, da die Universität über eine eigene Gerichtsbarkeit verfügt. Die Pariser Wundchirurgen unterstehen dem Präfekten von Paris und nicht dem Kantor von Notre Dame. Dafür darf unsere Vereinigung auch Prüfungen abnehmen und Titel vergeben.«

Ambroise sog scharf die kalte Luft ein. Sie waren vor den Stallungen angekommen. Auf einem der Wandelgänge über der Mauer, die in regelmäßigen Abständen von schlanken Rundtürmen unterbrochen wurde, unterhielten sich drei gelangweilt aussehende Stadtwächter. Ihre Piken lehnten nachlässig gegen das Fallgatter. Vermutlich beklagten sich die Männer gegenseitig darüber, trotz klirrender Kälte das Tor nicht früher schließen zu dürfen. Aber die Obrigkeit hatte strikte Anweisung gegeben, das Ende des Mysterienspiels vor der Kathedrale von Saint-Denis abzuwarten. Schräg unterhalb der Mauer befand sich ein Verschlag, in dem ein Tisch und mehrere Schemel im Halbkreis standen. Ein Bündel schmutziger Spielkarten und eine umgestürzte, mit Bast umwickelte Weinflasche lagen auf der groben Tischplatte.

»Als wir vorhin in der Zunftstube miteinander sprachen, habt ihr mir abgeraten, mich um Aufnahme in der Confrérie zu bewerben, Monsieur de Beroncourt«, sagte Ambroise, nachdem er einem Stallburschen eine Kupfermünze in die Hand gedrückt hatte. Ohne Eile trottete der Knabe davon. Er erkundigte sich nicht einmal nach dem Aussehen des Pferdes, was darauf schließen ließ, daß er um diese Zeit nur noch wenige Tiere zu versorgen hatte. »Darf ich fragen, warum Ihr meine Chancen in so dunklen Farben malt? Immerhin habe ich fast meine gesamte Lehrzeit in Paris verbracht und besitze zudem Empfehlungsschreiben!«

Der Gildemeister nickte bekümmert. »Ich habe davon gehört, Monsieur Paré. Ihr seid ein tüchtiger Bursche, das habe ich sogleich bemerkt. Glaubt mir, der alte Beroncourt sieht auf einen Blick, ob ein Mann zu etwas taugt. Aber die gespannten politischen Verhältnisse in Paris lassen es momentan einfach nicht zu, daß wir einen unbekannten jungen Wanderchirurgen ungeprüft in unsere Reihen aufnehmen. Denkt an die Mißgunst der studierten Ärzte. Nein, Monsieur, wie die Dinge liegen, kann ich mich nur wiederholen: Ihr solltet Euch fürs erste damit bescheiden, bei Eurer alten Zunft vorzusprechen. In ein paar Jahren findet sich gewiß eine Möglichkeit ...«

»Dann prüft mich doch!« unterbrach Ambroise den älteren Mann ungehalten. »Am besten sofort!« Er konnte es einfach nicht glauben. So nahe war er dem Ziel seiner Wünsche gekommen, und nun sollte dennoch alles vergebens gewesen sein? »Monsieur de Beroncourt, ich habe den weiten Weg von Italien nach Frankreich nicht zurückgelegt, nur um Badestuben zu heizen oder Euren Raufbolden von Gesellen zum Fest der Narren die Nasen zu richten.«

Der Gildemeister schob seine klammen Finger unter den wärmenden Pelzbesatz seines Umhangs. Wahrscheinlich fragte er sich, was er eigentlich hier an der Stadtmauer tat, während zu Hause ein warmes Kaminfeuer flackerte und seine Frau gewiß bereits zum Abendbrot geläutet hatte.

»Muß ich einem ehemaligen Soldaten wirklich erklären, daß ein Schädel nicht hart genug ist, um damit eine Mauer zu durchbrechen?« knurrte er. »Ihr seid ein Narr, wenn Ihr glaubt, daß Ihr in Paris ohne Privilegien und Genehmigungen auch nur bis an die nächste Straßenecke kommt. Paris ist wie ...«.

»... eine Mühle mit vielen kleinen Zahnrädern, ich weiß schon!«

»Na bitte, genau das wollte ich sagen!« Der stämmige Mann legte Ambroise eine Hand auf die Schulter. Eine väterliche Geste, die den Bader jedoch in Rage brachte. »Ihr verfügt gewiß über hervorragende Kenntnisse der Wundmedizin. Euer kleines Traktat über den Luftröhrenschnitt und die Behandlung von Oberschenkelbrüchen soll sogar ein paar Magister der Sorbonne beeindruckt haben.« De Beroncourt lachte. »Das würden die Herren allerdings niemals zugeben. Ihr schreibt schließlich nicht einmal in lateinischer Sprache!«

Der Bader konnte nichts erwidern, denn im nächsten Moment trat der Stallbursche mit seinem Pferd auf den Hof. Zornig lief Ambroise zu ihm und riß ihm die Zügel aus der Hand. Während er umkehrte, tätschelte er dem Tier den Nacken. *Nicht einmal in lateinischer Sprache!* Plötzlich fiel ihm ein, daß Fioricia ihm bereits einige Male vorgeworfen hatte, seine Beobachtungen nicht in der Sprache der gebildeten Stände abzufassen. Sie war der Meinung, daß kein Medicus von ihm Notiz nehmen würde, solange er nicht bereit war, sich anzupassen. Dazu gehörte auch sein Äußeres. Das abgewetzte grüne Wams, der nur mäßig gestutzte Bart. Fioricia hatte ihm angeboten, neue Kleider anfertigen zu lassen, doch er hatte abgelehnt, weil er ahnte, daß sie das Geld ihrer Tante Ceres dafür verwenden wollte. Und seine Schriften? Wem, überlegte er, sollten seine chirurgischen Ratschläge nutzen: den Ärzten, die es für unter ihrer Würde hielten, ein Skalpell zu führen, oder den Wundchirurgen, die jeden Tag harte Arbeit verrichteten? In der Armee des Königs waren ihm Probleme dieser Art selten begegnet. Dort hatte niemand gezögert, ihn als Wundchirurg anzuerkennen. Die Soldaten, denen er geholfen hatte, hatten ihn geliebt und geachtet. Als er nach Montejans Tod vorübergehend in die Dienste des Herzogs von Rohan getreten war, um die Belagerung von Perpignan aufzuheben, hatten seine Kenntnisse großes Aufsehen erregt. Er hatte einen der Befehlshaber, Monsieur de Brissac, erfolgreich operiert, nachdem ein Bleigeschoß durch wichtige Nervenbahnen gedrungen war. Wenig später hatte er durch einen raschen Eingriff das Gesicht des Herzogs von Guise gerettet.

Ambroise fuhr sich fröstelnd über den Bart. Vielleicht war die Rückkehr aufs Schlachtfeld ja wirklich seine Bestimmung. Doch wenn er Paris nun wieder verließ, was sollte dann aus seinen Schützlingen werden? Er zweifelte nicht daran, daß sie reif genug waren, sich ohne sein Dazutun durchs Leben zu schlagen, aber die Zeiten waren in der Tat unsicher geworden. Verschwörungen und Intrigen schienen nicht nur bei Hofe an der Tagesordnung zu sein. Dazu kamen die wachsenden religiösen Unruhen, von denen auch de Beroncourt gesprochen hatte.

»Ihr ratet mir also abzuwarten, bis sich die Wundärzte von Paris an mich und meinen Gesellen gewöhnt haben«, sagte er schließlich müde. Er glaubte keinen Augenblick daran, daß der Wundarzt keine Möglichkeit sah, seinen Fall der Gilde vorzutragen. Aber es war nichts gewonnen, wenn er den Mann vor den Kopf stieß.

»Ich rate Euch, zunächst einmal einen eigenen Hausstand zu gründen und seßhaft zu werden, lieber Ambroise. Mietet Euch eine Wohnung. Vielleicht nicht direkt in der Stadt, aber doch in der Nähe von Paris. Dort könnt Ihr in aller Ruhe Eure Kranken behandeln, bis Ihr … nun ja, bis Ihr eben von der Gilde hört. Was ist los … Habe ich etwas gesagt, das Euch amüsiert?« Verwirrt hob de Beroncourt die Augenbrauen, als er sah, wie sich ein Lächeln auf die Züge des Baders legte.

»Verzeiht mir, Monsieur, aber ich mußte an meine italienischen Schützlinge denken. Mein Pflegesohn liegt mir seit Wochen damit in den Ohren, endlich zur Ruhe zu kommen und ...«

»Ein kluger Junge, Euer Schützling! Wie wollt Ihr auch Euren Aufgaben als städtischer Wundchirurg nachkommen, wenn Euch fortwährend einer Eurer Dienstherren zu den Waffen rufen könnte und Ihr ihm folgen müßtet?« De Beroncourt hielt inne und nickte zufrieden. Wie es aussah, hatte er es geschafft, seiner Gilde einen weiteren mittellosen Wanderchirurgen vom Halse zu halten. Dann reichte er dem Bader die Hand und verabschiedete sich.

Ambroise entging der selbstgefällige Gesichtsausdruck des älteren Kollegen keineswegs, doch er wußte, daß er nichts tun konnte, um de Beroncourt auf seine Seite zu ziehen. Zügig saß er auf und ritt dem Stadttor entgegen.

»Ehe ich's vergesse, mein Bester«, schickte ihm de Beroncourt unvermittelt hinterher, kaum daß sein Pferd die Wachen passiert hatte. »Kennt Ihr zufällig das alte Badehaus in der Rue St. Philippe? Ihr müßt auf Eurem Weg in die Stadt daran vorbeigekommen sein, denn es liegt gleich jenseits der Weggabelung, wo es zum Kirchhof der Abtei von Saint-Denis geht.«

Ambroise zügelte sein Pferd und berobachtete, wie der Gildemeister durch den Schneematsch auf ihn zu stapfte. Er entsann sich dunkel eines baufälligen, mehrstöckigen Gebäudes, das vom Gelände der Abtei durch einen kleinen Bach mit steiler Uferböschung und in nördlicher Richtung von einer hohen Mauer getrennt wurde.

»Das Badehaus soll verkauft werden«, erklärte de Beroncourt. »Fragt am besten gleich morgen nach der Witwe des Baders, Radegonde Julon, und laßt Euch von Ihr das Anwesen zeigen. Die gute Frau ist ein wenig wunderlich, aber keine Bange: Wenn sie hört, daß die Gilde Euch zu ihr schickt, wird sie mit sich handeln lassen!«

Ein Badehaus in Saint-Denis, überlegte Ambroise. Der

Vorschlag, das unruhige Wanderleben aufzugeben und sich dauerhaft niederzulassen, war gewiß nicht schlecht. Aber woher sollten er und die Seinen das Geld für einen Hauskauf nehmen? Seine Ersparnisse waren bereits fast aufgezehrt, und es kam keineswegs in Frage, daß er sich bei den Pariser Pfandleihern verschuldete, nur um einer wunderlichen Baderin ihr Haus abzuschwatzen.

Der Gildemeister schien auf eine Antwort zu warten und lächelte ihn an. »Aber nun beeilt Euch, damit Ihr wenigstens den Schluß des Spektakels vor Saint-Denis mitbekommt«, erklärte er dann. »Meine Nichte ist übrigens auch unter den Darstellern. Heute spielt sie zum ersten Mal die Heilige. Eine große Ehre für mein Haus!«

»Aber anscheinend versäumt Ihr es, an dieser ehrenvollen Aufführung teilzunehmen, Monsieur de Beroncourt!« gab Ambroise betont liebenswürdig zurück. Er beobachtete mit Genugtuung, wie der Gildemeister errötete.

»Meine Nichte … nun ja, sie hat ihre Eltern früh verloren und stand lange im Dienst der Gräfin von Poitiers. Das hat ihr zugegebenermaßen ein wenig den Kopf verdreht. Als sie im vergangenen Herbst das Schloß verließ und zu uns nach Paris zog, mußte ich meine Wohnhalle drei Tage lang schrubben lassen, ehe Mielle, so heißt das Kind, sich dazu herabließ an unseren Mahlzeiten teilzunehmen. Außerdem schleppte sie mir zwei gefräßige Mägde ins Haus, die so überflüssig sind wie ein Fuchs im Hühnerstall. Und nun auch noch die täglichen Proben für das Spiel unserer Heiligen …« Der Gildemeister verdrehte die Augen. »Ansonsten ist sie ein wahrer Engel. Ihr müßtet einmal ihre Stickereien sehen …« Er schwieg einen Moment. »Sie bräuchte einen ehrbaren Ehemann, der ihr die Flausen austreibt!«

»Ihr werdet schon einen Kandidaten finden, Monsieur«, erwiderte Ambroise mürrisch. »Schließlich seid Ihr der Gildemeister!« Dann gab er seinem Pferd die Zügel und ritt durch das Stadttor davon.

Sefferino und Fioricia eilten durch ein Gewirr von Gassen, bis sie auf einen Brunnen stießen, um den sich eine Schar Schauspieler mit Musikinstrumenten versammelte. Die jungen Männer und Frauen trugen Lammfelle über den Schultern, an ihren Stiefeln klingelten Glöckchen. Ihre vor Kälte erstarrten Gesichter waren mit Holzkohle und Rouge bemalt. Ausgelassen singend nahmen sie Fioricia in ihre Mitte und drängten sie an einigen Werkstätten vorbei, dem Platz vor der Kathedrale entgegen. Sefferino hatte Mühe, mit der Gruppe Schritt zu halten.

Schon von weitem erspähte er das hohe Holzgerüst, das im Schein zahlreicher Fackeln, Kerzen und Lampen erstrahlte. Rund um die Bühne drängten sich bereits die Schaulustigen. Dutzende von Pilgerstäben hoben sich empor. Einige der Männer knieten, andere sangen leise das *Te Deum laudamus*.

Als Fioricia die Bühne erblickte, zuckte sie zusammen. Obgleich die Spiele von der Kirche genehmigt waren – dafür sprachen die Gruppen zufrieden umherblickender Mönche und Kleriker, die auf den Stufen der Kathedrale standen und das Treiben beobachteten –, flößte die Menschenmenge ihr Angst ein. Ein paar Soldaten der Stadtwache verteilten sich in einem Halbkreis um die gefüllten Wasserfässer, die aufgrund der Brandordnung vor jedem Mysterienspiel überprüft werden mußten. Allzuoft war es in der langen Geschichte der Stadt Paris schon vorgekommen, daß geistliche wie weltliche Feierlichkeiten in einer Feuersbrunst geendet hatten.

»Du siehst aus, als ob wir zu einer Hinrichtung gingen«, neckte Sefferino seine Begleiterin. Seine Bartstoppeln berührten ihre Wange. Fioricia wußte, daß er sich nicht gerne rasierte. Von dem Wunsch beseelt, sie zu seiner Braut zu machen, bedrängte er sie von Tag zu Tag mehr. Als er seinen Arm um ihre Schultern legte, schüttelte sie ihn jedoch nicht ab. Im Gegenteil, es tat ihr gut, ihn neben sich zu wissen. Das Raunen der Menge und das Spiel der Musikanten schafften es zuletzt, sie doch noch in eine heitere Stimmung zu versetzen. Neugierig ließ sie ihre Blicke über den Vorplatz der Kathedrale wandern.

Zu ihrer Linken beschwerte ein Mann sich über das Geschrei der Händler, deren Stände sich unter schmuddeligen Zeltplanen bis in den Kreuzgang hinein erstreckten. Der Geruch nach süßen Eierkuchen, heißem Würzwein und gerösteten Mandeln drang durch die kalte Abendluft. Krämer schoben sich mit Bauchläden durch das Getümmel, um ihre Gürtel, Armbänder und Räucherstangen anzupreisen. Fioricias besonderes Interesse galt indessen den halbwüchsigen Mädchen, die auf dem Rand eines Brunnens saßen und den Vorbeigehenden anboten, ihnen aus dem Kerngehäuse runzeliger Äpfel die Zukunft vorherzusagen.

»Der Herr hat sie aus dem Tempel gejagt«, hörte sie auf einmal den Mann mißmutig rufen. »Er nahm sich einen Stab und …«

»Eine Geißel, meint Ihr wohl?«

Verwundert blickte der Fremde über die Schulter und funkelte Fioricia ungläubig an. In seine Stirn hatte sich eine tiefe Furche der Mißbilligung gegraben. »Was sagtet Ihr, Mademoiselle?«

»Nun, gemäß den Evangelien vertrieb Jesus die Geldwechsler mit einer Geißel aus dem Tempel und nicht mit einem Stab.«

»Es ist lobenswert, daß Ihr die Schriften lest, aber von ihrem tieferen Sinn dürftet Ihr als Frau wenig verstehen!« entschied der Fremde gönnerhaft. Er trug einen schwarzen Umhang aus grobem Tuch, unter dem ein vergilbter Schnürkragen zu sehen war, und einen Federhut mit breiter Krempe. »Im Psalter steht geschrieben, daß heiliger Eifer für das Haus des Herrn ihn umtreibt. Die Händler und Geldwechsler hätten sich vor den Tempelmauern aufreihen können!«

»Da ich ja nur eine Frau bin, verstehe ich wahrscheinlich auch nichts vom Geschäft, dessen Gelingen darüber entscheidet, ob eine Familie hungern muß oder nicht.« Fioricia kniff angriffslustig die Augen zusammen. »Ich frage mich nur, ob die Eierkuchen noch saftig und der Würzwein noch heiß ist, bis die Händler, die hier Euer Mißfallen erregen, ihn vor die Stadtmauern von Paris gekarrt haben!« Ein sanfter Stoß, den Sefferino ihr verpaßte, ließ sie jäh verstummen. Einen Herzschlag lang wünschte sie sich ihre Tante herbei. Ceres wären gewiß noch ganz andere Argumente eingefallen, um dem Mann den Wind aus den Segeln zu nehmen.

»Ruhig Blut, Théophile«, schaltete sich plötzlich eine dunkelhaarige Frau in das Gespräch ein. Sie hatte dem Geplänkel bisher schweigend und furchtsam um sich blickend zugehört. »Nicht hier und jetzt!« Beschwörend legte sie ihren Zeigefinger auf den Mund. Fioricia bemerkte, daß die Frau zierlich und hübsch war. Ihr strenger Scheitel wurde von einem Schleier aus roter Wolle in zwei Hälften geteilt. Über dem Kleid trug sie einen abgenutzten Mantel, der einmal sehr kostbar gewesen sein mußte, da er mit Pelzstücken gefüttert und an den Rändern mit kostspieligen Borten versehen war. Offensichtlich war sie die Ehefrau des Eiferers, denn er hielt ihren Arm fest, als befürchte er, sie könnte ihn im Gewühl verlieren.

»Das Spiel beginnt«, bemerkte Sefferino und lenkte Fioricias Aufmerksamkeit auf das Holzgerüst. Über eine hohe Leiter kletterte ein ganzer Zug von Personen in bunten, schillernden Gewändern. Trompeten, Flöten und Zimbeln begleiteten ihren Aufstieg. Eine blasse junge Frau mit toupierten roten Locken, der man es wohl nicht zumuten wollte, die Bühne über die Sprossen zu erklimmen, wurde von zwei kräftigen Burschen in einem gewaltigen Binsenkorb an Seilen emporgezogen. Der Korb schwankte wie ein Fischerboot bei Sturmwind, doch das rothaarige Mädchen lächelte hoheitsvoll und schwenkte einen gekrümmten Hirtenstab. Es sah aus, als wolle sie der Menge damit die Absolution erteilen.

Die Männer und Frauen, die sich auf den mit Lampions und Wimpeln geschmückten Balkons der gegenüberliegenden Fachwerkhäuser drängten, klatschten erwartungsvoll in die Hände. Zu ihren Füßen brandete frenetischer Jubel auf. Schließlich trat ein vornehm gekleideter Mann an den Rand der Plattform. Gebieterisch ließ er seine Blicke über das Publikum wandern, danach breitete er die Arme aus und verkündete mit hoher Greisenstimme, daß die Spiele um das vorbildliche Leben der Schutzheiligen der Kathedrale von Saint-Denis nun eröffnet würden.

»Das Mysterium steht unter dem besonderen Schutz und Segen unserer lieben Heiligen«, rief er aus. »Es wurde von ihrer frommen Dienerin, der edlen Gräfin Diane von Poitiers, gestiftet!«

Fioricia war froh, daß sie an ihren Muff aus Kaninchenfell gedacht hatte, denn Sefferino hatte ihr inzwischen seinen Arm entzogen, um sich, dem Beispiel der Umstehenden folgend, zu bekreuzigen und ein stilles Dankgebet zu sprechen. Als sie die Rundbögen der drei Eingangsportale sowie das mächtige runde Tympanon der Kathedrale betrachtete, entdeckte sie plötzlich Ambroise auf der gegenüberliegenden Seite der Tribüne. Er war dabei, sein Pferd an einem Balken zu binden. Leise machte sie Sefferino auf den Bader aufmerksam.

»Gleich neben dem Brunnen, wo die Apfelschnitzerinnen hocken!« Fioricia spürte, wie Sefferino nach ihrer Hand tastete. Vermutlich trug er sich mit dem Gedanken, sie auf die andere Seite des Kirchplatzes zu drängen. »Laß uns hier bleiben! Ich will nicht hundert Menschen auf die Füße treten, nur um mich neben den Bader stellen zu können!«

Sefferino lächelte. »Mir ist es auch lieber, wenn er uns nicht gleich sieht!« Plump, als wäre sie irgendeine Magd in einer Schenke, umfaßte er sie. Fioricia entfuhr ein Seufzer. Sefferino war eine Seele von Mensch, aber sie durfte es nicht länger vor sich herschieben, mit ihm zu reden. Gleich morgen würde sie es tun. Nein, am besten war es, ihn nach dem Mysterienspiel auf die Seite zu nehmen, sobald die närrischen, weiß geschminkten Gestalten auf dem Hochgerüst aufgehört hatten, sich gegenseitig anzuschreien. Sie würde Sefferino beibringen, daß sie ihn gewiß liebte wie einen Bruder, aber … nein, vielleicht war es besser, wenn sie ihm erst gar kein Hohelied der Liebe sang. In ihrem Rücken erklang plötzlich ein heiseres Lachen. Fioricia erschauerte. Irgendwo hatte sie eine ähnliche Stimme schon einmal gehört …

»Du schaust ja gar nicht hin«, beklagte sich Sefferino und bedachte sie mit einem vorwurfsvollen Seitenblick. Oben auf dem Gerüst begann ein Greis mit verbundenen Augen auf einer Leier herumzuzupfen. Er trug einen goldfarbenen spitzen Hut mit breiter Krempe und stieß jammervolle Laute aus. Sefferino erklärte ihr, daß der Alte den Leibhaftigen selbst darstellte, dessen Ziel es war, die Gläubigen vom Bau der Kirche Saint-Denis abzubringen. Wenig später erschien das rothaarige Mädchen im Licht der Pechfackeln. Es hielt einen brennenden Kerzenleuchter in der Hand, mit dem es den Alten nachdrücklich und begleitet von lateinischen Benediktionen der Mönche in einen dunklen Winkel drängte. Aus dem halb geöffneten Tor der Kathedrale drang eine sanfte Melodie über den Platz.

»Das Gebet der Heiligen hat Paris einst vor den Hunnen gerettet«, kommentierte Sefferino flüsternd die Vorgänge auf der Tribüne. »Siehst du, wie der Alte versucht, mit seinem Blasebalg die Kerzen vor dem Tabernakel auszulöschen.«

»So scheint es zumindest!«

»Die Heilige erhält darauf ein Licht vom Himmel, mit dem sie die Kerzen wieder entzünden kann. Ah, da kommt es schon!«

Fioricia bekam einen Rippenstoß und wandte sich zur Seite. Der mürrische Eiferer und sein Weib waren im Getümmel untergetaucht, dafür versuchten sich andere Zuschauer auf den Platz zu schieben. Die meisten von ihnen trugen braune Kapuzenmäntel. Sie wurden von den Gläubigen murrend begrüßt und beeilten sich, Plätze in der Nähe der Stützpfeiler einzunehmen, auf denen die Tribüne ruhte. Ein ungutes Gefühl beschlich Fioricia.

Das Gemurmel auf dem Kirchplatz wurde lauter und lauter. Die gelöste Stimmung hatte umgeschlagen, blanker Unmut machte sich breit. Die Darsteller auf der Mysterientribüne hielten inne und starrten verschreckt ins Publikum. Die junge rothaarige Frau stand am Rand der Plattform. Ihr langes weißes Gewand blähte sich auf geradezu gespenstische Weise im Wind. Eilig gab sie ihren Mitstreitern den Befehl, die Fackeln zu löschen, aber niemand leistete ihrer Anordnung folge.

»Verdammte Götzendiener«, erklang plötzlich ein Ruf aus der Menge. »Treibt sie endlich vom Platz!« Ein schrilles Pfeifen übertönte die mystischen Klänge der Harfe in der Kathedrale.

Fioricia blickte sich verängstigt um, als wenige Augenblicke später weitere Drohrufe aus der Menge erschollen. »Euer heidnisches Spektakel entweiht die Grabeskirche unserer Könige«, kreischte ein Weib. »Wir dulden eure Abgötterei nicht mehr!«

Offener Aufruhr breitete sich aus. Mönche und Chorherren stolperten voller Empörung die Treppenstufen hinab, um sich vor Steinwürfen in Sicherheit zu bringen. Mit verzerrten Mienen hielten sie auf die Klosterpforte zu, während die Apfelschnitzerinnen kreischend ihre Waren zusammenklaubten.

»Komm, weg von hier«, zischte Sefferino aufgebracht, »wenn die Stadtwache eingreift, wird auf dem Platz bald Blut fließen!« Ohne eine Antwort abzuwarten, packte er Fioricia und zerrte sie mit sich.

Noch bevor sie den Marktbrunnen erreicht hatten, sah Fioricia im Schein der Fackeln gleißende Brustpanzer und Helme aufblitzen. Das häßliche Geräusch von Schwertern, die aus ihren Scheiden gezogen wurden, jagte ihr einen Schauer über den Rücken. Zitternd ließ sie sich von der Menge treiben. Unterdessen rottete sich vor der Tribüne eine Ansammlung von jungen Burschen zusammen, die sich an dem Holzgerüst zu schaffen machten. Ein gewaltiges

Knarren war zu hören. Offenbar hatten die Unruhestifter Stricke um die Pfeiler und Querbalken gebunden, um den Holzaufbau niederzureißen. Schreiend und fluchend klammerten sich die Schauspieler an den Planken fest oder hieben mit Knüppeln auf ihre Angreifer ein. Drei Soldaten versuchten zu Pferde, ihnen zu Hilfe zu kommen, aber die panische Menge, die den Männern entgegenstürmte, verschlang die Reiter wie eine brausende Sturmflut. In Todesangst bäumten sich die Tiere auf, als die ersten Stützbalken splitternd auseinandertrieben. Die Pfähle, die nun ohne Verankerung waren, knickten ein.

»Dafür bringe ich euch auf den Scheiterhaufen, verfluchtes Ketzerpack«, brüllte einer der Stadtsoldaten grimmig in die Menge. Dann gab er seinem Pferd, das zu seinem Glück nicht gestürzt war, die Sporen und schlug den Weg zur Stadt ein.

Ambroise hatte den Sturz der weißgekleideten jungen Frau hilflos mit ansehen müssen. Energisch drängte er sich an einigen Händlern und Mönchen vorbei. Das Mädchen lag zwischen mehreren Balken auf der Erde, ihre Lippen öffneten sich, aber als sich einer der Mönche über sie beugte, wehrte sie ihn mit einer heftigen Geste ab. Ambroise bat den Mann höflich, zurückzutreten und gab sich dabei als Arzt zu erkennen.

»Du bist Wundarzt?« fragte einer der Umstehenden mißtrauisch. »Woher kommst du, und was hast du hier in Saint-Denis verloren?«

Ambroise beachete ihn gar nicht. »Könnt Ihr aufstehen, Mademoiselle?« fragte er die junge Frau.

Ihr Kleid war zerrissen, und sie blutete aus einer kleinen Wunde am Kinn. »Wo sind ... meine Bediensteten?« richtete sie plötzlich das Wort an Ambroise. »Anne ... Niobe ...«

»Die Leute haben sich zerstreut«, zeterte der Mönch, während Ambroise das Mädchen vorsichtig untersuchte. »Die Ketzer, die das Spiel unserer Heiligen gestört haben, konnten unerkannt entkommen, aber ich werde dafür sorgen, daß der Stadtpräfekt die Namen sämtlicher Fremder erhält, die sich heute in Saint-Denis herumgedrückt haben …«

Ambroise erhob sich. »Nichts gebrochen, Mademoiselle. Ihr müßt einen Schutzengel gehabt haben. Ein Sturz aus dieser Höhe geht selten so glimpflich aus.« Er wandte sich an den Mönch. »Wenn Ihr Namen für Eure Liste braucht, Bruder, so dürft Ihr gerne meinen an die erste Stelle setzen. Ich heiße Ambroise Paré und stand während des Feldzugs unseres Königs gegen Turin und Mailand in Diensten des Herzogs de Montejan.«

»Möge er in Frieden ruhen«, erwiderte der Mönch. Er musterte Ambroise einen Herzschlag lang, ehe er ihm kurz zunickte und den Weg zur Abtei einschlug. Mit ihm verschwanden die letzten Schaulustigen vom Platz, auf dem nur noch die Trümmer der Bühne an das Mysterienspiel erinnerten.

Ambroise lächelte das Mädchen aufmunternd an. »Glaubt Ihr, daß Ihr Euch im Sattel halten könnt, Mademoiselle? Gleich hinter dem Platz ist die Herberge, in der wir abgestiegen sind. Dort könnte ich Euren Fuß …«

Die junge Frau mußte Schmerzen haben, denn sie biß die Zähne zusammen. Dennoch schien Ambroise ihr Interesse geweckt zu haben. »Wen meint Ihr mit wir?«

»Meine beiden italienischen Mündel und ich. Kommt nun, ich helfe Euch auf. Sonst holt Ihr Euch noch den Tod!« Behutsam faßte er sie unter der Taille und ließ sie ihren Arm um seinen Hals legen.

»Wißt Ihr, daß wir eine Menge gemeinsam haben, Monsieur Paré?« flüsterte das Mädchen, während er es durch das von wilden Weinreben überwucherte Hoftor des Gasthauses Babeque schob. »Mein Onkel ist Wundarzt wie Ihr, er steht sogar dem Pariser Gildehaus vor.«

Welches *mich* nicht einmal aufnehmen würde, wenn ich die Tochter des Meisters von einem türkischen Sklavenmarkt befreit hätte, dachte Ambroise. Es war keine Überraschung für ihn, daß das Mädchen in seinem Arm de Beroncourts Nichte war. »Dann seid Ihr also Mielle? Euer Onkel hat nicht übertrieben, Mademoiselle. Ihr ... seid wirklich eine Schönheit!«

Mielle verwünschte die dicke weiße Schminke auf ihrem Gesicht, denn sie wußte, daß es Männern gefiel, wenn sie errötete. In den Schlössern von Blois und Poitiers hatte sie diesbezüglich einschlägige Erfahrungen mit den ersten Kavalieren Frankreichs gesammelt. Ein Lächeln umspielte ihre Lippen.

Im Gasthaus rief Ambroise den Wirt und bat ihn, für die Nichte des Gildemeisters eine Kammer herzurichten. Außerdem brauchte er einen Kessel mit heißem Wasser und seinen Verbandskasten. »Habt Ihr noch etwas von Eurem Erbsenbrei auf dem Feuer?« fragte er den Wirt geschäftig. »Schneidet ein paar Stücke fette Rauchwurst hinein, die junge Dame braucht etwas Nahrhaftes, damit sie wieder zu Kräften kommt!«

»Das wird Euch aber einige Münzen kosten, Monsieur«, begehrte Babeque kläglich auf. »Darf ich Euch daran erinnern, daß Ihr mit Eurem Mietzins im Rückstand seid? Was ist da draußen vor Saint-Denis denn nun eigentlich geschehen? Die jungen Herrschaften stürmten vorhin in meinen Schankraum, als wäre ein hungriges Rudel Wölfe hinter ihnen her!«

Ambroise stieß erleichtert die Luft aus. Sefferino und Fioricia war also nichts geschehen. Einen Herzschlag lang überlegte er, ob er nach oben gehen und an Fioricias Tür klopfen sollte, doch er entschied sich dagegen. Statt dessen ergriff er eine der Talgkerzen, die für gewöhnlich auf dem Dielenschrank brannten, und eilte an dem Wirt vorbei, der verräucherten Schankstube entgegen.

»Was ist nun mit meinem Geld, Monsieur Paré?« rief ihm Babeque hinterher. Er ärgerte sich, weil Ambroise sich über den Aufruhr vor der Kathedrale so beharrlich ausschwieg. Andererseits konnte er den jungen Burschen auch verstehen. Die Nichte des alten Wundarztes de Beroncourt war gewiß eine Augenweide. Nicht so hübsch wie die Italienerin, befand er, aber dafür ließ die ja bekanntlich keinen Kerl an sich heran. Nicht einmal ihren sogenannten Verlobten.

»Wir werden Euch nicht mehr lange zur Last fallen, Monsieur Babeque«, gab Ambroise leise zurück. »In den nächsten Tagen ziehen wir aus. Ich habe beschlossen, mich für eine Weile in Saint-Denis niederzulassen!«

»Ist das wahr, Monsieur Paré?« erkundigte sich Mielle, als er einen Augenblick später vor ihr in die Hocke ging, um sich ihren Knöchel noch einmal eingehend bei Licht zu betrachten. Sie hatte sich auf einen Lehnstuhl geschwungen, das Bein völlig entblößt, und betrachtete Ambroise mit wohlwollender Aufmerksamkeit.

»Was soll wahr sein?«

»Nun, daß Ihr in Saint-Denis bleiben wollt. Ihr könntet mir vom Herzog de Montejan und Euren Reisen durch Italien erzählen.« Sie verdrehte schwärmerisch die Augen, eine Bewegung, die Fioricia als affektiert verspottet hätte. »Ihr glaubt gar nicht, wie langweilig es im Hause meines Onkels zugeht.« Mielle rümpfte abfällig die Nase und fügte hinzu: »Niemals werde ich es ihm verzeihen, daß er mich nicht in den Louvre ziehen ließ.«

»Was habt Ihr denn im Louvre verloren?«

Mielles Wangen begannen vor Stolz zu glühen. Anmutig schlug sie die Augen nieder und sagte: »Ich gehörte zu den Lieblingszofen der Gräfin von Poitiers, die das Mysterienspiel gestiftet hat. Glaubt mir, ich kenne jeden, der bei Hofe Rang und Namen hat …«

Ambroise erhob sich abrupt. Mielle war ohne Zweifel geistreich und amüsant. Außerdem weckte sie seinen Beschützerinstinkt. Doch er fand, daß sie zu viel redete. »Euer Knöchel ist unversehrt, Mademoiselle. Am Kinn habt Ihr eine kleine Schramme abbekommen, nichts Ernstes. Ich werde sie mit ein paar Tropfen Kamillenblütensud abtupfen, dann wird sich auch nichts entzünden.«

»Wenn Ihr erst einmal Mitglied der Gilde seid, werdet Ihr Euch vor Patienten kaum retten können«, sagte Mielle schmeichlerisch. »Gebt Ihr uns die Ehre, in den nächsten Tagen mit uns zu speisen?«

Ambroise nickte nachdenklich. Vielleicht gelang es ihm mit Mielles Unterstützung, die Meinung ihres Onkels, des Gildemeisters, zu ändern.

20. KAPITEL

Am nächsten Morgen sandte Ambroise einen Boten nach Paris, um Monsieur de Beroncourt über den Verbleib seiner Nichte in Kenntnis zu setzen. Da Mielle plötzlich vorgab, unter starken Kopfschmerzen zu leiden, bat er den Gildemeister, einen Wagen zu schicken, damit dem Mädchen der Galopp über die holprigen Feldwege erspart blieb.

»Diese Frau simuliert schamlos«, bemerkte Fioricia mißmutig, nachdem sie Ambroises Bekanntschaft einer kritischen Betrachtung unterzogen hatte. Kopfschüttelnd stand sie am Fenster der schmalen Dachschräge, die von Sefferinos Kammer auf die Galerie des Innenhofs hinausführte und beobachtete, wie sich Mielle de Beroncourt vom Wirt eine fette Hühnersuppe, feines Weizenbrot und einen Krug Rotwein servieren ließ.

»Wieso?« Sefferino gähnte ausgiebig. Verschlafen schlüpfte er in einen sauberen Kittel und trat zu ihr an die Luke.

»Ihr Appetit scheint zumindest weniger gelitten zu haben als ihr angeblich geprellter Knöchel. Jedenfalls läßt sie sich ihr Frühstück gut schmecken, und Ambroise darf es bezahlen!« Fioricia machte auf dem Absatz kehrt und begann schweigend Wäschestücke von der Leine zu nehmen, die quer durch die Dachstube gespannt war. Sefferino beobachtete sie dabei mit einem prüfenden Blick.

»Hat Ambroise eine Ahnung, wer die Männer waren, die

den Aufruhr vor der Kathedrale angezettelt haben?« fragte Fioricia unvermittelt. Unten im Hof schlug der Hund an, als ein Karren über das grobe Pflaster rumpelte. Eine dröhnende Stimme rief durch den Morgennebel einen Frauennamen.

Sefferino fuhr sich mit gespreizten Fingern durchs Haar. Er hatte keine Zeit für Mutmaßungen, denn der Bader wartete bereits im Schankraum auf ihn. Noch vor Tagesanbruch hatte er ihm mitgeteilt, daß er sich ein Haus in der Nähe anschauen wollte. Zerstreut blickte der Junge sich nach seinem rechten Schaftstiefel um. »Du hast doch gehört, was dieser Offizier der Stadtwache gestern gebrüllt hat«, erwiderte er. »Irgendwelche religiösen Fanatiker waren da am Werk! Vor Notre Dame sollen sie einer Statue der heiligen Jungfrau den Kopf abgeschlagen haben.«

Fioricia runzelte die Stirn. Düstere Erinnerungen stiegen in ihr auf. »Und? Was weißt du noch darüber?«

»Nichts, meine neugierige Schöne! Nur, daß die Leute unzufrieden mit den Kriegen des Königs sind. Sie scharen sich um Prediger, die dieser Calvin aus Genf nach Frankreich schleust. Die Pariser nennen sie Hugenotten, vielleicht weil sie sich bei Nacht und Nebel versammeln müssen, um der Verfolgung zu entgehen.« Seufzend ließ er sich auf die Knie herab, um die Dielenbretter unter seinem Strohlager nach dem vermißten Stiefel abzutasten.

»Dich scheint die Angelegenheit ja nicht besonders zu interessieren.« Fioricia zupfte an einem gefalteten Spitzkragen, der Ambroise gehörte und den sie überhaupt nicht mochte. Sie fand, daß der Bader, wenn er diesen Kragen trug, aussah wie das Haupt des heiligen Johannes auf dem Silbertablett der Salome. Noch mehr erboste es sie allerdings, daß Sefferino und sein Meister die Geschehnisse der vergangenen Nacht so leichtfertig herunterspielten. Hatten die beiden vergessen, daß sie selber aus einer waldensischen Familie stammte? Tief durchatmend griff sie nach dem Lederschlauch, den Sefferino an einen Haken des Dachgebälks gehängt hatte, und goß sich einen Becher kühlen Wassers ein.

»Welche Angelegenheit meinst du?« Lächelnd öffnete Sefferino die Tür. »Die Hugenotten oder das rothaarige Geschöpf, das unser Bader in der Wirtsstube behandelt?«

Er sprang rasch auf den Gang hinaus und hörte noch, wie der Tonbecher, den Fioricia in der Hand gehalten hatte, klirrend an der Tür seiner Kammer zerbarst.

Das Badehaus von Saint-Denis lag ein wenig abseits der anderen Häuser und Gehöfte in einer Senke. Von außen wirkte das Gebäude düster und verfallen. Nach alter Soldatengewohnheit erkundete Ambroise zunächst das Umland, ehe er sich dem Haus näherte. Dabei stellte er fest, daß die Landstraße nach Paris unmittelbar hinter dem Wirtschaftsgebäude, einem Holzschuppen, quer durch die Weizenfelder verlief. Bei klarem Wetter konnte man von hier aus die Wachfeuer der Stadtbefestigungen sehen. In nördlicher Richtung erhoben sich die Türme der Kathedrale und des nahen Klosters in den dunstigen Himmel.

Das Haus besaß drei Geschosse und mehrere Seitenflügel, die mit ihren Dachgauben, ihren aus Brettern gezimmerten Vordächern und den vergitterten Rundbögen eher einem Festungsbau ähnelten. Allein die Frontseite mit ihrem strengen Fachwerk wirkte wie ein französisches Bauernhaus. Schräg über dem Balkon waren Körbe aus geflochtenen Binsen, kupferne Schüsseln, Wärmflaschen und ein Vogelkäfig befestigt. Hinter einem mit Eisendraht überzogenen Vorbau gackerten Hühner. Besonders auffällig waren die beiden mächtigen, rußgeschwärzten Stützbalken der Eingangstür, an denen nicht nur das Messingbecken eines Barbiers, sondern auch eine gefrorene Schinkenkeule baumelten.

Neugierig wandten sich Ambroise und Sefferino den steinernen Fensterbögen des Erdgeschosses zu. Während vor den kleinen Luken der Seitenflügel grobe Läden angebracht waren, wurden diese Fenster zu beiden Seiten von den Figuren zweier Drachenleiber eingefaßt, deren Köpfe sich über dem Fensterkreuz verschlangen. Auf dem hölzernen Rahmen waren weitere Figuren abgebildet: bunt bemalte Wassermänner, Fische und Meerjungfrauen, von denen die Farbe abblätterte.

»In einem solchen Haus kann ein Mensch Alpträume bekommen«, sagte Sefferino, während er einer Schar Enten auswich, die dem Bach entgegen wackelten, der an der Landstraße entlang floß. »Solltet Ihr Euch nicht besser nach einem Quartier in der Stadt umsehen? Wenn Ihr erst einmal anfangt, wieder als Bader zu arbeiten, wird Euch die Gilde der Wundärzte niemals die Tür öffnen!«

»Abwarten!« Ambroise grub die Hände tief in die Taschen seines Mantels. »Das Haus ist jedenfalls groß genug, um eine Familie darin unterzubringen!«

Sefferino lachte auf. »Also daher weht der Wind! Die hübsche kleine Schauspielerin ... und ich dachte schon, ich müßte Euch ein paar Häuser in der Rue des Magnoliers empfehlen!«

»Vielleicht solltest du deine vorlaute Zunge hüten, ehe du sie eines schönen Tages ausspuckst!« Ambroise drohte seinem Pflegesohn gutmütig mit der Reitgerte, doch Sefferino ließ sich nicht bremsen. »Warum denn? Fioricia hat es sofort erraten. Frauen scheinen einen sechsten Sinn für so etwas zu haben.«

Ambroise ließ die Hand sinken und machte einen Schritt zurück. »Was, zum Teufel, hat sie gesagt?«

Ehe Sefferino antworten konnte, wurde die Tür zur Badestube geöffnet. Eine Frau erschien auf der Schwelle und warf den beiden Männern einen mißtrauischen Blick zu. Sie trug ein abgetragenes Witwenkleid, ihr weißes geflochtenes Haar steckte unter einer steifen Haube, und ihre Wangen waren feucht und gerötet, als habe die Frau zu lange Wäsche gewaschen. In der Hand hielt sie einen Gehstock. Als sie hörte, daß Ambroise sich mit dem Gedanken trug, das Haus zu kaufen, um darin seinem Handwerk als Baderchirurg nachzugehen, leuchteten ihre Augen auf.

»Ich werde Euch sogleich die Räumlichkeiten zeigen, Monsieur«, erklärte sie eifrig und lief so rasch voraus, daß sie völlig vergaß, ihren Stock zu Hilfe zu nehmen. »Leider kann ich die Herren nicht in den Holzschuppen führen. Den habe ich erst vor wenigen Tagen an einen Kunstschlosser vermietet.« Sie deutete auf den Anbau, wo ein Mann mit einer ausgebreiteten Pergamentrolle in der Hand breitbeinig im Matsch stand und seine Knechte einen Karren entladen ließ. Als der Blick des Mannes Ambroise und Sefferino streifte, verengten sich seine Augen. Mißtrauisch stopfte er sein Pergament unter das Wams und zog sich in seine Werkstatt zurück.

»Er ist ein wenig scheu, unser guter Monsieur Fossa«, murmelte das Weib bedauernd. »Wahrscheinlich ist er im Sternbild der Jungfrau geboren. Aber wenn er gut und pünktlich zahlt, soll es mir recht sein.«

Während er der Hausbesitzerin über die Schwelle folgte, versuchte Ambroise, sich an sein eigenes Sternzeichen zu erinnern. Es fiel ihm nicht ein. Nun gut, wenn die Alte Wert darauf legte, so mußte er eben erfinderisch werden.

»Ich heiße übrigens Radegonde Julon«, keuchte die Frau. »Mein verstorbener Gatte führte das Badehaus bis zu seinem Tode.« Sie stieß eine knarrende Tür auf und lud ihre Gäste ein, ihr in das Vestibül zu folgen. Ambroise nahm den vertrauten Geruch von Baumharz, Sandelholz, Tannenzweigen und Bienenwachs wahr, der aus einigen irdenen Krügen aufstieg.

Die Badestuben nahmen fast das gesamte Erdgeschoß ein. Ordentlich getrennt nach der Art ihrer jeweiligen Nutzung, gliederten sie sich in einen Vorraum, in dem Holzbänke, kleine Kästchen und Haken an den Wänden angebracht waren, und mehrere von ihm abzweigende Kammern. Durch eine meerblau gestrichene Tür betrat der Badegast die eigentliche Warmstube. Dort standen mehrere runde Holzkübel, in denen vier bis sechs Menschen Platz fanden. Schüsseln und Becher aus billigem Ton, ein paar Eimer und Reisigbesen vervollständigten das Inventar.

Ein Schwall feuchter Luft schlug Ambroise ins Gesicht, als er, sich gründlich umschauend, durch den Raum schritt. In einem Winkel entdeckte er den in die Wand eingelassenen, mit Kacheln versehenen Ofen, wie er sie aus Häusern kannte, die er in seiner Jugend besucht hatte. Solche Öfen mußten mit ausreichend Holz gespeist und während des Schwitzbades fortwährend von einem Badeknecht mit Wasser übergossen werden, damit sich genug Dampf bilden konnte.

Die alte Radegonde lenkte seine Aufmerksamkeit auf einen zweiten Ofen, der ein wenig abseits stand. »Der Kesselofen hat eine eingelassene Wanne aus Kupfer«, erklärte sie nicht ohne Stolz. »In ihm erwärmte mein Gatte das Badewasser für die Bottiche. Beide Öfen werden von einem Feuerungsraum beschickt, der sich direkt unter unseren Füßen befindet. Wollt Ihr ihn sehen?«

»Später, Madame«, wiegelte Ambroise ab. Er tupfte sich mit einem Tuch den Schweiß von der Stirn. Ihn drängte es vor allem, die Kammern hinter der Badestube zu besichtigen. Schließlich brauchte er Behandlungsräume und ein Studierzimmer, in dem er Ratsuchende empfangen und seinen eigenen medizinischen Studien nachgehen konnte.

Wie der Bader vermutet hatte, schlossen sich hinter dem Kesselofen weitere, durch Vorhänge abgeteilte Räume an: Zimmer, in denen die Gäste auf Liegen ruhen und sich schröpfen lassen konnten. Auf der gegenüberliegenden Seite des Korridors führte eine schmale Holzstiege zu einem Kellergelaß, wo sich Behandlungsstühle, Tische und einige Truhen befanden. In dem letzten Raum hatte die Baderwitwe die Instrumente ihres verstorbenen Mannes verstaut.

Sefferino öffnete eine der Truhen und beförderte unter den wachsamen Augen Madame Julons eine Anzahl von Schröpfgläsern, Scheren, Pinzetten und Haarwalzen ans Licht.

Manches davon war im Lauf der Jahre stumpf und unbrauchbar geworden, verschiedene Gegenstände wie die Streichriemen, Rasiermesser und Alaunsteine befanden sich hingegen in einem guten Zustand.

»In diesem Raum behandelte mein Gatte leichte Verletzungen«, erklärte die Alte und stellte ihr Talglicht auf einen runden Eichentisch. Aus irgendeinem Grund senkte sie dabei ihre Stimme, als befände sie sich vor dem Grabmal eines Verstorbenen. »Julon war recht geschickt darin, zur Ader zu lassen oder Furunkel auszubrennen ...«

»Grämt Euch nicht, gute Frau«, unterbrach sie Sefferino ein wenig herablassend, »mein Meister ist ein bekannter Wundarzt, der in Italien schon viele Menschenleben gerettet hat. Es wird sich rasch herumsprechen, wenn in diesem Haus wieder Wundbehandlungen durchgeführt werden.«

Ambroise zog es vor, nicht auf die Worte des Jungen einzugehen. Statt dessen fragte er Radegonde: »War Euer Gatte auch als Leichenbeschauer tätig, Madame?«

Die Alte schien überrascht zu sein. »Bei Jupiter und Saturn, gewiß gehörte die Leichenschau zu seinen Pflichten. In der Nähe des Hauses liegt der Friedhof von Saint-Denis. Er gehört zur Abtei der ehrwürdigen Brüder und darf nur mit einer ausdrücklichen Genehmigung betreten werden. Der Armenfriedhof befindet sich ein Stück weiter des Wegs, zwischen den Feldern.« Sie nahm das Talglicht wieder auf, schirmte es mit ihrer runzligen Hand vor dem kühlen Luftzug ab und bedeutete ihren Besuchern, sie zurück in die Badestube zu begleiten. Dort unterbreitete sie Ambroise in sachlichem Ton ihre Vorstellungen über den Wert des Badehauses.

Ambroise mußte unwillkürlich schlucken. Radegonde Julon war offensichtlich klüger, als er und Monsieur de Beroncourt vermutet hatten. Sie machte keinen habgierigen Eindruck, verhandelte jedoch nicht weniger geschickt als ein Mailänder Geldverleiher.

»Zusätzlich zu dem Kaufpreis behalte ich mir vor, eine der

Stuben im Dachgeschoß als Altenteil zu beziehen«, erklärte sie zum Abschluß lächelnd. »Außerdem müßtet Ihr Euch verpflichten, den Vertrag mit Monsieur Fossa, dem Schlosser, aufrechtzuerhalten, solange er die Werkstätten benötigt!«

»Ich werde Euch Nachricht geben, Madame ...« Ambroise ergriff seinen Hut und stürmte aus dem Badehaus. Sein Kopf fühlte sich an, als müsse er jeden Moment zerplatzen. Erregt zerrte er an den Schnüren seines steifen Kragens. Diese verfluchte Hitze, dachte er. Dabei waren die Öfen nicht einmal in Betrieb gewesen. Mit verschränkten Armen blickte er über die Felder auf die Türme, Kuppeln und Dächer von Paris, die sich im schwachen Licht der Sonne wie ein See aus flüssigem Gold vor ihm auftaten. Der Traum vom eigenen Besitz war also zu Ende, ehe er begonnen hatte. Oder malte er zu schwarz? Nein, er besaß nicht einmal die Hälfte der Summe, welche die Baderwitwe haben wollte. Und sein Stolz verbot ihm, die Zunft der Barbiere und Bader, der er längst den Rücken gekehrt hatte, um ein Darlehen zu bitten.

»Vater?« Sefferinos Hand legte sich sanft auf seine Schulter. »Ambroise, geht es Euch nicht gut? Ist es wegen der Julon?« Der junge Mann schürzte verständnisvoll die Lippen, während sein Pflegevater sich losmachte und auf das Gattertor zustapfte.

»Du verstehst das nicht, Sefferino«, rief er aus einiger Entfernung. Seine Stimme klang schleppend vor Enttäuschung. »Dieses Badehaus wäre für unsere Zwecke ideal gewesen. Ein stattlicher Besitz, gegen den nicht einmal der Herr de Beroncourt etwas einzuwenden hat!« Er hielt inne. Aus dem Schornstein des Wirtschaftsgebäudes drangen Rauchschwaden herüber. Schwarze Wirbel schoben sich über die glänzende Silhouette der Kirchen und Stadtpaläste jenseits der Felder. Wenigstens hat dieser Schlosser eine Bleibe in Saint-Denis gefunden, dachte Ambroise voller Neid.

»Ich habe nicht geahnt, daß Euch dieses Badehaus soviel bedeutet«, sagte Sefferino und blickte seinen Pflegevater nachdenklich an. Mit leuchtenden Augen war Ambroise durch die Behandlungszimmer gelaufen. Auch ihn hatten die Stuben mit ihren Holzbottichen sowie das Kellergelaß eigentümlich berührt. Sie erinnerten ihn an die Mühle seines Onkels.

Vielleicht hat Ambroise recht, überlegte er. Das Badehaus von Saint-Denis versprach ihnen allen eine neue Heimat. Dem Bader eröffnete es die Aussicht, in Paris heimisch zu werden und seinen Beruf auszuüben. Auch Fioricia wollte endlich wieder seßhaft werden. In letzter Zeit benahm sie sich mehr als sonderbar, zuweilen kam es ihm sogar vor, als wäre sie so weit von ihm entfernt wie die Erde vom Mond. Als wartete sie auf etwas, das niemals eintreffen würde. Doch vielleicht war sie auch nur des Herumreisens müde und sehnte sich nach geordneten Verhältnissen. Ihm ging es ja selbst nicht anders.

»Reitet doch voraus«, sagte er schließlich leise, »ich möchte noch einmal zurückgehen und ein paar Worte mit der Baderwitwe wechseln!«

»Ach wirklich? Ich glaube, da gibt es nicht viel mehr zu reden.« Der Bader stöhnte auf und wandte sich ab.

Sefferino atmete kräftig durch und hob die Schultern. Über den ausgebleichten Schädel eines Esels aus dem Bergland von Turin könnten wir reden, dachte er erregt. Es wurde höchste Zeit, daß er die Hinterlassenschaft seines Onkels auf sinnvolle Weise anlegte.

Fioricia hatte es sich angewöhnt, wenigstens einmal in der Woche über die Märkte von Paris zu streifen. Besonders das Treiben der Händler in den Markthallen rund um die Kirche von Saint-Eustache hatte es ihr angetan. Sie liebte den Lärm, das Getrampel der Pferdehufe, ja selbst die Pfiffe der jungen Handwerksburschen, die zusammenstanden, um über ihre Meister herzuziehen oder das aufgebrachte Geschrei der

Marktaufseher nachzuahmen. Auf solchen Märkten fühlte sie sich wohl, weil sie nicht an ihre Kindheit erinnerten, sondern ihr erlaubten, eine neue, aufregende Welt von Grund auf zu erforschen. Die Menschen in Paris waren guter Dinge, denn sie erwarteten erfreuliche Nachrichten aus dem königlichen Stadtpalast. Dort lag die Gattin des Dauphins, Katharina von Medici, seit zwei Tagen und zwei Nächten im Kindbett, und es konnte nicht mehr lange dauern, bis sie, so Gott es wollte, mit einem weiteren Erben des Hauses Valois niederkam.

In den Hallen war die Luft viel stickiger als im Norden der Stadt, dafür schwebten über den Ständen der Krämer Düfte, welche die Verlockungen des Orients anpriesen. Kräuter- und Gewürzhändler boten getrocknete Bündel von Thymian, Rosmarin, Salbei und Beifuß oder Schälchen mit Safran, Zimt und Anis für Lebkuchen und Schmalzgebäck an. Unweit eines Bogenganges hatte ein italienischer Seidenhändler mit seinem Gesellen einen Stand bezogen. Wortgewandt lud der Mann ein, seine Stoffe und Spitzen zu begutachten. »Bänder für die Damen! Feines Leinen für die Aussteuertruhen Eurer Töchter! Tretet näher, Mesdames et Messieurs!«

Seine Waren entlockten den Frauen Begeisterungsrufe und ihren Männern harte Silbermünzen. Als Fioricia über einen Ballen Damast strich, nickte der Italiener ihr freundlich zu. »Zu Diensten, *principessa cara*«, säuselte er und neigte erwartungsvoll den Kopf, »habt Ihr jemals zuvor ein so weiches Tuch berührt? Zart wie Eure Haut, nicht wahr? Es kommt aus dem schönen Brabant.«

Genau wie mein Vater, dachte Fioricia, und ihre gute Laune begann zu schwinden. Sie hatte eine Ewigkeit nicht an ihre Eltern, Ceres oder Ruffo Nardine gedacht. Sogleich setzte sie ihren Weg fort. Wenige Schritte von dem Italiener entfernt, zerteilte ein Fleischer vor den Augen seiner Kunden eine Schweinehälfte. Seine Frau spießte die Rippenstücke auf Haken, um sie ordentlich an eine hölzerne Stange zu hängen. Fioricia hörte, wie sie einer dürren Frau mit giftgrünem Haargebinde empfahl, die soeben erworbenen Schweinefüße in Honig einzulegen.

Atemlos tastete Fioricia nach ihrem Gürteltäschchen. Sie hatte nicht vor, etwas zu kaufen – am allerwenigsten in Honig eingelegte Schweinefüße –, und trat daher eilig durch eine Pforte, hinter dem sie die Gasse zum Flußufer vermutete. Seit dem Aufruhr vor der Kathedrale von Saint-Denis begleitete sie immer öfter das erschreckende Gefühl, beobachtet zu werden. Sie lief durch ein, zwei dunkle Gassen und fand sich plötzlich auf der Rückseite des Kirchhofes wieder. Verwirrt blickte sie sich um. Dies war nicht der Weg zur Porte St. Denis. Irgendwo aus der Nähe hörte sie das Rauschen von fließendem Wasser. Hatte sie womöglich die Richtung verwechselt und war zur Seine gelaufen? Dieses Stadtviertel kam ihr nicht bekannt vor, gewiß hatte sie es niemals zuvor betreten. Die Häuser waren klein. Windschiefe Lehmkaten und Bretterbuden mit Spitzdächern, doch ohne Fachwerk. Dort, wo die Gasse mit Steinen gepflastert war, ertrank sie beinahe im Morast, nur hin und wieder hatte jemand vor seinem Haus mit ein paar Brettern einen Steg gelegt. Aus dem Zwielicht einiger baufälliger Schuppen drangen Hammerschläge, wüstes Geschrei sowie der Rauch eines Kohlenbeckens. Die Gerüche, die von dem brackigen Wasser der Regentonnen aufstiegen, bereiteten ihr Übelkeit. Jenseits der Mauer, hinter der Baugerüste und ein Hebekran aufragten, mochten die Düfte von Safran, Pfeffer und Zimt regieren, hier gewann der Geruch nach altem Fisch und Moder die Oberhand. Fioricia lief weiter, vorbei an düster aussehenden Passanten, wagte aber nicht, jemanden anzusprechen und nach dem richtigen Weg zu fragen. Aus einem offenen Fenster drangen zänkische Frauenstimmen, ein Kind plärrte aufsässig.

Fioricia blieb stehen. Die heruntergekommenen Häuser und Schuppen ähnelten einander wie ein Ei dem anderen. Sie hatte hoffnungslos die Orientierung verloren. Doch da war immer noch der steile Turm der Kirche über den roten Dächern. Bis zur Baustelle von Saint-Eustache konnte es nicht mehr weit sein.

Während sie einen weiteren schmutzigen Hof durchquerte, kreuzten zahlreiche, gegen die Kälte dick vermummte Gestalten ihren Weg. Manche schleiften Säcke hinter sich her. Magere, zerzauste Männer lungerten auf den Stufen einer Wendeltreppe herum. Sie klapperten mit Holzschüsseln und bettelten die Vorübereilenden um Almosen an.

Plötzlich wurde es still auf dem Platz. Schlagartig erstarb selbst das Kindergeschrei. Die Männer vor dem Kirchenportal waren auf Fioricia aufmerksam geworden, sie starrten in ihre Richtung wie Wölfe, die Beute witterten.

Fioricia zog ihren Umhang straffer zusammen und rückte den weißen Schleier in die Stirn, doch den Elenden von Paris konnte sie nichts vormachen. Ihren Blicken entging nicht, daß eine Fremde in ihr Reich eingedrungen war, eine vermeintlich wohlhabende Fremde, die einen Mantel mit Pelzbesatz und ein Gewand aus sauberem, bunt besticktem Brokat trug. Einem unsichtbaren Kommando folgend, setzte sich die Schar der Bettler in Bewegung. In Windeseile bildete sich ein Halbkreis zerlumpter Gestalten, die ihr Opfer gegen den rauhen Stein der Kirchenmauer drängten.

»Habt Mitleid, Mademoiselle«, erhob sich eine greinende Stimme, »eine milde Gabe für einen ehemaligen Soldaten des Königs!« Der Mann überragte Fioricia um Haupteslänge. In der rechten Hand schwenkte er seine Almosenschale, die linke war mit schmutzigen Leinenstreifen bandagiert.

»Gedenkt des Elends, der Herr wird Euch dafür segnen!« Die Stimmen übertönten sich und wurden fordernder. Fioricia hob abwehrend die Hand. Gewiß vergalt der Allmächtige denen, die ihre Habe mit den Armen teilten, doch diese Männer waren keine gewöhnlichen Bettler. Sie hatten nichts Gutes im Sinn. Weitere Gestalten drangen auf sie ein. Sie schienen von überallher zu kommen: von den finsteren

Treppenschächten, aus dem faulenden Stroh hinter einer ausgeschlachteten Karosse und aus nahezu jedem Haus.

»Laßt mich in Frieden, ich werde dem Diakon von Saint-Eustache eine Spende für die Armenspeisung geben!« schrie Fioricia. Verzweifelt maß sie den Abstand zwischen sich und der Kirchentreppe. Wenn es ihr gelang, in die Kirche zu fliehen, war sie gerettet. Die Männer würden es nicht wagen, sie bis vor den Altar zu verfolgen.

Jemand kicherte schrill und rief höhnisch: »Geld für den Priester! Sie hat Geld für den Priester!«

Fioricia spürte, wie sich klauenartige Finger in den Stoff ihres Kleides krallten und an ihm zerrten, bis die Nähte krachten. Der Schleier wurde ihr vom Kopf gerissen, eine Hand berührte sie an der Taille. Forschend und flink wie eine Spinne bewegten sich ein paar schmierige Finger über ihren Leib. Der Berührung folgte ein kurzer, schneidender Schmerz, und ihr Lederbeutel, ein Geschenk ihrer Tante, fiel zu ihren Füßen. Einige der zerlumpten Gestalten begannen sich fluchend darum zu balgen, dann hörte sie ein dumpfes Geräusch. Ein schweres Faß, das nach tranigem Fisch roch, wurde über den Boden gerollt.

»Schneidet ihr den Hals ab und laßt ihren Leichnam im Faß verschwinden«, zischte eine heisere Stimme. »Aber paßt auf, daß ihr die Robe nicht zerfetzt! Die gehört mir!«

»Für die fette Madame Tache aus der Schenke von Malvoisin, was?« rief eine der Gestalten und spuckte geräuschvoll aus. »Hol sie der Teufel! Die Schlampe paßt nicht in das Kleid, selbst wenn du sie mit der Axt halbierst!« Kreischendes Gelächter erscholl.

Nein, dachte Fioricia, als sich eine bläulich geäderte Hand ihrer Kehle näherte und zwei kalte Fischaugen sie anglotzten. Schluchzend schüttelte sie den Kopf. Ihre Kehle war so trocken, daß sie nicht schreien konnte. Ehe sie wußte, wie ihr geschah, lag sie wie ein zappelnder Käfer auf dem Rücken. Zwei schwere Knie hielten ihren Oberkörper fest. Während ihre Gegenwehr erlahmte, begannen sich schemenhafte Bilder in ihrem Kopf zu formen. Sie sah das Fleischerweib, das blutige Rippchen auf Haken spießte, den italienischen Seidenhändler und ... Ambroise. Der Bader beugte sich über sie und lächelte sie an. Er würde niemals erfahren, was mit ihr geschehen war; kein Grab würde ihre sterblichen Überreste aufnehmen ... O Gott, nicht vor dem Tod hatte sie Angst. Nur davor, daß er glauben mußte, sie sei ihm wieder davongelaufen. Dabei liebte er sie womöglich gar nicht mehr. Es war verrückt ...

»Drück schon zu, du Schlappschwanz!« kreischte ein Mann.

Fioricias Hände schlossen sich um einen Klumpen Lehm. Mit letzter Kraft riß sie ihren Arm hoch, um ihrem Angreifer den Lehm ins Gesicht zu werfen. Doch er schlug ihr den Arm mit Leichtigkeit beiseite. Nun wird er mich tatsächlich umbringen, ging es ihr durch den Kopf. Ambroises Bild verschwand plötzlich im Nebel.

Im nächsten Moment dröhnte der Schuß einer Muskete auf. Ihre Angreifer wichen ungläubig, beinahe erschrocken vor Fioricia zurück. Ein zweiter Schuß schlug dicht neben ihr im Mauerwerk der Kirche ein.

Fioricia atmete tief ein. Sie spürte, wie ihr Herz raste. Als sie sich endlich aufrichten konnte, entdeckte sie einen Mann auf der obersten Stufe der Treppe. Er stand reglos vor dem Portal, in der Hand hielt er eine Hakenbüchse, aus der ein dünner Rauchfaden aufstieg. Dann, als hätte ihr Blick ihn aus der Starrheit befreit, eilte er die Stufen hinab und kam auf sie zu. Er war mittelgroß und kräftig. Auf dem Kopf trug er eine blaue Filzmütze mit Ohrenklappen, die er beim Näherkommen so tief in die Stirn zog, daß seine Gesichtszüge darunter verschwammen.

»Ihr habt euren Spaß gehabt«, rief der Fremde unvermittelt. Er betonte jedes einzelne Wort. »Nun ist es genug. Die Frau gehört mir!« In seiner Stimme schwang eine derart eisige Schärfe, daß Fioricias leise Hoffnung auf Rettung jäh verflog.

Ihre Peiniger erbleichten, als wäre ihnen der Leibhaftige erschienen. Verwirrt warfen sie sich Blicke zu, wagten jedoch nicht, dem unheimlichen Mann im Kapuzenmantel zu widersprechen. Unter verhaltenem Gemurmel zogen sie sich zurück, ängstlich nach der Muskete spähend, bis nur noch der Bettler zurückblieb, der Fioricia gegen die Mauer gedrängt hatte. Der Fremde mit der Filzmütze hielt ihn mit einer drohenden Gebärde auf, ehe er sich in die Schatten eines Kellerabgangs flüchten konnte.

»Nun, mein guter Chauve-Souris: Wo ist das Geld, das du der Frau abgenommen hast? Sie hatte doch welches bei sich, oder?« Ohne Vorwarnung packte er den Beutelschneider grob am Kragen. Fioricia bemerkte, daß seine Hand voller roter Narben und schlecht verheilter Brandwunden war.

Der Bettler begann in heller Aufregung zu zappeln wie ein Fisch auf dem Trockenen, doch er versuchte nicht, sich aus dem Griff des Kapuzenmannes zu befreien. »Ich hab den ... den verdammten Beutel abgeschnitten, ja, aber er fiel zu Boden und dann ...«

»Du würdest deinen Korporal nicht betrügen, nicht wahr, mein guter Chauve-Souris?«

»Niemals, Herr, ich schwöre es ...«

Der Mann mit der Büchse versetzte dem Beutelschneider einen kräftigen Hieb und sah mit Genugtuung zu. Aufheulend schlug Chauve-Souris gegen das morsche Faß, das beinahe Fioricias Grab geworden wäre. Dann befahl der Kapuzenmann ihm aufzustehen und dem verschreckten Mädchen den Weg zum Hauptportal der Kirche zu zeigen.

»Wenn du die Kleine anrührst, ziehe ich dir das Fell über die Ohren, verstanden?«

»Jawohl, Korporal!« Der Beutelschneider war völlig außer Atem. Als er sich schon abwenden wollte, zischte der Kapuzenmann ihm zu: »Folge ihr, ohne daß sie davon Wind bekommt. Ich muß wissen, wohin sie geht!« Lautlos verschwand er hinter einem Mauervorsprung. Dort blieb er eine Weile stehen, den Blick starr auf Fioricia gerichtet. Aufmerksam beobachtete er, wie sie Chauve-Souris' Arm brüsk zurückwies, ihren Schleier aufhob und sich langsam in Bewegung setzte. Der Beutelschneider humpelte hinter ihr her. Fioricia gönnte ihm keinen Blick, doch es lag auf der Hand, daß sie sich bei ihm nach ihrem Retter erkundigen würde. Später, sobald sie ihre Fassung wiedergewonnen hatte. Aber Chauve-Souris würde gewiß nicht reden, weil er wußte, daß Verräter in Paris nicht lange am Leben blieben.

Ein Lächeln umspielte die Lippen des Korporals. Fioricia hatte sich herausgemacht, offensichtlich fehlte es ihr an nichts. Sie hatte ihn unter der Kappe und seinem weiten Cape nicht erkannt, aber *er* wußte, wer sie war. Er hatte nie daran gezweifelt, daß Fioricia de Cavelaar und ihre Freunde früher oder später in Paris auftauchen würden. Er hatte auf sie gewartet. In einsamen Nächten, wenn die Glockenschläge von Notre Dame ihm den Schlaf raubten, erfüllte ihn die Sehnsucht nach ihrem Körper mit Erregung und Mordlust. Dann stand er auf und suchte sich Dirnen aus den Tavernen jenseits der Rue St. Jacques, um in ihren Armen seine Wollust zu stillen. Sie mußten ihm den Namen »Fioricia« ins Ohr flüstern, ehe er sie erschlug und sie in die Seine warf. Soweit hatte sie ihn also getrieben.

Und nun, nach all diesen Jahren des Wartens, hatte ihm sein Racheengel die wirkliche Fioricia in die Hände gespielt. Er hätte sie in Stücke reißen lassen können, gleich hier, auf diesem finsteren, schmutzigen Hinterhof, der zu seinem Reich gehörte. Aber ein derartiges Ende erschien ihm zu plump und phantasielos. Es war nicht angemessen für eine Frau wie Fioricia. Nein, sie verdiente, daß er sich Mühe mit ihr gab. Ihr Tod mußte ein Kunstwerk werden. Sein Meisterwerk. Es würde ihm Vergnügen bereiten, sie in Sicherheit zu wiegen. Sie auszuhorchen, zu beobachten und dann zuzuschlagen, wenn sie am wenigsten damit rechnete.

21. KAPITEL

Jean-Pierre Fossa war erschöpft und verärgert. Dennoch bearbeitete er seinen Blasebalg so heftig, daß über der gemauerten Esse seiner Werkstatt glühende Funken auseinanderstoben. Die Hände des Schlossers waren geschwollen und fast schwarz von Ruß. Mißmutig warf er einen Blick auf die Werkstattür, als befürchte er einen Eindringling. Aber da war niemand. Seine Gesellen und Knechte waren längst nach Hause gegangen, und der Tischler, den er zu sich gebeten hatte, um ein paar Einzelheiten ihres Auftrags zu besprechen, war gar nicht erst gekommen.

Mit der flachen Hand wischte Fossa sich ein paar Schweißtropfen von der Wange; seine Finger hinterließen drei dicke schwarze Streifen. Tief in Gedanken horchte er auf die schnaufenden Geräusche des Balges. Es war ein Fehler gewesen, in Paris nach Handwerkern zu suchen. Paris war ein Sündenpfuhl. Nicht einmal die Aussicht auf reiche Entlohnung brachte die Leute in der Hauptstadt dazu, zuverlässig ihre Arbeit zu verrichten.

Allmählich wurden seine Bewegungen langsamer, der linke Arm tat ihm weh. Er starrte ins Feuer. Die züngelnden Flammen warfen gespenstische Schattenbilder auf die gegenüberliegende Bretterwand, hinter die Fossa seinen Werkzeugschrank und den Tisch mit den Plänen und Zeichnungen geschoben hatte. Plötzlich war ein schlurfendes Geräusch, begleitet vom Klirren eines Schlüsselbundes, zu hören. In der benachbarten Badestube stieg jemand die Treppe zu den Räumen der Witwe Julon hinauf.

Diese Hexe, dachte Fossa. Schon vor Wochen hatte er ihr angeboten, das Badehaus zu kaufen. Er hätte der geldgierigen Vettel eine hübsche Summe dafür bezahlt, jedenfalls mehr, als der verlotterte Bau wert war. Die Prinzessin hätte es ihm gewiß zur Verfügung gestellt, wenn er darauf gedrungen hätte. Sie war eine Frau, die über gesunden Menschenverstand verfügte und den Wert einer Sache richtig einzuschätzen wußte. Das abgelegene Gebäude hatte zweifellos seine Qualitäten, bedauerlich war nur, daß die fremden Laffen, die es ihm vor der Nase weggeschnappt hatten, diese Vorzüge ebenfalls erkannt hatten.

Und die alte Radegonde? Zur Hölle mit diesem starrsinnigen Weibsbild. Gewiß, sie hatte ihn nicht wirklich getäuscht, nicht einmal hingehalten hatte sie ihn, um den Preis für den Haufen alter Steine und morscher Planken in die Höhe zu treiben. Für sie war er niemals mehr als ein Untermieter gewesen. Aber warum, bei allen Heiligen, war sie nur so darauf versessen, das Anwesen an einen Bader verkaufen? Ging es ihr wirklich nur um das Vermächtnis ihres verstorbenen Mannes? Radegonde hatte mehrmals behauptet, einen neuen Bader in den Sternen gesehen zu haben. Unfug! Die Wiederaufnahme des Badebetriebs konnte doch nach all der Zeit, in der das Haus geschlossen gewesen war, nur ein Verlustgeschäft bedeuten. Davon abgesehen spürte Fossa, daß mit dem neuen Bader und seiner italienischen Brut etwas nicht stimmte. Wenn der Bursche wirklich so geschickt war, wie Radegonde behauptete, was suchte er dann ausgerechnet im verschlafenen Saint-Denis? Jedermann wußte, daß der Betrieb einer Badestube allerlei zwielichtiges Gesindel anzog. Männer, die sich heimlich amüsieren wollten, Frauen, die Abenteuer suchten und zudem neugierig waren wie Kammerzofen. Vor dem italienischen Bengel mit den schwarzen Locken mußte Fossa ebenfalls auf der Hut sein. Der Junge roch geradezu nach Ärger.

Fossa ließ den Griff des Blasebalges fahren. Er hatte genug Glut angefacht, um die Stäbe eines Bärenkäfigs zu schmieden. Die Schlösser für die kleinen Kassetten waren glücklicherweise fertig geworden, ehe der Bader sich hier breitgemacht hatte. Drei der Scharniere mußten noch zurechtgefeilt werden, aber das konnte bis morgen warten. Nach all dem Ärger brauchte er dringend ein paar Stunden Schlaf und ein warmes Essen. Doch Radegondes Stube würde er gewiß nicht mehr betreten. Die alte Sternenguckerin konnte ihn gern haben.

Mit gemischten Gefühlen blickte er auf sein mit feuchten Leintüchern verhängtes Kunstwerk. Die Vollendung seiner Arbeit stand unmittelbar bevor, und dann würde er ohnehin aus Saint-Denis verschwinden. Vorausgesetzt, die Prinzessin entließ ihn aus ihren Diensten und erteilte ihm keine weiteren Aufträge mehr.

Schwerfällig bewegte sich Fossa zu seiner Werkbank hinüber, auf der ein Krug mit frischer Ziegenmilch stand. Er füllte einen Zinnbecher bis zum Rand und ließ ihn ein paarmal in seiner Hand kreisen. Sein Blick fiel auf das kleine Buch, das er unter die Skizzen geschoben hatte. Wie hatte er nur vergessen können, daß das Buch immer noch auf seiner Werkbank lag? Der Besitz einer solchen Schrift war nicht ungefährlich, selbst für einen Mann, der in königlichen Diensten stand. Gegen seinen Willen mußte Fossa lächeln, als er sich an den weißhaarigen Prediger erinnerte, dem er eines Abends an der alten Handelsstraße begegnet war. Der Reisende hatte Fossas Hände unter der Flamme seiner Laterne betrachtet und ihm erklärt, daß sein Geschick in der Schmiedekunst und sein wirtschaftlicher Erfolg Zeichen dafür seien, daß Gott ihn erwählt habe. Jeder Mensch, so hatte der Prediger unterwegs ausgeführt, sei bereits vor seiner Geburt berufen: entweder zur Seligkeit oder zur ewigen Verdammnis. Wohlstand und Erfolg seien somit sichtbare Hinweise darauf, daß man dem Pfad der Wahrheit folgte. Kurz vor der Abtei hatte der Fremde Fossa verlassen. Er war einfach in der Finsternis verschwunden, und Fossa hatte ihn seitdem nicht wiedergesehen. Dafür gingen ihm die Worte des sonderbaren Predigers nicht mehr aus dem Kopf. In seinen Ohren klangen sie vernünftig, denn er hatte nie so recht verstanden, warum manche Leute sich ihres Reichtums schämten. Jedenfalls konnte er mit einer Religion, die ihn zu Leistung anspornte, mehr anfangen als mit den Mönchen, die ihm nur sein sauer verdientes Geld aus dem Beutel schmeichelten, während ihre Kirchenfürsten von goldenen Tellern speisten und das Volk zur Mäßigung ermahnten.

Fossa unterdrückte ein Gähnen. Allmählich begannen ihm die Augen zuzufallen. Es führte zu nichts, wenn ausgerechnet er sich den Kopf über geistliche Dinge zerbrach. Er war Handwerker und hatte seinen Auftrag. In wenigen Stunden mußte er nach Paris, um im Louvre Bericht zu erstatten. Die Prinzessin konnte ihn zwar nicht empfangen, schließlich lag sie noch immer in den Wehen. Doch vielleicht gelang es ihm, Katharina über ihren arroganten Sekretär eine Nachricht zukommen zu lassen. Gewiß würde es sie interessieren, daß die Werkstätten in Saint-Denis ihren Besitzer gewechselt hatten.

Der Schlosser entzündete eine neue Kerze und nahm dann beinahe widerstrebend das Buch der Psalmen zur Hand. Nachdenklich betrachtete er die geschwungenen Buchstaben auf dem rötlichen Einband. Mit einemmal wurde ihm klar, warum er sich tatsächlich so sehr gegen die Anwesenheit des Baders im Hause wehrte. Seine Angst vor Entdeckung galt nicht den Kassetten und Geheimfächern, die er für Katharina von Medici anfertigte. Nein, Fossa fürchtete sich vielmehr davor, allmählich der Ketzerei anheimzufallen und Begeisterung für die häretischen Glaubenssätze der fremden Prediger zu entwickeln. Nie zuvor hatte er sich für etwas anderes interessiert als für sich selber und seine Arbeit; das machte die Angelegenheit so verwirrend. Es war nicht auszudenken, was geschehen konnte, wenn man ihn entdeckte. Erst wenige Tage zuvor hatte die Obrigkeit in der Stadt drei Ketzer inhaftieren und einkerkern lassen. Fossa starrte noch einige Momente lang auf das Buch, dann schleuderte er es in einen düsteren Winkel des Raumes, als befürchtete er, sich an ihm die Finger zu verbrennen.

Er mußte aufhören, sich mit den Lehren der Ketzer auseinanderzusetzen, ehe sie ihm das Genick brachen. Mit einem Seufzer des Bedauerns beschloß er, sich in Zukunft von den Hugenotten und ihren Büchern fernzuhalten.

Die kalten Wintertage vergingen wie im Flug. Als die ersten Vorboten des Frühlings sich ankündigten, eröffnete die Badestube von Saint-Denis offiziell ihren Betrieb.

Ambroise hatte sich überraschend schnell damit abgefunden, daß sein inzwischen erwachsener Pflegesohn nun auch noch sein Geschäftspartner werden sollte. Gewiß hatte es scharfe Diskussionen zwischen den beiden Männern gegeben, aber die Wut des Baders über Sefferinos Heimlichkeiten hatte nicht lange angehalten. Die Freude über den Hauskauf überwog. Außerdem war Sefferino allein nicht berechtigt, Urkunden zu unterzeichnen und ein eigenes Unternehmen zu führen, selbst wenn es sich lediglich um eine verwahrloste Badestube handelte, denn er galt als Ausländer und gehörte keiner Zunft an, die für ihn gebürgt hätte. Vor dem Notar, der eines Tages in Babeques Gaststube erschien, um die Interessen der Madame Julon zu vertreten, galt somit Ambroise Paré als Eigentümer des Anwesens.

Sefferinos Freundschaft zu dem Bader wurde durch diesen Umstand in keiner Weise belastet. Er vertraute Ambroise uneingeschränkt und freute sich, mit ihm und Fioricia einem eigenen Gewerbe nachgehen zu können. Die beiden Männer kamen schließlich überein, daß Sefferino und Fioricia die Badestuben führen sollten, während Ambroise das alte Kellergelaß in Besitz nahm, um Wundbehandlungen und chirurgische Eingriffe vorzunehmen. Sein Vorhaben, sich von den Mitgliedern der Pariser Gilde prüfen zu lassen, stand unverrückbar fest. Er hatte es sich in den Kopf gesetzt, seine Erfahrungen aus den Feldzügen in Italien in Frankreich zu verbreiten. Zu diesem Zweck ritt er mehrmals in der Woche nach Paris, um sich in den Bibliotheken des *quartier latin* mit Ärzten zu unterhalten oder Bücher zu studieren. Fioricia ahnte indessen, daß seine Besuche in der Stadt auch dem Haus der Familie de Beroncourt galten.

An einem dämmrigen Tag im März erfuhr sie von Ambroise im Vorraum der Badestube, wo sie saubere Tücher in die Regale einräumte, daß er um Mielles Hand angehalten hatte. Die Trauung sollte drei Wochen nach Beendigung der Fastenzeit auf den Stufen der Kirche von Saint-Denis vorgenommen werden.

»Bisher warst du die Herrin des Hauses«, sagte Ambroise leise, »ich hoffe, du wirst dich daran gewöhnen können, daß Mielle bald bei uns leben wird.«

»Macht Euch keine Sorgen um mich! Sefferino und ich freuen uns über Eure Wahl. Mademoiselle de Beroncourt ist wirklich ... reizend. Sie ist ganz vernarrt in Euch, außerdem erzählt man sich, sie habe die besten Verbindungen zum Hof!«

Ambroise lachte verlegen. »Zumindest bildet sie sich das ein«, sagte er. »Nachdem unsere Verlobung beschlossene Sache war, lief sie sogleich mit ihren Mägden in den Louvre, um sich von ihrer ehemaligen Dienstherrin das Brautgeld abzuholen.«

»Da habt Ihr's ja«, erwiderte Fioricia. Sie verspürte nicht die geringste Neigung, sich weiter über Mielle de Beroncourt zu unterhalten, aber sie durfte ihre schlechte Laune auch nicht an Ambroise auslassen. Der Bader verfügte über ein gewisses Talent, anderen Menschen, besonders denen, die ihm nahestanden, Geheimnisse zu entlocken, und ihr lag gewiß nichts daran, ihn auf ihre Blässe und Schreckhaftigkeit aufmerksam zu machen. Hastig stopfte sie die letzten Tücher in eines der schmalen Kästchen, dem Sefferino ein neues Schloß sowie einen giftgrünen Anstrich verpaßt hatte.

»Mielles Anhänglichkeit an die Gräfin de Poitiers in allen Ehren«, sagte Ambroise, »aber mir wäre es lieber, wenn sie ihre Brücken zur königlichen Familie abbrechen würde. Wir mußten schließlich am eigenen Leib erfahren, wie gefährlich es werden kann, wenn man sich in die Intrigen der Mächtigen verstrickt!«

Fioricia zuckte mit den Schultern. Sie bückte sich nach einem Tuch, das ihr zu Boden gefallen war, doch Ambroise kam ihr zuvor. Mit einem entwaffnenden Lächeln schüttelte er es aus und reichte es ihr. »Ich möchte nicht, daß der Frieden dieses Hauses gestört wird«, sagte er. »Verstehst du?«

Fioricia nickte. Es war lange her, daß Ambroise so vertraulich mit ihr gesprochen hatte. Sie fühlte sich geschmeichelt, daß er mit seinen Sorgen zu ihr kam. Andererseits quälte es sie, daß er ausgerechnet von ihr wissen wollte, wie er der verwöhnten Nichte des Gildemeisters ihre Luftschlösser austreiben sollte. Am liebsten hätte sie ihm gesagt, was sie fühlte, aber sie traute sich nicht. Nicht nach all den Jahren, in denen sie sich ihrer eigenen Gefühle nicht sicher gewesen war. Also entgegnete sie lediglich: »Diane de Poitiers ist doch bei Hofe sehr beliebt. In Paris gilt sie als Inbegriff von Tugend und Frömmigkeit, auch wenn sie die Favoritin des zukünftigen Königs ist.«

»Ein Umstand, über den niemand so gut Bescheid weiß wie dessen Ehefrau, Prinzessin Katharina. Es wird ihr nicht gefallen, daß ihr Gatte noch immer die Gemächer der de Poitiers aufsucht. Jetzt, wo sie ihm endlich einen Sohn geschenkt hat ...« Er hielt inne und beobachtete, wie Fioricia mit ihrer Arbeit fortfuhr. Schließlich öffnete er die Tür zur Dampfstube. »Wenn ich an den Dauphin denke, glaube ich nicht, daß es einem Mann gut bekommt, wenn er zwischen zwei Frauen steht. Meinst du nicht auch?«

Fioricia zog sich die Brust zusammen. »Das kommt wohl auf den Mann an«, erwiderte sie kühl. Mit gestrafften Schultern schritt sie an Ambroise vorbei, um die Temperatur des Wassers in den hölzernen Zubern zu überprüfen.

Wie Sefferino vorausgesagt hatte, sprach es sich rasch herum, daß die Badestuben der Madame Julon in neue Hände übergegangen waren. Ambroise hatte an der Fassade ein kupfernes Schild angebracht, auf dem zu lesen stand, daß sich ein ehemaliger Wundchirurg der königlichen Armee in Saint-Denis niedergelassen hatte und in diesem Haus nach bestem Wissen und für wenig Geld Wunden und Verletzungen behandelte.

Seine Dienste wurden dankbar in Anspruch genommen. Es dauerte nicht lange, da stellten sich die ersten Besucher ein, um Dampf- und Schwitzbäder zu nehmen oder sich bei einem Becher Wein genüßlich im warmen Wasser zu rekeln.

Sefferino erwies sich als tüchtiger und überaus umsichtiger Badergeselle. Gemeinsam mit einem halbwüchsigen Burschen aus einem Dorf in der Nähe, den er für kleinere Handreichungen eingestellt hatte, bemühte er sich nach Kräften, die Gäste des Hauses zufriedenzustellen. Ambroise hatte ihm beigebracht, wie man den Aderlaßapparat bediente. Er rasierte eigenhändig und renkte auch so manche Schulter ein, wenn ein Bauer sich bei der Feldarbeit verletzt hatte. Traten schwierigere Fälle auf, so unterrichtete er Ambroise und half mit, den Ratsuchenden ins Kellergelaß zu schaffen.

An manchen Tagen kam es auch vor, daß er Streitigkeiten schlichten und Störenfriede vor die Tür setzen mußte, doch die meisten Gäste waren friedliche Krämer, Bauern und Handwerker, die aus den Dörfern rund um Paris kamen und keinen Ärger mit dem kräftigen jungen Hausbesitzer oder dessen Badeknecht suchten. Am angenehmsten war Sefferino die Gruppe der Kaufleute und Fernhändler. Wenngleich sie auch nicht zu den spendabelsten Besuchern gehörten, so machten sie doch wenig Aufhebens um ihre Person. Die Männer tranken in Maßen, brüllten den Knecht nicht an und gaben Sefferino hin und wieder gut gemeinte Ratschläge, wie er mit der Badestube noch mehr Geld verdienen könnte. Dabei schwärmten sie von den sagenumwobenen Badeanlagen der Araber und Türken, die mit ihren bunt gekachelten, glatten Wänden, den Marmorböden und sanft plätschernden Springbrunnen angeblich wahren Palästen glichen. Sefferino fand bald heraus, daß die Kaufleute nicht nur Märchen erzählten oder unverbindliche Erfahrungen austauschten.

Neben den Kaufleuten gab es jedoch auch noch eine Reihe von Besuchern, die schwerer zu durchschauen waren. Ambroise hegte den Verdacht, daß sie zu den Höflingen des Königs oder den Vertrauten des Herzogs von Guise, einem der ersten Adeligen des Landes, gehörten. Die Männer trugen vornehme Kleidung und drückten sich gewählt aus, vermieden es jedoch, dem Bader in die Augen zu sehen. Sie lehnten es strikt ab, sich im Vorraum auszukleiden oder in der gemeinschaftlichen Schwitzstube zu sitzen. Statt dessen zahlten sie Sefferino den doppelten Lohn, wenn er ihnen zu vereinbarten Zeiten im hinteren Teil der Ruhekammer einige Wannen füllen und die Türen verriegeln ließ. Auf die Haarwäsche verzichteten die Männer ganz, oder sie führten sie ohne Hilfe des Hausknechts durch.

Ambroise und Sefferino respektierten den Wunsch der Herren, unerkannt zu bleiben. Eine Badestube, die außerhalb der Stadtmauern von Paris lag, versprach ein gewisses Maß an Diskretion. Dasselbe galt für den Wundarzt, der sich in ihr betätigte, und Ambroise lag nichts daran, mit diesem recht einträglichen Grundsatz zu brechen, auch wenn er sich manchmal besorgt fragte, ob die heimlichen Treffen der Unbekannten dem Ruf seines Hauses nicht eher schadeten.

Fioricia ließ sich nach Einbruch der Dunkelheit nur selten in der Badestube blicken. Sie half bei den Vorbereitungen der Bäder, sortierte die Heilkräuter, erteilte dem Knecht Anweisungen und legte Sefferino alles zurecht, was er benötigte, um seine Gäste zu bewirten. War ihre Arbeit getan, so beeilte sie sich für gewöhnlich, der Badestube zu entfliehen. Weder Sefferino noch Ambroise nahmen an diesem Verhalten Anstoß. Ganz im Gegenteil: Beide Männer achteten sorgfältig darauf, daß kein Besucher des Badehauses Fioricia zu nahe kam, und bestärkten sie in ihrer Gewohnheit, die Abende in ihrer Kammer zu verbringen. Unter keinen Umständen sollte man sie für eine einfache Magd halten.

Die Schrammen, die Fioricia bei dem Überfall der Bettler in Paris davongetragen hatte, waren längst verheilt. Doch Angst und Schwermut hatten sich tief in ihre Seele gegraben, und je mehr Zeit verging, desto weniger war sie sich im klaren darüber, was sie tun konnte, um dieser Angst Herr zu werden. Sie hatte sich dafür entschieden, weder Ambroise noch Sefferino etwas von ihrem Erlebnis zu erzählen, weil sie befürchtete, daß Sefferino sie mit seiner Fürsorge erdrücken und ihr nicht mehr erlauben würde, allein auszugehen. Nun allerdings mußte sie feststellen, daß es gar keinen Unterschied machte, ob sie redete oder schwieg, denn sie verließ das Badehaus ohnehin kaum noch ohne Begleitung. Den Besuch der Pariser Markthallen hatte sie aufgegeben. Manchmal, wenn sie allein in ihrer Kammer saß und über einem Buch oder einer Stickerei brütete, dachte sie darüber nach, Frankreich wieder zu verlassen und nach Prali zurückzukehren. Doch konnte sie unter der strengen Obhut ihrer Tante das Leben führen, von dem sie träumte? Was suchte sie überhaupt?

In dieser Zeit des Nachsinnens fand Fioricia in der alten Radegonde Julon eine unerwartete Verbündete. Die Baderwitwe war trotz ihrer Launen stets verständnisvoll und freundlich zu ihr. In der Mansarde, die Radegonde bewohnte, fühlte sich Fioricia auf eine sonderbare Weise sicher und geborgen. Zuweilen hatte sie sogar das Gefühl, bei ihr die Zeit zu vergessen. Madame Radegonde war eine glühende Anhängerin der italienischen Astrologie, einer Wissenschaft, die sie nach eigenen Aussagen begleitete, seit sie vor vielen Jahren als Braut des Baders Julon in dieses Haus gekommen war. Ihre Stube roch nach Staub und Kräutern. Die Wände waren übersät von Kreidezeichnungen, welche verschiedene Sternbilder darstellten. Ein unbeschreibliches Gewirr von Linien, Zahlen, griechischen Buchstaben und mathematischen Symbolen verband die Schaubilder miteinander. Fioricia, die sich nie zuvor mit Astrologie beschäftigt hatte, fühlte sich beim Anblick der Darstellungen jedesmal seltsam angerührt. Die Köpfe der Widder und die Leiber der Skorpione, der nackten Jungfrauen und bulligen Stiere wirkten im trüben Schein der Wachskerzen abstoßend, gleichzeitig übten sie jedoch auch eine beinahe magische Anziehungskraft aus.

»Ich bin nicht die einzige Frau, die den Lauf der Gestirne

beobachtet«, erklärte Radegonde eines Abends, während sie Fioricia einen Schemel hinschob. »Die Gemahlin unseres Königs bedient sich derselben Wissenschaft, um ihr Schicksal zu erforschen. Sie wird dabei von einem berühmten Gelehrten aus ihrer Heimat beraten, aber sein Wissen verblaßt im Vergleich zu dem, was ich selbst von Meister Michel gelernt habe!«

Fioricia horchte auf. »Du meinst Katharina von Medici? Aber noch ist sie nicht Königin, sie ...«

»Sie *ist* die Frau eines Königs und wird Mutter dreier Könige sein«, beharrte Radegonde mit erhobenem Zeigefinger. Im Licht der untergehenden Sonne, das sich in den Zweigen der Bäume vor ihrem Fenster brach, wirkte das faltige Gesicht der Alten wie ein fleckiges Wachstuch. Ächzend hinkte sie zu der Wand hinüber, blieb einen Moment lang stehen und wischte schließlich mit dem Ärmel ihres Gewandes ungestüm über einige der Zahlen und Linien. Dabei keuchte sie vor Anstrengung. Als sie ihr Werk beendet hatte, drehte sie sich mit einem verlegenen Lächeln zu Fioricia um. »Verzeih mir, Kindchen. Ich wollte dich nicht erschrecken. Meister Michel und ich ... nun, wir sehen manche Dinge in den Sternen, die für andere noch in ferner Zukunft liegen. Aber für uns erscheinen sie zum Greifen nah.«

»Du meinst, die Sterne haben dir verraten, daß Prinz Henri dem König in Kürze auf den Thron folgen wird?« Fioricia schüttelte fassungslos den Kopf. »Aber das würde ja bedeuten, daß Franz von Valois sterben wird.«

Radegonde murmelte etwas Unverständliches vor sich hin. Sie ging zu einem Tisch, der zwischen dem Alkoven und einer Truhe mit Eisenbeschlägen stand, und öffnete ein Schubfach, in dem sie herumkramte. Wenig später kehrte sie mit einer muschelbesetzten Zunderbüchse in der Hand zu Fioricia zurück. Die weißen Kreidelinien der Sternbilder glänzten gespenstisch im letzten Licht.

Fioricia zog ihren Schemel zurück, damit sie sich anlehnen und die Zeichnungen an der Mansardenwand besser sehen konnte. Über ihrem Kopf knarrte es im Gebälk. Ein wenig Kalkstaub rieselte vor ihr auf die Dielenbretter. Sie fragte sich, ob die alte Radegonde in diesem ärmlichen Gemach tatsächlich einen großen Gelehrten empfing. Seit Fioricia im Badehaus wohnte, hatte sie nicht ein einziges Mal erlebt, daß die Witwe Besuch erhalten hatte. Nur der mürrische Schlosser von nebenan war ein paarmal zu ihr gegangen. Er hatte sich mit ihr gestritten, ohne daß Fioricia hatte hören können, worum es bei der Auseinandersetzung gegangen war.

»Gleich haben wir ein Licht«, kündigte Radegonde mit schleppender Stimme an, »dann machen wir es uns gemütlich.« Sie stellte eine hübsche Silberlampe auf den Tisch, das einzige wertvolle Stück, das sie zu besitzen schien. Unten im Badetrakt wurden derweil Türen zugeschlagen. Für einen kurzen Augenblick waren Gelächter, Wortfetzen und die sanften Töne einer Flöte zu hören. Hin und wieder erlaubte Ambroise einem fahrenden Musikanten, die Badenden mit seinen Melodien zu unterhalten. Dafür durfte er anschließend unentgeltlich in einen Zuber steigen oder sich nach einer Schwitzkur die Haut mit Lindenzweigen streichen lassen.

»Wer ist dieser Meister Michel?« fragte Fioricia unvermittelt. »Du hast vorhin einen …«

»Michel de Notredame ist eigentlich Arzt. Er studierte Philosophie in Avignon und Medizin in Montpellier. Aber seit er durch einen schrecklichen Schicksalsschlag seine Familie verlor, wird er immer häufiger von Visionen heimgesucht, die so entsetzlich sind, daß er sich kaum traut, sie auszusprechen.« Sie kniff die Augen zusammen. »Schwör mir, daß du mit keinem Menschen darüber redest. Nicht einmal mit deinem jungen Badergesellen!«

»Wenn du damit Sefferino meinst, ich werde ihm gewiß nichts sagen«, versprach Fioricia.

»Eines Tages kam Meister Michel in meine Badestube. Das war, kurz bevor mein guter Julon das Zeitliche segnete. Wir unterhielten uns, und ich spürte, daß eine große Bürde auf seiner Seele lag. Er konnte nichts mit den Träumen anfangen, die ihn heimsuchten. Er verstand nicht, welchen tieferen Sinn sie in sich trugen …«

»Und dann vertraute er sich dir an?«

»Michel wußte, daß Julon nicht mehr lange zu leben hatte«, sagte Radegonde mit fester Stimme. »Er spürte es, obgleich man es dem Ärmsten nicht ansah. Wie sollte man einem Mann auch ansehen, daß er beim Sturm durch den Wald hetzen und ihm ein Baum auf den Kopf fallen würde. Meister Michel tat, was in seiner Macht stand, aber er konnte meinem Mann nicht mehr helfen.«

»Entsetzlich. Ich hatte ja keine Ahnung …«

Radegonde wischte Fioricias Beileidsbekundung mit einer ungeduldigen Geste beiseite. »Michel blieb eine Weile bei mir in Saint-Denis. Gemeinsam beobachteten wir die Sterne und fanden dabei Merkur und Venus im Zeichen des Löwen, den Löwen selbst im Skorpion, den Adler dicht bei Pluto im Schützen, Jupiter und Saturn – dies waren seine Lieblingsbilder – im Stier, den Stier wiederum …«

Fioricia hob abwehrend die Hand. In ihren Schläfen begann es heftig zu pochen. »Wenn ich ehrlich bin, so glaube ich nicht an diesen Unsinn«, rief sie aus. »Und du solltest in der Wahl deiner Freunde vorsichtiger sein, Radegonde Julon. Die Kirche sieht es nicht gern, wenn eine Frau sich auf einen solchen Aberglauben einläßt.«

»Die Kirche sieht so manches nicht gern«, entgegnete die alte Frau nachsichtig. »Aber du hast recht, mein Kind. Ich habe mich von meiner Begeisterung hinreißen lassen und dir zuviel zugemutet. Dabei wollte ich dir nur zu verstehen geben, daß die Wahl von Monsieur Paré gewiß nicht zufällig auf mein Badehaus gefallen ist. Meister Michel und ich haben seine Ankunft vorhergesehen, lange bevor ihr nach Frankreich gekommen seid.«

Fioricia spürte, wie ihr Herz zu rasen begann. »Ich habe keinen Schimmer, wovon du eigentlich redest«, preßte sie erregt hervor. »Monsieur de Beroncourt hat Ambroise zum Kauf des Hauses geraten. Vorher wußte er nicht einmal, daß es existiert. Abgesehen davon hättest du Ambroises Pläne beinahe selbst vereitelt.«

»Ich?« Radegonde hob erstaunt die Augenbraue. »Das mußt du mir erklären.«

»Nun, du hast für das alte Gemäuer mehr Geld verlangt, als Ambroise nach Begleichung all seiner Rechnungen noch besessen hat. Wenn Sefferino nicht bereit gewesen wäre, seine Notgroschen zu opfern, wären wir nach Paris gezogen, gleichgültig, was Jupiter und Saturn dir auch zugeraunt haben mögen.«

Radegonde neigte lächelnd den Kopf. »Aber letztendlich seid ihr doch geblieben, nicht wahr? Ihr habt eine Lösung gefunden, um meine Forderungen zu erfüllen. Weißt du, warum ich auf einem so harten Vertrag bestanden habe? Ich wollte mich vergewissern, daß der Bader auch derjenige ist, den ich erwartete. Ein Mann, der für seine Träume kämpft, der Mittel und Wege findet, um sie Wirklichkeit werden zu lassen.« Sie klopfte mit dem Fingerknöchel gegen die Bretterwand. »Ein Stern mag uns den Weg weisen, Kindchen. Er mag uns unterwegs Licht spenden, aber folgen müssen wir ihm doch aus eigener Kraft.«

»Ambroises Traum ist es, die Wundchirurgie zu verbessern«, sagte Fioricia müde. »Dafür würde er jeden Weg beschreiten. Er ist so … so ehrgeizig.«

»Du bist in diesen Mann verliebt, Kind!« Radegonde lachte auf.

»Wie … kommst du denn darauf?«

»Na, um das zu bemerken, mußte ich nicht erst die Sterne befragen. Euer Verhalten spricht ganze Bände. Du errötest, sobald Paré zur Tür hereinkommt. Er weicht deinen Blicken aus …«

»Aber er wird bald heiraten«, wandte Fioricia hitzig ein. »Die Nichte des alten Monsieur de Beroncourt paßt wohl auch besser zu einem Wundarzt als ich. Und dann ist da noch Sefferino…«

»Ja, der gute Sefferino …« Radegondes Blicke hefteten

sich auf die Wachskerze, die in der silbernen Lampe vor sich hin flackerte. »Ihr fühlt euch miteinander verbunden, weil ihr viel gemeinsam durchgestanden habt. Aber bist du sicher, daß dir diese Form der Vertrautheit genügt?«

»Wenigstens habe ich mir das eingeredet.« Fioricia seufzte resigniert. »Ich war schon fast erwachsen, als ich erfuhr, woher ich eigentlich komme und wer meine Eltern waren. Wie hätte ich damals Entscheidungen für mein ganzes Leben treffen können?«

»Nun wirst du sie aber treffen müssen!«

Fioricia nickte düster. »Sefferino hat eine bessere Frau verdient als mich. Das wollte ich ihm schon damals, am Abend des Mysterienspiels, sagen, nachdem die Protestanten den Aufruhr vor der Kathedrale angezettelt hatten. Was hast du denn?« Fioricia bemerkte, wie die alte Frau plötzlich zusammenfuhr.

»Wer behauptet denn, daß die Hugenotten jene Unruhestifter waren?«

»Nun, jedenfalls erzählt man sich das in der Stadt. Stimmt es etwa nicht?«

Radegonde Julon stand von ihrem Schemel auf und bewegte sich mühsam durch die Stube, bis sie den Alkoven erreichte. Sie öffnete das einzige Fenster, das sich im Raum befand. Die letzten Glockenschläge des Uhrturms von Saint-Denis hallten über die Felder.

»Gewiß gibt es Fanatiker unter denen, die an der römischen Kirche zweifeln«, erklärte die Alte nach einer Weile, »aber die meisten Protestanten in Frankreich sind friedliche, von Herzen demütige Menschen. Ich kenne einige von ihnen persönlich und weiß daher, wie die Leute leben. Sie verabscheuen Tanz und Lärm, auch Würfelspiele und Karten sind ihnen verboten. Die Frauen kleiden sich betont einfach und legen niemals mehr als zwei Ringe gleichzeitig an. Laden sie zu einem Gastmahl ein, so lassen sie höchstens drei Gänge mit je vier Gerichten auffahren, um nicht in den Verdacht der sündhaften Prasserei zu geraten.«

»Ein merkwürdiges Volk«, sagte Fioricia. Sie mußte daran denken, wieviel Vergnügen es Ceres bereitete, hübsche Gewänder und kostbaren Schmuck zu tragen. Dennoch hatte auch die Tante ihres Glaubens wegen an sich halten müssen.

»Mag sein, daß die Hugenotten in ihrem Streben nach Vollkommenheit manchmal zu weit gehen, aber sie sind völlig unschuldig an den Vorgängen um Saint-Denis. Die Burschen, welche die Tribüne niedergerissen haben, waren keine religiösen Eiferer, sondern kamen aus den finstersten Rattenlöchern von Paris. Sie wurden von einem Mann angestiftet, den sie überall nur den Korporal nennen ...«

Fioricia vergaß vor Verblüffung fast zu atmen. Sie sprang auf und starrte die Baderwitwe an. Hatte die Alte wirklich *Korporal* gesagt? Der unheimliche Mann, bei dessen bloßem Anblick die Bettler und Diebe zitternd von Fioricia abgelassen hatten, war mit demselben Titel angeredet worden.

»Ein übler Zeitgenosse.« Radegonde machte ein Gesicht, als hätte sie in einen faulen Apfel gebissen. »Kein Mensch weiß, wann genau er in Paris auftauchte. Angeblich war er einmal Soldat, vielleicht sogar ein degradierter Offizier, aber frag mich nicht, wo oder wann. Das ist nur ein Gerücht. Vielleicht glaubt man es, weil er mit nahezu jeder Waffe umgehen kann. Fest steht jedenfalls, daß er in der Stadt gefürchteter ist als der König der Bettler und ... daß er die Protestanten haßt, als hätten sie die Pest am Leib.«

Fioricia dachte angestrengt nach. Seit jenem Tag in Paris schlug sie sich mit der Frage herum, weshalb der Korporal sie hatte laufen lassen. Nun, da sie wußte, wie gefährlich er war, erschien ihr dies um so verwirrender. Sie stellte sich neben Radegonde ans Fenster und blickte in die Nacht hinaus. Sie beobachtete, wie ein paar junge Männer lachend auf den Eingang zuritten. Vor der Tür des Badehauses schwangen sie sich aus dem Sattel und banden die Zügel ihrer Pferde an die vorstehenden Äste der alten Hoflinde. Fioricia bemerkte, daß ihr Gang nicht mehr der sicherste war. Vermutlich hatten sie bereits eine Schenke heimgesucht, ehe sie den Entschluß gefaßt hatten, zur Badestube zu reiten. Arm in Arm stolperten zwei der Burschen den Pfad zum Haus entlang. Unterwegs bückten sie sich und schleuderten voller Übermut Steine gegen das Messingbecken, unter dem Ambroises Schild hing.

Radegonde fluchte leise und versuchte das Fenster zu schließen, doch Fioricia hielt sie zurück. Sie wollte sich die Männer genauer ansehen. Im hellen Mondschein glänzten ihre Gesichter, als wären sie aus weißem Marmor.

»Was ist los?« fragte die Baderwitwe besorgt. Ihr war Fioricias erschrockener Blick nicht entgangen. »Habe ich dir Angst eingejagt? Ich hätte dir nichts von diesem Korporal erzählen sollen. Aber keine Bange, die Kerle da unten haben jedenfalls nichts mit ihm zu tun. Das sind ganz gewöhnliche Nichtsnutze, die zum Hofstaat des Dauphins gehören und sich austoben wollen.«

»Zum Hofstaat des Dauphins? Aber ...«

»Schau dir das an! Es ist eine Schande, wie diese Edelleute sich aufführen. Kein Respekt vor dem Eigentum unbescholtener Bürger! Aber wage es einmal, beim Stadtrichter eine Beschwerde vorzubringen ...« Sie lachte bitter auf. »Siehst du den langen Burschen mit den blonden Locken? Das ist der junge Damien Coulaine. Sein Vater war vor einigen Jahren für den Marstall von Blois verantwortlich. Ein tüchtiger Herr, nur sein Sprößling ist ein wahrer Teufel.« Energisch schloß sie das Fenster und blies die Kerze aus. »Den anderen kenne ich nicht!«

»Ich schon«, flüsterte Fioricia, während sie eilig zur Tür ging. »Und ich kann nur hoffen, daß er heute abend nicht auf Ambroise und Sefferino stößt!«

22. KAPITEL

Dem Bader dröhnte der Kopf. Mit beiden Ellbogen auf sein Stehpult gestützt, blätterte er in einem Buch des italienischen Arztes Lanfranchi, dessen chirurgisches Geschick auch nach mehr als zweihundert Jahren von den Pariser Wundärzten noch hochgelobt wurde. Monsieur de Beroncourt und Mielle sahen ihm dabei zu.

»Aber hier steht es doch, Monsieur!« Ambroise hatte den gesuchten Absatz gefunden. Erleichtert reichte er das Buch an den Gildemeister weiter, der es mit einem skeptischen Blick entgegennahm und zu lesen begann.

»Lanfranchi warnt vor einer übereilten Operation der gebrochenen Leiste und empfiehlt die Anwendung von Bruchbändern«, fuhr der Bader fort. »Sein besonderes Interesse gilt jedoch dem Verschluß von Bauchwunden, um spätere Narbenbrüche zu verhindern. Meiner Meinung nach sollten die Chirurgen sich auch heute um eine sorgfältigere Nahttechnik bemühen.«

»Ich bin beeindruckt«, rief Mielle anerkennend. »Das hast du wirklich gut erklärt!« Ambroise blickte seine Braut überrascht an. Mielle schien sich tatsächlich für medizinische Fragen zu interessieren. Wann immer sie in Begleitung ihres Onkels das Badehaus betrat, stellte sie Fragen oder hörte den fachlichen Diskussionen der Männer zu. Zum ersten Mal seit Wochen wünschte sich Ambroise sehnsüchtig, mit Mielle allein zu sein. Verstohlen ließ er seine Blicke über ihren grazilen Körper wandern. Er fand, daß sie an diesem Abend besonders reizvoll aussah. Ihr Kleid war aus weinrotem Samt, das in den Hüften in steifen Falten auseinanderlief. Ihr kupferfarbenes Haar steckte unter einer mit Perlen bestickten Haube, die sie nach hinten geschoben hatte, um nicht allzu brav zu wirken. Als einzigen Schmuck hatte sie eine dünne Goldkette mit einem Anhänger gewählt, der wie ein Pfau geformt war und angeblich aus der Schatulle der Diane de Poitiers stammte.

»Wie Ihr seht, habt Ihr meine Nichte bereits überzeugt«, erklärte Monsieur de Beroncourt mit seiner tiefen Baßstimme. »Nun gut, was Lanfranchi angeht, so stimme ich Euch zu. Ich werde mich dafür einsetzen, daß sein Werk über die Chirurgie zukünftig stärker in die Ausbildung unserer Wundärzte einbezogen wird. Zufrieden, mein Junge?«

»Ich hatte gehofft, Ihr würdet mir erlauben, Eure Gesellen persönlich zu unterrichten«, warf Ambroise ein. »Ihr konntet Euch doch inzwischen davon überzeugen, daß ich mit dem Skalpell umzugehen verstehe.« Mürrisch funkelte er den älteren Mann an. Es fiel ihm wahrhaftig schwer, länger höflich zu bleiben. De Beroncourt war wie ein Aal; immer wieder gelang es ihm, sich seinen Bitten zu entwinden und ihn zu vertrösten. Allmählich hatte er genug von den Launen der Gilde.

»Macht kein so finsteres Gesicht, Monsieur Paré«, sagte de Beroncourt betont ruhig, während er das chirurgische Lehrbuch zurück auf das Pult legte. »Glaubt Ihr, ich würde Euch meine kleine Mielle anvertrauen, wenn ich von Euren Fähigkeiten nicht überzeugt wäre?«

Ambroise wechselte einen Blick mit der jungen Frau zu seiner Linken, die ihm verständnisvoll zunickte. Beide wußten nur zu gut, daß de Beroncourt seine Nichte loswerden wollte. Sein einziges Interesse lag darin, der Gilde Ärger mit der Sorbonne sowie unbequeme Neuerungen zu ersparen. Mielle dagegen war das Kind seiner Schwester, der er niemals besonders nahegestanden und deren Ehe er nicht gebilligt hatte. Was also kümmerte es ihn, ob sie nun ein geachtetes Mitglied der Chirurgenvereinigung oder einen armen Bader zum Gatten bekam? Der Gildemeister hatte sich bereit erklärt, das Hochzeitsfest auszurichten und Mielles Aussteuertruhe zu füllen. Außerdem hatte er Ambroise den Rat gegeben, das alte Badehaus von Saint-Denis zu erwerben. Ein Rat, der sich offensichtlich bezahlt gemacht hatte. Mehr konnten die beiden beim besten Willen nicht von ihm verlangen.

Aus der Badestube drang plötzlich heftiger Lärm. Ambroise hörte erzürnte Männerstimmen. Schwere Stiefel polterten über die Holzbohlen. Das konnten keine gewöhnlichen Badegäste sein. Sefferino erlaubte niemandem, in der Dampfstube Schuhe anzubehalten. Pistolen, Degen, ja selbst Spazierstöcke mußten bereits im Vorraum abgelegt werden. Auch die schweigsamen Höflinge hielten sich an diese Regel des Hauses. Nun aber kam es Ambroise so vor, als halle das kalte, metallische Geklirr von Schwertern von den hohen Wänden wider.

»Was mag da oben nur los sein?« fragte Mielle. Ängstlich legte sie ihre Hand auf Ambroises Arm. »Doch wohl hoffentlich kein Überfall?«

»Bleibt hier, ich werde nachsehen!«

»Seid vorsichtig, Ambroise«, schickte ihm der Wundarzt hinterher.

Der Bader eilte die Treppen hinauf, wobei er jeweils zwei Stufen auf einmal nahm. Ein beklemmendes Gefühl begleitete jeden seiner Schritte. Daß Ärger in der Luft lag, bemerkte er sofort, als er die schwere Tür zu den Ruhekammern öffnete. Sämtliche Pritschen waren leer, die letzten Gäste waren nach Hause gegangen. Aber dafür schien nebenan, in der Schwitzstube, etwas Bedrohliches vor sich zu gehen. Ambroise schlich an drei mannshohen Findlingen vorbei, deren Oberfläche, erhitzt und mit Wasser übergossen, der Stube bis zur elften Stunde Dampf und feuchte Hitze bescherte. Als er um die Ecke bog, erkannte er Sefferino, der nur wenige Schritte entfernt an der Tür stand und versuchte eine aufgebrachte Schar Betrunkener aus dem Raum zu drängen. Doch einer der Burschen hielt eine Hakenbüchse auf ihn gerichtet, die anderen waren mit leichten Degen bewaffnet. Diebe? Einbrecher? Nun, die Männer waren betrunken, aber vornehm gekleidet. Sefferinos Badeknecht war nirgendwo zu sehen.

Fieberhaft überlegte Ambroise, wie er Sefferino zu Hilfe kommen konnte, als sich plötzlich einer der Männer zu ihm umwandte. Auf das schwammige, rote Gesicht stahl sich ein tückisches Grinsen.

Ambroise wurde bleich. Gompard, schoß es ihm durch den Kopf. Kein Zweifel, unter den Zechbrüdern befand sich der Sohn des Hauptmanns Danderac de Vassy.

»Da ist ja auch unser guter Bader«, erhob der junge Mann seine Stimme. Er torkelte Ambroise entgegen, wobei er mit voller Absicht einen Eimer mit verdünnter Holzasche umstieß, der mitten in der Stube auf den Dielen stand. In einem Schwall strömte die schwarze Flüssigkeit über den Fußboden.

Ambroise kam nicht umhin sich einzugestehen, daß Gompard sich zu einem gutaussehenden Edelmann entwickelt hatte. Das einzige, was diesem Eindruck widersprach, war der verschlagene Zug, der um seine Augen lag, und das hinterhältige Lächeln, mit dem er den einstigen Gegenspieler seines Vaters nun musterte.

»Damien«, rief Gompard seinem Begleiter zu, »du hast dich nicht geirrt, obwohl du besoffen bist wie ein spanischer Landsknecht. Die schäbige Spelunke gehört tatsächlich Ambroise Paré, dem großen Bader und Wundarzt, dem mein Vater seinen schmachvollen Abstieg im Heer seiner Majestät zu verdanken hat!«

Ambroise schüttelte den Kopf. Er wunderte sich, daß Gompards vernebelter Geist die Situation so nüchtern erfaßte. Seinem Tonfall war jedenfalls keine Spur von Trunkenheit mehr anzumerken. Nach einer kurzen Pause, in der keiner ein Wort sprach, erklärte der Bader: »Ich kann mich erinnern, Eurem Vater einmal eine Kugel aus dem Leib geschnitten zu haben, Gompard. Aber das ist lange her. Ihr könnt nicht im Ernst annehmen, daß ich schuld daran war, daß er in Ungnade fiel.«

»Hört, hört«, brüllte Gompards Freund Damien im Hintergrund. »Dieser komische Vogel besitzt die Frechheit, den Reitlehrer Seiner Majestät mit Vornamen anzureden. Warum verpaßt du dem frechen Gesellen keine Rasur mit deinem Degen? Vielleicht kann er ja von dir noch etwas lernen!«

»Ja, warum eigentlich nicht?« zischte Gompard seinem Gegenüber verbittert zu. Er hob seinen Degen an. »Dies ist doch ein Badehaus, und in Badehäusern sucht man für gewöhnlich ein wenig Zerstreuung. Wer weiß, vielleicht gibt es ja noch weitere Überraschungen hier, die du meinen Freunden vorenthalten willst. Ihr hattet doch ein Mädchen bei euch, nicht wahr?« Er drehte sich nach Sefferino um. Sein Blick nahm einen lüsternen Ausdruck an. »War ihr Name nicht Fioricia? Doch, ich erinnere mich genau. Die Verwandte dieser verfluchten italienischen Waldenserin!«

Gompards Kumpan fand die Bemerkung offenbar erheiternd. »Na sag schon, Bader: Wo habt ihr die kleine Hure versteckt? Sie soll uns ausziehen und ein frisches Bad einlassen!«

»Sie darf sich selber auch gern ausziehen«, feixte der Mann mit der Hakenbüchse.

Sefferino öffnete die Lippen zu einer Erwiderung, doch ehe er etwas sagen konnte, ertönte aus dem Nebenraum, der ins Kellergelaß führte, die Stimme einer Frau: »Ambroise, wo bist du? Was ist passiert?« Mielle klang aufgeregt. Jeden Augenblick konnte sie die Badestube betreten und Gompards Männern in die Hände fallen.

»Ihr haltet euch die feine Mademoiselle Fioricia als Bademagd«, höhnte Gompard. »Sie ist es doch, oder? Dann habt ihr gewiß nichts dagegen, wenn ich sie mir jetzt vornehme. Abrechnen können wir später, wenn ich weiß, was sie wert ist!« Mit einem boshaften Augenzwinkern schritt er auf die angelehnte Tür des Ruheraums zu.

»Nein, Gompard«, schrie Ambroise ihn an, während er auf die Tür zu sprang, hinter der Mielle zu hören gewesen war. »Ihr habt kein Recht, hier …«

Gompard holte aus und traf den Bader auf dem linken Wangenknochen. Ambroise taumelte und spürte, wie ihm Blut über das Gesicht rann. Gompard starrte ihn wütend an. Als er noch einmal ausholte, flog die Vordertür auf.

Die Männer drehten sich überrascht um und sahen, wie

Fioricia, gefolgt von Sefferinos Badeknecht, durch den Raum eilte. In der Hand schwang sie einen eisernen Schürhaken; ihre Augen funkelten feindselig.

Gompard ließ seinen Arm sinken. Tiefe Verwirrung stand ihm ins Gesicht geschrieben, schließlich hatte er Fioricia auf der anderen Seite der Badestube, jenseits der Pforte zu den Ruhekammern, erwartet.

»Verschwindet, Gompard Danderac, ehe ich Euch mit diesem Haken eigenhändig zum Teufel jage!« fuhr Fioricia den jungen Mann mit schriller Stimme an.

»Was, zum Teufel …«

Ambroise machte sich Gompards Verwirrung zunutze. Unbemerkt bückte er sich nach dem Eimer mit Holzasche und schleuderte ihn dem Edelmann so heftig er konnte gegen die Kniekehlen. Gompard sprang mit einem ärgerlichen Aufschrei zur Seite; er strauchelte, glitt jedoch nicht, wie Ambroise gehofft hatte, auf dem nassen Boden aus. Dafür gelang es dem Bader, ihm mit einer einzigen Bewegung den Arm auf den Rücken zu drehen. Gompard heulte auf wie ein geprügelter Hund. Wütend begann er sich zur Wehr zu setzen. Sein Zorn verlieh ihm Kräfte, denen der Bader schon nach wenigen Augenblicken zu unterliegen drohte.

»Gompard, hör auf!« rief Sefferino. Energisch riß er sich los und rannte zu den kämpfenden Männern hinüber, um seinem Pflegevater beizustehen. Er bemerkte nicht, wie Damien Coulaine seinem verdutzten Begleiter die Waffe aus der Hand und die Pulverflasche vom Gürtel riß. Fioricia sah zu, wie er auf den Bader anlegte. Ihr Herz begann zu hämmern. Sie mußte eingreifen, ehe es zu spät war. Ihr Blick fiel auf den Haken in ihrer Hand. Ohne nachzudenken, holte sie aus und hieb ihn gegen den Lauf der Schußwaffe.

Ein gewaltiges Donnern, begleitet von zischendem Pulverdampf, zuckte durch den Raum. Fioricia stockte der Atem, als sie einen der Männer zu Boden stürzen sah. Es war Sefferino. Die Kugel, durch Fioricias Wurf mit dem Eisen abgelenkt, hatte ihn getroffen. Unter seinem Körper breitete sich in Windeseile eine Blutlache aus.

»Großer Gott!« Ambroise vergaß seine eigene Benommenheit. Er ließ von Gompard ab und warf sich über seinen Pflegesohn. Dabei entging ihm, wie Mielle und Monsieur de Beroncourt, beide mit Stöcken bewaffnet, hinter seinem Rücken auftauchten. Behutsam drehte er Sefferino auf die Seite, um ihn zu untersuchen. Der junge Mann stöhnte, als Ambroise den weiten Ärmel seines Hemdes auftrennte. Der Oberarm war unverletzt, ebenso Brust und Unterleib. Doch das Geschoß hatte ihm die rechte Hand regelrecht zerfetzt. Lediglich ein Stumpf, aus dem wie aus einer Fontäne dunkles Blut hervorsprudelte, war geblieben.

»Die Wunde ist lebensgefährlich. Ihr müßt sie sofort ausbrennen, Ambroise«, rief de Beroncourt und reichte dem Bader ein Leintuch, das er aus der Brusttasche seines Rockes gezogen hatte. »Der Junge wird sonst verbluten!« Er warf Gompard und seinen Freunden, die unschlüssig zu Boden starrten, einen angewiderten Blick zu. Zum ersten Mal, seit Ambroise den alten Mann kannte, zeigte der Gildemeister ein gewisses Maß an Mut.

»Messieurs, ich bin Vorsteher der Chirurgengilde von Paris. Falls Ihr nicht wollt, daß ich die Stadtrichter auf Euch hetze, verlaßt Ihr nun sofort dieses Haus und betretet es nie wieder.«

Damien Coulaine spuckte verächtlich aus. »Tut, was Ihr nicht lassen könnt. Dieser Bastard hat vor aller Augen den Sieur de Vassy angegriffen. Dafür wird er sich ohnehin noch zu verantworten haben …« Er wollte noch etwas hinzufügen, aber Gompards düsterer Blick ließ ihn verstummen.

Der Reitlehrer des Königs schob seine Freunde zur Tür hinaus, drehte sich selbst aber noch einmal um und starrte Fioricia einen Moment wie gebannt an. »Ich wollte dir doch nichts tun«, stammelte er. »Dein Haar … Deine Augen … Du bist wunderschön geworden …«

Sefferinos Hand war bis auf den Knochen zerschmettert, die verletzten Finger mußten eilends abgenommen werden. Zudem hatte er eine Menge Blut verloren. Dennoch weigerte sich Ambroise beharrlich, die Wunde mit dem Glüheisen auszubrennen.

»Ich werde seine Schmerzen gewiß nicht noch durch eine derartige Tortur vergrößern«, war sein einziger Kommentar, als de Beroncourt ihm dieses Versäumnis vorwarf. Der Gildemeister hatte es plötzlich sehr eilig, nach Paris zurückzukehren. Also mußte der Bader Fioricia bitten, ihm aus seiner Kassette eine Anzahl von Lederschnüren zu bringen, die er dann geschickt so lange um Sefferinos Gelenk wand, bis die Gefäße abgebunden waren. Augenblicklich versiegte der Blutfluß. »In Italien wird die Methode von vielen Medizinern erfolgreich angewendet«, sagte er aufatmend. »Sie verursacht nicht einmal halb soviel Pein wie das Ausbrennen. Leider nehmen die Pariser Wundärzte nur zögerlich Notiz davon.«

Behutsam reinigte er die Wunde mit Weinbrand und trug eine kühlende Salbe auf, die Fioricia nach den Rezepten ihrer Tante aus Gänseschmalz, Rosenöl, Weidenrinde und Ringelblume zubereitet hatte. Der Salbe folgte ein dicker Wundverband aus sauberem Linnen. Damit hatte Ambroise zunächst alles getan, was in seiner Macht stand.

»Nun bleibt uns nichts anderes übrig, als abzuwarten«, bemerkte er, nachdem Sefferino aus seiner Ohnmacht erwacht war. Fioricia hatte den Raum inzwischen verlassen, um Radegonde Julon von den Vorgängen in der Badestube zu unterrichten und die Türen zum Hof zu verriegeln. Sie rechneten zwar nicht mehr mit einer Rückkehr der Angreifer, aber es war besser, sich vorzusehen. Mielle, die ihren Onkel überredet hatte, sie im Badehaus bleiben zu lassen, schürte derweil das Feuer und legte ein paar Scheite nach. Ambroise sah ihr einen Moment lang dabei zu, dann wischte er seine Brustsonde an einem in Öl getränkten Schwamm sauber und beugte sich über Sefferino.

»Das verschmorte Pulver kann dir gewiß nichts anhaben«, flüsterte er, während er Sefferinos linkes Augenlid anhob. »Du erinnerst dich doch an die Nacht in Villano? Damals haben wir bewiesen, daß Schießpulver allein den menschlichen Leib unmöglich vergiften kann.«

»*Il mio mano* …«, murmelte Sefferino schwach auf italienisch. Er machte Anstrengungen, sich aufzurichten, doch als er bemerkte, wie sehr sein Körper zitterte, ließ er sich wieder auf die Matratze zurückfallen. »In meiner rechten Hand habe ich kein Gefühl mehr.«

Ambroise füllte einen Becher mit Branntwein und versetzte ihn mit einigen Samen von Bilsenkraut und Mohn. Diese Mischung würde die Schmerzen lindern und den Jungen beruhigen. »Du brauchst viel Flüssigkeit«, sagte er, während er Sefferino den Wein einflößte. »Und Ruhe. Es wäre töricht, zu dieser Stunde über Dinge nachzugrübeln, die den Heilungsprozeß …«

»Einer dieser Rohlinge hat dir die Hand mitsamt den Schwurfingern zerfetzt«, unterbrach Mielle die Ausführungen ihres Bräutigams und legte ein nasses Tuch auf Sefferinos Stirn. »Was mußte sich diese Frau auch einmischen?«

»Zerfetzt?« keuchte Sefferino. »Barmherziger! Aber dann werde ich niemals … niemals als Wundchirurg arbeiten können!«

»Was, zum Teufel, soll das, Mielle?« Ambroise runzelte entrüstet die Stirn. Er konnte kaum glauben, wie taktlos sich seine Verlobte verhielt. »Fioricia trifft gewiß keine Schuld. Sie hat in ihrem Leben schon mehr durchgemacht, als du dir überhaupt vorstellen kannst. Außerdem möchte ich nicht, daß du Sefferino aufregst.«

»Wie du meinst«, entgegnete Mielle trotzig. Die Zurechtweisung ihres Bräutigams ernüchterte sie. Noch mehr störte es sie allerdings, daß er die hergelaufene Fioricia fortwährend in Schutz nahm. Es war kein Geheimnis, daß sie behutsamer behandelt wurde als jeder andere Bewohner des Badehauses. Wenn Ambroise von ihr sprach, nahm sein

Gesicht einen weichen, melancholischen Ausdruck an, der Mielle nicht gefiel. Wer war dieses Frauenzimmer schon? Warum lebte sie mit den Männern unter einem Dach? Fioricia schien über eigene Mittel zu verfügen, stolzierte herum wie eine Dame von Stand und wagte es, der Dienerschaft Befehle zu erteilen. Dies mußte sich ändern, entschied Mielle. Sobald sie die Herrin des Hauses war, würde sie der Italienerin schon den Platz zuweisen, der ihr gebührte. Ambroise durfte den Tag ihrer Vermählung nicht länger hinauszögern.

»Nun ja, wahrscheinlich kann Fioricia wirklich nichts dafür, daß Sefferino künftig mit einer Hand durchs Leben gehen muß«, lenkte sie schließlich ein, während sie Sefferino in gespielter Anteilnahme über das Gesicht strich. »Schließlich war nicht sie es, die den Schuß abgegeben hat! Dieser unverschämte Damien Coulaine verdient es, am höchsten Galgen von Paris zu hängen. Doch was soll aus Sefferino werden, wenn er nun keinen Eid mehr leisten kann? Man wird ihn für einen Verbrecher halten, dem der Henker ein Schandmal verpaßt hat!«

Ambroise widerstand der Verlockung, seine Braut kräftig durchzuschütteln und vor die Tür zu setzen. In der Wundstube war sie ihm weiß Gott keine große Hilfe, ja er kam sogar allmählich zu dem Schluß, daß Mielle ihr Interesse an seiner Arbeit nur vorgetäuscht hatte, um in seiner Nähe bleiben zu können. Doch was die Sache mit dem Eid betraf, so hatte sie leider nicht unrecht. Der Verlust des Schwurfingers wog vor Gerichten und Zünften schwer. Besorgt musterte er seinen jungen Schützling. Sefferino starrte vor sich hin. Es schien ihm gleichgültig zu sein, was um ihn herum vorging. Vermutlich wirkte das Schmerzmittel bereits, das er ihm verabreicht hatte.

Ambroise tastete nach dem Handgelenk des Jungen, um seinen Pulsschlag zu überprüfen. Er mußte ihm unbedingt helfen, so schnell wie möglich wieder auf die Beine zu kommen, ehe er an seinem Unglück verzweifelte.

Ein Knistern im Unterholz schreckte den Mann aus seinen Gedanken auf; voller Argwohn ließ er seine Blicke über die Bäume und Sträucher gleiten.

Der Korporal hustete verhalten. Seit Stunden befand er sich nun schon in der Kälte auf seinem Beobachtungsposten unweit des Badehauses, und allmählich spürte er, wie seine Kräfte erlahmten. Das Messer, mit dem er ein Stück Holz bearbeitet hatte, um sich bei Laune zu halten, wurde ihm in den Händen schwer wie Blei. Ein Schluck Wein wäre nun das richtige, dachte er mißmutig. Reglos beobachtete er, wie über den Feldern einige Nebelschwaden aufstiegen. Er mochte den Nebel, weil er ihn einhüllte und unsichtbar machte. Ja, lautlos und unsichtbar wollte er sein, um im richtigen Moment zuschlagen zu können.

Gespannt lauschte er, ob sich etwas in seiner Nähe regte. Doch alles blieb ruhig. Auf den einzigen Schuß, der aus dem Badehaus über die Felder gedrungen war, folgte nichts weiter als Stille, die hin und wieder vom Ruf eines Käuzchens unterbrochen wurde.

Eine Weile lang dachte der Korporal darüber nach, sein Versteck zu verlassen und sich dem Anwesen zu nähern, doch er entschied sich dagegen. Wollte er seinen Plan weiterverfolgen, so war Geduld mehr als eine Tugend. Er würde schon erfahren, was sich im Haus des Ambroise Paré zugetragen hatte. Chauve-Souris würde es ihm berichten. Wenn es darum ging, sich an ein Opfer heranzupirschen, war der Beutelschneider flinker als er. Ein Umstand, den der Korporal neidlos anerkannte. Der Lärm, soviel stand zumindest fest, mußte mit den drei betrunkenen Edelleuten zu tun haben, die gegen Abend an ihm vorbeigeprescht waren. Ihretwegen hatte er sich in den Straßengraben geworfen, aber das tat nichts zur Sache. Er konnte nur hoffen, daß sie Fioricia nicht verletzt und seine Pläne damit durchkreuzt hatten.

Wenig später sah er, wie die drei Burschen aus dem Haus stürmten und sich auf ihre Pferde schwangen. Chauve-Souris tauchte ebenfalls auf. Im Mondlicht war deutlich zu erkennen, wie der bleiche Mann über den Hof eilte. Vor dem Brückensteg blieb er stehen, um ihm ein Zeichen zu geben. Glücklicherweise waren die jungen Edelleute so aufgebracht, daß sie keinerlei Notiz davon nahmen. Der Korporal stieß geräuschvoll den Atem aus. Beinahe hätte der Tölpel von Chauve-Souris die drei Reiter auf ihn aufmerksam gemacht.

»Ich hab's durch eines der Fenster gesehen, *mon caporal*«, keuchte der Beutelschneider, nachdem er wenig später zum Beobachtungsposten seines Anführers zurückgekehrt war. Er konnte kaum reden, so schnell war er über die Felder gerannt. Doch der Korporal dachte nicht daran, ihm eine Verschnaufpause zu gönnen. Hinter ihm verhallten die Geräusche der Pferde. »Na los, rede schon!« knurrte er drohend.

»Der junge Bader ist schwer verletzt, der ältere nur wenig. Wie es aussieht, hat dieser Kerl mit seiner Hakenbüchse auf beide Männer gefeuert. Ich hab ihn erkannt, als er sein Pferd bestiegen hat. Er heißt Damien Coulaine. Vor zwei Jahren hat er mir auf der Treppe von Notre Dame seinen Stiefel ins Kreuz getreten, weil ich nicht schnell genug aus dem Weg gesprungen bin …« Chauve-Souris verzog das Gesicht. An diese Demütigung erinnerte er sich nur äußerst ungern.

Der Korporal brach in Gelächter aus. Er schlug seinem Späher derb auf den knochigen Rücken. Dann teilte er das Gestrüpp, um sein Versteck zwischen den Bäumen zu verlassen. Mit großen Schritten stapfte er durch das Gras.

»Wenn wir das Badehaus plündern wollen, so wäre der Zeitpunkt nun günstig«, hörte er Chauve-Souris' Stimme in seinem Rücken. »Mit den paar Weibern und Krüppeln haben wir leichtes Spiel. Soll ich den anderen Bescheid sagen?«

Unvermittelt blieb der Korporal stehen. Mit einer herrischen Geste hieß er den Beutelschneider zu schweigen. Seine Augen blitzten so kalt, daß Chauve-Souris ein Schauer über den Rücken lief. »Du wirst dich vom Badehaus fernhalten, verstanden? Noch ist es nicht soweit!« Während er seinen Weg nach Paris fortsetzte, begann er einen neuen Plan zu schmieden, und noch ehe er die Wachfeuer der Stadtbefestigung ausmachen konnte, hatte er alles durchdacht. Der Aufruhr im Badehaus und die Verwundung des jungen Baders kamen ihm wie gerufen.

»Hast du noch den Samtbeutel, den die Bettler damals dem Mädchen abgenommen haben?« erkundigte er sich.

Chauve-Souris hob verwundert die Augenbrauen. Sein erster Impuls war, nach Ausflüchten zu suchen, doch nach einigem Zögern nickte er. »Aber das Geld haben wir Euch abgeliefert. Erinnert Ihr Euch, Korporal?«

»Schon gut, mein Freund!« Ein Lächeln glitt über die Züge des Korporals, ohne daß es seine Augen erreichte. »Wir sollten den Besuch in der Badestube verschieben und uns zunächst einmal um den feinen Monsieur Damien Coulaine kümmern. Seine Untat muß doch gesühnt werden, meinst du nicht auch?«

Chauve-Souris zuckte die Achseln. Er war sich nicht sicher, ob er verstanden hatte, welche Untat der Korporal nun eigentlich rächen wollte, aber er hatte nichts dagegen, sich für den feigen Stiefeltritt zu revanchieren. Gebannt beobachtete er, wie der Korporal sein Messer aus dem Gürtel zog und es in den Stamm einer verkrüppelten Esche rammte.

23. KAPITEL

»Zum letzten Mal, Monsieur Paré, laßt mich in Frieden! Ihr habt kein Recht, ungebeten hier einzudringen!« Jean-Pierre Fossa schlug so heftig mit der Faust auf seine Werkbank, daß der ordentlich aufgeschichtete Stapel von Nägeln und Scharnieren in sich zusammenfiel. Ein paar Hühner, die frei in der Behausung des Kunstschlossers umherliefen und auf dem Lehmboden nach Brosamen pickten, flatterten verängstigt davon. Eine fette Henne ließ sich ausgerechnet auf Fossas Waschschüssel nieder.

»Ich habe weder Zeit noch Lust für Euch zu arbeiten«, beharrte Ambroises Nachbar unfreundlich. »Also packt Eure Zeichnungen gefälligst wieder ein und verlaßt auf der Stelle meine Werkstatt!«

Der Bader starrte Fossa kopfschüttelnd an. Er kochte vor Wut. Radegonde Julon hatte ihn gewarnt, daß es schwer werden würde, mit dem scheuen Handwerker ins Geschäft zu kommen, doch mit einer derartigen Reaktion auf sein Anliegen hatte er nicht gerechnet. Was, zum Teufel, glaubte dieser Fossa, wen er vor sich hatte? Sefferino hätte dem unverschämten Kerl eine Ohrfeige verpaßt und ihn aus dem Haus gejagt, doch Ambroise wußte, daß sie sich damit ins Unrecht gesetzt hätten. Fossa besaß einen rechtskräftigen Vertrag, und Ambroise selbst hatte zugestimmt, daß der Kauf der Badestuben daran nichts ändern würde. Scheinbar geduldig begann er, dem unleidlichen Mann noch einmal, so höflich wie möglich, den Grund seines Besuches auseinanderzusetzen. Wäre es nicht um Sefferinos Zukunft gegangen, so hätte er gewiß nicht einmal einen Fuß in Fossas Schuppen gesetzt. Die Apparatur, an welcher der Schlosser seit Monaten wie ein Besessener hämmerte und schraubte, interessierte ihn keinen Deut.

»Ihr steht in dem Ruf, der beste Kunstschlosser von Paris zu sein, Monsieur Fossa«, sagte er, obgleich es ihm einiges an Überwindung abverlangte, dem unerträglichen Kerl Honig um den Bart zu schmieren. »Madame Julon hat erwähnt, daß Ihr auch für das Haus Valois arbeitet.«

Fossa ließ sich auf einen Schemel nieder und verschränkte demonstrativ die Arme vor der Brust. Seine Augen zeigten nicht die Spur einer Gefühlsregung. Ungeduldig ruckte er mit dem Kopf. »Wenn die alte Vettel es sagt, wird's wohl stimmen, Monsieur Paré. Und ich werde meinen guten Ruf bestimmt nicht aufs Spiel setzen, um Euch zu helfen. Kann ich etwas dafür, wenn Ihr Euch in Eurer sündhaften Badestube mit zwielichtigem Gesindel einlaßt?«

»Ebensowenig wie ich selbst!« Ambroise brauste wütend

auf. »Drei ehrlose Lumpen, die sich selbst Edelleute schimpfen, sind in mein Haus eingedrungen. Einer hat auf meinen Ziehsohn geschossen, nachdem dieser mir und meiner Braut zu Hilfe kommen wollte.«

»Von welcher Braut sprecht Ihr?« Fossa gähnte unbeeindruckt. »In Babeques Schenke erzählt man sich, Ihr hättet gleich zwei Weiber in der Stube. Die Nichte dieses Wichtigtuers von der Gilde wollt Ihr heiraten, damit sie Euch in die Pariser Gesellschaft einführt, während die kleine Italienerin Euer Bett warm hält. Respekt, Monsieur, Ihr seid ganz schön raffiniert!«

Die Augen des Baders verengten sich. Obgleich er nicht über Sefferinos hitziges Temperament verfügte, verspürte er in diesem Augenblick reine Mordlust. »Zur Hölle mit dir, du ...« Er machte einen Schritt auf den Schlosser zu, als plötzlich aus einem Winkel des Lagerraums seltsame Geräusche an sein Ohr drangen. Verwirrt wandte sich Ambroise um. An einem Tisch, der von einem Vorhang aus grauem Sackleinen halbwegs verdeckt wurde, hockten zwei Männer, offensichtlich Fossas Gesellen, und polierten einen Berg von geschwungenen Schlüsseln und Scharnieren. Eine trübsinnige Arbeit an einem noch trübsinnigeren Ort. Als die Männer sahen, daß Ambroise nahe daran war, ihrem Meister an die Gurgel zu gehen, stießen sie ihre Schemel zurück und krempelten angriffslustig die Hemdsärmel hinauf. Doch ehe sie sich auf Ambroise stürzen konnten, brüllte Fossa die beiden an: »Habe ich euch vielleicht erlaubt aufzustehen? Faules Gesindel! Fürs Schwatzen und Lachen bezahle ich euch nicht!« Beleidigt trotteten die Knechte zu ihren Feilen und öligen Lappen zurück.

Ambroise atmete auf. Eine Prügelei auf seinem eigenen Grund und Boden war das letzte, was er gebrauchen konnte. So etwas führte selten zum Ziel. Andererseits durfte er dem Schlosser nicht erlauben, ihn der Lächerlichkeit preiszugeben. Nach einem kurzen Moment des Schweigens sagte er: »Fossa, Ihr seid zweifellos sehr begabt, aber auch Euer

Handwerk ist gewissen Regeln und Ordnungen unterworfen. In Paris gibt es tüchtige Schlosser, die meinen Auftrag liebend gern übernehmen würden.«

»Na bitte, wer hält Euch auf, die zu beschwatzen?«

Ambroise stöhnte auf. Dieser Mann war kalt wie ein Fisch. Doch was half es? Er mußte ihn dazu bewegen, seine Skizzen zu studieren, denn wie die Dinge lagen, konnte Ambroise gar keinen anderen Handwerksmeister mit seinem Auftrag betrauen. Niemand außerhalb von Saint-Denis durfte erfahren, was sich in seinem Haus zugetragen hatte. Nicht, solange noch damit zu rechnen war, daß Gompard Danderac und seine Freunde Sefferino oder ihn selbst eines Angriffs auf Angehörige des königlichen Hofes bezichtigen würden. Bislang hatten die Edelleute sich ruhig verhalten. Aber wie lange würde dies noch so bleiben?

»Sefferinos Wunden werden verheilen«, murmelte er schließlich, während er sich bemühte, Fossas selbstgefälligen Blicken auszuweichen. »Aber ich kann ihm keine neue Hand schenken, versteht Ihr?«

»Wie denn auch, Bader? Ihr seid schließlich nicht der Allmächtige, der den Menschen aus dem Lehm des Ackerbodens geformt und ihm seinen Odem eingehaucht hat ...« Unvermittelt hielt Fossa inne. Er hatte sich geschworen, nie wieder mit einem Fremden über Religion zu sprechen. Mißtrauisch spähte er zu dem Regal mit Büchern und Skizzenpapieren hinüber, welches er an der Wand hinter der Feuerstelle befestigt hatte.

Ambroise folgte der Bewegung seiner Augen. Täuschte er sich, oder klang die Stimme des Schlossers plötzlich nicht mehr ganz so abweisend wie zuvor? Ein wenig mutiger bemerkte er: »Gemeinsam könnten wir ihm helfen, Monsieur Fossa. Ich habe drei Nächte durchgearbeitet, um diese Zeichnungen anzufertigen. Wollt Ihr nicht wenigstens einen Blick darauf werfen? Nachher werde ich Euch gewiß nicht mehr belästigen!«

Ohne auf eine Entgegnung zu warten, lief Ambroise zu

Fossas Werkbank hinüber und breitete seine dicke Rolle Pergament auf dem groben Holz aus. Der Schlosser verbarg seine erwachende Neugier hinter einem griesgrämigen Schnauben, aber immerhin folgte er Ambroise zur Bank und schleppte sogar eine Tranlampe heran, damit genügend Licht vorhanden war.

»In Padua habe ich die anatomischen Skizzen berühmter Ärzte studiert«, erklärte Ambroise, als der Schlosser endlich neben ihm stand. »Wußtet Ihr, daß die menschliche Hand ein wahres Wunderwerk der Schöpfung ist? Neununddreißig einzelne Muskeln sind nötig, um ein Stück Garn durch ein Nadelöhr zu fädeln.«

»Ihr habt ... eine künstliche Hand entworfen?« krächzte Fossa. »Großer Gott, das ist ja ... Ketzerei!«

Ambroise schien dieser Einwand nicht zu berühren. »Die Finger lassen sich mit Hilfe von Kupferdrähten und winzigen Spiralfedern bewegen. Ich würde vorschlagen, sie aus Silberdraht zu formen. Das Gehäuse muß jedoch aus Metall sein, vielleicht kann man für die Knöchel auch Elfenbein verwenden.«

»Eurer Skizze nach müßte die Prothese sogar ein Schreibgerät halten können!« Fossa hob eine Augenbraue. Er war offenkundig fasziniert von den exakten Proportionen. »Allerdings verstehe ich nicht viel von Feinmechanik ...«

»Laßt das nur meine Sorge sein, Monsieur Fossa«, sagte Ambroise hastig. »Ich habe mehrere Studien herangezogen, um herauszufinden, welche Nerven für welchen Bewegungsablauf verantwortlich sind. Doch selbst wenn ich mich irre, so wären zwei der Finger in jedem Fall zu gebrauchen!«

»Darf man auch erfahren, welche?«

Über das Gesicht des Baders huschte ein herausforderndes Lächeln. »Die Schwurfinger natürlich, Meister Fossa. Die müssen sogar steif bleiben.«

Der Kunstschlosser lachte nicht. Argwöhnisch schaute er von den Skizzen zu seinem Nachbarn auf, der voller Ungeduld auf sein Urteil wartete. Parés Entwürfe waren in der Tat brillant, ordentlich bis hinab zu dem Lederstulpen mit dessen Schnallen die Prothese befestigt werden sollte. Das Ding wirkte beinahe wie ein Handschuh aus Metall, nur ungleich leichter und sorgfältiger im Detail. Nachdenklich strich Fossa mit dem Finger über die kunstvolle Skizze des Baders. Lediglich ein einziges Mal, vor langer Zeit hatte er eine vergleichbare Zeichnung gesehen. Ohne es zu wollen, schweiften seine Gedanken ab, zurück an den königlichen Hof von Amboise, wo er, das unbeachtete Findelkind, dem großen Meister Leonardo zum ersten Mal begegnet war. Es war Wahnsinn, ausgerechnet in diesem Augenblick daran zu denken, aber er konnte einfach nicht anders.

»Laßt mir die Zeichnungen eine Weile hier«, sagte Fossa schließlich müde. »Ich werde sie eingehend überprüfen und darüber nachdenken, ob ich etwas für Euch tun kann. Aber macht Euch besser keine allzu großen Hoffnungen!«

Zwei Tage später war Fossa im königlichen Stadtpalast von Paris, um den Einbau seiner Kassettenwand in den Gemächern der Prinzessin Katharina von Medici zu überwachen. Seine Arbeit ging ihm an diesem Tag nur mühsam von der Hand; er spürte eine tiefe Erschöpfung. Sein Kopf dröhnte unter den lauten Hammerschlägen seiner Arbeiter sowie der Tischler und Kunstschnitzer, die für die Holzverkleidung verantwortlich waren. Zweimal übersah er die Fehler eines Gesellen, der die Bolzen der Türflügel nicht fest genug eingeschlagen hatte. Aber Fossa stand der Sinn nicht danach, den Mann zurechtzuweisen. Dies, so befürchtete er, konnte nur auf eine Krankheit hindeuten. Wahrscheinlich hatte er sich beim Ritt über die Felder erkältet. An Schlimmeres wagte er nicht zu denken. Energisch öffnete er eines der hohen Bogenfenster und starrte auf das Treiben der Wachsoldaten, Pferdeknechte und Händler hinab. Er fand, daß die Menschen glücklicher wirkten, solange sie sich im Freien aufhielten, während die staubige Luft des alten Schlosses ihre Wangen bleich und ihre Augen rot werden ließ. Die düstere Atmosphäre, die über den Sälen und Kammern des Louvre lag, machte auch ihm bei jedem seiner Besuche zu schaffen. Obgleich manche der Räume über offene Kamine verfügten, blieben sie die meiste Zeit des Tages ungeheizt, ebenso die langen, hallenden Korridore, die mit ihren Nischen und Nebenkammern stets im Halbdunkel lagen.

Ein flatterndes Geräusch ließ Fossa zusammenzucken. Es hörte sich an, als raste eine Schar aufgebrachter Vögel durch das Kabinett, aber als der Schlosser sich umdrehte, bemerkte er, daß ein heftiger Windzug die aus Wolle und Seide gewirkten Vorhänge aufblähte. Im Dämmerlicht bewegten sich die Stoffreihen, als verstecke sich jemand hinter ihnen. Fossa legte die Stirn in Falten. Seit er seine Arbeit begonnen hatte, fühlte er sich in den hohen Räumen und Kammern des Schlosses beobachtet.

Der Louvre, soviel hatte er herausgefunden, bestand aus einem Labyrinth aus verschiedenen Gebäuden, die mit ihren Türmen, Treppenfluchten und Verbindungsgängen einem unkundigen Besucher leicht das Grausen lehren konnten. Die älteren Teile des Bauwerks waren vor Jahrhunderten errichtet worden. Charles V. hatte damit begonnen, die zugige Burg der Stadt Paris zu einer Residenz auszubauen und zum Fluß hin zu erweitern. Franz von Valois hatte die Bauarbeiten fortgesetzt. Allerdings spiegelten die Fassaden, die mit ihren hohen Fenstern wie tote Augen über die Stadt blickten, nichts von der weithin bekannten Sinnlichkeit des lebensfrohen Monarchen wider. Nein, im Gegensatz zu den verspielten Schlössern entlang der Loire, in welchen der Hof für gewöhnlich residierte, wirkten die kahlen Mauern des Louvre abstoßend und furchteinflößend. Daran vermochten auch die breiten Aufgänge, die kleinen Blumengärten hinter den Höfen und die kostbaren Schnitzereien im Deckengebälk nichts zu ändern.

Fossa seufzte. Er war froh, daß er seinen Weg inzwischen fand, ohne sich im Gewirr der Gänge zu verlaufen und zum

Schluß einen Bediensteten um Hilfe bitten zu müssen. Er mußte lediglich der zur Seine ausgerichteten Mauer folgen, dort, wo die Schiffer ihren Schwemmsand aufschichteten. Eine schmale Pforte führte ihn daraufhin in einen der inneren Palastvorhöfe. Obwohl dieser Zugang strenger bewacht wurde als das Gattertor, benutzte Fossa ihn recht gerne, denn er bot den Vorteil, daß er somit die steinerne Brücke umgehen konnte, auf der sich die Kutschen, Sänften und Fuhrwerke stauten, welche vom Marktplatz kamen. Zuletzt hatte er nur noch das Gebäude mit dem ausladenden Rundturm in der Mitte zu betreten und eine breite Freitreppe aus rotem Sandstein zu bezwingen, die über einige Stufen und Korridore geradewegs in den Empfangsraum der Prinzessin führte.

Weiter im Osten konnte Fossa die hellen Mauern der Tuilerien sehen, eines komfortablen Palastes, dessen Bau Katharina von Medici unmittelbar nach ihrer Ankunft in Frankreich in Auftrag gegeben hatte. An den Verbindungsflügeln der beiden Gebäude würden die Maurer und Steinmetze von Paris wohl noch Jahrzehnte zu arbeiten haben. Doch ihre großen, gewölbten Dächer glitzerten schon im Sonnenschein wie Diamanten. Als Fossa seinen Kopf drehte, hefteten sich seine Blicke auf eine Anzahl schlanker Barken, welche gemächlich die Seine abwärts trieben. In den mit bunten Teppichen ausgeschlagenen Booten saßen vornehm gekleidete Männer und herausgeputzte Frauen. Scherzend glitten sie mit dem Strom der großen Brücke entgegen, während halbwüchsige Pagen sie bedienten oder zu ihrer Unterhaltung auf der Laute spielten.

Fossa schüttelte voller Verachtung den Kopf. Der Adel fand augenscheinlich auch in Paris seinen Zeitvertreib, während der König, wie man hörte, in Rambouillet mit dem Tode rang.

»Ihr habt wahrhaftig nicht zu viel versprochen, Monsieur Fossa«, schreckte ihn eine heisere Frauenstimme aus seinen Überlegungen auf. Hastig stieß er sich von der Fensterbrüstung ab und starrte überrascht in das blasse Gesicht der Prinzessin. Trotz der knarrenden Dielenbretter hatte er Katharina von Medici nicht kommen hören. Hinter ihr standen drei junge, prunkvoll gekleidete Mädchen, die vermutlich zum Hofstaat der Prinzessin gehörten, und ihn, den Fremden, leise tuschelnd von Kopf bis Fuß musterten. Wie Fossa vermutet hatte, sprachen sie Italienisch.

Fossa nahm sein samtenes Barett ab und beeilte sich, eine tiefe Verbeugung nachzuholen. »Ich freue mich, daß ich Euch zu Diensten sein konnte, Madame«, sagte er und ärgerte sich gleichzeitig, daß seine Stimme in Gegenwart der Prinzessin immer so atemlos klang. Katharina mußte ihn für ein wahres Nervenbündel halten. Von ihren durchdringenden Blicken ging indessen etwas Magisches aus; sie verursachten in seinem Innern ein Brodeln, das er einfach nicht bezähmen konnte.

»Darf ich Euch nun die Funktion der Türen und Schlösser erklären, Madame?« fragte er in übertrieben sachkundigem Ton. Sein Adamsapfel hüpfte dabei aufgeregt auf und ab. »Ich habe mir erlaubt, die Schlösser seitlich versetzt anzubringen, auf diese Weise wird ein gewaltsames Öffnen erschwert!«

Prinzessin Katharina lächelte ihm hoheitsvoll zu. Sie trug eine hochgeschlossene Robe aus violettem Brokat, das von einem strengen Muster aus ineinandergewobenen Gold- und Silberborten durchbrochen wurde sowie eine steife, runde Halskrause, unter der eine Schnur aus glänzenden Perlen zu sehen war. Ihr glattes, wie immer glanzloses, dunkles Haar war im Nacken zu einem straffen Knoten gebunden und steckte unter einem luftigen Netz aus gelber Seide. Ein eisiger Schrecken durchfuhr den Kunstschlosser, als er bemerkte, daß er die Gemahlin des künftigen Königs schon wieder anstarrte. Katharina von Medici ging mit der ihr eigenen kühlen Gelassenheit darüber hinweg.

Vermutlich denkt sie, daß ein armseliger Kerl aus der Gosse wie ich es nicht besser weiß, dachte Fossa erregt.

Beinahe verärgerte es ihn, daß die Prinzessin kein Wort des Tadels für seine Unhöflichkeit fand. Statt dessen sagte sie nur: »Eure Arbeiter scheinen fertig zu sein? Jedenfalls höre ich seit geraumer Zeit keinen Hammerschlag mehr!«

Fossa nickte. Mit einer zerfahrenen Geste lud er Katharina ein, gemeinsam mit ihm vor die Kassettenwand zu treten. Da die Prinzessin jedoch keine Anstalten machte, sich von der Stelle zu rühren, blieb auch Fossa stehen. Unschlüssig blickte er auf die Schragen, die er vor dem gewaltigen Kamin aufgeschlagen hatte. Auf ihnen lagen ein paar Werkzeuge neben einem Zinnteller und Stößen von Pergament. Er konnte nur hoffen, daß die Prinzessin nicht daran Anstoß nahm, daß er sich in ihren Räumen häuslich eingerichtet hatte.

Ohne Hast ließ sie ihre Blicke durch den noch weitgehend unmöblierten Raum wandern. Dann klatschte sie plötzlich in die Hände, worauf sich ihre Hofdamen ohne ein Wort verbeugten, um kurz darauf durch die kleine Pforte auf den Gang zu verschwinden. Nun waren sie allein im Kabinett.

»Meine künstliche Hand verbindet Euren Empfangsraum in einem Winkel von achtzig Grad mit den Gemächern, die Seine Hoheit, der Dauphin, für seine private Korrespondenz nutzt. Wenn Ihr erlaubt, werde ich Euch nun ...«

Perlendes Gelächter ließ Fossa verstummen. Der Schlosser fuhr erschrocken zusammen und starrte die Prinzessin an, die noch immer lachte. Er war ratlos. Was, um Himmels willen, konnte er gesagt haben, das seine Auftraggeberin so in Heiterkeit versetzte? Er haßte Albernheiten. Soweit er sich erinnern konnte, hatte er in seinem ganzen Leben noch niemals einen Menschen zum Lachen gebracht.

»Es ist nichts, Meister«, erklärte die Prinzessin wenige Augenblicke später. Ihre Schultern strafften sich; die schwarzen Augen, in denen eben noch feine Lachtränen geglitzert hatten, blickten kühl ins Leere. »Wahrscheinlich ist Euch gar nicht aufgefallen, daß Ihr von einer künstlichen *Hand*, statt von einer Wand gesprochen habt?«

Fossa errötete wie ein kleiner Junge unter den Augen seines Lehrers. »Madame, ich bitte tausendmal ...«

»Ach was, hört schon auf, den Gekränkten zu spielen! Ein harmloser *lapsus linguae* kann jedem unterlaufen. Woher kommt es, daß Ihr immer perfekt sein wollt? Ich versuche seit mehr als zehn Jahren, mich mit der französischen Sprache anzufreunden, aber meine Bemühungen waren stets mit vielen Tränen verbunden. Ich kann eine Sprache nur lieben, wenn ich die Menschen liebe, die sich ihrer bedienen.« Sie zögerte einen Atemzug lang, dann fuhr sie fort: »Ich habe Euch nicht ausgelacht, Fossa, aber die Vorstellung einer Hand, die durch meine Gemächer geistert, hat schon etwas Bizarres. Sie erinnert mich an eine Geschichte, die mir meine Amme in Florenz als Kind erzählt hat.«

Fossa quälte sich ein Lächeln ab. Es war allein der Einfall des Baders, der ihn nicht zur Ruhe kommen ließ, seit er im Morgengrauen Saint-Denis verlassen hatte. Dieser verflixte Quacksalber hat es tatsächlich geschafft, mich zu verhexen, dachte er und fühlte sich zu seiner eigenen Überraschung beschwingt wie seit Jahren nicht mehr. Noch bevor die Glocken von Notre Dame die Mittagsstunde einläuteten, hatte Fossa seiner Herrin von Ambroise Paré und dessen ehrgeizigen Plänen erzählt und ihr die Entwürfe gezeigt. Katharina von Medici hörte ihm aufmerksam zu, ohne ihn zu unterbrechen. Die Kassettenwand mußte noch eine Weile auf ihre Vollendung warten.

»Euer Bader scheint über einen wachen Verstand zu verfügen«, sagte die Prinzessin, nachdem Fossa mit seinem Bericht zum Ende gekommen war. Aus ihrer Stimme sprachen Anerkennung und Neugierde. Nachdenklich reichte sie Fossa das Pergament zurück. »Ein Jammer, daß die Gilde sich nicht entschließen kann, ihn als Wundarzt aufzunehmen.«

»Das wundert mich nicht, Madame!« Fossa rollte das Pergament wieder zusammen. »Ambroise Paré ist, wenn Ihr mir diese Bemerkung erlaubt, gewiß die größte Nervensäge, die jemals in Saint-Denis Quartier genommen hat!«

»Und Ihr habt wirklich keine Ahnung, wie dieser junge Italiener seine Schwurfinger verloren hat?« erkundigte sich die Prinzessin mit wachsender Anteilnahme.

Fossa hob bedauernd die Schultern. Ambroise hatte ihn gebeten, nicht über den Überfall zu sprechen, und auch wenn er dem Bader keinen Gefallen schuldig war, spürte er doch, daß der Mann gute Gründe dafür hatte, den Fall nicht zur Anzeige zu bringen.

Katharina bedachte ihn mit einem prüfenden Blick. »Vielleicht sollte ich ihn persönlich befragen, doch im Augenblick beschäftigt mich mehr, ob die Skizzen Eures Baderchirurgen nur Kritzeleien auf geduldigem Papier sind oder ob man mit ihnen tatsächlich Menschen helfen könnte. Aus jeder Schlacht, in die mein königlicher Schwiegervater zog, kehrten ganze Scharen seiner Untertanen verstümmelt zurück. Manche haben ein Auge eingebüßt, anderen fehlen Arme oder Beine. Das Königreich leidet schwer unter den Verlusten, welche die Kriege an Leib und Leben fordern. Am meisten leiden jedoch die armen Familien, die fortan von der Hand in den Mund leben müssen, weil ihre Ernährer nicht mehr in der Lage sind, einer redlichen Arbeit nachzugehen. Dazu kommen die wachsenden religiösen Gegensätze, die das Volk aufstacheln. Fortwährend gibt es Ärger mit dem Adel, der auf größere Privilegien pocht. Ich fürchte, daß ich eines Tages für all diese Probleme eine Lösung finden muß.« Ihre hohe Stirn legte sich in Falten.

»Nun ja, es gibt von Tag zu Tag mehr Bettler und Diebe in Paris«, stimmte Fossa vorsichtig zu. Es gefiel ihm, daß die Prinzessin sich um ihre künftigen Untertanen Sorgen machte, doch warum um alles in der Welt glaubte sie, daß der Hof es eines Tages ausgerechnet ihr übertragen würde, politische Entscheidungen zu treffen? Nun gut, der König war todkrank, und Katharina war die Nichte eines Papstes, aber ihr Gemahl, der sich mit seinen Kurtisanen vergnügte, erweckte nicht den Eindruck, als ob er es für nötig halten würde, ausgerechnet eine unwillkommene Fremde ins Vertrauen zu ziehen oder ihr Verantwortung zu übertragen.

Ein wenig verlegen sagte er: »Vielleicht sollte ich besser bei einer anderen Gelegenheit wiederkommen, Madame. Wie ich sehe, seid Ihr heute nicht in der Stimmung, meine Arbeit zu begutachten.«

»Wofür ich in Stimmung bin und wofür nicht, entscheide immer noch ich, Meister Fossa«, fiel ihm die Prinzessin scharf ins Wort. Sie zögerte einen Herzschlag lang, ehe sie hinzufügte: »Was haltet Ihr davon, noch ein paar Monate in meinen Diensten zu bleiben? Ich möchte, daß Ihr diesem Monsieur Paré helft, seine künstliche Hand zu konstruieren!« Sie ließ Fossa stehen und lief zu einem Intarsienschrank, der vor einem bodenlangen Wandbehang aus glänzender, himbeerroter Seide stand. Einen Moment späer kehrte sie mit einem silbernen Obstmesser und einer Lederbörse in der Hand zurück. »Ich wünsche, daß Ihr Euch unverzüglich an die Arbeit macht«, rief sie Fossa in einem Ton zu, der keinen Widerspruch duldete. Sie trennte mit einem scharfen Schnitt ihres Obstmessers das aufgenähte Lilienwappen von der Lederhülle, danach warf sie Fossa die Börse zu. »Hier habt Ihr einen kleinen Vorschuß aus meiner privaten Schatulle, Meister! Sobald die Prothese fertig ist, werdet Ihr den Baderchirurgen und seinen italienischen Schützling zu mir bringen.« Graziös raffte sie ihre ausladenden Röcke und ließ sich neben dem Kamin auf einem hübschen, mit Brokat überzogenen Stuhl nieder. Auf dem marmornen Kaminsims lag ein Stapel italienischer Spielkarten. Sie nahm ihn in die Hand und begann die Karten geschickt mit Daumen und Zeigefinger zu mischen.

»Werden wir Euch im Louvre antreffen?« Gebannt folgte Fossa den flinken Bewegungen ihrer schlanken Finger. Er ahnte bereits, daß Katharina von Medici die düsteren Gemächer des Stadtschlosses nur ungern bewohnte und sich danach sehnte, ihre Residenz so bald wie möglich an die Loire zu verlegen. Daher überraschte es ihn nicht, als er die

Prinzessin temperamentvoll abwinken sah. Schwungvoll warf sie eine der Spielkarten auf den Boden und schob sie mit dem Fuß weit von sich. Fossa verstand nicht viel vom Kartenspiel, diesem müßigen Zeitvertreib gelangweilter Hofdamen, doch dieses eine Bild erkannte sogar er auf Anhieb. Es gehörte zu den sogenannten *carte de trionfi* und zeigte eine Frau, die mit beiden Händen ein blankes Schwert umklammerte.

»Bringt den Bader besser nicht in den Palast«, entschied Katharina mit Entschlossenheit. »In diesem Gemäuer haben die Wände Augen!«

Fossa neigte ergeben den Kopf. Diesmal verstand er Katharinas Anspielung sofort. Die Wände des Louvre besaßen Augen, weil er sie für die Prinzessin erschaffen hatte. Katharina von Medici verspürte offensichtlich keinerlei Skrupel, ihrem Gemahl und der Gräfin von Poitiers heimlich nachzustellen. Aber war dies verwunderlich? Frauen, so entschied der Kunstschlosser, waren nun einmal von Natur aus vorsichtig, und die Prinzessin hatte in den vergangenen Jahren oft erfahren müssen, daß sie am Hofe der Valois nur dann überleben konnte, wenn sie ihren Neidern und Gegenspielern stets einen Schritt voraus war.

Was die Entwürfe des Baders betraf, so stellte Fossa triumphierend fest, daß ihn seine Menschenkenntnis nicht getrogen hatte. Katharina von Medici mochte als abergläubisch gelten, doch sie teilte seine Besessenheit, wenn es um präzise gefertigte Geräte und naturwissenschaftliche Entdeckungen ging. Ähnlich wie er selbst steckte sie voller Geheimnisse, Ängste und Sehnsüchte. Sie wollte beobachten, aber nicht beobachtet werden. Sie liebte die Sonne, stand jedoch selbst hier, im Herzen von Paris, in tiefstem Schatten.

Fossa redete sich ein, daß er recht daran getan hatte, ihren Auftrag anzunehmen, denn nur so konnte er es sich erlauben, den Louvre auch weiterhin jederzeit ungehindert zu betreten, um Katharina zu sehen. Als er die Lederbörse mit dem Handgeld der Prinzessin in eine Tasche seines Mantels gleiten ließ, wußte er, daß er sich nichts sehnlicher wünschte, als so oft wie möglich in ihrer Nähe zu sein.

Tief in Gedanken machte er sich auf den Heimweg. Dieses Mal würde er nicht durch die Seitenpforte zum Fluß hin verschwinden, sondern hocherhobenen Hauptes durch das Tor schreiten. Doch noch bevor er die Stallungen der Palastanlage erreicht hatte, spürte er, daß eine sonderbare Stimmung in der Luft lag. Er lief langsamer. Auf der Insel in der Seine begannen die Glocken von Notre Dame zu läuten. Ihre machtvollen Schläge wurden von einem heftigen Wind über den Fluß getragen. Im nächsten Augenblick stimmten die Glocken anderer Kirchen und Klöster in das Geläut mit ein, bis ganz Paris von einem ohrenbetäubenden Dröhnen erfüllt wurde. Verwirrt beobachtete Fossa, wie nicht weniger als zwanzig uniformierte Bläser mit ihren Fanfaren den Wandelgängen der Türme entgegenstrebten.

In heller Aufregung stürmten würdevoll aussehende Männer mit hohen Hüten und bekümmerten Mienen an den Torwächtern vorbei. Von einer Abteilung Soldaten begleitet, erklommen sie hastig die Stufen der Wendeltreppen, die zu den Gemächern der Kanzler und höfischen Beamten führten.

Der Schlosser drückte sich in eine Nische des Treppenaufgangs, in der eine mannshohe Marmorbüste des Königs stand, doch er konnte nicht verhindern, daß die Männer ihn mit derben Stößen zur Seite schoben. Lautes Schnauben drang an sein Ohr; auf der Galerie, hoch über seinem Kopf, standen einige junge Hofdamen und blickten mit fassungslosem Kopfschütteln hinunter auf den Hof. Einige der Mädchen weinten hemmungslos.

Immer unbehaglicher wurde Fossa zumute. Aus dem Getuschel der aufgebrachten Menge hörte er heraus, daß der Tod seine Schwingen über dem Haus Valois ausgebreitet hatte. Erschöpft bahnte er sich seinen Weg durch das Getümmel ins Freie, vorbei an Reitern, die auf den Hof sprengten. Eine beinahe bodenlose Angst nahm von ihm

Besitz, als er hinauf zu den sich spiegelnden Bogenfenstern blickte, hinter denen er noch immer die schattenhafte Silhouette der Katharina von Medici zu erkennen glaubte. Wenn die Nachrichten, die sich wie ein Lauffeuer verbreiteten, stimmten, so war in der Nacht Katharinas Schwiegervater, König Franz I., in Rambouillet gestorben.

Fossa beeilte sich, die Straße zu überqueren, die den Louvre mit den schmalen Gassen jenseits des linken Seineufers verband. In seinem Rücken verschwand die Sonne wie ein goldener Ball hinter den spitzen Türmen des Torbaus, der merkwürdigerweise nicht mehr unter Bewachung zu stehen schien. Jedenfalls konnte Fossa hinter den Gittern keinen der Torwächter mit ihren glänzenden Brustpanzern ausmachen.

Mit dem alten König verlor das Land nicht nur seinen Monarchen; eine ganze Ära wurde zu Grabe getragen. Eine neue Regierung bedeutete indes Veränderungen, aber ob die Verhältnisse in dem von Krisen geschüttelten Land unter der Herrschaft des Dauphins besser werden würden, war mehr als fraglich. Was dies betraf, so hatten sich die düsteren Vorahnungen der Prinzessin erfüllt, noch ehe Fossa das alte Stadtschloß verlassen hatte.

Zielstrebig bewegte sich Fossa über den Platz, den Pferdeställen entgegen. Er war ängstlich darauf bedacht, den Menschen aus dem Weg zu gehen, die sich auf dem Areal vor den Gärten des Palastes drängten und jeden, ob Graf oder Zofe, aufhielten, der sich anschickte, den Louvre zu verlassen. Die Bürger waren verunsichert und warteten auf Neuigkeiten aus Rambouillet. Fossa beobachtete, wie einige Männer und Frauen sich um einen schäbig aussehenden Priester scharten. Der Geistliche war unrasiert und sah beinahe wie ein Bettler aus. Die Männer und Frauen, die sich nach und nach vor ihm in den Staub sinken ließen und die Hände falteten, schienen sich an der Erscheinung des Priesters nicht zu stören, vermutlich werteten sie das Äußere des Mannes als Zeichen besonderer Askese und Frömmigkeit. Nach einigen Momenten des Schweigens breitete der Geistliche plötzlich seine Arme aus, als versuchte er, das Rote Meer zu teilen, und beschwor die Knienden mit erstickter Stimme, nicht auf die Irrtümer der Ketzerprediger hereinzufallen, gegen die der verstorbene König nicht hart genug durchgegriffen hatte. »Bereut, und kehrt in den Schoß der einzigen, der heiligen Kirche zurück!« rief er laut über den Platz.

»Wir bereuen, Vater Albin«, erwiderte die Menge in schriller Verzückung. »Gebt uns den Segen des heiligen Kreuzes und betet für die unsterbliche Seele des Königs!«

Der Priester machte ein zufriedenes Gesicht. Verstohlen winkte er zwei Soldaten mit Hellebarden herbei, die eine Kutsche zum Tor eskortierten. Er rief ihnen etwas zu, das Fossa nicht verstehen konnte. Dabei deutete er mit seinem Holzkreuz auf mehrere Bürgerhäuser auf der anderen Seite des Platzes. Allein zwei Gebäude, auf deren Holzläden unübersehbar weiße Kreidekreuze prangten, nahm er aus.

Fossa verzog angewidert das Gesicht und beeilte sich, dem Priester und seiner Anhängerschaft zu entkommen. Den Hugenotten stehen wahrhaftig schwere Zeiten bevor, dachte er resigniert.

»Ein unangenehmer Mann, dieser Priester«, hörte er ganz in seiner Nähe eine schwarzgekleidete Frau flüstern, die gemeinsam mit einem Mädchen einen Handwagen voller bunter Blumen über das Pflaster schob. Fossa musterte die beiden eingehend. Ihrer Aufmachung nach gehörten sie der Pariser Gilde der Blumenbinderinnen an, doch irgend etwas an ihrer Art sich auszudrücken, ließ ihn hellhörig werden.

»Er haust im alten Tempel«, sagte die ältere Frau, »und ist immer sogleich zur Stelle, wenn irgendwo in der Stadt ein Unglück geschieht! Seiner Meinung nach sind wir schuld an allem, was die alte Kirche …« Ein warnendes Augenzwinkern ihrer Tochter ließ die Frau verstummen. Sie zog ihren dunklen Schleier tiefer in die Stirn und bedachte Fossa mit einem argwöhnischen Blick. Gehetzt schoben die beiden ihren Karren weiter und verschwanden in der Menge.

Noch immer läuteten die Glocken Sturm. Fossa dachte kurz darüber nach, in einer der Schenken an der Rue de St. Martin einzukehren, wo es einen guten Eintopf gab, doch dann entschied er, daß es vernünftiger war, sich nicht länger in der Stadt aufzuhalten, sondern auf dem schnellsten Weg zum Badehaus zurückkehren. Die Stimmung in Paris gefiel ihm ganz und gar nicht. Außerdem wartete der Bader von Saint-Denis auf seine Entscheidung. Während er seinen Weg durch die schattigen Gassen fortsetzte, versuchte er zu überschlagen, was er für den neuen Auftrag benötigte und ob es angebracht war, noch einmal bei den Pariser Handwerksmeistern vorzusprechen. Da gab es beispielsweise einen Zinngießer, der ihm noch einen Gefallen schuldig war.

Wenig später gab er es auf, sich den Kopf zu zerbrechen. Im Augenblick stand ihm der Sinn einfach nicht nach Schlössern, Kassetten oder künstlichen Gelenken.

Fossa trieb sein Pferd zur Eile an. Seine Gedanken wanderten zurück in die einsamen Gemächer des königlichen Stadtschlosses. Plötzlich erinnerte er sich an die Spielkarte mit der bewaffneten Frau, die Katharina vor ihn auf den Boden geworfen hatte. Von dieser Stunde an war die Prinzessin keine verachtete Fremde mehr, sondern Königin von Frankreich geworden.

Das Wetter hatte umgeschlagen. Der Himmel über Paris war grau. Nur ganz selten wagte die Sonne einen Blick durch die dichte Wolkenwand. An den kühlen Abenden, die der Bestattung des Königs in der alten Kathedrale folgten, war das Badehaus von Saint-Denis nicht selten voll bis unters Dach. Die Menschen drängten sich in der Schwitzstube oder in den wuchtigen Bottichen aneinander, während Bademägde, die Ambroise angestellt hatte, hin und her eilten, um heißes Wasser nachzufüllen oder die Gäste einzuseifen. Dabei sprach man offen über den Tod des alten Monarchen und die prunkvollen Krönungsfeierlichkeiten seines Nachfolgers. Der junge König Henri erfreute sich bei den Bürgern von

Paris trotz seines launischen, ungeselligen Wesens großer Beliebtheit. Voller Rührung erinnerten sich die Menschen daran, wie der große, kräftige Mann am Sarkophag seines Vaters nur mühsam die Tränen hatte zurückhalten können. Daß Franz I. ihn noch vor seinem Tode beschworen hatte, die Ausrottung der Waldenser von Merindol und Cabrieres zu ahnden und sich bei der Bekämpfung der Reformation in Frankreich von Besonnenheit leiten zu lassen, wurde dagegen weitgehend ignoriert. Für die Pariser schien es spannender zu sein, sich über die Fähigkeiten des neuen Herrschers auszulassen. Angeblich war er hochbegabt. Er verfügte über ein ausgezeichnetes Gedächtnis und sprach neben seiner Muttersprache auch Italienisch, Spanisch und Latein. Er liebte die Musik, die Jagd, das Schlittschuhlaufen und rassige Pferde. »Gebe Gott, daß wir unter dem neuen König einer friedlicheren Zeit entgegenblicken dürfen«, war die einhellige Meinung der Leute im Badehaus. Über die künftige Königin verlor niemand ein Wort.

Ambroise hatte so viel zu tun, daß er oft nicht wußte, welchen Handgriff er zuerst erledigen sollte. Die Tage verbrachte er mit Behandlungen oder schrieb Beobachtungen nieder. Hatte er hinter den letzten Gästen die Tür zur Badestube verriegelt, sank er auf sein Lager und lauschte hellwach in die Stille der Nacht. Ruhe fand er selten. Die Sorgen, die sein Haus heimsuchten, seit er sich in Saint-Denis niedergelassen hatte, raubten ihm den Schlaf. Hinzu kamen seit einiger Zeit quälende Schmerzen im Rücken, die ihn unbarmherzig darauf hinwiesen, daß die Blüte seiner Jugendjahre bereits hinter ihm lag. Er dachte über seine Beziehung zu Fioricia nach. Die Ernsthaftigkeit, die seit Sefferinos Verletzung auf ihren Zügen lag, hatte sie nur noch schöner gemacht. So sehr er sich auch bemühte, es gelang ihm nicht, zu verdrängen, daß er sie noch immer liebte. Aber da war auch Mielle, deren jugendliche Unbekümmertheit ihn reizte. Wie Fioricia hatte auch sie ihren eigenen Kopf, aber sie war dazu erzogen worden, einem Mann zu gefallen und sich voller Hingabe um Haus und Kinder zu kümmern. Außerdem verfügte sie über beste Verbindungen zur Gilde und zum Hof.

Nach den Vorkommnissen im Badehaus und der schweren Verletzung Sefferinos hatte Mielle sich überreden lassen, die Hochzeit um einige Wochen zu verschieben. Wegen der Drohung, die Gompard Danderac ausgestoßen hatte, machte sie sich keine Sorgen, vielmehr befürchtete sie, daß der Domherr von Saint-Denis es wegen der verordneten Trauerzeit um den verstorbenen König ablehnen könnte, sie und Ambroise auf den Stufen der Kathedrale zu trauen. Nicht einmal ihre ehemalige Dienstherrin, die Gräfin von Poitiers, die seit dem Tod des alten Königs im Schloß residierte, als sei sie die erste Dame des Hofes, vermochte daran etwas zu ändern.

Die Salben, mit denen Ambroise die Wunden seines Ziehsohnes behandelte, wirkten besser, als beide vermutet hatten. Trotzdem ließ sich Sefferino nur höchst selten dazu bewegen, seine Kammer im Obergeschoß des Badehauses zu verlassen. Tagaus, tagein hockte er am Fenster und starrte auf die Felder oder den Turm der Kathedrale, der sich vor seinen Augen wie ein mahnender Zeigefinger in den bedeckten Himmel bohrte. Sobald es jedoch dunkel wurde, verließ er heimlich die Badestube, um das Gotteshaus aufzusuchen. Das einsame Kirchenschiff von Saint-Denis wurde für ihn zu einer Art Zufluchtsstätte. In seinen Mauern fühlte er sich frei, weil er nicht damit rechnen mußte, daß er hier zu später Stunde mit mitleidigen Blicken und neugierigen Fragen verfolgt wurde. Der schwere Geruch von Weihrauch und Bienenwachs berauschte seine Sinne. Sooft er die hohen Glasfenster betrachtete, durch die manchmal das Mondlicht fiel, geriet er ins Träumen und vergaß für einige Momente, was ihm widerfahren war.

Hin und wieder kam es vor, daß ein Priester Sefferino anbot, ihm die Beichte abzunehmen, doch dieser Pflicht konnte er nur wenig abgewinnen; die milden Worte der Geistlichen trösteten ihn nicht mehr als die der Menschen, mit denen er zusammenlebte. Dabei bezweifelte er gar nicht, daß seine Freunde sich große Mühe gaben, ihn aufzumuntern. Fioricia bedachte ihn mit einer Fürsorge, die ihm schon verdächtig erschien, während Ambroise neben seiner Arbeit in der Badestube wenig Zeit für ihn fand. Mit Fossa, dem Kunstschlosser, war er abends ständig mit irgendeiner Auftragsarbeit beschäftigt. In Italien hatte der Bader sich zuweilen Gedanken über die Verbesserung chirurgischer Bestecke gemacht, und Sefferino vermutete, daß er einen Satz neuer Federmesser zum Öffnen von Eiterbeulen, Geräte zum Punktieren oder möglicherweise sogar einen Trepanationsbohrer bestellt hatte. Doch fragte er niemals nach.

»Es gibt noch andere Tätigkeiten für einen aufgeweckten Mann wie dich«, sagte Fioricia eines Tages, nachdem sie Sefferino wieder einmal reglos am Fenster seiner Kammer vorgefunden hatte. Sefferino hob die Schultern, ohne sich umzublicken. Er sah es nicht gern, wenn seine Freunde unaufgefordert bei ihm eintraten, aber er brachte auch nicht die nötige Energie auf, um es ihnen zu verbieten.

»Macht es dir eigentlich Spaß, mich zu stören?« fragte er. »Ich wollte soeben ein Bad nehmen!«

Ungehalten betrachtete Fioricia seine schmutzigen Haare. Durch den dünnen Stoff seines Hemdes schimmerten Rotweinflecken. »Dein tägliches Bad in Selbstmitleid, nehme ich an? Sefferino, ich verstehe dich nicht. Du bist jünger als Ambroise, und doch gehört dir bereits ein gutgehendes Badehaus.«

Sefferino schüttelte den Kopf. »Da irrst du dich, meine Liebe! Das Badehaus gehört allein Ambroise. Frag die alte Julon, wenn du mir nicht glaubst: Ich besitze hier gar nichts!« Er dachte einen Moment lang nach, wobei ein kaltes Lächeln über sein Gesicht glitt. »Wenn man es genau betrachtet, habe ich sogar noch weniger als damals in Italien. Sollte Ambroise sich eines Tages entschließen, mich aus dem

Haus zu werfen, kann ich mich zu den Bettlern auf den Faubourg Saint-Antoine gesellen!« Er lachte verbittert. Es war merkwürdig: Obwohl er an Fioricia hing, verspürte er in letzter Zeit manchmal den Drang, sie zu verletzen. Es betäubte den Schmerz, unausstehlich zu sein. Und es schärfte die Sinne. Unvermittelt hörte er auf zu lachen und senkte den Blick.

»Wie kommst du nur auf einen solchen Gedanken? Wirklich, Sefferino, du solltest dich schämen. Meinst du, Ambroise würde jemals vergessen, daß du den Kauf des Badehauses veranlaßt hast? Es war das Geld deines Onkels, mit dem er …«

»Ja, ich weiß!« Sefferino lief um den Tisch herum, der neben seinem Bett stand, und entkorkte mit den Zähnen eine halbvolle Flasche Rotwein. »Mein Onkel, der Senfmüller …«, murmelte er. »Als ich ihn damals ermordet in der Mühle auffand, habe ich mir geschworen, seine Mörder zur Rechenschaft zu ziehen.« Er spuckte den Korken aus und hob die Flasche an. »Auf dein Wohl!«

»Sefferino …«

»Doch genau das wollten die Danderacs verhindern. Beinahe hätte ich schon damals in Turin dran glauben müssen. Weißt du, daß Pater Eugenio versucht hat, mich dem Einfluß von Ambroise zu entziehen? Er war ein Mann mit festen Grundsätzen und befürchtete, ich hätte keine Zukunft vor mir, wenn ich mich einem Bader anschlösse. Wir haben niemals herausgefunden, was in jener Nacht, als er starb, tatsächlich auf dem Turm geschah.«

»Aber wir leben weiter«, sagte Fioricia leise. Sie nahm Sefferino die Flasche aus der Hand und stellte sie auf das Tablett zurück. »Du hast deine Rachepläne aufgegeben, weil du genau weißt, daß dein Onkel sich ein anderes Leben für dich gewünscht hat. Ambroise hat mit seinen Behandlungen großen Erfolg. Sein Buch über die Behandlung von Schußwunden verbreitet sich langsam, aber sicher in ganz Frankreich …«

Sefferino schlug mit der Faust auf den Tisch. »Ich kenne seine Qualitäten«, rief er unbeherrscht. »Er ist ein begabter Chirurg, ein umsichtiger Geschäftsmann und hat zudem ... zwei Frauen, die ihn lieben!«

Fioricia erwiderte keinen Ton. In hilfloser Erstarrung sah sie Sefferino ungläubig an. Er jedoch ließ sie stehen und kehrte ans offene Fenster zurück. In diesem Augenblick wurde ihm klar, daß er etwas gesagt hatte, das sich nicht mehr zurücknehmen ließ. Solange er die tiefen Blicke, die Worte, ja selbst das innige Schweigen ignoriert hatte, das Fioricia und Ambroise manchmal einzuhüllen schien, hatte er sich einreden können, daß sein Verdacht ein großer Irrtum gewesen war. Aber er irrte sich nicht. Es war beinahe, als habe erst der Verlust seiner Hand ihm den Mut gegeben, das auszusprechen, was doch so offensichtlich war: Fioricia hatte sich in Ambroise verliebt, und der Bader erwiderte ihre Liebe. Dennoch hatte er sich mit Mielle verlobt. Warum eigentlich? Wegen der Gilde? Um ihm nicht weh zu tun?

»Was hast du nun vor?« fragte er nach einer Weile, ohne Fioricia anzusehen. »Du weißt hoffentlich, daß die Gilde Ambroise das Leben in Paris zur Hölle machen kann, falls er es wagt, de Beroncourt vor den Kopf zu stoßen.«

Fioricia seufzte. Sie mußte an die Worte von Radegonde Julon denken. Die Baderwitwe hatte ihr unmißverständlich klargemacht, daß es ein Fehler war, wichtige Entscheidungen lange vor sich herzuschieben. Nun, die erste Entscheidung hatte Sefferino ihr abgenommen. Er machte ihr nicht einmal Vorwürfe, und dafür war sie ihm dankbar, auch wenn sie spürte, daß ihre Schwierigkeiten nun erst richtig beginnen würden. Nachdem sie eine Weile überlegt hatte, sagte sie: »Radegonde hat mir vor einiger Zeit von einem Medicus erzählt, der früher im Badehaus ein- und ausgegangen ist. Der Mann nennt sich ... Nostradamus.«

»Ja, und?« Sefferino verstand nicht, worauf sie hinauswollte.

Fioricia lächelte. »Die Mediziner der Sorbonne vermitteln

ihr Wissen um die Heilung von Krankheiten, doch die wenigsten von ihnen benutzen dabei ihre Hände. Die chirurgischen Eingriffe überlassen sie nur zu gern Badern und Wundärzten wie Ambroise ...«

»Was soll dieses Gerede?« unterbrach Sefferino sie ungeduldig. »Du weißt doch, daß aus mir niemals ein richtiger Wundchirurg werden wird!«

»Ich meine lediglich, daß du dich Radegondes Freund einmal vorstellen könntest. Möglicherweise braucht er einen Schüler, der in der Kunst des Heilens erfahren ist. Vielleicht kann er dir sogar helfen, ein richtiger Medicus zu werden.«

Sefferino hatte kaum zugehört. Seine Blicke wanderten über die Felder bis hin zu den Mauern von Paris. Ein richtiger Medicus – er wußte, daß Fioricias Rat von Herzen kam; daß sie ihn nicht lieben konnte, war nicht ihre Schuld. Gewiß, sie hätte ehrlicher zu ihm sein müssen, aber solche Dinge waren niemals einfach.

»Mach dir um mich keine Sorgen«, sagte er, während er sich langsam zu ihr umdrehte. Sanft streichelte er über ihre Wange. »Ich habe meine eigenen Pläne.«

24. KAPITEL

Die Gilde der Pariser Wundchirurgen besaß ein schmuckes Fachwerkhaus von beträchtlicher Größe. Es lag auf der rechten Seite der Seine und grenzte unmittelbar an den ummauerten Bezirk der altehrwürdigen Universität. Hinter dem Haus schlossen sich hohe Zäune um einen Innenhof, dessen Lagerschuppen und Werkstätten verrieten, daß das Anwesen einst einem wohlhabenden Silberschmied gehört hatte. Dieser hatte es testamentarisch seinem Sohn, einem Wundarzt, vermacht. Doch das lag lange zurück.

Die Nachbarschaft zur Sorbonne stellte für die Wundärzte kein größeres Problem dar, auch wenn die alte Rivalität zwischen Handwerkerchirurgen und studierten Medizinern zuweilen Reibereien heraufbeschwor. Die Gilde profitierte zweifellos von der Nähe zu den gelehrten Magistern, wenn es darum galt, rechtliche Gutachten einzuholen oder den Zugang zur umfangreichen Bibliothek zu erhalten. Auf der anderen Seite gab es auch Doktoren, die sich für die praktischen Aspekte der Wundmedizin interessierten und zuweilen unerkannt Zusammenkünfte der Gildeherren besuchten.

Gelegentlich kam es vor, daß Ratsversammlungen von lärmenden Studenten gestört wurden, die durch die Rue St. Jacques zogen, um in der Kathedrale von Notre Dame die Messe zu hören oder in den Norden der Stadt zu gelangen. Doch die jungen Scholaren stellten für die einflußreiche Gilde längst keine Bedrohung mehr dar. Dazu waren sie in der Nachbarschaft zu unbeliebt, während man die Wundärzte, die für wenig Geld Leistenbrüche behandelten, Stare stachen oder Schultern einrenkten, ebenso schätzte wie benötigte.

Eines Nachmittags im April strebte Ambroise mit eiligen Schritten dem Versammlungshaus der Gilde entgegen. Sefferino und der Kunstschlosser folgten ihm in einiger Entfernung. Fossa jammerte und beschimpfte den Bader, weil er ihn zu Fuß durch die Stadt jagte, statt ihm eine Kutsche zu beschaffen. Jedem Wagen, der seinen Weg kreuzte, sandte er sehnsuchtsvolle Blicke hinterher. Nach einer Weile konnte Sefferino die Klagen des Schlossers nicht mehr ertragen. Obwohl er die Gegenwart des Baders seit seiner Unterredung mit Fioricia nur noch mit Mühe ertrug, schob er sich näher an Ambroise heran. Vielleicht bot ihm dieser Tag ja eine Gelegenheit, mit seinem Ziehvater zu reden. Seit einiger Zeit wurde er von einem Gedanken beherrscht, den er nicht einmal Fioricia anvertraut hatte, aber das Badehaus schien ihm nicht der geeignete Ort für ein klärendes Gespräch zu sein.

Als die Männer eine Steinbrücke überquerten, auf der

Korbflechter ihrem Tagwerk nachgingen, verbarg Sefferino seinen verstümmelten Arm unter einer Falte seines Umhangs. Um diese Tageszeit herrschte hier besonders viel Betrieb. Doch zu seiner Erleichterung stellte er fest, daß niemand Notiz von ihm nahm.

Ambroise trug eine wichtig aussehende Kassette mit Eisenbeschlägen unter dem Arm. Sie mußte schwer sein, denn obgleich es empfindlich kühl war, stand dem Bader der Schweiß auf der Stirn. Sefferino fiel auf, daß Ambroise ein elegantes Wams aus schwarzem Samt mit Silberknöpfen angelegt hatte, das am Halsausschnitt eine feine Rosenstickerei aufwies. Der Schlosser Fossa war dagegen recht schäbig gekleidet. Wie gewöhnlich trug er eine dunkelblaue, vom Waschen verzogene Schaube und eine Ohrenkappe aus speckigem, braunem Filz, die seine faltige Stirn bis zu den Augenbrauen bedeckte.

Vor dem Eingang zum Gildehaus drückte Ambroise dem Schlosser unvermittelt seine Kassette in die Hand und bat ihn, in die Halle vorauszugehen. Er selbst wollte mit Sefferino wenig später nachkommen.

»So war das aber nicht abgesprochen«, maulte der Schlosser. »Das ist schließlich nicht meine Zunft!«

»Meine auch nicht«, gab Ambroise lakonisch zurück. »Bedauerlicherweise.« Mit sanfter Gewalt schob er den erstaunten Fossa über die Türschwelle. Leise murrend verschwand der Schlosser im Innern des Hauses.

»Du hast mit Fioricia gesprochen, nicht wahr?« Ambroise berührte Sefferino an der Schulter. »Sie hat mir gesagt, daß sie eure Verlobung lösen möchte ...«

»Und nun denkt Ihr, sie sei frei für Euch«, zischte Sefferino und schüttelte Ambroises Hand ab. »Erwartet aber bitte nicht, daß ich Euch meinen Segen gebe! Wenn ich Fioricia und Euch nicht zur Hölle wünsche, hat das weniger mit Eurer angeblichen Rücksichtnahme auf meine Gefühle zu tun, als vielmehr damit, daß ich mich in diesem Spiel als den größten Lügner von uns dreien verstehe. Ich habe mich selbst belogen und Fioricia damit in einen tiefen Gewissenskonflikt gestürzt.«

»Es tut mir leid, daß ich niemals mit dir geredet habe, mein Junge«, sagte Ambroise mit betrübter Stimme. »Ich muß zugeben, daß ich für Fioricia mehr empfinde als Freundschaft. Ja, verdammt, ich liebe sie. Aber … das heißt nicht, daß ich mit ihr zusammensein kann. Ich habe versprochen, Mielle de Beroncourt zu heiraten.«

»Heute glaubt Ihr vielleicht selbst an das, was Ihr sagt. Aber was ist morgen? In einem Monat oder im nächsten Jahr?«

Ambroise begann plötzlich zu frösteln. Er war sich alles andere als sicher, wie sein Leben weitergehen würde.

»Euer Schweigen ist mir Antwort genug!« Sefferino verzog das Gesicht. »Ihr wart immer für klare Verhältnisse, *Vater*. Schon damals in Turin. Während Ihr mir in Eurem Wagen heitere Geschichten erzählt habt, ließen die Soldaten den Hof meines Onkels in Flammen aufgehen.«

»Das ist viele Jahre her, und du weißt genau, weshalb ich …«

»Ich habe es Euch auch niemals nachgetragen, weil ich Eure Gründe verstand«, rief Sefferino. »Aber damit ist es nun vorbei. Ich verstehe Euch nicht mehr und habe genug von Euren Heimlichkeiten, Ambroise Paré. Aus diesem Grund habe ich beschlossen, Saint-Denis endgültig den Rücken zu kehren.«

Mit diesen Worten schob sich Sefferino an Ambroise vorbei und stieß die Tür zur Halle auf. Ambroise tappte ihm wie ein Blinder hinterher. Er war viel zu aufgewühlt, um auf das offene Fenster im Obergeschoß zu achten, das direkt über der Eingangstür lag. Dort hatte Mielle de Beroncourt mit einer Stickarbeit auf die Ankunft ihres Verlobten gewartet. Sie hatte die Gasse im Auge behalten und jedes einzelne Wort mitangehört.

Ambroise kannte die Halle des Gildehauses von seinen Besuchen bei Monsieur de Beroncourt, doch nie zuvor hatte er so viele Menschen dort versammelt gesehen. An der Stirnseite des Raumes brannte ein Feuer im Kamin. Angenehme Wärme breitete sich aus und vertrieb die klamme Feuchtigkeit. Die mit Kalk geweißten Wände zwischen den Balken waren mit Fahnen, grünen Samtvorhängen und einem hölzernen Bord voller ärztlicher Instrumente geschmückt. In einer Nische, die wohl aus dem Mauerwerk herausgebrochen war, befand sich der Hausaltar, den die Ehefrauen und Mägde der Gildeherren liebevoll mit Narzissen, Immergrün und Osterglocken geschmückt hatten. Zwischen den Ölkrügen und den mannigfaltigen Devotionalien ragten die hölzernen Figuren der beiden Ärztepatrone, Cosmas und Damian, ein wenig verloren in die Höhe.

Während der Bader sich beklommen umsah, eilten ein paar schmächtig aussehende Lehrlinge mit langen Kienspänen umher; in Windeseile entzündeten sie so viele Kerzen und Lampen, daß die im Hufeisen angeordneten Tafeln, hinter denen sich bereits einige der älteren Gildeherren niedergelassen hatten, in einem bläulichen Glanz erstrahlten. Junge Frauen füllten funkelnden Wein in prunkvolle, mit kleinen Wappen besetzte Zinnbecher.

Monsieur de Beroncourt stand in der Nähe des Kamins, um die Eintretenden zu begrüßen. In seinem knielangen, mit Pelz gefütterten Überrock wirkte er wie ein Bär, der seine Höhle verlassen hatte, um sich nach Futter umzusehen. Als er Ambroise erblickte, stapfte er mit verdrossener Miene auf ihn zu. »Dieser Lothringer macht mich noch wahnsinnig, mein guter Ambroise«, brummte er. »Vielleicht könnt Ihr dem Kerl erklären, daß ihm als Nichtmitglied der Gilde kein Platz an der hohen Tafel zusteht.«

Ambroise sandte einen irritierten Blick zu den mit kunstvollen Schnitzereien versehenen Polsterstühlen. Fossa war im Augenblick der letzte, der ihn interessierte. Er mußte Sefferino finden. Resigniert neigte er den Kopf. »Gewiß, Monsieur, ich werde Fossa sogleich ...«

»Oh, das ist leider noch nicht alles!« De Beroncourt holte

tief Luft. »Dieser verwachsene Zwerg besteht auch darauf, daß die Türen, die zu den Wundkammern führen, geöffnet bleiben. Bei diesen Temperaturen ist das die reinste Zumutung, denn wir haben kein Feuerholz zu verschenken. Unser Schatzmeister fertigt über jede einzelne Brandspende peinlich genaue Berichte an. Abgesehen davon mußte einer meiner Gesellen eine Bank mit Kissen sowie einen Krug Burgunder in die Kammer schleppen. Mir scheint, Fossa hat irgendwelche Leute vom Hof eingeladen, die nicht erkannt werden möchten! Aber nun kommt, Monsieur! Meine Brüder und ich sind schon sehr gespannt, was Ihr der Gilde vorzuweisen habt.«

Der Gildemeister legte eine Hand auf den Rücken des Baders und trieb ihn vor sich her. Ambroise fühlte sich befangen wie ein armer Sünder, der vor die Schranken eines Tribunals geführt wird. Langsam schritt er an den Männern in ihren talarartigen Überröcken vorbei und beobachtete mit wachsendem Unbehagen deren versteinerte Mienen. Die prüfenden Blicke der Versammelten, der Geruch nach Wein und feuchtem Leder verursachten ihm eine Gänsehaut. Forschend suchten seine Augen die Menge nach Mielle ab, aber er wurde enttäuscht. Unter den wenigen Frauen, die in der Nähe des Altars standen und sich flüsternd unterhielten, war sie nicht auszumachen.

»Hier entlang, Monsieur!« Der Schatzmeister der Gilde, ein weißhaariger, magerer Mann mit vertrockneter Haut, trat ihm entgegen und deutete mit einem Wink seines Stabs auf einen Schragentisch, den man in die Mitte der Halle geschoben hatte. Jenseits der Schragen erwarteten ihn Sefferino und Fossa voller Ungeduld. Seine Kassette stand vor ihnen. Der Kunstschlosser schien noch aufgeregter zu sein als er selbst, denn er befeuchtete unablässig seine Lippen. Ambroise bemerkte, wie Fossa sich mehrmals zu der Pforte der Wundkammer umdrehte. Der Gildemeister hatte recht. Hinter der Tür kauerte eine von Kopf bis Fuß vermummte Gestalt, die Fossa und Sefferino nicht aus den Augen ließ.

Verstohlen tupfte Ambroise sich mit seinem Schnupftuch die glänzende Stirn ab und überlegte, ob er Fossa nicht sogleich zur Rede stellen und eine Erklärung fordern sollte. Doch ehe er sich dazu durchringen konnte, erstarb das Gemurmel im Saal.

Monsieur de Beroncourt erhob sich von seinem Ehrenplatz, um die außerordentliche Versammlung der Gilde mit einigen Worten einzuleiten. Zunächst ließ er nach altem Brauch eine Anzahl von Gebeten aufsagen. Vor dem Hausaltar wurde eine rote Wachskerze entzündet, die gewiß zwei Pfund auf die Waage brachte. Erst nachdem dieser Teil der Versammlung abgeschlossen war, erteilte er mit einer gnädigen Geste Ambroise das Wort.

»Messieurs«, begann der Bader, »ich bin es nicht gewohnt, lange Reden zu halten, aber ich danke der ehrwürdigen Chirurgengilde von Paris, daß sie mir und meinen Geschäftspartnern die Ehre erweist, heute in ihren Räumen zu sein. Viele der Herren kennen mich bereits, weil sie meine Bücher in französischer Sprache gelesen haben. Ich habe mich im Hospital von Paris und später in der Armee Seiner Majestät mit Wundmedizin beschäftigt, wo es mir mit Gottes Hilfe gelang, die törichten Ansichten bezüglich der Ölbehandlung von Schußwunden sowie die Verwendung des Glüheisens durch eigene Beobachtungen am Patienten zu widerlegen.«

Ein überraschtes Raunen machte sich im Saal breit. Einige der Männer steckten die Köpfe zusammen und begannen aufgeregt miteinander zu tuscheln. De Beroncourt starrte vor sich hin. Seinen düsteren Gesichtszügen nach bereute er bereits, diese Versammlung überhaupt einberufen zu haben.

»Ihr seid doch niemals bei einem Wundschneider in die Lehre gegangen!« erhob ein dicker Mann empört seine Stimme. »Wie kommt Ihr dann dazu, althergebrachte Lehren in Frage zu stellen?«

»Ist es wahr, daß Ihr Euch bei Euren Behandlungen auf göttliche Eingebung beruft?« wollte ein anderer Mann wissen.

»Nach meiner Zeit im Dienste Seiner Gnaden, des Herzogs von Montejan, kehrte ich nach Paris zurück und begann in einem alten Badehaus zu praktizieren«, fuhr Ambroise fort. »Ich will nicht abstreiten, daß ich bei einem Barbier in die Lehre ging und seinem Gewerbe noch immer große Wertschätzung entgegenbringe. Immerhin sind es Bader und Barbiere, die in den meisten Fällen zur Stelle sind, wenn die einfachen Menschen ärztliche Hilfe benötigen. Aber das gehört nun nicht hierher.«

»Sehr richtig«, rief der dürre Schatzmeister dazwischen. »Wenn Ihr Euch bitte auf das Wesentliche beschränken würdet?«

Ambroise nickte. In knappen Worten, und ohne auf Einzelheiten einzugehen, berichtete er von dem Unglücksfall, in dessen Verlauf Sefferino die rechte Hand verloren hatte, und von seinen Studien der menschlichen Anatomie. Zuletzt ließ er sich von Fossa die Kassette reichen und entnahm ihr unter den staunenden Blicken der Wundchirurgen einen Gegenstand, der auf den ersten Blick wie ein Damenhandschuh aussah. Dieser Handschuh lag auf einem blauen Samtkissen und glänzte im Schein der Kerzen wie ziseliertes Silber. Die Männer an der Tafel rückten enger zusammen. Mit offenen Mündern starrten sie von Ambroise über Fossa auf das merkwürdige Gerät. Sie erkannten fünf fein gearbeitete Finger, die mit dünnen Drähten miteinander verbunden waren.

»Was soll das?« wollte Monsieur de Beroncourt wissen. Die Stimme des Gildemeisters spiegelte seine Verwirrung wider. »Was habt Ihr getan?«

»Eine törichte Frage!« Fossa schüttelte respektlos den Kopf und bewegte seine eigenen Finger, als wollte er winken. »Soll ich Euch vielleicht die Pläne zeigen?«

Die Stirn des Baders glänzte vor Schweiß, als er wortlos zu Sefferino trat und behutsam begann, ihm den Verband abzunehmen. Seine Augen baten den jungen Mann inständig, stillzuhalten und ihm ein letztes Mal sein Vertrauen zu schenken. Nach einer kurzen Begutachtung des Gelenks paßte er ihm das künstliche Körperteil an und verschloß den Lederstulpen unter der Elle mit stabilen Schnallen. Sefferino schaute auf den Fremdkörper, der am Ende seines Armes saß. »Eine Hand«, flüsterte er tonlos.

»Eine kunstvollere Prothese werdet Ihr in ganz Europa nicht finden«, krächzte Fossa. Seine Augen leuchteten vor Begeisterung. »Die Finger lassen sich paarweise bewegen, je nachdem wie groß der Widerstand ist. Na los, gebt dem Jungen eine Schreibfeder! Er wird sie halten können, ohne daß sie zu Boden fällt!«

Ehe der Gildemeister seine Zustimmung geben konnte, eilten zwei Lehrlinge herbei, und legten ein Schreibgerät und ein Stück Pergament vor Sefferino auf den Tisch. Letzteres hatten sie aus dem hinteren Teil eines Rechnungsbuches herausgerissen, aber niemand kümmerte sich darum. Eifrig beschwerten die Jungen den Papierfetzen mit der Kassette. Ambroise beugte sich zu seinem Ziehsohn hinunter und erklärte ihm, auf welche Weise er Daumen und Zeigefinger anziehen mußte. Die Drähte ließen sich mit der linken Hand fast mühelos bedienen.

»Jetzt begreife ich, warum Ihr Euch mit dem Lothringer zusammengetan habt«, sagte Sefferino, während die Gildeherren ihre Plätze verließen und ihm entgegenstrebten. »Ihr wolltet mir also wirklich helfen?« Er enthob Ambroise einer Antwort. Mit einer flinken Bewegung klemmte er die Schreibfeder zwischen die Finger der künstlichen Hand und zog den leicht vibrierenden Draht zusammen. Unter beifälligem Gemurmel tauchte er die Feder in das bereitstehende Tintenfaß und kritzelte ungelenk seinen Namen auf das Pergament.

»Kommt mit, Bader, im Nebenraum wartet jemand, der Euch unbedingt sehen möchte!«

Aufgeregt zupfte Fossa an Ambroises Wams, mit den Augen wies er auf die andere Seite der Halle, wo die Wundchirurgen noch immer Sefferinos Schragentisch belagerten. Während Monsieur de Beroncourt sich mit dem Schatzmeister beriet, überschütteten sie Sefferino mit Fragen und begutachteten die Prothese. Der hagere Mann mit dem streng nach hinten gekämmten weißen Haar machte auf Ambroise einen vernünftigeren Eindruck als der Gildemeister. Es lag auf der Hand, daß sein Einfluß auf die Pariser Wundchirurgen auch im Alter nicht geschwunden war. Vom Korridor her drangen Stimmen sowie der Geruch von gebratenem Hammelfleisch in die Halle. Heißer Würzwein wurde in einem großen Kessel an Stangen durch die Reihen getragen. Offensichtlich beabsichtigten die Gildemitglieder, ihre Versammlung mit einem zünftigen Nachtmahl zu beschließen.

»Wer ist denn nun Euer geheimnisvoller Gast?« fragte Ambroise. »Monsieur de Beroncourt war nicht gerade erfreut über Eure Geheimniskrämerei!« Aus den Augenwinkeln beobachtete er den Disput der beiden Männer und fragte sich, ob Mielles Onkel seine Aufnahme in die Gilde nun wohl durchsetzen konnte. Allein aus diesem Grund hatte er sich überhaupt dazu herabgelassen, Fossas Konstruktion in der Rue St. Jacques vorzustellen. Er beobachtete, wie der Schatzmeister nachdenklich auf den Knauf seines Stabes blickte. Seinem Mienenspiel war nicht zu entnehmen, ob er Ambroises Mitgliedschaft befürwortete oder ablehnte. Wahrscheinlich bestand er auf einer weiteren Prüfung seiner chirurgischen Kenntnisse.

»Wo ist die Hand?« zeterte Fossa. Nervös sprang er an Ambroise vorbei und versperrte ihm mit ausgebreiteten Armen den Zutritt zur Wundkammer. Eine Magd, die einen Korb mit Äpfeln hereintrug, schaute neugierig zu den Männern herüber, ließ sich aber von Fossas grimmigen Blicken rasch in die Flucht schlagen. »Ich muß sie meinem Auftraggeber zeigen!«

»Seid Ihr närrisch geworden? Wovon redet Ihr?« knurrte Ambroise. Der dumme Kerl würde ihm noch alles verderben. »Sefferinos Hand sitzt dort, wo sie hingehört: an seinem rechten Gelenk. Und was den Auftrag betrifft, darf ich Euch daran erinnern, daß er von mir kam!«

Fossa schüttelte langsam, aber entschlossen den Kopf. »Es tut mir leid, Monsieur Paré, aber da irrt Ihr Euch. Ich hätte niemals für Euch gearbeitet, wenn meine Herrin es mir nicht befohlen hätte!«

»Eure … Herrin?«

»Folgt mir endlich, Monsieur Paré«, erwiderte der Schlosser ungerührt. »Wir dürfen sie nicht länger warten lassen.«

Brüsk drängte er Ambroise über die Schwelle des Nebenraums, wo ein braungebrannter Jüngling wartete, der die Eintretenden mit einer Mischung aus Hochmut und Verachtung betrachtete. Ambroise schätzte den jungen Mann auf etwa achtzehn Jahre. Er hatte dichtes schwarzes Haar, das ihm in glänzenden Wellen über die Schultern fiel, und trug hauchdünne, verschiedenfarbige Beinlinge aus knisternder Seide. Sein Rock war schwarzweiß kariert, wie ein Schachbrett. Ambroise trat näher und sah sich verwirrt um. Hinter dem Jüngling gewahrte er plötzlich eine Gestalt, die auf einer einfachen Holzbank saß. Es war eine Frau. Sie sah aus wie eine der hölzernen Figuren, welche Putzmacherinnen zuweilen benutzten, um Säume abzustecken. Auf einem Schemel zu ihren Füßen standen ein halb geleerter Krug Wein, eine silberne Platte mit Pfirsichen sowie ein brennender Kerzenleuchter. Als der Bader sie ansah, raunte sie ihrem Begleiter etwas zu, worauf dieser den Leuchter vom Schemel nahm und sich in einen Winkel des Raumes zurückzog.

Ambroise schluckte; seine Augen weiteten sich vor Überraschung, als er das Gesicht unter dem dünnen Schleier erkannte. Nach Fossas verrücktem Gebaren hatte er mit einigem gerechnet, doch niemals damit, der Königin von Frankreich in einem düsteren Hinterzimmer der Rue St. Jacques gegenüberzustehen.

Katharina von Medici war von Kopf bis Fuß in Schwarz gekleidet. Ihre Robe bestand aus edlem Damast, enthielt jedoch keinen überflüssigen Zierat. Weder Goldborten noch aufgenähte Juwelen, nicht einmal eine Perlenkette schmückte ihren Hals. Lediglich an ihren schmalen Fingern blitzten einige goldene Ringe auf. Mit einer jähen Bewegung hob die Königin ihren Schleier an und bedeutete Ambroise, der inzwischen ehrerbietig auf die Knie gesunken war, sich zu erheben und näher zu treten. Ein aromatischer Duft von Parfüm schlug dem Bader entgegen.

»Nun, Monsieur Paré«, erklärte die Königin mit heiserer Stimme, »wie ich sehe, habt Ihr nicht lange gebraucht, bis Ihr mich erkannt habt.« Sie stand auf und lächelte ihn freundlich an. »Die Kupferstiche, die in Paris von mir kursieren, vermitteln gewiß nicht das schmeichelhafteste Bild. Aber wenigstens sind sie genau, und darauf kommt es wohl an!«

Ambroise erwiderte das Lächeln der Königin zurückhaltend. Nach einigem Zögern sagte er: »Wie sollte ein Kupferstecher, auch wenn er noch so begabt sein mag, die Intelligenz, Anmut und Würde Eurer Majestät in gebührender Weise widerspiegeln können? Dies würde sogar einem Hofmaler schwerfallen, dem auf seiner Palette alle Farben des Regenbogens zur Verfügung stehen!«

Die Königin betrachtete ihn mit durchdringenden Blicken. »Ihr seid ein Schmeichler, Monsieur Paré, aber ich muß zugeben, daß ich in letzter Zeit nur selten derart galante Worte hören durfte.« Sie drehte sich nach dem jungen Mann um, der sich mit angewiderter Miene eine Auswahl von Kugelzangen, Lanzetten, Wundspritzen und Pflasterscheren ansah. Die Instrumente hingen an eisernen Haken von der Wand oder lagen auf edel verzierten Borden aus Nußbaumholz.

»Mein guter Sekretär Riggino gibt sich alle Mühe, mir die Heimat zu ersetzen. Er kommt aus Florenz und beherrscht das Spiel der *chitarra* wie kein zweiter. Für die Wissenschaft hat der Arme allerdings kein Verständnis. Ich bete zur seligen Jungfrau, daß er niemals an seinem hübschen Leib erfahren muß, wofür Eure Instrumente gut sind!«

Ambroise stimmte in ihr Lachen mit ein, was Fossa mit einem mürrischen Kopfschütteln quittierte. Es gefiel ihm nicht, daß die Königin so vertrauensvoll mit dem Bader sprach, seine eigene Gegenwart jedoch kaum beachtete. »Darf ich Euch nun meine anatomische Konstruktion vorführen, Madame?« fragte er deshalb in einem kläglichen Versuch, Katharinas Aufmerksamkeit zu erringen.

Die Königin sah verwundert zu dem Schlosser auf. »Ach ja, der junge Italiener. Ich vergaß, daß er ohne Schuld ein schweres Schicksal erdulden mußte. Wollt Ihr mir die Namen der Männer nennen, die ihm das antaten? Der Stadtpräfekt soll sich sogleich darum kümmern, daß diese Missetat gesühnt wird!«

Ambroise erbleichte, als er die kalten Augen der Königin auf sich gerichtet sah. Er stammelte einige unzusammenhängende Worte, unterbrach sich selber und schüttelte schließlich den Kopf. Voller Scham starrte er auf die kahlen Dielenbretter. Das Recht war auf seiner Seite, daran gab es keinen Zweifel. Aber Gompard Danderac und seine Freunde waren keine Bürgerlichen, die der Gewalt der Vögte oder städtischen Richter unterstanden. Sie waren Edelleute, die am Hofe verkehrten. Wenn man den Gerüchten Glauben schenkte, so erteilte Gompard dem König Reitunterricht und begleitete ihn auf die Eberjagd.

»Worauf wartet Ihr, Paré?« Die Stimme der Königin holte ihn aus seinen Gedanken. »Habt Ihr mir gar nichts zu sagen?«

»Ich fürchte, ich kann Euch die Namen der Männer nicht nennen, die mein Badehaus überfielen«, antwortete er. »Es waren Fremde, keiner von ihnen war mir bekannt!« Ambroise versuchte ein Lächeln, das ihm jedoch gänzlich mißlang. Die Königin hatte ihm mit ehrlicher Absicht helfen wollen, doch der Bader wußte, daß ihre Macht nicht ausreichte, um ihn und die Seinen ein Leben lang vor der Rache einflußreicher Adelsfamilien zu schützen. Aus diesem Grund mußte er sie anlügen und konnte nur hoffen, daß der alte de Beroncourt und Mielle ebenfalls den Mund halten würden. Nein, es mußte einen anderen Weg geben, um Danderac und Damien Coulaine von Saint-Denis fernzuhalten Zu seiner Überraschung gab sich die Königin mit seinen Ausflüchten zufrieden.

»Mein guter Riggino hat in meinem Auftrag Erkundigungen über Euch eingeholt, Monsieur Paré«, sagte sie, das Thema wechselnd. »Ihr habt in Eurem Badehaus bereits vielen Menschen beigestanden. Nicht nur dem jungen Italiener, der dank Eurer Hilfe zumindest wieder eine Feder führen oder einen Trinkbecher umfassen kann. Die Männer und Weiber, die Riggino in Saint-Denis befragte, behaupteten fast alle, daß Ihr heilende Hände besitzt.«

Ambroise spürte, wie er errötete. »Nun, ich besitze ein paar brauchbare Instrumente und Bücher, die mir helfen, Kugeln und Widerhaken im Körper eines Verwundeten aufzuspüren, oder den Steinschnitt vorzunehmen, ohne daß der Kranke sogleich daran verblutet. Das ist alles.« Er runzelte abwartend die Stirn. Worauf wollte die Königin hinaus? Er beobachtete, wie sie ihrem Sekretär ein Zeichen gab und ein paar Worte in der Sprache ihrer Heimat an ihn richtete. Sofort legte der Jüngling den Ziegenschädel, den er soeben in den Händen gewendet hatte, ins Regal mit den Bestecken zurück und schob sich an die Seite seiner Herrin.

»Ich möchte, daß Ihr Euch künftig einmal in der Woche im Stadtschloß bei Riggino meldet«, befahl die Königin streng. »Auf die Ärzte, welche die Gräfin de Poitiers mir schickt, will ich mich nicht länger verlassen.« Sie machte eine kleine Pause, dann fügte sie ein wenig milder hinzu: »Meister Fossa besitzt mein ganzes Vertrauen. Er wird Euch erklären, auf was Ihr zu achten habt, wenn Ihr den Louvre betretet.«

»Aber Madame, ich ...«, begann der Schlosser zu protestieren, verstummte jedoch rasch wieder. Die Königin wollte seine Einwände nicht hören. Mit verkniffener Miene sank Fossa neben Ambroise auf die Knie und verharrte, bis

Katharina von Medici und ihr Sekretär sich hoheitsvoll ihren Weg durch die bescheidene Wundkammer gebahnt hatten. An der Tür blieb die Königin stehen, um ihren Schleier herabzulassen. »Der Gildemeister wird wissen wollen, wen er so großzügig in seiner Stube beherbergt hat«, bemerkte sie, ohne die beiden Männer noch einmal anzusehen. »Sagt ihm, Fossa habe eine Dame aus dem Hofstaat der Madame de Poitiers eingeladen.« Sie lachte spöttisch auf. »Damit würdet Ihr mir einen großen Gefallen erweisen! Und nun viel Glück, Messieurs, und Gott befohlen!«

Die Tür war kaum ins Schloß gefallen, als Monsieur de Beroncourt den Bader von einem Gesellen in den großen Versammlungsraum rufen ließ. Wenig später verkündete er mit feierlicher Stimme, daß der ehemalige Bader und nunmehrige Wundarzt Ambroise Paré mit einer Gegenstimme und zwei Enthaltungen, ohne weitere Prüfung, in die Gilde der Chirurgen von Paris aufgenommen worden sei.

Mit einem Seufzer der Erleichterung wischte sich de Beroncourt den Schweiß von der Stirn und blickte, auf Zustimmung wartend, in die Runde. Erst als er die vertrauten Klopfgeräusche auf den Tischen und Bänken vernahm, ließ er sich zufrieden auf seinen gepolsterten Stuhl sinken. Er winkte Ambroise zu sich. Das Festmahl konnte beginnen.

Wutentbrannt lief Mielle durch die Straßen ihrer Vaterstadt; bei jedem Schritt verwünschte sie die Tränen, die ihr in die Augen traten. Sie durfte nicht weinen wie ein geprügeltes Marktweib, niemanden ging es etwas an, wie verzweifelt sie war. Am wenigsten den Mann, dessen Schuld es war, daß sie es im Haus ihres Onkels nicht mehr ausgehalten hatte und ohne Begleitung auf die Gasse gestürzt war. Nie zuvor hatte Mielle sich so gekränkt und gedemütigt gefühlt.

Blindlings schlug sie den Weg ein, der an einem runden Turm mit Schießscharten und mehreren Hütten zur Steinbrücke führte. Sie kümmerte sich nicht darum, daß sie vergessen hatte, eine Haube aufzusetzen oder daß der Saum ihres Rockes über den Boden schleifte. Nicht einmal der verführerischen Geruch nach frischem Brot und würzigen Schmalzpasteten, der aus den Backstuben rund um die *Place des Granges* drang, konnte sie dazu bewegen, einen Augenblick stehenzubleiben, um sich zu beruhigen. Statt dessen bemühte sie sich nach Kräften, den vornehmen Wagen nicht aus den Augen zu verlieren, der in einigem Abstand vor ihr über das holprige Pflaster ratterte.

Das Wappen auf der Kutsche, ein weißes Einhorn, das im Schatten eines Feigenbaumes ruhte, hatte sie sogleich erkannt, als die verschleierte Edeldame in Begleitung des unbekannten Jünglings auf dem Polster Platz genommen hatte. Kutsche und Rösser gehörten ihrer einstigen Dienstherrin, der Gräfin Diane, und obgleich Mielle nicht verstand, was die schöne Edeldame in die Rue St. Jacques geführt haben mochte, betrachtete sie es als Wink des Himmels, sie in dieser Stunde der Not zu sehen. Ambroise liebte sie nicht, hatte sie niemals geliebt. Er war ein Schuft, der sie nur benutzt hatte, um ihren Onkel dazu zu bringen, ihn in die Gilde aufzunehmen. Statt dessen machte er dieser Fioricia den Hof, seiner Buhlschaft. Das fremde Weib hatte ihn verhext, ja, es konnte nicht anders sein. Sie gehörte eingekerkert, nein, besser noch an den Wippergalgen. Dort konnte sie auf- und niederfahren, bis sie gelernt hatte, daß man einer de Beroncourt nicht den Gatten abspenstig machte.

Mielle schluchzte auf, als sie die Karosse durch einen finsteren Torbogen rumpeln sah. Zu ihrem Erstaunen fuhr der Wagen nicht stadteinwärts, sondern hielt auf die finsteren Gassen des Kanalviertels zu. Mielle kannte diese Gegend nur aus den schaurigen Erzählungen ihrer Tante, die sie immer beschworen hatte, einen weiten Bogen um die Hütten zu machen, in denen Flußschiffer und Ladeknechte, aber auch allerlei lichtscheues Gesindel hausten. Was, um alles in der Welt, mochte die Gräfin dort verloren haben, fragte sie sich fröstelnd. Einen Herzschlag lang zögerte sie, aber sie wußte auch, daß sie nicht zu ihrem Onkel zurückkehren wollte, solange Ambroise und sein verstümmelter Freund im Hause waren. Das Festmahl konnte sich noch über Stunden hinziehen. Ohne einen weiteren Gedanken zu vergeuden, stürzte sie der Kutsche hinterher. Ihre einstige Herrin war immer gut zu ihr gewesen. Sie hatte sie nur selten gescholten, dafür jedoch gelehrt, wie man sich elegant kleidete und frisierte, welche Speisen zu welchem Bankett paßten und wie man einen Haushofmeister in Bewegung hielt. Wenn es jemanden in Paris gab, der Mielle helfen konnte, die verhaßte Italienerin loszuwerden, so war es die Gräfin. Ihr würde schon etwas einfallen, wie Mielle Ambroises Gunst zurückgewinnen konnte. Sie zog ihr Brusttuch straff, holte tief Atem und eilte weiter.

Die Karosse hielt schließlich vor einem schmucklosen kleinen Steinhaus, das ein Stück unterhalb des Trottoirs lag. Sooft der Fluß über die Ufer getreten war, war das Pflaster hier um einige Zoll abgesunken. Mielle beobachtete mit klopfendem Herzen, wie die verschleierte Edeldame in Begleitung ihres jungen Pagen den Wagen verließ und das sonderbare Haus über eine abschüssige Treppe betrat. Beide schienen sich in der heruntergekommenen Gegend mühelos zurechtzufinden. Der Junge hatte nicht einmal die brennende Laterne abgenommen, die zur Gasse hin in einer verrosteten Halterung neben dem Fenstergitter steckte.

Mielles anfängliche Neugier verflog. Welcher Teufel mochte sie geritten haben, sich hier herumzuschleichen? Auf der Gasse war zwar keine Menschenseele mehr zu sehen, seit die Kutsche mit dem Wappen der Portiers, um die Ecke gebogen war, aber dafür drangen aus den benachbarten Hütten keifende Stimmen an ihr Ohr.

Zitternd vor Angst stieg Mielle die Treppe zum Tor des Hauses hinunter, wobei sie auf den rutschigen Stufen ausglitt und sich im letzten Moment am Geländer fing. Dann verharrte sie einen Augenblick lang lauschend vor der Tür. Aus dem Inneren des Steinhauses war kein Geräusch zu hören. Die Kutsche mit dem Einhornwappen war längst weitergefahren. Womöglich hatte sie sich getäuscht und die Gräfin war durch eine andere Tür eingetreten. Aber durch welche? Schließlich nahm sie ihren ganzen Mut zusammen und schlich sich ins Innere des verwahrlosten Gebäudes.

Ein kurzer, unbeleuchteter Gang, der nach Talg und Schmierfett roch, mündete in einen größeren Ladenraum, der kaum heller war als der Korridor. Mielle kniff die Augen zusammen und bemühte sich vergeblich herauszufinden, welchen Geschäften der Besitzer dieses Hauses nachgehen mochte. Sie sah eine Theke vor sich, auf der verschiedene Behältnisse und eine Waage standen. Den Reibschalen und Standgefäßen entstieg ein ätzender Geruch, der Mielle an eine Apotheke erinnerte, doch die privilegierten Arzneimischer, mit denen ihr Onkel zusammenarbeitete, waren Kaufleuten und Ratsherren gleichgestellt. Gewiß gingen die ihrem Gewerbe nicht in einer derart heruntergekommenen Umgebung nach. Verwirrt ließ Mielle ihre Blicke über eine Anzahl von dunkel gebeizten Schränken mit zerfledderten Büchern, Pamphleten und anderem Plunder schweifen. Außer dem Oberlicht entdeckte sie nun noch ein weiteres Fenster, aber da das Erdgeschoß tief wie ein Gewölbekeller lag, fiel kein Licht durch die blinden Scheiben. Dicke, verstaubte Vorhänge taten ihr übriges, um den Laden in ein unwirkliches Dämmerlicht zu tauchen.

Auf dem Korridor knarrten die Dielenbretter; vor dem Ladenraum waren Stimmen zu hören. Ein paar Leute unterhielten sich in italienischer Sprache. Ihre Stimmen klangen bedrohlich. Mielles Hoffnung, die Gräfin Diane könnte bei ihnen sein, erstarb von einem Moment auf den nächsten. Zu Tode erschrocken flüchtete sie sich hinter einen der wallenden Vorhänge. Durch einen feinen Riß beobachtete sie, daß sich zu der Frau und dem höfisch gekleideten Jüngling eine dritte Person, offenkundig der Hausbesitzer, gesellt hatte. Zu Füßen des Mannes lag eine sabbernde Bulldogge. Mielle spürte, wie ihr vor Aufregung eine Träne über die Wange lief. Der Hund bohrte seine nasse Schnauze gefährlich tief in die

Rillen der Bodenbretter. Witterte er die Ratten, die sich unter den Holzbohlen tummelten, oder hatte er eine ganz andere Fährte aufgenommen?

»Wo ist nun der Pokal, den du mir beschrieben hast?« hörte Mielle die Frau. Mühelos wechselte sie ins Französische, doch ihre heisere Stimme erweckte den Eindruck, als fühlte sie den Boden unter ihren Füßen brennen. »Ich muß in den Palast zurück und habe keine Zeit mehr zu verlieren!«

Der Mann, mit dem sie sprach, war groß und muskulös, soviel war selbst durch das dämmrige Licht zu erkennen. Er trug ein schmutziges Hemd, das seine gewaltige, behaarte Brust halb entblößte, und eine speckige Lederschürze um die Hüften. Flink lief er um seine Ladentheke herum, entzündete eine Kerze und zog dann einen blauen Fetzen Tuch von einem glänzenden Gegenstand. »Hier ist das gute Stück, Madame. Ich verwette sämtliche meiner Substanzen, wenn dieser Pokal nicht haargenau dem Original entspricht, das Euer kleiner Riggino in Florenz gesehen hat!«

»Beweise es mir!«

Der Mann stieß ein brummiges Lachen aus. »Warum nicht? Ich habe nichts zu verlieren.«

»Du hast deinen Kopf zu verlieren, wenn du mich betrügst, mein Bester«, erwiderte die Frau nicht unfreundlich. Der Mann nickte, als gehörten Drohungen zu seinem Alltag wie Brot und Dünnbier. Er ergriff eines der Glasfläschchen, die neben seiner Apothekerwaage standen, und ließ den Inhalt in die Rundung des Pokals rinnen.

»Es ist kein Wein«, sagte er entschuldigend. »Nur Wasser, vermischt mit einigen Tropfen meines Kräuterlikörs. Wein hält sich hier unten nicht lange.«

»Das macht nichts. Fang an!«

Der Mann nahm den Pokal und schüttete mit einer raschen Bewegung einige Tropfen der Flüssigkeit auf den Boden. Wie auf Kommando stürzte der Hund herbei, schnüffelte und leckte dann die Tropfen gierig auf. Anschließend trottete er zu seinem Herrn und ließ sich hechelnd vor ihm nieder. Der Mann mit der Lederschürze ging kurz in die Knie und strich dem Tier über das Fell.

»Das Vieh lebt doch«, fauchte die Frau enttäuscht. »Es ist nicht vergiftet, oder wirkt dein Mittel am Ende gar nicht?«

»Das Mittel würde schon wirken, wenn Hund den Pokal mit der Schnauze berührt, Signora«, mischte sich der junge Höfling mit Namen Riggino in gebrochenem Französisch ein. Er trat auf den Hausherrn zu, nahm ihm den Pokal aus der Hand und bat seine Begleiterin, ihm in den Lichtkegel der Kerze zu folgen. Die beiden standen nun in unmittelbarer Nähe von Mielles Vorhang. Zum Glück wurde ihre Aufmerksamkeit völlig von dem merkwürdigen Pokal in Anspruch genommen.

»Bitte beachtet den Rand der Schale, Signora«, wisperte Riggino. »Er ist hohl und nur von einer hauchdünnen Zuckerschicht versiegelt. Die winzigen Rillen können mit einer schmalen Wundspritze gefüllt werden.«

»Dann enthalten sie die gefährliche Substanz, während die eigentliche Schale mit Wein gefüllt wird«, sagte die Frau nachdenklich. Ihre dunklen Augen funkelten Riggino wissend an. »Fahr fort!«

»Ein vorsichtiger Mann wird den Wein wie üblich auf den Boden schütten und von einem Hund vorkosten lassen, aber der Hund leckt den Inhalt der Schale auf und bietet den Beweis, daß der Wein genossen werden kann. Das Gift ist demjenigen vorbehalten, der den Pokal hernach mehrmals zum Munde führt. Seine Lippen lösen die Zuckerschicht auf, die tödliche Substanz schießt nach oben, wo sie sich mit Wein vermischt und …« Er beendete seinen Satz nicht.

»Eine Auswahl verschiedener Wirkstoffe befindet sich im hinteren Teil des Hauses«, brachte sich der Mann in der Lederschürze in Erinnerung. »Besenginster, Stechapfel, Christrose, falscher Kalmus. Wenn ich die Herrschaften nun bitten dürfte, mich nach nebenan zu begleiten?«

Er durchquerte den Raum mit eiligen Schritten und öffnete eine kleine Pforte. Wie ein Wirbelwind stürzte die Bulldogge ihm hinterher, die Frau und Riggino schlossen sich an. Mielle erstarrte, als sie die durchdringenden Augen der Frau auf die Vorhänge gerichtet glaubte. Es hätte sie nicht gewundert, wenn der brüchige Samt unter ihren Blicken in Flammen aufgegangen wäre. Doch die Frau schritt weiter, ohne stehenzubleiben.

Wie betäubt taumelte Mielle zurück. Ihr Herz hämmerte wild, die Beine drohten ihr den Dienst zu versagen. Einen Atemzug lang spähte sie durch das Zwielicht, als müsse sie erst begreifen, was sie soeben gesehen und gehört hatte. Giftmischer, schoß es ihr durch den Kopf. Elende Giftmörder, und das verschleierte Weibsbild besaß die Unverfrorenheit, sich für die edle Gräfin Diane auszugeben. Mielle wußte, daß sie auf der Stelle das Haus verlassen mußte, ehe man sie doch noch ertappte. Auf Zehenspitzen schlich sie sich an der Theke vorbei, wo sie zu ihrer Verwunderung den Giftpokal sah. Der Mann hatte ihn achtlos neben die Waage zurückgestellt.

Noch bevor sie einen klaren Gedanken fassen konnte, hatte sie ihre Hand ausgestreckt und spürte das kühle, rötlich schimmernde Metall unter ihren Fingerspitzen. Sie brauchte die Gräfin von Poitiers gar nicht, um mit denen fertig zu werden, die ihr und Ambroises Glück bedrohten. Dies würde ihr nun auch ohne fremde Hilfe gelingen, sie mußte nur handeln. Rasch verbarg sie den Kelch und einige der Glasfläschchen unter ihrem Brusttuch und hastete aus der Kammer.

Wie von Furien gehetzt, eilte Mielle die Straße entlang, der Grande Rue St. Jacques entgegen. Niemand hielt sie auf, bis sie nahe dem alten Kranturm einer Ansammlung von Menschen in die Arme lief, die mit Fackeln und Ruderstangen ausgerüstet, um eine auf dem Pflaster zusammengesunkene Gestalt herumstanden. Aus dem Kranturm und den dahinter liegenden Gebäuden, welche die Anlegestellen der Frachtkähne umgaben, liefen drei Stadtwächter herbei. Der Lärm der Menge mußte sie aus dem Schlaf gerissen haben, denn mit Ausnahme des ranghöchsten Offiziers, blinzelten die Männer ziemlich verschlafen in den Schein der flackernden Fackeln. Mielle verspürte nicht die geringste Neigung, sich zu den schmutzigen Männern und Frauen des Kanalviertels zu gesellen, doch zu ihrem Unglück wurde sie von den anrückenden Soldaten geradewegs auf den Kreis der Schaulustigen zugeschoben.

Zu ihren Füßen lag der übel zugerichtete Leichnam eines Mannes, der wohl über einen langen Zeitraum im Wasser gelegen haben mußte. Der Schädel des Toten wies eine klaffende Wunde auf, sein Körper war aufgedunsen und bedeckt von schwärenden Wunden. Noch unheimlicher wirkten indessen die tiefen, blutigen Schnittverletzungen, die auf der bleichen Brust des Toten zu sehen waren. Sie besaßen unverkennbar die Form eines Kreuzes.

»Der arme Teufel wurde aus einem der Kanäle bei der Porte Fernande gefischt«, sagte ein Stadtwächter. In seinen Augen flackerte ein neugieriges Glimmen, als er Mielles sauberes Kleid, den Umhang und die Ringe an ihren Fingern bemerkte. »Wahrscheinlich hatte er das Pech, einer heimlichen Versammlung von Ketzern zu nahe zu kommen. Die Viertel der Flußschiffer wimmeln nur so von Ungeziefer, das nachts aus seinen Schlupfwinkeln kriecht: Ratten, Stechmücken und ... nun auch noch das Gesindel der Hugenotten. Aber die seidene Schärpe, die der Kerl um die Hüften trägt, muß einmal teuer gewesen sein. Könnt Ihr mir vielleicht sagen, wer der Mann ist, Mademoiselle?«

»Ich ... nein ... gewiß nicht«, stotterte Mielle, während sie das Bündel mit dem Giftbecher fester gegen ihren Leib drückte. »Wie kommt Ihr zu der Vermutung, ich könnte ...« Sie sprach nicht weiter. Ein eisiger Schrecken ergriff sie, als sie in einiger Entfernung die schwarze Kutsche der Gräfin von Poitiers um die Ecke biegen sah. Ihr Diebstahl war zweifelsohne längst entdeckt worden; sie mußte auf der Stelle verschwinden. Daher verschwieg sie, daß sie den Toten sehr wohl schon einmal gesehen hatte. Sein Name lautete Damien Coulaine; er war der Mann, der in Ambroises Badestube auf den jungen Sefferino geschossen hatte.

25. KAPITEL

Wenige Wochen nachdem Ambroise seine neuen Aufgaben in der Gilde und am Hof zum ersten Mal wahrgenommen hatte, verschärfte der König die Verfolgung der französischen Protestanten. Da es Henri II. zunächst nicht gelang, die Inquisition ins Land zu holen, richtete er nach seinem Regierungsantritt eine zweite Parlamentskammer, die *chambre ardente*, ein, die sich in besonderem Maße dem Aufspüren von Ketzern sowie verbotener Bücher und Druckschriften widmen sollte. Diese Einrichtung, die Feuerkammer genannt wurde, rief jeden Bürger dazu auf, Nachbarn, Bekannte, ja selbst Familienmitglieder zu melden, die den Besuch der heiligen Messe versäumten, religiöse Bücher lasen oder sich ansonsten verdächtig benahmen. Ganze Scharen von Stadtsoldaten wurden abkommandiert, um im Auftrag der Feuerkammer ehemalige Kapellen, Friedhöfe und Privathäuser nach geheimen Zusammenkünften von Ketzern zu durchsuchen. Die Männer, die in flammend roten Umhängen durch die Straßen und über die Plätze der Stadt eilten, kannten keine Gnade. Nicht selten drangen sie gewaltsam in die Häuser ein und durchwühlten auf der Suche nach verbotenen Schriften Schränke und Truhen. Spürten die Soldaten einen Verdächtigen auf, legten sie den Unglücklichen in Ketten und schleppten ihn, ohne Ansehen von Alter, Geschlecht oder Stand, ins Stadtgefängnis. Den Razzien und Bücherbeschlagnahmungen folgten Prozesse, Folterungen und Hinrichtungen. Noch bevor der Winter begann, loderten auf dem großen Platz vor Notre Dame, dem Friedhof St. Jean und der Place Maubert die ersten Scheiterhaufen.

Lähmende Furcht legte sich über Paris und andere französische Städte. Wer in den kommenden Wochen die Spürhunde der Feuerkammer heranrücken sah, eilte nach Hause, klappte die Läden zu und warf alle Schriften, gleich welcher Art, ins Feuer.

»Ihr seht heute nicht gerade glücklich aus«, sagte die Königin, als sie Ambroise eines Tages mit finsterer Miene unter einem Bogengang der Palastgärten antraf. »Dabei lobt die Marquise de Bonne Eure ärztliche Kunst in den höchsten Tönen. Madame ist überglücklich, daß Ihr den Abszeß von ihrem Hals entfernen konntet. Die kleine Narbe, die sie zurückbehalten muß, gefällt ihr anscheinend sogar besser als ein Schönheitsfleck! Nun läuft sie im ganzen Palast umher und schwärmt jedem, der nicht vor ihr fliehen kann, von ihrem neuen Wundarzt vor.«

Ambroise verneigte sich stumm. Er wußte, daß die Königin ihn aufmuntern wollte, doch war ihm beileibe nicht nach Scherzen zumute. Zur Erklärung deutete er auf eine mächtige Rauchsäule, die sich nahe den Markthallen über die Dächer von Paris erhob.

Die Königin folgte seinem Blick. »Sagt nicht, daß Ihr den Ketzer kennt, der heute hingerichtet wird?«

»Ich kenne ihn gut, Madame«, gab Ambroise offen zu, »und ich weiß, daß er nichts Böses getan hat. Monsieur Etienne war ein ausgezeichneter Drucker, der sogar für die Sorbonne gearbeitet hat. Ein paar meiner eigenen Schriften wurden auf seiner Presse gedruckt.«

Katharina von Medici nickte verständnisvoll. Die kummervolle Miene des jungen Chirurgen erweckte ihr Mitgefühl, sie mochte den tatkräftigen Mann, der im Unterschied zu anderen Mitgliedern seiner Gilde oder den Medizinern der Universität keine langen Reden hielt, sondern jede Behandlung, zu der man ihn rief, umsichtig und pflichtbewußt ausführte. Bislang hatte sie es nicht bereut, ihn in den Louvre befohlen zu haben. Ein einfacher Mann des Volkes bot außerdem den unschätzbaren Vorteil, daß ihm die Ränkespiele des Hofes völlig fremd waren. Er kam, ohne daß man von ihm Notiz nahm, und verschwand ebenso unbemerkt wieder.

Zögerlich setzte sich die Königin neben Ambroise auf die kalte Steinbank und bemühte sich, nicht in die Richtung der finsteren Rauchsäule zu sehen. Schließlich sagte sie: »Leider hat Euer Drucker nicht nur medizinische Schriften verbreitet. Es ist wirklich bedauerlich, einen guten Handwerker zu verlieren …«

»Aber darum geht es nicht, Majestät«, wagte Ambroise einzuwerfen. »Es gab nicht weniger als drei Briefe, die Etienne entlasteten. Gutachten, die von ehrenwerten Männern geschrieben wurden. Sogar der Rektor der Universität hat sich für den Drucker verwendet, aber die *chambre ardente* befand es nicht einmal für nötig, die Eingaben zu prüfen. Wahrscheinlich werden die Herren erst im Lauf der nächsten Tage dazu kommen. Das hilft dem Delinquenten allerdings nicht mehr.«

»Paré, sprecht um Gottes willen etwas leiser!« mahnte Katharina. Irritiert wies sie auf eine Schar vornehm gekleideter Höflinge, die mit leichten Degen und Säbeln bewaffnet, durch den Garten zogen. Als die Männer die Gemahlin des Königs entdeckten, nickten sie halbherzig in ihre Richtung. Doch keiner von ihnen blieb stehen oder verneigte sich. Plaudernd schlugen sie den Weg zum königlichen Fechtplatz ein. Die finsteren Wolken, welche stadteinwärts zogen, schienen die jungen Männer nicht weiter zu berühren.

»Als ich vor Jahren die Truppen des Königs in die Lombardei begleitete, mußte ich viel Schreckliches mitansehen«, murmelte Ambroise finster. »Manches davon raubt mir bis heute den Schlaf, aber Ihr dürft mir glauben, daß mich nicht einmal Schlachtfelder und Pulverdampf so entsetzt haben wie die grausamen Prozesse der königlichen Feuerkammer.«

»Ihr solltet vorsichtiger sein, mit wem Ihr sprecht, Monsieur Paré!« Katharina von Medici runzelte die Stirn. »Mein Gemahl trachtet danach, unser Land gegen die Drohungen der Spanier und Savoyer zu wappnen. Ihr habt sicher davon gehört, daß ein neuer Feldzug ausgerüstet werden muß. Was soll aus Frankreich werden, wenn seine Untertanen sich in Parteigezänk und Bürgerkriegen aufreiben, während unsere Feinde in geschlossenen Reihen auf die Grenzen zumarschieren? Monsieur Paré, es ehrt Euch, daß Ihr ein mitfühlendes Herz habt, aber die Autorität der *chambre* anzuzweifeln ist töricht. Wie leicht könnte Euch dies als Ketzerei ausgelegt werden!«

»Ich fürchte, das wäre nicht das erste Mal, Madame.«

Katharina von Medici schüttelte ungnädig den Kopf, während sie ihre Hand sanft auf ihren Bauch legte. Ambroise schlug rücksichtsvoll die Augen nieder. Obwohl sie es mit keinem Wort erwähnt hatte, wußte er doch, daß die Königin wieder ein Kind erwartete. Vermutlich hatte die Gräfin von Poitiers ihrem geliebten König gut zugeredet, sich wieder einmal in Katharinas Schlafgemächern blicken zu lassen.

Sie saßen nebeneinander auf dem kalten Stein, bis die Sonne versank und die Glocken der nahen Hofkapelle zum Abendgebet riefen. Über das Schicksal der Hugenotten verlor keiner von beiden mehr ein Wort.

Wenige Tage später fanden sich Fioricia und Ambroise vor dem Badehaus ein und sahen zu, wie Sefferino zwei prall gefüllte Stoffbündel in die Satteltaschen seines Pferdes gleiten ließ. Er hatte es sich nicht ausreden lassen, Saint-Denis zu verlassen. Freundlich nickte er den Menschen zu, die all die Jahre hindurch seine einzige Familie gewesen waren.

»Ich möchte nicht, daß du gehst«, rief Fioricia. Ihrem bleichen Gesicht war anzumerken, wie sehr sie dieser Abschied schmerzte. »Ambroise, erklärt Sefferino bitte, daß dieses Haus ihm ebensogut gehört wie Euch!«

»Fioricia sagt die Wahrheit, mein Junge!« Ambroise ging auf Sefferino zu und nahm ihm die Zügel aus der Hand. Aus dem Inneren der Schwitzstube erklangen Stimmen und ein dumpfes, klopfendes Geräusch. Vermutlich stauchte die alte Radegonde zum wiederholten Male den Knecht zusammen, weil er die Bottiche nicht sorgsam genug gereinigt hatte. Der Bursche würde es wohl niemals lernen, sich im Badehaus zurechtzufinden.

»Ohne dich werde ich das Badehaus aufgeben müssen«, sagte Ambroise und packte seinen Ziehsohn am Arm. »Die Königin ruft mich immer öfter in den Louvre, der Herr allein weiß, warum. Wenn dies so weitergeht, muß ich mir bald ein Quartier in Paris zulegen …« Er stockte, als er an die Schergen der Feuerkammer und ihre Untersuchungen dachte. Nach den Warnungen der Königin war er mehr als froh, daß er außerhalb der Stadtmauern lebte, denn bislang hatte es in Saint-Denis weder Razzien noch Verhaftungen gegeben. Täglich pilgerten ganze Ströme von Gläubigen zur Abtei oder besuchten die Kathedrale, um an den Sarkophagen der Könige für deren Seelenheil zu beten. Wie lange diese scheinbare Ruhe noch anhalten würde, vermochte indessen auch Ambroise nicht zu sagen.

»Kannst du mir denn nicht verzeihen?« fragte er Sefferino leise.

Der junge Mann holte tief Luft. »Was ich damals in der Rue St. Jacques zu Euch sagte, tut mir leid, Ambroise. Ich hatte gewiß kein Recht, Euch anzugreifen. Im Gegenteil, ich bin Euch zu Dank verpflichtet.« Ein kurzes Lächeln huschte über sein Gesicht. »Immerhin ist es Euer Verdienst, daß ich überhaupt noch die Zügel meines Pferdes halten kann. Ich finde, Ihr solltet Eure Zusammenarbeit mit Fossa nicht aufgeben. Wer weiß, vielleicht kommen Euch noch weitere Ideen, wie Ihr fehlende Körperteile ersetzen könnt …« Er zögerte einen Augenblick. Versonnen betrachtete er einen Raben, der auf dem Torpfosten hockte und mit den schwarzen Flügeln schlug. »Habt Ihr schon gehört, daß Damien Coulaine tot ist?«

»Gompards Freund?« Fioricia war hellhörig geworden. Fröstelnd zog sie ihr Schultertuch enger, während der Wind ihr Haar zerzauste. »Wie ist das geschehen?«

Ambroise hob die Schultern. »Mielle hat mir davon erzählt. Angeblich wurde er von Hugenotten erschlagen und in einen der Kanäle geworfen. Verdient hätte er's ja, aber ich glaube nicht, daß es so war.«

»Und wenn Gompard Danderac es sich einfallen läßt, uns zu verdächtigen?« fragte Fioricia voller Entsetzen. »Er wird niemals aufhören, uns mit seinem Haß zu verfolgen!«

Sefferino stieg in die Steigbügel und schwang sich in den Sattel. Dann beugte er sich zu Fioricia hinab und berührte ihre Stirn sanft mit den Lippen. »Nicht immer wird aus verzweifelter Liebe Haß«, flüsterte er zärtlich. »Danderac wird dir nichts antun, weil er dich seit jener Zeit in Turin begehrt. Ambroise steht unter dem Schutz der Königin und ich …« Er legte den Kopf in den Nacken und brach in ein übermütiges Lachen aus, das so gar nicht zu der Situation passen wollte. »Nun ich werde mich erst einmal ein paar Tage in Paris vollaufen lassen. Danach beabsichtige ich, eine lange Reise anzutreten.«

»Was hast du vor?« Ambroise und Fioricia wechselten verstörte Blicke. Noch immer hielt der Bader Sefferinos Zügel fest.

»Erinnert ihr euch an die Kaufleute, die manchmal auf dem Weg nach Osten in der Badestube einkehrten und von den märchenhaften, orientalischen Badeanlagen der Araber und Türken erzählt haben? Sie schilderten Bäder aus weißem Marmor, aus Jade und Alabaster und Springbrunnen, aus denen Wasser sprudelt, das nach Honig und Blüten duftet. Ich habe beschlossen, mich einem Handelszug nach Persien anzuschließen, und mir anzusehen, wovon die Händler so schwärmten. Wer weiß, vielleicht lassen sich ein paar dieser Träume auch in Saint-Denis verwirklichen.«

Träume, dachte Ambroise resigniert. Was bedeuteten schon Träume, wenn die kalte Wirklichkeit sich wie ein engmaschiges Netz über ihre Köpfe senkte, um sie gefangenzunehmen.

Als Sefferinos Pferd zwischen den Bäumen verschwunden war, sagte Fioricia: »Vielleicht ist Sefferinos Entscheidung gar nicht so töricht gewesen. Ich überlege selber, ob ich nicht von hier fortgehen soll.«

»Was sagst du da?«

»Mein ärmster Ambroise«, rief Fioricia lachend. »Ihr fürchtet Veränderungen beinahe mehr als Krankheiten. Dabei kann es manchmal durchaus heilsam sein, nicht an alten Gewohnheiten festzuhalten.« Sie zog ein zerknittertes Pergament aus ihrer Leinenbluse. Es war ein Brief ihrer Tante. Da Ambroise ihre Schrift nicht entziffern konnte, mußte Fioricia sie für ihn übersetzen. Dabei erfuhr er, daß Ceres das Piemont bereits vor einem Jahr verlassen hatte. Nun befand sie sich in Genf, um Jean Calvin und seine Glaubensgenossen um Hilfe für die bedrängten Waldenser zu bitten. Die Behandlung der französischen Protestanten unter König Henri bereitete ihr große Sorgen. Aus diesem Grund fragte sie, ob Fioricia nicht zu ihr in die Schweiz kommen wolle.

»Wie meine Tante schreibt, hat Calvin am Genfer See ein straffes Regiment errichtet. Der Stadtrat steht geschlossen hinter ihm und läßt ihm vor allem in Fragen der Kirchenzucht freie Hand. Seine Anhänger veranstalten Sammlungen, um diejenigen zu unterstützen, die vor den Verfolgungen in Frankreich über die Grenzen fliehen.«

»Hast du Ceres bereits geantwortet?« erkundigte sich Ambroise.

Fioricia schüttelte den Kopf. »Nein, aber ich denke darüber nach!« Mit diesen Worten schlug sie den Weg zu den Gärten ein, die sie gemeinsam mit Radegonde jenseits der Stallungen angelegt hatte.

Ambroise folgte ihr nicht. Tief in Gedanken versunken kehrte er ins Haus zurück. In seinem Behandlungsraum suchte er seine Instrumente zusammen und füllte auch den Kasten mit Heilkräutern auf, eine Arbeit, die gewöhnlich Fioricia für ihn verrichtete. Er brauchte die Arzneien dringend, weil ihm ein Krankenbesuch im Palast bevorstand. Er beschloß, auf dem Rückweg Mielle aufzusuchen. Bei seinem letzten Aufenthalt in der Rue St. Jacques war das Mädchen seltsam verschlossen und abweisend gewesen, doch obgleich Ambroise den Grund zu kennen glaubte, zweifelte er nicht daran, daß sie ihn empfangen würde. Er hatte beschlossen, den Hochzeitstermin festzulegen.

»Meister Fossa! Kommt!«

Der Schlosser, der an seiner Werkbank über einer Skizze gebrütet hatte, fuhr auf und starrte verwirrt in das Gesicht seines Gesellen, der mit angsterfüllter Miene in den Schuppen geeilt war.

»Die Schergen der Feuerkammer sind in Saint-Denis«, keuchte der junge Mann. »Sie gehen von Haus zu Haus, brechen jede Tür auf und zerren die Menschen auf einen Karren. Ich habe selbst gesehen, wie der Gastwirt blutig geschlagen wurde, als er die Waffenknechte daran hindern wollte, seinem Weib Fesseln anzulegen!«

Der Schlosser wurde bleich wie ein Laken; nackte Angst schnürte ihm die Kehle zu. Er rollte das Pergament zusammen, das er soeben betrachtet hatte, und erhob sich. »Ist der Baderchirurg schon aus der Stadt zurück?« erkundigte er sich mit zitternder Stimme.

Sein Geselle hob zweifelnd die Schultern. »Ich habe ihn nicht gesehen, Monsieur. Die beiden Frauen arbeiten in den Gärten am Bach. Wünscht Ihr, daß ich sie warne ...«

»Laß mich allein«, entgegnete Fossa barsch. »Lauf nach Hause und bete, daß die Soldaten nicht nach dir suchen!«

Entsetzt eilte der Geselle davon. Fossa starrte einen Augenblick wie betäubt auf den Werkzeugkasten, der vor ihm stand. Seine Finger berührten eine Feile, mit der er besonders gern arbeitete. Er würde sie brauchen, um Ambroise Parés nächsten Auftrag, die Konstruktion eines Drillbohrers, auszuführen. Schließlich gab er sich einen Ruck und lief zu seinem Lager hinüber. Das einfache Brettergestell bot keinerlei Bequemlichkeit, und doch hatte Fossa sich nie die Mühe gemacht, es durch ein solides Bett zu ersetzen. Mit fliegenden Fingern schob er die Vorhänge zur Seite und zog eine kleine Schatulle unter der Matratze hervor, deren Inhalt er auf die groben Wolldecken warf. Zum Vorschein kamen ein Beutel mit Münzen, zwei Rechnungsbücher, eine silberne Kette und ganz zuunterst das Büchlein des protestantischen Predigers. Fossa hatte sich nicht davon trennen können, obwohl er geahnt hatte, daß ihm der Besitz des Buches eines Tages in Schwierigkeiten bringen würde.

Voller Panik schlüpfte er in einen Mantel, rannte aus der Werkstatt und schlug den Weg zum Badehaus ein. Er mußte ein Versteck finden, ehe die Ketzerjäger auch an seine Tür klopften und ihn verschleppten. Ein Blick über die Gärten überzeugte ihn, daß die alte Baderwitwe und Fioricia noch immer damit beschäftigt waren, Weidenruten um kleine Pflöcke zu winden. Die Beete des Kräutergartens wurden von einer dichten Buchsbaumhecke umzäunt und waren somit kaum einzusehen. Kein guter Ort, entschied Fossa. Ohne die Frauen zu beachten, öffnete er die Tür des Badehauses und rief nach dem Knecht. Als er keine Antwort erhielt, durchquerte er das Vestibül und nahm die Stiege zu den Kammern des Obergeschosses.

Momente vergingen, in denen nur das Gemurmel der im Garten arbeitenden Frauen und die Geräusche ihrer Geräte zu hören waren.

Doch dann preschte tatsächlich eine Schar Bewaffneter auf den Hof. Ein bärtiger Offizier ließ seine Männer ausschwärmen, um vor dem Badehaus und den Nachbargebäuden Aufstellung zu nehmen. Mit einer Hellebarde bewaffnet, stapfte er den Pfad entlang. Zwei seiner Männer folgen ihm mit einem amtlich aussehenden Pergament, das ein blutrotes Siegel aufwies. Radegonde Julon hob voller Verwunderung den Kopf und ließ den Eimer, den sie soeben zur Dunggrube hatte tragen wollen, hastig auf die Erde sinken. Aus der Ferne sah sie einen Leiterwagen anfahren, auf dem einige dunkel gekleidete, zusammengesunkene Gestalten kauerten.

»Es tut mir leid, Messieurs«, rief Radegonde über den Hof, »aber die Badestube ist noch verschlossen. Der junge Bader ist auf Reisen, und unser Knecht kommt erst zur sechsten Stunde vom Hof seiner Eltern zurück. Doch wenn Ihr es wünscht, kann ich den Ofen in der Schwitzstube anheizen ...«

»Wir sind nicht gekommen, um zu baden, Madame«, herrschte der Soldat die alte Frau an. Seine Blicke wanderten zum Haus hinüber. Einen Augenblick lang erinnerte er sich voller Wehmut daran, daß er die Badestuben schon als Knabe an der Seite seines Vaters besucht hatte. Doch dieser Umstand tat nun nichts zur Sache, er mußte seinen Auftrag ausführen. »Ich habe den Befehl, alle Häuser in Saint-Denis nach ketzerischen Büchern und Schriften zu durchsuchen«, sagte er. »Wenn Ihr solche besitzt, würde ich Euch raten, sie sofort auszuliefern. Damit erspart Ihr meinen Männern Mühe und Euch eine Menge Schaden!«

»Was gibt es denn, Radegonde?« Fioricia war durch die kleine Gartenpforte geschlüpft und stand nun neben der Baderwitwe. Mit fragender Miene starrte sie den Offizier an.

»Die Soldaten sind auf der Suche nach Schriften, die der heiligen römischen Kirche nicht gefallen«, erklärte die alte Baderin mit spöttischer Stimme. Während sie noch unschlüssig dastand, verschafften sich die Büttel des Offiziers Zutritt zu den Badestuben, dem Lagerraum und den Stallungen. Ein einzelner Soldat mit wallendem rotem Cape bog um die Hausecke, wo sich der Eingang zu Fossas Werkstatt befand, während zwei seiner Kameraden bei dem Leiterwagen stehenblieben.

»Wollt Ihr mir nicht verraten, wer Ihr seid, Mademoiselle?« fragte der bärtige Offizier Fioricia streng.

»Mein Name ist Fioricia de Cavelaar. Ich lebe seit einigen Jahren im Badehaus.«

Der Offizier hob interessiert die Augenbrauen, während Fioricia ihr eigenes Spiegelbild in seinem glänzenden Brustpanzer zu erkennen glaubte. Es kam ihr stumpf und verzerrt vor: das Antlitz eines Wesens aus einer anderen Welt.

»Seid Ihr das Weib des neuen Baders oder seine Verwandte?« ertönte da auch schon die nächste Frage. Fioricia sagte nichts, schüttelte jedoch den Kopf. Die Züge ihres Spiegelbildes verschwammen auf der metallenen Panzerplatte wie in einem See, in den man einen Stein geworfen hatte.

»Dann seid Ihr eine Bademagd?«

»Nein, Monsieur. Ambroise Paré, der Besitzer des Hauses, ist ein alter Freund meiner Familie. Er hat mich eingeladen, hierzubleiben, solange mir der Sinn danach steht.«

Während Fioricia mit wachsender Ungeduld die Fragen des Offiziers beantwortete, trat Radegonde Julon unruhig von einem Bein aufs andere. Ein plötzlicher Schwächeanfall drohte sie zu übermannen. Sie wollte etwas sagen, doch kein Laut kam über ihre Lippen.

»Mein Gott, Radegonde, du wirst ja totenbleich«, rief Fioricia und schlang ihren Arm um die alte Frau. »Geht es dir nicht gut?«

»Was hat die Frau?«

Aufgebracht fuhr Fioricia den verlegen dreinblickenden Stadtsoldaten an: »Ich weiß, was Ihr hier sucht, aber wir sind keine Ketzer. Monsieur Paré ist ein ehrbares Mitglied der Chirurgengilde und verkehrt sogar …« Sie hielt inne. Ambroise hatte ihr und den anderen Bewohnern seines Hauses eingeschärft, über seine Besuche im königlichen Stadtschloß kein Wort zu verlieren. Es entsprach zwar der Wahrheit, daß er die Königin und einige Mitglieder ihres Hofstaats in medizinischen Fragen beriet, doch er versah diese Aufgabe in keiner offiziellen Eigenschaft. Vermutlich hatte der König keine Ahnung, daß seine Gemahlin neben ihrem Medicus nun auch noch einen Wundarzt beschäftigte, den sie aus eigener Tasche bezahlte.

Während Fioricia Radegonde vorsichtig zu einer der Steinbänke am Zaun führte, tauchten die Bewaffneten wieder auf, welche die Räume und Kammern des Badehauses durchstreift hatten. Suchend blickten sie sich nach ihrem Kommandanten um. Einer von ihnen trug eine Anzahl verschiedener Dinge bei sich, die Fioricia aus der Ferne nicht erkennen konnte. Dennoch schnürte ihr der Gedanke, die Männer könnten bei ihrer Hausdurchsuchung fündig geworden sein, vor Angst die Kehle zu. Doch weder Ambroise noch Radegonde besaßen ketzerische Bücher oder auch nur eine Bibel in der Landessprache! Soweit sie sich erinnern konnte, hatte sie niemals eine Schrift der Protestanten in Händen gehalten. Zumindest nicht, seit sie in Frankreich lebte. Nun aber mußte sie mit ansehen, wie die beiden Soldaten triumphierend ihre Hellebarden hoben und dem bärtigen Offizier damit ein Zeichen gaben.

»Na also, ich hab's doch gewußt«, zischte der Offizier und warf Fioricia einen düsteren Blick zu. »Ihr rührt Euch nicht von der Stelle, bis ich zurückkomme.« Er ließ die beiden Frauen stehen und eilte zur Badestube hinüber.

»Das ... kann nicht sein«, stammelte Fioricia aufgelöst. Noch immer hielt sie Radegonde mit beiden Armen fest umschlungen. »Wir haben doch nichts zu befürchten, oder?«

»Nein, mein Kind. Das haben wir gewiß nicht. Aber ... vielleicht ist ja ein Gast so unvorsichtig gewesen ...« Aus den Augenwinkeln sah die Baderwitwe zu, wie der Abgesandte der Feuerkammer ein paar Blätter Papier in Empfang nahm und sie stirnrunzelnd überflog. Nach schier endlosen Augenblicken gab er seinen Soldaten einen Wink.

Als Ambroise einige Stunden später Saint-Denis erreichte, war von den Männern der Feuerkammer keine Spur mehr zu entdecken. Es war dunkel und regnerisch. Beißende Kälte schlug ihm entgegen und ließ seine Hände trotz der dicken Lederfäustlinge starr werden. Müde lenkte er seinen kleinen Wagen an der langen, von Sträuchern überwucherten Friedhofsmauer vorbei und bog auf den Pfad ein, der zu seinem Haus führte. Mielle saß neben ihm. Sie hatte ihrem Onkel gesagt, sie wolle eine Freundin außerhalb der Stadtmauern besuchen, und der Gildemeister, der nicht befürchten mußte, daß eine Spazierfahrt mit dem mittlerweile geachteten

Wundarzt seine Nichte ins Gerede bringen würde, hatte zugestimmt.

»Warum sind die Fenster so dunkel?« flüsterte Mielle erstaunt, als sie auf den Hof fuhren. »Sonst stehen doch immer viele Kerzen am Fenster.«

Ambroise murmelte etwas Unverständliches vor sich hin. Auch ihm gefiel die Stille nicht, die über Haus und Hof lag. Er sprang vom Wagen und stieß die Tür zum Vestibül auf. Der Korridor zur Treppe lag in tiefster Finsternis. Aus der Badestube drang nicht das leiseste Geräusch. Es waren keine Badegäste gekommen.

»Sieh dich bitte vor, Ambroise«, hörte er Mielle rufen. Das Mädchen stand an der Tür und warf einen ängstlichen Blick auf die hohen Standgefäße, die entlang der Wand aufgereiht waren. Einige der größeren Vasen waren zerbrochen, jemand mußte sie mutwillig zu Boden geworfen haben. »Hier ist alles voller Scherben«, jammerte sie und streifte sich die Kapuze ihres Umhangs von den kupferroten Locken. In der Hand hielt sie einen kleinen Kasten mit Trageschlaufen. Sie hatte Ambroise nicht verraten, was er enthielt, doch während der ganzen Fahrt von der Rue St. Jacques bis zum Badehaus hatte sie ihn auf den Knien gehalten.

Ambroise erklomm die Stiege, die zu den Kammern der Frauen führte, aber er brauchte nicht bis ganz nach oben zu laufen. Auf einer der mittleren Stufen kauerte Radegonde Julon. Die alte Frau stöhnte, über der Augenbraue blutete sie aus einer kleinen Schramme.

»Mein Gott, Madame Julon!« rief Ambroise erschüttert. »Was, um alles in der Welt, ist hier geschehen? Wo ist Fioricia?«

Radegonde schlug die Augen auf und starrte ihn an. Ambroise war sich nicht sicher, ob die Frau ihn überhaupt erkannte, zumal es auf der schmalen Treppe ziemlich dunkel war. Doch als er sein gefüttertes Wams nach einem Zunderspan absuchte, um eines der Binsenlichter anzuzünden, krallten sich Radegondes Finger fest in seinen Ärmel. »Sie

... sagten, sie würden mich auch mitnehmen, wenn ich Widerstand leiste ...«

»Wer hat das gesagt?«

»Die Männer haben die Kreidezeichnungen in meiner Kammer entdeckt ...« Sie rang nach Atem und mußte husten. »Meine ... Sternbilder ... Neptun und Saturn. Aber das hat sie gar nicht interessiert. Sie wollten nur Fioricia!«

Ambroise riß sich los und taumelte so hastig zurück, daß er beinahe das Gleichgewicht verloren hätte. Er stieß einen Schrei aus, der sowohl Zorn als auch Angst ausdrückte. Die Soldaten der Feuerkammer, schoß es ihm durch den Kopf. Sie waren hier gewesen, um eine ihrer gefürchteten Hausdurchsuchungen durchzuführen. Er schaute nach unten, sah, wie Mielle neben einer der Amphoren in die Knie ging und ein paar Scherben aufsammelte. Wie blind war er doch gewesen, sich auf den zweifelhaften Schutz der Gilde und des königlichen Hofes zu verlassen! Möglicherweise hatte die Königin erfahren, daß auch Saint-Denis auf der Liste der Häscher stand, und ihn deshalb noch einmal in den Palast zurückbefohlen. So war er nicht da gewesen, als die Soldaten Fioricia abgeholt hatten. Tränen der Scham schossen ihm in die Augen. Wenn sie es gewußt hatte, warum, zur Hölle, hatte die Königin ihn nicht gewarnt?

Mit erstickter Stimme rief er nach Mielle. Sie mußte ihm helfen, die alte Radegonde in ihre Kammer hinaufzutragen. Es stand nicht gut um sie. Ambroise überließ es Mielle, der Baderwitwe das Mieder zu öffnen und ihr ein Kissen unter den Kopf zu schieben. Die geräumige Kammer bot ein Bild der Verwüstung. Truhen und Laden waren geöffnet, Kleider, Leinen und Brusttücher auf einen Haufen geworfen und durchwühlt worden. Zwei zerbrochene Tonbecher und eine verbeulte Obstschale lagen neben dem Tisch auf den Dielenbrettern.

»Ich kann nicht glauben, daß die *chambre ardente*, einen Grund gefunden haben soll, ausgerechnet Fioricia der Ketzerei zu beschuldigen«, murmelte Ambroise, während er fieberhaft überlegte. »Dabei wollte sie Sefferinos Beispiel folgen und Frankreich verlassen. Heilige Jungfrau, wenn sie es doch nur rechtzeitig getan hätte …«

Er schob Mielle behutsam zur Seite und verabreichte Radegonde ein wenig Wein, den er mit einem Quentchen Fingerhut und verschiedenen Heilkräutern aus seinem Wundkasten versehen hatte. Gehorsam benetzte die alte Frau ihre Lippen. Ambroise erkannte, daß ihr das Schlucken schwerfiel. Mit einer resignierten Geste bot er auch Mielle eine Stärkung an, aber seine Braut lehnte ab. Sie lief zum Fenster und öffnete es. Als ihr Blick auf die Skizzen der Dachschräge fiel, wich sie zurück und bekreuzigte sich.

Auf dem Korridor erklang plötzlich das Geräusch schwerer Stiefel. Jean-Pierre Fossa steckte seinen Kopf zur Tür herein. Seine Augen waren gerötet, als ob er geweint hätte. »Ich habe gesehen, wie Mademoiselle de Cavelaar gefesselt auf den Karren gestoßen wurde«, sagte er. »Glaubt mir, Ambroise, wenn ich könnte, würde ich es ungeschehen machen, aber …« Er hob hilflos die Schultern und begann wie ein Betrunkener zu schwanken.

Ambroise schüttelte verwirrt den Kopf. Er konnte nicht glauben, was er da hörte. »Ihr … aber, was habt Ihr denn damit zu tun?«

»Vielleicht will der Schlosser Euch erklären, was er unmittelbar vor der Ankunft der Soldaten in Eurem Haus zu suchen hatte«, sagte Radegonde ruhig. Die Alte schien sich wieder ein wenig gefangen zu haben, zumindest klang ihre Stimme wieder kräftiger. »Ihr braucht nicht zu glauben, ich hätte Euch nicht gesehen, Fossa«, fügte sie hinzu.

Ambroise überlegte, bis die Erkenntnis ihn wie ein Schlag traf »Ihr habt ein verbotenes Buch in meinem Haus versteckt, damit es bei Euch drüben nicht gefunden wird«, schrie er den Schlosser an. Wie eine Raubkatze sprang er auf den kleinwüchsigen Mann zu und zwang ihn auf die Knie. Breitbeinig stand er vor ihm, seine Hände schlossen sich wie ein Schraubstock um die Kehle des Schlossers.

»Ambroise, hör auf!« kreischte Mielle entsetzt. »Großer Gott, du bringst ihn um!« Sie versuchte, ihren Verlobten von Fossa wegzuzerren, dessen Augen in Todesangst aus ihren Höhlen traten. Aber erst Radegondes Stimme brachte den Rasenden dazu innezuhalten. Ambroise versetzte Fossa einen Stoß und beobachtete, wie der Mann zu Boden sackte und leise röchelnd liegen blieb.

»Mademoiselle de Beroncourt hat recht, junger Freund«, erklärte Radegonde, die sich am Bettpfosten in die Höhe zog. »Fossa mag eines seiner Protestantenbücher im Badehaus versteckt haben, aber dies war nicht der Grund, warum die Männer Fioricia mitgenommen haben.«

»Welchen Grund sollten sie sonst gehabt haben?« fauchte Ambroise sie an. »Dieser elende Mistkerl hat in Kauf genommen, daß wir wegen ihm unter Verdacht geraten sind. Und nun schickt er Fioricia auf den Scheiterhaufen.«

Radegonde schüttelte betrübt den Kopf. »Die Soldaten haben in Fioricias Kammer verbotene Briefe gefunden, versteht Ihr? Briefe aus Genf, die ihre Tante, diese Waldenserin, ihr geschrieben hat. Fioricia mußte sie dem Offizier übersetzen, weil der nur wenige Worte entziffern konnte. Sie hat es getan, weil er ihr gedroht hat, sonst alle Bewohner des Hofes verhaften zu lassen. Glaubt mir, sie hatte keine andere Wahl.«

»Dann ... dann haben diese Wahnsinnigen mein Psalmenbuch gar nicht entdeckt?« keuchte Fossa, der sich inzwischen aufgerappelt hatte. Seine matten Augen blitzten hoffnungsvoll auf. »Hätte mich auch gewundert, nachdem ich es so geschickt unter den Bodenbrettern Eurer Dampfstube versteckt hatte ...« Mit zitternden Fingern brachte er den Rundkragen über seiner Schecke wieder in Ordnung, der bei dem Gerangel mit Ambroise verrutscht war.

Ambroise packte ihn am Handgelenk und zog ihn mit Gewalt zur Tür. »Freut Euch nicht zu früh, Fossa. Auch wenn Euch keine unmittelbare Schuld an Fioricias Verhaftung trifft, habt Ihr dennoch ehrlos und niederträchtig gehandelt.

Ihr denkt nur an Euch, und wenn es sein muß, geht Ihr über Leichen!«

»Was wollt Ihr von mir? Ich habe Euch doch gesagt, wie leid ...«

»Eure Entschuldigungen könnt Ihr Euch sparen, die nützen mir nichts«, fiel Ambroise ihm ins Wort. »Es gibt nur noch einen Weg, wie wir Fioricia retten können, und ich verlange, daß Ihr mir dabei zur Seite steht. Wir müssen die Königin um Hilfe bitten!«

26. KAPITEL

Katharina von Medici staunte, als ihr Sekretär Riggino den Besuch ihres Wundarztes und des Schlossers Fossa ankündigte. Kurz darauf führte eine Dienerin die beiden Männer an zwei Palastwächtern vorbei in das Privatgemach der Königin, das am anderen Ende ihres Kabinetts lag. Es war das erste Mal, daß Ambroise und Fossa es betraten, und trotz ihrer angespannten Nerven konnten beide nicht umhin, sich staunend umzublicken.

Der Raum war nicht groß, aber äußerst geschmackvoll eingerichtet. Die Wände waren mit Tapeten aus zartem Kalbsleder bespannt, in welche begabte Künstlerhände Weinranken und Blumengirlanden gestanzt hatten. An den freien Stellen hingen schwere Ölgemälde in goldenen Rahmen sowie zierliche Medaillons aus Elfenbein. Im Kamin knisterte ein Feuer, das eine anheimelnde Wärme verbreitete.

Die Königin kniete auf einem kunstvoll geschnitzten Betstuhl aus kostbarem Akazienholz. Ihre Augen waren geschlossen, die Lippen bewegten sich lautlos. Sie trug ein schmuckloses, cremefarbenes Wollkleid, das ihr bis über die nackten Fußknöchel fiel, aber keinen Schleier oder Kopfputz. Ihr langes, dunkles Haar wurde lediglich von einer schmalen, silbernen Kordel im Nacken zusammengehalten.

Durch ihre Finger wanden sich die Perlen eines Rosenkranzes. Während Katharina noch betete, erklang aus dem Nebenraum, dessen Tür nur angelehnt war, das Wimmern eines Kindes.

»Majestät«, flüsterte die Dienerin, um ihre Herrin auf den ungewöhnlichen Besuch in ihrem Gemach aufmerksam zu machen. Ihre Wangen röteten sich vor Verlegenheit, als sie Ambroise und den Schlosser mit einer Handbewegung aufforderte, sich zu den Sesseln zu begeben, die von zwei Kerzenhaltern in Form kniender Mohren mit blauen Turbanen und goldenen Nasenringen beleuchtet wurden. Dort sollten sie auf die Königin warten. Das Mädchen verschwand durch die Tür ins Schlafzimmer ihrer Herrin.

»Wie konntet Ihr wissen, daß ich Euch zu dieser frühen Stunde schon brauchen würde, Monsieur Paré?« fragte Katharina von Medici voller Verwunderung, nachdem sie ihre Gebete beendet hatte. »Seid Ihr ein Hellseher? Und warum habt Ihr Monsieur Fossa mitgebracht?«

Ambroise erwiderte den Blick der Königin nicht minder erstaunt. »Ich hatte keine Ahnung, daß Ihr mich zu sehen wünscht, Madame!«

Katharina kam näher. Über dem knöchellangen Kleid trug sie jetzt einen prächtigen Seidenmantel, dessen Schulterflächen mit winzigen Kreuzen aus Rubinen und Perlen besetzt waren. Sie wirkte wie gewöhnlich kühl und gefaßt. »Meine Diener hatten strikte Anweisungen, Euch in Saint-Denis abzuholen und sofort zum Louvre zu bringen«, flüsterte sie mit ihrer heiseren Stimme.

Ambroise schüttelte besorgt den Kopf. »Ich fürchte, heute bin ich derjenige, der Eure Hilfe braucht«, sagte er. »Während ich gestern die Rückenschmerzen Eurer Kammerfrau behandelte, ist ein Mitglied meines Haushalts verhaftet worden!«

Katharinas Augenbrauen zogen sich zusammen. Sie sah verwirrt aus, dunkle Ringe lagen unter ihren Augen. »Dann seid Ihr nicht wegen des Prinzen gekommen?« fragte sie.

»Der Junge hat sich eine schwere Verbrennung zugezogen. Er muß im Morgengrauen an seiner schlafenden Amme vorbeigeschlichen sein, um in meinem Kamin das Feuer zu schüren, wie er es die Diener oft tun sieht. Sollte mein Gemahl davon erfahren ...« Sie sprach nicht weiter. Zum ersten Mal, seit Ambroise die Königin kannte, sah er nackte Angst in ihren Augen auflodern.

»Gewiß werde ich mich um den Dauphin kümmern, Madame«, erklärte er hastig, »aber ich bitte Euch inständig, mir ebenfalls beizustehen.«

Die Königin blickte von Ambroise zu Fossa. Lustlos erkundigte sie sich, was sich im Haus des Baders zugetragen hatte und hörte zu, bis Ambroise mit seinem Bericht zu Ende gekommen war.

»Ich verstehe, daß Ihr euch Sorgen macht, Ambroise«, sagte sie schließlich beherrscht, »aber wie, in Gottes Namen, kamt Ihr auf den Gedanken, daß ausgerechnet ich Eurem Mündel helfen könnte? Habt Ihr mir nicht vor kurzem erst selber berichtet, daß die Kommission, welche die ketzerischen Umtriebe in Paris untersucht, nicht einmal entlastende Gutachten der Sorbonne gelten läßt?«

»Aber Ihr seid die Königin von Frankreich«, wagte nun auch Fossa einen Versuch, auf die Frau im Seidenmantel einzuwirken. »Und das Mädchen, um das es geht, ist Italienerin. Ein Schreiben von Eurer Hand ...«

Katharina von Medici lachte freudlos auf. »Ihr seid ein Narr, wenn Ihr glaubt, daß meine Unterschrift einen französischen Kerkermeister beeindrucken würde, *fabbro mio*. Es gibt genaue Anweisungen, wie mit hugenottischen Ketzern zu verfahren ist. Vermutlich wurde Eure Freundin mit den anderen Verdächtigen in die Gewölbe an der Porte du Temple gebracht, bis die Beamten sie zum Verhör rufen lassen.« Heftiges Geschrei aus dem Nebenzimmer, in das sich aufgeregte Stimmen mischten, ließ Katharina zusammenfahren.

Ambroise erfaßte ein Schwindelgefühl. Scharf sog er die

warme Luft ein, als er einen festen Griff um sein rechtes Handgelenk wahrnahm. Wie ein Schlafwandler ließ er sich von der Königin zur Tür führen.

In dem Zimmer, das sich an Katharinas Wohngemächer anschloß, befand sich ein Kinderbett mit einem wundervollen Himmel. Der vierjährige Dauphin, ein pausbäckiger Knabe, der die dunklen Haare und Augen seiner italienischen Mutter geerbt hatte, wälzte sich weinend zwischen den Kissen hin und her. Sein dicklicher kleiner Oberschenkel, auf dem feuchte Tücher lagen, war von roten Flecken übersät. Um das Bett herum standen einige Männer und Frauen mit betretenen Mienen, von denen Ambroise nur den Sekretär Riggino erkannte.

»Ihr seid also Madame Katharinas Wundarzt«, sprach ihn eine vornehm aussehende Dame höflich an. Sie war bedeutend älter als die Königin, wirkte aber mit ihren ebenmäßigen Gesichtszügen, den hellblonden, im Nacken aufgesteckten Haaren und den sanften rehbraunen Augen so mädchenhaft, als käme sie geradewegs aus einer Klosterschule. Im Unterschied zu Katharina war sie bereits vollständig bekleidet und frisiert. Die Hofdame schien über einen gewissen Einfluß im Schloß zu verfügen, denn als sie um das Bett des Thronfolgers herumschritt, machten ihr die übrigen Anwesenden ehrerbietig Platz. Die Amme verneigte sich sogar.

»Wie ich hörte, seid Ihr mit der kleinen Mielle de Beroncourt verlobt, nicht wahr?« erkundigte sich die Fremde lächelnd.

Ambroise blickte die Frau überrascht an. Er hatte sie noch nie gesehen, dafür jedoch oft von ihr reden hören. Vor ihm stand die Favoritin des Königs, Diane de Poitiers.

»Könnt Ihr Euch nicht später unterhalten?« rief Katharina entrüstet. Mürrisch schob sie die Hofdame zur Seite. »Comtesse, ich bitte Euch, den Wundarzt nicht länger von seiner Arbeit abzuhalten. Wie ich hörte, hat er es heute recht eilig. Ist es nicht so, Monsieur Paré?«

Ambroise nickte wortlos und begann, die gerötete Haut des Jungen zu untersuchen. Erleichtert stellte er fest, daß die Verbrennungen, so schmerzhaft sie auch sein mochten, nicht so schwer waren, wie er zunächst befürchtet hatte. Ärgerlich fand er nur, daß er bei seinem überstürzten Aufbruch in Saint-Denis nicht an seinen Arzneikasten gedacht hatte.

»Bringt mir einige große Küchenzwiebeln«, wies er das Mädchen an, das ihn und Fossa zur Königin geführt hatte.

»Zwiebeln?« entfuhr es Katharina. »Keinen Blutstein?« Sie schüttelte den Kopf, hielt ihre Zofe jedoch nicht auf.

Wenige Augenblicke später eilte die Dienerin mit einer silbernen Schale in den Raum, auf der drei geschälte Zwiebeln lagen. Ambroise nahm und brach sie und verteilte die Stücke vorsichtig auf dem Bein des Thronfolgers.

»Ich will Euch nicht in Eure Behandlung pfuschen, Monsieur«, sagte die Gräfin, die jeden Handgriff des Arztes aufmerksam beobachtete, »aber gehört der Saft der Zwiebel nach Galen nicht zu den warmen, feuchten Stoffen, die zur Heilung heißer Verbrennungen denkbar ungeeignet sind?«

»Was, zum Teufel, versteht Ihr schon davon?« fauchte Katharina, obwohl sie selbst nicht wußte, was sich ihr Leibchirurg von dieser sonderbaren Behandlung versprach.

Ambroise hob seinen Kopf und blickte die hübsche Gräfin an. Daß sie Galen kannte, überraschte ihn. Sie schien nicht nur belesen zu sein, sondern auch über einen scharfen Verstand zu verfügen. »Meine Methoden, Madame, basieren nicht immer auf den Vorgaben der alten Theoretiker«, erklärte er sanft. »Ich beobachte die Natur und ziehe daraus Rückschlüsse. Aus den Eigenschaften der Zwiebel folgere ich, daß sie entzündete Säfte anziehen und austrocknen kann. So wirkt sie bei Verbrennungen einer schädlichen Blasenbildung entgegen.« Langsam richtete er sich auf und ließ ein wenig Wasser aus einer Kanne über seine Finger laufen. »Vielleicht hätte Galen es einfach einmal ausprobieren sollen. Ich kann beschwören, daß die Behandlung besser und schneller anspricht, als wenn man dem Verwundeten einen Blutstein in die Hand drückt.«

Der Dauphin hatte aufgehört zu weinen. Er gähnte ausgiebig. Sein Bein würde ihm noch eine Weile weh tun, aber der schlimmste Schmerz war überstanden.

»Es ist doch wohl nicht nötig, Seine Majestät zu unterrichten?« fragte Katharina von Medici erstaunlich zaghaft, wobei sie sich bemühte, die Gräfin nicht aus den Augen zu lassen.

Ambroise nahm ein Stück Leintuch, um sich die Hände abzutrocknen. »Das habe ich nicht zu entscheiden, aber wenn Ihr mich fragt, ist es nicht nötig. Schlagt das Bein des Prinzen in kühle Tücher ein und tragt später ein wenig Zinksalbe mit zerstoßenen Kamillenblüten auf.«

Die Königin nickte erleichtert. Ihre Blicke durchbohrten Diane de Poitiers, die sich mit einem feinen Lächeln über den Rand des Kinderbettes beugte. »Wartet hier, Ambroise«, sagte sie. »Vielleicht kann ich doch etwas für Euch tun.« Sie lief zu der Gräfin hinüber und flüsterte der Frau einige Worte ins Ohr. Ambroise beobachtete, wie Diane de Poitiers zusammenzuckte; ihre Augenlider begannen zu flattern. Dann aber ergriff sie Katharinas Hand, küßte den Ring an ihrem Finger und verließ mit eiligen Schritten den Raum.

Als Ambroise in das Kaminzimmer der Königin trat, stürmte Fossa ihm in gespannter Erwartung entgegen. »Was ist geschehen? Konntet Ihr dem Kleinen helfen?«

»Laßt mich in Frieden!« gab Ambroise barsch zurück. Er ließ den Schlosser stehen und nahm Zuflucht an einem der hohen Bogenfenster, von welchen man eine herrliche Aussicht auf die Glockentürme von Notre Dame hatte. Draußen hatte es angefangen zu schneien. Der weiträumige Hof des Stadtpalastes lag bereits unter einer dünnen weißen Schicht.

Abwesend betrachtete Ambroise das Spiel der Schneeflocken, die in einem wilden Reigen um die Dachreiter der Tuilerien wirbelten. Was geschah, wenn es keine Hoffnung mehr gab, die über Leben oder Tod entscheiden konnte?

Wenn die Nacht den Tag besiegte? Nun gut, er würde ein neues Leben beginnen, an der Seite einer Frau, die ihn brauchte. Mit Mielles Hilfe würde es ihm gelingen, ein ehrenwertes Mitglied der Pariser Gesellschaft zu werden. Aber konnte man ein Schattendasein wirklich Leben nennen?

»Ambroise?«

Rasch drehte er sich um, als er die Stimme der Königin vernahm. Die zierliche Frau trug noch immer ihren Seidenmantel, doch aus einem unerfindlichen Grund schien der ihr plötzlich viel zu groß zu sein. In der rechten Hand trug sie ein zusammengerolltes Stück Pergament, das sie Ambroise entgegenstreckte.

»Diane de Poitiers hat gewußt, wo mein Gemahl seine königlichen Siegel aufbewahrt«, sagte sie. »Vielleicht habe ich mich in ihr getäuscht, so wie Ihr Euch in mir getäuscht habt. Und nun beeilt Euch! Lauft zur Porte du Temple und befreit das Mädchen. Ich werde für Euch beide beten!« Sie warf einen Blick über die Schulter. »Für Euch bete ich besser auch gleich mit, Meister Fossa. Wie lange glaubtet Ihr denn, Euren protestantischen Glauben vor mir verbergen zu können?«

Fossa schreckte auf wie ein Fuchs, den eine Jagdmeute in die Ecke gedrängt hatte. »Aber … Madame …«, stotterte er.

Katharina schnitt ihm mit einer Handbewegung das Wort ab. »Ihr seid ein erwachsener Mann und durchaus in der Lage, eigene Entscheidungen zu treffen, Monsieur«, sagte sie. »Doch einen Rat gebe ich Euch: Wenn die neue Lehre, die zweifellos viel Gutes enthält, Euch wirklich am Herzen liegt, dann spielt nicht mit ihr. Zieht Lehren aus dem, was Ihr heimlich lernt, und handelt, wie es Euch das Gewissen gebietet!«

Ambroise bekam nicht mehr mit, wie der Schlosser vor Katharina auf die Knie sank und mit einem gequälten Stöhnen nach ihrer Hand tastete. In äußerster Hast verließ er das Gemach der Königin.

»Wieso sollte ich Euch eine Gefangene überlassen?« fragte der Kerkermeister an der Porte du Temple, ein vierschrötiger Mann, dessen Atem nach billigem Wein roch. Er war voller Mißtrauen. Mit stierem Blick überflog er Ambroises Pergament. »Verdammt, da könnte ja jeder kommen, dem die Säfte kochen!« Er räusperte sich und spuckte in das Stroh, das die Treppenstufen zu den finsteren Zellen des Gewölbes bedeckte.

»Ich habe ein Schreiben mit dem Siegel des Königs«, entgegnete Ambroise, sich mühsam beherrschend, »und ich rate dir gut, mir keine Schwierigkeiten zu machen, mein Freund, sonst ...« Er hielt inne und starrte den Kerkermeister an. Der dumme Kerl hielt das Pergament verkehrt herum; demnach konnte er es gar nicht lesen. Nun gut, aber das Siegel mußte er doch wenigstens erkennen. Ohne zu zögern, nahm er das schwach flackernde Talglicht, das auf dem Tisch des Kerkermeisters stand.

»Siehst du das königliche Siegel? In ganz Frankreich gibt es keinen Büttel, der das Symbol der Herrschaft unseres gnädigen Königs Henri nicht kennt.«

»Ich kenne das Siegel ganz genau, Monsieur«, erhob der plumpe Mann sofort Einspruch. »Auf meine Ehre!« Sein teiges Gesicht lief rot an, während er aufgeregt mit dem Schlüsselbund an seinem Gürtel klimperte. »Ich wollte doch nur überprüfen, ob alles mit rechten Dingen zugeht. Diese Ketzer sind mit allen Wassern gewaschen!« Er nahm seine speckige Lederkappe ab und kratzte sich am Kopf. Ambroise nutzte die Verwirrung des Mannes und warf einen kleinen Beutel mit Münzen auf den Tisch.

»Dann soll das hübsche Täubchen also nicht geröstet werden?« murmelte der Kerkermeister mit gierigem Blick. »Na, mir soll's recht sein.« Er bat Ambroise, einen Augenblick zu warten, dann stieg er die Treppe zu den vergitterten Löchern hinunter. Ambroise lehnte sich aufatmend gegen den rauhen Stein der Gefängniswand und starrte an die morschen Deckenbalken. Das Dach schien undicht zu sein, denn er hörte das regelmäßige Geräusch aufschlagender Wassertropfen.

Dreißig Tropfen zählte Ambroise, bis der Kerkermeister mit Fioricia zurückkehrte. Die Hände des Mädchens waren gefesselt, ihr Haar zerzaust und mit Strohhalmen gespickt. Verwirrt starrte sie Ambroise an, doch der legte rasch einen Finger auf den Mund. »Nimm ihr die Fesseln ab«, sagte er mit fester Stimme an den Wachsoldaten gewandt. »Mir läuft keine davon!«

Der Kerkermeister grinste anzüglich, wobei er eine Reihe schwarzer Zahnstümpfe entblößte. »Na, auf die Kleine scheint ja so mancher edle Herr scharf zu sein«, sagte er. »Mir fällt nämlich ein, daß schon einmal ein Kerl nach ihr gefragt hat. Der wollte es wohl an Ort und Stelle mit ihr im Stroh treiben. Aber das kann ich leider nicht zulassen. Außerdem hatte der Mann nicht so etwas dabei wie Ihr, Monsieur.« Er deutete auf den Tisch, ließ aber offen, ob er das Pergament mit dem Siegel des Königs oder Ambroises Bestechungsgeld meinte.

»Wir müssen nun gehen«, sagte Ambroise, um die Angelegenheit nicht unnötig hinauszuzögern. »Mein Herr möchte das Weibsbild gesondert befragen!« Er legte seinen Arm auf Fioricias Rücken und drängte sie aus dem düsteren Raum.

Ambroise beschloß, einen Umweg durch die verwinkelten Gassen der langsam erwachenden Stadt zu nehmen. Er wollte nicht riskieren, von jemandem aufgehalten zu werden, der ihn und Fioricia aus dem Gefängnis hatte treten sehen. So lenkte er seinen kleinen Wagen an der Kirche St. Martin vorbei und hielt nur einmal kurz an, um einem Straßenhändler zwei Pasteten abzukaufen. Während Fioricia das duftende Gebäck mit Heißhunger verschlang, bemerkte er nach dem ersten Bissen, daß seine Kehle wie zugeschnürt war. Also überließ er dem Mädchen den Rest seiner Pastete und griff in die Zügel.

Niemand hielt sie auf, als sie durch das breite Stadttor von

Paris fuhren. Einer der Wachsoldaten, der Ambroise kannte und sich gelegentlich mit ihm über Pferde und das Kriegshandwerk unterhielt, winkte das Fuhrwerk des Arztes über die hölzerne Brücke, hinter der sich die holprige Landstraße in Richtung Nordosten anschloß.

»Ich kann gar nicht glauben, daß ich neben dir sitze und eine Pastete esse«, sagte Fioricia, nachdem sie die Mauerwächter von Paris hinter sich gelassen hatten. »Als die Soldaten mich mitnahmen, dachte ich, nun sei alles aus. Wie ist es dir nur gelungen, sie von meiner Unschuld zu überzeugen?«

Ambroise warf ihr einen erschöpften Blick zu, dann schüttelte er betrübt den Kopf. »Es ist mir nicht gelungen, Fioricia«, sagte er leise. »Die Feuerkammer hält dich nach wie vor für eine Anhängerin der Calvinisten, die verbotene Kontakte nach Genf unterhält.«

»Aber dann …«

»Keine Sorge«, beeilte er sich zu versichern, »die Königin hat dir einen Entlassungsschein ausgestellt. Das heißt, eigentlich hat die Gräfin de Poitiers dafür gesorgt, weil …« Er hielt inne und unterdrückte mühsam ein Gähnen. »Dies ist eine lange Geschichte, die ich dir einmal erzählen werde, sobald du in Sicherheit bist und meine Nerven sich ein wenig beruhigt haben. Denn nun liegt es auf der Hand, daß du das Land verlassen mußt, bevor die *chambre ardente* unserem Schwindel auf die Spur kommt.«

Fioricia widersprach nicht. Sie lehnte ihren Kopf gegen Ambroises Schulter, und es dauerte nur wenige Augenblicke, bis sie eingeschlafen war. Ambroise lauschte auf ihre regelmäßigen Atemzüge, bis sie Saint-Denis erreicht hatten. Diesmal war das Badehaus hell erleuchtet. An den Fenstern zum Hof, mit ihren bunt bemalten Läden, flackerten zahllose Kerzen und Öllämpchen. Mielle mußte sie angezündet haben. Ihr Anblick ließ Ambroise warm ums Herz werden.

»Sie wußte, daß alles gut ausgehen würde«, murmelte er leise, während er die Pferde durch das Tor der Hofeinfahrt lenkte. Zum ersten Mal seit langer Zeit wünschte er sich, seiner Verlobten nahe zu sein. Immerhin war ihr das beinahe Unmögliche gelungen; sie hatte ein Zeichen der Hoffnung gesetzt, während er noch versucht gewesen war, an allem zu zweifeln. Auch an sich selbst. Rasch half er Fioricia vom Wagen, die sich verschlafen umsah und plötzlich einen freudigen Schrei ausstieß. Aufgeregt deutete sie auf die Stallungen. »Dort steht Sefferinos Pferd«, rief sie. »Er ist zurückgekommen!« So schnell sie ihre Füße trugen, lief sie zum Badehaus und stieß die Tür auf. Ambroise folgte ihr mit einem Lächeln in das schattige Vestibül. Er bemerkte, daß der Eingang gesäubert und mit duftenden getrockneten Kräutern bestreut worden war. Drei der schweren Ölkrüge, die bei der Hausdurchsuchung umgestürzt worden waren, standen wieder an ihrer gewohnten Stelle.

Der Schrei, der plötzlich ertönte, traf Ambroise völlig unvorbereitet. Er sah, wie Fioricia voller Entsetzen die Hand vor den Mund schlug und in die hell erleuchtete Badestube blickte. Als Ambroise die Stube betreten wollte, spürte er einen heftigen Schlag, der ihn in den Rücken traf. Er stürzte jedoch nicht sofort; erst ein zweiter Hieb brachte ihn zu Fall. In seinen Ohren rauschte es einen kurzen Augenblick, und er registrierte, daß die schlammverkrusteten Sohlen schwarzer Reitstiefel neben seinen Augen auftauchten. Dann sank er in eine tiefe Ohnmacht.

Als Ambroise wieder zu sich kam, hockte er unbekleidet in einem seiner eigenen Badezuber, der bis zum Bauchnabel mit frischem, warmem Wasser aufgefüllt worden war. Beide Arme hingen an straff gedrehten Stricken, die oberhalb der Gelenke schmerzhaft ins Fleisch schnitten. Zu seiner Überraschung stellte er fest, daß er sich nicht allein im Bottich befand. Ihm gegenüber saßen Sefferino, der aus einer Platzwunde an der Schläfe blutete, und Gompard Danderac. Beide Männer waren gefesselt und starrten ihn vorwurfsvoll und ängstlich an.

»Mein Gott, Sefferino«, flüsterte er und rüttelte an den Stricken. »Was ist nur geschehen? Warum sind wir gefesselt, und was, zum Teufel, tut Danderac hier?«

Sefferino hob die Schultern. Im Gegensatz zu Ambroise und Gompard war er angekettet worden. »Keine Ahnung«, sagte er mit zitternder Stimme. »Gleich in der Früh erreichte mich ein Brief in der Schenke, wo ich eine Kammer gemietet hatte. In dem Schreiben stand, daß Fioricia unter dem Verdacht steht, eine Ketzerin zu sein, und daß ich schleunigst nach Saint-Denis zurückkehren sollte. Kaum war ich hier, wurde ich auch schon niedergeschlagen.«

Gompard Danderac, der bisher kein Wort gesagt hatte, stieß ein düsteres Gelächter aus. »Sie ist doch auch eine Ketzerin«, keuchte er. »Eine Hure, die mich verschmäht hat, um in dieser jämmerlichen Schwitzstube zu versauern, hat es doch nicht anders verdient …«

Ein kräftiger Tritt brachte ihn zum Schweigen. Sefferino warf ihm einen drohenden Blick zu. »Du solltest deine Kräfte schonen«, sagte er. »Jedenfalls so lange, bis wir wissen, was hier gespielt wird!«

»Ich kenne Seine Majestät persönlich«, keuchte Gompard mit schmerzverzerrter Miene, »der König wird erfahren, wie ihr Schweine mit einem seiner ersten Höflinge umgeht!«

Ambroise beschloß, Gompards Gejammer zu ignorieren. Vorsichtig reckte er das Kinn, bemüht, nicht abzurutschen und mit dem Kopf unter Wasser zu versinken, als plötzlich krachend die Tür aufgestoßen wurde.

Fioricia wurde in den Raum gestoßen. Ein dürrer, vor Schmutz starrender Mann, der seinen Lumpen nach zu den Bettlern von Paris gehörte, trieb sie vor sich her und ermahnte sie mit derben Worten, still zu sein. Dem Bettler folgte ein mittelgroßer, ordentlich gekleideter Mann mit breiten Schultern, der seine Gesichtszüge unter der ausladenden Krempe eines Filzhutes verbarg. Er zog Mielle hinter sich her. Mit einer herrischen Geste bedeutete er dem Mädchen, sich hinter den Schanktisch zu stellen, auf dem mehrere Wachskerzen, Korbflaschen sowie Krüge und Becher zur Bewirtung der Badegäste standen.

»Ich grüße Euch, Bader«, sagte der Fremde mit freundlicher Herablassung. Er streifte gemächlich seinen Hut und den schwarzen Umhang ab. Mit einer Lampe in der Hand trat er dann an den Rand des Badezubers und blickte triumphierend auf die gefesselten Männer herab. »Vermutlich habt Ihr nicht damit gerechnet, mich jemals wiederzusehen, nicht wahr? Schon gar nicht hier, in Paris.« Der Mann lachte grimmig, während Fioricias Lippen ein klägliches Stöhnen entwich. Sie wußte, wer er war, doch auch Ambroise erkannte ihn ohne Mühe. Die Jahre hatten ihn nicht besser behandelt als er die Menschen, die jemals seinen Weg gekreuzt hatten. Sein Haar war ergraut und an den Schläfen schütter geworden. Entlang der leicht geröteten Wangen grub sich ein Netz von Falten so tief in die Haut, daß seine Narbe, die wie ein Halbmond geformt war, sich zwischen ihnen und dem Bartansatz verlor.

»Ihr seid Ruffo«, rief Ambroise fassungslos. »Ruffo Nardine ...«

»Nicht doch, Bader!« Der Eindringling machte eine herrische Geste. »Ruffo gibt es nicht mehr. Wie Ihr Euch erinnern werdet, starb er in einem Feuerregen in einem gottverlassenen italienischen Wald. Hier in Frankreich habe ich mir einen Ruf erworben, von dem Ihr in Eurem verkommenen Badehaus nur träumen könnt. Ich bin Korporal des Königs der Diebe, mehr braucht Ihr nicht zu wissen!« Er zog sich mit dem Fuß einen flachen Schemel an den Bottich heran und ließ sich auf ihm nieder. Währenddessen bedrohte sein Handlanger Fioricia und Mielle mit einem scharfen Dolch.

»Was wollt Ihr von uns, Ruffo?« fragte Sefferino. »Euer verfluchtes Gesindel wird hier im Haus kein Geld finden!«

»Mit dir rede ich nicht, kleine Ratte«, schnauzte der Korporal ihn an. Mit einer flinken Bewegung packte er den jungen Mann an den Haaren und stieß seinen Kopf heftig gegen den Zuber. »Euer Geld interessiert mich einen Dreck, ich will euer Leben. Ich denke, das steht mir zu, nachdem ich viele Jahre geduldig auf eine Gelegenheit gewartet habe, mich für euren Verrat zu rächen.« Er hielt einen Augenblick lang inne, als habe er Mühe, seine Gedanken zu ordnen. Dann erklärte er: »Zunächst wollte ich euch im Wald oder am Turm der alten Friedhofskapelle aufknüpfen, so wie ich es damals mit diesem armseligen Mönch in Villano tat ...«

»Pater Eugenio?« Sefferino konnte es nicht fassen. Demnach hatte Ruffo seinen Lehrer getötet, um Ambroise und ihm die Schuld in die Schuhe zu schieben. Der fanatische Kaplan hatte nichts damit zu tun gehabt. Wie mußte es Ruffo erzürnt haben, daß sein heimtückischer Plan nicht aufgegangen war.

»Doch dann kam mir ein weitaus besserer Einfall«, fuhr Ruffo fort. »Schließlich weiß ich, was ich alten Freunden aus der Heimat schuldig bin.« Mit funkelnden Augen rief er seinen Gehilfen herbei und flüsterte ihm etwas ins Ohr. Die Miene von Chauve-Souris hellte sich auf. Er eilte durch die Schwitzstube, polterte die Treppe zum Behandlungsraum hinunter und kehrte wenig später mit einem Lederfutteral zurück, in dem Ambroise seine chirurgischen Instrumente, Klappmesser, Skalpelle und Brustsonden aufbewahrte. Ruffo nahm eine der schärfsten Klingen zur Hand und hielt sie prüfend ins Licht der Lampe. Anschließend beugte er sich mit einem Lächeln über Gompard. Spöttisch hauchte er ihm einen Kuß auf das Handgelenk. Dann zückte er das Skalpell und zerfetzte dem jungen Mann mit einem einzigen, blitzschnellen Schnitt die Schlagadern. Ehe Gompard wußte, wie ihm geschah, schoß ein hellroter Blutstrahl in hohem Bogen aus der Wunde. Er blickte voller Staunen auf seine Hände, ehe er wie wild zu kreischen, an den Fesseln zu zerren und mit den Beinen zu schlagen begann.

»Ruffo, was tust du?« schrie Fioricia voller Entsetzen. Ihre Augen weiteten sich, als sie sah, wie der Korporal in Seelenruhe den Zuber abschritt, um Sefferino ebenfalls die Adern zu öffnen.

Zuletzt durchschnitt er Ambroises Handgelenke.

»Keine Angst, Messieurs, ich habe meine Sünden bereut und sogar beim Abbé von St. Eustache einen Ablaß erworben«, höhnte Ruffo, nachdem er die blutige Klinge mit einem Stück Stoff gereinigt und in das Lederfutteral zurückgelegt hatte. »Was euch betrifft, so werdet ihr bald einschlafen. Chauve-Souris und ich werden euch dabei Gesellschaft leisten.«

Fioricia spürte einen unbändigen Zorn. Ruffo hatte offensichtlich vor, ihre Freunde langsam verbluten zu lassen. Es gab keinen Ausweg, kein Entkommen. In einem Akt der Verzweiflung warf sie sich auf den untersetzten Mann, der dabei zusah, wie sich das Wasser im Bottich allmählich rot färbte. Weinend traktierte sie ihn mit ihren Fäusten, aber sie war zu matt und kraftlos, um sich gegen Ruffo durchzusetzen. Lachend warf er sie zur Seite.

»Nun zwingst du mich schon wieder, meine guten Manieren zu vergessen«, raunte er ihr zu. »Du bist einfach zu ungestüm, *principessa mia*. Genau wie deine Tante Ceres, die ich bald in Genf besuchen werde. Oh, du fragst dich, woher ich weiß, daß sie dort ist? Der Kerkermeister an der Porte du Temple erwies sich als außerordentlich geschwätzig, als ich ihn nach dir und deinem Vergehen befragte. Beschwere dich bei ihm, wenn du in deine Zelle zurückkehrst.«

»In meine Zelle … was willst du damit sagen?« fragte Fioricia mit zitternder Stimme.

»Du bleibst hier, bis die Soldaten der Feuerkammer kommen, um dich abzuholen! Und glaube nicht, daß dir noch einmal jemand zu Hilfe eilt. Das alte Weib in der Kammer oben fiel schon um, als sie mich erblickte. Ich mußte nicht einmal Hand anlegen, um ihr den Hals umzudrehen.«

»Du bist … ein Teufel!« Fioricia schloß erschüttert die Augen. »Wahrscheinlich geht die Ermordung von diesem Damien Coulaine auch auf deine Rechnung!«

Der Korporal zwinkerte ihr vergnügt zu und nickte. »Und nun darf ich dich bitten, den Mund zu halten. Nimm dir ein Beispiel an der jungen Braut des Baders.« Er warf Mielle einen zweideutigen Blick zu. »Sie ist gehorsam und rührt sich nicht von der Stelle. Ein richtiger Goldschatz, den mein guter Chauve-Souris noch zu heben lernen wird.« Er lachte amüsiert auf. »Na los, Mädchen, du darfst uns einen Becher Wein einschenken. Es macht durstig, anderen Leuten beim Baden zuzuschauen!«

Mielle funkelte den Mann einen Moment lang mit geöffnetem Mund an, doch plötzlich holte sie aus und stieß mit dem Arm die Becher und zwei halbvolle Kannen vom Tisch. Mit einem lauten Klirren zerbarst das Geschirr, Tonscherben flogen dem überrumpelten Chauve-Souris um die Ohren, während Weintropfen seine staubigen Stiefel benetzten. »Sucht Euch gefälligst eine andere Schankmagd«, rief sie und verschränkte voller Abscheu die Arme vor der Brust.

»Du bist wohl verrückt geworden, blöde Kuh.« Chauve-Souris starrte die Scherben auf den Dielenbrettern an. »Was soll die Schweinerei?«

Während er seine Stiefel am Hosenbein trockenrieb, schnalzte der Korporal nur mit der Zunge, als habe er ein unartiges Kind vor sich. »Keine Aufregung, mein Freund«, sagte er ruhig. »Schließlich ist der schönste Kelch heil geblieben!« Er stieß seinen Gehilfen zur Seite, stellte sich unmittelbar vor Mielle und zwang sie, ihm in die Augen zu blicken. Mit einem Aufschrei fuhr sie zusammen, als seine Hände ihr Dekolleté anhoben und ihre Brüste umschlossen. Sie wand sich so verzweifelt, daß der Stoff ihrer Bluse riß. Doch Ruffos Griff war stahlhart. »Du wirst uns nun den Becher füllen oder mit Chauve-Souris in einen der Zuber steigen, Mädchen«, flüsterte Ruffo. Seine Zunge spielte mit ihrem Ohrläppchen. »Die Entscheidung liegt bei dir!«

Leise schluchzend schenkte Mielle aus einem irdenen Krug Wein in den letzten unversehrten Kelch, der auf dem Schanktisch stand und sehr kostbar aussah. Ihre Hände zitterten so stark, daß sie die Hälfte verschüttete. »Ihr dürft Ambroise nicht sterben lassen«, sagte sie mit einem flehenden Blick und sah zu, wie Ruffo und der Taschendieb sich auf zwei Schemel neben dem Schanktisch niederließen, um zu trinken. »Ich liebe ihn doch!«

Ambroise glaubte, sich in dem Gefängnis an der Templerpforte zu befinden; er hörte, wie unerbittlich Wassertropfen zu Boden fielen. Allerdings duftete der Raum nun weitaus angenehmer, als er es in Erinnerung hatte: nach Sandelholz, Aloe und Honigseife. Die Stube war auch bedeutend wärmer als der Vorraum des gräßlichen Kerkers. Die wohlige Wärme erinnerte eher an das Gemach der Königin, in dem ein Kaminfeuer geflackert hatte. Er hörte liebliche Musik, die von Flöten und Gitarren herrühren mochte, doch gelang es ihm nicht, die Töne voneinander zu unterscheiden, denn seine Sinne begannen sich zu verwirren. Plötzlich berührten seine Lippen unerwartet etwas Weiches. Wenn der Tod so schmeckt ... schoß es ihm durch den Kopf, doch der Gedanke versickerte wie das finstere, leise plätschernde Wasser um ihn herum.

Dann spürte er, wie zwei kräftige Hände ihn unter den Achseln packten und mit einem kräftigen Ruck hochzogen. Er wollte protestieren, um sich schlagen, aber er vermochte nicht, sich verständlich zu machen. Es dauerte Ewigkeiten, bis Ambroise erkannte, daß die Hände, deren er sich nicht erwehren konnte, seinem Nachbarn und Geschäftspartner Fossa gehörten. Gemeinsam mit Mielle kniete der hugenottische Schlosser neben ihm und band dicke Leintücher straff um seine Handgelenke. Darüber legten sie eine Handvoll Schnee, den Mielle in einem Eimer vom Hof geholt haben mußte.

»Halt durch, Ambroise«, sagte Mielle und bedeckte sein Gesicht mit Küssen. »Wir verbinden dich schon! Du mußt mir nur sagen, welche Arzneien ich dir bringen soll. Ich will alles tun ... wenn du nur bei mir bleibst!«

Ambroise versuchte vergeblich eine Hand zu heben. Ihm war zum Erbrechen übel. Als es ihm endlich gelang, den

Kopf ein wenig zu bewegen, fiel sein Blick auf Sefferino und Gompard Danderac, die von Fioricia verbunden wurden. Also waren auch sie noch am Leben.

Wenig später bemerkte er die beiden am Schanktisch zusammengesunkenen Gestalten. Ruffos schwerer Kopf war vornüber auf die Tischplatte gefallen, seine schwarzen Augen starrten leer und voller Verwunderung in einen unbeleuchteten Winkel des Raumes. Sein Helfershelfer lag nur wenige Schritte weiter ausgestreckt auf den Holzbohlen. In seiner Hand hielt er noch immer den prunkvollen Kelch, der auf dem Schanktisch gestanden hatte. Es sah aus, als schliefe er.

»Was ist geschehen?« flüsterte Ambroise benommen. »Ist Ruffo … tot?«

Mielle sprang auf und errötete. Tränen standen ihr in den Augen.

»Sie haben beide einen Becher Wein getrunken«, antwortete Fioricia an ihrer Stelle. »Auf einmal brach Ruffo wortlos zusammen und hörte auf zu atmen. Der andere starb wenig später.«

»Vergifteter Wein«, murmelte Ambroise nachdenklich. Er ließ sich von Fossa auf die Beine helfen und bewegte sich mit schlurfenden Schritten auf den Schanktisch zu. »Ich weiß nicht, wie er in mein Haus gekommen ist, aber vermutlich hat er uns alle gerettet.«

Mielle sagte kein Wort, sie hätte alles erklären können, aber dann hätte sie auch zugeben müssen, wo sie den Kelch gestohlen und was sie eigentlich mit ihm vorgehabt hatte.

»Ihr könntet doch in der Abtei um ein Pilgerquartier bitten«, schlug Mielle vor, als Ambroise und sie mit Sefferino und Fioricia einige Stunden später das Badehaus verließen. »Die Mönche sind sehr gütig. Oder ihr geht …«

Sefferino schüttelte den Kopf. Er war noch immer bleich wie der Schnee, der vom Wind über die Felder geweht wurde. Ambroise hatte ihm und Fioricia seinen Wagen sowie

Geld und ein Pferd überlassen. So würden sie gewiß zügiger vorankommen.

»Wir müssen aus Saint-Denis verschwunden sein, ehe diese fanatischen Häscher Fioricia doch noch auf die Spur kommen«, meinte Sefferino entschlossen.

Ambroise versuchte, die Plane über dem Wagen zu vertäuen, ließ sie jedoch sogleich sinken, als sich ein wütender Schmerz in beiden Gelenken bemerkbar machte. Während Mielle ihm fürsorglich das Seil aus der Hand nahm, sah er zu, wie seine Pflegekinder auf den Kutschbock stiegen. »Und was wird aus den beiden Toten?« wollte Sefferino wissen. »Ihr müßt sie unbedingt verschwinden lassen!«

Ambroise winkte beschwichtigend ab. »Mach dir darüber keine Gedanken, mein Junge. Wie ich Fossa kenne, wird ihm schon eine Lösung einfallen. Doch was ist mit euch? Werdet ihr uns aus Genf schreiben?«

Fioricia seufzte. Sie hatte sich inzwischen umgekleidet und einen wärmenden Schleier aus Wolle über das Haar gebunden. Außerdem trug sie einen gefütterten Mantel aus Fuchspelz, den Mielle ihr geradezu aufgedrängt hatte. Die Spannung zwischen den beiden Frauen war verschwunden, nachdem Mielle eingesehen hatte, daß ihre vermeintliche Rivalin Frankreich in Kürze für immer verlassen würde. Sie hatte es sich nicht nehmen lassen, Fioricia in Radegondes Kammer zu begleiten, wo sie der toten Baderwitwe die Augen geschlossen, eine Kerze angezündet und gemeinsam ein stilles Seelengebet gesprochen hatten.

»Es wäre keine gute Idee, Euch zu schreiben, mein Lieber«, erwiderte Fioricia eine Weile später auf Ambroises Frage. »Schließlich hat mich ein Brief aus Genf in den Kerker gebracht.« Sie überlegte kurz, ehe sie hinzufügte: »Nein, ich denke, Calvins strenge Kirchenzucht wäre das letzte, was ich mir für mein Leben erträume. Man muß sich das nur einmal vorstellen: keine Kartenspiele, kein Tanzvergnügen. Männer mit steifen Kragen und ernsten Mienen, die meine Kleidertruhen nach verbotenen Spitzen und Ohrringen durchwühlen.« Während sie sprach, huschte ein Lächeln über ihr Gesicht. »Da begleite ich doch lieber Sefferino auf seiner Reise zu den Bädern aus Marmor und Alabaster und sehe zu, daß er keine Dummheiten macht!«

Sefferino starrte sie an wie vom Donner gerührt. »Ist das wahr?« flüsterte er ungläubig. »Du willst wirklich mit mir kommen?«

Sie antwortete nicht sofort. Gewiß hätte sie die Sterne bemühen und darauf hinweisen können, daß Radegonde Julon sie an der Seite eines Baders gesehen hatte, doch wenn man es von allen Seiten besah, so war gar nicht Ambroise, sondern Sefferino stets der eigentliche Bader von Saint-Denis gewesen. Dann beugte sie sich über ihn und küßte ihn so heftig, daß es ihm beinahe den Atem nahm. Diese Antwort würde er ihr am ehesten glauben.

Ambroise holte tief Luft. Er sah dem Wagen der beiden nach, bis Schneeflocken Haar und Bart bedeckten und Mielle sich über ihre kalten Füße beschwerte.

Dann kehrte er in sein Badehaus zurück.

NACHWORT DES AUTORS

Der historische Ambroise Paré wurde um 1510 in einem kleinen Dorf bei Laval in Frankreich geboren. Wie im Roman erwähnt, verbrachte er seine Lehrzeit bei einem Barbier, der den begabten Jungen in die Kunst des Heilens einführte. Später setzte er seine Ausbildung als Wundchirurg im Hôtel-Dieu, dem berühmten Hospital von Paris, fort. Das war der übliche Weg für einen Wundarzt, der nicht die Möglichkeit hatte, an einer der bekannten Universitäten wie Montpellier, Padua oder Paris Medizin zu studieren. Üblich war es auch, den Weg als Feldchirurg fortzusetzen. Das frühe 16. Jahrhundert stand im Zeichen zahlreicher Kriege zwischen Franz I. von Frankreich und Karl V., dem Kaiser des Heiligen Römischen Reiches, bei denen es um die Vormachtstellung in Europa ging. Feldchirurgen wurden somit dringend gebraucht und konnten unter Umständen auch rasch Karriere machen.

Die Erfahrungen, die Ambroise Paré sammelte, während er 1536/37 die Truppen des Herzogs von Montejan nach Italien begleitete, wurden zur Grundlage seines medizinischen Schaffens. Er erkannte aufgrund eines von ihm selbst entwickelten Systems aus Beobachtung und Praxis, daß Schußwunden nicht vom Schießpulver vergiftet wurden, wie man bisher annahm, und folglich auch nicht mit dem Glüheisen und siedendem Öl behandelt werden mußten. Diese Entdeckung machte er tatsächlich, nachdem ihm eines Tages das Öl ausgegangen war – nicht in Villano, aber auf irgendeinem unbekannten Verbandsplatz, wo er sich aufopfernd um Verwundete kümmerte. Das Abbinden oder Abklemmen der Arterien zur Blutstillung geht ebenfalls auf Ambroise Paré zurück.

Erfunden habe ich fast alle Personen, denen Ambroise in Italien begegnete, also auch Fioricia, Sefferino, die Waldenserin Ceres sowie seine Gegenspieler Ruffo Nardine und den Kaplan Albin. Die Waldenser, die auf eine Bewegung von Laienpredigern des Mittelalters zurückgehen, siedelten seit dem 13. Jahrhundert in den Tälern des Piemont und wurden mit aller Schärfe verfolgt. Mitte des 16. Jahrhunderts nahmen einige ihrer Vertreter Kontakt mit Jean Calvin in Genf auf und schlossen sich schließlich der Reformation an. Frauen wurden hoch geachtet und nahmen regen Anteil am religiösen wie gesellschaftlichen Leben der Bewegung. Noch heute existieren kleine italienische Waldensergemeinden.

Ambroise Paré kehrte bereits 1541 nach Paris zurück und gründete mit Jeanne Mazelin, der ich den Kosenamen Mielle gegeben habe, einen Hausstand. Wahrscheinlich lebte er nicht in Saint-Denis, sondern führte seine chirurgische Praxis innerhalb der Mauern von Paris. Überliefert sind seine Schwierigkeiten, Berufskollegen von seinen medizinischen Entdeckungen und notwendigen Neuerungen in der Chirurgie zu überzeugen. Er verfaßte über zwanzig Bücher in französischer Sprache; des Lateinischen war der ehemalige Bader und Barbier nicht mächtig. 1554, also einige Jahre nach den im Roman geschilderten Ereignissen, erfolgte die Aufnahme des inzwischen hochgeachteten Wundarztes Paré in das Chirurgenkollegium von St. Come. Die Rivalität zwischen Medizinern und Wundärzten läßt sich anhand vieler Quellenberichte belegen.

Überliefert ist im übrigen auch Ambroise Parés Zusammenarbeit mit Jean-Pierre Fossa, dem »kleinen Lothringer«. Gemeinsam verbesserten die beiden nicht nur chirurgische Instrumente, sondern schufen auch künstliche Augen, deckende Masken zur Kaschierung von Gesichtsverletzungen, falsche Vorderzähne, die mit Silberdraht an den Nachbarzähnen befestigt wurden und – eine künstliche Hand, welche die Finger bewegen und ein Schreibgerät halten konnte. Ambroise veröffentlichte zahlreiche Darstellungen, damit auch andere Schlosser und Uhrmacher diese Apparate nachbauen konnten.

Zu Beginn der fünfziger Jahre begann seine Tätigkeit als Leibchirurg der Königin. Ob sein Verhältnis zu Katharina von Medici tatsächlich so innig war, ist nicht bekannt, doch vieles spricht dafür. Immerhin vertraute sie ihm die Gesundheit ihrer Kinder an. So behandelte Ambroise im Laufe der Jahrzehnte nicht weniger als vier französische Könige: Heinrich II., Franz II., Karl IX. und Heinrich III.

Das Bild Katharinas von Medici wird nach wie vor von der Rolle verdunkelt, die sie während der fürchterlichen Massaker der Bartholomäusnacht, in der Tausende von Hugenotten ermordet wurden, gespielt hat. Zeitgenossen schildern sie jedoch nicht nur als ehrgeizig, listig, abergläubisch und intrigant, sondern auch als freundlich, humorvoll, begabt und friedliebend. Ihre geheimen Fächer, die sich öffneten, wenn man auf bestimmte Stellen an der Fußleiste ihres Gemachs trat, können noch heute im Schloß von Blois besichtigt werden. Macht und Einfluß gewann die Königin indessen erst ab 1559, nach dem Tod ihres Gemahls, der bei einem Turnier ums Leben kam. Sie übernahm die Regentschaft für ihren unmündigen Sohn, während sich ihre alte Rivalin, Diane de Poitiers, unbehelligt vom Hofleben zurückziehen durfte.

Einigen Quellen zufolge bekannte sich auch Ambroise Paré in späteren Jahren zum Protestantismus und überlebte die Verfolgung der französischen Hugenotten, die Heinrich II. nach dem Tod seines gemäßigten Vorgängers ab 1547 durch die »Feuerkammer« vorantrieb, nur durch wiederholte Intervention der Königin und ihrer Söhne. Der Begriff »Hugenotten« soll übrigens erst 1560, im Zuge der Verschwörung von Amboise, aufgekommen sein, ich halte es aber für sehr wahrscheinlich, daß er bereits früher als Spottname kursierte.

Ambroise nahm in seiner Eigenschaft als Arzt noch an zahlreichen weiteren Feldzügen teil, die ich jedoch in meinem Roman nicht thematisieren wollte. Er starb am 20. Dezember 1590 allseits geehrt, im hohen Alter von 80 Jahren in Paris und wurde in der Église des-Arts beigesetzt.

Guido Dieckmann, Frühjahr 2004

Helene Luise Köppel
Die Erbin des Grals
459 Seiten. Mit einer Abb.
Gebunden
ISBN 3-352-00702-0

»Geheimnisvoll ...«

NEUES DEUTSCHLAND

In ihrem faszinierenden Roman enthüllt Helene Luise Köppel eines der tiefsten Geheimnisse des Abendlandes, auf dessen Spur sie intensive Recherchen wie glückliche Zufälle führten. Die Anfänge der unglaublichen, aber historisch verbürgten Geschehnisse in einem kleinen südfranzösischen Ort reichen bis zu den Katharern, den Merowingern und schließlich zu Jesus Christus selbst zurück.
Marie Dénarnaud war in ihrer Jugend die Haushälterin des Abbé Saunière geworden und bald darauf seine Geliebte. Als er 1886 bei Renovierungsarbeiten in der verfallenden Kirche einen Topf mit Goldmünzen, vergilbte Pergamente und unter einer Gruft sogar einen funkelnden Schatz fand, ergriff ihn eine Neugierde, die sich zur Besessenheit steigern sollte. Denn die Entzifferung der Pergamente ließ keinen Zweifel zu, daß es sich um den sagenhaften Gral handelte, sondern offenbarte auch, daß hinter dessen Geheimnis ein noch gewaltigeres verborgen lag ...

Mehr von Helene Luise Köppel im Taschenbuch:
Die Ketzerin von Montségur. AtV 1869

Rütten & Loening

Mehr Informationen erhalten Sie unter
www.aufbau-verlag.de oder in Ihrer Buchhandlung

Robert Merles »Fortune de France« – ein farbenprächtiges Sittengemälde der französischen Religionskriege

Robert Merle wurde 1908 in Tébessa in Algerien geboren. Nach Schule und Studium in Frankreich war er von 1940 bis 1943 in deutscher Kriegsgefangenschaft. 1949 erhielt er den Prix Goncourt für seinen ersten Roman »Wochenende in Zuydcoote«. Merles umfangreiches Werk spannt sich in einem großen Bogen von seinem Welterfolg »Der Tod ist mein Beruf« über die ironische Zukunftsvision der »Geschützten Männer« bis zu der inzwischen auf 12 Bände angewachsenen historischen Romanfolge »Fortune de France«. Der Autor lebt heute in Montfort-l'Amaury in der Nähe von Paris.

Fortune de France
Die Romanfolge »Fortune de France« erzählt die Geschichte dreier Generationen der Adelsfamilie Siorac in dem dramatischen Jahrhundert von 1550 bis 1643, das erschüttert wurde von blutigen Glaubenskriegen zwischen Katholiken und Protestanten und den Kämpfen für ein starkes französisches Königtum.
Roman. Aus dem Französischen von Edgar Völkl und Ilse Täubert. 396 Seiten. AtV 1213

In unseren grünen Jahren
Der junge Pierre de Siorac, Hugenotte, aber in Toleranz gegenüber den Katholiken erzogen, geht zum Studium der Medizin nach Montpellier. Er braucht alle seine Begabungen – Edelmut, List, Degen und Pistole, nicht zuletzt seine Ausstrahlung auf Frauen – um in so mörderischen Zeiten am Leben zu bleiben.
Roman. Aus dem Französischen von Andreas Klotsch. 448 Seiten. AtV 1214

Die gute Stadt Paris
Sommer 1572. Wegen eines Duells von der Todesstrafe bedroht, flüchtet sich Pierre nach Paris, um dort unterzutauchen und die Begnadigung durch den König zu erflehen. In Paris aber gerät er als Hugenotte in das Massaker der Bartholomäusnacht, das er nur durch Freundeshilfe überlebt.
Roman. Aus dem Französischen von Edgar Völkl. 599 Seiten. AtV 1215

Noch immer schwelt die Glut
Zwei Jahre versteckt sich Pierre auf der väterlichen Burg im Périgord, dann zieht es ihn zurück nach Paris. Er wird Leibarzt Heinrichs III. Aber vor allem wird der intelligente junge Charmeur bald des Königs Geheimagent in dessen Auseinandersetzungen mit der fanatischen katholischen Liga unter dem Herzog von Guise.
Roman. Aus dem Französischen von Christel Gersch 533 Seiten. AtV 1207

Mehr Informationen über die Bücher von Robert Merle erhalten Sie unter www.aufbau-verlag.de oder bei Ihrem Buchhändler

AtV